Biblioteca

V. C. ANDREWS™

Flores en el ático

Traducción de
Jesús Pardo

DEBOLS!LLO

Título original: *Flowers in the Atic*

Undécima edición en este formato: mayo, 2013

Printed in Spain – Impreso en España

ISBN: 978-84-9759-746-3 (vol. 182/1)
Depósito legal: B. 28051 - 2010

Impreso en Black Print CPI Ibérica (Barcelona)

P 89746X

LISTA DE PERSONAJES

Christopher Foxworth, conocido como **Do-llanganger,** hijo de Alicia Foxworth y herma-nastro de Malcolm Foxworth.

Corinne Foxworth/Dollanganger, esposa y so-brina de Christopher.

Christopher Dollanganger, hijo mayor de Christopher y Corinne.

Catherine Dollanganger, hija de Christopher y Corinne.

Carrie y Cory Dollanganger, gemelos, hijos de Christopher y Corinne.

Olivia Foxworth, madre de Corinne.

Malcolm Foxworth, padre de Corinne.

Bart Winslow, pretendiente de Corinne.

Mickey, un ratoncillo.

PRIMERA PARTE

¿Acaso dice la arcilla a su alfarero:
Qué haces?

Isaías, 45-9

PRÓLOGO

Es muy propio el atribuir a la esperanza el color amarillo, como el sol que raras veces veíamos. Y al ponerme a copiar del viejo Diario que escribí durante tanto tiempo para estimular la memoria, me viene a la mente un título, como fruto de la inspiración: *Abre la ventana y ponte al sol*. Y, sin embargo, dudo en asignárselo a mi historia, porque pienso que somos algo más que flores en el ático. Flores de papel. Nacidos con tan vivos colores, ajándonos, cada vez más desvaídos, a lo largo de todos esos días interminables, penosos, sombríos, de pesadilla, cuando nos tenía presos la esperanza, y cautivos la codicia. Pero nunca pudimos teñir de color amarillo ni siquiera una sola de nuestras flores de papel.

Charles Dickens solía empezar con frecuencia sus novelas con el nacimiento del protagonista, y, como era uno de mis escritores favoritos, y también de Chris, yo solía imitar su estilo lo máximo posible, en la medida de mis fuerzas. Pero Dickens fue un genio, nacido para escribir sin dificultad, mientras que yo, cada palabra que escribo, la escribo con lágrimas, con mala sangre, con amarga bilis, bien mezclado todo ello con vergüenza y culpabilidad. Pensaba que hubiese sido mejor no sentir nunca vergüenza o culpabilidad, que esos sentimientos eran pesos que otros debían soportar. Han pasado los años y ahora soy más vieja y más prudente, y estoy mejor dispuesta también a aceptar lo que me depare el futuro. La tempestad de ira que una vez estalló en mi interior ha ido cediendo, de manera que ahora ya puedo escribir, espero, con veracidad y con menos odio y prejuicio de lo que habría sido posible hace unos años.

De manera que, como Charles Dickens, en esta obra de «imaginación» me ocultaré a mí misma detrás de un nombre supuesto, y viviré en lugares falsos, y pediré a Dios que los que deberían haberse sentido fulminados cuando leyeron lo que tengo que decir, apenas se sientan heridos, y, ciertamente, Dios, en su infinita misericordia, hará que algún editor comprensivo imprima mis palabras, haciendo con ellas un libro, y me ayude a contar toda la terrible verdad.

ADIÓS, PAPÁ

Cuando era joven, al principio de los años cincuenta, creía que la vida entera iba a ser como un largo y esplendoroso día de verano. Después de todo, así fue como empezó. No puedo decir mucho sobre nuestra primera infancia, excepto que fue muy agradable, cosa por la cual debiera sentirme eternamente agradecida. No éramos ricos, pero tampoco pobres. Si nos faltó alguna cosa, no se me ocurre qué pudo haber sido; si teníamos lujos, tampoco podría decir cuáles fueron sin comparar nuestra vida con la de los demás, y en nuestro barrio de clase media nadie tenía ni más ni menos que nosotros. Es decir que, comparando unas cosas con otras, nuestra vida era la de unos niños corrientes, de tipo medio.

Nuestro padre se encargaba de las relaciones públicas de una gran empresa que fabricaba computadoras, con sede en Gladstone, estado de Pennsylvania, con una población de doce mil seiscientos dos habitantes. Nuestro padre tenía mucho éxito en su trabajo, porque su jefe venía con frecuencia a comer a casa y alababa mucho el trabajo que papá parecía realizar tan bien.

«Es ese rostro tuyo, tan norteamericano, sano, abrumadoramente guapo, y esos modales tan llenos de encanto lo que conquista a la gente. Santo cielo, Chris, ¿qué persona normal podría resistirse a un hombre como tú?»

Y yo le daba la razón, con todo entusiasmo. Nuestro padre era perfecto. Medía un metro noventa de estatura, pesaba ochenta y dos kilos, y su pelo era espeso y de un rubio intenso, y justamente lo bastante ondulado para resultar muy atractivo; sus ojos eran azul cielo y estaban llenos de vida y buen humor. Su nariz era recta, ni demasiado larga ni demasiado estrecha ni demasiado gruesa. Jugaba al tenis y al golf como un profesional, y nadaba con tanta frecuencia que se mantenía atezado durante todo el año. Siempre estaba viajando en avión a California, Florida, Arizona o Hawai, o incluso al extranjero, por motivos de trabajo, mientras nosotros nos quedábamos en casa, al cuidado de nuestra madre.

Cuando volvía a casa y entraba por la puerta principal, todos los viernes por la tarde (solía decir que le horrorizaba la idea de estar separado de nosotros más de cinco días seguidos), aunque estuviera lloviendo o nevando, el sol parecía brillar de nuevo en cuanto él nos dedicaba su gran sonrisa feliz.

Su sonoro saludo resonaba en cuanto dejaba la maleta y la cartera de negocios:

—¡Hala, venid a besarme, si me queréis de verdad!

Mi hermano y yo solíamos escondernos cerca de la puerta principal, y, en cuanto oíamos su saludo, salíamos corriendo de detrás de una silla o del sofá para lanzarnos en sus brazos abiertos de par en par, que nos recibían y nos levantaban inmediatamente. Nos apretaba con fuerza contra su pecho y nos calentaba los labios con sus besos. El viernes era el mejor de los días, porque nos devolvía a papá, para estar con nosotros. En los bolsillos de su traje encontrábamos pequeños regalos, pero en la maleta guardaba los regalos más grandes, que nos iba entregando uno a uno en cuanto saludaba a nuestra madre, que solía esperar pacientemente en el fondo, hasta que hubiera terminado con nosotros.

Después de recibir los regalos, Christopher y yo nos

apartábamos a un lado para ver acercarse a mamá despacio, con una sonrisa de bienvenida que hacía brillar los ojos de papá, quien la tomaba en sus brazos y la miraba fijamente al rostro, como si por lo menos hiciera un año que no la veía.

Los viernes, mamá se pasaba todo el día en el salón de belleza, arreglándose el pelo y las uñas; y luego volvía a casa y tomaba un largo baño de agua perfumada. Yo me introducía en su cuarto para verla salir del baño envuelta en un batín transparente; entonces, ella se sentaba ante su tocador a maquillarse cuidadosamente. Y yo, deseosa de aprender, iba absorbiendo todo cuanto la veía hacer para convertirse, de la mujer bonita que era, en un ser tan sorprendentemente bello que no parecía real. Lo más asombroso era que nuestro padre estaba convencido de que no se había maquillado, y pensaba que mamá era una impresionante belleza natural.

La palabra querer se derrochaba en nuestra casa: «¿Me queréis? Yo a vosotros os quiero muchísimo. ¿Me echasteis de menos? ¿Os alegráis de verme otra vez en casa? ¿Pensasteis en mí estos días?, ¿todas las noches? ¿Estuvisteis inquietos y desasosegados, deseando que volviera con vosotros? —Nos abrazaba—. Mira, Corrine, que si no fuese así a lo mejor preferiría morirme.»

Y mamá sabía contestar muy bien a estas preguntas: con sus ojos, con susurros llenos de suavidad, y con besos.

Un día, Christopher y yo volvíamos corriendo del colegio, mientras el viento invernal nos empujaba, haciéndonos entrar más rápidamente en la casa.

—¡Hala, quitaos las botas y dejadlas en el recibidor! —nos gritó mamá desde el cuarto de estar, donde la veía sentada ante la chimenea, haciendo un jersey de punto que parecía para una muñeca. Pensé que sería un regalo de Navidad para alguna de mis muñecas.

»Y quitaos los zapatos antes de entrar aquí —añadió.

Nos quitamos las botas, los abrigos de invierno y los

gorros en el recibidor, y luego entramos corriendo, en calcetines, en el cuarto de estar, con su gruesa alfombra blanca. Aquel cuarto, de color pastel, decorado para acentuar la belleza suave de mi madre, nos estaba prohibido a nosotros casi siempre. Era nuestro cuarto de visitas, el cuarto de nuestra madre, y nunca nos sentimos verdaderamente cómodos en el sofá cubierto de brocado color albaricoque o en las sillas de terciopelo. Preferíamos el cuarto de papá, con sus paredes de artesonado oscuro y su sofá de resistente tela escocesa a cuadros, donde podíamos revolcarnos y jugar, sin preocuparnos nunca de estropear nada.

—¡Fuera hiela , mamá! —exclamé, sin aliento, echándome a sus pies y acercando las piernas al fuego—. Pero el trayecto hasta casa, en bicicleta, fue precioso, con los árboles resplandecientes de pedacitos de hielo que parecían diamantes, y prismas de cristal en las matas. Parece un paisaje de hadas, mamá no me gustaría nada vivir en el Sur, donde nunca nieva.

Christopher no hablaba del tiempo y de su congelada belleza. Tenía dos años y cinco meses más que yo, y era mucho más sensato que yo; eso lo sé ahora. Se calentaba los pies helados igual que yo, pero tenía la vista fija en el rostro de mamá y sus cejas oscuras se fruncían de inquietud.

También yo levanté la vista hacia ella, preguntándome qué vería Christopher para sentir tal preocupación. Mamá estaba haciendo punto con rapidez y seguridad, aunque de vez en cuando echaba una ojeada a las instrucciones.

—Mamá, ¿te encuentras bien? —preguntó Christopher.

—Sí, claro que sí —respondió ella con una sonrisa suave y dulce.

—Pues a mí me parece que estás cansada.

Dejó a un lado el diminuto jersey.

—Fui a ver al médico hoy —dijo, inclinándose hacia adelante para acariciar la mejilla sonrosada y fría de Christopher.

—Mamá —exclamó mi hermano—, ¿es que estás enferma?

Ella rió suavemente; luego pasó sus dedos largos y finos por entre los rizos revueltos y rubios y musitó:

—Christopher Dollanganger, no te hagas el tonto. Ya te he visto mirarme lleno de recelo.

Le cogió la mano, y también una de las mías, y se llevó las dos a su vientre protuberante.

—¿No sentís nada? —preguntó, con aquella mirada secreta y feliz de nuevo en su rostro.

Rápidamente, Christopher apartó la mano, al tiempo que su rostro enrojecía. Pero yo dejé la mía donde estaba, sorprendida, esperando.

—¿Qué notas *tú*, Cathy?

Contra mi mano, bajo el vestido, sucedía algo extraño. Pequeños y leves movimientos agitaban su carne. Levanté la cabeza y la miré a la cara, y aún recuerdo lo bella que estaba, como una madonna de Rafael.

—Mamá, se te revuelve la comida, o es que tienes gases.

La risa hizo brillar sus ojos azules, y me instó a que adivinara otra vez.

Su voz era dulce y algo inquieta al anunciarnos la noticia.

—Queridos, voy a tener un niño a principios de mayo. La verdad es que, cuando me visitó hoy el médico, me dijo que él oía los latidos de dos corazones. Eso quiere decir que voy a tener gemelos... o quizá trillizos, Dios no lo quiera. Ni siquiera vuestro padre lo sabe todavía, de modo que no le digáis nada hasta que yo pueda hablar con él.

Desconcertada, miré de reojo a Christopher para ver cómo recibía la noticia. Parecía pensativo y todavía turbado. Miré de nuevo el bello rostro de mamá, iluminado por el fuego. De pronto, me levanté de un salto y salí corriendo del cuarto.

Me lancé de bruces en la cama y me puse a lanzar gritos, al mismo tiempo que lloraba a raudales. ¡Niños, dos o más! ¡Allí no había más niño que yo! No quería niños lloriqueando, gimoteando, ocupando mi lugar. Lloré, golpeando las almohadas, deseando dañar algo, o a alguien. Luego me incorporé y pensé en escapar de casa.

Alguien llamó suavemente a la puerta cerrada con llave.

—Cathy —dijo mamá—, ¿puedo entrar y hablar contigo de este asunto?

—¡Vete de aquí! —grité—. ¡Odio tus niños!

Sí, de sobra sabía lo que me esperaba; yo, la de en medio, la de quien los padres menos se cuidan. A mí me olvidarían y ya no habría más regalos de los viernes. Papá no pensaría más que en mamá, en Christopher, y en esos odiosos niños que me iban a apartar a un lado.

Papá vino a verme aquella tarde, poco después de regresar a casa. Yo había dejado la puerta abierta, por si acaso quería verme. Le miré la cara de reojo, porque le quería mucho. Parecía triste, y tenia en la mano una gran caja envuelta en papel de plata, coronada por un enorme lazo de satén rosa.

—¿Qué tal ha estado mi Cathy? —preguntó en voz baja, mientras le miraba por debajo del brazo—. No has acudido corriendo a saludarme cuando llegué. Ni me has preguntado qué tal estoy, ni siquiera me has mirado. Cathy, no sabes cuánto me duele cuando no sales corriendo a recibirme y darme besos.

No le contesté, y él entonces vino a sentarse al borde de la cama.

—¿Quieres que te diga una cosa? Pues que es la primera vez en tu vida que me has mirado de esta manera, echando fuego por los ojos. Éste es el primer viernes que no has acudido corriendo a saltar a mis brazos. Es posible que no me creas, pero no me siento revivir hasta que estoy en casa los fines de semana.

Haciendo pucheros, me negué a rendirme. A él ya no le hacía falta. Tenía a su hijo, y, encima, montones de niños llorones a punto de llegar. A mí me olvidaría en medio de la multitud.

—Te voy a decir algo más —añadió él, observándome fijamente—: Yo solía creer, quizá tontamente, que si venía a casa los viernes y no os traía regalos a ti ni a tu hermano..., bueno, pues, a pesar de todo, pensaba yo, los dos saldríais corriendo a recibirme y darme la bienvenida. Creía que me queríais a *mí*, y no a mis regalos. Pensaba, equivocadamente, que había sido un buen padre y que vosotros siempre tendríais un sitio para mí en vuestro corazón, incluso si mamá y yo teníamos una docena de hijos. —Hizo una pausa, suspiró, y sus ojos azules se oscurecieron—. Creía que mi Cathy sabía que seguiría siendo mi niña querida, aunque sólo fuera porque había sido la primera.

Le eché una mirada airada, herida, ahogándome.

—Pero si ahora mamá tiene otra niña, tú le dirás a ella lo mismo que me estás diciendo a mí.

—¿Lo crees así?

—Sí —gemí, me sentía tan dolida que habría podido gritar de celos: «A lo mejor hasta la quieres *más* que a mí, porque será pequeña y más mona.»

—Es posible que la quiera tanto como a ti, pero no más. —Abrió los brazos y ya no pude resistir más. Me lancé a sus brazos y me agarré a él como a una tabla de salvación—. ¡Sssssh! —me tranquilizó, mientras yo continuaba llorando—. No llores, no tengas celos, nadie va a dejar de quererte. Y, otra cosa, Cathy, los niños de carne y hueso tienen mucha más gracia que las muñecas. Tu madre no va a poder cuidarlos a todos; así que no tendrá más remedio que pedirte que la ayudes, y cuando no esté yo en casa, me sentiré tranquilo pensando que tu madre tiene una hija tan buena que hará todo lo que pueda por hacer su vida más fácil y más cómoda para todos. —Sus cálidos labios se apretaban contra mi mejilla, húmeda de lágrimas—. Vamos, mira, abre la caja y dime qué te parece lo que hay dentro.

Primero tuve que darle una docena de besos en la cara, y abrazos muy efusivos para compensarle por la inquietud que le había causado. En aquel bonito paquete había una caja de música de plata, fabricada en Inglaterra. La música sonaba al tiempo que una bailarina, vestida de rosa, daba vueltas lentamente una y otra vez ante un espejo.

—Sirve también de joyero —explicó papá, poniéndome en el dedo un anillo con una piedra roja que, según me dijo, se llamaba granate—. En cuanto lo vi, me dije que tenía que ser para ti. Y con este anillo prometo querer para siempre a mi Cathy y siempre un poco más que a ninguna otra hija, siempre y cuando ella nunca se lo cuente a nadie.

Y llegó un soleado martes de mayo y papá estaba en casa. Durante dos semanas, papá había permanecido dando vueltas por la casa, esperando a que llegasen los niños. Mamá parecía irritable, incómoda, y la señora Bertha Simpson se hallaba en la cocina, preparándonos las comidas y cuidando de Christopher y de mí con una sonrisa bobalicona. Era la más concienzuda de nuestras vecinas. Vivía al lado, y decía constantemente que papá y mamá parecían hermanos más que marido y mujer. Era una persona sombría y gruñona, que raras veces decía algo amable a nadie. Y estaba cociendo berzas; a mí las berzas no me gustaban en absoluto.

Hacia la hora de la cena, papá llegó corriendo al comedor a decirnos a mí y a mi hermano que tenía que llevar a mamá al hospital.

—Pero no os preocupéis, porque todo saldrá bien. Tened cuidado con la señora Simpson, y haced vuestros deberes; a lo mejor, dentro de unas horas sabréis si tenéis hermanos o hermanas... o uno de cada.

No regresó hasta la mañana siguiente. Estaba sin afeitar, parecía cansado y tenía el traje arrugado, pero nos sonrió lleno de felicidad.

—¿A que no adivináis? ¿Niños o niñas? —nos preguntó.

—¡Niños! —gritó Christopher, que quería dos hermanos a quienes enseñar a jugar al fútbol. Yo quería niños también... nada de niñas que le robaran el cariño de papá a su primera hija.

—Pues son un niño y una niña —explicó papá, con orgullo—. Son las cositas más lindas que os podéis imaginar. Vamos, vestíos y os llevaré en el coche a que los veáis.

Yo le seguí, de morros, aún sin ganas de mirar, incluso cuando papá me levantó en volandas para que pudiera ver, a través del cristal de la sala de recién nacidos, a los dos bebés que una enfermera tenía en sus brazos. Eran diminutos, y sus cabezas como manzanas pequeñas, y sus pequeños puños rojos se agitaban en el aire. Uno de ellos gritaba como si le estuvieran pinchando con alfileres.

—Vaya —suspiró papá, besándome en la mejilla y apretándome mucho—, Dios ha sido bueno conmigo al enviarme otro hijo y otra hija, tan guapos los dos como la primera parejita.

Yo me decía que les odiaría a los dos, sobre todo al gritón, llamado Carrie, que chillaba y berreaba diez veces más fuerte que el otro, Cory, silencioso. Era prácticamente imposible dormir como Dios manda por la noche con los dos al otro lado del recibidor, o sea, enfrente de mi cuarto. Y, sin embargo, a medida que comenzaron a crecer y sonreír, y sus ojillos a brillar cuando los cogía a los dos en brazos en su cuarto, algo cálido y maternal corregía la envidia de mis ojos. No pasó mucho tiempo sin que comenzara a volver corriendo a casa para *verlos*, jugar con *ellos*, cambiarles los pañales y darles el biberón, y subírmelos a los hombros para ayudarles a eructar después de las comidas. Desde luego, eran *más* divertidos que las muñecas.

No tardé en darme cuenta de que los padres tienen en el corazón sitio suficiente para más de dos hijos, y que yo también lo tenía para querer a aquellos dos, incluso a Carrie, que era tan mona como yo, y a lo mejor hasta más. Crecieron rápidamente, como la mala hierba, decía papá, aunque mamá les miraba a veces con inquietud, porque decía que no crecían tan rápidamente como lo habíamos hecho Christopher y yo. Esto se lo dijo al médico, quien la tranquilizó enseguida, asegurándole que con frecuencia los gemelos eran más pequeños que los niños nacidos solos.

—Ya ves —dijo Christopher—, los médicos lo saben todo.

Papá levantó la vista del periódico que estaba leyendo y sonrió.

—Lo dijo el médico, pero nadie lo sabe todo, Chris.

Papá era el único que llamaba Chris a mi hermano mayor.

Nuestro apellido era un tanto raro, y muy difícil de aprender a escribir: Dollanganger. Y como éramos todos rubios, color lino, de tez clara (excepto papá, siempre tan atezado), Jim Johnston, el mejor amigo de papá, nos puso de mote «los muñecos de Dresde», porque decía que nos parecíamos a esas figuras de porcelana tan bonitas que adornan las baldas de las rinconeras y las repisas de las chimeneas. Enseguida, todos los vecinos, comenzaron a llamarnos «los muñecos de Dresde», y, ciertamente, resultaba más fácil de pronunciar que Dollanganger.

Cuando los gemelos cumplieron cuatro años y Christopher catorce, yo acababa de cumplir los doce, y entonces hubo un viernes muy especial. Era el trigésimo sexto cumpleaños de papá, y decidimos prepararle una fiesta para darle una sorpresa. Mamá parecía una princesa de cuento de hadas, con su pelo recién lavado y peinado. Sus uñas relucían de barniz color perla, y su vestido largo, como de noche, era de un suavísimo color claro, mientras su collar de perlas se agitaba al andar ella de un sitio a otro, preparando la mesa del comedor de manera que resultase todo lo perfecta que debía estar para la fiesta del cumpleaños de papá. Los regalos estaban apilados, muy altos, sobre el aparador. Iba a ser una fiesta íntima, reducida a la familia y a los amigos más allegados.

—Cathy —dijo mamá, echándome una rápida ojeada—, ¿quieres hacer el favor de ir a ver cómo están los gemelos? Los bañé a los dos antes de acostarlos, pero, en cuanto se levantaron, salieron corriendo a jugar en la arena y ahora necesitarán otro baño.

Fui encantada. Mamá estaba demasiado elegante para ponerse a bañar a dos niños sucios de cuatro años, pues las salpicaduras echarían a perder el peinado, las uñas y el precioso vestido.

—Y cuando acabes de bañarlos, tú y Christopher os bañaréis también. Tú, Cathy, te pondrás el vestido rosa tan bonito, y te rizarás el pelo. Y tú, Christopher, nada de vaqueros, quiero que te pongas una camisa de vestir y corbata, y la chaqueta sport azul claro, y los pantalones color crema.

—¡Qué fastidio, mamá, con lo poco que me gusta ponerme elegante! —se quejó él, arrastrando los zapatos de suela de goma y frunciendo el ceño.

—Haz lo que te digo, Christopher, aunque sólo sea por tu padre. Ya sabes lo mucho que hace él por ti, y lo menos que puedes hacer tú a cambio es que se sienta orgulloso de su familia.

Christopher se marchó refunfuñando, mientras yo corría al jardín a buscar a los gemelos, que en cuanto me vieron se pusieron a chillar.

—¡Un baño al día es suficiente! —gritaba Carrie—. ¡Ya estamos bien limpios! ¡Márchate! ¡No nos gusta el jabón! ¡No nos gusta que nos laven el pelo! ¡No nos lo hagas otra vez, Cathy, o iremos a decírselo a mamá!

—¡Conque ésas tenemos! —repliqué yo—. ¿Y quién creéis que me mandó aquí a limpiar a esta pareja de monstruitos sucios? ¡Santo cielo! ¿Cómo es posible ponerse tan sucio en tan poco rato!

En cuanto su piel desnuda entró en contacto con el agua caliente y los dos patitos amarillos de goma y los botes de goma comenzaron a flotar y ellos dos a salpicarme de agua de arriba abajo, se sintieron lo bastante contentos como para dejarse bañar, enjabonar y poner su mejor ropa. Porque, después de todo, iban a asistir a una fiesta, y, a pesar de todo, era viernes y papá estaba a punto de llegar a casa.

Primero le puse a Cory un bonito traje blanco con pantalones cortos. Cory, curiosamente, era más limpio que su hermana. Sin embargo, por mucho que lo intentaba, no conseguía domar aquel terco mechón de pelo; le caía siempre a la derecha, como un rabito de cerdo, y Carrie, por raro que parezca, se obstinaba en ponerse el pelo igual que el de su hermano.

Cuando, finalmente, conseguí verlos vestidos, los dos parecían un par de muñecos vivos. Entonces se los pasé a Christopher, advirtiéndole que no los perdiese de vista. Ahora me tocaba a mí el turno de vestirme. Los gemelos lloraban y se quejaban, mientras yo me bañaba a toda prisa, me lavaba el pelo y me lo enrollaba en bigudíes. Eché una ojeada desde la puerta del cuarto de baño y vi que Christopher estaba haciendo lo posible por distraer a los gemelos leyéndoles un cuento.

—Eh —dijo Christopher, cuando por fin salí, con mi vestido rosa, el de los volantes fruncidos—, la verdad es que no estás nada mal.

—¿Nada mal? ¿Eso es todo lo que se te ocurre?

—Para una hermana, nada más. —Echó una ojeada a su reloj de pulsera, cerró de golpe el libro de cuentos, cogió a los gemelos de sus manos gordezuelas, y gritó—: ¡Papá está a punto de llegar, llegará en cosa de minutos, date prisa, Cathy!

Dieron las cinco y pasaron, y aunque seguíamos esperando, no veíamos el Cadillac verde de nuestro padre acercarse por la calzada en curva que conducía a nuestra casa. Los invitados, sentados en el cuarto de estar, trataban de mantener una conversación animada, mientras mamá paseaba nerviosamente por el cuarto. Por lo general, papá llegaba a casa a las cuatro, y a veces incluso antes.

Dieron las siete, y continuábamos esperando.

La excelente y sabrosa comida estaba secándose, por llevar demasiado tiempo en el horno. Las siete era la hora en que acostumbrábamos acostar a los gemelos, que estaban cada vez más hambrientos, adormilados e irritados, preguntando con insistencia qué pasaba.

—¿Cuándo llega papá? —repetían.

Sus vestidos blancos no parecían ya tan virginales. El pelo de Carrie, suavemente ondulado, comenzaba a rebelarse y parecía agitado por el viento. La nariz de Cory empezó a gotear y él a secársela una y otra vez con el revés de la mano, hasta que tuve que acudir corriendo con un pañuelo de papel a limpiarle el labio superior.

—Bueno, Corrine —bromeó Jim Johnston—, es evidente que Chris ha encontrado otra mujer de bandera.

Su mujer le dirigió una mirada furiosa por haber dicho una cosa de tan pésimo gusto.

A mí, el estómago me gruñía, y empezaba a sentirme tan inquieta como parecía mamá. Continuaba dando vueltas por la habitación y acercándose a la gran ventana para mirar.

—¡Eh! —grité, al ver un coche que entraba en nuestra calzada, flanqueada de árboles—. A lo mejor es papá, que llega ya.

Pero el coche que se detuvo ante nuestra puerta era blanco, no verde. Y encima tenía una de esas luces rojas giratorias, y en un lado se leía POLICÍA DEL ESTADO.

Mamá sofocó un grito cuando dos policías de uniforme azul se acercaron a la puerta principal de nuestra casa y tocaron el timbre.

Parecía congelada. La mano le temblaba al llevársela a la garganta; el corazón le salía casi por los ojos, oscureciéndoselos. En mi corazón, sólo de observarla, despuntaba algo siniestro y espantoso.

Fue Jim Johnston quien abrió la puerta e hizo entrar a los dos policías, que miraban alrededor nerviosamente, dándose cuenta sin duda de que aquélla era una reunión de cumpleaños. Les bastaba con mirar el comedor y ver la mesa, preparada para una fiesta, los globos colgados de la araña y los regalos que había sobre el aparador.

—¿Señora Dollanganger? —preguntó el más viejo de los dos, mirando a las mujeres, una a una.

Mamá hizo un rígido ademán. Yo me acerqué a ella, como también Christopher. Los gemelos estaban en el suelo, jugando con unos cochecitos y mostrando muy poco interés por la inesperada llegada de los policías. El hombre de uniforme, de aspecto amable y con el rostro muy rojo, se acercó a mamá:

—Señora Dollanganger —comenzó con una voz monótona que, inmediatamente, me llenó el corazón de temor—, lo sentimos muchísimo pero ha ocurrido un accidente en la carretera de Greenfield.

—¡Oh...! —suspiró mamá, tendiendo las manos para estrecharnos a Christopher y a mí. Yo sentía temblar todo su cuerpo igual que temblaba yo. Mis ojos estaban como hipnotizados por los botones de bronce del uniforme; no conseguía apartar la vista de ellos.

—En el accidente se vio implicado también su marido, señora Dollanganger —continuó el policía.

De la garganta sofocada de mamá escapó un largo suspiro. Se tambaleó y habría caído de no ser porque Chris y yo la sostuvimos.

—Hemos interrogado ya a unos motoristas que vieron el accidente y, desde luego, no fue en absoluto culpa de su marido, señora Dollanganger —seguía recitando la voz del policía, sin mostrar emoción alguna—. Según nuestra versión del accidente, del que ya hemos informado, había un Ford azul que no hacía más que entrar y salir del carril izquierdo, según dicen el conductor iba borracho, y que chocó de frente contra el coche de su marido. Pero, al parecer, su marido se dio cuenta a tiempo, porque se desvió para evitar un choque frontal, pero una pieza caída de otro coche, o de un camión, le impidió completar su acertada maniobra de cambio de carril, que habría salvado su vida. Lo cierto es que el coche de su marido, que era mucho más pesado, dio varias vueltas de campana, y aún así habría podido salvarse, pero un camión que no pudo parar chocó también de lleno con su coche, y el Cadillac dio varias vueltas más... y entonces... se incendió.

Nunca he visto una habitación tan llena de gente en que tan rápidamente reinara un espeso silencio. Hasta los gemelos dejaron de jugar y se dedicaron a mirar fijamente a los dos policías.

—¿Mi marido? —susurró mamá, cuya voz, de tan débil, apenas resultaba audible—. No está... no está... muerto, ¿verdad?

—Señora —declaró el policía de la cara roja, muy solemnemente—, no sabe usted cuánto lamento tener que darle tan malas noticias, y precisamente en un día como parece ser éste. —Se detuvo un momento y miró alrededor, lleno de turbación—. Lo siento muchísimo, señora... todo el mundo hizo lo humanamente posible, pero a pesar de todo fue imposible sacarle... No obstante, señora... resultó, en fin, resultó muerto instantáneamente, según dice el médico.

Alguien que estaba sentado en el sofá lanzó un grito.

Mamá no gritó. Sus ojos se volvieron sombríos, oscuros, como distantes. La desesperación le dejó el bello rostro sin su radiante colorido; se diría que se había convertido en una máscara. Yo la miraba fijamente, tratando de decirle con los ojos que nada de aquello podía ser verdad. ¡No, papá no estaba muerto! ¡No, mi papá no estaba muerto! ¡No podía estar muerto... no, no era posible! La muerte era para la gente vieja, para las personas enfermas... no para alguien tan querido y tan necesario y tan joven.

Y, sin embargo, mi madre estaba allí... con el rostro ceniciento, las manos como estrujando invisibles ropas mojadas, y, a cada segundo que pasaba, sus ojos se hundían más y más en el rostro.

Me eché a llorar.

—Señora, tenemos unas cosas suyas que saltaron del coche al primer choque. Hemos recuperado todo cuanto nos fue posible.

—¡Vayánse de aquí! —le grité al policía—. ¡Vayánse de aquí! ¡No es mi papá! ¡Estoy segura de que no es mi papá! Se ha parado en alguna tienda a comprar un helado y llegará de un momento a otro. ¡Váyanse de aquí! —Me lancé contra el policía y le golpeé en el pecho.

El hombre trató de mantenerme a distancia, y Christopher se acercó también y tiró de mí.

—Por favor —pidió el policía—. ¿No podría alguien hacerse cargo de esta niña?

Los brazos de mi madre me rodearon los hombros, y me acercó a ella, apretándome. Los invitados murmuraban, emocionados, y susurraban; la comida comenzaba a oler a quemado en el horno.

Esperaba que alguien llegara de pronto y me cogiese de la mano y me dijese que Dios no se llevaba la vida de un hombre como mi padre, pero nadie se acercaba a mí. Sólo Christopher se acercó, me rodeó la cintura con el brazo, y así nos encontramos los tres juntos: mamá, Christopher y yo.

Fue Christopher quien, finalmente, hizo un esfuerzo para hablar, y su voz sonó extraña, ronca:

—¿Están completamente seguros de que era nuestro padre? Si el Cadillac verde se incendió, el conductor tuvo que quedar muy quemado, puede ser otra persona, no papá.

Gemidos hondos, ásperos, brotaron de la garganta de mamá, como desgarrándola, pero a sus ojos no asomó una sola lágrima. ¡Ella sí lo creía! ¡Creía que aquellos hombres decían la verdad!

Los invitados, que habían venido tan elegantemente vestidos a la fiesta de cumpleaños, nos rodearon, pronunciando esas frases consoladoras que dice la gente cuando la verdad es que no hay nada que decir.

—No sabes cuánto lo sentimos, Corrine, estamos verdaderamente horrorizados... Es terrible.

—¡Que le haya pasado una cosa tan horrible a Chris!

—Nuestros días en este mundo están contados; así es la vida, desde el mismo momento en que nacemos, nuestros días están contados.

Y así continuaron, lentos, como el agua se filtra en el cemento. Papá estaba muerto de verdad. Ya nunca más le veríamos vivo. Sólo le veríamos en un ataúd, tendido en una caja que acabaría hundiéndose en la tierra, con una lápida de mármol con su nombre y el día de su nacimiento, y el día de su muerte. Todos iguales, excepto el año.

Miré alrededor, para ver lo que hacían los gemelos, que no tenían por qué sentir lo que yo sentía. Alguien había tenido la amabilidad de llevárselos a la cocina, y allí estaba preparándoles algo de comer antes de meterlos en la cama. Mis ojos y los de Christopher se encontraron. Él parecía tan sumido en la misma pesadilla que yo, su joven rostro aparecía pálido y conmocionado; una expresión vacía de dolor ensombrecía sus ojos.

Uno de los policías había ido al coche, y ahora volvía con un paquete de cosas que fue colocando cuidadosamente sobre la mesa del cuarto de estar. Observé, como congelada, aquella exposición de todos los objetos que papá solía llevar en los bolsillos: un monedero de piel de lagarto que le había regalado mamá para Navidad; su bloc de notas y su agenda, de cuero los dos; su reloj de pulsera; su anillo de boda. Todo ello ennegrecido y chamuscado por el humo y el fuego.

Lo último que sacó fueron los animales de juguetes, de bonitos colores, que traía papá para Cory y Carrie, hallados, según nos dijo el policía de la cara colorada, esparcidos por la carretera. Un elefante azul de felpa, con orejas de terciopelo rosa, que, sin duda, era para Carrie. Y, después, lo más triste: la ropa de papá, que había saltado de la maleta al romperse el portaequipajes.

Yo conocía aquellos trajes, aquellas camisas, corbatas, calcetines. Vi la corbata que yo misma le había regalado en su cumpleaños anterior.

—Alguien tendrá que identificar el cadáver —dijo el policía.

Entonces me rendí a la evidencia. Era verdad, nuestro padre nunca volvía a casa sin regalos para nosotros, aun cuando fuese en su propio cumpleaños.

Salí corriendo de la habitación, salí huyendo de aquellas cosas esparcidas que me desgarraban el corazón y me infundían un dolor mayor que cualquier otro dolor de los que había sentido hasta entonces. Salí huyendo de la casa al jardín de atrás, y allí golpeé con los puños un viejo arce, lo golpeé hasta que los puños comenzaron a dolerme y la sangre a manar de muchas pequeñas heridas; entonces me tiré de bruces contra la hierba y empecé a llorar, lloré diez océanos de lágrimas, por papá, que debería estar vivo. Lloré por nosotros, que, ahora, tendríamos que seguir viviendo sin él. Y por los gemelos, que no habían llegado a tener la oportunidad de darse cuenta de lo maravilloso que era, o, mejor dicho, que había sido. Y cuando ya no me quedaron más lágrimas, y mis ojos estaban hinchados y rojos y me dolían de tanto frotármelos, escuché pasos suaves que se acercaban, los de mi madre.

Se sentó sobre la hierba, a mi lado, y me cogió la mano entre las suyas. Un trozo de luna en cuarto menguante brillaba en el cielo, y millones de estrellas también, y la brisa soplaba suavemente cargada de recientes fragancias primaverales.

—Cathy —dijo mamá, al cabo de un rato, cuando el silencio entre ella y yo se había alargado ya tanto que parecía no ir a acabar nunca—, tu padre está en el cielo, mirándote, y bien sabes lo que le gustaría que fueses valiente.

—¡No está muerto, mamá! —repliqué con vehemencia.

—Llevas bastante tiempo aquí, en el jardín, y probablemente no te das cuenta de que ya son las diez. Alguien tenía que identificar el cadáver de papá, y aunque Jim Johnston se ofreció a hacerlo, evitándome así a mí ese dolor, no podía dejar de verle con mis propios ojos, porque te aseguro que también a mí me costaba creerlo. Tu padre *está* muerto, Cathy. Christopher está en la cama, llorando, y los gemelos, dormidos, no se dan cuenta totalmente de lo que quiere decir «muerto».

Me rodeó con los brazos, acunándome la cabeza con el hombro.

—Anda, ven —dijo, levantándose y levantándome, sin dejar de sujetarme la cintura con el brazo—: Llevas demasiado tiempo aquí fuera. Pensé que estarías en la casa, con los otros, y los otros creían que estabas en tu cuarto, o conmigo. No sirve de nada estar sola cuando te sientes abandonada. Mucho mejor es estar con gente y compartir tu pena, y no tenerla encerrada dentro.

Dijo esto con los ojos secos, sin derramar una sola lágrima, pero en su interior estaba llorando, gritando. Se lo notaba en el tono de voz, en la profunda desolación que traslucían sus ojos.

Con la muerte de papá comenzó una pesadilla a cernerse sobre nuestros días. Yo miraba a mamá con reproche, pensando que debiera habernos preparado con tiempo para una cosa como aquélla, porque nunca habíamos tenido animales que, de pronto, se nos muriesen, enseñándonos así algo sobre lo que se pierde a causa de la muerte. Alguien, alguna persona mayor, debiera habernos advertido que los que son jóvenes y encantadores, los que son necesarios, a veces mueren también.

Pero ¿cómo decir estas cosas a una madre que parecía como si el destino estuviese haciéndola pasar por el agujero que deja, al desprenderse, un nudo en una tabla de madera, y sacándola de él toda delgada y plana? ¿Era posible hablar francamente con alguien que no quería hablar, ni comer, ni cepillarse el pelo, ni ponerse los bonitos vestidos que atestaban su armario ropero? Y tampoco quería atender a nuestras necesidades. Menos mal que las amables vecinas venían a ocuparse de nosotros, y nos traían comida que habían preparado en sus casas. Nuestra casa estaba llena hasta rebosar de flores, comida casera, jamones, panecillos calientes, pasteles y empanadas.

Toda la gente que había querido, admirado y respetado a nuestro padre llegaba en manadas, por lo que estaba sorprendida de lo conocido que era. Y, sin embargo, me sentía irritada cada vez que alguien venía a preguntar cómo había muerto y a decir que era una lástima que una persona tan joven muriese así, cuando tanta gente inútil e incapaz seguía viviendo año tras año, como un verdadero estorbo para la sociedad.

Por todo lo que había oído y adivinado, era evidente que el destino es cruel segador, nunca amable, con muy poco respeto por los que son amados y necesarios.

Los días de la primavera pasaron, e hizo su aparición el verano. Y el dolor, por mucho que uno tratase de alimentar sus quejidos, tiende siempre a ir diluyéndose, y la persona llorada, tan real, tan querida, va convirtiéndose en una sombra confusa, levemente inasequible a la vista. Un día, mamá estaba sentada, tan triste que se diría que había olvidado hasta cómo sonreír.

—Mamá —le dije, sonriente, esforzándome por animarla—, voy a hacer como si papá estuviera vivo todavía, que se ha marchado a otro de sus viajes de negocios, y que no tardará en volver y entrar a grandes pasos por la puerta, y que nos llamará, igual que solía hacer: «Venid a saludarme con besos, si me queréis», y entonces, ¿a que sí?, nos sentiremos todos mejor, sin falta, como si *estuviera* vivo en alguna parte, vivo donde no podemos verle, pero de donde podemos esperar que vuelva en el momento menos pensado.

—No, Cathy —repuso mamá—, tienes que aceptar la verdad. No trates de buscar consuelo en la ficción, ¿me oyes? Tu padre está muerto, y su alma ha subido al cielo, y a tu edad ya debieras darte cuenta de que nadie ha vuelto nunca jamás del cielo. En cuanto a nosotros, nos las arreglaremos lo mejor que podamos sin él, pero eso no quiere decir que vayamos a escapar a la realidad sin enfrentarnos con ella.

La vi levantarse de la cama y comenzar a sacar cosas del frigorífico para el desayuno.

—Mamá... —empecé de nuevo, tanteando cuidadosamente el camino, a fin de que no volviese a enfadarse—, ¿podremos arreglárnoslas sin él?

—Yo haré lo que esté en mi mano para que todos salgamos adelante —replicó, con voz apagada y como aplanada.

—¿Tendrás que ponerte a trabajar ahora, como la señora Johnston?

—Tal vez, quizá no sea preciso. La vida está llena de sorpresas, Cathy, y algunas de ellas son desagradables, como has podido comprobar. Pero, recuerda, tú por lo menos tuviste la gran suerte de disfrutar durante casi doce años de un padre que te consideraba como algo muy importante.

—Porque me parezco a ti —repliqué, sintiendo aún aquella envidia que siempre alimenté de sentirme como una segundona junto a ella.

Me miró un momento, sin dejar de pasar revista al contenido del repleto frigorífico.

—Te voy a decir una cosa, Cathy, que nunca te he dicho. Tú eres ahora muy parecida a como yo era a tu edad, pero tu personalidad no es como la mía. Tú eres mucho más agresiva, mucho más decidida. Tu padre solía decir que eras como su madre, y él quería mucho a su madre.

—¿Es que todo el mundo no quiere mucho a su madre?

—No —repuso ella, con una extraña expresión—. Hay madres a las que es imposible amar, porque no quieren que se las ame.

Sacó tocino y huevos del frigorífico; luego se volvió hacia mí, para cogerme en sus brazos.

—Querida Cathy, tu padre y tú teníais una relación muy íntima, y me figuro que le echarás de menos mucho más precisamente por eso, más que Christopher, o que los gemelos.

Lloré con desconsuelo contra su hombro.

—¡Odio a Dios por habérselo llevado, debiera haber esperado a que fuese viejo! Papá no estará con nosotros cuando yo sea bailarina y Christopher, médico. Ahora que se ha ido ya nada parece tener importancia.

—A veces —replicó ella, con voz tensa—, la muerte no es tan terrible como piensas. Tu padre nunca envejecerá ni se volverá achacoso. Seguirá siempre joven, y tú lo recordarás siempre así: joven, guapo, fuerte. No llores más, Cathy, porque, como tu padre solía decir, siempre hay alguna razón para todo y una solución para cualquier problema, y yo estoy esforzándome por hacer las cosas lo mejor posible.

Éramos cuatro niños que avanzábamos a ciegas por entre los pedazos de nuestro dolor y nuestra privación. Jugábamos en el jardín, tratando de hallar consuelo en la luz del sol, sin darnos cuenta en absoluto de que nuestras vidas muy pronto iban a cambiar de manera tan drástica y tan dramática, que palabras como «jardín» se convertirían para nosotros en sinónimo de cielo, y en algo igual de remoto.

Una tarde, poco después del funeral de papá, Christopher y yo estábamos en el jardín con los gemelos. Éstos, sentados en la playa que les habíamos hecho con arena, jugaban con palas y cubos, pasando interminablemente arena de un cubo a otro, charlando sin cesar en la extraña jerga que sólo ellos entendían. Cory y Carrie eran gemelos fraternos más bien que idénticos, y, sin embargo, formaban como una sola unidad, muy compenetrados el uno con el otro. Habían construido un muro en torno a sí, convirtiéndose de esta manera en defensores y guardianes de su despensa llena de secretos. Se sentían el uno al otro, y con eso estaban contentos.

Pasó la hora de cenar. Teníamos miedo de que ahora hasta las comidas fuesen suprimidas, de manera que, sin esperar siquiera a que la voz de mamá nos llamase, cogimos las manos regordetas de los gemelos y los llevamos con nosotros a la casa. Allí encontramos a mamá sentada ante el escritorio grande de papá; estaba escribiendo lo que parecía ser una carta muy difícil, a juzgar por el número de hojas de papel empezadas y descartadas.

Escribía a mano, con el ceño fruncido, deteniéndose constantemente para levantar la cabeza y mirar al espacio.

—Mamá —dije—, son casi las seis, y los gemelos están empezando a tener hambre.

—Un momento, un momento —pidió ella, distraída—; estoy escribiendo a tus abuelos, que viven en Virginia. Los vecinos nos han traído comida para una semana.

Haz el favor de poner un poco de carne en el horno, Cathy.

Era la primera comida que casi hacía yo sola. Ya había puesto la mesa, y la carne estaba calentándose, y la leche servida, cuando mamá, por fin, vino a ayudarme.

Daba la impresión de que mamá tenía cartas que escribir y sitios a donde ir todos los días desde la muerte de nuestro padre, dejándonos al cuidado de la vecina de al lado. Por la noche, mamá se sentaba ante el escritorio de papá, abría un libro de cuentas verde y se dedicaba a revisar montones de cuentas. Ya nada era agradable, nada. A menudo, mi hermano y yo bañábamos a los gemelos, les poníamos el pijama y los metíamos en la cama; entonces, Christopher se iba corriendo a su cuarto a estudiar, mientras yo me acercaba a mi madre, en busca de algún medio de hacer que la felicidad volviese a brillar en sus ojos.

Unas semanas más tarde, llegó una carta en respuesta a las muchas que mamá había escrito a sus padres, en Virginia. Inmediatamente, mamá empezó a llorar, antes incluso de abrir el grueso sobre color crema estaba llorando. Lo abrió torpemente, con una plegadera, y, con manos temblorosas, desplegó tres hojas de papel, leyendo la carta entera tres veces. Mientras la leía, las lágrimas resbalaban lentamente por sus mejillas, manchándole el maquillaje con largas listas pálidas y relucientes.

Nos había hecho venir del jardín en cuanto recogió el correo del buzón que había junto a la puerta, y ahora estábamos los cuatro sentados en el sofá del cuarto de estar. Veía su suave rostro claro de porcelana de Dresde, que iba transformándose en algo frío, duro, decidido. Sentí que un escalofrío me recorría la espina dorsal. A lo mejor era porque llevaba mirándonos largo tiempo, demasiado largo tiempo. Luego volvió a mirar la carta, que tenía en sus manos temblorosas, después a las ventanas, como si fuera a encontrar en ellas alguna respuesta a los problemas que la carta planteaba.

Mamá estaba muy rara, y nos hacía a todos sentirnos intranquilos y estar insólitamente callados, porque ya estábamos bastante acobardados en aquel hogar sin padre, para que, además, se nos echara encima una carta de tres hojas que dejaba a mi madre muda y le ponía un brillo duro en la mirada. ¿Y por qué nos miraba de aquella manera tan extraña?

Al fin, carraspeó y comenzó a hablar, pero su voz sonaba fría, completamente distinta a su tono habitual, suave y cálido:

—Vuestra abuela ha contestado por fin a mis cartas —anunció con voz fría—, a todas esas cartas que le había escrito, y... bueno, pues que está de acuerdo. Dice que podemos ir a vivir con ella.

¡Buenas noticias! Justamente lo que llevábamos tanto tiempo esperando, y por eso deberíamos sentirnos contentos. Pero mamá cayó de nuevo en el mismo silencio caviloso y malhumorado, y continuaba sentada allí, mirándonos fijamente. ¿Qué le ocurría? ¿Es que no sabía que éramos de ella, y no cuatro hijos de cualquier otra persona, posados allí como pájaros en una cuerda de tender la ropa?

—Christopher, Cathy, contáis ya catorce y doce años, y tenéis ya edad de comprender, y también tenéis edad de cooperar, y de ayudar a vuestra madre a salir de una situación desesperada.

Hizo una pausa, se llevó agitadamente una mano a la garganta, tocándose las cuentas del collar, y suspiró hondo. Parecía al borde de las lágrimas, y yo me sentía muy triste, llena de compasión por la pobre mamá, sin marido.

—Mamá —le dije—, ¿va todo bien?

—Sí, naturalmente, queridita, claro que sí. —Trató de sonreír—. Tu padre, que en paz descanse, esperaba vivir hasta muy viejo, y así llegar a reunir una fortuna suficiente con su trabajo. Él era de una familia que sabía ganar dinero, y por eso yo no tenía la menor duda de que todo iba a salir como él quería, siempre y cuando hubiera tenido tiempo. Pero treinta y seis años no es edad para morir, y la gente tiende a pensar que no les va a pasar nunca nada a ellos, sólo a los demás. No pensamos en la posibilidad de un accidente, ni tampoco que vamos a morir jóvenes. La verdad es que vuestro padre y yo pensábamos que envejeceríamos juntos, y esperábamos ver a nuestros nietos antes de morir también juntos, el mismo día, de manera que ninguno de los dos se quedaría solo echando de menos al que murió antes.

Volvió a suspirar.

—Debo confesaros que vivíamos muy por encima de nuestros recursos actuales, y que habíamos confiado mucho en el futuro, gastando dinero antes de tenerlo en la mano. No le echéis la culpa a él, fue culpa mía. Él conocía bien la pobreza, pero yo no tenía la menor idea. Ya os acordáis de cómo solía reñirme. Bueno, cuando compramos la casa, por ejemplo, él decía que con tres dormitorios tendríamos bastante, pero yo quería cuatro. E incluso cuatro no me parecían suficientes. Fijaos, mirad a vuestro alrededor. Tenemos una hipoteca de treinta años sobre esta casa, y nada de lo que hay aquí nos pertenece realmente: ni los muebles... ni los coches, ni los electrodomésticos de la cocina o la lavadora. Nada, lo que se dice nada está terminado de pagar.

¿Sentimos miedo? ¿Nos asustamos? Ella hizo una pausa y su rostro se puso de un rojo vivo, mientras sus ojos pasaban revista al bello cuarto de estar que tan bien le iba a su belleza. Sus delicadas cejas se fruncieron con angustia.

—Pero, aunque vuestro padre me reñía un poco, también él quería estas cosas. Me dejaba hacer porque me quería, y pienso que llegué a convencerle de que todos estos lujos eran absolutamente necesarios, y acabó por ceder, porque los dos teníamos una tendencia a satisfacer con demasiada facilidad nuestros caprichos. Ésta era otra de las cosas en que nos parecíamos.

Su expresión se transformó, sumiéndose en solitaria reminiscencia; luego prosiguió, con la misma voz, que era como de otra persona:

—Y ahora, todas nuestras bellas cosas nos las van a quitar. Legalmente, esto se llama recuperación, y es lo que ocurre siempre que la gente no tiene dinero suficiente para terminar de pagar lo que ha comprado. Ese sofá, por ejemplo: hace tres años costó ochocientos dólares, y lo hemos pagado todo menos cien dólares, pero, a pesar de todo, se lo van a llevar, y perderemos todo lo que hemos pagado por todo lo que tenemos, y eso es perfectamente legal. No sólo perderemos los muebles, y la casa, sino también los coches, en fin, todo, excepto la ropa y los juguetes. Me permitirán quedarme con mi anillo de boda, y he escondido el anillo de pedida, que es de diamantes, de manera que tened cuidado de no contar a nadie que venga aquí a revisar las cosas que yo tenía un anillo de pedida.

Ninguno de nosotros preguntó quiénes podrían venir. La verdad es que ni siquiera se me ocurrió preguntarlo. No era el momento. Y, más adelante, la cosa pareció perder importancia.

Los ojos de Christopher buscaron los míos. Yo trataba a ciegas de comprender y me esforzaba por no sentirme ahogada por la comprensión. Me sentía hundirme, ahogándome en aquel mundo de las personas mayores, de muerte y deudas. Mi hermano alargó su mano y me cogió la mía, apretándome los dedos en un ademán de protección fraternal.

¿Acaso era yo un cristal de ventana, tan fácil de leer que hasta él, mi verdugo, se sentía inclinado a consolarme? Traté de sonreír para demostrarme a mí misma lo adulta que era, y, de esta manera, paliar la sensación de temblor y debilidad que estaba penetrándome ante la noticia de que *aquella gente*, quienes fuesen, iba a quitárnoslo todo. No quería que ninguna otra niña viviese en mi bonita habitación rosa y menta, durmiera en mi cama, jugara con las cosas que yo quería: mis muñecas en miniatura, mi caja de música de plata de ley, con su bailarina rosa, ¿es que me iban a quitar también esas cosas?

Mamá observó a mi hermano y a mí con gran interés, y volvió a hablar, con un asomo de su antigua dulzura en la voz:

—No pongas esa cara de angustia, porque las cosas no están tan mal como yo las he expuesto. Tenéis que perdonarme por haber sido tan desconsiderada como para olvidarme de lo pequeños que sois todavía. Os he dado primero las malas noticias, guardando las buenas para el final. Bueno, pues ahora veréis, ahora viene lo bueno. No vais a creer lo que voy a contaros: ¡mis padres son ricos! No son ricos de clase media, sino ricos de clase alta, ricos, muy ricos, ¡escandalosa, increíble, pecaminosamente ricos! Viven en una casa grande y bella, en Virginia, una casa como nunca habéis visto en vuestras vidas. De sobra lo sé yo, que nací y crecí allí, cuando veáis esa casa, ésta os parecerá una cabaña en comparación con ella. ¿No os dije que vamos a vivir con ellos, con mis padres?

Nos ofreció de esa forma este pequeño motivo de alegría, con una sonrisa débil y nerviosamente agitada, que no consiguió liberarme de las dudas que, con su actitud y lo que nos acababa de decir, me habían invadido. No me gustaba la manera con que sus ojos evitaban culpablemente los míos, escabulléndose cada vez que trataba de mirarla. Pensé que estaba ocultando algo.

Pero era mi madre. Y papá ya no estaba con nosotros.

Cogí a Carrie y la senté en mi regazo, apretando su cuerpecito cálido contra el mío. Alisé los rizos dorados y húmedos que le caían sobre la frente redonda. Se le cerraban los párpados, y sus labios gruesos de rosa hacían pucheros. Eché una ojeada a Cory, que se apretaba contra Christopher.

—Los gemelos están cansados, mami. Tienen que cenar.

—Hay tiempo de sobra para cenar —me cortó ella, impaciente—, hay que hacer planes, y preparar el equipaje, porque esta noche tomaremos el tren. Los gemelos pueden comer mientras hacemos el equipaje. Toda vuestra ropa tiene que caber en dos maletas solamente, de modo que quiero que no os llevéis más que la ropa favorita, y los juguetes de los que no podáis separaros. Y un juego solamente. Ya os compraré juegos de sobra en cuanto estemos allí. Cathy, tú eliges la ropa y los juguetes que te parezca que prefieren los gemelos, pero sólo unas pocas cosas. No podemos llevarnos, en total, más que cuatro maletas, y a mí me hacen falta dos para mis cosas.

¡Vaya, de modo que la cosa iba de veras! Teníamos que irnos, abandonarlo todo, y yo tenía que meterlo todo en dos maletas solamente, y mi hermano y mi hermanita tendrían que compartirlas conmigo. Mi muñeca Ann, por sí sola, ocuparía *media* maleta, y, a pesar de esto, no podía dejarla, era mi muñeca más querida, la que me regaló papá cuando yo sólo tenía tres años. Me eché a llorar.

Y así quedamos, con nuestros rostros llenos de angustia fijos en mamá. La hicimos sentirse terriblemente inquieta, porque se agitó y comenzó a pasear por el cuarto.

—Ya os dije que mis padres son lo que se dice riquísimos.

Nos dirigió a Christopher y a mí una mirada como aquilatando el efecto de esta información, y luego apartó el rostro, ocultándonoslo.

—Mamá —preguntó Christopher—, ¿algo va mal?

Me maravillé de que pudiera preguntar tal cosa cuando era evidente a más no poder que *todo* iba mal.

Mamá continuó dando vueltas por el cuarto, sus piernas largas y bien formadas sobresalían por la abertura delantera de su fina bata negra. Incluso de luto, de negro, era bella: hasta sus ojos llenos de turbación y hundidos en sombras, todo. Era muy guapa, y yo la quería mucho, ¡santo cielo, cuánto la quería!

Todos la queríamos mucho.

Justamente enfrente del sofá, mamá dio media vuelta y la gasa negra de su bata se abrió como la falda de una bailarina, mostrando sus bellas piernas, desde los pies hasta las caderas.

—Queridos —comenzó—, ¿qué podría pasar de malo viviendo en una casa tan bonita como la de mis padres? Yo nací allí, crecí allí, excepto los años en que me mandaron interna al colegio. Es una casa enorme, preciosa, y constantemente están añadiéndole nuevas habitaciones, aunque bien sabe Dios que ya tiene de sobra.

Sonrió pero en su sonrisa había algo que parecía falso.

—Sin embargo, hay una cosa, una cosa poco importante, que tengo que deciros antes de que conozcáis a mi padre, vuestro abuelo —su voz, al decir esto, vaciló, y volvió a sonreírnos con la misma sonrisa extraña, oscura—, hace muchos años, cuando tenía dieciocho, hice una cosa muy grave, algo que mi padre encontró mal y que mi madre tampoco aprobó, pero ella no me iba a dejar nada, de manera que no cuenta. Pero, a causa de lo que hice, mi padre me borró de su testamento, de modo que, ya veis, estoy desheredada. Tu padre solía decir galantemente que yo «había caído en desgracia». Vuestro padre siempre se las arreglaba para ver el lado bueno de todo, y decía que le daba igual.

¿En desgracia? ¿Qué quería decir eso? Yo no podía imaginarme a mi madre haciendo algo tan malo que su propio padre se volviese contra ella llegando hasta privarle de las cosas que por derecho eran suyas.

—Sí, mamá, comprendo perfectamente lo que quieres decir —intervino Christopher—. Hiciste algo que a tu padre le pareció mal, y, en vista de ello, aun cuando estabas incluida en su testamento, mandó a su abogado que te excluyera de él sin más, sin detenerse a pensarlo, de manera que ahora no heredarás ninguna de sus posesiones cuando él pase a mejor vida.

Sonrió muy satisfecho de sí mismo porque sabía más que yo. Siempre sabía responder a todo. Siempre que estaba en casa tenía la nariz metida en un libro. Aunque, fuera, al aire libre, era tan salvaje y bruto como los demás chicos del vecindario, en casa, siempre lejos de la televisión, mi hermano mayor era un ratón de biblioteca.

Como siempre, tenía razón.

—Sí, Christopher. Nada de lo que tiene mi padre pasará a mí cuando él muera, o, a través de mí, a vosotros. Por eso tuve que escribir tantas cartas a casa en vista de que mi madre no me contestaba —volvió a sonreír, esta

vez con amarga ironía—, pero, como soy la única heredera que le queda, espero poder volver a caer en gracia. Lo
que pasa es que, en otros tiempos, yo tenía dos hermanos,
pero los dos murieron en accidente, y ahora soy la única
que queda para heredar. —Dejó de pasear nerviosamente
por el cuarto, se llevó la mano a la boca, movió la cabeza
y añadió, con una voz nueva, como de quien dice algo
aprendido de memoria—: Es mejor que os diga otra cosa:
vuestro verdadero apellido no es Dollanganger, sino Foxworth. Y Foxworth es un apellido muy importante en
Virginia.

—¡Mamá! —exclamé, escandalizada—. ¿Es legal cambiar de apellido y poner uno falso en las partidas de nacimiento?

La voz de mamá se llenó de impaciencia:

—¡Por Dios bendito, Cathy, los apellidos se pueden
cambiar legalmente, y el de Dollanganger, además, nos
pertenece, más o menos! Tu padre lo tomó de unos leja-
nos antepasados suyos, le pareció que era un apellido divertido, una especie de broma, y, para lo que él quería, le
venía muy bien.

—¿Y qué era lo que quería? —pregunté—. ¿Por qué
iba a querer papá cambiar un apellido como Foxworth,
tan fácil de escribir, por otro largo y difícil como Dollanganger?

—Cathy, estoy cansada —replicó mamá, dejándose
caer en la silla más cercana—. Tengo mucho que hacer,
muchos detalles legales que arreglar. No tardarás en ente-
rarte de todo. Te lo explicaré todo, te aseguro que te seré
completamente franca, pero, por favor, ahora déjame respirar tranquila.

¡Qué día aquél! Primero, nos enteramos de que *aquella* gente misteriosa venía a llevarse todas nuestras cosas,
incluso nuestra casa, y luego, que ni siquiera nuestro apellido era verdaderamente nuestro.

Los gemelos, arrebujados en nuestro regazo, estaban
ya medio dormidos, y eran demasiado pequeños, además,
para comprender aquellas cosas. Ni siquiera yo, a pesar de

que tenía ya doce años y era casi una mujer, podía entender por qué motivo mamá no parecía verdaderamente contenta ahora que podía volver a casa de sus padres, a quienes hacía quince años que no veía. Abuelos secretos, a quienes nosotros creímos muertos hasta poco después del funeral de nuestro padre. Y hasta aquel día no nos enteramos tampoco de la existencia de dos tíos que habían muerto en accidente. Entonces me di cuenta bastante clara de que nuestros padres habían vivido plenamente sus vidas antes incluso de tener hijos, y que nosotros no éramos tan importantes después de todo.

—Mamá —comenzó Christopher, lentamente—, tu bella y grandiosa casa de Virginia nos parece muy bien, pero a nosotros nos gusta más esto. Aquí tenemos a nuestros amigos, todo el mundo nos conoce, y yo, personalmente, te aseguro que no quiero mudarme. ¿Por qué no vas a ver al abogado de papá y le dices que vea la manera de que podamos seguir aquí, con nuestra casa y nuestros muebles?

—Sí, mamá, por favor, es mejor que nos quedemos aquí —coincidí.

Mamá se levantó rápidamente de la silla y se puso a dar grandes pasos por el cuarto. Cayó de rodillas ante nosotros, y sus ojos quedaban entonces a la altura de los nuestros.

—Vamos a ver, escuchadme —pidió, cogiéndonos a mi hermano y a mí de la mano y apretándonos a los dos contra su pecho—. Yo lo he pensado también; he reflexionado sobre la manera de poder seguir aquí, pero es que no hay ningún remedio, en absoluto, porque no tenemos dinero para pagar los plazos mensuales, y yo no soy capaz de ganar un sueldo suficiente para mantener a cuatro niños y a mí. Miradme —suplicó, abriendo los brazos, de pronto parecía vulnerable, bella, impotente—, ¿sabéis lo que soy? Pues un bonito e inútil adorno que siempre pensó que tendría a su lado a un hombre que cuidase de ella. No sé hacer nada, ni siquiera sé escribir a máquina. Sé muy poco de cuentas. *Sé* bordar muy bien, bordado de aguja y también en estambre, pero ese tipo de habilidades no sirve para ganar dinero. Es imposible vivir sin dinero. No es el amor lo que hace girar al mundo, sino el dinero. Y mi padre tiene tanto dinero que no sabría qué hacer con él. Y no tiene más heredero vivo ahora que yo. En otros tiempos a mí me quería más que a sus dos hijos, de modo que no deberá ser difícil ahora recuperar su afecto. Entonces mandará llamar a su abogado y le dirá que ponga mi nombre en un testamento nuevo y lo heredaré todo. Tiene sesenta y seis años, y está al borde de la muerte a causa de una enfermedad cardíaca. A juzgar por lo que me escribió mi madre en hoja aparte, para que mi padre no lo leyese, a vuestro abuelo le quedan dos o tres meses de vida, como mucho. Eso me dará tiempo de sobra para hacer que vuelva a quererme como solía, y cuando muera, toda su fortuna será mía, ¡mía! *¡nuestra!* Nos veremos libres para siempre de toda preocupación económica, libres de ir a donde queramos, libres de hacer lo que deseemos, libres de viajar, de comprar todo cuanto se nos antoje, ¡todo cuanto se nos antoje! Y no creáis que hablo de uno o dos millones, sino de muchos, muchos millones, a lo mejor, hasta miles de millones. La gente que tiene dinero en esas cantidades, a veces ni siquiera se da cuenta de lo que eso vale, porque lo tienen invertido en muchos negocios, y son dueños de muchas cosas, como bancos, líneas aéreas, hoteles, grandes almacenes, navieras. La verdad, no os dais cuenta del tipo de imperio que vuestro abuelo controla, incluso ahora que está al borde de la muerte. Tiene el genio de ganar dinero, todo lo que toca se le convierte en oro.

Sus ojos refulgían. El sol entraba por las ventanas del cuarto de estar, desparramando ráfagas de luz diamantina sobre su cabellera. Ya parecía más rica que nadie. Pero mamá, mamá, ¿cómo había surgido todo aquello justamente después de la muerte de nuestro padre?

—Christopher, Cathy, ¿estáis escuchándome, estáis usando vuestra imaginación? ¿Os dais cuenta de lo que se puede hacer con tantísimo dinero? ¡El mundo y todo cuanto contiene es vuestro! Con dinero se consigue poder, influencia, respeto. Tened fe en mí. En seguida volveré a ganarme el corazón de mi padre. En cuanto me vuelva a ver y se dé cuenta de que estos quince años que llevamos separados han sido una pérdida de tiempo inútil. Es viejo, está enfermo, se pasa la vida en el primer piso, en un cuartito pequeño al otro lado de la biblioteca, y tiene enfermeras que cuidan de él día y noche, y criados que están atentos a sus menores deseos, y yo soy lo único que le queda, no tiene a nadie más que a mí. Hasta las enfermeras encuentran innecesario subir las escaleras, porque tienen su propio cuarto de baño en el primer piso. *Una* noche le haré aceptar la idea de conocer a sus cuatro nietos, y entonces bajaréis vosotros las escaleras, y entraréis en su cuarto, y él quedará encantado, encantado de lo que verán sus ojos: cuatro preciosos niños que son la perfección misma en todos sus detalles, y no tendrá más remedio que quereros, a cada uno de los cuatro. Creedme, la cosa saldrá bien, saldrá exactamente como os digo. Y os prometo que haré todo lo que me mande mi padre. Por mi propia vida, por todo cuanto considero sagrado y querido, o sea, por los hijos que hizo mi amor por vuestro padre, podéis creerme, os prometo que muy pronto seré la heredera de una fortuna que sobrepasa la imaginación, y, gracias a mí, todos vuestros sueños se harán realidad.

Yo tenía la boca abierta de par en par. Estaba completamente dominada por su apasionamiento. Eché una ojeada a Christopher y le vi que miraba fijamente a mamá con ojos llenos de incredulidad. Los gemelos estaban ya al borde aterciopelado del sueño. No habían oído nada de todo aquello.

Íbamos a vivir en una casa tan grande y tan rica como un palacio.

En aquel palacio tan grandioso, donde había criados atentos a nuestros menores deseos, seríamos presentados al rey Midas, que no tardaría en morir, y entonces *noso-*

tros tendríamos todo el dinero, y podríamos poner al mundo entero a nuestros pies. ¡Íbamos a entrar en posesión de riquezas increíbles! ¡Yo sería exactamente igual que una princesa!

Y, a pesar de todo, ¿por qué no me sentía verdaderamente contenta?

—Cathy —dijo Christopher, dirigiéndome una sonrisa feliz, de oreja a oreja—, todavía podrás ser bailarina de ballet. No creo que el dinero sirva para comprar talento, o para convertir a un chico bien en médico, pero, cuando llegue el momento de ponernos a trabajar y ser gente seria, que nos quiten lo bailado.

No podía llevarme la caja de música de plata de ley, con la bailarina rosa encima. La caja de música era cara, y había sido incluida en la lista como cosa de valor para compensar a «esa gente».

No podía quitar de las paredes los estantes de mis muñecas, ni tampoco las muñecas de miniatura. Apenas podía llevarme nada de todo lo que papá me había regalado, excepto el pequeño anillo que llevaba en el dedo, con una piedra semipreciosa tallada en forma de corazón.

Y, como decía Christopher, en cuanto fuéramos ricos, nuestras vidas serían como una larga fiesta. Así es como vive la gente rica, sin duda, felizmente, contando el dinero y haciendo planes divertidos.

Diversiones, juegos, fiestas, riquezas increíbles, una casa grande como un palacio, con criados que vivían encima de un gran garaje donde se guardaban por lo menos nueve o diez coches caros. ¿Quién iba a creer que mi madre procedía de una familia así? ¿Por qué la reñía papá tanto por gastar dinero sin cuidado cuando a ella le habría bastado con escribir a su casa entonces, mendigando un poco, aunque fuese humillante?

Bajé despacio al recibidor desde mi cuarto, y me que-

dé quieta un momento ante la caja de música de plata, sobre la que mi bailarina rosa estaba en posición de arabes-
co al abrirse la tapa, de modo que podía verse a sí misma
en el espejo. Y oí la música, que tocaba: «Gira, bailarina,
gira...»

Podía robarla, si tuviera algún sitio donde esconderla.

Adiós, cuarto blanco y rosa de paredes color menta.

Adiós, camita blanca con el cielo suizo de motas, que me
había visto enferma de sarampión, paperas y viruelas.

Adiós, otra vez adiós a ti, papá, porque cuando me
vaya de aquí ya no podré imaginarte sentado a un lado de
mi cama, cogiéndome la mano, ni te veré venir desde el
cuarto de baño, con un vaso de agua. *La verdad es que no
me gusta irme de aquí, papá, preferiría quedarme y conservar tu recuerdo junto a mí.*

—Cathy —mamá me llamaba desde la puerta—, no te
quedes ahí llorando. Una habitación no es más que eso,
una habitación. Vivirás en muchas habitaciones antes de
que te mueras, de manera que date prisa, recoge tus cosas
y las de los gemelos, mientras yo hago mi equipaje.

Antes de morirme viviré en mil habitaciones, o más,
me susurraba una vocecita en el oído... y la creí.

EL CAMINO DE LAS RIQUEZAS

Mientras mamá hacía su equipaje, Christopher y yo metimos nuestra ropa en dos maletas, junto con unos pocos juguetes y un solo juego. En la media luz temprana del atardecer, un taxi nos llevó a la estación del ferrocarril. Nos habíamos marchado furtivamente, sin decir adiós ni siquiera a un solo amigo, y esto dolía. Yo no sabía por qué tenía que ser así, pero mamá insistía. Nuestras bicicletas se quedaron en el garaje, junto con todas las demás cosas que eran demasiado grandes para poder llevárnoslas.

El tren avanzó pesadamente a través de una noche oscura y estrellada, camino del lejano Estado de Virginia. Pasamos por muchas ciudades y pueblos dormidos, y junto a granjas solitarias, de las que sólo se veían algunos dorados rectángulos de luz. Mi hermano y yo no queríamos dormirnos y perdernos todo aquello, y, además, ¡teníamos tantas cosas de que hablar! Sobre todo, hacíamos cábalas sobre la casa grandiosa, rica, en la que íbamos a vivir espléndidamente, comiendo en platos de oro y servidos por un mayordomo de librea. Y me imaginaba que tendría mi propia doncella para que me ayudara a quitarme la ropa, me preparara el baño, me cepillara el pelo y se pusiera firme ante una orden mía. Pero no sería demasiado severa con ella. Por el contrario, me mostraría suave, comprensiva, la clase de señora que todo criado desea; bueno, menos cuando rompiera algo que a mí me gustase de verdad, porque entonces se armaría una buena. A mí me daría un ataque de mal genio y tiraría por los aires unas pocas cosas que no me gustasen.

Recordando ahora aquel viaje nocturno en tren, me doy cuenta de que fue aquella misma noche cuando empecé a hacerme mayor y a filosofar. Por cada cosa que uno gana tiene que perder algo, de manera que lo mejor era ir acostumbrándose a ello, y sacar el mejor partido posible.

Mientras mi hermano y yo hablábamos de cómo íbamos a gastar el dinero cuando lo tuviéramos, el revisor, orondo y tirando a calvo, entró en nuestro compartimento y contempló admirativamente a mi madre de pies a cabeza, diciéndole finalmente:

—Señora Patterson, dentro de quince minutos llegaremos a su destino.

Pero ¿por qué la llamaba ahora «señora Patterson»?, me pregunté. Dirigí a Christopher una mirada interrogadora, pero también él parecía sorprendido.

Despertada bruscamente, con aire sobresaltado y desorientado, los ojos de mamá se abrieron cuan grandes eran. Su mirada saltó del revisor, que se encontraba muy cerca, sobre ella, a Christopher y a mí, y luego bajó, desesperada, a los gemelos dormidos. A continuación sus ojos parecieron a punto de llenarse de lágrimas, y buscó su bolso para sacar un pañuelo de papel con el que secarse delicadamente los ojos. Luego oímos un suspiro tan hondo, tan lleno de pena, que mi corazón empezó a latir a un ritmo nervioso.

—Sí, muchas gracias —dijo mamá al revisor, que seguía mirándola lleno de aprobación y admiración—, no se preocupe, estaremos listos.

—Señora —insistió el hombre, sumamente preocupado y mirando su reloj de bolsillo—, son las tres de la madrugada. ¿Habrá alguien en la estación esperándoles?

Dirigió su mirada inquieta a Christopher y a mí, y luego a los gemelos dormidos.

—No se preocupe —le tranquilizó mamá.

—Señora, es que ahí fuera está muy oscuro.

—Sería capaz de ir a mi casa con los ojos cerrados.

El paternal revisor no quedó satisfecho con esta contestación.

—Señora, hasta Charlottesville hay una hora de camino, y usted y sus hijos se van a encontrar solos en pleno descampado. No hay lo que se dice una sola casa a la vista.

Para poner fin a tanta pregunta, mamá le respondió con su aire arrogante:

—Alguien estará esperándonos.

Era gracioso lo bien que se le daba el adoptar ese aire altivo, como quien se pone un sombrero, y luego perderlo con la misma facilidad.

Llegamos a la estación en pleno descampado, y allí nos quedamos. No había nadie esperándonos.

Era gracioso lo bien que se le daba el adoptar ese aire altivo; como nos había advertido el revisor, no se veía una sola casa. Solos en plena noche, lejos de todo indicio de civilización, nos despedimos con la mano del revisor, que estaba en el peldaño de la portezuela del tren, cogido con una mano y diciéndonos adiós con la otra. Su expresión mostraba bien claro que no le hacía ninguna gracia dejar a la «señora Patterson» y su camada de cuatro niños adormilados esperando allí a que alguien llegara a recogerles en coche. Miré alrededor y no vi más que un tejado mohoso de hojalata sostenido por cuatro postes de madera, y debajo un banco verde desvencijado. Ésta era nuestra estación. No nos sentamos en aquel banco, sino que nos estuvimos allí, en pie, viendo desaparecer el tren en la oscuridad y oyendo su único silbido triste que nos llamaba, como deseándonos buena suerte y felicidad.

Estábamos rodeados de prados y campos. Desde los tupidos bosques en el fondo, más allá de la «estación», se oía algo que hacía un ruido extraño. Me sobresalté y di media vuelta para ver lo que era, y esto hizo reírse a Christopher.

—¡Si no era más que una lechuza! ¿Creíste que era un fantasma?

—Vamos, dejad eso —nos advirtió mamá en tono cortante—. Y tampoco tenéis por qué hablar tan bajo. No hay nadie por aquí. Ésta es una comarca campesina, casi no hay más que vacas lecheras. Mirad alrededor. No veréis más que campos de trigo y de cebada, y algo de avena. Los granjeros de por aquí proveen de productos agrícolas a la gente rica que vive en la colina.

Había muchas colinas, todas ellas parecidas a colchas de remiendos abultadas, con árboles que subían y bajaban como dividiéndolas en parcerlas. Centinelas de la noche, los llamé yo, pero mamá nos dijo que todos aquellos árboles, tan numerosos, en filas rectas, servían de protección contra el viento, y además, contenían los ventisqueros, que aquí eran numerosos. Y estas palabras eran las más a propósito para que Christopher se sintiera muy excitado, porque le encantaban los deportes de invierno de todas clases y nunca se le había ocurrido pensar que en un Estado del Sur como Virginia pudieran caer fuertes nevadas.

—Sí, desde luego que nieva aquí —explicó mamá—. Ya veréis si nieva. Estamos en las laderas de las Montañas Azules, y aquí llega a hacer mucho, pero que mucho frío, aunque en verano los días suelen ser calurosos. Las noches, sin embargo, son siempre bastante frías como para tener que ponerse por lo menos una manta en la cama. Ahora mismo, si hubiera salido el sol, veríais qué paisaje más maravilloso, un verdadero disfrute para la vista. Nos queda mucho camino hasta llegar a mi casa, y tenemos que llegar allí antes del amanecer, que es cuando se levantan los criados.

—¡Qué cosa más extraña!

—¿Por qué? —pregunté—. ¿Por qué le dijiste al revisor que te llamara señora Patterson?

—Cathy, no te lo voy a explicar ahora, no tenemos tiempo; debemos andar deprisa.

Se inclinó, para recoger las dos maletas más pesadas, y dijo con voz firme que teníamos que seguirla. Christopher y yo tuvimos que llevar en brazos a los gemelos, que estaban demasiado adormilados para andar, o siquiera para intentarlo.

—¡Mamá! —grité, cuando hubimos andado unos pasos—. ¡Al revisor se le olvidó darnos *tus* dos maletas!

—No, no te preocupes, Cathy —replicó mamá, sin aliento, como si con las dos maletas que llevaba bastase para poner a prueba sus fuerzas—. Le dije al revisor que llevase mis dos maletas hasta Charlottesville y las dejara allí en consigna para recogerlas yo mañana por la mañana.

—¿Y por qué lo hiciste? —preguntó Christopher, con voz tensa.

—Pues para empezar, porque ya ves que no podría llevar *cuatro* maletas yo sola, y, además, porque quiero tener la oportunidad de hablar con mi padre antes de que se entere de que tengo cuatro hijos. Y no parecería normal llegar a casa en plena noche después de quince años de ausencia, ¿no te parece?

Parecía razonable, efectivamente, porque, como los gemelos se negaban a andar, la verdad era que ya teníamos bastante con lo que llevábamos. Nos pusimos en marcha, detrás de nuestra madre, por terreno desigual, siguiendo senderos apenas visibles entre rocas y árboles y maleza que nos desgarraban la ropa. Anduvimos mucho, mucho tiempo. Christopher y yo nos sentíamos cansados, irritables, y los gemelos parecían cada vez más pesados, y llegamos a sentir los brazos doloridos. Era una aventura que estaba ya empezando a perder emoción. Nos quejamos, gruñimos, nos rezagamos, nos sentamos a descansar. Queríamos volver a Gladstone, a nuestras camas, con nuestras cosas, donde estaríamos mejor que aquí, mejor que en aquella gran casa vieja, con criados y abuelos a quienes ni siquiera conocíamos.

—¡Despertad a los gemelos! —ordenó mamá, que había acabado por impacientarse de nuestras quejas—. Que se pongan en pie y obligadles a andar, quieran o no.

—Murmuró algo inteligible para sus adentros, contra el cuello de piel de la chaqueta, pero que apenas pude captar—. Bien sabe Dios que harán bien en andar al aire libre ahora que pueden.

Sentí que un escalofrío de miedo me recorría la espalda. Eché una ojeada rápida a mi hermano mayor, para ver si había oído, precisamente en el momento en que él volvía la cabeza para mirarme. Me sonrió, y yo le sonreí a mi vez.

Mañana, cuando mamá llegase, a una hora razonable, en taxi iría a ver a su padre enfermo y le sonreiría, y le hablaría, y él quedaría encantado, conquistado. Con una sola mirada a su bello rostro y una sola palabra de su voz suave y bella, el anciano tendería los brazos y le perdonaría todo lo que había hecho, lo que fuese, y que había sido la causa de su «caída en desgracia».

A juzgar por lo que ya nos había contado, su padre era un *viejo* quisquilloso y raro, porque sesenta y seis años a mí me parecían una vejez increíble. Y un hombre que está al borde de la muerte no puede guardar rencores contra el único hijo que le queda, una hija, además, a la que en otros tiempos había querido muchísimo. Tendría que perdonarla, a fin de poder irse, tranquilo y felizmente, a la tumba, sabiendo que había hecho lo que debía. Y entonces, una vez que le tuviese dominado, mamá nos haría bajar a nosotros al dormitorio, y nosotros, con nuestra mejor ropa y nuestra mejor conducta y maneras, le convenceríamos de que no éramos ni feos ni verdaderamente malos, y nadie, lo que se dice nadie que tuviera corazón, podría no quedar embelesado por los gemelos. Porque la gente de los centros comerciales se detenía para acariciar a los gemelos y felicitar a nuestra madre por tener niños tan bonitos. ¡Y ya veríamos en cuanto el abuelo se diese cuenta de lo listo y lo buen estudiante que era Christopher! Y, aún más notable, no le hacía falta empollar, como a mí, porque todo lo aprendía con facilidad. A sus ojos les bastaba con leer una página una o dos veces solamente para que todo lo que había en ella quedase indeleblemente grabado en su cerebro, y no se le olvidaba ya nunca más. La verdad era que le tenía envidia por ese don.

También yo tenía un don. No era la moneda reluciente y brillante de Christopher, sino mi manera de dar la vuelta a todo lo que relucía y encontrar la mancha, el fallo. Sólo habíamos recibido un poco de información sobre aquel abuelo desconocido, pero, reuniendo las piezas, ya me había hecho una idea de que no era el tipo de persona que perdona con facilidad, eso se deducía en seguida del hecho de que hubiera renegado de su hija, antes tan querida, durante quince años. Y, sin embargo, ¿era posible que fuese tan duro como para resistir todos los encantos zalameros de mamá, que eran muchos e irresistibles? Lo ponía en duda. La había visto y oído engatusar a nuestro padre en cuestiones de dinero, y siempre era papá el que tenía que acabar cediendo y adaptándose a ella. Con un solo beso, un abrazo, una caricia suavecita, papá se volvía todo sonriente y animado, y decía que sí, que, de la manera que fuese, se las arreglarían para pagar todas las cosas caras que mamá había estado comprando.

—Cathy —dijo Christopher—, haz el favor de no poner esa cara de preocupación. Si Dios no quisiera que la gente envejezca y enferme, y acabe muriéndose, no les dejaría seguir teniendo hijos.

Sentí que Christopher estaba mirándome, como si pudiera leer mis pensamientos, y me sonrojé violentamente, mientras él sonreía lleno de ánimo. Era el perpetuo optimista contra viento y marea, nunca sombrío, dubitativo y malhumorado, como me ocurría a mí con frecuencia.

Seguimos el consejo de mamá y despertamos a los gemelos. Los pusimos en pie, diciéndoles que tendrían que hacer un esfuerzo y andar, estuvieran cansados o no. Fuimos tirando de ellos, mientras se quejaban y lloriqueaban, con gemidos mocosos de rebelión.

—No quiero ir a donde vamos —se lamentaba Carrie, llorosa.

Cory se limitaba a gemir.

—No me gusta ir por los bosques cuando es de noche —se lamentaba Carrie, tratando de soltar su manita de la mía—. ¡Me voy a casa! ¡Anda, suéltame, Cathy!, ¡suéltame!

Cory gritaba cada vez más.

Yo quería coger a Carrie de nuevo en brazos y llevarla así, pero los brazos me dolían demasiado para hacer un nuevo esfuerzo. Entonces, Christopher soltó la mano de Cory y fue corriendo a ayudar a mamá a llevar las dos pesadas maletas, de modo que me vi con dos gemelos rebeldes, que no querían seguir adelante, tirando de ellos en plena oscuridad.

El aire era fresco y cortaba. Aunque mamá decía que ésta era una zona de colinas, a mí aquellas formas altas y sombrías en la lejanía me parecían más bien montañas. Levanté la vista al cielo, y me pareció un cuenco profundo y vuelto del revés, de terciopelo azul marino, reluciente todo él de copos de nieve cristalizados en lugar de estrellas, ¿o quizá serían lágrimas de hielo que yo iba a llorar en el futuro? ¿Y por qué me daban la impresión de estar mirándome desde arriba con pena, haciéndome sentirme pequeña como una hormiga, abrumada, completamente insignificante? Era demasiado grande aquel cielo cerrado, demasiado bello, y me llenaba de una extraña sensación agorera. Pero, a pesar de todo, me daba cuenta de que, en otras circunstancias, hubiera sido posible que me encontrara a gusto en un paisaje como aquél.

Llegamos finalmente a un grupo de casas grandes y de muy buen aspecto arracimadas en una ladera pendiente. Nos aproximamos furtivamente a la más grande y la mejor, con mucho, de todas aquellas dormidas moradas de montaña. Mamá dijo en voz baja que la casa de sus antepasados se llamaba Villa Foxworth, y tenía más de doscientos años.

—¿Hay un lago cerca de aquí para patinar sobre hielo? —preguntó Christopher, fijándose en el paisaje montañoso—. Aquí no se puede esquiar, hay demasiados árboles y rocas.

—Sí —contestó mamá—. Hay un lago pequeño a

unos cuatrocientos metros de distancia —y señaló en la dirección donde se encontraba el lago.

Dimos la vuelta a aquella enorme casa, casi de puntillas, y, cuando nos vimos ante la puerta de atrás, una señora vieja nos dejó entrar. Debía haber estado esperándonos, y por eso nos vio venir, porque abrió la puerta tan pronto que ni siquiera tuvimos que llamar. Fuimos entrando silenciosamente, como ladrones en plena noche. La señora no pronunció una sola palabra de bienvenida. Yo me pregunté si no sería alguna de las criadas.

En cuanto nos vimos en el interior de la casa oscura, la señora nos hizo subir apresuradamente por una escalera trasera, estrecha y empinada, sin permitirnos detenernos siquiera un segundo para echar una ojeada a las habitaciones impresionantes de las que apenas pudimos conseguir un vislumbre a nuestro paso silencioso y rápido. Pasamos por muchos salones, junto a muchas puertas cerradas, y, finalmente, nos vimos ante una habitación en que terminaba el pasillo; ella entonces abrió bruscamente una puerta y nos hizo un ademán para que entráramos. Fue un alivio llegar al final de nuestro largo viaje nocturno, y vernos en un gran dormitorio, con una sola lámpara encendida. Las dos ventanas altas estaban cubiertas con pesadas colgaduras semejantes a tapices. La vieja señora, vestida de gris se volvió a nosotros y se puso a mirarnos, mientras cerraba la pesada puerta que daba al exterior, apoyándose contra ella.

Habló por fin, y yo me sobresalté:

—Tenías razón, Corrine, tus hijos son preciosos.

Estaba haciéndonos un cumplido que debiera dar calor a nuestros corazones, pero la verdad es que a mí el mío me lo congeló. Su voz era fría e indiferente, como si nosotros no tuviéramos oídos para oír ni mentes para comprender su desagrado, a pesar de lo halagüeño de sus palabras. Y bien que tuve razón en pensar así, porque lo que dijo a continuación confirmó esta reacción mía.

—Pero ¿estás segura de que son inteligentes? ¿No tendrán alguna afección invisible, que no se nota a la vista?

—¡Ninguna! —gritó mamá, sintiéndose tan ofendida como yo—. Mis hijos no tienen absolutamente nada malo, como puedes ver sin duda alguna, ¡tanto física como mentalmente!

Miró hacia aquella vieja de gris y luego se agachó, sentándose sobre los talones, y se puso a desnudar a Carrie, que estaba cayéndose de sueño. Yo me arrodillé ante Cory y le desabroché la chaqueta azul, mientras Christopher levantaba una maleta y la ponía sobre una de las grandes camas. La abrió y sacó de ella dos pares de pequeños pijamas amarillos, con las perneras cerradas.

Furtivamente, mientras ayudaba a Cory a quitarse la ropa y ponerse el pijama amarillo, estudié a la mujer alta y grande, que, me imaginaba, sería nuestra abuela. Mientras la examinaba de arriba abajo, en busca de arrugas y papada, me di cuenta de que no era tan vieja como me había parecido al principio. Tenía el pelo áspero, de un color azul acero, echado hacia atrás, dejando la frente al descubierto, en un estilo serio que le hacía los ojos algo largos y como de gato. Tenía la cabellera tan tirante que se podía ver cómo tiraba cada pelo de la piel, formando pequeñas eminencias irritadas, e, incluso en aquel momento, pude ver un pelo liberarse de sus ataduras.

La nariz era como el pico de un águila, los hombros anchos y la boca como una cuchillada fina y torcida. Su vestido, de tafetán gris, tenía un broche de diamantes en la garganta de un cuello alto y severo. Nada, en ella, daba la impresión de suavidad o flexibilidad; incluso su pecho parecía hecho de dos colinas de cemento. No había que andarse con bromas con ella, como con nuestros padres.

No me cayó simpática. Quería irme a casa. Los labios me tamblaban. Quería que papá volviese a la vida. ¿Cómo era posible que una mujer así hubiese hecho a una persona tan preciosa y dulce como nuestra madre? ¿De dónde habría heredado nuestra madre su belleza, su alegría? Me estremecí, y traté de contener las lágrimas que me rebosaban los ojos. Mamá nos había advertido de antemano sobre un abuelo áspero, indiferente, implacable, pero la abuela que había preparado nuestra llegada se nos presentaba como una sorpresa dura y desconcertante. Contuve las lágrimas, temerosa de que Christopher las viera y se burlase de mí más tarde. Pero, para tranquilizarme, nuestra madre sonreía cálidamente, mientras levantaba a Cory, ya vestido con el pijama, y lo dejaba en una de las grandes camas, y luego a Carrie a su lado. Tenían un aspecto realmente simpático, allí echados, como dos muñecas de mejillas sonrosadas. Mamá se inclinó sobre los gemelos y cubrió de apretados besos sus mejillas enrojecidas, y su mano echó tiernamente hacia atrás los rizos que les caían sobre la frente, arropándolos bien luego hasta que la colcha quedó debajo de sus barbillas.

Pero los gemelos ni siquiera se enteraron, porque ya estaban profundamente dormidos.

Impávida como un árbol de raíces bien firmes, a pesar de todo, la abuela estaba evidentemente descontenta. Miró a los gemelos, acostados en una cama, y luego a Christopher y a mí, muy juntos. Estábamos cansados, medio apoyándonos el uno en el otro. En sus ojos de un gris pétreo brilló una intensa desaprobación. Su mirada era ceñuda y penetrante, inamovible, y mamá pareció comprenderla, aunque yo no. El rostro de mamá se sonrojó violentamente cuando la abuela dijo:

—Los dos niños mayores no pueden dormir juntos en la misma cama.

—¡Pero si son pequeños! —replicó mamá, con insólita energía—. Madre, la verdad es que no has cambiado absolutamente nada, y sigues siendo tan recelosa y malpensada como siempre. ¡Christopher y Cathy son inocentes!

—¿Inocentes? —cortó ella, y su mirada aviesa era tan tajante que habría podido hacer sangrar—. Eso es precisamente lo que pensábamos tu padre y yo sobre tú y tu tío.

Las miré a las dos, con los ojos abiertos de par en par. Luego miré a mi hermano. Los años parecían desplomarse sobre él como metal fundido, y estaba allí, vulnerable, impotente, como un niño de seis o siete años, tan incapaz de comprender como yo misma.

Una tempestad de cólera dejó a mi madre sin color.

—Si es así como piensas, dales una habitación a cada uno, y cada uno en su cama, ¡bien sabe Dios que en esta casa hay habitaciones de sobra!

—Eso es imposible —replicó la abuela, con su voz que sonaba como fuego helado—. Éste es el único dormitorio que tiene su propio baño contiguo y en el que mi marido no puede oírles andar desde abajo, o tirar de la cadena del retrete. Si estuvieran cada uno en su cuarto y esparcidos por todo el piso de arriba, oiría sus voces, o su ruido, o lo oirían los criados. Es la verdad, he pensado mucho dónde colocarlos. Éste es el único cuarto seguro.

¿Seguro? ¿Íbamos a dormir, los cuatro, en una sola habitación? ¿Es que en una casa grande y rica, con veinte, treinta, cuarenta habitaciones, íbamos a estar todos apretujados en un solo cuarto? Pero, aun así ahora que lo pensaba mejor, la verdad era que no quería quedarme sola en una habitación en aquella casa gigantesca.

—Pon a las dos niñas en una cama y a los dos niños en la otra —ordenó la abuela.

Mamá sacó a Cory y lo puso en la otra cama doble, y, de esta forma, comenzó la costumbre que iba a regir en adelante. Los chicos en la cama más cerca de la puerta del cuarto de baño, y Carrie y yo, en la cama más cerca de las ventanas.

La vieja volvió su mirada dura hacia mí; luego la fijó en Christopher.

—Y ahora, escuchadme bien —comenzó a decir, como un sargento instructor—: dependerá de vosotros de ahora en adelante, ya que sois mayores, el que los pequeños se estén callados, y vosotros dos seréis responsables si no obedecen las instrucciones que os doy. Recordad bien esto: si vuestro abuelo se entera demasiado pronto de que estáis viviendo aquí, os echará a todos sin daros lo que se dice ni un céntimo, ¡y eso *después* de haberos castigado bien por estar vivos! Tenéis que tener siempre limpio este cuarto, bien aseado, y el baño también, exactamente como si aquí no viviese nadie. Y os estaréis callados y sin hacer ruido; no se os ocurra gritar, o echar a correr o dar golpes sobre el techo de abajo. Cuando vuestra madre y yo nos vayamos esta noche de este cuarto, cerraré bien la puerta, porque no quiero que andéis dando vueltas de habitación en habitación y en el resto de esta casa. Hasta el día en que muera vuestro abuelo viviréis aquí, pero será como si no existierais realmente.

¡Santo cielo! Mis ojos buscaron como rayos a mamá. ¡No podía ser verdad esto! Estaba mintiendo, ¿verdad?, estaba diciendo aquellas cosas horribles solamente para asustarnos. Me acerqué más aún a Christopher, apretándome contra su costado, sintiéndome toda fría y estremecida. La abuela frunció el ceño y, rápidamente, dio un paso hacia atrás. Trataba de mirar a mamá, pero ella me volvía la espalda, y tenía la vista baja, aunque sus hombros se agitaban y parecía que se hundían, como si estuviera llorando.

Me sentí llena de pánico, y hubiera empezado a llorar a gritos de no ser porque en aquel momento mamá se volvió, se sentó en una de las camas y nos tendió los brazos a Christopher y a mí. Corrimos hacia ella, llenos de agradecimiento por aquellos brazos que nos apretaban y aquellas manos que nos acariciaba el pelo y la espalda y nos alisaban el pelo revuelto por el aire.

—No os preocupéis —murmuró—. Tened confianza en mí. Aquí arriba no estaréis más que una sola noche, y mi padre os recibirá y os dará la bienvenida en esta casa, para que viváis en ella como si fuera vuestra, toda ella, todas las habitaciones, y hasta los jardines también.

Luego miró duramente a su madre, tan alta, tan severa, tan adusta.

—Mamá, ten piedad y compasión de mis hijos. Después de todo, son carne de tu carne y sangre de tu sangre, no lo *olvides*. Son muy buenos niños, pero también son niños normales, y necesitan sitio para jugar y correr y hacer ruido. ¿Qué quieres? ¿Que hablen siempre en voz baja? No hace falta que cierres esta puerta con llave basta con cerrar la que hay al final del recibidor. ¿Por qué no pueden tener todas las habitaciones de este ala norte, para andar por ellas? De sobra sé que nunca usaste apenas esta parte antigua de la casa.

La abuela movió enérgica la cabeza, rehusando.

—Corrine, aquí quien manda soy yo, ¡no tú! ¿Piensas que basta con irnos de aquí y cerrar la puerta del ala y que los criados no se preguntarán por qué? Todo tiene que seguir exactamente como antes. Comprenden que tenga cerrada esta habitación concretamente porque la escalera del ático está aquí, y no quiero que vayan husmeando por sitios que no les corresponden a ellos. Todas las mañanas, muy temprano, les traeré a los niños leche y comida, antes de que el cocinero y las muchachas vayan a la cocina. A este ala norte no viene nunca nadie, excepto los últimos viernes del mes, que es cuando se limpia toda la casa. Esos días, los niños pueden esconderse en el ático hasta que se vayan de aquí las doncellas. Y antes de que vengan las doncellas, yo echaré aquí una ojeada para cerciorarme de que no han dejado nada que pueda delatar su existencia.

Mamá hizo todavía objeciones:

—¡Pero eso es imposible! ¡Acabarán delatándose ellos mismos, dejando alguna pista! Mamá, hazme caso y cierra la puerta del recibidor!

La abuela rechinó los dientes.

—Corrine, da tiempo al tiempo; con el tiempo me será posible pensar alguna razón para explicar por qué los criados no pueden entrar en este ala, ni siquiera para limpiarla, pero tengo que andarme con cuidado y no despertar sus sospechas. No me tienen simpatía y enseguida irían a tu padre con el cuento, esperando así que les diese algo. ¿No te das cuenta? El cierre de este ala no puede coincidir con tu vuelta, Corrine.

Nuestra madre asintió, cediendo. Ella y la abuela siguieron conspirando, mientras Christopher y yo nos sentíamos más y más embargados por el sueño. Aquel día parecía que no fuese a acabar nunca. Yo no quería otra cosa que meterme de una vez en la cama, aunque fuese a rastras, al lado de Carrie, y arrebujarme bien allí dentro, para poder sumirme en el dulce olvido, donde no había problemas.

Por último, justamente cuando empezaba a pensar que nunca se daría cuenta de lo cansados que estábamos Christopher y yo, mamá se fijó en nosotros, y pudimos desnudarnos en el cuarto de baño, y meternos en la cama, y la verdad es que ya era hora.

Mamá se acercó a mí, con aire fatigado y preocupado, con sombras oscuras en torno a los ojos, y apretó sus labios cálidos contra mi frente. Vi las lágrimas brillar en sus ojos, y su maquillaje reducía las lágrimas a líneas negras. ¿Por qué estaba llorando de nuevo?

—Anda, duérmete —me aconsejó con voz ronca—. No te preocupes ni hagas caso de lo que acabas de oír. En cuanto mi padre me perdone lo que hice y que tanto le disgustó, abrirá los brazos y dará la bienvenida a sus nietos, a los únicos nietos que vivirá ya para ver.

—¡Mamá! —la miré, frunciendo el ceño, llena de angustia—. ¿Por qué lloras tanto?

Con movimientos bruscos, apartó de sí las lágrimas y trató de sonreír.

—Cathy, mucho me temo que es posible que tarde más de un día en recobrar el amor y la aprobación de mi padre. A lo mejor, tardo dos días, o más.

—¿Más? —me extrañé.

—A lo mejor, quién sabe, hasta una semana, pero no más, posiblemente mucho menos tiempo. Lo que pasa es que no lo sé con exactitud... Pero, en cualquier caso, no será mucho tiempo. De eso puedes estar segura. —Su mano suave me alisaba el pelo, echándomelo hacia atrás—. ¡Pobrecita Cathy, tu padre te quería muchísimo, tanto como yo!

Se acercó a Christopher y le besó la frente, acariciándole el pelo, pero no pude oír lo que le dijo a él al oído.

Al llegar a la puerta, se volvió, para decir:

—Que tengáis buena noche y descanséis; os veré mañana, en cuanto pueda. Ya sabéis mis planes. Tengo que volver a pie hasta la estación, y tomar otro tren hasta

Charlottesville, donde me estarán esperando las dos maletas. Mañana por la mañana, temprano, volveré aquí, en taxi, y enseguida, en cuanto pueda, subiré a veros sin que me vea nadie.

La abuela, implacable, empujó a nuestra madre, sacándola del cuarto, pero mamá se las arregló aún para volverse y mirarnos, y sus ojos desolados nos rogaron silenciosamente, antes incluso de que volviéramos a oír su voz:

—Por favor, por favor, haced lo que os digo; y que los gemelos obedezcan, y que no lloren o me echen mucho de menos. Hacedles ver que esto es un juego, algo divertido. Haced lo que podáis para que se entretengan, hasta que vuelva yo con juguetes y juegos para que lo paséis bien todos. Mañana volveré, y mientras esté fuera no transcurrirá un segundo sin que piense en vosotros y rece por vosotros y os quiera a todos.

Prometimos que seríamos buenísimos, y sin hacer lo que se dice nada de ruido, y que obedeceríamos como los mismos ángeles todo cuanto ella nos dijera. Haríamos cuanto pudiésemos por los gemelos, y yo haría lo que fuese, con tal de dejar de ver aquella expresión de angustia en sus ojos.

—Buenas noches, mamá —le deseamos Christopher y yo al tiempo, mientras ella, en el recibidor, permanecía vacilante, con las manos grandes y crueles de abuela sobre sus hombros—. No te preocupes por nosotros, estaremos bien, ya sabemos lo que tenemos que hacer con los gemelos, y también cómo divertirnos solos. Ya no somos criaturas. —Todo esto último lo dijo mi hermano.

—Me veréis mañana por la mañana —anunció la abuela, antes de sacar a mamá al recibidor y cerrar la puerta con llave.

Daba miedo estar encerrados así, cuatro niños solos. ¿Y si se declaraba un incendio? Desde entonces, los fuegos y la manera de escapar de ellos iban a obsesionarme. Si íbamos a estar allí encerrados nadie nos oiría si gritábamos pidiendo auxilio. ¿Quién *iba* a oírnos en este cuarto prohibido y lejano, en un segundo piso, al que sólo se iba una vez al mes, el último viernes?

Gracias a Dios sólo iba a ser poco tiempo, una noche. Y mañana, mamá se las arreglaría para ganarse el afecto del abuelo moribundo.

De manera que nos quedamos solos. Encerrados. Y todas las luces se apagaron. A nuestro alrededor, debajo de nosotros, esta enorme casa parecía un monstruo, conteniéndonos a los cuatro en su boca armada de dientes cortantes. Si nos movíamos, si murmurábamos, si respirábamos fuerte, nos tragaría y nos digeriría.

Pero lo que yo quería, allí, echada, era dormir, no aquel largo silencio que parecía interminable. Por primera vez en mi vida, no me quedé dormida en cuanto mi cabeza tocó la almohada. Christopher rompió el silencio y comenzamos a discutir la situación en que nos hallábamos, en voz baja.

—No será tan duro —me tranquilizó en voz baja, con los ojos acuosos y relucientes en la oscuridad—. Ya verás, la abuela no puede ser tan ruin como parece.

—¡Ah!, ¿es que no te pareció una anciana bondadosa y llena de suavidad?

Él hizo un ruidito como de reírse.

—Sí, justo eso, suave, suave como una boa.

—Es grandísima. ¿Qué estatura crees que tendrá?

—¿Quién sabe? A lo mejor hasta uno ochenta, y cien kilos de peso.

—¡Dos metros! ¡Doscientos cincuenta kilos!

—Cathy, tienes que aprender a dejar de exagerar, y haz el favor de no ver dramas donde no los hay. Vamos a ver, examina serenamente la situación en que nos encontramos y verás que lo que pasa es, sencillamente, que estamos en una habitación de una casa grande, y eso no tiene por qué asustar a nadie. Vamos a pasar aquí una noche, hasta que vuelva mamá.

—Christopher, ¿has oído lo que dijo la abuela sobre un tío? ¿Entendiste lo que quiso decir?

—No, pero supongo que mamá nos lo explicará todo.

Y ahora duérmete y reza algo, porque, al fin y al cabo, no podemos hacer otra cosa.

Bajé de la cama y me hinqué de rodillas, juntando las manos bajo la barbilla. Cerré bien los ojos y recé, recé para que Dios ayudase a mamá a ser lo más encantadora, fascinantemente encantadora y cautivante, como sólo ella sabía serlo.

—Señor, por favor, que el abuelo no sea tan antipático y ruin como su mujer —rogué con fervor.

Y luego, fatigada y sofocada por tantas emociones, me metí de nuevo en la cama, apretando a Carrie contra mi pecho, y me sumí, como quería, en un reparador sueño.

LA CASA DE LA ABUELA

El día amaneció apenas luminoso tras las pesadas cortinas corridas que se nos había prohibido abrir. Christopher se incorporó el primero, bostezando, estirándose, sonriéndome.

—Eh, desgreñada —me saludó.

Su pelo aparecía tan despeinado como el mío, mucho más. No sé por qué Dios les había dado a él y a Cory un pelo tan rizado, mientras que a Carrie y a mí nos concedió sólo ondas. Y con toda su energía de muchacho, se puso, lleno de entusiasmo, a cepillarse bien los cabellos, mientras yo, sentada en la cama, me decía que ojalá se le escapasen a él de la cabeza para posarse en la mía.

Permanecí así, sentada, mirando aquella habitación, que tendría, posiblemente, seis metros de largo y otros tantos de ancho. Espaciosa, pero con dos camas dobles, una cómoda grande y un gran aparador, dos sillas muy mullidas, y un tocador entre las dos ventanas delanteras, además de una mesa de caoba con cuatro sillas, se diría que era un cuarto pequeño. Demasiado lleno de cosas. Entre las dos grandes camas había otra mesa con una lámpara. En total, contábamos con cuatro lámparas en el cuarto. Bajo todos estos pesados muebles oscuros, se extendía una desvaída alfombra oriental bordeada de rojo. En otros tiempos, debió de haber sido bonita, pero ahora se veía vieja y gastada. Las paredes estaban empapeladas de color crema, aterciopelado en blanco. Las colchas de las camas eran doradas, y estaban hechas de una tela pesada, semejante a satén colchado. Tres cuadros pendían de las paredes, pero, ¡por Dios bendito, la verdad era que le dejaban a una sin respiración! Demonios grotescos que perseguían a gente desnuda por cavernas subterráneas, casi enteramente rojas. Monstruos sobrenaturales devorando a otras almas lamentables, que todavía pataleaban, colgando de sus bocas babosas, de las que brotaban colmillos largos, agudos y relucientes.

—Eso que miras es el infierno, como algunos creen que es —me explicó el sabihondo de mi hermano—. Estoy casi seguro de que fue nuestra angélica abuela quien colgó esas reproducciones aquí con sus propias manos, para hacernos ver lo que nos espera si desobedecemos. Yo diría que son de Goya —comentó.

Mi hermano, la verdad, lo sabía todo. De no ser médico, lo que él quería ser era pintor. Era excepcionalmente buen dibujante, y sabía pintar acuarelas, al óleo, y todo lo demás. Casi todo lo hacía bien, menos poner en orden sus cosas y cuidar de sí mismo.

Justamente cuando iba a levantarme de la cama, Christopher saltó de la suya y me ganó. ¿Por qué tendríamos que estar Carrie y yo tan lejos del cuarto de baño? Llena de impaciencia, me senté al borde de la cama, agitando las piernas y esperando a que saliera.

Carrie y Cory, con muchos movimientos inquietos, se despertaron al mismo tiempo. Se incorporaron, bostezando, como reflejos gemelos en un espejo, se frotaron los ojos y miraron, soñolientos, a su alrededor. De pronto, Carrie exclamó, en tono lleno de decisión.

—¡No me gusta este sitio!

No me sorprendió. Carrie era muy obstinada. Desde antes mismo de saber hablar, y empezó a hablar a los nueve meses, ya sabía lo que le gustaba y lo que no. Nunca había términos medios: para Carrie, todo estaba por los suelos o a la altura de las nubes. Tenía la vocecita más mona del mundo cuando estaba contenta, como un pajarito que gorjea lleno de felicidad en plena mañana. Lo malo era que gorjeaba el día entero, excepto cuando estaba dormida. Carrie hablaba con las muñecas, con las tazas y con los ositos de trapo y otros animales del mismo tipo. Cualquier cosa que se estuviese quieta y sin responder era digna de su conversación. Yo, al cabo de un rato, dejaba de darme cuenta de su charla incesante; desconectaba y la dejaba seguir hablando todo lo que ella quisiera.

Cory era completamente distinto. Mientras Carrie charlaba sin cesar, Cory se estaba quieto, escuchando atentamente. La señora Simpson solía decir que Cory era «agua quieta, pero profunda», y yo continúo sin saber todavía lo que quería decir con esto, excepto que la gente silenciosa suele estar como circundada por una ilusión misteriosa que le hace a una preguntarse lo que habrá debajo de la superficie.

—Cathy —gorjeó mi hermanita con cara de bebé—, ¿me has oído decir que a mí no me gusta este sitio?

Al oír esto, Cory saltó de su cama y corrió a subirse a la nuestra, y, una vez en ella, cogió a su hermana gemela y la apretó fuerte, con los ojos abiertos de par en par y ajustados. A su manera solemne, le preguntó:

—¿Cómo vinimos aquí?

—Anoche, en tren, ¿no te acuerdas?

—No, no me acuerdo.

—Y anduvimos por los bosques, a la luz de la luna. Era muy bonito.

—¿Dónde se ha metido el sol? ¿Es todavía de noche?

El sol estaba escondido detrás de las cortinas, pero, si me hubiese atrevido a decírselo a Cory, habría querido sin duda alguna descorrer las cortinas y mirar. Y, en cuanto hubiese echado una ojeada afuera, querría salir también. Por eso no supe qué contestarle.

Alguien, en el vestíbulo, accionó el picaporte, lo cual me evitó el tener que contestar. Era nuestra abuela, que entró con una gran bandeja llena de comida, cubierto todo con una gran servilleta blanca. De una manera muy rápida y eficiente, nos explicó que no podía pasarse el día subiendo y bajando las escaleras con bandejas pesadas, de modo que con una vez tendría que bastar. Además, si venía demasiadas veces, la servidumbre se podría dar cuenta.

—Creo que, a partir de ahora, os traeré la comida en una cesta —explicó mientras dejaba la bandeja en una mesita. Luego se volvió hacia mí, como si yo fuera a dirigir las comidas—. Tienes que arreglártelas para que esta comida os dure el día entero. Repártela en tres comidas fuertes. El jamón, los huevos, las tostadas y los cereales son para el desayuno. Los bocadillos y la sopa caliente que hay en el termo pequeño son para el almuerzo. El pollo frito, la ensalada de patatas y las judías son para la cena. La fruta la podéis comer de postre. Y si al terminar el día no hacéis ruido y sois buenos, a lo mejor os traigo un helado y pastas, o un pastel. Nada de dulces, lo que se dice nada, no es cosa de que se os piquen las muelas, porque no podemos llevaros al dentista hasta que se muera el abuelo.

Christopher había salido del cuarto de baño, ya vestido, y también él se había quedado mirando a la abuela, que hablaba de manera tan natural de la muerte de su marido, sin mostrar la menor pena. Era igual que si estuviera hablando de unos peces de colores, en China, que morirían pronto en su pecera de cristal.

—Y no olvidéis limpiaros los dientes después de cada comida —proseguía, en tanto, la abuela—. Y cepillaos bien el pelo, y estad siempre limpios y completamente vestidos, no hay cosa que más desprecie que los niños que tienen la cara y las manos sucias y las narices siempre con los mocos colgando.

Pero incluso mientras nos decía esto, a Cory le estaban colgando los mocos, de manera que, lo más discretamente que pude, tuve que limpiarle la nariz. El pobre Cory tenía catarro nasal casi constantemente, y a la abuela le irritaban los niños con mocos.

—Y en el cuarto de baño, ya sabéis, hay que ser decentes —añadió, mirándome a mí con particular fijeza, y luego a Christopher, que estaba en aquel momento insolentemente apoyado en el marco de la puerta del cuarto de baño—. Los niños y las niñas no deben nunca usar el cuarto de baño al mismo tiempo.

¡Sentí que el rubor me coloreaba las mejillas! ¿Qué clase de niños creía que éramos?

Y a continuación escuchamos por primera vez algo que íbamos a seguir oyendo constantemente, como cuando la aguja del gramófono se atasca en un disco rallado:

—Y recordad bien, niños, Dios lo ve todo. ¡Dios verá todas las cosas malas que hagáis a espaldas mías! ¡Y será Dios el que os castigue cuando yo no pueda!

Sacó del bolsillo una hoja de papel.

—Y, ahora, en este papel he escrito las reglas que tendréis que seguir mientras estéis en mi casa.

Diciendo esto, dejó la lista sobre la mesa y nos explicó que tendríamos que leerlas y aprendérnoslas de memoria. Luego dio media vuelta, para irse..., pero no, lo que hizo fue dirigirse al cuartito que nosotros todavía no habíamos investigado.

—Niños, al otro lado de esta puerta, y en el otro extremo del cuartito hay una puerta pequeña que cierra el paso a la escalera de la buhardilla. Allí, en la buhardilla, tenéis todo el sitio que queráis para correr y jugar y hacer un ruido razonable, pero nunca se os ocurra subir allí hasta después de las diez, porque antes de esa hora las doncellas están en el segundo piso dedicadas a sus tareas matinales y podrían oíros correr. Por tanto, tened siempre en cuenta que pueden oíros abajo si hacéis demasiado ruido. A partir de las diez, el servicio tiene prohibido usar el segundo piso, porque alguien de ellos ha empezado a robar y yo estoy siempre presente cuando arreglan los dormitorios hasta que cojamos al ladrón con las manos en la masa. En esta casa tenemos nuestras propias reglas de conducta y también imponemos los castigos merecidos. Como ya os dije anoche, el último viernes de cada mes subiréis a la buhardilla muy temprano y os estaréis allí en silencio, sin hablar ni hacer ruido con los pies, ¿me entendéis? —Nos miró a todos, uno a uno, como inculcándonos bien sus palabras, con ojos duros y aviesos.

Christopher y yo asentimos, mientras los gemelos se limitaban a mirarla con los ojos muy abiertos, llenos de una especie de extraña fascinación cercana al terror. Nuevas explicaciones nos informaron que la abuela examinaría nuestro cuarto y el de baño para asegurarse de que no dejaríamos allí ni rastro siquiera de nuestra presencia esos viernes.

Y, habiendo dicho todo lo que tenía que decir, se fue, y de nuevo nos encerró en el cuarto.

Ahora, por fin, podíamos respirar.

Seria y llena de decisión, me puse a tratar de convertir aquello en un juego.

—Christopher Doll —dije—, te nombro padre.

Chris se echó a reír, y replicó con su sarcasmo:

—¿Y qué más? Como hombre de la casa y cabeza de familia que soy, os comunico que a partir de ahora tendréis que servirme en todo momento, igual que si fuera un rey. Y tú, esposa, como inferior y esclava mía que eres, sirve la comida y prepáraselo todo a tu dueño y señor.

—Haz el favor de repetir eso que acabas de decir, *hermano*.

—A partir de ahora, no soy tu hermano, sino tu amo y señor, y tendrás que hacer cuanto yo te diga, sea lo que fuere.

—Y si no hago lo que dices, ¿qué me harás entonces, amo y señor mío?

—No me gusta tu tono de voz, haz el favor de hablar con respeto cuando te dirijas a mí.

—¡A mí con ésas! ¡Pues sabrás que el día en que te hable a ti con respeto, Christopher, será el día en que te hayas *ganado* mi respeto, y ese día será cuando tengas tres metros de altura y salga la luna al mediodía y el viento nos traiga un unicornio cabalgado por un caballero con reluciente armadura de un blanco inmaculado y con una cabeza de dragón hincada en la punta de su lanza!

Tras decir esto, cogí a Carrie por la mano y la llevé altaneramente al cuarto de baño, donde nos pusimos a lavarnos, vestirnos y asearnos con toda la calma del mundo, sin hacer caso del pobre Cory, que no hacía más que llamar a la puerta y gritarnos que también quería entrar él.

—¡Por favor, Cathy, déjame entrar, que no miro!

Finalmente, el cuarto de baño acaba aburriendo, y salimos las dos, y, por increíble que parezca, ¡Christopher, entretanto, había vestido a Cory del todo, y, lo que es todavía más sorprendente, Cory no tenía ya necesidad de entrar en el cuarto de baño!

—¿Por qué? —le pregunté—. ¿Te metiste en la cama y te lo hiciste allí?

Sin decir nada, Cory señaló un jarrón azul sin flores.

Christopher, apoyado contra la cómoda, con los brazos cruzados sobre el pecho, parecía muy contento de sí mismo.

—Eso te enseñará a no tratar así a un hombre apurado. Nosotros, los hombres, no somos como vosotras, las mujeres, que os tenéis que sentar; en caso de apuro lo podemos hacer en cualquier parte.

Antes de permitir a nadie comenzar a desayunar, tuve que vaciar el jarrón azul y limpiarlo bien por dentro. Pensé, después de todo, que no sería mala idea tener el jarrón aquel junto a la cama donde dormía Cory, por si acaso.

Nos sentamos cerca de las ventanas, en torno a la mesita, que, en realidad, era para jugar a cartas. Los gemelos se sentaron sobre almohadas dobladas, para que pudieran alcanzar la comida. Teníamos las cuatro lámparas encendidas, pero, a pesar de todo, era deprimente tener que desayunar en un ambiente semitenebroso.

—Venga, anímate, cara de palo —dijo mi irreprensible hermano mayor—. Lo que dije fue en broma. No tienes que ser mi esclava. Lo que pasa es que me divierten mucho las joyas de elocuencia que salen de tus labios cuando estás irritada. Reconozco que, vosotras, las mujeres, sois superiores a nosotros en verborrea, pero nosotros os ganamos en eso de buscar sucedáneos al retrete.

Y, para demostrar que no tenía intención de convertirse en un monstruo dominante, me ayudó a servir la leche, dándose cuenta entonces, como ya me la había dado yo, de lo difícil que es levantar un termo de cinco litros y verter el líquido de él sin derramar ninguna gota.

Carrie echó una sola ojeada a aquellos huevos fritos con jamón y sin más se puso a berrear:

—¡No *nos* gustan los huevos con jamón! ¡Lo que nos gusta es CEREAL *frío*! No queremos comida caliente, gorda, llena de terrones y de grasa, LO QUE QUEREMOS ES CEREAL *frío*! —chillaba—. ¡CEREAL *frío* CON UVAS PASAS!

—Bueno, escuchadme —se puso a decirles su padrecito en edición de bolsillo—, comeréis lo que se os da, y contentos, y no os pondréis a chillar, ni a gritar, ni a berrear, ¿entendido? Y, además, esta comida no está caliente, sino fría, y la grasa la podéis quitar con el tenedor. Además, ya está completamente frío.

En un santiamén, Christopher comió de golpe toda aquella comida fría, grasienta, además de la tostada, también fría y sin mantequilla. Los gemelos, por alguna razón que nunca comprenderé, comieron también su desayuno sin una palabra más de queja. Yo experimentaba una sensación inquieta y angustiada de que nuestra buena suerte con los gemelos no podía durar. Es posible que su hermano mayor, más fuerte y enérgico, les impresionase ahora, pero había que esperar a ver lo que ocurría más tarde.

Terminada la comida, volví a poner los platos en orden en la bandeja, y sólo entonces me acordé que se nos había olvidado bendecir la mesa. Los reuní a toda prisa en torno a la mesa, nos sentamos de nuevo e inclinamos la cabeza, juntando las manos.

—Señor, perdónanos por haber comido sin pedirte permiso. Por favor, que no se entere la abuela. Prometemos hacerlo mejor la próxima vez. Amén.

Terminado esto, le pasé a Christopher la lista de regulaciones, que estaba cuidadosamente escrita a máquina, toda ella en mayúsculas, como si fuésemos tan tontos que no supiéramos leerla escrita a mano.

Y con el fin de que lo oyeran los gemelos, que la noche anterior estaban demasiado adormilados para enterarse de verdad de dónde estaban, mi hermano se puso a leer desde el principio la lista de las reglas que no se podían infringir, so pena de Dios sabe qué consecuencias.

Primero frunció la boca, imitando los labios aviesos de la abuela, y parecía difícil creer que una boca tan bien formada como la suya pudiese volverse tan dura, pero lo cierto es que consiguió imitar su severidad.

—Uno —leía con voz monótona y fría—: tendréis que estar *siempre* completamente vestidos. —Y la verdad es que, en su boca, la palabra *siempre* adquiría un tono como de algo imposible.

»Dos: nunca juraréis el nombre del Señor en vano, y *siempre* bendeciréis la mesa antes de cada comida. Y, aunque yo no esté en el cuarto para asegurarme de que lo hacéis así, tened por seguro que Él estará sobre vosotros, escuchando, y observando.

»Tres: *nunca* descorreréis las cortinas, ni siquiera para mirar por entre ellas.

»Cuatro: *nunca* me dirigiréis la palabra sin que os la dirija yo antes a vosotros.

»Cinco: tendréis el cuarto en orden y aseado y *siempre* con las camas hechas.

»Seis: no estaréis *nunca* sin hacer nada. Dedicaréis cinco horas de cada día al estudio, y el resto lo pasaréis desarrollando vuestras aptitudes de alguna manera útil y provechosa. *Si* tenéis alguna habilidad o predisposición para alguna cosa, trataréis de mejorarla, y si no tenéis predisposición o habilidad o talento para nada, leeréis la Biblia; si no sabéis leer, os quedaréis sentados mirando la Biblia y tratando de absorber, por medio de la pureza de vuestros pensamientos, el significado de las palabras del Señor y sus caminos.

»Siete: os limpiaréis los dientes después del desayuno todos los días, y también antes de acostaros, por la noche.

»Ocho: si os sorprendo usando el cuarto de baño niños y niñas juntos, os daré tal paliza que os dejaré baldados.

A mí se me encogía el corazón oyendo todo esto. ¡Santo cielo! pero, ¿qué clase de abuela era aquélla?

—Nueve: los cuatro seréis modosos y discretos en todo momento, tanto en vuestro comportamiento como en vuestras palabras y pensamientos.

»Diez: no os tocaréis nunca vuestras partes ni jugaréis con ellas, ni os la miraréis en el espejo, ni siquiera pensaréis en ellas, incluso cuando estéis en el baño y os las estéis lavando.

Descaradamente, con un travieso brillo en los ojos, Christopher seguía leyendo, imitando a la abuela con bastante habilidad.

—Once: No permitiréis *nunca* que entren en vosotros pensamientos malos, pecaminosos o lujuriosos. Mantendréis vuestros pensamientos limpios, puros y alejados de las cosas malas que os corromperán moralmente.

»Doce: os abstendréis en todo momento de mirar a personas del sexo opuesto, excepto en casos en que sea absolutamente necesario.

»Trece: los que sepáis leer, y espero que por lo menos dos de vosotros sepáis, os turnaréis en leer en voz alta por lo menos una página de la Biblia al día, de manera que los dos más pequeños puedan beneficiarse oyendo las enseñanzas del Señor.

»Catorce: os bañaréis todos los días y limpiaréis bien la bañera, teniendo siempre el cuarto de baño tan limpio como estaba cuando entrasteis por primera vez en él.

»Quince: cada uno de vosotros, hasta los gemelos, aprenderá por lo menos una frase de la Biblia al día. Y, siempre que os lo pida, me repetiréis de memoria las frases que os pregunte, ya que estaré al corriente de los pasajes bíblicos que vayáis leyendo.

»Dieciséis: comeréis todo lo que os traiga, sin despreciar absolutamente nada ni tirarlo ni esconderlo. Es pecaminoso desperdiciar comida cuando tanta gente en el mundo pasa hambre.

»Diecisiete: no paseareis por el dormitorio en pijama o camisón, ni siquiera para ir de la cama al cuarto de baño o del cuarto de baño a la cama. Llevaréis puesta *siempre* una bata o algo así encima del pijama o el camisón o la ropa interior, siempre que sintáis la necesidad súbita de salir del cuarto de baño sin terminaros de vestir para que otro de vosotros pueda entrar con urgencia. Exijo que todos los que vivan bajo mi techo sean decentes y modosos y discretos en todas las cosas y en todo momento.

»Dieciocho: os pondréis firmes siempre que entre yo en vuestro cuarto, con los brazos bien derechos y pegados a los costados; no me miraréis a los ojos; y tampoco trataréis de hacerme muestras de afecto, ni de conseguir mi amistad, o mi pena, o mi amor, o mi compasión. Todo eso es imposible. Ni vuestro abuelo ni yo podemos permitirnos sentir nada por lo que no es sano.

¡Aquellas crueles palabras herían profundamente! Hasta Christopher hizo una pausa al llegar aquí y una expresión fugaz de desesperación cruzó su rostro, suprimida sin tardanza por una sonrisa al encontrarse sus ojos y los míos. Alargó la mano e hizo cosquillas a Carrie para que se riese, y luego le tiró de la nariz a Cory, de modo que también éste tuvo que reírse.

—Christopher —le grité, con voz llena de alarma—, a juzgar por lo que pone aquí la abuela, yo diría que nuestra madre no tiene la menor esperanza de reconquistar el cariño de su padre, ¡y mucho menos querrá el abuelo nada con nosotros! Pero, ¿por qué? ¿Qué es lo que hemos hecho? Después de todo, nosotros no estábamos aquí el día en que nuestra madre cayó en desgracia por haber hecho algo tan malo que su padre la desheredó, ¡ni siquiera habíamos nacido! ¿Por qué motivo no nos pueden ver?

—No te excites —me tranquilizó Chris, cuyos ojos estaban examinando la larga lista—. No tomes tan en serio todo esto. La abuela está como una chota. Nadie que sea tan listo como el abuelo, puede tener ideas tan tontas como las que, evidentemente, tiene su mujer, porque si no no podría haber ganado tantos millones de dólares.

75

—A lo mejor no ganó todo ese dinero, sino que lo heredó.

—Bueno, sí, mamá nos ha dicho que heredó algo, pero luego él lo aumentó cien veces más; de modo que no puede ser tonto del todo, tiene que tener algo de inteligencia. Lo que pasa es que, Dios sabe por qué, se casó con la reina de las tontas —diciendo esto, sonrió y siguió leyendo la lista de regulaciones.

»Diecinueve: cuando entre yo en vuestro cuarto para traeros comida y leche, no me miraréis ni me hablaréis ni pensaréis en mí de forma irrespetuosa, ni tampoco pensaréis irrespetuosamente en vuestro abuelo, porque Dios está sobre nosotros y lee en vuestras mentes. Mi marido es hombre muy decidido y raras veces ha podido nadie más con él de ninguna manera. Tiene un verdadero ejército de médicos y enfermeras y técnicos que le atienden en todo lo que necesita, y máquinas que funcionarían en lugar de sus órganos si éstos le fallasen, de modo que no os imaginéis que una cosa tan débil como es el corazón puede fallarle a un hombre que está hecho de acero.

¡Santo cielo! Un hombre de acero que hace juego con su mujer; sin duda tiene también los ojos grises, ojos de pedernal, duros, gris acero, porque como nuestros propios padres habían demostrado, los que se parecen entre sí se atraen.

—Veinte —leyó Christopher—: No saltaréis ni gritaréis o chillaréis o hablaréis en voz alta, para que la servidumbre, que está abajo, pueda oíros. Y os pondréis zapatos con suela de goma y nunca de cuero. Veintiuno: no desperdiciaréis papel higiénico ni jabón, y siempre que el retrete se desborde, lo limpiaréis. Y si lo estropeáis, seguirá así hasta el día en que os vayáis de aquí, y tendréis que serviros de los orinales que encontraréis en el ático, que vuestra madre tendrá que vaciar.

»Veintidós: los chicos se lavarán la ropa en la bañera igual que las chicas. Vuestra madre se encargará de las sábanas y las toallas. Las sábanas de debajo se mudarán una vez a la semana, y si alguno de vosotros la mancha, ordenaré a vuestra madre que os la ponga de goma, y, además, le diré que dé una buena paliza al niño que no sabe ir al retrete a tiempo.

Suspiré y pasé el brazo en torno a Cory, que gimió y se apretó contra mí al oír esto.

—Vamos, no tengas miedo. La abuela nunca sabrá lo que haces, nosotros te echaremos una mano y encontraremos alguna manera de ocultarlo, si alguna vez te haces pipí en la cama.

Chris continuaba leyendo:

—Conclusión, y esto no es una orden, sino una advertencia. Mirad lo que he escrito: Podéis dar por supuesto, con razón, que añadiré a esta lista, de vez en cuando según piense que conviene, otras cosas, porque soy muy observadora, y no se me escapa nada. No creáis que me vais a engañar o que os vais a reír de mí o que vais a hacer bromas a mis expensas, porque, si se os ocurre tal cosa, el castigo que recibiréis será tan duro que tanto vuestra piel como vuestro ego recibirá heridas para toda la vida, y vuestro orgullo sufrirá una derrota imborrable. Y os advierto, a partir de ahora, que nunca mencionaréis el nombre de vuestro padre en mi presencia, ni haréis la menor alusión a él, y que tengo la intención de abstenerme de mirar al que se parezca más a él de «vosotros».

Se terminó. Dirigí a Christopher una mirada llena de preguntas. ¿Se le había ocurrido, como a mí, que nuestro padre era la causa de que mamá hubiese sido desheredada y de que fuese odiada ahora por sus padres?

¿Y se le había ocurrido, también, que nosotros íbamos a permanecer encerrados aquí durante mucho, pero que mucho tiempo?

¡Por Dios!, la verdad era que no podría aguantar aquella existencia ni siquiera una semana.

—Cathy —dijo mi hermano, sin perder la calma, bailándole en los labios una sonrisa que más parecía un visaje, mientras los gemelos nos miraban a nosotros dos, dispuestos a imitar nuestro pánico, nuestra alegría, o nuestros gritos—, ¿tú crees que somos tan feos y tan carentes de encanto que una vieja que, por alguna razón que desconozco, evidentemente odia a nuestros padres, podrá resistirnos para siempre? Es una farsante, está claro que no dice nada de esto en serio. —Hizo un ademán, señalando la lista, que dobló y tiró al aparador. Era bastante mala como aeroplano.

—¿Vamos a tomar en serio a una vieja como ésta, que tiene que estar loca de atar y debiera ser encerrada en un manicomio, o creer a una mujer que nos quiere, a una mujer a quien conocemos y en quien confiamos? Nuestra madre cuidará de nosotros. Ella sabe lo que tiene que hacer, de eso podemos estar seguros.

Sí, naturalmente tenía toda la razón. Mamá era la persona a la que teníamos que creer y en quien teníamos que confiar, no aquella vieja loca con sus estúpidas ideas y sus ojos como cañones de escopeta y aquella boca torcida, que parecía más bien abierta de una cuchillada.

Además el abuelo, en el piso de abajo, no tardaría nada en sucumbir ante la belleza y la simpatía de nuestra madre, y entonces todos bajaríamos corriendo por las escaleras, sonriendo de oreja a oreja. Y él nos vería, se daría cuenta de que no éramos feos o tontos, sino bastante normales como para que nos quisiera un poco aunque no fuese mucho. Y, quién sabe, a lo mejor, algún día, se sentirá capaz hasta de dar *un poco* de amor a sus propios nietos.

EL ÁTICO

Al fin dieron las diez de la mañana, y pasaron.

Lo que quedaba de nuestra ración diaria de comida lo guardamos en la parte más fresca de la habitación, bajo la cómoda. Los criados que hacían las camas y aseaban las habitaciones de las otras alas del piso de arriba tendrían ya, sin duda, que haberse ido a las partes inferiores de la casa, y ya no volverían a este piso hasta dentro de veinticuatro horas.

Ya estábamos, como es de suponer, hartos de aquella habitación, deseosos de explorar la periferia de nuestro limitado territorio. Christopher y yo cogimos cada uno de la mano a uno de los gemelos y nos dirigimos en silencio hacia el cuartito donde teníamos las dos maletas, con toda nuesta ropa. Pero había tiempo para desempaquetar todo aquello. Cuando tuviéramos más sitio y habitaciones más agradables ya desharían los criados nuestras maletas, como en las películas, mientras nosotros salíamos al jardín. Como es natural, no teníamos la menor intención de seguir en este cuarto el último viernes de mes, cuando los criados llegaran para hacer la limpieza. Para entonces ya estaríamos libres de nuevo.

Con nuestro hermano mayor a la cabeza, que tenía

bien cogida la mano de mi hermano menor, para que no tropezara o se cayese, y pisándole yo casi los talones a Cory, mientras Carrie me cogía la mano a mí, subimos la escalera oscura, angosta y empinada. Las paredes de aquel pasadizo eran tan estrechas que casi las tocábamos con los hombros.

Bueno, pues ahí lo teníamos.

Yo había visto áticos, ¿y quién no ha visto alguno?, pero ninguno como aquél.

Nos quedamos allí parados, como si hubiéramos echado raíces, mirando a nuestro alrededor llenos de incredulidad. Este ático, enorme, oscuro, sucio, polvoriento, se extendía kilómetros y kilómetros. Las paredes más distantes estaban tan lejos que parecían nebulosas, desenfocadas. El aire no era limpio, sino como tenebroso y lóbrego; tenía un olor, un olor desagradable de vejez de cosas podridas, de cosas muertas que han sido dejadas sin enterrar, y como el aire estaba empapado de nubes de polvo, todo parecía moverse, como rielar, sobre todo en los rincones más oscuros y sombríos.

A lo largo de toda la pared delantera había cuatro series de estrechas ventanas, y otras cuatro en la trasera. Las paredes laterales, es decir lo que veíamos de ellas, carecían de ventanas, pero había también alas que no llegábamos a ver si no nos atrevíamos a adentrarnos en el ático y penetrar el calor sofocante que reinaba allí.

Paso a paso, fuimos avanzando, todos a una desde la escalera.

El suelo era de anchas tablas de madera, suaves y podridas. A medida que íbamos avanzando, poco a poco, cautelosamente, sintiéndonos llenos de temor, pequeños seres se dispersaban en todas direcciones por el suelo. Había en aquel ático muebles suficientes para equipar varias casas. Muebles oscuros, macizos, y orinales, y jarros en grandes vasijas, habría, en total, veinte o treinta juegos de éstos. Y había una cosa redonda, de madera, que parecía como una bañera con flejes de hierro, ¡qué idea, construir una bañera así!

Todo lo que parecía tener valor estaba envuelto en sábanas cubiertas de polvo, acumulado hasta dar a la tela blanca un sucio color gris. Y lo que estaba cubierto por sábanas para protegerlo me producía escalofríos, porque aquellas cosas me parecían extrañas, fantasmales, fantasmas de muebles susurrando, murmurando. Y no quería oír lo que tenían que decirme.

Docenas de baúles forrados de cuero, con pesados cerrojos y conteras de cobre, tapaban una pared entera, cada cofre cubierto con etiquetas de viaje, y la verdad era que tenían que haber dado la vuelta al mundo varias veces. Grandes baúles, que podían servir de ataúdes.

Armarios enormes se levantaban, en silenciosa hilera, contra la más lejana de las paredes, y cuando nos acercamos y los abrimos, vimos que todos ellos estaban llenos de prendas de ropa antiguas. Vimos uniformes de la Unión y de los confederados, lo que a Christopher y a mí nos dio mucho que pensar, mientras los gemelos, apretándose contra nosotros, miraban a su alrededor con los ojos muy abiertos y asustados.

—¿Tú crees que nuestros antepasados estaban tan indecisos cuando la guerra de Secesión que no sabían de qué parte ponerse, Christopher?

—Suena mejor decir la guerra entre los estados —respondió él.

—¿Tú crees que eran espías?

—¿Y yo qué sé? —replicó mi hermano.

¡Secretos, secretos, secretos por todas partes! Me imaginaba a hermanos luchando unos contra otros, ¡qué divertido iba a ser averiguar todo aquello! ¡Si encontráramos también Diarios!

—Fíjate en esto —señaló Christopher, sacando un traje de hombre de lana color crema pálido, con solapas de terciopelo pardo con cordoncillo de satén de un pardo más oscuro. Agitó el traje y asquerosos seres alados salieron volando en todas direcciones, a pesar del intenso olor a alcanfor.

Yo chillé, y Carrie también.

—No seáis criaturas —advirtió Christopher, que no parecía inquieto en absoluto por todo aquello—. Lo que habéis visto son polillas, polillas inofensivas. Son las larvas las que roen la ropa y hacen agujeros.

A mí me daba igual. Los bichos son bichos, ya sean mayores o recién nacidos. Además, no sabía por qué motivo le interesaba tanto aquel condenado traje. ¿Y por qué tenía que examinar la bragueta para ver si en aquellos tiempos usaban botones o cremallera?

—Dios mío —declaró finalmente, perplejo—, vaya trabajo, tener que desabrocharse los botones constantemente.

Ésa era su opinión.

¡A mi modo de ver, la gente de otros tiempos sí sabía vestir bien! ¡Cuánto me gustaría a mí ir vestida con una blusa de pechera de encaje por encima de unos pantalones anchos, con docenas de enaguas de fantasía sobre los aros de alambre, toda cubierta de volantes, encajes, bordados, con cintas colgantes de satén o terciopelo, y mis zapatos serían de satén, y sobre toda esta deslumbrante vestimenta ondearía una sombrilla de encaje para proteger del sol mis rizos dorados y mi cutis rubio y sin arrugas! Y llevaría también un abanico, para poder refrescarme airosamente y mis párpados aletearían, cautivantes. ¡Oh, qué belleza sería yo!

Impresionada hasta ahora por aquel inmenso ático, Carrie lanzó de pronto un chillido que me hizo bajar sin más de mis dulces sueños y volver de nuevo al momento presente, que era precisamente donde no quería estar.

—¡Hace calor aquí, Cathy! —se lamentó Carrie.

—Sí, claro —le contesté.

—¡No quiero estar aquí, Cathy!

Dirigí una mirada a Cory, cuyo pequeño rostro, lleno de espanto, miraba alrededor, aferrándose a mí; le cogí la mano y la de Carrie y me alejé de aquellas fascinadoras ropas viejas, y los cuatro continuamos investigando todo lo que nos ofrecía aquel ático, que era mucho. Miles de libros viejos amontonados, libros de cuentas oscuros, mesas de escritorio, dos pianos verticales viejos, radios, gramófonos, cajas de cartón llenas con los pertrechos sobrantes de generaciones desaparecidas hacía mucho tiempo. Maniquíes de todos los tamaños y formas, jaulas de pájaros y sus soportes, rastrillos, palas, fotografías enmarcadas de gente de curioso aspecto pálido y enfermizo, que eran, me imagino, parientes nuestros fallecidos. Algunos tenían el pelo claro, otros oscuro, pero todos mostraban ojos cortantes, crueles, duros, amargos, tristes, serios, anhelantes, sin esperanza, vacíos, pero ni uno solo, lo juro, tenía ojos alegres. Algunos sonreían, pero la mayor parte no. Me atrajo en particular, una chica muy bonita, que tendría dieciocho años y sonreía con una leve y enigmática sonrisa que me recordaba a la Mona Lisa, sólo que más bella. Su pecho salía de un corpiño fruncido de manera tan impresionante que Christopher señaló a uno de los maniquíes, diciendo con mucho énfasis:

—¡Ahí la tienes!

Miré.

—La verdad —continuó él, con ojos admirativos— esto es lo que se llama un cuerpo de ánfora; fíjate en la cintura de avispa, las caderas que se hinchan como globos, el pecho que sobresale, ¿lo ves? Pues mira, Cathy, lo que te digo: que si heredas un cuerpo como éste, te haces rica.

—No tienes idea —le contesté, con desagrado—, no tienes ni idea. Ésa no es la forma natural de las mujeres. Ésa tiene puesto un corsé, muy apretado en la cintura, de manera que la carne se le concentra hacia arriba y hacia abajo, y ésa es precisamente la razón de que las mujeres de entonces se desmayaran con tanta frecuencia y tuvieran que pedir sales constantemente.

—No sé cómo se puede desmayar uno y pedir al mismo tiempo sales —comentó Christopher, sarcástico—. Además, no se puede concentrar la carne cuando no la hay. —Echó una ojeada a la bien formada joven—. Ya sabes lo que te quiero decir, tiene un aire como el de mamá; si estuviese peinada de otra manera y llevara ropa moderna, pues entonces se parecería a mamá.

—¡Hum!, nuestra madre tendría demasiado buen sentido para meterse en aquella jaula de cintas apretadas y sufrimiento.

—Pero la chica ésta no es más que mona —concluyó Christopher—, y nuestra madre es bella.

El silencio de aquel vasto espacio era tan hondo que se podía oír el latido de nuestros corazones. A pesar de todo, sería divertido ir explorando uno a uno todos los baúles, examinar el contenido de todas las cajas, probarse todas aquellas ropas olorosas, podridas, extrañas, y aparentar todo lo que no éramos.

Pero ¡hacía tanto calor! ¡el aire era tan sofocante! ¡tan cargado! Ya los pulmones me parecían llenos de porquería y polvo y el aire rancio. Y no sólo esto, telas de araña colgaban de los rincones y de las vigas, y cosas que reptaban o se arrastraban iban de un lado a otro por el suelo o por las paredes. Aunque no los veía, no conseguía quitarme de la cabeza la idea de ratas y ratones. En una ocasión habíamos visto una película en televisión en la que un hombre se volvía loco y acababa ahorcándose en la viga de un ático. Y en otra película un hombre metía a su mujer en un viejo baúl con conteras y cerrojos de cobre, precisamente como aquellos, y luego cerraba de golpe la tapa y la dejaba morirse allí encerrada. Eché otra mirada a aquellos baúles, preguntándome qué secretos encerrarían que los criados no debían conocer.

Era desconcertante la curiosa manera que tenía mi hermano de observarme y de estudiar mis reacciones. Di media vuelta, para ocultarle mis sentimientos, pero él seguía viéndome. Se me acercó y me cogió la mano, diciéndome, como lo habría hecho papá:

—Cathy, todo acabará saliendo bien, seguro que hay una explicación la mar de sencilla para todo lo que a nosotros nos parece tan complicado y misterioso.

Me volví despacio hacia él, sorprendida de que se me hubiera acercado para consolarme, y no para tomarme el pelo.

—¿Y por qué crees tú que la abuela nos tiene tanta

manía? ¿Y por qué también el abuelo nos la tiene? ¿Qué es lo que *hemos* hecho?

Él se encogió de hombros, tan desconcertado como yo, y, con su mano todavía cogida a la mía, dimos la vuelta los dos al tiempo para examinar de nuevo el ático. Incluso nuestros ojos, no acostumbrados a tales cosas, se daban cuenta de dónde se habían añadido partes nuevas a la antigua casa. Vigas gruesas y cuadradas dividían el ático en varias secciones, y yo me dije que, si nos metíamos por aquí y por allá, acabaríamos dando con algún lugar donde se pudiera respirar tranquilamente aire fresco.

Los gemelos estaban empezando a toser y estornudar. Tenían fijos en nosotros sus ojos azules y resentidos, por obligarles a estar donde no querían.

—Mira, mira —dijo Christopher, cuando los gemelos empezaban de verdad a quejarse—, se pueden abrir las ventanas una pulgada o así, lo bastante para dejar entrar un poco de aire fresco, y nadie se dará cuenta desde abajo de una abertura tan pequeña.

Enseguida me soltó la mano y corrió hacia las ventanas, saltando sobre cajas, baúles, muebles, luciendo su habilidad, mientras yo permanecía inmóvil, apretando la mano de mis dos hermanos pequeños, que estaban aterrados de encontrarse allí.

—¡Venid a ver lo que he encontrado! —gritó Christopher, a quien ya no veíamos, con voz vibrante de emoción—. ¡No tenéis idea de lo que he encontrado!

Corrimos hacia donde estaba, ansiosos de ver algo emocionante, maravilloso, divertido, y resultó que lo que había encontrado era una habitación, una verdadera habitación, con paredes de yeso, que nunca habían sido pintadas, pero con un techo de los de verdad, no de vigas al descubierto. Se diría que era una clase, con pupitres que tenían delante otro más grande. Había encerados en tres de las paredes, colgando sobre estanterías bajas, llenas de libros viejos y polvorientos que mi eterno investigador de todas las ciencias se había puesto a inspeccionar inmediatamente, agachándose y leyendo los títulos en voz alta.

Los libros le entusiasmaban, porque sabía que, con ellos, podía escapar al séptimo cielo.

A mí me atrajeron los pupitres pequeños, donde se leían, arañados, nombres como Jonathan, 11 años, 1864, y Adelaida, 9 años, 1879. ¡Oh, qué vieja era la casa aquella! Las tumbas de aquella gente ya no contendrían más que polvo, pero habían dejado sus nombres a su paso, para hacernos saber que también ellos habían vivido aquí. Pero, ¿por qué les habrían mandado sus padres a estudiar a un ático? Habrían sido sin duda niños esperados y queridos, no como nosotros, a quienes sus abuelos despreciaban. A lo mejor, *para ellos* las ventanas habían estado abiertas de par en par, y, para ellos, la servidumbre había subido carbón o leña con que encender las dos estufas que se veían en los rincones del cuarto.

Un viejo caballo balancín, al que le faltaba un ojo de ámbar, se movía, cojeante, y su cola amarilla y trenzada daba verdadera pena. Pero este caballito de pintas blancas y negras bastó para llenar de alegría a Cory. Inmediatamente se subió a la silla roja y descascarada, gritando:

—¡Arre, arre, caballito!

Y el caballito, que llevaba tantísimo tiempo sin que nadie lo montase, galopaba chillando, rechinando, protestando por cada una de sus enmohecidas junturas.

—¡También yo quiero montar a caballo! —berreaba Carrie—. ¿Dónde está mi caballito?

Fui a levantar a Carrie en brazos y ponerla detrás de Cory, de modo que pudiese agarrarse a él por la cintura, y reír y azuzar al caballo con los talones, para hacerle ir más y más rápido. Me parecía increíble que el pobre siguiese entero.

Ahora pude dedicarme a los libros viejos que tanto interesaban a Christopher. Sin fijarme, alargué la mano y cogí uno de los libros, y ni siquiera eché una ojeada al título. Lo hojeé a toda prisa y salieron de entre sus páginas batallones de bichos planos, como chinches, con cientos de patas, ¡corriendo como locos en todas las direcciones! Dejé caer el libro, y me puse a mirar las hojas sueltas que habían volado y esparcido. Me daban asco aquellos bichos, sobre todo las arañas y, a continuación, los gusanos, y lo que salía de aquellas páginas parecía una combinación de ambos.

Aquella conducta, tan propia de una niña, fue suficiente para que Christopher se retorciera de risa, y cuando se hubo calmado un poco, dijo que mis melindres eran exagerados. Los gemelos tiraron de las riendas de su caracoleante potro y se me quedaron mirando muy sorprendidos. Tuve que dominarme rápidamente, e incluso hacer como si las madres no chillasen a la vista de unos pocos bichos.

—Cathy, ya tienes doce años y es hora de que empieces a comportarte como una persona mayor. A nadie se le ocurre ponerse a chillar porque ve unos pocos gusanos y polillas. Los bichos son parte de la vida corriente. Nosotros, los seres humanos, somos los amos, los reyes y señores de todo. Y este cuarto no es tan malo, después de todo. Hay mucho sitio, ventanas grandes, libros en abundancia, y hasta unos cuantos juguetes para los gemelos.

Sí, ciertamente. Había un carromato rojo todo roñoso, con un asa rota y a falta de una rueda, verdaderamente algo nunca visto. ¡Ah!, y también una patineta verde rota. Y, sin embargo, ahí estaba Christopher, mirando a su alrededor y expresando el contento que sentía por encontrar una habitación en la que la gente había escondido a sus niños para no tener que verlos u oírlos, o quizá para no tener ni siquiera que pensar en ellos, y, para él, aquella habitación estaba llena de posibilidades.

Sin duda, alguien podría limpiar todos los lugares oscuros en que vivían aquellos horribles bichos que se arrastraban por el suelo y también podría rociarlo todo con insecticida, para que no quedase allí nada siniestro con que una pudiera tropezar. Pero ¿cómo tropezar con la abuela, con el abuelo? ¿Cómo convertir una habitación de ático en un paraíso en el que florecieran las plantas, como si no fuera una prisión más, como la de abajo?

Corrí a las ventanas y me subí a una caja para poder

llegar al borde de la más alta. Sentía deseos desesperados de ver el suelo, de ver lo lejos que estábamos de él, desde arriba, y cuántos huesos nos romperíamos si saltábamos. Sentía deseos desesperados de ver los árboles, la hierba, dónde crecían las flores, dónde estaba la luz del sol, dónde volaban los pájaros, dónde vivía la verdadera vida. Pero no vi más que un tejado de pizarra negro, que se extendía debajo de las ventanas, muy amplio, ocultándome la vista del suelo. Más allá de los tejados, había copas de árboles, y más allá de las copas de los árboles, las montañas circundantes, rodeadas de nieblas azules colgantes.

Christopher se encaramó detrás de mí y se puso a mirar también. Su hombro, tocando al mío, temblaba, como también su voz, al decirme, en voz baja:

—Por lo menos, podemos ver el cielo, el sol, y, de noche, también las estrellas y la luna, los aviones que vuelan por encima. Podemos pasarnos el tiempo entretenidos, mirando, hasta que llegue un día en que no volvamos más aquí.

Hizo una pausa, y parecía estar pensando en la noche de nuestra llegada, ¿había sido verdaderamente la noche anterior?

—¿Qué te apuestas a que si dejamos esta ventana abierta de par en par entra volando una lechuza?; a mí siempre me gustó la idea de tener una lechuza domesticada.

—Por Dios bendito, ¿por qué iba a querer entrar aquí uno de esos bichos?

—Las lechuzas vuelven la cabeza como una peonza, ¿a que tú no puedes?

—Ni tampoco quiero —repliqué.

—Pero es que, aunque quisieras, no podrías.

—¡Bueno, pues ni tampoco tú! —le grité irritada, tratando de volver a la realidad, justo como él quería que hiciese yo. Ningún pájaro con tanto sentido común como una lechuza querría vivir encerrado con nosotros ni siquiera una hora.

—Yo quiero una gatita —dijo Carrie, levantando los

brazos para que la cogiese en volandas y también ella pudiera ver.

—Y yo, un perrito —pidió Cory, antes de asomarse a la ventana, pero enseguida se olvidó de los animalitos, y se puso a canturrear—: Fuera, fuera, Cory quiere salir fuera, Cory quiere jugar en el jardín, ¡Cory quiere columpiarse!

Carrie, sin perder el tiempo, le imitó. También ella quería salir fuera, al jardín, a los columpios. Y con su voz de alce resultaba mucho más persistente con sus antojos que Cory.

Y ahora los dos nos estaban volviendo locos a Christopher y a mí, con su insistencia en querer salir fuera, ¡fuera, fuera!

—¿Y por qué no podemos salir fuera? —gritaba Carrie, cerrando sus puños y golpeándose el pecho con ellos—. ¡No nos gustar estar aquí! ¿Dónde está mamá? ¿Dónde está el sol? ¿Adónde se han ido las flores? ¿Por qué hace tanto calor?

—Mirad —les dijo Christopher, cogiendo aquellos pequeños puños como arietes y salvándome a mí de esa manera de una magulladura—, imaginaos que este sitio es el jardín. Y no hay ningún motivo para que no os podáis columpiar aquí, como en el jardín. Hale, Cathy, vamos a buscar a ver si encontramos una cuerda.

Nos pusimos a buscar, sin más, y sí que encontramos cuerda, en un viejo baúl donde había toda clase de cosas inútiles. Estaba muy claro que la familia Foxworth no tiraba nada, sino que hasta las cosas más absurdas las guardaba en el ático. A lo mejor era que tenían miedo de verse un día pobres de solemnidad, necesitados de pronto de todo lo que habían ido guardando tan avaramente.

Con gran diligencia, mi hermano mayor se puso a hacer columpios para Cory y Carrie, porque cuando se tienen gemelos no se les debe dar nunca una sola cosa de cada clase. Para hacer los asientos, cogimos pedazos de madera que arrancamos de la tapa de un baúl. Encontramos un papel de lija y suavizamos las asperezas, para quitarles las astillas. Mientras hacíamos esto, buscamos y acabamos por encontrar una vieja escala de mano a la que faltaban algunos peldaños, lo que no impidió a Christopher subirse hasta las vigas, en lo alto del techo. Le observé subirse ágilmente y cogerse a ellas e ir por una viga ancha, y cada movimiento que hacía ponía en peligro su vida. Rápidamente se equilibró, alargando los brazos, pero mi corazón latía con violencia aterrada de verle correr tales peligros, arriesgando su vida, y sólo por lucirse. Y no había ninguna persona mayor que le mandase bajar. Si se me ocurría ordenarle bajar se reiría de mí, y haría cosas más tontas aún, de modo que lo que hice fue callarme y cerrar los ojos y tratar de alejar de mí la visión de la caída de mi hermano, rompiéndose los brazos, las piernas o, peor aún, la espalda o el cuello, y haciéndose pedazos contra el suelo. Y no tenía necesidad de hacer ningún alarde, porque de sobra sabía lo valiente que era. Había sujetado bien los nudos ya, de modo que ¿por qué no se bajaba de una vez, para que mi corazón volviera a latir normalmente de nuevo?

Christopher había tardado horas en hacer los columpios, y luego tenía que arriesgar su vida colgándolos. Y cuando, por fin, bajó y los gemelos se sentaron en los columpios y comenzaron a balancearse, agitando el aire polvoriento, se quedaron contentos durante, todo lo más, tres minutos.

Y entonces volvió de nuevo el jaleo. Quien comenzó fue Carrie:

—¡Sacadnos de aquí! ¡No nos gustan estos columpios! ¡No nos gusta este sitio! ¡Éste es un sitio *maaalo*!

Y apenas habían terminado sus chillidos, cuando comenzaron los de Cory.

—¡Fuera, fuera, queremos salir fuera! ¡Sacadnos fuera! —Y Carrie añadió su estribillo al de él.

Paciencia, lo que tenía que tener era paciencia y control de mí misma, obrar como una persona mayor y no ponerme a gritar sólo porque también yo quería salir fuera tanto como ellos dos.

—¡Haced el favor de dejar de hacer tanto ruido! —les ordenó Christopher a los gemelos—. Estamos jugando, y todos los juegos tienen reglas. La regla más importante de este juego consiste en seguir dentro y hacer el menor ruido posible. Está prohibido gritar y chillar —su voz se hizo más suave, mirando sus rostros sucios y cubiertos de lágrimas—, haced como si esto fuera el jardín, bajo un cielo azul luminoso, con hojas de árboles sobre nuestras cabezas y el sol brillando a todo brillar, y cuando bajemos, esa habitación será nuestra casa, con muchas habitaciones.

Nos miró con una sonrisa caprichosa y desconcertante:

—Cuando seamos ricos, como Rockefeller, no volveremos a ver este ático, ni tampoco el dormitorio de abajo. Viviremos como príncipes.

—¿Crees tú que los Foxworth tienen tanto dinero como los Rockefeller? —le pregunté incrédula.

¡Santo cielo, podríamos tenerlo todo! Y, sin embargo, sin embargo... Me sentía terriblemente inquieta..., la abuela aquella, algo que notaba yo en ella, su forma de tratarnos, como si no tuviéramos derecho a estar vivos. Aquellas palabras tan horribles: «Estáis aquí, pero en realidad no existís.»

Fuimos dando vueltas por el ático, explorando sin verdadero interés por todas partes, hasta que a alguien comenzó a gruñirle el estómago. Miré mi reloj de pulsera. Las dos. Mi hermano mayor me miró, y yo miré a los gemelos. Tuvo que ser el estómago de uno de ellos, porque comían muy poco, pero, a pesar de todo, sus sistemas digestivos estaban ajustados automáticamente para las siete, desayuno; las doce, comida, y las cinco, cena; y las siete, la hora de la cama y un piscolabis justamente antes.

—La hora de comer —declaré animadamente.

Bajamos todos las escaleras, de uno en uno, de nuevo a aquella odiosa habitación semioscura. Si por lo menos hubiéramos podido abrir las cortinas de par en par, para dejar entrar la luz y la alegría. Si por lo menos...

Podría haber estado pensando en voz alta, porque

Christopher fue lo bastante perspicaz para decir que, aun cuando las cortinas estuvieran completamente descorridas, esta habitación daba al norte, de modo que nunca podría entrar el sol en ella.

Y entonces, Dios mío, se me ocurrió mirarnos al espejo: parecíamos deshollinadores, precisamente como los que salen en *Mary Poppins*, comparación que, dicha en voz alta, bastó para hacer sonreír a los gemelos, a quienes gustaba muchísimo ser comparados con esa gente encantadora que vivía en los libros de cuentos que a ellos les gustaban.

Como desde pequeños se nos había enseñado que nunca debíamos sentarnos a la mesa sin estar inmaculados de puro limpios, y como Dios no nos perdía de vista nunca, teníamos que obedecer todas sus órdenes y tenerle contento. Pero la verdad era que Dios no se ofendería realmente si metíamos a Cory y a Carrie en la misma bañera, después de todo, los dos habían salido del mismo vientre, ¿no es verdad? Christopher se encargó de Cory, mientras yo daba champú a Carrie y la bañaba, la vestía y le cepillaba el pelo en torno a mis dedos hasta hacerlo descender en bonitos bucles. Finalmente, le puse una cinta de satén verde.

Y tampoco se ofendería nadie si Christopher me hablaba mientras yo me bañaba. Después de todo, todavía no éramos mayores. No era lo mismo que «usar» el cuarto de baño juntos. A mamá y a papá no les solía parecer mal ver piel desnuda, pero, mientras me estaba lavando la cara, se me aparecía ante los ojos la imagen de la abuela, con la expresión severa e intransigente. A *ella* sí le parecía mal.

—No podemos volver a hacer esto —le dije a Christopher—; esa abuela a lo mejor nos sorprende, y entonces pensaría que es malo.

Él asintió, como si ya la cosa no tuviera importancia. Tuvo que haber visto algo en mi rostro que le hizo acercarse a la bañera y rodearme con sus brazos. ¿Cómo se había dado cuenta de que me hacía falta apoyarme en un hombro para poder echarme a llorar? Y eso fue justamente lo que hice en aquel momento.

—Cathy —me consoló, mientras tenía la cabeza apoyada en su hombro, y comenzaba a gemir—, sigue pensando en el futuro, y en todo lo que tendremos cuando seamos ricos. Siempre he querido ser riquísimo, para poder ser un verdadero gastador, por una temporada, sólo por una temporada, porque papá decía que todos deberían aportar algo útil e importante a la Humanidad, y eso es lo que yo quiero hacer. Pero, hasta que vaya a la universidad y estudie medicina, tengo tiempo de dedicarme a hacer un poco el tonto, luego ya podré asentar la cabeza y volverme serio.

—Ya, quieres decir que te gustaría hacer todo lo que los pobres no pueden, ¿no? Bueno, pues si es eso lo que te apetece, hazlo, pero lo que yo quiero es un caballo. Toda mi vida he querido tener una jaca, y nunca hemos vivido en un sitio donde se pudiera tener una jaca, de modo que ahora tendrá que ser un caballo. Y, por supuesto, todo ese tiempo lo pasaré conquistando fama y dinero, y llegando a ser la *prima ballerina* más grande del mundo, y ya sabes que las bailarinas tienen que comer mucho, porque si no se quedan en los huesos, de manera que voy a comer una tonelada de helado todos los días, y un buen día no comeré más que queso, todas las clases de queso que haya, con galletas de queso. Y luego también deseo tener montañas de ropa nueva, un vestido distinto para cada día del año. Y los regalaré después de haberlos usado, y luego me pondré a comer queso con galletas y terminaré con helado. Y me quitaré la grasa bailando.

Me estaba acariciando la espalda mojada, y me volví para verle el perfil; parecía estar soñando, pensativo.

—Te diré, Cathy, las cosas no nos van a ir tan mal durante el corto tiempo que tendremos que pasar aquí. No tendremos tiempo de sentirnos deprimidos, porque estaremos demasiado ocupados en pensar en las maneras de gastar todo el dinero que vamos a tener. Le diremos a mamá que nos traiga un ajedrez. Siempre quise aprender a jugar al ajedrez. Y, además, podemos leer; leer es casi lo mismo que hacer cosas. Mamá no nos dejará que nos aburramos, nos traerá juegos nuevos y cosas nuevas que hacer. Ya verás cómo el tiempo pasa en un santiamén. —Me sonrió con una sonrisa llena de optimismo—. ¡Y haz el favor de dejar de llamarme Christopher! No quiero seguir confundiéndome con papá, de modo que, a partir de ahora, me llamo Chris, ¿entendido?

—De acuerdo, Chris —repliqué—, pero ¿qué crees que hará la abuela si nos sorprende juntos en el cuarto de baño?

—Pues enfadarse con nosotros. Y Dios sabe cuántas cosas más.

A pesar de todo, en cuanto salí de la bañera y me puse a secarme, le advertí que no mirase. Pero la verdad era que no estaba mirando. Nos conocíamos los cuerpos muy bien, ya que nos habíamos visto desnudos desde siempre, y, a mi modo de ver, mi cuerpo era el mejor de los dos: más estilizado.

Todos nos habíamos puesto ropa limpia y olíamos bien, y así nos sentamos a comer nuestros bocadillos de jamón y la sopa de verduras templada que teníamos en el termo pequeño, y a beber leche. La comida sin pastas era algo absurdo.

Christopher miraba furtivamente su reloj de pulsera. A lo mejor mamá tardaba todavía mucho tiempo en venir. Los gemelos se pusieron a merodear inquietos después de comer. Eran caprichosos y testarudos, y expresaban su desagrado dando patadas a lo que no les gustaba, y, de vez en cuando, mientras merodeaban por el cuarto, nos miraban a Chris y a mí con cara de pocos amigos. Chris se fue al cuartito, y subió al ático, a la clase, en busca de libros que leer, y yo fui detrás de él.

—¡No! —gritó Carrie—. ¡No subas al ático! ¡No me gusta estar ahí arriba! ¡No me gusta nada! ¡No me gusta que seas mi mamá, Cathy! ¿Dónde está mi mamá de verdad? ¿A dónde se ha ido? ¡Ve y dile que vuelva, y vamos con ella a jugar en la arena!

Fue a la puerta del vestíbulo y accionó el picaporte, y luego se puso a gritar como un animal aterrorizado, en vista de que la puerta no se abría. Se puso a golpear con sus pequeños puños el duro roble, y todo el tiempo chillaba que quería que volviese mamá para sacarla de aquella habitación oscura.

Fui a tomarla en brazos, mientras continuaba dando patadas y chillando. Era como tener asido un gato salvaje. Chris tomó en brazos a Cory, que había ido corriendo a defender a su gemela. Lo único que podíamos hacer era dejarles en una de las camas de matrimonio, sacar sus libros de cuentos y decirles que se durmieran. Los gemelos nos miraban, llorosos e irritados.

—¿Es ya de noche? —gimió Carrie, que ya estaba ronca de tanto gritar inútilmente pidiendo libertad y llamando a una madre que no acababa de venir—. Tengo muchísimas ganas de ver a mamá, ¿por qué no viene?

—*Pepito el Conejo* —dije yo, cogiendo el libro de cuentos favorito de Cory, con ilustraciones en colores en todas las páginas, y esto bastaba para que *Pepito el Conejo* fuese un libro muy bueno, porque los libros malos no tienen santos.

A Carrie le gusta *Los tres cerditos*, pero Chris tendría que leer como solía hacerlo papá, y resoplar, e imitar una voz tan ronca como la del lobo, y no me parece que fuera capaz de ello.

—Haz el favor de dejar a Chris que suba al ático, pues quiere buscar allí algún libro para leer; mientras tanto, voy a leerte yo un poco de *Pepito el Conejo*. Y vamos a ver si Pepito consigue entrar sin que le vean en el jardín del campesino y comer todas las zanahorias y todas las coles que le apetezcan, y si os dormís mientras estoy leyendo, ya veréis como soñáis con el cuento.

Los gemelos tardaron alrededor de cinco minutos en quedarse dormidos. Cory tenía apretado el libro de cuentos contra el pecho, a fin de que *Pepito el Conejo* se metiese mejor en sus sueños. Me sentí invadida por una sensación suave y cálida, que me encogía el corazón al pensar en aquellos dos pequeños que necesitaban realmente una madre mayor, no una de doce años como yo. Y no me sentía muy distinta de cuando tenía diez años. Si estaba ya a punto de ser mujer, lo cierto es que esa idea se había apoderado de mi mente, haciéndome sentirme madura y capaz. Y menos mal que no íbamos a estar encerrados aquí mucho tiempo, porque, ¿qué haríamos si nos poníamos malos? ¿Qué pasaría si hubiera un accidente, una caída, un hueso roto? Si me ponía a dar golpes contra la puerta cerrada, ¿vendría corriendo en mi ayuda la despreciable abuela? No había teléfono en esta habitación. Si pedía auxilio a gritos, ¿quién me oiría en este ala lejana y prohibida?

Mientras estaba reconcomiéndome de inquietud, Chris había subido ya a la clase del ático y estaba escogiendo libros polvorientos y llenos de bichos para bajárnoslos al dormitorio y que los pudiéramos leer. Teníamos un juego de damas que habíamos traído, y eso era lo que a mí me apetecía, no meter las narices en un libro viejo.

—Mira —dijo, poniéndome en las manos un libro viejo, y explicándome que lo había limpiado de todos los bichos que podrían darme otro ataque de histeria—, vamos a dejar las damas para más tarde, cuando se despierten los gemelos, ya sabes lo que te enfadas cuando pierdes.

Se acomodó en una silla mullida, poniendo la pierna sobre el brazo grueso y redondo, y abrió *Tom Sawyer*. Yo me dejé caer sobre la única cama libre que había y comencé a leer sobre el Rey Arturo y la Tabla Redonda. Y, por raro que parezca, lo cierto es que aquel día se me abrió una puerta cuya existencia no había sospechado hasta entonces, y que daba a un bello mundo en el que florecía la caballería andante y había amores románticos y bellas damas que estaban como sobre pedestales y eran adorables desde lejos. Aquel día comenzó para mí un largo amor por la Edad Media, un cariño que nunca iba a terminar, porque, después de todo, ¿no es cierto que la mayor parte de los ballets están basados en cuentos de hadas? ¿Y no lo es también que todos los cuentos de hadas se basan en las leyendas de los tiempos medievales?

Yo era una de esas niñas que siempre andan buscando hadas que bailan sobre la hierba. Quería creer en brujas, magos, ogros, gigantes y encantamientos. No quería que las explicaciones científicas nos quitasen toda la magia que hay en el mundo. Pero no sabía aún entonces que había ido a vivir a un sitio que era prácticamente un castillo fuerte y oscuro, dominado por una bruja y un ogro, ni adivinaba que algunos brujos modernos podían hacer encantamientos con su dinero.

A medida que la luz del día iba retirándose al otro lado de las pesadas cortinas, nosotros, sentados en torno a la mesita, comíamos nuestra cena de pollo frito (frío) y ensalada de patatas (caliente) y judías (frías y grasientas). Por lo menos Chris y yo nos comimos toda nuestra comida por fría y poco apetitosa que estuviera. Pero los gemelos escogían de la suya, quejándose todo el tiempo que no sabía bien. Pensaba que si Carrie se quejara menos, Cory habría comido más.

—Las naranjas no son raras —dijo Chris, dándome una naranja para que se la pelase—, ni tienen que estar calientes; en realidad, las naranjas son luz del sol líquida.

Chris dijo esto con mucha oportunidad; ahora los gemelos tenían algo que comer con gusto: luz del sol líquida.

Ya era de noche, y realmente no parecía muy distinta del día. Encendimos las cuatro lámparas y una lamparita rosa de mesita de noche que mamá había traído para los gemelos, a quienes no les gustaba la oscuridad.

Después de su siesta, habíamos vestido a los gemelos de nuevo, poniéndoles ropa limpia, cepillándoles bien el pelo y lavándoles la cara, de modo que ahora estaban muy monos, sentados y absortos en sus rompecabezas. Eran unos rompecabezas viejos, y ellos sabían perfectamente dónde tenían que poner cada pieza, de modo que no era un problema muy difícil, pero lo habían convertido en una carrera para ver quién terminaba primero de los dos.

La carrera de terminar el rompecabezas no tardó en aburrir a los gemelos, de modo que lo pusimos todo en una de las camas, y Chris y yo empezamos a inventar cuentos sobre la marcha. Pero esto también acabó aburriendo a los gemelos, aunque mi hermano y yo podríamos haber seguido más tiempo compitiendo a ver quién tenía más imaginación. Luego sacamos de las maletas los coches y camiones de juguete, para que los gemelos pudieran arrastrarse por el suelo, llevando coches de Nueva York a San Francisco, pasando por debajo de la cama y por entre las patas de la mesa, con lo que no tardaron en ensuciarse de nuevo. Cuando nos hubimos cansado también de esto, Chris propuso que jugáramos a las damas, y los gemelos podrían transportar peladuras de naranja en sus camiones y dejarlas tiradas en Florida, que era el cubo de la basura que había en el rincón.

—Para ti, las fichas rojas —anunció Chris, protector—. Yo no pienso, como tú, que el negro es el color de los que pierden.

Fruncí el ceño, irritada, y me puse de mal humor. Parecía que hubiera pasado una verdadera eternidad entre el amanecer y el anochecer, lo bastante para cambiarme de tal manera que nunca volvería a ser la misma.

—No quiero jugar a las damas —repliqué anticipadamente.

Y fui a echarme en la cama y renuncié al esfuerzo de impedir que mis pensamientos vagasen interminablemente por los altibajos de oscuros temores recelosos y atormentadoras y persistentes dudas, preguntándome siempre si mamá nos habría dicho toda la verdad. Y, mientras esperábamos así los cuatro, interminablemente, y seguíamos esperando, sin que mamá reapareciese, mis pensamientos examinaban todas las calamidades posibles, principalmente incendios, fantasmas, monstruos y otros espectros en el ático, pero el fuego era la principal amenaza de todas.

El tiempo transcurría muy despacio. Chris, en su silla, con el libro, seguía echando ojeadas furtivas a su reloj de pulsera. Los gemelos se arrastraban, camino de Florida, y tiraban sus cáscaras de naranja, y ahora ya no sabían qué hacer. No había océanos que cruzar, porque no tenían barcos. ¿Por qué no se nos habría ocurrido traer un barco?

Eché una ojeada a los cuadros que representaban el infierno con todos sus tormentos y me maravilló lo lista y cruel que era la abuela. ¿Por qué tenía que pensar en todo? No era justo que Dios estuviese siempre pendiente de cuatro niños, cuando por el mundo adelante pasaban tantas y tantas cosas que eran mucho peores. Si yo fuera Dios, con toda su perspectiva infinita, no perdería el tiempo mirando a cuatro niños sin padre encerrados en un dormitorio. Además, papá estaba ahora allá arriba, y sin duda convencería a Dios de que cuidase de nosotros e hiciese la vista gorda a alguna que otra equivocación.

Sin hacer caso de mi mal humor y de mis objeciones, Chris dejó el libro y vino con la caja de juegos, que tenía suficientes fichas para cuarenta juegos distintos.

—¿Qué es lo que te pasa? —preguntó, mientras comenzaba a disponer en el tablero las fichas rojas y negras—. ¿Por qué estás ahí echada, en silencio, con ese aspecto de miedo? ¿Es que tienes miedo de que vuelva a ganarte?

Juegos, la verdad era que no estaba pensando en juegos. Le conté lo que estaba pensando, mis temores de que estallase un incendio, y mi idea de rasgar las sábanas y anudarlas y hacer con ellas una escala para bajar al suelo, igual que habíamos visto en muchas películas antiguas. Así, si había un incendio, a lo mejor aquella misma noche podríamos bajar a tierra rompiendo una ventana, y cada uno de los dos podíamos atarnos un gemelo a la espalda.

Nunca había visto yo sus ojos azules expresar más respeto mientras me escuchaba, brillantes de admiración.

—¡Vaya! ¡Qué idea más fantástica, Cathy! ¡Estupendo! Eso es precisamente lo que haremos si hay un incendio aquí, pero lo que pasa es que no lo habrá. Y, fíjate, es una gran cosa saber que no te pondrías a chillar. Si te pones a pensar en el futuro y a hacer planes para cualquier peligro, es prueba de que estás haciéndote mayor, y eso me gusta.

Vaya, menos mal que, en doce años de grandes esfuerzos, había conseguido ganarme su respeto y su aprobación, objetivo que me había parecido imposible. Era buena cosa saber que podríamos llevarnos bien a pesar de estar encerrados tan juntos. Nos sonreímos y nos prometimos que, juntos, nos las íbamos a arreglar muy bien para llegar al fin de la semana. Nuestra nueva camaradería era como una seguridad, como un poco de felicidad a la que podíamos asirnos, como manos juntas.

Y entonces se vino abajo todo lo que habíamos encontrado. Entró en la habitación nuestra madre, con un aspecto la mar de raro y una expresión muy extraña. Llevábamos tanto tiempo esperando su vuelta, y, sin embargo, al verla, por fin, no sentimos el júbilo que pensábamos. Sin duda, era culpa de la abuela, que la seguía casi pisándole los talones, con sus ojos grises, ruines, duros como el pedernal, y que en seguida extinguió nuestro entusiasmo.

Me llevé la mano a la boca. Algo terrible había ocurrido. ¡Lo sabía! ¡Claro que lo sabía!

Chris y yo estábamos sentados en la cama, jugando una partida de damas y mirándonos de vez en cuando y arrugando la colcha.

Una regla que no cumplíamos..., no, dos..., estaba prohibido mirar, y también arrugar.

Y los gemelos tenían piezas de rompecabezas por todas partes, y sus coches y canicas también esparcidos, de modo que no se podía decir que el cuarto estuviese aseado.

Tres reglas rotas.

Y niños y niñas habían estado juntos en el cuarto de baño.

Y a lo mejor hasta habíamos dejado sin cumplir otra regla, porque teníamos que pensar siempre, hiciéramos lo que hiciésemos, que Dios y la abuela se comunicaban en secreto entre sí.

LA IRA DE DIOS

Mamá entró en nuestro cuarto la primera noche andando rígida y mecánicamente, como si le doliese cada movimiento que hacía. Su bello rostro aparecía pálido e hinchado; sus ojos hinchados estaban enrojecidos. A los treinta y tres años de edad, alguien la había humillado tanto que no conseguía mirarnos a los ojos. Con aire derrotado, abandonado, humillado, estaba en el centro del cuarto como un niño a quien han castigado brutalmente. Sin pensar en nada, los gemelos corrieron hacia ella, le abrazaron entusiásticamente las piernas, riendo y llorando y gritando llenos de felicidad:

—¡Mamá! ¡Mamá! ¿Dónde has estado?

Chris y yo fuimos indecisos a abrazarla. Se podría haber pensado que había pasado una década de domingos, y no solamente un miércoles, pero ella era el símbolo de nuestra esperanza, nuestra realidad, nuestra línea de comunicación con el mundo exterior.

¿La besaríamos demasiado? ¿Fue el dolor o el abandono de sus obligaciones lo que le hizo estremecerse ante nuestros abrazos ávidos, hambrientos, apretados? Mientras gruesas y lentas lágrimas resbalaban silenciosamente por sus pálidas mejillas, yo pensaba que estaba llorando solamente por la pena que le inspirábamos. Cuando nos sentamos, queriendo todos estar lo más cerca posible de ella, fue en una de las camas de matrimonio. Ella levantó a los gemelos y se los puso en el regazo, de modo que Chris y yo pudimos sentarnos muy cerca de ella, a su lado. Nos miró con detenimiento, elogiándonos por nuestra reluciente limpieza, y sonrió porque yo le había puesto una cinta verde a Carrie en el pelo, para que hiciera juego con las rayas verdes de su vestido. Se puso a hablar, y su voz sonaba ronca, como si hubiera cogido un resfriado, o como si la rana de la fábula se le hubiese metido en la garganta.

—Y ahora, decidme la verdad, ¿qué tal fue todo hoy?

El rostro rollizo de Cory se contrajo en un gesto de irritación y mal humor, contestando que el día no había ido bien en absoluto. Carrie vertió su silencioso resentimiento en palabras:

—¡Cathy y Chris son malos! —gritó, y su voz no era un dulce gorjear de pájaro—. ¡Nos obligan a quedarnos aquí dentro encerrados el día entero! ¡No nos gusta estar aquí dentro! ¡No nos gusta este sitio grande y sucio que nos dijeron que era bonito! ¡Mamá, no es bonito!

Turbada y con expresión dolorida, mamá trató de consolar a Carrie, diciendo a los gemelos que las circunstancias eran ahora distintas, y que ahora tendrían que obedecer a sus hermanos mayores, pensar que eran como sus padres, y hacer caso de lo que les dijéramos.

—¡No! ¡No! —chilló aquella furia de rostro enrojecido cada vez más furiosa—. ¡Aquí no nos gusta nada estar! ¡Queremos ir al jardín, aquí está oscuro! ¡No queremos a Chris y a Cathy! ¡Mamá, queremos que estés tú con nosotros! ¡Llévanos a casa! ¡Sácanos de aquí!

Carrie daba manotazos a mamá, a Chris, chillando lo mucho que quería estar en su casa, mientras mamá seguía allí sentada, sin defenderse, aparentemente sin oír nada y sin saber cómo resolver aquella situación, dominada por una criatura de cinco años. Cuanto menos oía mamá lo que pasaba alrededor de ella, tanto más alto chillaba Carrie. Yo me tapé las orejas.

—¡Corrine! —ordenó la abuela—. ¡Haz el favor de decir a esa niña que se calle ahora mismo!

Yo me daba cuenta, con sólo mirar aquel rostro frío y como de piedra, de que ella sabía lo que había que hacer para hacer callar a Carrie, y sin tardanza alguna. A pesar de todo, sentado en la otra rodilla de mamá, había un niño pequeño cuyos ojos se abrían de par en par mirando a la alta abuela, a alguien que osaba amenazar a su hermana gemela, la cual se había bajado de un salto del regazo de mamá y ahora estaba en pie ante la abuela. Abriendo las piernas para erguirse mejor, Carrie echó hacia atrás la cabeza, abrió su boquita de rosa y se puso a berrear de veras. Como una cantante de ópera que reserva su mejor voz para el aria final, sus gritos de antes parecían los maullidos débiles de una gatita; lo que teníamos ahora delante era una tigresa ¡y rabiosa! ¡Dios mío, de verdad que me quedé impresionada, aterrada de lo que iría a pasar ahora!

La abuela cogió a Carrie por el pelo, levantándola lo bastante para hacer que Cory se bajase de un salto del regazo de mamá. Rápido como un gato, saltó contra la abuela. Más rápido que en un abrir y cerrar de ojos, corrió a morderle en la pierna. Ella le miró, desde su altura, y luego se lo quitó de encima con un movimiento, como si fuera un perrito pequeño y molesto. Pero el mordisco consiguió que soltase el pelo de Carrie, la cual cayó al suelo y en seguida se puso en pie y dio una rápida patada, que casi le acertó de lleno a la abuela.

Para no ser menos que su hermana gemela, Cory levantó su zapatito blanco, apuntó cuidadosamente y dio una patada en la pierna de la abuela con toda la fuerza de que era capaz.

Entretanto, Carrie fue corriendo a un rincón, donde se sentó en el suelo, chillando como una descosida.

¡Ciertamente, era una escena digna de ser recordada, y escrita!

Hasta entonces, Cory no había dicho una palabra o gritado en absoluto, de acuerdo con su carácter, resuelto y silencioso. Pero nadie iba a hacer daño o amenazar a su hermana gemela, aun cuando aquel «nadie» tuviese casi uno ochenta de estatura y pesara casi cien kilos. Y Cory era muy pequeño para su edad.

Si a Cory no le gustaba lo que estaba ocurriéndole a Carrie, o el peligro que podría correr también él, tampoco a la abuela le gustaba nada lo que le estaba ocurriendo a ella. Echó una mirada asesina a aquel rostro pequeño, retador y airado, que alzaba la vista hacia ella, esperando que se amedrentara, que dejara de mirarla con expresión colérica en los ojos azules, pero él seguía allí, decidido, ante ella, desafiándola y retándola al ataque. Los labios finos y sin color de la abuela se apretaron en una línea curva y escueta, como el lápiz.

Levantó una mano, grande y pesada, relampagueante de anillos de diamantes. Cory no retrocedió, y su única reacción ante esta evidentísima amenaza fue acentuar la expresión colérica de su rostro, mientras apretaba los puños, con la técnica de un boxeador profesional.

¡Santo Dios, es que creía poder luchar con ella, y ganarle!

Oí a mamá llamar a Cory con una voz tan sofocada que casi era sólo un susurro.

Decidida ya a acabar de una vez, la abuela lanzó contra el rostro redondo y retador del niño una bofetada tan cortante y fuerte que le hizo vacilar. Se echó hacia atrás, luego cayó de espaldas, pero en seguida volvió a levantarse, dando la vuelta y como dudando si lanzar un nuevo ataque contra aquella enorme montaña de odiosa carne. Su indecisión en aquel momento era penosa. Vaciló, lo pensó, y el sentido común pudo más que la ira. Escapó a donde estaba Carrie sentada, medio arrastrándose, medio corriendo, y luego la rodeó con sus brazos, y los dos se arrodillaron, apretados el uno contra el otro, mejilla contra mejilla, y él unió sus aullidos a los de ella.

Junto a mí, Chris murmuró algo que parecía una oración.

—¡Corrine, son tus hijos, haz el favor de decirles que se callen inmediatamente!

A pesar de todo, los gemelos color de rosa, una vez empezaban a berrear eran prácticamente imposibles de silenciar. Los razonamientos nunca les afectaban.

Lo único que oían era su propio terror, y, como juguetes mecánicos, sólo se detenían cuando ya no les quedaba cuerda, es decir, cuando estaban completamente exhaustos.

Cuando papá vivía y sabía cómo resolver situaciones de este tipo, solía levantarlos en volandas como sacos, uno bajo cada brazo, y se los llevaba a su cuarto, para decirles severamente que se callasen, porque si no se quedarían allí encerrados y solos, sin televisión, ni juguetes ni nada, hasta que no se les oyera más. Y sin auditorio que presenciase su reto y oyera sus impresionantes quejidos, sus chillidos casi nunca duraban más que unos pocos minutos desde que se cerraba la puerta de su cuarto. Entonces salían del cuarto, todavía de morros, pero suaves y callados, y se acurrucaban en el regazo de papá, diciendo en voz baja:

—Lo sentimos.

Pero papá estaba muerto y ahora ya no había un dormitorio lejano en el que encerrarles para que recapacitaran. Este único cuarto era toda nuestra casa, y en él los gemelos tenían su auditorio preso y atormentado. Siguieron chillando hasta que sus rostros pasaron del rosa al rojo vivo y del rojo vivo al magenta y de éste al púrpura. Sus ojos azules se volvieron vidriosos y miraban como sin ver del esfuerzo que hacían. Fue un verdadero espectáculo, y bien temerario, por cierto.

Se diría que hasta entonces nuestra abuela había estado impresionada por la escena. Pero, finalmente, el encanto, el que fuese, se rompió. Volvió a la vida. Con aire de gran decisión, avanzó a grandes pasos al rincón donde los gemelos estaban apretados uno contra otro, se inclinó y levantó en volandas, sin piedad, por el cuello a los dos niños que gritaban a todo gritar. Manteniéndolos a distancia de ella con los brazos extendidos, mientras ellos pataleaban y manoteaban, tratando, sin éxito, de causar algún daño a su atormentadora, los gemelos fueron llevados ante nuestra madre, y, una vez allí, dejados caer al suelo, como si fueran basura que nadie quiere. Con voz alta y firme que dominaba sus berridos, la abuela declaró en tono seco:

—Los azotaré hasta que sangren, si no consigues tú que dejen de chillar así en este mismo momento.

Aquella falta de humanidad, más la fría fuerza de tan aterradora amenaza, convenció a los gemelos, como me convenció también a mí, de que la abuela iba a hacer ni más ni menos lo que decía. Esta convicción, asombrada y aterradora, hizo que los gemelos se miraran uno a otro, y, abriendo la boca, sofocaron sus gritos. Sabía lo que era la sangre, y el dolor que causaba. Era penoso verles tratados tan brutalmente, como si a ella le diese igual que se rompiesen sus huesos frágiles o se magullase su tierna carne. Y, finalmente, dio media vuelta y le dijo, en tono cortante, a nuestra madre:

—Corrine, no permitiré que se repita aquí una escena tan repulsiva como ésta. Es evidente que tus hijos han sido mimados y que les has permitido todo, y que necesitan urgentemente lecciones de disciplina y obediencia. Ningún niño que viva en esta casa debe desobedecer, o chillar o hacer frente a los mayores. ¿Te enteras? Hablarán solamente cuando se les hable a ellos. Obedecerán en el acto lo que yo les diga. Ahora, quítate la blusa... hija mía, y enséñales el castigo que recibirán en esta casa los que desobedezcan.

Oyendo esto, nuestra madre se levantó. Ahora parecía más pequeña sobre sus zapatos de tacón alto, y estaba blanca como la cera.

—¡No! —suspiró—, no es necesario ahora, fíjate, los gemelos ya no lloran..., ahora obedecen.

El rostro de la abuela se contrajo cruelmente.

—Corrine, ¿es que tienes la osadía de desobedecer? ¡Si te digo que hagas algo, lo harás sin vacilar! ¡Inmediatamente! Fíjate cómo los has educado. ¡Los cuatro, mimados y desobedientes! Piensan que chillando lo van a conseguir todo. Pero aquí los chillidos no sirven de nada. Lo mejor es que se den cuenta de que aquí no hay piedad para los que desobedecen e infringen las reglas que yo impongo. Esto también tú debes saberlo, Corrine. ¿Es que fui débil alguna vez contigo?, incluso antes de que nos traicionases. ¿Permití que tu cara bonita y tus maneras suaves detuvieran mi mano? Me acuerdo de cuando tu padre te quería mucho y salía siempre en tu defensa. Pero esos días se acabaron. Le demostraste que eres lo que yo siempre dije que eras: ¡una piltrafa falsa y embustera!

Volvió sus ojos duros, de pedernal, hacia Chris y hacia mí.

—Sí, la verdad es que tú y tu tío habéis tenido hijos muy guapos, eso te lo confieso, aunque lo cierto es que no debieran haber nacido. Pero también lo es que parecen seres flojos e inútiles —sus ojos ruines examinaron a nuestra madre con desprecio, como si hubiéramos sacado de ella todas esas faltas degradantes. Pero todavía no lo había dicho todo—: Corrine, lo que digo, tus hijos necesitan una buena lección práctica. Cuando vean con sus propios ojos lo que le ha ocurrido a su madre, se darán cuenta de lo que les puede pasar también a ellos.

Vi a mi madre volverse rígida, enfrentarse valientemente con la enorme mujer que con su altura la dominaba en más de diez centímetros, y que pesaba mucho, mucho más que ella.

—Si tratas con crueldad a mis hijos... —empezó a decir mamá, con voz temblorosa—, los sacaré de esta casa esta misma noche, y nunca los volverás a ver, como tampoco a mí, ¡nunca más! —dijo esto en tono desafiante, levantando su bello rostro y mirando con cierta firme determinación a la enorme mujer que era su madre.

El desafío de mamá provocó una sonrisa contraída y fría. No, más que una sonrisa era una mueca de desdén.

—Pues llévatelos esta noche, ¡ahora mismo! ¡Y vete también tú, Corrine! ¿Crees que voy a preocuparme si no vuelvo a ver nunca más a tus hijos, o a ti?

Aquella voz de acero anuló toda la determinación de mi madre, mientras nosotros la mirábamos. En mi interior, estaba llena de alegría. Mamá nos iba a sacar de aquí. ¡Nos íbamos! ¡Adiós, habitación; adiós, ático; adiós, millones, que no me hacían ninguna falta!

Pero, mirando a mamá, esperando que diese media vuelta y fuese al cuartito de las maletas, vi, por el contrario, que algo que había en ella, y que era noble y bueno, se desmoronaba. Bajó los ojos, derrotada, y lentamente su cabeza se bajó también, para ocultar la expresión de su rostro.

Desconcertada y temblorosa también, vi que la mueca de la abuela se convertía en una gran y cruel sonrisa de victoria. ¡Mamá, mamá, mamá!, estaba gritando mi alma, ¡no permitas que haga esto!

—Y ahora, Corrine, quítate la blusa.

Despacio, contra su voluntad, con el rostro blanco como la muerte, mamá dio media vuelta y mostró la espalda, al tiempo que un violento escalofrío le bajaba por la espina dorsal. Con gran dificultad, fue desabrochándose uno a uno los botones de la blusa blanca. Se la fue bajando con cuidado, para mostrarnos la espalda.

Debajo de la blusa mamá no llevaba combinación ni sostén, y era fácil darse cuenta del motivo. Oí a Chris, a mi lado, contener el aliento. Y también Carrie y Cory tenían que estar mirando, porque sus gemidos llegaron a mis oídos. Y entonces me di cuenta de por qué había entrado mamá en nuestro cuarto andando con tanta rigidez y con los ojos enrojecidos de llorar.

Tenía la espalda cubierta de ronchas largas y de un rojo violento, que corrían desde el cuello hasta la cintura, donde se ajustaba su falda azul. Algunas de las ronchas más hinchadas estaban cubiertas de sangre reseca. Apenas había un centímetro de piel intacta entre las marcas dejadas por el terrible látigo.

Sin hacer caso de nuestros sentimientos, sin sentimientos ni sensibilidad ella misma, sin cuidarse de lo que pudiera estar sintiendo nuestra madre, la abuela dio nuevas órdenes:

—Fijaos bien, niños, y sabed que esas marcas de látigo llegan hasta los pies de vuestra madre. Treinta y tres latigazos, uno por cada año de su vida. Y quince latigazos más por cada año que vivió en pecado con vuestro padre. Fue vuestro abuelo quien ordenó este castigo, pero fui yo quien le propinó los latigazos. Los delitos de vuestra madre son contra Dios y contra los principios morales de la sociedad en que vivimos. ¡Su matrimonio fue pecaminoso, un sacrilegio! ¡Una abominación ante Dios! Y, como si eso no bastara, tuvo que tener hijos, ¡cuatro hijos!, ¡hijos salidos del demonio!, ¡malos desde el momento mismo de ser concebidos!

Los ojos se me salían de las órbitas ante aquellas lastimosas ronchas en la carne suave y tierna que nuestro padre había tratado con tanto amor y cuidado. Vacilaba en la corriente de incertidumbre que me dolía por dentro, sin saber quién o qué era yo, si tenía derecho siquiera a estar viva en la Tierra que el Señor reservaba para los que nacían con su bendición y su permiso. Habíamos perdido a nuestro padre, nuestro hogar, nuestros amigos y nuestras cosas, y aquella noche dejé de creer que Dios era el juez perfecto, de modo que también perdí a Dios, en cierto modo.

Quería tener un látigo en las manos para poder golpear con él, como venganza, a aquella vieja que de modo implacable nos había arrebatado tanto. Miré la hilera de ronchas ensangrentadas en la espalda de mamá y nunca sentí tanto odio como en aquel momento, ni tanta ira. Odiaba no solamente lo que había hecho a nuestra madre, sino también las feas palabras que habían salido de aquella boca ruin.

Aquella odiosa vieja me miró, como dándose cuenta de todo lo que sentía. Le devolví la mirada retadoramente, esperando que viese que renegaba, a partir de aquel momento, de toda relación de sangre, no sólo con ella, sino también con el viejo que estaba en el piso de abajo, y que nunca jamás volvería a sentir pena de él.

Quizá mis ojos no eran más que un cristal que revelaba todos los engranajes de venganza que se movían en mi interior, prometiendo ponerse en funcionamiento algún día. Quizá viera algo vengativo en los gusanos blancos de mi cerebro, porque sus palabras siguientes fueron dirigidas solamente a mí, aunque las comenzó con la palabra «niños».

—Ya veis, niños, que esta casa sabe ser dura e implacable con los que desobedecen y rompen las reglas. Daremos comida, bebida y techo, pero nunca cariño, comprensión o amor. Es imposible sentir otra cosa que repugnancia por lo que no es sano. Obedeced las regulaciones y no sentiréis mi látigo ni os veréis privados de lo necesario, pero, si osáis desobedecerme, no tardaréis en daros cuenta de lo que os puedo hacer y de lo que os puedo quitar. —Y nos fue mirando a todos, uno a uno.

Sí, quería acabar con nosotros aquella noche, cuando aún éramos jóvenes, inocentes, confiados, por no haber conocido otra cosa que el lado bueno de la vida. Quería ajar nuestras almas y dejarnos encogidos y secos, quizá incapaces de volver a sentir jamás orgullo. Pero no nos conocía.

¡Nadie podría conseguir que yo odiase a mis padres! ¡Nadie iba a tener poder de vida y muerte sobre mí, por lo menos mientras yo estuviese viva y pudiera responder!

Lancé una rápida mirada a Chris. También él estaba mirándola. Sus ojos la examinaban de pies a cabeza, a pesar de su altura, pensando cómo podría contraatacar si le atacase. Pero tendría que convertirse en un hombre antes de poder luchar con gente como la abuela. A pesar de todo, tenía los puños cerrados y bien apretados contra los costados. Su deseo de contenerse había convertido sus labios en una línea tan fina y dura como los de la abuela. Sólo sus ojos eran fríos, duros como el hielo.

De todos nosotros, Chris era el que más quería a nuestra madre. La había colocado sobre un alto pedestal de perfección, considerándola la mujer más querida, dulce y comprensiva del mundo. Ya me había dicho que, en cuanto creciese, se casaría con una mujer que fuese como nuestra madre. Y, a pesar de todo, no podía hacer otra cosa que mirar a la abuela con ira reconcentrada, era demasiado pequeño para poder hacer más.

La abuela nos dirigió a todos una última, larga y despreciativa mirada. Luego dejó bruscamente la llave de la puerta en la mano de mamá y salió de la habitación.

Había una pregunta que dominaba, alta como el cielo, a todas las demás. ¿Por qué? ¿Por qué nos había traído a esta casa?

Esto no era un refugio seguro, un asilo, un santuario. Ciertamente mamá tenía que saber a dónde nos traía, y, sin embargo, habíamos venido aquí con ella en plena noche. ¿Por qué?

LO QUE CONTÓ MAMÁ

Cuando se hubo ido la abuela, no sabíamos qué hacer o qué decir o qué sentir, excepto felicidad y desamparo. El corazón me latía locamente mientras veía a mamá ponerse la blusa, abotonársela e introducírsela bajo el cinturón de la falda antes de volverse a nosotros con una trémula sonrisa que trataba de tranquilizarnos. Era lamentable que encontrase yo consuelo en una sonrisa como aquélla. Chris bajó los ojos, mirando al suelo; su tormentosa inquietud se expresaba con un movimiento del zapato, que seguía los diseños complicados de la alfombra oriental.

—Escuchadme —dijo mamá, con artificial optimismo—: fue una paliza de protocolo, por así decirlo, y no dolió mucho. Mi orgullo sufrió más que mi carne. Es humillante ser azotada como una esclava o como un animal, y por los padres de una. Pero no penséis que va a volver a ocurrir, porque no volverá a ocurrir nunca más. Sólo ha sido una vez. Y estaría dispuesta a sufrir cien veces estas heridas que tengo para vivir de nuevo los quince años de felicidad que tuve con vuestro padre y con vosotros. Aunque me horrorizaba, me obligó a mostraros lo que me hicieron...

Se sentó en la cama y abrió los brazos, para que nos apretáramos a ella y nos sintiéramos mejor, aunque yo puse cuidado en no volver a abrazarla y evitarle así más dolor. Colocó a los gemelos en su regazo y acarició la cama para indicarnos que nos sentáramos junto a ella. Luego se puso a hablar, y lo que decía le resultaba, evidentemente, difícil de decir, tan difícil como era para nosotros escucharlo.

—Quiero que me escuchéis atentamente y recordéis todas vuestras vidas lo que os voy a decir esta noche. —Hizo una pausa, dudando, mientras observaba la habitación y se fijaba en las paredes aterciopeladas, como si fueran transparentes, y, a través de ellas, pudiera ver todas las habitaciones de la gigantesca casa—: Ésta es una casa extraña, y la gente que vive aquí es más extraña todavía, y no me refiero a la servidumbre, sino a mis padres. Debiera haberos advertido que vuestros abuelos son fanáticamente religiosos. Creer en Dios es cosa buena, es lo que se debe hacer, pero cuando se refuerza esta creencia con palabras tomadas del Antiguo Testamento que uno mismo escoge e interpreta de la manera que más le convenga, eso es hipocresía, y eso es exactamente lo que hacen mis padres.

»Mi padre, como sabéis, se está muriendo, pero todos los domingos lo llevan a la iglesia, en su silla de ruedas, si se siente con fuerzas para ello, o en una camilla, si se siente peor, y da su diezmo, una décima parte de sus ingresos anuales, que son cuantiosos. De esta forma, no es de extrañar que sea bien recibido. Dio dinero para construir la iglesia, pagó las ventanas con vitrales, dirige al pastor y controla sus sermones, porque está pagando a peso de oro su entrada en el cielo, y si es posible sobornar a san Pedro, ciertamente mi padre entrará allí. En esa iglesia lo tratan como a un dios, o como a un santo vivo. Y luego vuelve a casa, sintiéndose completamente justificado en hacer todo lo que se le antoje, porque ha cumplido con su deber y ha pagado lo que debía, y, por tanto, está libre de ir al infierno.

»Cuando yo era pequeña, con mis dos hermanos mayores, se nos llevaba, literalmente a la fuerza, a la iglesia. Aunque estuviéramos malos y debiéramos quedarnos en la cama, teníamos que ir a la iglesia. Se nos metía la religión quisiéramos o no. Sed buenos, sed buenos, sed buenos, no oíamos otra cosa. Todos los días esos pequeños placeres normales que disfrutan todos los demás niños eran pecaminosos para nosotros. A mis hermanos y a mí se nos prohibía bañarnos en la playa, porque eso era ponernos traje de baño y exponer al público parte de nuestro cuerpo. Se nos prohibía jugar a las cartas, o a cualquier juego de azar. No podíamos ir a bailes, porque eso quería decir que nuestro cuerpo podía acercarse al del sexo opuesto. Se nos ordenaba dominar nuestros pensamientos, apartar de nosotros toda idea de lujuria o de pecado, porque se nos decía que el pensamiento es tan malo como el hecho. Oh, podría continuar así, contándoos todo lo que se nos prohibía hacer, y se diría que todo lo que era divertido e interesante resultaba pecaminoso a ojos de mis padres. Pero hay algo en los jóvenes que se rebela cuando se le impone una vida demasiado severa, y que nos induce a hacer todas las cosas que se nos niegan. Nuestros padres, al querer hacer que sus tres hijos se volviesen ángeles o santos, sólo consiguieron hacernos peores de lo que habríamos sido normalmente.

Yo tenía los ojos abiertos de par en par. Estaba fascinada. Todos los estábamos, hasta los gemelos.

—Y así las cosas —siguió mamá—, un buen día entró en esta escena un guapo muchacho, que vino a vivir con nosotros. Era hijo de mi abuelo, un hombre que murió cuando este joven tenía solamente tres años. Su madre se llamaba Alicia y tenía solamente dieciséis años cuando se casó con mi abuelo, que tenía entonces cincuenta y cinco años. De manera que, cuando dio a luz a un niño, pudo haber vivido para verle convertido en todo un hombre, pero, desgraciadamente, Alicia murió siendo todavía muy joven. Mi abuelo se llamaba Garland Christopher Foxworth, y cuando murió, la mitad de su fortuna debería haber pasado a su hijo menor, que tenía tres años, pero Malcolm, mi padre, se apoderó de esa fortuna haciéndose nombrar albacea, porque, naturalmente, un niño de tres años no podía tener ni voz ni voto en la cuestión, y tampoco pudo hacer nada Alicia. Una vez que mi padre lo tuvo todo bien asegurado, echó a Alicia y a su hijo menor, que se fueron a Richmond, a casa de los padres de Alicia, donde ésta vivió hasta que se casó por segunda vez. Tuvo unos pocos años de felicidad con un joven que la había querido desde niña y luego éste murió también. Dos veces casada y dos veces viuda, con un hijo joven, y con sus padres muertos también. Y entonces, un día notó un bulto en el pecho, y unos pocos años más tarde moría de cáncer. De esta manera fue como su hijo, Garland Christopher Foxworth, el cuarto de su nombre, vino a vivir aquí. Siempre le llamamos Chris, a secas. —Vaciló, apretó su abrazo en torno a Chris y a mí—. ¿Os dais cuenta de a quién me estoy refiriendo? ¿Habéis adivinado ya quién era ese joven?

Yo me estremecí. El misterioso tío de mamá. Y murmuré:

—Es papá..., te estás refiriendo a papá.

—Sí —afirmó ella, y suspiró hondamente.

Me incliné hacia delante para mirar a mi hermano mayor, que estaba sentado muy quieto, con una extrañísima expresión en el rostro y los ojos como vidriosos.

Mamá prosiguió:

—Tu padre era tío mío, pero sólo tenía tres años más que yo. Recuerdo la primera vez que le vi. Yo sabía que iba a venir, aquel tío mío de quien nunca había sabido, o siquiera visto apenas hasta entonces, y quería causarle una buena impresión, de modo que me pasé el día entero preparándome, rizándome el pelo, bañándome y poniéndome el vestido que más me gustaba de todos. Yo entonces tenía catorce años, y ésta es la edad en que las chicas comienzan a darse cuenta del poder que tienen sobre los hombres, y sabía que era lo que la mayoría de los chicos y hombres consideran bella, y me figuré que, en cierto modo, estaba en la época de enamorarme.

»Vuestro padre tenía diecisiete años. Era el final de la primavera, y él estaba en pie en el centro del recibidor, con dos maletas junto a sus zapatos gastados, y tenía la ropa muy usada. Mis padres estaban con él, pero él miraba a su alrededor, deslumbrado por el alarde de riqueza que veía. Yo misma nunca me había fijado apenas en lo que me rodeaba. Estaba allí y lo aceptaba todo como parte de mi vida, y hasta que me casé y comencé a vivir sin riqueza apenas me di cuenta de que había crecido en un hogar excepcional.

»Mi padre es un "coleccionista", compra todo lo que pase por ser una obra de arte única, y no porque comprenda el arte, sino porque le gusta poseer cosas. A él le gustaría poseerlo todo, si tal cosa fuera posible, sobre todo cosas bellas, y yo solía pensar que yo misma era parte de su colección de *objets d'art...*, y que tenía la intención de conservarme para sí, no con objeto de gozar de mi presencia, sino para impedir que otros gozasen de lo que era suyo.

Mi madre prosiguió, sus mejillas se teñían de rojo, sus ojos miraban al vacío, como recordando aquel día excepcional en que un joven tío entró en su vida para cambiarla de tal manera.

—Vuestro padre vino a nosotros lleno de inocencia y de fe, suave y vulnerable, no habiendo conocido otra cosa que cariño sincero y auténtico amor, y mucha pobreza, había vivido en una casita de cuatro habitaciones, y de ella vino a esta casa enorme, grandiosa, que le hacía abrir los ojos como platos y deslumbraba sus esperanzas, haciéndole pensar que había llegado su época de buena suerte, su cielo en la Tierra. Miraba a mis padres con los ojos desbordantes de agradecimiento. ¡Ja! Todavía siento pena cuando pienso en su llegada y en su agradecimiento, porque lo que él miraba habría debido ser suyo, en justicia. Mis padres hicieron todo cuanto pudieron por hacerle ver que no era más que un pariente pobre.

»Le vi allí, en pie, a la luz del sol, que entraba a raudales por las ventanas y se detenía hacia la mitad de las escaleras. Su pelo rubio estaba rodeado por un nimbo de luz plateada. Era muy bello, no sólo guapo, sino bello, hay una diferencia entre las dos palabras, y la verdadera belleza irradia, sale de dentro, y él era así.

»Hice un ligero ruido y él levantó la cabeza y sus ojos azules se iluminaron; la verdad, todavía recuerdo cómo se iluminaron, y entonces fuimos presentados, y la luz se apagó. Yo era su sobrina, y estaba vedado para mí, y esto le decepcionó tanto como me decepcionó a mí, porque en aquel mismo día, yo en la escalera y él más abajo, en el recibidor, se encendió en nosotros dos una chispa, una pequeña llama roja que iba a aumentar constantemente, hasta que ya no nos fue posible renegar de ella.

»No os daré detalles de nuestros amores para no aturdiros —dijo, algo incómoda, al verme a mí inquieta y a Chris tapándose la cara—. Basta decir que fue amor a primera vista, porque a veces ocurre así. Quizá fuese que él estaba en el momento de enamorarse, como yo, o acaso que los dos necesitábamos alguien que nos diese calor y afecto. Mis hermanos mayores habían muerto ya para entonces, en accidentes, y yo sólo tenía unos pocos amigos, porque nadie estaba "a la altura" de la hija de Malcolm Foxworth. Yo era su joya, su alegría, y el hombre que me arrancara de él tendría que pagar un precio muy alto, de modo que vuestro padre y yo nos veíamos a escondidas en los jardines, y nos sentábamos juntos y estábamos hablando durante horas y horas, y a veces me empujaba él en un columpio, o yo a él, y a veces nos subíamos los dos al columpio y lo movíamos con los pies, mirándonos y subiendo cada vez más alto. Él me contó todos sus secretos, y yo, a él, todos los míos. Y no tardó en descubrirse la cosa, tuvimos que confesar que estábamos muy enamorados y que, con razón o sin ella, teníamos que casarnos; nos fue preciso fugarnos de esta casa, y del dominio de mis padres, antes de que pudieran convertirnos en copias fieles de ellos, porque tal era su deseo, podéis creerlo, convertir a vuestro padre, cambiarle, hacerle pagar por el error de su madre al casarse con un hombre mayor que ella. Tengo que confesar que lo hicieron todo por él. Le trataron como a su propio hijo, porque querían que ocupase el lugar de sus dos hijos muertos. Le mandaron a Yale, y fue un magnífico estudiante. Tú, Christopher, has heredado su inteligencia. En tres años consiguió el título, pero no pudo usarlo porque en él ponía su verdadero nombre y apellido, y nosotros teníamos que ocultar al mundo nuestra verdadera identidad. Los primeros años de matrimonio fueron difíciles para nosotros, precisamente porque tuvimos que ocultar sus estudios universitarios.

Hizo una pausa. Miró, reflexiva, a Chris, y luego me miró a mí. Abrazó a los gemelos y los besó en la cabeza. Su frente se arrugó y una expresión de inquietud se reflejó en su rostro.

—Cathy, Christopher, espero que vosotros dos me comprendáis, estáis tratando de comprender lo que nos pasó, ¿verdad?

Sí, sí, Chris y yo asentimos.

Estaba hablando mi propio idioma, el idioma de la música y el ballet, el amor romántico, los bellos rostros en bellos lugares, los cuentos de hadas que son verdad.

Amor a primera vista. Oh, justamente lo que iba a pasarme a mí, y me dije que sería así, y que mi amor sería tan bello como había sido papá, de belleza radiante, que me tocaría el corazón. Había que tener amor, porque si no se ajaba uno y se moría.

—Y ahora escuchadme atentamente —dijo ella en voz baja, lo que daba más énfasis a sus palabras—. Estoy aquí con objeto de hacer todo lo que esté en mi mano para que mi padre me vuelva a querer y me perdone por haberme casado con su hermanastro. Porque, en cuanto cumplí los dieciocho años, vuestro padre y yo nos escapamos, y dos semanas después volvimos a casa y se lo contamos a mis padres. Mi padre casi sufrió un ataque. Gritó, armó un gran escándalo y nos echó a los dos de la casa, ordenándonos que no volviéramos, ¡nunca más! Y por eso fui desheredada y también vuestro padre, porque pienso que mi padre tenía intención de dejarle algo de su fortuna, no mucho, pero sí algo. La parte principal iba a ser para mí, porque mi madre tiene dinero propio, y, a juzgar por lo que ella cuenta, la principal razón de que mi padre se casara con ella fue el dinero que había heredado de sus padres, aunque en su juventud ella había sido lo que se llama una mujer guapa y no una gran belleza, pero tenía una belleza fuerte y noble, por decirlo así.

No, me dije a mí misma, llena de amargura, la vieja esa es fea desde que nació.

—Estoy aquí para hacer lo que esté en mi mano para que mi padre vuelva a quererme y me perdone por haberme casado con mi tío. Y, para ello, tendré que representar el papel de hija obediente, que ha aprendido la lección y se ha corregido completamente. Y, a veces, cuando una empieza a hacer un papel, acaba sintiéndolo de verdad, de modo que ahora que todavía soy yo quiero contaros todo lo que debéis saber. Por eso estoy contándoos todo esto, y siendo con vosotros todo lo sincera que puedo. Os confieso que no tengo mucha fuerza de voluntad, ni tampoco sé hacer las cosas por mí misma. Fui fuerte tan sólo cuando tenía a vuestro padre para darme fuerza, pero ahora ya no lo tengo. Y abajo, en el primer piso, en una pequeña habitación, detrás de una enorme biblioteca, hay un hombre como nunca habéis visto otro igual en vuestra vida. Habéis conocido a mi madre, y sabéis un poco cómo es, pero no conocéis a mi padre. Ni quiero que lo conozcáis hasta que me haya perdonado y acepte que tengo cuatro hijos, el padre de los cuales fue su hermanastro y mucho más joven que él. Pero pienso que esto le va a ser muy difícil aceptarlo, aunque no creo que le cueste demasiado pedonarme a mí, ya que ahora vuestro padre ha muerto, y es difícil guardar rencor a los que están muertos y enterrados.

No sé por qué me sentí muy asustada.

—Para que mi padre me vuelva a incluir en su testamento, tendré que obligarme a mí misma a hacer todo lo que él me mande.

—¿Y qué puede pedirte, aparte de obediencia y una actitud de respeto? —preguntó Chris, con su expresión más sombría y adulta, como si comprendiera perfectamente todo aquello.

Mamá le miró largamente, con una mirada llena de dulce compasión, mientras levantaba la mano para acariciar su mejilla juvenil. Era una edición más pequeña del marido a quien hacía tan poco que había enterrado, y no era de extrañar que se le arrasaran los ojos de lágrimas.

—No sé lo que querrá, querido, pero sea lo que fuere, tendré que hacerlo. De cualquier modo, tiene que incluirme en su testamento. Pero ahora lo mejor es olvidar todo eso. Vi la cara que poníais cuando os hablaba. No quiero que penséis que lo que dijo mi madre es verdad. Lo que vuestro padre y yo hicimos no fue inmoral. Nos casamos como Dios manda en la iglesia, igual que cualquier otra pareja de jóvenes enamorados. No hubo nada impío en ello. Y vosotros no sois hijos del diablo, o del mal, vuestro padre diría que todo eso son estupideces. Mi madre querría convenceros de que sois indignos; es otra manera de castigarme a mí, y a vosotros. Las reglas sociales las hace la gente, no Dios, y en algunas partes del mundo se permite casarse a parientes más cercanos, y tener hijos, y a nadie le parece mal, aunque eso no quiere decir que justifique yo lo que hicimos, porque es preciso seguir las leyes de la sociedad en que se vive y esa sociedad piensa que los hombres y las mujeres que están muy emparentados no deben casarse, porque, si lo hacen, pueden tener hijos, mental o físicamente, tarados, pero también es verdad que nadie es perfecto.

Y entonces se echó medio a reír y medio a llorar, y a abrazarnos a todos muy fuerte.

—Vuestro abuelo predijo que nuestros hijos tendrían cuernos, giba, cola hendida, cascos como los caballos en los pies, estaba como loco, quería maldecirnos y hacer que nuestros hijos fuesen deformes porque deseaba que fuésemos malditos, pero ¿se cumplió alguna de sus predicciones? —gritó, casi enloquecida también ella—: ¡no!

—se respondió a sí misma—. Vuestro padre y yo estábamos algo preocupados cuando quedé embarazada por primera vez. Él se pasó la noche dando vueltas por los pasillos del hospital, hasta casi el amanecer, cuando una enfermera salió a decirle que tenía un hijo, completamente normal en todos los sentidos, y entonces tuvo que ir corriendo para verlo con sus propios ojos. Me hubiera gustado que hubieseis estado allí, porque habríais visto la alegría que se reflejó en su rostro cuando entró en mi habitación, con dos docenas de rosas en las manos y lágrimas en los ojos, y me besó. Estaba muy orgulloso de ti, Christopher, orgullosísimo. Regaló seis cajas de puros y fue enseguida a comprarte una pala de plástico y un guante de béisbol, y además, un balón de fútbol. Cuando empezaron a salirte los dientes, tú mordías la pala y golpeabas la cuna y la pared, para decirnos que querías salir de allí.

»Luego vino Cathy, y tú, querida, eras tan guapa y tan perfecta en todo como tu hermano. Y ya sabes lo que te quería tu padre, su bella bailarina Cathy, que iba a dejar al mundo asombrado en cuanto apareciera en escena. ¿Te acuerdas de tu primera función de ballet, cuando tenías cuatro años? Llevabas un lazo rosa, el primero de tu vida, y cometiste unos pocos errores, y todo el mundo se reía en el público, y tu aplaudías, como si estuvieras orgullosa, a pesar de todo, y tu padre te mandó una docena de rosas, ¿te acuerdas? Para él, tú eras perfecta. Y siete años después de que llegaras a bendecir nuestra unión, nacieron los gemelos. Y ahora teníamos dos niños y dos niñas, y habíamos tentado al destino cuatro veces, ¡y ganado! Cuatro niños perfectamente normales, de modo que si Dios hubiese querido castigarnos, habría tenido cuatro oportunidades de darnos niños deformes o retrasados mentales, pero, en lugar de esto, lo que nos dio fue lo mejor de lo mejor. De modo que no os dejéis convencer por vuestra abuela, ni por nadie, de que sois incompetentes, o indignos, o de que Dios no os quiere. Y si hubiésemos cometido un pecado habría sido el pecado de vuestros padres, no el vuestro. Sois los mismos cuatro niños que todos nuestros amigos, en Gladstone, nos envidiaban y llamaban los muñecos de porcelana de Dresde. No os olvidéis nunca de lo que teníais en Gladstone, nunca, y seguid creyendo en vosotros mismos, y en mí, y en vuestro padre. Incluso si está muerto, seguid queriéndole y respetándole. Se lo merece, porque hizo lo que pudo por ser un buen padre, y no creáis que hay muchos hombres capaces de hacer todo lo que hizo él. —Sonrió, llena de optimismo, a través de sus brillantes lágrimas—: Y ahora decidme quiénes sois.

—¡Los muñecos de Dresde! —gritamos Chris y yo.

—Y, decidme, ¿creeréis jamás lo que os dice vuestra abuela de que sois hijos del diablo?

—¡No, no! ¡Nunca!

Y, sin embargo, yo me decía que tendría que pensar más tarde, y hondamente, en la mitad de lo que había oído a las dos mujeres. Yo quería creer que Dios estaba contento con nosotros, y con lo que éramos y quiénes éramos. Tenía que creer, necesitaba creer. Asiente, me decía yo a mí misma, di que sí, igual que hace Chris. No seas como los gemelos, que no hacían más que mirar a mamá con sus grandes ojos, sin comprender nada. No seas tan recelosa, ¡no lo seas!

Chris participó en el coro con la más convincente de las voces:

—Sí, mamá, creo firmemente todo lo que dices, porque si a Dios le hubiese parecido mal tu matrimonio con nuestro padre, os habría castigado a papá y a ti a través de vuestros hijos, creo que Dios no es tan estrecho de miras, ni tan fanático como nuestros abuelos. ¿Cómo puede decir la vieja esas cosas tan feas, cuando tiene ojos en la cara para ver y puede comprobar por sí misma que no somos feos, ni deformes, y que, desde luego, no somos retrasados mentales?

El alivio, como un río que ha sido contenido por un dique y luego soltado de pronto, hizo arrasar de nuevo en lágrimas el bello rostro de mamá. Atrajo a Chris hacia sí, apretándole muy fuerte contra su pecho, besándole en la cabeza. Luego le cogió la cara entre las manos y miró hondamente en sus ojos, haciendo caso omiso de nosotros.

—Gracias, hijo mío, por comprender —le agradeció, con un susurro ronco y cálido—. Gracias, de nuevo, por no censurar a tus padres por lo que hicieron.

—Te quiero, mamá, no me importa lo que hayas hecho o lo que hagas ahora, siempre te comprenderé.

—Sí —murmuró ella—; ya sé que lo harás, lo sé. —Algo inquieta, me miró también a mí, que estaba un poco apartada, oyéndolo todo, sopesándolo todo, y también a ella—. El amor no llega cuando uno quiere. A veces surge de pronto, contra la voluntad de uno —bajó la cabeza, alargando las manos para coger las de mi hermano, y asiéndose a ellas—. Mi padre me adoraba cuando era joven, quería tenerme siempre sólo para él, no quería que me casara con nadie. Recuerdo, cuando tan sólo tenía doce años, que me aseguró que me dejaría toda su fortuna si continuaba a su lado hasta que muriese de viejo.

De pronto levantó bruscamente la cabeza y me miró. ¿Habría visto en mí algo de duda, de recelo? Sus ojos se ensombrecieron, se hicieron profundos y oscuros.

—Juntad las manos —ordenó con energía, irguiendo los hombros y soltando una de las manos de Chris—. Quiero que digáis conmigo: somos niños por completo normales, mental, física, emocionalmente sanos, y buenos en todo, y tenemos tanto derecho a vivir, amar, y gozar de la vida como cualesquiera otros niños del mundo.

Me sonrió y me cogió la mano con la que tenía libre, y dijo que también Carrie y Cory tenían que juntar sus manos con las nuestras.

—Aquí arriba vais a necesitar pequeños ritos para poder pasar los días, como pequeños hitos. Os voy a enseñar unos pocos, para que los uséis cuando yo no esté aquí. Cathy, cuando te miro me veo a mí misma a tu edad. Quiéreme, Cathy, y ten confianza en mí, por favor.

Un poco vacilantemente hicimos lo que nos dijo, repitiendo la letanía que teníamos que repetirnos a nosotros mismos siempre que sintiéramos dudas, y cuando hubimos terminado, nos sonrió llena de aprobación y como tranquilizándonos.

—¡Eso es! —declaró, con aspecto más contento—. Y ahora no creáis que he vivido este día sin teneros constantemente a los cuatro en mi mente. He pensado mucho en nuestro futuro, y he llegado a la conclusión de que no podemos seguir viviendo aquí, donde estamos todos dominados por mis padres. Mi madre es una mujer cruel y sin corazón, que sucede que me dio a luz a mí, pero que nunca me dio un ápice de amor, porque todo se lo dio a sus hijos. Yo pensé, tonta de mí, cuando recibí su carta, que me iba a tratar de manera muy distinta a como me había tratado antes. Creí que ahora se habría suavizado su carácter con la edad, y que en cuanto os viera y os conociera sería para vosotros como todas las abuelas, y os recibiría con los brazos abiertos y estaría encantada y se sentiría contenta de tener niños a quienes querer de nuevo. No sabéis la esperanza que tenía de que en cuanto os viese... —Se sofocó, de nuevo al borde de las lágrimas, como si nadie que tuviese sentido común pudiera evitar el querer a sus hijos—. Comprendo que le caiga mal Christopher —y le abrazó muy fuerte y lo besó en la mejilla—, porque se parece muchísimo a su padre, y también me doy cuenta de que en cuanto te mire, Cathy, tiene que verme a mí, y a mí nunca me quiso, aunque la verdad es que no sé por qué, como no fuera porque mi padre me quería demasiado y esto le daba celos, pero lo que nunca me pasó por la imaginación es que pudiera ser cruel con cualquiera de vosotros o con mis pequeños gemelos. Me convencí a mí misma de que la gente cambia con la edad, y se da cuenta de sus errores, pero ahora veo que me equivoqué. —Y se secó las lágrimas—. De modo que, por eso, mañana por la mañana saldré de aquí en coche temprano y en la ciudad más cercana me matricularé en una academia donde aprenda a ser secretaria. Aprenderé mecanografía, taquigrafía, contabilidad y archivo, y todo lo demás que hay que saber para ser secretaria. Cuando sepa todas esas cosas, podré encontrar un buen empleo con un buen sueldo, y entonces tendré dinero suficiente para sacaros a todos de esta habitación; encontraremos un apartamento cerca de aquí y así podré seguir visitando a mi madre. Pronto podremos volver a estar juntos, viviendo en nuestra casa de nuevo, y volveremos a ser una auténtica y verdadera familia.

—¡Oh, mamá! —gritó Chris, lleno de felicidad—. ¡Ya sabía yo que darías con la solución! ¡Ya sabía que no nos tendrías aquí encerrados en esta habitación! —Se inclinó hacia mí, mirándome lleno de complacencia en sí mismo, como si hubiera sabido todo el tiempo que su amada madre iba a resolver todos los problemas, por complicados que fuesen.

—Tened fe en mí —pidió mamá, sonriendo y otra vez llena de confianza en sí misma. Volvió a besar a Chris.

A mí me hubiera gustado, en cierto modo, ser como mi hermano Chris, y aceptar todo lo que ella le decía como si fuera un solemne voto, pero mis traicioneros pensamientos prestaban demasiada atención a su confesión de que ella no era persona de voluntad fuerte ni capaz de hacer las cosas por sí misma sin tener a papá a su lado para que le diese fuerza.

Deprimida, le hice mi pregunta:

—¿Cuánto tiempo se tarda en llegar a ser una buena secretaria?

Me contestó inmediatamente, demasiado pronto, me pareció a mí.

—Muy poco tiempo, Cathy. Cosa de un mes o así, pero, aunque se tarde un poco más, tendréis que tener paciencia y daros cuenta de que no soy demasiado lista para ese tipo de cosas. No es culpa mía, podéis creerme —añadió rápidamente, como si se diera cuenta de que estaba acusándola de no estar a la altura de las circunstancias—. Cuando se nace rico y se va a un colegio interno de esos que son para las hijas de la gente rica y poderosa, y luego a una escuela de educación social, se aprenden las reglas de la buena educación y la etiqueta social, y también cosas de cultura general, pero, sobre todo, la preparan a una para la vida romántica, las fiestas de puesta de largo y el arte de recibir y ser una perfecta ama de casa. A mí no me enseñaron nada práctico. No creí que nunca tendría necesidad de trabajar. Pensé que siempre tendría un marido que cuidaría de mí, y si no marido, por lo menos, mi padre, y además, todo el tiempo lo pasé enamorada de vuestro padre, y sabía que en cuanto cumpliese los dieciocho años, nos casaríamos.

En aquel mismo momento estaba enseñándome cosas útiles. Nunca dependería yo de un hombre hasta el punto de no poder andar por mí misma por el mundo, por crueles que fuesen los golpes que la vida me asestara, pero, sobre todo, en aquel momento, me sentía ruin, irritada conmigo misma, avergonzada, culpable, por pensar que ella tenía la culpa de todo porque, ¿cómo podía mamá prever lo que iba a pasar en el futuro?

—Bueno, me tengo que ir —dijo, levantándose para irse, y los gemelos rompieron a llorar.

—¡Mamá! ¡No te vayas! —gritaron.

Los dos le abrazaron las piernas con sus bracitos.

—Volveré mañana temprano, antes de salir a buscar esa academia. De verdad, Cathy —dijo, mirándome a los ojos—: Te prometo que lo haré lo mejor que pueda. Quiero sacaros de este lugar tanto como vosotros queréis salir de él.

En la puerta nos dijo que era buena cosa que hubiésemos visto cómo tenía la espalda, porque así veríamos lo cruel que era su madre.

—Por Dios santo, obedeced las reglas, sed decentes en el cuarto de baño, daos cuenta de que es capaz de ser inhumana no sólo conmigo, sino también con los míos. —Nos abrió los brazos a los cuatro, y corrimos hacia ella, olvidándonos de su espalda azotada—: Os quiero muchísimo a todos —sollozó—. No lo olvidéis, yo trabajaré como nunca, lo juro, me siento tan prisionera como vosotros, tan apresada por las circunstancias como vosotros, en cierto modo. Acostaos esta noche con pensamientos de felicidad, sabed que, por malas que parezcan las cosas, raras veces llegan a ser malas de verdad. Yo soy simpática, ya lo sabéis, y es fácil quererme, y mi padre en otros tiempos me quiso muchísimo, de modo que eso le facilitará el volverme a querer, ¿no creéis?

Sí, sí, claro que sí. Haber querido algo muchísimo en otros tiempos le hacía a uno vulnerable a otro ataque de amor. Yo lo sabía, porque había estado ya enamorada seis veces.

—Y cuando estéis acostados, y el cuarto esté oscuro, recordad que mañana, después de matricularme en esa academia, iré a compraros juguetes y juegos nuevos para que ocupéis vuestras horas y estéis contentos, y ya veréis cómo antes de mucho tiempo mi padre vuelve a quererme y me lo perdona todo.

—Mamá —le dije—, ¿tienes dinero bastante para comprarnos cosas?

—Sí, sí —contestó apresuradamente—; tengo bastante, y además mis padres son gente orgullosa, y no querrían que sus amigos y vecinos me vean mal vestida o arreglada. Me darán lo que necesite, como también cuidarán de vosotros. Ya veréis. Y todo el tiempo y todo el dinero que me sobre lo ahorraré para el día en que podamos ser libres de nuevo, y vivir en nuestra propia casa, como solíamos, y volvamos a ser de nuevo una familia.

Éstas fueron sus palabras de despedida, y entonces nos envió besos con la mano y luego cerró la puerta y echó la llave. Nuestra segunda noche encerrados. Y ahora sabíamos mucho más... quizá demasiado.

Después de irse mamá, tanto Chris como yo nos metimos en la cama. Me sonrió mientras se apretaba contra la espalda de Cory, y ya sus ojos estaban llenos de sueños también. Los cerró, al tiempo que murmuraba:

—Buenas noches, Cathy, y que no os muerdan las chinches.

Me apreté contra el cuerpecito caliente de Carrie, imitando a Chris, y la tenía rígida en mis brazos, con mi rostro metido en su pelo suave y dulce.

Pero me sentía inquieta, y poco después me volví hacia arriba, mirando al techo y notando el gran silencio de aquella enorme casa, que se iba sumiendo en el reposo nocturno. No se oía un solo ruido de movimientos en la enorme casa, ni siquiera el débil timbrazo del teléfono, ni un aparato de la cocina desconectándose, ni un perro que ladrara fuera, ni un coche que pasara arrojando una luz que pudiera, pensaba yo con esperanza, penetrar a través de las pesadas cortinas.

Insidiosos pensamientos penetraban en mi mente, diciéndome que nadie nos quería, que estábamos encerrados... ¡Hijos del demonio! Estos pensamientos querían seguir merodeando por darme sensaciones de infelicidad. Tuve que encontrar la manera de arrojarlos de mí. Mamá nos quería, nos necesitaba, haría lo que pudiese por ser una buena secretaria de algún hombre afortunado. Lo haría. Yo sabía que lo haría. Resistiría los intentos de los abuelos de apartarla de nosotros. Los resistiría, los resistiría.

—¡Dios —recé—, por favor, ayuda enseguida a mamá!

Hacía un calor terrible en aquel cuarto, y la atmósfera era pesada. Fuera se oía el viento que agitaba las hojas de los árboles, pero no era suficiente para refrescarnos, sólo bastante para indicar que allá fuera hacía fresco, y que también lo haría aquí dentro con sólo que abriéramos las ventanas de par en par. Pensativamente, suspiré, anhelando aire fresco. ¿No nos había dicho mamá que las noches en las tierras montañosas son siempre frescas, hasta en el verano? Y ahora estábamos en verano, pero con las ventanas cerradas no hacía nada de fresco.

En la oscuridad sonrosada, Chris murmuró mi nombre.

—¿En qué piensas? —me preguntó.

—En el viento, suena como si fuera un lobo.

—Ya sabía que estabas pensando en algo alegre. Dios, la verdad es que te las pintas sola para imaginar cosas deprimentes.

—Pues tengo algo más: vientos que susurran como almas de muertos que tratan de decirnos algo.

Gimió.

—Pues ahora escúchame tú a mí, Catherine Doll (el nombre que pensaba yo ponerme el día en que hiciese mi aparición en las tablas), te ordeno que dejes de estar ahí echada rumiando esos pensamientos de miedo. Tomaremos las horas según vengan, y no nos detendremos a pensar en las que están por venir, y de esta manera, todo te resultará más fácil que si te pones a pensar en días y semanas. Piensa en la música, en la danza, en el canto. ¿Es que no has oído decir que uno nunca se siente triste con música y baile en la cabeza?

—¿Y en qué vas a pensar tú? —repliqué.

—Pues, si tuviera menos sueño, compondría diez tomos de pensamientos, pero lo que ocurre es que me siento demasiado fatigado para contestar. Y, además, ya sabes cuál es mi objetivo. Por lo que se refiere a este momento, me limitaré a pensar en los juegos a que tendremos tiempo de dedicarnos —bostezó, se estiró y me sonrió—. ¿Qué pensaste de todo eso que nos contó mamá sobre tíos que se casan con sus sobrinas y tienen hijos con cascos, rabos y cuernos?

—Como persona que se dedica a la búsqueda del conocimiento de todo tipo, y como futuro médico, dime, ¿es científicamente posible?

—¡No! —respondió, como si estuviera completamente al tanto en la cuestión—. Porque, si lo fuese, abundarían en el mundo los monstruos con aspecto de demonios, y, si quieres que te diga la verdad, a mí me gustaría ver un demonio, aunque sólo fuese una vez.

—Yo los veo constantemente, en sueños —repuse.

—¡Bah! —se burló—. Tú y tus sueños absurdos. ¿No crees que los gemelos se portaron estupendamente? La verdad es que me sentí muy orgulloso de ellos, cuando se enfrentaron con esa abuela gigantesca con tanta valentía. ¡Dios, la verdad es que tienen valor; llegué a temer que les hiciese algo realmente malo!

—¿Y lo que hizo no fue espantoso? Agarró a Carrie por el pelo. Eso debe de doler. Y abofeteó a Cory y lo hizo rodar por el suelo, y eso también dolerá. ¿Qué más quieres aún?

—Podría haberse portado peor —opinó.

—Pienso que está loca de atar.

—Probablemente tienes razón —murmuró, ya medio dormido.

—Los gemelos son unas criaturas. Cory no quería más que defender a Carrie, ya sabes cómo se defienden uno a otro constantemente —vacilé—. Oye, Chris, ¿crees que nuestros padres hicieron bien en enamorarse? ¿No debieran haber hecho algo para impedirlo?

—No sé, pero no hablemos de eso, me inquieta.

—También a mí, pero me figuro que ésa es la razón de que todos nosotros tengamos los ojos azules y el pelo rubio.

—Sí —bostezó—. Los muñecos de Dresde, justo lo que somos.

—Tienes razón. Siempre me ha gustado pasarme el día jugando. Y, figúrate, cuando nuestra madre nos traiga ese juego nuevo de Monopoly de lujo, tendremos tiempo por fin de terminar un juego; y es que nosotros dos nunca habíamos terminado un juego. ¡Ah, Chris, y las zapatillas de plata de bailarina son para mí!

—Vale —murmuró—. Yo me quedo con la chistera, o con el coche de carreras.

—La chistera, haz el favor.

—Bueno, lo siento, se me olvidaba, y enseñaremos a los gemelos a ser banqueros y contar el dinero.

—Pero primero tenemos que enseñarles a contar.

—Eso no será difícil, porque los Foxworth somos los amos en cuestiones de dinero.

—Pero nosotros no somos Foxworth.

—¿Pues qué somos?

—Somos Dollanganger, eso es lo que somos.

—Bueno, como quieras. —Y volvió a darme las buenas noches.

Una vez más me arrodillé junto a la cama y junté las manos como se hace para rezar, bajo la barbilla, y comencé, muy bajo: «Y ahora que me acuesto le pido al Señor que guarde mi alma...» Pero, no sé por qué, no me salían esas palabras sobre guardar mi alma si me muriese antes de despertar. Y tuve que omitir, una vez más, esa parte de la oración, y pedí de nuevo bendiciones para mamá, Chris y los gemelos, y también para papá, donde quiera que estuviese en el cielo.

Y entonces, cuando me vi de nuevo en la cama, no se me ocurrió otra cosa que ponerme a pensar en el pastel o las pastas y el helado que la abuela nos había prometido a medianoche... si éramos buenos.

Y habíamos sido buenos.

Por lo menos hasta que Carrie comenzó a berrear, pero, a pesar de todo, la abuela no nos había traído los postres. ¿Cómo podía saber que íbamos a ser luego tan poco merecedores de ello?

—¿En qué estás pensando ahora? —preguntó Chris, con voz adormilada y monótona; yo pensaba que ya estaría dormido, y no observándome.

—En nada, en el helado y el pastel o las pastas que la abuela nos dijo que nos iba a traer si éramos buenos.

—Mañana será otro día, de modo que no te desesperes, y a lo mejor mañana los gemelos se olvidan de que no están en el jardín, no tienen buena memoria.

No, la verdad era que no la tenían. Ya habían olvidado a papá, que murió en abril pasado, hacía muy poco. ¡Con cuánta facilidad prescindían Cory y Carrie de un padre que tanto les había querido! Pero yo no podía renunciar a él; no renunciaría a él nunca; aun cuando ya no consiguiera recordarle con mucha claridad... le sentía.

MINUTOS COMO HORAS

Y los días iban pasando monótonamente.

¿Qué se hace con el tiempo cuando se tiene en superabundancia? ¿Dónde se ponen los ojos cuando ya se ha visto todo? ¿En qué dirección deben ir los pensamientos cuando el soñar despierto sólo sirve para crear problemas? Me imaginaba lo que sería poder salir a correr al jardín, libre y salvaje por los bosques, con las hojas secas crujiendo bajo mis pies. Me imaginaba nadando en el lago cercano, o cruzando un fresco arroyo de montaña. Pero las ilusiones son como las telarañas, que son muy fáciles de deshacer, y en seguida volvía a la realidad. ¿Y dónde estaba la felicidad? ¿En los ayeres? ¿En los mañanas? No, ciertamente, en esta hora, en este minuto, en este segundo. Sólo teníamos una cosa, una tan sólo, que nos diese una chispita de alegría: la esperanza.

Chris decía que era una verdadera lástima perder el tiempo. El tiempo tenía valor. Nadie tenía tiempo suficiente o vivía el tiempo necesario para aprender bastante. Todo a nuestro alrededor, el mundo iba camino del fuego, gritando: «¡Date prisa, date prisa, date prisa!» Y, sin embargo, nosotros teníamos tiempo de sobra, horas que llenar con algo, un millón de libros que leer, tiempo para que nuestra imaginación remontase el vuelo. El genio creador comienza en el momento inactivo, soñando lo imposible, y convirtiendo luego lo imposible en realidad.

Mamá venía a vernos, como nos lo había prometido, y nos traía juegos y juguetes con que pasar el tiempo. A Chris y a mí nos gustaban el Monopoly, el Scrable, las damas chinas y el juego de damas corriente, y cuando mamá nos trajo dos juegos de bridge y un libro sobre cómo jugar a las cartas, los dos nos convertimos en verdaderos drogadictos de los naipes.

Resultaba más difícil con los gemelos, que no eran lo bastante mayores para los juegos con reglamento. Nada conseguía interesarles mucho tiempo, ni los cochecitos que les traía mamá, ni los camiones mecánicos, ni el tren eléctrico que les armó Chris de modo que los raíles pasaran por debajo de nuestras camas y del tocador, yendo de allí hasta el aparador, y del aparador, por debajo de la cómoda. Miráramos a donde mirásemos siempre había algo que pasaba por debajo de algo. Una cosa era segura: los gemelos odiaban el ático, y había algo en él que les daba miedo.

Todos los días nos levantábamos temprano. No teníamos reloj despertador, sólo los de pulsera. Pero algún sistema automático de cronometración que tenía yo en el cuerpo se encargaba de no dejarme dormir más de la cuenta, aun cuando quisiera.

En cuanto nos levantábamos, en días alternos, los chicos iban los primeros al cuarto de baño, y luego lo hacíamos Carrie y yo. Teníamos que estar vestidos antes de que entrase la abuela, porque si no...

La abuela entraba dominante en nuestro cuarto semioscuro y deprimente, y nosotros nos poníamos firmes, esperando a que dejase el cesto con la comida y se fuese. Era raro que nos dirigiese la palabra, y cuando lo hacía era para preguntarnos si habíamos bendecido la mesa antes de cada comida y rezado antes de acostarnos y leído una página de la Biblia el día anterior.

—No —dijo Chris una mañana—, no leemos una página, leemos capítulos enteros. Si piensas que leer la Biblia es un castigo, entonces lo mejor es que lo olvides, porque nos encanta leerla. Tiene más sangre y más aventuras que cualquier película, y habla más del pecado que cualquier libro.

—¡Cállate, muchacho! —ladró ella—. ¡Preguntaba a tu hermana y no a ti!

A continuación, me pidió que recitase de memoria alguna cita de las que había aprendido, y de esta manera nosotros hacíamos pequeñas bromas a sus expensas, porque, buscando bien y con paciencia, siempre se encontraban frases en la Biblia para cualquier ocasión. Yo, aquella mañana concretamente, contesté así:

—¿Por qué habéis devuelto mal por bien?, Génesis, 44-4.

La abuela me miró con cara de pocos amigos y se fue de la habitación. Pero unos días después le dijo ásperamente a Chris, sin mirarle siquiera y dándole la espalda:

—¡A ver, dime algo de memoria del libro de Job, y no trates de engañarme diciéndome que has leído la Biblia cuando no la has leído!

Pero Chris parecía bien preparado, y lleno de confianza en sí mismo.

—Job, 28-12: ¿Pero dónde se encontrará la sabiduría?, ¿y dónde el lugar de la comprensión? Job, 28-28: Mirad, el temor del Señor es la verdadera sabiduría, y alejarse del mal es comprensión; Job 31-35: Mi deseo es que el Todopoderoso me conteste, y que mi adversidad haya escrito un libro: Job, 39-9: Los grandes hombres no siempre son sabios.

Y habría seguido así sin parar, pero la furia apareció en el rostro de la abuela, que no volvió nunca más a pedir a Chris citas de la Biblia. Y acabó dejando de pedírmelas también a mí, porque asimismo yo le contestaba siempre con alguna cita que le escocía.

Hacia las seis de todas las tardes, aparecía mamá, siempre sin aliento y siempre con grandes prisas. Venía cargada de regalos, siempre con cosas nuevas para que ocupásemos el tiempo, libros nuevos que leer, más juegos.

Y sin más se iba corriendo a bañarse y mudarse de ropa en sus habitaciones, para asistir a alguna cena de protocolo, donde servían a la mesa un mayordomo y una doncella, y parecía, a juzgar por sus explicaciones entrecortadas y sin aliento, que había invitados a cenar con frecuencia.

—Comiendo y cenando es como se hacen los negocios —nos informaba.

Los mejores momentos era cuando nos subía a escondidas canapés de todas las clases y sabrosos entremeses, pero nunca nos traía dulces, porque decía que nos estropeaban los dientes.

Sólo los sábados y los domingos podía pasar más tiempo con nosotros, y sentarse a nuestra mesa a comer a mediodía. Una vez se acarició el estómago.

—Fijaos lo que estoy engordando de tanto comer con mi padre, y luego decir que voy a echar la siesta para poder subir aquí y comer también con mis hijos.

Las comidas en compañía de mamá eran maravillosas, porque me recordaban los viejos tiempos, cuando vivíamos con papá.

Un domingo, mamá entró oliendo a aire libre y con un litro de helado de mantecado y una tarta de chocolate que había comprado. El helado estaba derretido y parecía sopa casi, pero, así y todo, nos lo comimos. La pedimos que se quedase toda la noche con nosotros, para que durmiera entre Carrie y yo, y así podríamos despertarnos por la mañana y verla allí entre nosotros, pero ella echó una ojeada al cuarto atiborrado de cosas y movió negativamente la cabeza.

—Lo siento mucho, pero no puedo, de verdad que no puedo. Las criadas se preguntarían por qué estaba mi cama sin deshacer, y, además, tres en la misma cama sería demasiado.

—Mamá —le pregunté—, ¿nos queda mucho tiempo? Ya llevamos aquí dos semanas, y parece que han sido años. ¿No te ha perdonado todavía el abuelo por casarte con papá? ¿No le has hablado de nosotros todavía?

—Mi padre me ha dejado uno de sus coches —explicó ella, de una manera que consideré evasiva—. Y me parece que me va a perdonar, porque si no no me dejaría usar su coche o dormir bajo su techo o participar en sus comidas. Pero la verdad es que todavía no he tenido el valor de decirle que tengo cuatro hijos escondidos. He de preparar esto con mucho cuidado, y debéis armaros de paciencia.

—¿Qué haría si supiese que existimos? —pregunté, sin hacer caso de Chris, que me fruncía el ceño, porque ya me había dicho que, si continuaba haciéndole tantas preguntas, mamá dejaría de venir a vernos todos los días, y entonces, ¿qué haríamos?

—Dios sabe lo que haría —murmuró ella, atemorizada—. ¡Cathy, prométeme que no tratarás de que los criados os oigan! Es un hombre cruel y sin corazón, y tiene mucho poder, deja que prepare yo cuidadosamente el momento en que me parezca que puedo contárselo.

Se marchó hacia las siete, y poco después nos acostamos nosotros. Nos acostábamos temprano, porque nos levantábamos temprano. Y cuanto más tiempo pasábamos durmiendo, tanto más cortos eran los días. Llevábamos a los gemelos al ático en cuanto daban las diez, ya que la exploración del gigantesco ático era una de las mejores maneras de pasar el tiempo. Allí arriba había dos pianos verticales. Cory se subía a un taburete redondo y daba vueltas, haciéndolo subir o bajar, golpeaba las teclas amarillentas, inclinaba la cabeza y escuchaba atentamente. Estaba desafinado, y el ruido que hacía era tan disonante que provocaba dolores de cabeza.

—No suena bien —decía—. ¿Y por qué no suena bien?

—Hay que afinarlo —explicaba Chris, tratando de hacerlo él mismo, pero sólo consiguió romper las cuerdas.

Y así terminaron nuestros intentos de tocar música en dos viejos pianos. Había cinco vitrolas, una de ellas con un perrito blanco que tenía la cabeza inclinada encantadoramente, como deleitándose en la música que estaba oyendo, pero sólo una de ellas funcionaba bien. Solíamos darle cuerda, poner algún disco viejo y combado y escuchar una música rarísima.

Teníamos allí verdaderos montones de discos de Enrico Caruso, pero, por desgracia, no habían sido bien cuidados, simplemente amontonados en el suelo, y ni siquiera guardados en cajas de cartón. Nos sentábamos en semicírculo para oírle cantar. Christopher y yo sabíamos que era el más grande de los barítonos, y ahora se nos presentaba la oportunidad de oírle. Su voz era tan aguda que sonaba falsa, y nosotros nos preguntábamos dónde estaría su grandeza, pero no sé por qué, a Cory le encantaba.

Y luego, poco a poco, la máquina iba perdiendo cuerda y convirtiendo la voz de Caruso en una especie de quejido, y entonces todos nos lanzábamos como locos a darle cuerda de nuevo y le dábamos tanta que se ponía a cantar a toda prisa, de manera rara, como el Pato Donald cuando hablaba en el cine, y los gemelos se morían de risa. Y era natural, porque aquélla era su propia forma de hablar, su idioma secreto.

Cory quería pasarse todos los días en el ático, tocando los discos, pero Carrie era una merodeadora incansable, siempre insatisfecha, siempre buscando algo mejor que hacer.

—¡No me gusta este sitio grande y malo! —chillaba por enésima vez—. ¡Sacadme de este sitio maaaalo! ¡Sacadme de aquí ahora mismo! ¡En este mismo instante! ¡O me sacáis de aquí o echo abajo las paredes a patadas! ¡Os aseguro que puedo hacerlo! ¡Y lo haré, de verdad!

Iba corriendo a dar patadas a las paredes con sus piececitos y sus pequeños puños, sin conseguir otra cosa que magullárselos mucho y acabar cediendo.

Me daba pena, y también Cory. Todos hubiéramos querido echar abajo a patadas aquellas paredes y escapar de allí. Pero, en el caso de Carrie, era más probable que las paredes mismas se vinieran abajo al ruido en crescendo de su voz potente, como una trompeta, igual que les ocurrió a los muros de Jericó.

Ciertamente, era un alivio cuando Carrie desafiaba los peligros del ático e iba sola a la escalera y bajaba al dormitorio, donde podía jugar con sus muñecas y sus tacitas de té y su cocinilla diminuta y su pequeña tabla de planchar, con una plancha que no se calentaba.

Por primera vez, Cory y Carrie comenzaban a pasar unas pocas horas separados uno de otro, y Chris decía que eso era buena cosa. Arriba, en el ático, teníamos música que le encantaba a Cory, mientras Carrie se ponía a hablar con sus «cosas».

También nos bañábamos mucho, porque ése era otro medio de matar el tiempo que nos sobraba, y lavándonos el pelo con champú conseguíamos alargar la cosa un poco más, y, la verdad, éramos los niños más limpios del mundo. Echábamos la siesta después de comer, y las comidas duraban todo el tiempo que nos era posible alargarlas. Chris y yo nos apostábamos a quién conseguía pelar las manzanas de manera que el pellejo saliera como una tira larga. Pelábamos las naranjas de modo que no quedase en ellas ni un solo pedacito de piel blanca, que a los gemelos no les gustaba nada. Teníamos cajitas de galletas de queso, que contábamos para repartírnoslas a partes iguales en cuatro lotes.

Nuestro juego más peligroso y divertido consistía en imitar a la abuela, siempre temerosos de que entrase y nos sorprendiese envueltos en alguna sábana gris y sucia del ático, que representaba sus uniformes de tafetán gris. Chris y yo éramos los que mejor lo hacíamos. Los gemelos le tenían demasiado miedo para levantar siquiera los ojos cuando estaba en la habitación.

—¡Niños! —gritaba Chris, ásperamente, en pie junto a la puerta, teniendo en la mano una invisible cesta de comida—, ¿habéis sido decentes, honorables, como es debido? ¡Esta habitación está desordenadísima! Niña, tú, la de ahí, desarruga esa almohada o si no te rompo la cabeza con sólo mirarte!

—¡Piedad abuela! —gritaba yo, cayendo de rodillas y arrastrándome hacia ella, con las manos juntas bajo la barbilla—. Estaba cansadísima de limpiar las paredes en el ático. Tenía que descansar.

—¡Descansar! —contestaba, tajante, la abuela, junto a la puerta, con el vestido a punto de caérsele—. ¡No hay descanso que valga para los malos, los corrompidos, los impíos y los indignos, no hay más que trabajo, hasta que os muráis y vayáis para siempre a asaros a los fuegos eternos del infierno!

Entonces, levantaba los brazos bajo la sábana, haciendo terribles ademanes y gestos que hacían gritar de terror a los gemelos, y así, como una bruja, la abuela desaparecía, y sólo quedaba Chris, sonriéndonos.

Las primeras semanas fueron como segundos convertidos en horas, a pesar de todo lo que hacíamos para entretenernos, y la verdad es que nos las arreglamos para hacer muchas cosas. Eran las dudas y los temores, las esperanzas y las ilusiones los que nos mantenían en suspenso, esperando, esperando, sin que pareciera acercarse el momento de poder salir y descender al piso de abajo.

Y ahora los gemelos corrían a mí con sus pequeñas heridas y magulladuras y las astillas que se les hincaban de la madera podrida del ático. Yo se las sacaba cuidadosamente con pinzas y Chris les ponía antiséptico y parches, que a los dos les gustaban mucho. Un dedito herido era razón suficiente para pedir toda clase de mimos y atenciones mientras les arropaba bien en la cama, y les besaba en la cara y les hacía cosquillas dondequiera que las tuviesen. Sus bracitos me rodeaban muy fuerte el cuello. Yo me sentía querida, muy querida..., y necesitada.

Nuestros gemelos parecían tener tres años y no cinco. No por la manera de hablar, sino por la de frotarse los ojos con los puños y de hacer pucheros cuando se les negaba algo, y por la manera de contener el aliento hasta que se ponían colorados y la obligaban a una a darles lo que querían. Yo era mucho más vulnerable a esa clase de truco que Chris, quien decía que era imposible morirse conteniendo el aliento de aquella manera. Pero, a pesar de todo, a mí me parecía terrible verles ponerse de color escarlata.

—La próxima vez que hagan eso —me decía Chris en voz baja—, tienes que no hacer caso, aunque debas esconderte en el cuarto de baño y cerrar la puerta. Te aseguro que no se morirán.

Y eso es exactamente lo que acabaron por obligarme a hacer, y no se murieron. Aquella fue la última vez que usaron aquel truco conmigo para no comer cosas que no les gustaban, y la verdad era que no les gustaba nada, o casi nada.

Carrie adoptaba esa postura hacia otras características de todas las niñas pequeñas, sobresaliendo por delante en forma de arco muy marcado, y le encantaba ir dando saltitos en torno a la habitación, levantándose las faldas de manera que se le vieran las braguitas fruncidas (sólo le gustaban las braguitas fruncidas de puntilla). Y si tenían además rosas hechas con cintas o bordadas delante, las teníamos que ver por lo menos una docena de veces al día, y comentar lo bonita que parecía con las braguitas puestas.

Claro es que Cory llevaba calzoncillos como Chris, y estaba muy orgulloso de ellos. Relegados, y al acecho, en algún lugar de su memoria, estaban todavía los pañales, desechados aún no hacía mucho tiempo. Aunque Cory tenía una vejiga muy caprichosa, Carrie era la única a quien daba diarrea si comía algo, por poco que fuese, de cualquier fruta que no fuese cítrico. La verdad era que yo odiaba los días en que nos traían melocotones y uvas, porque a nuestra querida Carrie le encantaban las uvas sin pepitas, y los melocotones, y las manzanas..., y los tres causaban en ella el mismo efecto. De verdad, cuando entraba fruta por la puerta, me echaba a temblar, porque sabía que me iba a tocar lavar las braguitas fruncidas y con puntillas a menos que, rauda como el relámpago, corriera al cuarto de baño con Carrie en brazos y la pusiera en el retrete en el mismo momento. La risa de Chris resonaba en el cuarto entero cuando no llegaba a tiempo, o cuando era Carrie la que se me adelantaba. Chris tenía siempre a mano el jarrón azul, porque, cuando le entraban ganas a Cory, tenía que hacerlo inmediatamente, y pobre de él si había en aquel momento una chica en el cuarto de baño, con la puerta cerrada. Más de una vez se había mojado los pantalones cortos y entonces le daba tanta vergüenza que venía a ocultar su rostro en mi regazo (a Carrie nunca le daba vergüenza: la culpa era mía, por no haberme dado prisa).

—Cathy, ¿cuándo salimos fuera? —me preguntó Cory, muy bajo, después de uno de estos accidentes.

—En cuanto nos diga mamá que podemos hacerlo.

—¿Y por qué no nos dice mamá que podemos?

—Pues porque abajo hay un viejo que no sabe que estamos aquí. Y tenemos que esperar hasta que vuelva a tomar suficiente cariño a mamá, para aceptarnos a nosotros también.

—¿Quién es el viejo?

—Nuestro abuelo.

—¿Es como la abuela? —preguntaba.

—Sí, me temo que sí.

—¿Y por qué no nos quiere?

—Pues no nos quiere porque... porque, pues te diré, porque no tiene sentido común. Yo creo que es que está mal de la cabeza, y también del corazón.

—¿Nos quiere mamá todavía?

Bueno, ésa era una pregunta que a mí me impedía dormir por la noche.

Habían pasado ya más que semanas cuando llegó un domingo y mamá no apareció durante todo el día. Era doloroso no tenerla entre nosotros; sabíamos que ese día no tenía que ir a la academia, y también sabíamos que estaba allí mismo, en aquella casa.

Yo estaba tendida en el suelo, donde hacía más fresco, leyendo *Jude the Obscure*. Chris se hallaba en el ático, buscando más libros para leer, y los gemelos se arrastraban por el cuarto, empuñando sus cochecitos y sus camioncitos.

El día se transformó lentamente en tarde, y sólo entonces, por fin, se abrió la puerta y entró mamá en nuestro cuarto, con zapatos de tenis, pantalones cortos y una blusa blanca con cuello de marinero rematado en cordoncillo rojo y azul y un patrón de anclas. Su rostro estaba sonrosado de haber permanecido al aire libre, y parecía muy saludable e increíblemente feliz mientras nosotros nos ajábamos y nos sentíamos casi enfermos a causa del calor opresivo de aquel cuarto.

Era ropa para navegar en barco, y bien que la conocía yo, y eso era lo que había estado haciendo. La miré con resentimiento, deseando que mi piel estuviera también atezada por el sol, y mis piernas con un colorido tan sano como las suyas. Tenía el cabello despeinado por el viento, y esto también le sentaba bien, haciéndola parecer casi diez veces más bella de lo que era, como si acabase de salir de la tierra, y llena de atractivo, y eso, a pesar de que ya casi era vieja, con cerca de cuarenta años.

Saltaba a la vista que había pasado aquella tarde más agradablemente que en cualquier otro día desde la muerte de nuestro padre. Y eran ya casi las cinco. Abajo se cenaba a las siete, y eso quería decir que le quedaba muy poco tiempo para estar con nosotros, pues tendría que ir a sus habitaciones, para bañarse y ponerse la ropa más apropiada para la cena.

Dejé a un lado el libro que estaba leyendo y di media vuelta para incorporarme. Me sentía herida, y quería herirle a ella también:

—¿Dónde has estado? —le pregunté, con voz de pocos amigos.

¿Qué derecho tenía a divertirse, mientras nosotros estábamos encerrados y apartados de todas las cosas propias de los niños, a las que teníamos derecho? Nunca volvería a pasar un verano con doce años, ni tampoco Chris volvería a pasar otro con quince, o los gemelos con cinco.

El tono duro y acusador de mi voz fue un golpe asestado a su alegría. Palideció y sus labios temblaron, y quizá lamentó habernos puesto un calendario grande en la pared, para que pudiéramos saber cuándo era sábado o domingo. El calendario estaba lleno de cruces grandes y rojas, para marcar el paso de nuestros días de cárcel, de nuestros días calientes, solitarios llenos de dolor y ansiedad.

Se dejó caer en una silla y cruzó sus bellas piernas, cogiendo en seguida una revista para abanicarse.

—Siento mucho haberos hecho esperar tanto tiempo —dijo, mirándome con un amorosa sonrisa—. Quería venir a veros esta mañana, pero mi padre me exigió todo mi tiempo, y entonces lo dejé para la tarde aunque les tuve que dejar plantados para poder pasar un rato con mis hijos antes de la cena. —A pesar de que no estaba sudando, levantó el brazo sin mangas y se abanicó la axila, como si el calor de aquella habitación le resultase insoportable—. He estado navegando, Cathy —explicó—: Mis hermanos me enseñaron a gobernar una embarcación cuando tenía nueve años, y luego, cuando vino vuestro padre a vivir aquí, le enseñé yo a él también. Solíamos pasar mucho tiempo en el lago, ir en barco es casi como volar... divertidísimo —terminó como por decir algo, dándose cuenta de que a nosotros nos había robado nuestra diversión.

—¿En barco? —casi grité—. ¿Y por qué no pasaste el tiempo en contarle al abuelo que estamos nosotros aquí? ¿Cánto tiempo tienes pensado seguir guardándonos aquí, encerrados? ¿Para siempre?

Sus ojos azules fueron pasando revista al cuarto, nerviosamente; parecía a punto de levantarse de aquella silla que apenas usábamos nosotros, porque la guardábamos para ella, su trono. Es posible que se hubiera marchado del cuarto en aquel mismo momento, de no ser porque justamente entonces bajaba Chris del ático con los brazos cargados de enciclopedias, tan viejas y polvorientas que no hablaban de televisión ni de aviones a reacción.

—Cathy, no le grites a mamá —me riñó—. Hola, mamá, ¡la verdad es que estás estupenda! Me gusta mucho ese vestido de marinero que llevas.

Dejó su cargamento de libros sobre el aparador, que a él le servía de mesa, y luego fue a rodearla con sus brazos. Me sentí traicionada, no sólo por mi madre, sino también por mi hermano. El verano estaba tocando a su fin, y no habíamos hecho nada, ni salido de merienda al campo ni ido a bañarnos al lago ni a pasear por los bosques, ni siquiera habíamos visto un barco o nos habíamos puesto un traje de baño para nadar en alguna piscina apartada.

—¡Mamá! —grité, poniéndome en pie de un salto, y dispuesta a luchar por mi libertad—. ¡Creo que ya es hora de que le cuentes a tu padre que existimos! ¡Estoy harta de vivir en este cuarto y de jugar en el ático y también yo quiero viajar en barco! Si el abuelo te ha perdonado ya por haberte casado con papá, ¿por qué no puede aceptarnos también a nosotros? ¿Es que somos tan feos, tan odiosos, tan tontos que se avergonzaría de llamarnos sus nietos?

Mamá apartó de sí a Chris y se retrepó débilmente en la silla de la que acababa de levantarse, se inclinó hacia delante y hundió su rostro en ambas manos. Me di cuenta intuitivamente de que iba a revelarnos algo que hasta entonces no nos había dicho. Llamé a Cory y a Carrie y les dije que se sentaran junto a mí para poder rodearlos a los dos con mis brazos. Y Chris, aunque yo hubiera pensado que preferiría seguir al lado de mamá, se nos acercó y se sentó en la cama, junto a Cory. Éramos, de nuevo, como anteriormente, semejantes a polluelos posados en una cuerda de tender la ropa, en espera de un golpe de viento que nos dispersase.

—Cathy, Christopher —comenzó, con la cabeza aún inclinada, aunque ahora tenía las manos, inquietas y nerviosas, en el regazo—, no os he contado toda la verdad.

De eso me había dado cuenta ya.

—¿Te quedarás a cenar con nosotros esta noche? —le pregunté, queriendo, por alguna razón que yo misma ignoraba, aplazar el momento en que nos contase toda la verdad.

—Gracias por invitarme, me gustaría mucho, pero tengo otros planes para esta noche.

Y aquél era nuestro día, nuestro momento de estar con ella hasta anochecido. Y el día anterior sólo había pasado media hora con nosotros.

—La carta —murmuró, levantando la cabeza, de modo que la oscuridad intensificaba el azul de sus ojos, volviéndolo verde—, la carta que me escribió mi madre cuando aún estábamos en Gladstone. En esa carta se nos invitaba a venir a vivir aquí, pero lo que no os dije es que mi padre añadió una nota al final.

—Sí mamá, sigue —insistí—. Por muy penoso que sea lo que tengas que contarnos, lo sabremos encajar.

Nuestra madre era una mujer elegante, llena de dominio de sí misma y de maneras mesuradas. Pero había una cosa que no sabía dominar: sus manos. Siempre traicionaban sus emociones. Una mano voluntariosa, caprichosa, se levantó y se puso a agitarse junto a su garganta, tocándola con los dedos, como buscando un collar de perlas con el que juguetear, y, como no lo llevaba, sus dedos seguían buscándolo incesantemente. Los dedos de la otra mano, que continuaba en el regazo, se frotaban unos a otros inquietamente, como tratando de limpiarse.

—Vuestra abuela escribió la carta y la firmó, pero, al final de ella, mi padre añadió esta nota —vaciló, cerrando los ojos, y esperó un segundo o dos para volverlos a abrir y mirarnos—, vuestro abuelo escribió que se alegraba de la muerte de vuestro padre, y que los malos y los corrompidos siempre reciben lo que merecen, añadiendo que lo único bueno de mi matrimonio era que no había tenido progenie del demonio.

En otros tiempos habría preguntado: ¿Qué es eso de progenie?, pero ahora ya lo sabía. Progenie del demonio era lo mismo que hijos del demonio, o sea algo malo, corrompido, nacido para el mal.

Yo estaba sentada en el borde de la cama, con los brazos en torno a los gemelos, y miré a Chris, que debía parecerse mucho a como había sido papá cuando tenía su edad, y me imaginé de pronto a mi padre con su ropa blanca de tenis, en pie, orgulloso y bronceado.

El mal era oscuro, retorcido, encogido y pequeño, y no miraba de frente ni sonreía con ojos azul claro de esos que no mienten nunca.

—Fue mi madre quien explicó la idea de esconderos, lo puso en una página de la carta que mi padre no leyó —terminó mamá débilmente, con el rostro sonrojado.

—¿Es que considera a nuestro padre malo y corrompido solamente por haberse casado con su sobrina? —preguntó Chris, con la misma voz suave y tranquila con que nos había hablado mamá—. ¿Es eso lo único malo que hizo?

—¡Sí! —gritó ella, contenta de que Chris, su bienamado, lo hubiese comprendido—. Vuestro padre no cometió en toda su vida más que un solo e imperdonable pecado, y fue enamorarse de mí. La ley prohíbe el matrimonio entre tíos y sobrinos, aun cuando sólo lo sean a medias. Por favor, no me acuséis, ya os expliqué lo que había pasado. De todos nosotros, vuestro padre era el mejor... —vaciló, al borde mismo de las lágrimas, y me di cuenta de lo que nos iba a contar a continuación—. El mal y la corrupción están en los ojos del que mira —continuó, apresuradamente, como ansiosa de hacernos ver su punto de vista—. Vuestro abuelo es capaz de encontrar defectos hasta en un ángel, porque es ese tipo de hombre que espera que todos los miembros de su familia sean perfectos, aunque él no lo es en absoluto. Pero no se os ocurra decírselo porque sería capaz de mataros —tragó saliva nerviosamente diciendo esto, como si sintiera náuseas de lo que iba a decir a continuación—. Christopher, yo pensaba que, en cuanto estuviéramos aquí, podría hablarle de ti y decirle que eres el chico más listo de tu clase, y que siempre has sacado las mejores notas, y también pensé que en cuanto viera a Cathy y se enterara del gran talento que tiene para la danza, con esas dos cosas solamente tendría bastante para convencerle, sin necesidad siquiera de enseñarle los gemelos, con lo guapos y lo buenos que son, y ¿quién sabe el talento que tienen y desarrollarán con el tiempo? Creí, tuve la esperanza, tonta de mí, de que cedería con facilidad y diría que se había equivocado al pensar que nuestro matrimonio había sido malo.

—Mamá —dije débilmente, casi llorando—, dices todo esto como si ahora no fueras a contárselo nunca. No nos querrá nunca, por muy guapos que sean los gemelos y muy listo que sea Chris y muy buena bailarina que yo sea, nada de eso va a convencerle, porque todavía nos odia, y piensa que somos la progenie del demonio, ¿no?

Mamá se levantó y se acercó a nosotros; volvió a caer de rodillas y trató de acogernos a todos en sus brazos.

—¿Pero no os he dicho que no le queda ya mucha vida? Cada vez que hace un esfuerzo, por pequeño que sea, jadea. Y si no se muere pronto, ya encontraré la manera de hablarle de vosotros, os juro que lo haré. Sólo os pido que tengáis un poco de paciencia, un poco de comprensión. ¡Todas las diversiones que os estáis perdiendo ahora, os las compensaré con creces más tarde!

Su ojos, arrasados en lágrimas, nos suplicaban:

—¡Por favor, por favor os lo pido, por mí, porque me queréis, y yo os quiero, seguid teniendo paciencia, ya no falta mucho, no puede faltar mucho, de verdad, y yo haré lo que esté en mi mano por hacer vuestras vidas tan agradables como sea posible, y pensad en las riquezas que os esperan un día, ya pronto!

—No te preocupes, mamá —la tranquilizó Chris, abrazándola muy fuerte, igual que habría hecho nuestro padre—. Lo que nos pides no es demasiado, sobre todo teniendo en cuenta lo que podemos acabar ganando.

—Sí —dijo mamá, ansiosa—; sólo un poco más de sacrificio, sólo un poco más de paciencia, y ya veréis cómo tendréis todo lo que hay de bueno y de agradable en la vida.

¿Qué habría podido decir yo? ¿Cómo hubiera podido protestar? Ya nos habíamos sacrificado más de tres semanas, ¿qué eran unos pocos días más, o aunque fueran semanas, o meses?

Al final del arco iris, nos esperaba el oro. Pero era un arco iris débil y frágil como una tela de araña, y el oro pesaba una tonelada, y desde el comienzo del mundo el oro es la razón de hacerlo todo, lo que sea.

CÓMO HACER CRECER UN JARDÍN

Ahora ya sabíamos toda la verdad.

Tendríamos que continuar en aquel cuarto hasta que muriera el abuelo. Y se me ocurrió aquella noche, cuando me sentía triste y deprimida, que mamá a lo mejor sabía desde el principio que su padre no era de los que perdonan nunca nada.

—Pero —dijo mi animado y optimista Christopher— se podría morir cualquier día. Así es como ocurre con las enfermedades del corazón. Se le desprende un coágulo y se le mete en el corazón o en un pulmón y lo apaga como a una vela.

Chris y yo nos dijimos muchas cosas crueles e irreverentes, pero nos dolía el corazón, porque sabíamos que estaba mal, y que estábamos siendo irrespetuosos para curarnos el dolor de nuestro sangrante amor propio.

—Fíjate —me dijo Chris—, como vamos a tener que estar aquí algo más de tiempo, podríamos dedicarnos con más precisión a tranquilizar a los gemelos, y también a nosotros mismos, haciendo más cosas entretenidas. Y bien sabe Dios que si nos proponemos podemos imaginarnos cosas la mar de raras y fantásticas.

Teniendo un ático lleno de cosas viejas y grandes armarios llenos de ropa vieja, maloliente, pero de todas formas muy curiosas, se siente uno inspirado a organizar comedias, naturalmente. Y como un día yo me iba a dedicar a las tablas, sería la productora, la directora y la coreógrafa, además de la estrella. Chris, naturalmente, haría todos los papeles de hombre, y los gemelos podrían representar los papeles secundarios.

Pero no querían. Lo que ellos querían era hacer de público. Era una verdadera lástima que no tuvieran dinero para comprar las entradas.

—Llamaremos a esto el ensayo general —decidió Chris—. Y como tú eres todo el resto y además lo sabes todo sobre el teatro, te encargas de escribir el guión.

¡Vaya!, ¡como si hubiera necesidad de escribir el guión! Ahora se me presentaba la oportunidad de representar el papel de Scarlett O'Hara. Teníamos el armazón que había que ponerse bajo las amplias faldas de volantes y los corsés que le aprietan a una hasta no dejarla respirar, y también la ropa que tenía que vestir Chris, y sombrillas de fantasía con unos pocos agujeros. Los baúles y los armarios nos ofrecían abundante material para seleccionar lo mejor; yo me pondría el mejor vestido, sacado de uno de los armarios, y la ropa interior y las enaguas salieron de uno de los baúles. Me rizaría el pelo con trapos, de manera que cayese en rizos largos y en espiral, y me pondría en la cabeza un viejo sombrero ancho de paja italiana, cubierto de flores de seda ajadas y con una cinta de satén verde que estaba ya volviéndose parda por los bordes. El vestido de volantes, que iría sobre el armazón de alambre, era de una tela muy fina, como espumilla. Me parecía que, en otros tiempos, pudo haber sido rosa, pero ahora resultaba difícil adivinar de qué color era.

Rhett Butler llevaba su clásico traje de fantasía, de pantalones color crema, y una chaqueta de terciopelo marrón con botones de perla, y debajo un chaleco de satén con rosas de un rojo pálido esparcidas sobre la tela.

—Ven, Scarlett —me decía—, tenemos que escaparnos de Atlanta antes de que llegue Sherman e incendie la ciudad.

Chris había tendido cuerdas sobre las cuales pusimos sábanas, para que sirviesen de telones, y nuestro público de dos personas estaba pateando impaciente, deseoso de ver el incendio de Atlanta. Yo seguí a Rhett a la «escena», y estaba dispuesta a provocar e irritar, flirtear y encantar, y a incendiarle a él antes de fugarme en busca de un Ashley Wilkes de pelo rubio claro, pero precisamente en aquel momento uno de mis sucios volantes quedó cogido debajo de mi zapato, demasiado grande y de aspecto extraño, y me caí aparatosamente, mostrando al público los pantalones sucios, con encajes colgando en cintas astrosas. El público me aplaudió atronadoramente, pensando que aquella caída era parte de la obra.

—¡Se acabó la comedia! —anuncié, mientras me quitaba la ropa vieja y maloliente.

—¡Vamos a comer! —gritó Carrie, que era capaz de cualquier cosa con tal de hacernos bajar a todos de aquel despreciado ático.

Cory hizo pucheros, mirando a su alrededor.

—Ojalá tuviéramos jardín aquí también —dijo, tan ansiosamente que casi dolía—: No me gusta columpiarme cuando no hay flores que se muevan con el viento.

Su pelo color lino había crecido tanto que ya le llegaba hasta el cuello de la camisa, rizándose en bucles, mientras el de Carrie le colgaba hasta mitad de la espalda y se rizaba como las olas de una cascada. Los dos iban de azul, porque era lunes, y teníamos un color para cada día. El amarillo era nuestro color de los domingos, y el rojo tocaba los sábados.

El deseo que Cory había expresado con palabras dejó pensativo a Chris, que se puso a dar despacio la vuelta al enorme ático, abarcándolo con mirada aquilatadora.

—La verdad es que este ático es un lugar triste y sombrío —manifestó como pensando—. Pero, ¿por qué no podríamos nosotros usar nuestro talento de manera constructiva, y transformarlo, convirtiendo esta fea oruga en una brillante mariposa voladora?

Nos sonrió a mí y a los gemelos de manera tan encantadora y convincente que quedé inmediatamente convencida. Sería divertido tratar de embellecer aquel feo lugar, y dar a los gemelos el colorido jardín de pega en que podrían columpiarse y gozar de algo bello. Claro es que nunca podríamos decorar el ático entero, porque era enorme, y un día de éstos se moriría el abuelo y tendríamos que abandonarlo, para no volver nunca más a él.

Ardíamos de impaciencia por ver a mamá aquella tarde, y cuando por fin llegó, Chris y yo le contamos entusiasmados nuestros planes de decorar el ático de manera que quedara convertido en un alegre jardín que no asustara a los gemelos. Por un momento, sus ojos reflejaron la más extraña de las expresiones.

—Bueno, vamos a ver —dijo, animadamente—, si queréis embellecer este ático, lo primero que tenéis que hacer es limpiarlo, y yo os ayudaré lo mejor que pueda.

Mamá nos subió a hurtadillas estropajos, cubos, escobas, cepillos de fregar y cajas de jabón en polvo. Se puso con nosotros, de rodillas, a frotar bien los rincones y las esquinas del ático y también debajo de los enormes muebles. Yo me maravillaba de que nuestra madre supiera fregar y limpiar tan bien. Cuando vivíamos en Gladstone, teníamos una asistenta que venía dos veces a la semana y se encargaba de todo el trabajo duro y fastigoso, que enrojecería las manos de mamá y le rompería las uñas. Y aquí la teníamos, a gatas, con astrosos vaqueros azules y una camisa vieja, y el pelo recogido en la nuca en moño; verdaderamente, la admiraba, porque era un trabajo duro, fatigoso y degradante, y nunca se quejaba, sino que se reía y charlaba y daba la impresión de que todo aquello tenía mucha gracia.

En una semana de trabajar de firme, dejamos el ático todo lo limpio que cabía esperar. Luego mamá nos trajo insecticida para acabar con los bichos que se nos habían escapado mientras limpiábamos. Barrimos arañas y otros insectos muertos casi a toneladas. Los tiramos por una de las ventanas de atrás, de donde caían a una parte inferior del tejado. Luego las lluvias se lo llevaron todo a la cuneta, donde los pájaros lo encontraron y se dieron un tétrico banquete, mientras nosotros cuatro, sentados en el alféizar de una ventana, mirábamos. Nunca llegamos a ver un ratón o una rata, pero sí sus excrementos. Nos imaginamos que estarían escondidos, esperando que terminase toda aquella actividad para volver a salir de sus guaridas oscuras y secretas.

Una vez limpio el ático, mamá nos trajo plantas verdes y una amarilis espinosa que, al parecer, florecería en Navidad. Yo torcí el gesto cuando la oí decir esto, porque para Navidad ya no estaríamos allí.

—Nos la llevaremos con nosotros —dijo mamá, acariciándome la mejilla—. Cuando nos vayamos de aquí, nos llevaremos con nosotros todas nuestras plantas, de manera que no pongas esa cara ni te deprimas. No es cosa de dejar nada que esté vivo y necesite la luz del sol en este ático.

Pusimos las plantas en la clase del ático, porque en aquel cuarto las ventanas daban al Este. Felices y contentos, bajamos todos las estrechas escaleras y mamá se lavó en nuestro cuarto de baño, cayendo luego, exhausta en su silla especial. Los gemelos se subieron a su regazo, mientras yo ponía la mesa para comer. Fue un buen día, porque se quedó con nosotros hasta la hora de cenar, y luego suspiró y dijo que se tenía que marchar. Su padre exigía todo su tiempo y quería saber lo que hacía todos los sábados y por qué tardaba tanto en volver.

—¿No puedes subir un momento a vernos a la hora de acostarnos? —preguntó Chris.

—Es que esta noche voy al cine —contestó ella, con voz suave y uniforme—. Pero, así y todo, antes de salir subiré a veros de nuevo. Tengo unas cajitas de pasas para que piquéis algo entre comidas, se me olvidó traéroslas esta vez.

A los gemelos les volvían locos las uvas pasas, y yo me alegré por ellos.

—¿Vas sola al cine? —le pregunté.

—No, hay una chica que conozco desde niña y que solía ser mi mejor amiga; ahora está casada. Voy al cine con ella y su marido. Viven a poca distancia de aquí —se levantó y se acercó a las ventanas, y cuando Chris hubo apagado las luces, apartó un poco las cortinas y señaló en dirección a la casa donde vivía su mejor amiga—. Elena tiene dos hermanos solteros. Uno está estudiando para abogado y va a la Facultad de Derecho de Harvard; el otro es jugador profesional de tenis.

—¡Mamá! —grité—. ¿Estás saliendo con uno de esos hermanos?

Ella rió y dejó caer las cortinas.

—Anda, Chris, enciende la luz. No, Cathy, no estoy saliendo con nadie. Si quieres que te diga la verdad, preferiría acostarme ahora mismo, de lo cansada que estoy. Y, además, nunca me gustaron las comedias musicales, pero Elena no hace más que insistir en que tengo que salir con ella, y yo siempre le digo que no, aunque ella no deja de insistir. No quiero que la gente se pregunte qué hago metida en casa todos los fines de semana, y por eso, de vez en cuando, tengo que salir en barco, o ir al cine.

Transformar el ático en un lugar que fuese siquiera bonito parecía cosa difícil, pero convertirlo en un bello jardín era algo que sobrepasaba todas las posibilidades. Iba a costarnos un tremendo esfuerzo y toda nuestra capacidad creativa, pero aquel dichoso hermano mío estaba convencido de que nos saldríamos con la nuestra en un momento. No tardó en convencer de tal manera a nuestra madre que todos los días que iba a la academia a dar clases de secretariado volvía trayéndonos libros de estampas para colorear de los que podíamos recortar flores ya dibujadas. Nos trajo también pinturas de acuarela, muchos pinceles, cajas de lápices de colores, grandes cantidades de papel de colores, tarros de pasta blanca y cuatro pares de tijeras especiales para recortar.

—Enseñad a los gemelos a colorear y recortar flores —nos aconsejó—, y dejadlos que os ayuden en todo lo que hagáis vosotros dos. Os nombro profesores de guardería.

Llegó de aquella ciudad a una hora de distancia en tren, rebosante de salud, con la piel fresca y sonrosada por el aire fresco, y tan bien vestida que me quedé sin aliento. Traía zapatos de todos los colores, y poco a poco iba acumulando más y más joyas que ella llamaba «baratijas», pero lo cierto era que aquellos diamantes de imitación me parecían a mí de verdad por la manera de relucir. Se dejó caer exhausta en «su» silla, pero contenta, y nos contó lo que había hecho aquel día.

—¡La verdad es que me gustaría que las máquinas de escribir tuvieran letras en las teclas! No consigo recordar más que una fila, y no tengo más remedio que mirar al letrero que hay en la pared constantemente, y eso me obliga a ir más despacio, y tampoco se me da bien eso de recordar la última fila de teclas. Pero lo que sí sé es dónde están las vocales. Esas teclas se usan con más frecuencia que las otras. Hasta ahora escribo veinte palabras por minuto, y eso no es mucho. Aparte de que cometo alrededor de cuatro errores por cada veinte palabras. Y luego, los jeroglíficos esos de la taquigrafía... —suspiró, como si también éstos la tuvieran desconcertada—. Bueno, me figuro que tarde o temprano acabaré aprendiendo; después de todo, otras mujeres lo aprenden, y si ellas pueden, también tengo que poder yo.

—¿Te gustan tus profesores, mamá? —preguntó Chris.

Ella rió como una niña, antes de contestar.

—Primero te hablaré de mi profesora de mecanografía. Se llama Helen Brady, y tiene más o menos la misma forma que vuestra abuela, es enorme. ¡Sólo que con el pecho mucho más grande! La verdad es que tiene el pecho más notable que he visto en mi vida, y las tiras del sostén se le caen constantemente del hombro, y cuando no son las tiras del sostén, son las de las enaguas, y se pasa la vida metiéndose la mano por el cuello del vestido para cogerlas y ponerlas en su sitio, y entonces todos los chicos de la clase se ríen.

—¿Van hombres a las clases de mecanografía? —pregunté, muy sorprendida.

—Sí, hay unos cuantos chicos en la nuestra. Unos son periodistas, escritores, o tienen alguna razón de peso para aprender a escribir a máquina. Y la señora Brady está divorciada, de modo que se fija mucho en uno de esos muchachos, y flirtea con él, y él trata de hacer como que no lo nota. Ella tiene unos diez años más que él, por lo menos, y él no hace más que mirarme a mí. Pero no vayas ahora a pensar mal, Cathy. Es demasiado bajo para mí, y no podría casarme con un hombre incapaz de cogerme en brazos y llevarme bajo el umbral de la puerta. Soy yo quien podría cogerle a él en brazos, no mide más de un metro cincuenta de estatura.

Todos nos reímos mucho oyendo esto, porque papá medía por lo menos un metro ochenta, y le resultaba fácil coger a nuestra madre en volandas. Le habíamos visto hacerlo muchas veces, sobre todo los viernes por la noche, cuando volvía a casa, y los dos se miraban de una forma muy graciosa.

—Mamá, no estarás pensando en volverte a casar, ¿eh? —preguntó Chris con la voz muy tensa.

Mamá le echó los brazos en torno a la cintura inmediatamente.

—No, queridito, claro que no, yo quería muchísimo a tu padre, y te aseguro que haría falta un hombre muy especial para ponerse sus zapatos, y hasta ahora no he dado con ninguno capaz siquiera de probarse sus calcetines —contestó con sinceridad.

Representar el papel de profesores de guardería era muy divertido, o podría haberlo sido si nuestros estudiantes hubiesen puesto algo de su parte. Pero, en cuanto terminábamos de desayunar, lavábamos los platos y los guardábamos en su sitio, y poníamos la comida en el lugar más fresco de la habitación y cuando daban las diez y se iban los criados del segundo piso, Chris y yo cogíamos cada uno a un gemelo y nos lo llevábamos, berreando, a la clase del ático, y allí nos sentábamos en los pupitres y creábamos un gran desorden, recortando flores del papel de colores, y usábamos los lápices de colores para animar la superficie coloreada con listas y puntos. Chris y yo hacíamos las mejores flores, pues las que hacían los gemelos parecían más bien manchones de colores.

«Arte moderno» llamaba Chris a las flores de los gemelos.

Pegábamos en las paredes grises y monótonas de madera nuestras enormes flores. Chris se subía a la vieja escalera a la que faltaban peldaños y colgaba largas cuerdas de las vigas del techo, para sujetar luego las flores de colores, que se mecían constantemente en las corrientes del ático.

Mamá subió a ver nuestros trabajos, y nos miró a todos, sonriendo complacida.

—Sí, os está saliendo estupendo. Estáis dejando esto muy bonito.

Y, pensativa, se acercó a las margaritas, como reflexionando sobre alguna otra cosa que pudiera traernos. Al día siguiente llegó con una gran caja plana que contenía cuentas y lentejuelas de cristal, para que pudiéramos dar con ellas vida y alegría y atractivo al jardín. ¡Dios mío, cuánto nos esforzamos en hacer aquellas flores!, porque cualquier cosa que se nos metiera en la cabeza hacer, la llevábamos a cabo con celo diligente y lleno de fervor. A los gemelos se les pegó algo de nuestro entusiasmo, y dejaron de gritar y de patalear y de morder en cuanto pronunciábamos la palabra ático, porque, después de todo, el ático, lenta, pero seguramente estaba convirtiéndose en un agradable jardín, y cuanto más cambiaba, tanto más decididos estábamos a cubrir de flores de papel hasta el último centímetro de aquel ático interminable.

Todos los días, naturalmente, cuando mamá volvía de dar sus clases, tenía que subir a inspeccionar los trabajos de la jornada.

—Mamá —gritaba Carrie, con sus gorjeos jadeantes de pájaro—, no hacemos otra cosa en todo el día, recortar flores, ¡y, a veces, Cathy ni siquiera nos deja bajar a comer!

—Cathy, no debes dedicarte a la decoración hasta el punto de olvidarte de comer.

—Pero, mamá, si es por ellos por lo que lo estamos haciendo, para que no tengan tanto miedo allí arriba.

Ella rió y me dio un abrazo.

—La verdad es que eres tú la que insiste, tú y tu hermano mayor, los dos tenéis que haber heredado eso de vuestro padre; desde luego, de mí no, porque yo todo lo abandono en seguida.

—Mamá —grité, sintiéndome inquieta—, ¿sigues yendo a la academia? Ya sabes escribir mejor a máquina, ¿verdad?

—Sí, claro que sí —volvió a sonreír, y entonces se retrepó en su silla, levantando la cabeza y pareciendo admirar la pulsera que llevaba puesta.

Yo iba a preguntarle por qué tenía que llevar tantas joyas para ir a la academia de secretarias, pero se me adelantó ella, y dijo:

—Ahora lo que tenéis que hacer es animales para vuestro jardín.

—Pero, mamá, si nos resulta casi imposible hacer rosas, ¿cómo vamos a dibujar animales? —repliqué.

Me dirigió una sonrisita perversa, y me pasó un dedo frío por la nariz.

—¡Oh, Cathy, qué recelosa eres! Todo lo pones en duda, dudas de todo, cuando ya debías haberte dado cuenta de que eres capaz de hacer todo lo que te propones, si dedicas a ello suficiente interés. Y voy a contarte un secreto que sé desde hace bastante tiempo, y es que, en este mundo, donde todo es complicado, hay también un libro que te enseña lo sencillo que puede resultar todo.

Eso ya lo descubriría yo.

Mamá nos trajo libros de arte por docenas. El primero de estos libros nos enseñaba a reducir dibujos complicados a sus ingredientes básicos: esferas, cilindros, conos, rectángulos y cubos. Una silla no era más que un cubo, y eso yo no lo sabía. Un árbol de Navidad no era otra cosa que un cono, como los helados, vuelto del revés, y también lo ignoraba. La gente son combinaciones de todas esas formas básicas: esferas para la cabeza; brazos, cuello, piernas, torsos, en sus partes superior e inferior, no eran más que cubos, rectángulos o cilindros y triángulos para los pies. Y, la pura verdad, usando este método básico, con unos pocos añadidos muy sencillos, no tardamos en aprender a dibujar conejos, ardillas, pájaros y otros animalitos domésticos, y los hicimos nosotros mismos, con nuestras propias manos.

También es verdad que presentaban un aspecto algo raro. Creía que esas rarezas les hacían, en todo caso, más monos. Chris coloreaba todos sus animales realísticamente. Yo decoraba los míos con lunares, y cuadrados, como de tartán, y ponía bolsillos con bordes de encaje a las gallinas ponedoras. Como nuestra madre había estado de compras en una tienda de cosas de coser, teníamos abundancia de encaje, cordoncillo de todos los colores, botones, lentejuelas, fieltro, piedrecitas de adorno y toda clase de material decorativo. Las posibilidades eran infinitas. Cuando me dio la caja que contenía toda estas cosas, me di cuenta de que mis ojos estaban expresando el amor que sentía por ella en aquel momento. Porque esto demostraba que pensaba en nosotros cuando salía por ahí, y no solamente en vestidos nuevos y en nuevas joyas y cosméticos. Estaba tratando de hacer nuestras vidas encerradas lo más agradable que le era posible.

Una tarde de lluvia, Cory vino corriendo a mí, con un papel color naranja con el que había estado trabajando toda la mañana y media tarde. Había comido sólo un poco de su manjar favorito: bocadillos de pasta de cacahuetes tostados y jalea; estaba impaciente por volver a su «trabajo», y hacer las «cosas que salen de la cabeza».

Orgulloso de su obra, dio un paso atrás, con las piernecitas abiertas lo máximo posible, observando los menores matices de mi expresión. Lo que había hecho parecía, más que otra cosa, una pelota torcida con antenas temblorosas.

—¿Parece un buen caracol? —preguntó, frunciendo el ceño, preocupado en vista de que a mí no se me ocurría nada que decir.

—Sí —contesté en seguida—, es un caracol precioso, maravilloso.

—¿No dirías que más bien parece una naranja?

—No, claro que no, las naranjas no tienen esa forma picuda del caracol, ni tampoco tentáculos torcidos.

Chris se acercó también para observar el lamentable bicho que tenía yo en las manos.

—A esas cosas no se les llama tentáculos —corrigió—, el caracol es un miembro de la familia de los moluscos, que tienen el cuerpo blando, sin espina dorsal, y esas cosas se llaman antenas, y están conectadas con su cerebro; el caracol tiene el intestino tubular, que termina en la boca, y se mueve con un pie que tiene al borde como una rueda dentada.

—Christopher —le dije fríamente—, cuando Cory y yo queramos saber cómo son los intestinos tubulares de los caracoles te mandaremos un telegrama; así que haz el favor de ir a sentarte en una tachuela y esperar a que lo recibas.

—¿Queréis pasaros la vida siendo unos ignorantes?

—¡Sí! —repliqué—. ¡Por lo que a caracoles se refiere, prefiero no saber nada!

Cory y yo nos fuimos a ver a Carrie, que estaba pegando pedazos de papel color púrpura. Su método de trabajo era un poco chapucero, al contrario de Cory, que trabajaba cuidadosa y machaconamente. Carrie usaba sus tijeras, ante todo, para abrir un agujero a fuerza de golpes implacables en su... cosa purpúrea. Detrás del agujero había pegado un pedazo de papel rojo. Y, cuando tenía esta... cosa... pegada, lo llamaba gusano. Ondulaba como una boa, mirándonos con un solo ojo rojo bordeado de pestañas negras semejantes a patas de araña.

—Se llama Charlie —explicó Carrie, pasándome su «gusano» de más de un metro de largo. (Cuando nos veíamos ante alguna cosa sin nombre adecuado, le poníamos nombres que empezasen por la letra C, para que se pareciesen a los nuestros.)

En las paredes del ático, en nuestro bello jardín de flores de papel, pegamos el caracol epiléptico junto al gusano fiero y amenazador. Y la verdad era que formaban una buena pareja. Chris se sentó y preparó un gran letrero rojo: ¡¡¡ANIMALES, CUIDADO CON EL GUSANO DE TIERRA!!!

Yo preparé mi propio letrero también, pensando que el caracolito de Cory era el único que corría peligro. ¿HAY UN MÉDICO EN ESTA CASA? (Cory había puesto a su caracol el nombre de Cindy Lou.)

Mamá pasó revista a la obra del día riéndose mucho, toda llena de sonrisas, porque lo habíamos estado pasando bien.

—Sí, claro que hay un médico en la casa —dijo, y se inclinó para besar a Chris en la mejilla—. ¡Cory, qué animal más bonito..., parece... tan... sensible!

—¿Te gusta mi Charlie? —preguntó Carrie inquieta—. Lo hice bien, usé toda la púrpura para hacerlo grande, y ahora ya no me queda más púrpura.

—Es un gusano precioso, verdaderamente, un maravilloso gusano —alabó mamá, subiéndose los gemelos al regazo y dándoles a los dos los abrazos y besos que a veces se olvidaba de darles—. Lo que más me gusta son las pestañas negras que le has puesto en torno al ojo rojo, causan mucho efecto.

Era una escena grata, hogareña, los tres en su silla, con Chris subido en el brazo y su rostro junto al de mamá. Y entonces tuve que ser yo quien lo echase todo a perder, con mi usual mala intención.

—¿Cuántas palabras escribes ya a máquina por minuto, mamá?

—Ya me sale mucho mejor.

—¿Cuánto mejor? —insistí.

—Lo hago lo mejor que puedo, Cathy, de verdad, ya te dije que el teclado no tiene letras.

—¿Y qué tal la taquigrafía? ¿A qué velocidad sabes ya escribir el dictado?

—Hago lo que puedo. Tienes que tener paciencia. Esas cosas no se aprenden de un día para otro.

Paciencia. Yo pintaba la paciencia de color verde, colgando de nubes negras. A la esperanza la pintaba de amarillo, igual que el sol que veíamos durante unas pocas horas por la mañana. El sol se levantaba demasiado pronto en el cielo y desaparecía de nuestra vista, dejándonos abandonados, mirando al cielo azul.

Cuando uno crece y tiene un millón de cosas de persona mayor que hacer, se olvida lo largo que puede ser el día para los niños. Nos pareció vivir cuatro años en sólo siete semanas. Luego llegó otro terrible viernes en que tuvimos que levantarnos al amanecer y trabajar como locos para desterrar del dormitorio y del cuarto de baño todo indicio de que existíamos. Yo quité las sábanas de la cama y las enrollé, haciendo un balón con ellas junto con las almohadas y las mantas, y puse las colchas encima de los cubrecolchones, justo como la abuela nos había mandado hacer. La noche anterior, Chris había desmontado los raíles del tren. Trabajamos como locos para que el cuarto quedase limpio, inmaculado, y luego, encima, el cuarto de baño, y entonces la abuela llegó con el cesto de la comida y nos mandó subirlo al ático, para que desayunásemos allí. Yo había borrado cuidadosamente todas nuestras huellas digitales, y la superficie de caoba de los muebles relucía. La abuela puso cara de pocos amigos cuando vio esto, y cogió un poco de polvo del saco de una aspiradora para dar de nuevo a los muebles una superficie mate.

A las siete estábamos de nuevo en la clase del ático, comiendo cereal con leche fría y uvas pasas. Abajo se oía lejanamente a las doncellas que limpiaban nuestro cuarto. Nosotros fuimos de puntillas a la escalera y allí nos acurrucamos sobre el primer peldaño, escuchando lo que pasaba abajo, aunque con miedo de ser descubiertos en cualquier momento.

Oyendo a las doncellas que se movían por el cuarto, reían y charlaban, mientras la abuela las vigilaba cerca de la puerta del cuartito de las maletas, dándoles orden de limpiar los espejos, de dar cera, de airear los colchones, yo me sentía rarísima. ¿Cómo era que aquellas muchachas no notaban algo distinto? ¿Es que no dejábamos ningún olor de nuestro paso, para indicarles, por ejemplo, que Cory se hacía pis en la cama? Era como si realmente no existiéramos, no estuviéramos vivos; y sólo dejásemos olores imaginarios de nuestro paso.

Nos abrazamos unos a otros y nos apretamos muy fuerte, muy fuerte.

Las muchachas no entraban en el cuartito; no abrían la puerta alta y estrecha. No nos veían, ni nos oían, ni parecían encontrar raro que la abuela no abandonara el cuarto ni un solo segundo mientras ellas estaban allí, lavando la bañera, limpiando el retrete, fregando el suelo de azulejos.

Aquel viernes nos causó una impresión extraña. Pienso que nos redujo en nuestra estimación de nosotros mismos, porque después no se nos ocurría nada que decir. No nos divirtieron los juegos de siempre, ni los libros, y, finalmente, nos pusimos en silencio a recortar tulipanes y amapolas y a esperar a que viniera mamá a vernos y a traernos de nuevo esperanza.

A pesar de todo, éramos jóvenes, y la esperanza echa hondas raíces en los jóvenes, tanto que les llegan hasta los dedos del pie, y cuando entrábamos en el ático y veíamos nuestro jardín cada vez mayor, podíamos reír y fingir. Después de todo, estábamos dejando nuestra huella en el mundo, estábamos transformando en algo bello una cosa que hasta entonces había sido gris y fea.

Ahora los gemelos revoloteaban como mariposas por entre las flores móviles. Les empujábamos lo más alto posible en los columpios y hacíamos huracanes para que las flores se agitasen como locas. Nos escondíamos detrás de árboles de cartón que no serían más altos que Chris, y nos sentábamos sobre setas de cartón piedra, con cojines de gomaspuma de colores encima, que, la verdad, eran mejores que las de verdad, a menos que le gustara a uno comer setas.

—¡Es bonito! —gritaba Carrie, dando vueltas y más vueltas, y levantando con la mano su falda corta plisada para que le viéramos la punta de las braguitas nuevas de volantes y encajes que le había traído mamá el día antes. Toda la ropa nueva tenía que pasar primero una noche en la cama con Carrie y Cory. (Es terrible despertarse en plena noche con la mejilla descansando sobre la suela de un zapato de hacer gimnasia.)

—Yo voy a ser bailarina también —decía ella, llena de alegría, dando vueltas y más vueltas, hasta que acabó cayéndose. Cory fue corriendo a ver si se había hecho daño. Al ver que estaba sangrando por la rodilla se puso a gritar:

—¡No quiero ser bailarina, si hace daño!

No quise decirle que sí que dolía, ¡y tanto que dolía!

Muchos ayeres antes había paseado por jardines de verdad, y por bosques de verdad, y siempre había sentido su aura mística, como si algo mágico y maravilloso estuviese esperando justo a la vuelta de la esquina. Para transformar nuestro jardín del ático en un jardín encantado, igualmente, Chris y yo nos arrastramos y dibujamos amapolas de tiza en el suelo, juntándolas en un anillo. Dentro del anillo mágico de flores blancas no podía entrar nada que fuera malo, y allí nos sentamos nosotros, cruzando las piernas en el suelo mismo y a la luz de una sola vela, Chris y yo nos pusimos a inventar cuentos largos, muy largos, de hadas buenas que cuidaban de niños pequeños y de brujas malas que siempre acababan siendo derrotadas.

Y entonces Cory alzó la voz. Como siempre, sus preguntas eran las más difíciles de contestar.

—¿Adónde ha ido la hierba?

—Dios se la ha llevado al cielo. —Y, de esta manera, Carrie me ahorró el tener que responder.

—¿Por qué?

—Para papá; a papá le gusta cortar la hierba.

Chris y yo nos miramos, ¡y nosotros, que pensábamos que se habían olvidado de papá!

Cory frunció el entrecejo, mirando los pequeños árboles de cartón que había hecho Chris:

—¿Dónde se han metido los árboles grandes? —preguntó.

—En el mismo sitio —replicó Carrie—. A papá le gustan los árboles grandes.

Esta vez, mi mirada se alejó de ellos sobresaltada. No me gustaba nada mentirles, decirles que aquello no era más que un juego, un juego interminable que ellos parecían resistir con más paciencia que Chris o que yo. Y nunca preguntaron una sola vez siquiera por qué teníamos que hacer aquel juego.

Ni siquiera una vez subió la abuela al ático a preguntar lo que hacíamos, aunque con mucha frecuencia abrió la puerta del dormitorio con todo el silencio de que era capaz, esperando que no nos diésemos cuenta de que la llave estaba girando en la cerradura. Y entonces solía asomar la cabeza por la abertura, para ver si nos sorprendía haciendo algo «impío» o «malo».

En el ático estábamos en libertad de hacer cuanto nos viniese en gana, sin miedo a represalias, a menos que Dios mismo tuviese un látigo en la mano. Ni una sola vez salió la abuela de nuestra habitación sin recordarnos que Dios estaba sobre nosotros, viéndonos, incluso cuando ella no estaba allí. Como nunca fue al cuartito cuya puerta daba a la escalera del ático, llegué a sentir curiosidad y recordé que tenía que preguntar a mamá la causa en cuanto viniese, y así no se me olvidaría.

—¿Por qué no sube la abuela al ático para ver lo que hacemos allí? ¿Por qué no hace más que preguntarnos y piensa que lo que le decimos es la verdad?

Con aire fatigado y deprimido, mamá parecía marchitarse en su silla especial. Su vestido nuevo de lana verde parecía muy caro. Había ido al peluquero, y había cambiado de peinado. Respondió a mis preguntas de manera descuidada, como si sus pensamientos estuviesen en otras cosas más interesantes.

—¡Ah! ¿Es que no os lo dije antes? Vuestra abuela sufre de claustrofobia, que es una enfermedad psicológica que le dificulta la respiración en lugares pequeños y cerrados, y esto es porque cuando era una niña sus padres solían encerrarla en un cuarto pequeño a modo de castigo.

¡Vaya! La verdad era que resultaba difícil imaginarse que una mujer vieja y grandota hubiera sido en otros tiempos lo bastante pequeña como para poder ser castigada. Casi conseguí sentir pena por la niña que fuera en otros tiempos, pero sabía que ahora se sentía contenta de poder encerrarnos a nosotros. Todas las veces que nos miraba se veía en sus ojos su complacida satisfacción de tenernos allí, tan bien cogidos. Y, sin embargo, era algo curioso que el destino le hubiese dado a ella aquel temor, y, al mismo tiempo, a Chris y a mí sentido común suficiente para besar las dulces, queridas y angostas paredes de ese corredor estrecho. Con frecuencia, Chris y yo nos preguntábamos cómo habrían podido ser llevados al ático todos aquellos muebles tan grandes y macizos. Ciertamente, no habrían podido pasar por el cuartito, ni subirlos por la escalera, que apenas tendría más de cuarenta centímetros de ancho. Y, aunque buscamos con gran diligencia por si había alguna otra entrada más grande en el ático, nunca dimos con ninguna. A lo mejor era que estaba escondida detrás de alguno de aquellos armarios gigantescos, demasiado pesados para poder moverlos nosotros. Chris pensaba que los muebles más grandes podrían haberlos subido hasta el tejado levantándolos con poleas, y luego introducidos por alguna de las ventanas grandes.

Todos los días venía la bruja de nuestra abuela a apuñalarnos con sus ojos de pedernal y a guiñarnos con sus labios finos y torcidos. Todos los días nos hacía las mismas preguntas de siempre:

«¿Qué habéis estado haciendo? ¿Qué hacéis en el ático? ¿Habéis bendecido hoy la mesa antes de las comidas?

¿Os arrodillasteis anoche para pedir a Dios que perdonase a vuestros padres por el pecado que cometieron? ¿Enseñáis a los dos pequeños las palabras del Señor? ¿Usáis el cuarto de baño juntos, niños y niñas?» La verdad, ¡qué brillo malévolo tenían sus ojos al decirnos esto. «¿Sois siempre decentes? ¿Mantenéis las partes privadas de vuestros cuerpos ocultas a los ojos de los demás? ¿Os tocáis los cuerpos cuando os estáis lavando?»

¡Dios mío! Todo aquello nos hacía pensar que la piel era algo muy sucio. Chris se echaba a reír en cuanto se había ido la abuela.

—Yo pienso que se da cola en sus paños menores —bromeaba.

—¡No, cola no, se los clava! —replicaba yo.

—¿Os habéis fijado en lo que le gusta el color gris?

—¿Que si me di cuenta? ¿Y quién no se la daría? Siempre va de gris.

Siempre de gris con listas finas de rojo o azul, o un diseño escocés sencillo listado a cuadros, pero elegante y muy suave, o bien otros parecidos, pero la tela era siempre la misma, tafetán, con el pasador de diamantes en la garganta, que era de línea alta y severa, suavizada un poco por collares de ganchillo hechos a mano. Mamá ya nos había hablado de una señora viuda que vivía en el pueblo más cercano y hacía a la medida esos uniformes que más bien parecían armaduras.

—Esa señora es una vieja amiga de mi madre, y viste siempre de gris porque es más barato comprar la tela por piezas que por metros, y vuestro abuelo tiene una fábrica de tejidos que hace telas muy buenas en algún lugar del Estado de Georgia.

Santo cielo, y lo tacaños que son hasta los ricos.

Una tarde de setiembre bajé corriendo del ático, con una prisa terrible de ir al cuarto de baño, cuando, de pronto, choqué con la abuela. Me cogió por los hombros y me miró severamente a los ojos.

—¡Mira por dónde vas, niña! —me riñó—. ¿Por qué tienes tanta prisa?

Sus dedos parecían de acero a través de la tela fina de mi blusa azul. Como me había hablado ella primero, podía contestarle.

—Chris ha pintado un paisaje precioso —expliqué, sin aliento—. Y tengo que subirle corriendo más agua antes de que se le seque la pintura, es importante que los colores estén limpios.

—¿Y por qué no baja él mismo a por agua? ¿Por qué tienes tú que llevársela?

—Es que él está pintando, y me pidió si no me importaba llevarle más agua, y en aquel momento no estaba haciendo nada, sólo mirando y los gemelos tirarían el agua.

—¡Tonta! ¡Nunca hagas de criada a un hombre! ¡Que sea él quien haga sus cosas! Ahora, dime la verdad, ¿qué es lo que estás haciendo de verdad allí arriba?

—La verdad es ésta, que estamos haciendo todo lo posible por que el ático quede bonito, para que los gemelos no tengan miedo de subir allá arriba, y Chris es un gran pintor.

Ella sonrió burlona y me miró con desprecio.

—¿Y cómo sabes tú eso?

—Abuela, tiene talento para el arte, todos sus maestros lo dicen.

—¿Te ha pedido que poses para él, sin ropa?

Me escandalicé:

—¡No! ¡Claro que no! —repliqué furiosa.

—¿Y entonces por qué estás temblando?

—Es que tengo miedo... de... de usted —tartamudeé—. Siempre que viene a vernos nos pregunta qué cosas pecaminosas e impías hemos hecho, y la verdad es que no sé qué es lo que piensa usted que podemos haber estado haciendo. Si no nos lo explica exactamente, no sé cómo podremos evitar hacer algo malo, si no sabemos que lo es.

Me miró de arriba abajo, hasta los pies descalzos, y sonrió, sarcástica:

—Pregunta a tu hermano mayor, él sabrá lo que quiero decir. El macho de la especie nace sabiendo todo lo que es malo.

¡La cara que puse! Chris no era malo, ni perverso. Había ocasiones en que era irritante, pero no impío. Traté de explicarle esto, pero no me quiso oír.

Más tarde, el mismo día, entró la abuela en nuestro cuarto con un tiesto de crisantemos amarillos. Avanzó directamente hacia mí y me puso el tiesto en las manos.

—Aquí tenéis flores de verdad para vuestro jardín de pega —dijo, sin calor alguno.

Era aquélla una cosa tan poco propia de una bruja, que me quedé sin aliento. ¿Iría a cambiar, a mirarnos con ojos distintos? ¿Podría llegar a tomarnos simpatía? Le di las gracias efusivamente por las flores, quizá con demasiada efusión, porque dio media vuelta y se fue a grandes zancadas, como apurada.

Carrie llegó corriendo a poner su bonita cara entre todos aquellos pétalos amarillos.

—Bonito —dijo—. Cathy, ¿me los das?

Claro que se los di. Aquel tiesto de flores fue colocado con reverencia en uno de los alféizares del ático que daban al Este, para que pudiera recibir el sol matinal. Desde allí no se veía otra cosa que colinas y montañas lejanas, y los árboles que había entre ellas y por encima de todo se cernía una neblina azul. Las flores verdaderas pasaban las noches con nosotros, para que los gemelos pudieran despertarse por la mañana y ver algo bello y vivo creciendo junto a ellos.

Siempre que pienso en mi niñez vuelvo a ver esas montañas y colinas envueltas en neblina azul, y los árboles, que aparecían como desfilando, firmes, laderas arriba y laderas abajo. Y vuelvo a oler el aire seco y polvoriento que respirábamos nosotros todos los días. Veo de nuevo las sombras del ático, que se fundían también con las sombras que había en mi mente, y oigo de nuevo las preguntas, ni dichas ni contestadas, de ¿por qué?, ¿cuándo?, ¿cuánto tiempo más?

El amor... yo tenía mucha fe en él.

La verdad... seguí creyendo que siempre sale de los labios de la persona a quien uno más quiere y de quien uno más se fía.

La fe... está unida con el amor y la confianza. ¿Dónde empieza el uno y dónde acaba el otro, y cómo se puede distinguir cuando el amor es el más ciego de todos ellos?

Habían pasado más de dos meses, y el abuelo seguía sin morirse.

Nos levantábamos, nos sentábamos, nos echábamos sobre los rebordes anchos de las ventanas del ático. Observábamos melancólicamente las copas de los árboles cambiar, del gris oscuro y viejo del verano, casi en una sola noche, en los colores brillantes del otoño: escarlata, oro, naranja y pardo. Me emocionaba, y pienso que nos emocionaba a todos nosotros, hasta a los gemelos, ver marcharse el verano y ver comenzar el otoño. Y lo único que podíamos hacer era observar, nunca participar.

Mis pensamientos huían frenéticamente, tratando de escapar de la cárcel y buscar el viento para que me abanicase el pelo y me picase la piel, y me hiciera sentirme viva de nuevo. Anhelaba la compañía de aquellos niños que, allá fuera, corrían como locos, libres, por la hierba pardusca, y arrastraban los pies sobre las hojas secas y crujientes, igual que solía yo hacer en otros tiempos.

Lo que no sé es por qué no me había dado cuenta de todo esto cuando podía correr libremente y sintiéndome feliz, o por qué pensaba entonces que la felicidad estaba siempre delante de mí, en el futuro, en los días en que sería mayor, capaz de tomar mis propias decisiones, ir por donde quisiera, ser yo misma. ¿Por qué no se me había ocurrido nunca pensar que ser niño no era suficiente? ¿Por qué pensaba yo entonces que la felicidad es algo reservado solamente para los mayores?

—Pareces triste —me dijo Chris, que estaba detrás de mí, a mi lado, con Cory junto a él y Carrie al otro lado.

Ahora, Carrie era como mi pequeña sombra, y me seguía a dondequiera que fuese, e imitaba todo lo que hacía y todo lo que ella pensaba que sentía yo, de la misma manera que Chris tenía también su pequeña sombra imitadora en Cory. Sólo unos cuatrillizos siameses podrían ser más íntimos de lo que éramos nosotros cuatro.

—¿No me contestas? —preguntó Chris—. ¿Por qué estás tan triste? Los árboles son preciosos, ¿no es verdad? Cuando es verano, el verano es lo que más me gusta, y, sin embargo, cuando llega el otoño, me gusta el otoño más que las demás estaciones, y cuando estamos en invierno, el invierno es mi estación favorita, y lo mismo me pasa cuando llega la primavera, que me gusta más que las otras.

Sí, así era mi Christopher Doll. Se contentaba con lo que tenía delante, y siempre le gustaba más que todo lo demás, fueran cuales fuesen las circunstancias.

—Estaba pensando en la vieja señora Bertram, y en su aburrida charla sobre el té de Boston; la historia, contada por ella, era muy aburrida y sus personajes muy irreales, y, sin embargo, me gustaría volver a poder aburrirme así.

—Sí —insistió—; ya sé lo que quieres decir. También yo pensaba que el colegio era muy aburrido, y la Historia, una asignatura muy pesada, sobre todo la historia norteamericana, menos los indios y el Lejano Oeste. Pero por lo menos, cuando estábamos en el colegio hacíamos lo mismo que los demás niños de nuestra edad, y ahora estamos perdiendo el tiempo, sin hacer nada. ¡Venga, Cathy, no perdamos un minuto, preparémosnos para el día en que salgamos de aquí! Si aclaramos bien cuáles son nuestros objetivos, y no luchamos siempre por conseguirlos, nunca saldremos adelante. ¡Me convenceré a mí mismo de que puedo llegar a ser médico, y no querré ser otra cosa ni desearé ninguna otra cosa que se pueda comprar con dinero!

Dijo esto con una voz muy intensa. Yo quería llegar a ser primera bailarina, aunque estaría dispuesta a conformarme con algo menos. Chris frunció el ceño, como si estuviera leyendo mis pensamientos, y fijó en mí sus ojos azules como el verano y me riñó porque no había realizado mis ejercicios de ballet ni una sola vez desde que vivíamos en aquel cuarto.

—Cathy, mañana mismo voy a poner una barra en la parte del ático que acabamos de decorar, y todos los días vas a practicar cinco o seis horas, ¡igual que si estuvieras en una clase de ballet!

—¡No pienso hacerlo! ¡Nadie me va a decir lo que tengo que hacer! ¡Además, no se pueden hacer posiciones de ballet sin tener la ropa adecuada!

—¡Qué tontería! —exclamó.

—Es porque soy tonta, mientras que tú, Christopher, tienes toda la inteligencia. —Y, diciendo esto, empecé a llorar y me fui corriendo del ático, pasando por entre toda aquella flora y fauna de papel.

Corre, corre, corre a las escaleras. Vuela, vuela, vuela escaleras abajo, por estos peldaños de madera, rómpete una pierna, el cuello, métete, muerta, en el ataúd. Que todo el mundo lo sienta, entonces; hazles llorar por la bailarina que pudiese haber sido.

Me arrojé sobre la cama, sollozando contra la almohada. Aquí no había otra cosa que sueños, esperanzas, pero nada verdadero. Me iría haciendo vieja, fea, nunca volvería a ver gente, mucha gente. Y aquel viejo, en el piso de abajo, podría llegar a cumplir hasta ciento diez años, y sus médicos le mantendrían con vida para siempre, y yo me perdería la fiesta de todos los santos, no habría inocentadas, ni fiestas, ni regalos, ni dulces, la verdad era que me sentía muy triste pensando en mí misma, y me juraba que alguien tendría que pagar todo aquello, ¡alguien, ciertamente lo pagaría!

Todos bajaron a verme, con sus zapatos sucios de gimnasia, mis dos hermanos y mi hermana pequeña, y todos trataron de consolarme regalándome las cosas que más querían: Carrie me regaló sus lápices de colores rojo y púrpura; Cory, su libro de cuentos, *Pepito Conejo*, pero Chris estuvo allí silencioso, mirándome. Me sentí más pequeña que nunca.

Una noche, ya muy tarde, entró mamá con una gran caja que me dio a mí para que la abriera. Allí, entre hojas de papel blanco y fino, había vestidos de ballet, uno de un rosa brillante; otro, de azul celeste, con sus leotardos y sus zapatitos, haciendo juego con los lazos de tul. De Christopher, ponía en la tarjetita que venía con la caja. Y había también discos de música de ballet. Me eché a llorar y abracé muy fuerte a mi madre, y luego también a mi hermano. Esta vez no eran lágrimas de impotencia o desesperación, porque ahora tenía algo que proponerme y hacer.

—Quería comprarte sobre todo un vestido blanco —dijo mamá, todavía abrazándome—. Tenían uno precioso, pero era quizá demasiado grande para ti, y con un gorro ceñido de plumas blancas que se pegan a las orejas, para *El lago de los cisnes*, y lo he encargado para ti, Cathy. Tres vestidos son bastante para darte inspiración, ¿a que sí?

¡Pues claro! Cuando Chris hubo fijado bien la barra a una de las paredes del ático comencé a practicar ballet horas y horas, tocando música. No había un espejo grande detrás de la barra, como en las clases a las que solía asistir, pero en mi mente tenía yo un espejo enorme, y me veía a mí misma como una Paulova, actuando ante diez mil personas embelesadas, que me aplaudían y me pedían repetición tras repetición, y me mandaban docenas de ramos de flores, todos de rosas rojas. Con el tiempo, mamá me fue trayendo todos los ballets de Chaikovski para que los pusiera en el gramófono, que había sido equipado con una docena de cables empalmados unos a otros, hasta llegar, escaleras abajo, a un enchufe que había en nuestro dormitorio.

Bailar al compás de música tan bella era algo que me sacaba de mí misma, y me hacía olvidar, por un momento, que la vida estaba pasándome de largo. Pero ¿qué importaba si yo estaba bailando? Mejor hacer piruetas y fingir que tenía una pareja que me ayudase cuando tenía que hacer las posturas más difíciles. Si me caía me levantaba, y volvía a bailar hasta quedarme sin aliento, hasta que me dolían todos los músculos y los leotardos se me pegaban a la piel con tanto sudor, y el pelo se me quedaba completamente mojado. Si me caía cuan larga era sobre el santo suelo, para descansar y jadear a mi gusto, pues me volvía a levantar y de nuevo a la barra a practicar. A veces me imaginaba que era la princesa Aurora de *La bella durmiente*, y otras me ponía a bailar el papel del príncipe, además del mío, y saltaba muy alto, en el aire, juntando los pies y batiéndolos.

Una vez levanté la vista en medio de mis espasmos de cisne moribundo y vi a Chris, en pie, en medio de las sombras del ático, observándome con la más extraña expresión. No tardaría en ser su cumpleaños, cumpliría quince, y la verdad era que, no sé cómo, parecía ya todo un hombre y no un muchacho. ¿Sería solamente esa expresión vaga de sus ojos, que decía que estaba saliendo rápidamente de la niñez?

Ejecuté una secuencia de ballet de puntillas, con esos pasos muy pequeños e iguales que pasan por dar la impresión de que el bailarín está deslizándose sobre la escena y creando a su paso lo que se llama poéticamente «una ristra de perlas». En esa posición de revoloteo y deslizamiento me fui acercando a Chris, y le tendí los brazos.

—Anda, Chris, sírveme de *danseur*; deja que te enseñe.

Sonrió, como desconcertado, pero movió negativamente la cabeza, diciendo que era imposible.

—El ballet a mí no me va, pero me gustaría aprender a bailar el vals, si es con música de Strauss.

Me hizo reír. Por aquel entonces, no teníamos más que música de vals, aparte de la de ballet, en viejos discos de Strauss. Corrí al gramófono, quité los discos de *El lago de los cisnes*, y puse uno de *El Danubio azul*.

Chris era torpe. Me cogía sin gracia, como si le diese vergüenza. Me pisaba los zapatitos de ballet. Pero era conmovedor verle poner tanto interés en aprender bien los pasos más sencillos, y yo no podía decirle que todo su talento tenía que estar en la cabeza, y en la habilidad de sus manos de artista, porque, ciertamente, nada de él parecía bajar a sus piernas y sus pies. Y, sin embargo, había algo suave y afectivo en un vals de Strauss, fácil de bailar y romántico al mismo tiempo, y muy distinto de esos atléticos valses de ballet, que te hacían sudar y te dejaban sin aliento.

Cuando mamá entró finalmente en nuestro cuarto con aquel maravilloso vestido blanco de ballet para bailar *El lago de los cisnes*, un corpiño muy bellamente emplumado, gorro ceñido, zapatitos blancos y leotardos también blancos, y tan transparentes que el color rosado de la piel se veía a través de él, me quedé sin aliento.

¡Oh, se diría que el amor, la esperanza y la felicidad podían, después de todo, ser transportados a nuestro cuarto en una sola y gigantesca caja de resbaladizo satén blanço, con una cinta violeta y puestos en mis manos porque alguien que realmente me quería, cuando otra persona, que realmente me quería, le había dado la idea!

«Baila, bailarina, baila, y haz tu pirueta al ritmo de tu co-
[razón dolorido.
Baila, bailarina, baila, no debes olvidar nunca
Que el bailarín tiene que hacer su papel,
Una vez dijiste que su amor tiene que esperar su turno,
Quería fama en su lugar, y yo me digo que eso es asunto
[tuyo,
Vivimos para aprender... y el amor se ha ido, bailarina, se
[ha ido.»

Finalmente, Chris aprendió a bailar el vals y el fox-trot. Cuando traté de enseñarle también el charlestón, se negó:

—No tengo necesidad de aprender todos los bailes que hay, como tú. No voy a dedicarme al ballet, lo único que quiero es aprender a bailar con una chica en mis brazos sin hacer el ridículo.

Yo siempre había bailado, y no había ningún baile que no supiese hacer, o que no quisiera hacer.

—Chris, tienes que darte cuenta de una cosa: no se puede uno pasar la vida bailando el vals o el fox-trot. Todos los años hay cambios, como en la ropa. Tienes que estar al día y adaptarte. Anda, vamos a animar esto un poco, y así te ejercitas los huesos; que tienen que estar dormidos de tanto estar sentado leyendo.

Dejé de bailar el vals y puse otro disco: *No eres más que un perro*.

Levanté los brazos y me puse a mover las caderas.

—Rock and roll, Chris, tienes que aprenderlo también. Fíjate en el ritmo, lánzate y aprende a mover las caderas como Elvis. Anda, cierra los ojos a medias, pon cara de sueño, excitante, y frunce los labios, porque si no no te va a querer ninguna chica.

—Pues entonces me resignaré a que no me quiera ninguna chica.

Así fue como lo dijo, con voz sin matiz alguno, y completamente en serio. Nunca permitiría que nadie le obligase a hacer algo que no encajaba con la idea que él tenía de sí mismo, y en cierto modo me parecía bien que fuese fuerte, resuelto, decidido a ser él mismo, aun cuando ese tipo de persona ya estuviese pasado de moda. Mi caballero Christopher, bravo y galante.

Como si fuésemos Dios, cambiábamos las estaciones en el ático. Quitábamos las flores y colgábamos hojas otoñales de color pardo, rojizo, escarlata y oro. Si estuviéramos todavía aquí cuando cayesen los copos de nieve, pondríamos en su lugar los dibujos de encaje blanco que estábamos haciendo los cuatro y recortando, por si acaso. Hicimos patos y gansos salvajes, con cartulina blanca, gris y negra, y diseñamos nuestras aves voladoras en forma de bandadas como anchas flechas, camino del Sur. Los pájaros eran fáciles de hacer: óvalos alargados, con esferas para las cabezas, como lágrimas con alas.

Cuando Chris no estaba sentado con la cabeza metida en un libro, estaba pintando con acuarelas escenas de colinas cubiertas de nieve y lagos con patinadores deslizándose. Ponía también pequeñas casas amarillas y rosas muy hundidas en la nieve, y el humo brotaba de las chimeneas y se rizaba en el aire, sobre los tejados, y en la distancia se levantaba un campanario neblinoso de iglesia. Cuando terminó, pintó en torno un marco oscuro de ventana. ¡Y cuando lo vimos colgando de la pared tuvimos una habitación con vistas!

Antes Chris solía ser una persona irritante, a quien no podía contentar. Un hermano mayor... Pero allí arriba cambiamos, él y yo, tanto como nosotros mismos cambiamos el mundillo del ático. Nos tendíamos juntos sobre un viejo colchón, sucio y maloliente, horas enteras, y hablábamos sin cesar, haciendo planes sobre la clase de vida que tendríamos en cuanto nos viéramos libres y tan ricos como Midas. Haríamos un viaje alrededor del mundo. Él encontraría a la mujer más bella y atractiva del mundo, inteligente, comprensiva, encantadora, ingeniosa y divertidísima, y se enamoraría de ella; sería la perfecta ama de casa, la mujer más fiel y dedicada, la mejor de las madres, y nunca gruñiría ni se quejaría ni lloraría ni pondría en duda sus decisiones, ni le decepcionaría, ni le desanimaría si cometía alguna tontería en la Bolsa y perdía todo su dinero. Comprendería que había hecho lo que podía, y que no tardaría en reunir otra fortuna, con su ingenio y su magnífico cerebro.

La verdad era que me dejaba muy deprimida. ¿Cómo podría yo jamás satisfacer las necesidades de un hombre como Chris? De alguna manera, me daba cuenta de que estaba decidido el nivel por el que yo juzgaría a todos mis futuros pretendientes.

—Oye, Chris, y esa mujer tan inteligente, encantadora, ingeniosa, estupenda, ¿no podría tener ni siquiera un pequeño defecto?

—¿Y por qué iba a tener defectos?

—Fíjate, por ejemplo, en nuestra madre, piensa que tiene todo eso, excepto, quizá, que no es muy inteligente.

—¡Mamá no es tonta! —la defendió con vehemencia—. ¡Lo que pasa es que ha crecido en un ambiente negativo! Cuando era pequeña, la reprimieron mucho, y la hicieron sentirse inferior porque era niña.

Por lo que a mí se refería, después de haber sido primera balarina durante varios años, estaría dispuesta a casarme y sentar cabeza, pero no sabía qué clase de hombre me vendría a la medida, si no estaba a la altura de Chris o de mi padre. Lo quería guapo, y eso lo sabía porque quería tener hijos guapos. Y lo quería muy inteligente, porque si no no podría tenerle respeto. Antes de aceptar su anillo de pedida, de diamantes, me sentaría con él a hacer juegos, y si no me ganaba todo el tiempo le sonreiría, movería negativamente la cabeza y le diría que volviese a llevar el anillo a la joyería.

Mientras hacíamos planes para el futuro, nuestros tiestos de filodendras se ajaban y nuestras hojas de hiedra se volvían amarillas, a punto de morir. Entonces nos preocupábamos y les brindábamos el mejor y más tierno de los cuidados, hablando con ellas, rogándoles, pidiéndoles que hicieran el favor de no parecer enfermas, y que se irguieran y enderezaran el tallo. Después de todo, recibían la más sana de todas las luces del sol: la luz matinal del Este.

Al cabo de unas semanas más, tanto Cory como Carrie dejaron de pedir que les sacásemos al aire libre. Carrie ya no golpeaba con sus puñitos la puerta de roble, ni Cory trataba de echarla abajo a puntapiés con sus piececitos incapaces de tal hazaña, sin otra cosa que zapatillas flexibles de gimnasia para impedir que sus deditos salieran magullados del intento.

Ahora aceptaban dócilmente lo que antes rechazaban: que el «jardín» del ático era el único «aire libre» de que disponían. Y, con el tiempo, por lamentable que fuese, acabaron olvidando que había otro mundo que aquél en el que estaban encerrados.

Chris y yo habíamos sacado unos viejos colchones y los colocamos junto a las ventanas que daban al Este, a fin de poderlas abrir de par en par y tomar baños de sol bajo los benéficos rayos sin que éstos pasaran antes a través del cristal sucio de las ventanas. Los niños necesitaban la luz del sol para crecer; bastaba con fijarnos en nuestras plantas moribundas para darnos cuenta de lo que el aire del ático estaba haciendo con nuestras frondas. Ni cortos ni perezosos, nos quitábamos la ropa y nos poníamos a tomar el sol durante el poco tiempo en que el astro rey visitaba nuestras ventanas. Observábamos nuestras diferencias físicas sin apenas pensar en ellas, y, francamente, se lo contamos a mamá, explicándole que lo hacíamos para no tener que morir nosotros también por falta de luz solar. Ella nos echó una ojeada a Chris y a mí y sonrió débilmente.

—No tiene nada de particular, pero que no se entere vuestra abuela, porque no lo encontraría bien, como sabéis perfectamente.

Ahora me doy cuenta de que si nos miró a Chris y a mí en aquel momento fue en busca de indicios de nuestra inocencia o de nuestra incipiente sexualidad. Y lo que vio tuvo sin duda que darle ciertas garantías de que no éramos aún más que niños, aunque la verdad es que debió de haber sido más perspicaz.

A los gemelos les encantaba estar desnudos y jugar como niños pequeños. Reían y lo pasaban muy bien usando palabras como «caca» y «pis», y les gustaba mirar el sitio de donde salía la caca y se preguntaban por qué motivo el aparato de hacer pis de Cory sería tan distinto del de Carrie.

—¿Por qué, Chris? —preguntaba Carrie, señalando lo que tenían Cory y él, y ella no.

Yo seguía leyendo *Cumbres borrascosas* y trataba de no hacer caso de tales tonterías.

Pero Chris se esforzaba por contestar de manera correcta y al tiempo verdadera:

—Todos los seres machos tienen sus órganos sexuales hacia afuera, y las hembras, hacia adentro.

—De manera muy práctica —añadí yo.

—Sí, Cathy, ya sé que a ti te parece muy bien un cuerpo estilizado, y que también te parece bien el mío, nada estilizado, de modo que lo mejor es que cada cual se contente con lo que tiene. Nuestros padres aceptaron nuestros respectivos cuerpos desnudos de la misma manera que nuestros ojos y nuestros pelos, y así vamos a seguir siendo. Y se me olvidó decir que también los pájaros machos tienen sus órganos «estilizadamente» metidos dentro, como las hembras.

Intrigada, le pregunté:

—¿Cómo lo sabes?

—Pues sabiéndolo —contestó.

—¿Lo has leído en un libro?

—¿De qué otra forma lo voy a saber? ¿O es que crees que cogí un pájaro y lo examiné?

—Pues en ti no me extrañaría nada.

—Por lo menos, yo leo para adquirir cultura, no para pasarlo bien.

—Te vas a convertir en un hombre muy aburrido, te lo advierto, y si los pájaros machos tienen sus órganos sexuales metidos dentro, ¿no los convierte eso en hembras?

—¡*No!* —replicó.

—Pero, Christopher, es que no lo entiendo. ¿Por qué son distintos los pájaros?

—Tienen que ser aerodinámicos para poder volar.

Aquél era otro de los problemas cuya solución sabía, y yo aceptaba que aquella gran cabeza sabía siempre la solución.

—Bueno, de acuerdo, pero ¿por qué están hechos así los pájaros machos? Olvídate lo de que tienen que ser aerodinámicos.

Vaciló, su rostro se puso muy rojo, y trató de dar con la mano y de expresarse con delicadeza.

—A los pájaros machos, cuando se emocionan, les sale fuera lo que tienen dentro.

—¿Y cómo se emocionan?

—¡Anda, cállate y continúa leyendo tu libro, y déjame a mí leer el mío!

Algunos días eran demasiado fríos para tomar el sol. Y entonces hacía frío de verdad, de manera que teníamos que ponernos nuestra ropa más gruesa y de más abrigo, y así y todo tiritábamos si no corríamos. Demasiado pronto el sol matinal se fue de allí, alejándose del este, y dejándonos abandonados y sintiendo que no hubiera también ventanas del lado sur. Pero las ventanas estaban cerradas y tenían echadas las contraventanas.

—No importa —dijo mamá—. El sol de la mañana es el más sano.

Las palabras no bastaban para animarnos, porque nuestras plantas estaban muriéndose una a una, a pesar de vivir bajo el más sano de todos los soles.

A principios de noviembre, nuestro ático comenzó a ser invadido por un frío ártico. Los dientes nos castañeaban, la nariz nos goteaba, estornudábamos con frecuencia y nos quejábamos a mamá de que necesitábamos estufas con chimenea, ya que las dos que había en la clase estaban desconectadas. Mamá dijo que nos traería un calentador eléctrico o de gas, pero tenía miedo de que una estufa eléctrica provocase un incendio si la conectábamos con muchos cables, y para el gas hacía falta también chimenea.

Nos trajo ropa interior larga y de abrigo, y chaquetas gruesas y pantalones largos de esquiar de colores brillantes, con forro de lana. Con esta ropa puesta, seguíamos subiendo al ático, donde podíamos correr cuanto quisiéramos y escapar a los ojos siempre vigilantes de la abuela.

En nuestro dormitorio, atiborrado de cosas, apenas teníamos sitio para andar un poco sin tropezar con algo que nos magullase la espinilla. En el ático nos volvíamos locos, gritando y persiguiéndonos, escondiéndonos, encontrándonos, organizando pequeñas obras de teatro con actividad frenética. A veces nos peleábamos, discutíamos, gritábamos, volvíamos a jugar con gran ahínco. Nos entusiasmaba el escondite. A Chris y a mí nos gustaba mucho convertir este juego en algo terriblemente amenazador, pero para los gemelos lo hacíamos mucho más inocuo, porque estaban ya bastante asustados de las muchas «cosas malas» que acechaban entre las sombras del ático. Carrie decía completamente en serio que veía muchos monstruos escondidos detrás de los muebles enfundados como en sudarios.

Un día estábamos arriba, en la zona polar del ático, buscando a Cory.

—Voy abajo —dijo Carrie, cuyo pequeño rostro expresaba resentimiento, y estaba haciendo pucheros.

Fue inútil que tratáramos de convencerla de que se quedase allí, haciendo ejercicio, pues era demasiado terca. Se fue corriendo, con su trajecito rojo de esquiar, dejándonos a mí y a Chris que continuáramos buscando a Cory. Normalmente, resultaba muy fácil hallarle. Su táctica era esconderse en el último escondite usado por Chris, de modo que pensábamos que bastaría con ir derechos al tercer armario y allí encontraríamos a Cory agazapado bajo la ropa vieja, sonriéndonos. Para darle la impresión de que no sabíamos dónde estaba, evitamos durante algún tiempo aquel armario, y luego decidimos que ya era hora de dar con él, pero, cuando fuimos a buscarle, resultó que no estaba allí.

—¡Atiza! —exclamó Chris—. Por fin se ha decidido a ser imaginativo y se ha encontrado un lugar original para esconderse.

Ése es el resultado de leer demasiados libros, que acaba uno usando palabras largas y raras. Me enjugué la nariz goteante y eché otra ojeada a mi alrededor. Si Cory se había vuelto verdaderamente imaginativo, tenía a su disposición un millón de buenos escondites en aquel ático lleno de ellos. Y, la verdad, podríamos pasarnos horas y horas buscando a Cory sin dar con él, y yo tenía frío, y me sentía fatigada e irritable, hasta de aquel juego, que Chris insistía en hacer todos los días para desentumecernos.

—¡Cory! —grité—. ¡Anda, sal de donde te hayas metido, que ya es hora de bajar a comer!

Bueno, pensé, esto le haría salir. Las comidas eran algo agradable y hogareño, y servían para dividir nuestros largos días en partes distintas.

Pero, a pesar, de todo, no contestaba. Miré, enfadada, a Chris.

—Hay bocadillos de pasta de cacahuetes tostados y jalea de uva —añadió, porque aquél era el manjar favorito de Cory, y bastaría para hacerle venir corriendo, pero, a pesar de todo, no se oyó un solo ruido, nada.

De repente, sentí miedo. No podía creer que Cory hubiese conseguido dominar el miedo que sentía en aquel ático enorme y sombrío, y que estuviese tomando por fin en serio aquel juego, pero ¿y si se le había ocurrido imitarnos a Chris o a mí? ¡Santo cielo!

—¡Chris! —grité—. ¡Tenemos que encontrar a Cory!

Se le contagió mi pánico, y empezamos a dar vueltas por el ático, gritando el nombre de Cory y ordenándole salir de donde estuviese, y dejar de esconderse. Los dos corríamos y buscábamos, llamando a Cory sin cesar. Se había acabado el escondite, y ahora era la hora de comer. Pero seguía sin respondernos, y yo estaba casi congelada, a pesar de la ropa que llevaba. Hasta las manos parecían azules.

—Dios mío —murmuró Chris, deteniéndose de pronto—, imagínate que por casualidad se ha metido en alguno de esos baúles, y que la tapa se le ha caído encima por casualidad, dejándole encerrado.

Nos pusimos a correr y buscar, como locos, abriendo las tapas de todos los viejos baúles. Sacamos de ellos a toda prisa pantalones, camisas, camisolas, enaguas, corsés, trajes, poseídos de un loco y angustiado terror, y mientras buscaba y buscaba pedía a Dios una y otra vez que no dejase a Cory morir.

—¡Lo encontré, Cathy! —gritó Chris.

Di la vuelta y vi a Chris que levantaba el cuerpecito inerte de Cory, sacándolo de un baúl que se había cerrado, cogiéndole dentro. Me sentí débil de alivio, y fui, tropezando de apresuramiento, a besar la carita pálida de Cory, que se había vuelto de un extraño color por falta de oxígeno. Sus ojos, entrecerrados, estaban vidriosos y casi había perdido el conocimiento.

—Mamá —murmuraba—, quiero que venga mamá.

Pero mamá estaba a kilómetros de distancia, aprendiendo a escribir a máquina y taquigrafía. Lo único que había a mano era una implacable abuela, que no sabría qué hacer en un momento como aquél.

—Ve corriendo y prepara la bañera de agua caliente —dijo Chris—, pero no demasiado caliente, no vayamos a quemarle.

Y sin más se dirigió corriendo, con Cory en brazos, a la escalera.

Llegué antes que él al cuarto de baño, y corrí a la bañera. Miré hacia atrás y vi que Chris dejaba a Cory sobre la cama, luego se inclinaba sobre él, le sujetaba las ventanillas de la nariz y bajaba la cabeza hasta cubrir con su boca los labios azulados de Cory, que estaban abiertos. ¡El corazón me daba vueltas! ¿Estaría muerto? ¿Habría dejado de respirar?

Carrie echó una sola ojeada a lo que estaba pasando: su hermanito gemelo todo azul e inmóvil, y, sin más, se puso a llorar a gritos.

En el cuarto de baño abrí los dos grifos todo lo que pude, y el agua manó a raudales. ¡Cory se moría! Yo estaba soñando siempre con la muerte y con morirme..., ¡y casi siempre mis sueños acababan siendo verdad! y, hacía como siempre que me parecía que Dios nos había vuelto la espalda y le dábamos igual, reuní toda mi fe y me puse a rogarle que no dejara morir a Cory:

—Por favor, Dios, por favor, Dios, por favor, por favor, por favor...

Es posible que mis desesperadas plegarias contribuyeran, tanto como la respiración artificial que estaba practicándole Chris, a su restablecimiento.

—Ya vuelve a respirar —anunció Chris, pálido y tembloroso, trayendo a Cory a la bañera—. Ahora, lo que tenemos que hacer es conseguir que reaccione.

En un instante, desnudamos a Cory y lo metimos en el agua caliente.

—Mamá —murmuraba Cory, volviendo en sí—, que venga mamá.

Repetía esto una y otra vez, y me daban ganas de dar puñetazos contra la pared, diciéndome que aquello era injusto, que Cory debiera tener allí a su madre, junto a él, a su madre de verdad y no a una de mentirijillas que no sabía qué hacer en un momento como aquél. Quería salir de allí, ¡aunque fuese para ponerme a pedir limosna por las calles!

Pero me dominé y le aconsejé, con una voz tan serena que Chris levantó la cabeza y me miró, sonriéndome con aprobación:

—¿Por qué no haces como si yo fuese mamá? Haré por ti todo lo que haría ella. Te subiré a mi regazo, y te meceré hasta que te quedes dormido, cantándote una canción de cuna, pero antes tienes que comer algo y beber un poco de leche.

Tanto Chris como yo estábamos arrodillados, mientras yo decía esto. Él daba masaje a Cory en los piececitos, mientras yo le frotaba las manos frías para calentárselas. Cuando volvió a recuperar el color normal, lo secamos y le pusimos el pijama más abrigado, envolviéndole además en una manta. Entonces me senté en la vieja mecedora que Chris había bajado del ático, me puse a Cory en el regazo, cubriéndole de besos el rostro pálido y murmurándole al oído cariñosas tonterías, hasta hacerle reírse.

Si era capaz de reír, también lo sería de comer, le di de comer pedacitos de bocadillo y de beber sopa tibia y largos tragos de leche. Y, mientras hacía esto, me sentía envejecer. Miré a Chris por encima del hombro y me di cuenta de que también él estaba cambiando. Ahora sabíamos que había verdadero peligro en el ático, además de ir ajándonos por falta de luz del sol y aire fresco. Teníamos que hacer frente a amenazas mucho peores que los ratones y las arañas que se empeñaban en seguir vivos a pesar de todo lo que habíamos hecho para acabar con ellos.

Chris, solo, subió a grandes zancadas la escalera empinada que conducía al ático, y al entrar en el cuartito mostraba una expresión sombría. Yo seguí meciéndome, con Carrie y Cory en el regazo, y cantándoles una canción de cuna. De pronto, oí un ruido de martilleo arriba, un estruendo terrible que podría oír la servidumbre.

—Cathy —dijo Cory, muy bajo, mientras Carrie se adormecía—, no me gusta que mamá no esté ya con nosotros.

—Tienes una mamá, me tienes a mí.

—¿Eres tú igual que una mamá de verdad?

—Sí, creo que sí. Te quiero mucho, Cory, y eso es lo que son las mamás de verdad.

Cory se me quedó mirando con los ojos azules muy abiertos, para ver si lo decía de verdad o si estaba diciéndoselo solamente para contentarle. Y entonces sus bracitos me rodearon el cuello, y apretó la cabeza contra mi hombro.

—Tengo mucho sueño, mamá, pero sigue cantando.

Yo continuaba meciendo, y cantando bajo, cuando Chris bajó del ático, con cara de satisfacción.

—Ya nunca más volverá a cerrarse un baúl —declaró—, porque he roto todos los cerrojos, ¡y tampoco se cerrarán ya los armarios roperos!

Asentí.

Chris se sentó en la cama más cercana y se puso a seguir con los ojos el ritmo de la mecedora, escuchando la canción de cuna que yo no dejaba de cantar. Su rostro se sonrojaba y parecía turbado.

—Me siento como de sobra, Cathy, ¿te daría igual que me sentase yo el primero en la mecedora y luego vosotros tres os sentáis encima de mí?

Papá solía hacer aquello. Nos cogía a todos en su regazo, incluso a mamá. Sus brazos eran lo bastante largos y fuertes para abarcarnos a todos, y darnos la sensación más agradable y cálida de seguridad y amor, pero no estaba segura de que Chris pudiera hacer lo mismo.

Sentados todos en la mecedora, con Chris debajo, me fijé fugazmente en nuestra imagen, reflejada en el espejo del tocador, en el otro extremo del cuarto, y me invadió furtivamente una sensación extraña. Chris y yo parecíamos padres de juguete, versiones más jóvenes de papá y mamá.

—La Biblia dice que hay tiempo para todo —murmuró Chris, bajo, para no despertar a los gemelos—: tiempo de nacer, tiempo de plantar, tiempo de cosechar, tiempo de morir, y así sucesivamente, y éste es el tiempo de sacrificarnos nosotros. Más adelante, ya nos llegará el tiempo de vivir y divertirnos.

Volví la cabeza hacia él y la dejé caer sobre su hombro de muchacho, agradecida de verle siempre tan optimista, siempre tan animado. Era buena cosa tener siempre sus brazos fuertes y jóvenes en torno a mí, casi tan protectores y buenos como habían sido los de papá.

Y, además, Chris tenía razón. Nuestro tiempo feliz llegaría el día en que nos fuésemos de aquella habitación y bajásemos al piso de abajo, para asistir a un funeral.

VACACIONES

En el extremo del largo tallo de crisantemo apareció un solo brote, como un calendario vivo que nos recordase que tanto el Día de Acción de Gracias como Navidad se acercaban. Ésta era la única planta que nos quedaba viva todavía, y era, con mucho, la más preciada de nuestras posesiones. La bajábamos del ático para que pasara las noches caliente en el dormitorio, y todas las mañanas, Chris, que se levantaba el primero, iba corriendo a ver si el brote continuaba vivo. Luego Carrie subía también detrás de él, y se quedaba pegada a su lado, admirando la tenaz y valiente planta, que había salido victoriosa donde otras resultaron derrotadas. Miraban el calendario de la pared, para ver si un día estaba cercado de rojo, lo que sería indicio de que la planta necesitaba abono. Nunca se fiaban de su propio juicio, y venían a preguntarme a mí:

—¿Crees que debiéramos regar el crisantemo? ¿Te parece que tiene sed?

Nunca tuvimos ninguna cosa, viva o inanimada, sin ponerle un nombre, y la planta de «Crisantemo» estaba decidida a vivir. Ni Cory ni Carrie se fiaban de sus débiles fuerzas para subir el pesado tiesto a las ventanas del ático, donde la luz del sol llegaba, aunque fuese por poco tiempo. Se me permitió a mí subir «Crisantemo», pero Chris tenía que bajarla al dormitorio a pasar la noche. Y así, todas las noches, nos turnábamos, marcando el día con una gran X roja. Y ya habíamos cruzado así cien días.

Llegaron las lluvias frías, comenzaron a soplar los fieros vientos, y a veces una espesa niebla nos cortaba la luz solar de la mañana. Las ramas secas de los árboles rozaban la casa por la noche, despertándome, haciéndome contener el aliento, como en espera de que algo horrible entrara y me devorara.

Un día en que caía una catarata de lluvia que podría convertirse más tarde en nieve, mamá llegó sin aliento a nuestro dormitorio, trayendo consigo una caja llena de bonitos adornos de fiesta, para poner en la mesa el Día de Acción de Gracias, dándole así un aire de festividad. Traía también un mantel de brillante color amarillo y servilletas de lino color naranja, con cenefas.

—Mañana, tenemos invitados a comer —explicó, dejando la caja sobre la cama más cercana a la puerta, y volviéndose ya para irse—. Están asando dos pavos, uno para nosotros y otro para la servidumbre, pero, aunque no estarán listos a tiempo para que la abuela ponga algo en el cesto de la comida, no os preocupéis, porque no tengo la menor intención de dejar a mis hijos en un día de Acción de Gracias sin una fiesta digna de tal fecha; ya encontraré la manera de subiros algo de comida caliente, un poquitín de todo lo que comamos nosotros. Lo que haré será dar mucha importancia a servir yo misma a mi padre, y mientras preparo su bandeja, puedo guardar algo de la comida en otra bandeja para subírosla a vosotros. Vendré mañana hacia la una del mediodía.

Se marchó por la puerta como una ráfaga de viento, dejándonos llenos de feliz impaciencia de un gran banquete de comida caliente el día de Acción de Gracias.

Carrie preguntó:

—¿Qué es Acción de Gracias?

Cory respondió:

—Pues lo mismo que bendecir la mesa.

En cierto modo, tenía razón, y como había dicho algo por su propia iniciativa, no iba a aguársela con una crítica.

Mientras Chris mimaba a los gemelos en su regazo, sentado en los sofás y les hablaba del primer Día de Acción de Gracias, de hacía ya mucho tiempo, yo estaba ocupada, como cualquier ama de casa, en preparar una bonita mesa de día de fiesta. Había hecho, a modo de tarjeta, cuatro pavitos con las colas abiertas en abanico color naranja y amarillo, de plumaje hecho con papel calado. Teníamos dos velas de calabaza para encender, dos peregrinos, y otras dos velas en forma de peregrino, dos en forma de peregrina, y dos en forma de indios, pero la verdad era que no tenía la menor intención de encender aquellas velas tan bonitas y verlas consumirse hasta quedar reducidas a charquitos. Por ello, puse en la mesa velas corrientes, y de esta manera pude guardar las buenas para otras comidas de día de Acción de Gracias en que ya no estuviéramos allí encerrados. Escribí cuidadosamente nuestros nombres en los pavitos, y luego los abrí en abanico, colocándolos uno delante de cada plato. Nuestra mesa tenía una pequeña balda debajo, y allí es donde ponía los platos y los cubiertos. Después de cada comida, los lavaba en el cuarto de baño, en una palangana de plástico rosa. Chris secaba y luego ponía los platos en una vasija plana de goma debajo de la mesa hasta la comida siguiente.

Coloqué los cubiertos con el mayor cuidado, los tenedores a la izquieda, los cuchillos a la derecha, con las hojas dando a los platos, y, junto a los cuchillos, las cucharas. Nuestra porcelana era de Lennox, con un borde azul ancho, rematado con oro de veinticuatro quilates, todo lo cual estaba escrito en el lado de fuera del fondo. Mamá ya me había dicho que aquélla era una vajilla vieja que los criados no echarían de menos. Nuestros vasos, aquel día, altos, con tallo, y no pude menos de dar un paso atrás para admirar mi propia habilidad. Lo único que faltaba allí eran las flores; mamá habría debido acordarse de traernos flores.

Dio y pasó la una. Carrie se quejaba en voz alta:

—¡Vamos a comer ya, Cathy!

—Ten paciencia. Mamá nos va a traer unas cosas muy especiales, pavo y todo lo demás, y esto no será una comida, sino un banquete.

Mis tareas de ama de casa habían terminado, por el momento, y, en vista de ello, me eché tranquilamente en la cama para leer un poco más de *Lorna Doone*.

—Cathy, es que mi tripa ya no tiene más paciencia —dijo a su vez Cory, sacándome bruscamente de mediados del siglo XVII.

Chris estaba inmerso en un libro policíaco de Sherlock Holmes que no se resolvería hasta la última página, y yo me dije que sería maravilloso que los gemelos acallasen sus estómagos, cuya capacidad no pasaba de cien gramos, leyendo, como hacíamos Chris y yo.

—Cómete un par de uvas pasas, Cory.

—Ya no me tengo.

—No se dice así, se dice: ya no tengo, o ya no me quedan.

—Bueno, pues ya no me quedan, de verdad.

—Anda, cómete un cacahuete.

—Se acabaron los cacahuetes, ¿lo dije bien?

—Sí —suspiré—; pues cómete una galleta.

—Carrie se comió la última que quedaba.

—Carrie, ¿por qué no repartiste las galletas con tu hermano?

—Es que entonces no las quería.

Las dos. Y ahora todos estábamos muertos de hambre. Habíamos acostumbrado a nuestros estómagos a comer a las doce en punto. ¿Qué le pasaba a mamá que tardaba tanto? ¿Sería que iba a comer ella primero y luego traernos la comida a nosotros? No era eso lo que nos había contado.

Un poco después de las tres, mamá entró apresuradamente, con una enorme bandeja de plata cargada de platos cubiertos. Llevaba un vestido de lana color azul marino, y el pelo echado para atrás, cogido abajo, en la nuca, con un broche de plata. ¡Qué guapa estaba!

—Ya sé que estaréis hambrientos —comenzó a excusarse apenas entró—. Pero es que mi padre cambió de idea y en el último momento decidió venir al comedor en silla de ruedas y comer con nosotros. —Nos miró, con una sonrisa como acosada—. Has puesto la mesa preciosa, Cathy, lo has hecho todo justo como había que hacerlo, ah, perdonad, se me olvidaron las flores, y la verdad es que no debía haberlas olvidado. Tenemos nueve invitados, todos hablándome a mí todo el tiempo y haciéndome mil preguntas, que dónde he estado todo este tiempo, y no sabéis lo difícil que me ha resultado entrar en la despensa, aprovechando que John no me miraba, a pesar de que parece que tiene ojos en la espalda, y no sabéis la de veces que tuve que entrar y salir. Los invitados deben de haber pensado que soy muy grosera, o tonta, pero menos mal que pude llenaros los platos y esconderlos, y luego volver a comer a toda prisa y sonreír a todo el mundo y comer un poquitín, y volverme a levantar diciendo que tenía que ir al tocador a darme polvos. Tuve que contestar a tres llamadas telefónicas que me había hecho yo misma desde la línea particular que tengo en mi dormitorio, y tuve que disimular la voz, de modo que nadie se diese cuenta, y lo que quería era traeros un poco de pastel de calabaza, pero John ya lo había cortado y puesto en los platos de postre, de modo que ya veis que no me fue posible, porque habría notado la falta de cuatro porciones.

Nos mandó un beso con los dedos, dedicándonos al tiempo una sonrisa deslumbrante, pero apresurada, y desapareció por donde había venido.

¡Santo cielo, la verdad era que le complicábamos la vida a la pobre, se la complicábamos sin duda alguna!

Corrimos a la mesa, a comer.

Chris inclinó la cabeza y bendijo la mesa con una prisa que no debió impresionar mucho a Dios aquel día, precisamente aquel día, en que sus oídos tenían que estar hartos de escuchar oraciones más elocuentes:

—Gracias, Señor, por esta tardía comida de día de Acción de Gracias. Amén.

Yo sonreía para mis adentros, porque era muy propio de Chris el ir al grano, es decir, hacer de anfitrión y repartir la comida en los platos que le íbamos tendiendo uno a uno. Dio a «Remilgado» y a «Escogida» una tajada de carne blanca de pavo por cabeza y un poco de verdura y una ensalada que tenía una bonita forma de molde. Las porciones que me tocaban a mí eran algo más grandes, y, como es natural, se sirvió a sí mismo el último... enormes cantidades, porque, después de todo, él era quien más lo necesitaba, para su cerebro.

Chris parecía hambriento. Se metía en la boca enormes pedazos de puré de patatas que estaban casi fríos.

Todo estaba casi frío, la ensalada de gelatina estaba empezando a reblandecerse y la lechuga que tenía debajo estaba ajada.

—¡No nos gusta la comida fría! —chilló Carrie, mirando su bonito plato, en el que sus delicadas porciones estaban cuidadosamente distribuidas en círculo. Una cosa que no se le podía negar a Chris es lo cuidadoso que era.

Se habría podido pensar que la señorita «Escogida» tenía delante serpientes y gusanos, a juzgar por su manera de fruncir el ceño a su plato, y el señor «Remilgado» imitaba perfectamente la expresión de desagrado de su hermana.

Sinceramente, me sentía apenada por la pobre mamá, que había hecho tales esfuerzos por traernos una comida caliente verdaderamente buena, y había echado a perder la suya propia como resultado de ello, pasando por tonta a ojos de los invitados, encima, y ahora, para acabar de rematarlo todo, aquellos dos no querían comer nada, después de haberse pasado tres horas quejándose y diciéndonos lo hambrientos que estaban. Cosas de niños.

El intelectual que teníamos delante cerró los ojos para saborear mejor las delicias de aquella comida distinta: comida deliciosamente preparada, y no la merienda hecha de cualquier manera que nos traían a toda prisa a las seis de la mañana, aunque, para ser justos con la abuela, hay que reconocer que nunca nos olvidaba. Tenía que levantarse a oscuras para que no se diesen cuenta el cocinero ni las doncellas, e ir a la cocina a prepararla.

Chris entonces hizo una cosa que me sorprendió de veras.

Estaba muy bien educado y sabía que no está bien pinchar una enorme tajada de carne blanca de pavo y metérsela entera en la boca, pero eso fue lo que hizo, ¿que podría pasarle?

—No se come así, Chris, es un mal ejemplo para ya sabes tú quienes.

—No me están mirando —replicó, con la boca llena—. Y yo estoy muerto de hambre. Nunca he tenido tanta hambre en toda mi vida, y todo esto sabe muy bien.

Cuidadosamente, corté mi trozo de pavo en pedacitos y me los fui metiendo en la boca para enseñar al animal que tenía delante cómo había que comer.

Tragué uno y luego dije:

—Pues me da pena tu mujer, cuando la tengas, ya verás cómo se divorcia en menos de un año.

Él siguió comiendo, sordo y mudo a todo lo que no fuese saborear su comida.

—Cathy —dijo Carrie—, no digas esas cosas a Chris, a nosotros no nos gusta la comida fría, de modo que no la comemos.

—Mi mujer me querrá tantísimo que se sentirá encantada de poder recoger mis calcetines sucios, y, tú, Carrie y Cory, bien que os gusta el cereal frío con uvas pasas, de modo que a comer se ha dicho.

—No nos gusta el pavo frío... y esa cosa marrón que hay encima de las patatas parece algo rara.

—Esa cosa marrón se llama salsa, y está buenísima, y a los esquimales les encanta la comida fría.

—Cathy, ¿es verdad que a los esquimales les encanta la comida fría?

—No lo sé, Carry. Pero supongo que se la comerán, porque si no se morirían de hambre.

La verdad era que, por mucho que lo pensaba, no acababa de entender qué tendrían que ver los esquimales con el Día de Acción de Gracias.

—Oye, Chris, ¿no podrías haber dicho algo más apropiado? ¿Qué tienen que ver con esto los esquimales?

—Los esquimales son indios, y los indios forman parte de la tradición del Día de la Acción de Gracias.

—Ah —repliqué.

—Tú sabes, naturalmente, que el continente norteamericano solía estar unido a Asia —dijo, entre dos bocados—. Los indios llegaron de Asia, y a algunos les gustaban tanto la nieve y el hielo que se quedaron, mientras otros, que tenían más sentido común, continuaron su camino hacia el Sur.

—Cathy, ¿qué son esos terrones y bultos que parecen jalea?

—Pues es ensalada de arándano, y los terrones son arándanos enteros, y los bultos son nueces de pacana, y la cosa blanca es crema amarga.

Y la verdad es que estaba muy bueno; tenía también pedacitos de piña.

—No nos gusta la cosa esa abultada y aterronada.

—Carrie —dijo Chris—, estoy empezando a cansarme de tu no me gusta esto y lo otro y lo de más allá. ¡Haz el favor de comer!

—Tu hermano tiene razón, Carrie, los arándanos son deliciosos, y las nueces también. A los pájaros les gustan muchísimo las bayas, y a ti te gustan los pájaros, ¿no?

—Los pájaros no comen bayas, comen arañas y otros bichos muertos, que los hemos visto nosotros, ¿verdad que los hemos visto? Los cogían de las cunetas y se los comían sin masticarlos, y nosotros no podemos comer lo que comen los pájaros.

—¡Cállate la boca y come! —ordenó Chris, con la boca llena.

Pues aquí estábamos los cuatro, con la mejor comida posible, aunque estuviese fría, una comida como no habíamos visto desde que nos vinimos a vivir a esta casa odiosa, y lo único que se les ocurría hacer a los gemelos era ponerse a mirar sus platos, y hasta aquel momento todavía no habían comido nada.

Y Chris, por el contrario, se estaba comiendo todo lo que tenía delante, como un cerdo que ha ganado el primer premio en una feria campesina.

Los gemelos probaron el puré de patatas con salsa de setas. Las patatas «tenían muchos granos», y la salsa era «rara». Probaron el relleno del pavo, que estaba verdaderamente exquisito, y declararon que tenía «bultos» y «granos», y era «raro».

—¡Pues comeos entonces los boniatos! —casi les grité—. Fijaos, los bonitos que son, son muy suaves porque los han batido, y les han añadido alteas y a vosotros las alteas os gustan mucho, y, además, tienen sabor de zumo de limón y de naranja.

Y pedí a Dios que no notasen las nueces de pacana «abultadas».

Me figuro que los dos, sentados uno enfrente del otro, convirtiendo remilgadamente la comida en un verdadero puré, se avinieron, al final, a comer un poco de lo que tenían en el plato.

Mientras Chris esperaba con impaciencia a poder comer el postre, que era pastel de calabaza o de carne picada con frutas, yo me puse a quitar la mesa, y entonces, por alguna razón que no se me alcanzaba, Chris se levantó y se puso a ayudarme. ¡No podía creerlo! Me miró, sonriéndome de manera desconcertante, y hasta me besó en las mejillas. Y, la verdad, si la buena comida es capaz de transformar de tal manera a los hombres, valía la pena ser buena cocinera. Llegó incluso a levantarse los calcetines antes de ponerse a ayudarme a lavar y secar los platos, los vasos y los cubiertos.

Diez minutos más tarde, Chris y yo lo teníamos todo cuidadosamente guardado bajo la mesa y cubierto con un paño limpio, y entonces los gemelos anunciaron, los dos al mismo tiempo:

—¡Tenemos hambre! ¡Nos duele el estómago!

Chris siguió leyendo, sentado a la mesa. Yo me levanté de la cama dejando a un lado *Lorna Doone* y, sin decir una sola palabra, puse delante de cada uno de los gemelos un bocadillo de pasta de cacahuetes tostados y jalea que había sacado del cesto de la comida.

Se lo comieron a bocaditos, y yo volví a echarme en la cama, mirándolos con sorpresa. ¿Cómo podía gustarles aquella porquería? Ser padres, desde luego, no era tan fácil como yo solía pensar, ni tampoco tan agradable.

—Cory, no te sientes en el suelo, que hace más frío que en la silla.

—No me gustan las sillas —replicó Cory, y sin más se puso a estornudar.

Al día siguiente, Cory estaba resfriado. Tenía la carita toda roja y caliente. Se quejaba de que le dolía todo el cuerpo y los huesos también.

—Cathy, ¿dónde está mamá, mi mamá de verdad?

Estaba impaciente por ver a su madre, y ésta acabó por llegar.

En cuanto vio el rostro enrojecido de Cory, se puso muy inquieta, y corrió a buscar el termómetro. Por desgracia, volvió seguida por la odiada abuela.

Con el fino termómetro de cristal en la boca, Cory se quedó mirando a su madre como si fuera un ángel dorado que hubiese venido a salvarle en un momento de angustia. Y yo, su madre de mentirijillas, quedé olvidada.

—Querido, niñito mío —le decía, con voz suave, cogiéndole de la cama y llevándolo a la mecedora, donde se sentó y se puso a darle besos en la frente—. Aquí me tienes, queridín, te quiero mucho, te cuidaré y ya verás cómo haré que se quite el dolor; tú come lo que te den y bebe el zumo de naranja como un buen niño y enseguida te pondrás bueno.

Le volvió a llevar a la cama y estuvo acariciándole antes de meterle la aspirina en la boca y darle agua para que se la tragara. Sus ojos azules estaban arrasados en lágrimas de inquietud y sus manos blancas y finas se agitaban con nerviosismo. Yo la observaba fijamente y veía cerrarse sus ojos y sus labios moverse como si estuviera rezando en silencio.

Dos días más tarde, Carrie estaba también en cama, junto a Cory, estornudando y tosiendo como él, y su temperatura subía con alarmante rapidez, lo bastante para inquietarme a mí. También Chris parecía asustado. Agitados y pálidos los dos estaban echados, uno junto al otro, en la enorme cama, con los deditos bien cogidos a la colcha, que les llegaba hasta la barbilla.

Parecía que fuesen de porcelana, pues estaban blancos como la cera, y sus ojos azules se iban haciendo cada vez más grandes a medida que se les hundían en el rostro. Se veían sombras oscuras bajo sus ojos, lo que les daba una apariencia fantasmal. Cuando nuestra madre no estaba en el cuarto, aquellos dos pares de ojos nos pedían en silencio a Chris y a mí que hiciésemos algo, cualquier cosa, con tal de que sus miserias acabasen de una vez.

Mamá se tomó una semana de vacaciones en la academia de secretarias para poder pasar el mayor tiempo posible con los gemelos. Lo que no me gustaba nada era que la abuela considerase necesario acompañarla cada vez que venía a vernos. Siempre estaba metiendo la nariz donde nadie la llamaba, y dándonos consejos que nadie le pedía. Ya nos había dicho que no existíamos, y que no teníamos derecho a estar vivos en la tierra del Señor, que es solamente para los que son santos y puros, como ella. ¿Vendría únicamente a angustiarnos más de lo que ya estábamos y a quitarnos el consuelo de tener a nuestra madre con nosotros?

El susurro de sus amenazadores vestidos grises, el sonido de su voz, el machaqueo de sus pesados pies, la vista de sus grandes manos pálidas, suaves y gruesas, relucientes de anillos de diamantes, y de un color marrón pecoso, como moribundo... ¡Oh, Dios, sí, la verdad era que bastaba mirarla para sentir odio!

Y luego estaba mamá, que ahora venía a vernos con frecuencia, haciendo todo lo que estaba en sus manos para curar a los gemelos. También había sombras en sus ojos, cuando daba aspirinas y agua a los gemelos, y zumo de naranja y caldo de pollo.

Una mañana, mamá entró apresuradamente trayéndonos un enorme termo de zumo de naranja que acababa de exprimir.

—Es mejor que zumo congelado o en lata —explicó—. Contiene vitamina C y A, y eso es bueno para los resfriados.

Se puso a decirnos a Chris y a mí lo que teníamos que hacer, explicándonos que teníamos que darles el zumo con frecuencia.

El termo lo guardamos en la escalera del ático, donde, en invierno, hacía tanto frío como en cualquier frigorífico.

Una sola mirada al termómetro, recién salido de los labios de Carrie, bastó para transformar la actitud serena de mamá en un pánico desbordado.

—¡Santo cielo! —gritó, angustiada—. ¡Treinta y nueve! ¡Hay que llamar al médico, o llevarla al hospital!

Yo estaba junto al pesado aparador, cogida a él con una mano, y haciendo ejercicios con los pies, como solía hacer ahora todos los días, ya que el ático era demasiado frío en invierno para mis prácticas de ballet. Eché una mirada rápida a mi abuela, tratando de observar su reacción en este caso.

La abuela no tenía ninguna consideración con gente que perdía el control y lo dramatizaba todo.

—No digas tonterías, Corrine, todos los niños tienen fiebre cuando están malos, eso no quiere decir absolutamente nada, y debías saberlo ya a estas alturas, un resfriado no es más que eso: un resfriado.

Chris levantó la cabeza del libro que estaba leyendo. Él pensaba que lo que tenían los gemelos era gripe, aunque no conseguía explicarse cómo habrían podido contraer el virus.

La abuela siguió:

—¿Qué saben los médicos cuando se trata de curar un resfriado? Nosotras sabemos tanto como ellos. Sólo se pueden hacer tres cosas: estar en la cama, beber mucho líquido y tomar aspirinas. ¿Qué otra cosa se puede hacer? ¿Y no estamos haciéndolas todas? —me dirigió una mirada ruin y nerviosa—. Y tú deja de mover las piernas, niña, que me estás poniendo nerviosa. —Volvió a dirigir sus miradas y sus palabras a nuestra madre—. Y, te diré una cosa: mi padre solía decir que los resfriados tardan tres días en llegar, se quedan tres días y luego tardan otros tres en irse.

—Pero ¿y si lo que tienen es gripe? —preguntó Chris.

La abuela le volvió la espalda, haciendo caso omiso de la pregunta. No le gustaba el rostro de Chris, se parecía demasiado al de su padre.

—No me gusta la gente que debiera saber que no se pone en duda lo que dicen los mayores, que saben mucho más que ellos. Todo el mundo sabe cómo se portan los resfriados: seis días para llegar y quedarse, y tres más para irse. Así es como es, y se curarán.

Y, como había pronosticado la abuela, los gemelos se curaron, pero no en nueve días..., sino en diecinueve, y sin otra cosa que cama, aspirina y líquidos, sin recetas de médico que les ayudasen a recuperar su salud más rápidamente. Durante el día, los gemelos estaban en la misma cama, pero, de noche, Carrie dormía conmigo y Cory con Chris. No me explico cómo no se nos contagió también a Chris y a mí.

Toda la noche estuvimos subiendo y bajando, yendo por agua y por el zumo de naranja que estaba en las escaleras del ático. Los gemelos pedían pastas, llamaban a mamá, y pedían algo que les descongestionase la nariz, se agitaban y se movían constantemente, débiles y nerviosos, preocupados por cosas molestas que no sabían explicar más que abriendo mucho los ojos llenos de miedo, que me desgarraban el corazón. Preguntaban cosas estando enfermos que, cuando estaban buenos, no preguntaban nunca..., ¿no era raro eso?

—¿Por qué estamos aquí arriba todo el tiempo?

—¿Es que abajo se ha ido?

—¿Se fue al esconderse el sol?

—¿No nos quiere mamá nunca?

—No nos quiere ya —le corregí yo.

—¿Por qué están peludas las paredes?

—¿Es que están peludas? —pregunté a mi vez.

—También Chris está peludo.

—Es que Chris está cansado.

—¿Estás cansado, Chris?

—Un poco. Me gustaría que os durmieseis los dos y dejarais de hacer tantas preguntas. Y la pobre Cathy está cansada también. A nosotros nos gustaría también dormirnos, y saber que vosotros también estáis dormidos como dos lirones.

—No somos lirones.

Chris suspiró, cogió en brazos a Cory y se lo llevó a la mecedora, y en seguida Carrie y yo fuimos a sentarnos también en su regazo. Estuvimos meciéndonos y contándonos cuentos, hasta las tres de la madrugada. Otras noches permanecíamos leyéndonos cuentos hasta las cuatro. Y, si los gemelos se ponían a llorar y a llamar a mamá, como hacían constantemente, Chris y yo hacíamos de padres y nos ingeniábamos por calmarlos con canciones de cuna. Nos mecíamos tanto que las tablas del suelo crujían, y alguien, abajo, podría haberlo oído.

Y todo el tiempo escuchábamos el viento que soplaba por las colinas, raspaba las ramas esqueléticas de los árboles y chillaba contra la casa y murmuraba cosas sobre la muerte y el estertor, y aullaba, gemía, sollozaba por entre las rendijas y trataba por todos los medios de hacernos ver que no estábamos seguros.

Leímos tanto en voz alta, cantando tanto, lo mismo Chris como yo, que acabamos enronqueciendo y sintiéndonos enfermos también nosotros por la fatiga. Todas las noches rezábamos, arrodillados, pidiendo a Dios que se curaran pronto los gemelos.

—Por favor, Dios, devuélvenoslos como estaban antes.

Llegó un día en que la tos comenzó a ceder, y sus párpados insomnes se cerraron, por fin, dominados por el sueño. Las manos frías y huesudas de la muerte habían buscado a nuestros pequeños, y no querían soltarlos, porque, los gemelos recuperaron la salud como a la deriva, lenta y tortuosamente. Cuando estuvieron «buenos», sin embargo, no eran los mismos niños robustos y vivaces de antes, y Cory, que antes hablaba poco, ahora hablaba menos todavía. Carrie, a quien tanto gustaba el ruido de su propia y constante charla, era ahora casi tan sombría como Cory. Yo ahora los veía tan silenciosos que con frecuencia echaba de menos nostálgicamente aquella charla incesante, como de pájaro, que sostenían con muñecas, camiones, trenes, barcos, almohadas, plantas, zapatos, vestidos, calzoncillos, juguetes, rompecabezas y juegos.

Les miré la lengua y me pareció pálida y blanca. Atemorizada, me puse a mirar las dos caritas, una junto a la otra, sobre la almohada. ¿Por qué había querido que creciesen y se comportasen en consonancia con su verdadera edad? Esta larga enfermedad les había hecho mayores muy rápidamente. Había puesto círculos oscuros en torno a sus grandes ojos azules, robándoles el color saludable que antes tenían. La fiebre alta y la tos les había dado una expresión como de sensatez, un aire a veces astuto, de gente vieja y cansada, de gente que se tiende y le da igual que el sol salga o se ponga, o que se ponga de una vez y no vuelva a salir. Me asustaban: sus rostros fantasmales me hacían pensar en la muerte.

Y durante todo este tiempo el viento seguía soplando.

Por fin se levantaron y comenzaron a ir despacio por el cuarto. Sus piernas, antes tan rollizas y sonrosadas y tan amigas de saltar y retozar, parecían ahora tan débiles como si fueran de paja. Ahora, en vez de volar, parecían preferir arrastrarse, y sonreír en lugar de reír.

Agobiada, me eché en la cama y me puse a pensar. ¿Qué podíamos hacer Chris y yo para devolverles su antiguo encanto infantil?

Pero la verdad era que no podíamos hacer nada, aunque los dos habríamos dado nuestra salud para devolverles la suya.

—¡Vitaminas! —exclamó mamá cuando Chris y yo nos esforzábamos por explicarle las malsanas diferencias que se notaban en nuestros gemelos—. Lo que necesitan es vitaminas, ni más ni menos, y vosotros también. A partir de ahora, tenéis que tomar todos una pastilla de vitaminas diaria. —Al mismo tiempo que decía esto, su mano fina y elegante se levantaba para esponjarse el halo de su brillante y cuidadosamente peinado cabello.

—¿Es que el aire fresco y la luz del sol se toman en pastillas? —pregunté, subiéndome a una cama cercana y mirando con la mayor hostilidad de que era yo capaz a una madre que no quería darse cuenta de lo que realmente necesitábamos—. Aunque tomemos una pastilla de vitaminas diaria, ¿crees que eso nos dará la magnífica salud que teníamos cuando vivíamos normalmente y pasábamos la mayor parte del tiempo al aire libre?

Mamá iba de color rosa, y el color rosa le hacía parecer guapísima. Le sonrosaba las mejillas y daba a su cabello un color sonrosado.

—Cathy —me dijo, mirándome protectora, al tiempo que trataba de ocultar las manos—, ¿por qué siempre tratas de hacerme las cosas tan difíciles? Hago lo que puedo, créeme que lo hago. Y, por supuesto, si quieres que te diga la verdad, claro que se puede tomar con las vitaminas la buena salud que da el aire libre, ésa es la razón de que fabriquen tantas vitaminas, para que te enteres.

Su indiferencia me encogía más todavía el corazón. Mis ojos se volvieron, fulgurantes, hacia Chris, que tenía la cabeza muy baja, oyendo todo esto, pero sin decir nada.

—¿Cuánto tiempo más va a durar nuestro encarcelamiento, mamá?

—Poco tiempo, Cathy, sólo un poco de tiempo más, créeme.

—¿Un mes más?

—Posiblemente.

—¿Y no podrías, de alguna manera, subir aquí sin que te vean y sacar a los gemelos fuera, y llevarlos de paseo en el coche? Podrías arreglártelas para que no te vieran los criados. Pienso que eso sería un gran remedio para ellos. Chris y yo nos podemos quedar aquí.

Mamá dio media vuelta y miró a mi hermano mayor, para ver si estábamos los dos conchabados, pero la sorpresa que leyó en su rostro nos delató.

—¡Claro que no! ¡Es un riesgo que no puedo correr! En esta casa hay ocho criados, y aunque viven apartados de la casa principal, siempre hay alguno asomado a la ventana, y me oirían poner el coche en marcha. Como son curiosos, se fijarían en la dirección que tomara.

Mi voz se hizo fría.

—Entonces, ten la bondad de ver si puedes traer fruta fresca, sobre todo plátanos. Ya sabes lo que les gustan los plátanos a los gemelos, y no han comido ninguno desde que llegamos aquí.

—Mañana os traeré plátanos. A vuestro abuelo no le gustan.

—¿Y qué tiene eso que ver?

—Pues que por eso no los compran.

—Pero tú vas todos los días a la academia de secretarias, y podrías detenerte a comprarlos, y también más cacahuetes y uvas pasas. ¿Por qué no, también, una caja de palomitas de maíz de vez en cuando? ¡Te aseguro que no les hará daño en los dientes!

Asintió contenta, y luego lo corroboró de palabra.

—¿Y qué querrías para ti? —preguntó.

—¡Libertad! Quiero salir de aquí, estoy harta de vivir en un cuarto cerrado, quiero que los gemelos salgan de aquí, quiero que Chris salga de aquí, quiero que alquiles una casa, que robes una casa, pero, como sea, lo que quiero es ¡salir de esta casa!

—Cathy —se puso a rogarme—, estoy haciendo lo que puedo. ¿No os traigo regalos siempre que vengo? ¿Qué os falta, aparte de plátanos? ¡Anda, dímelo!

—Nos prometiste que estaríamos aquí muy poco tiempo, y ya han pasado dos meses.

Abrió las manos, en un ademán de súplica.

—¿Qué quieres? ¿Que mate a mi padre?

Moví la cabeza, como entumecida.

—¡La vas a dejar en paz! —explotó Chris en cuanto hubo cerrado la puerta a su diosa—. ¡Está haciendo todo lo que puede por nosotros! ¡Deja de agobiarla! ¡Lo extraño es que venga todavía a vernos, a pesar de lo que la atosigas con tus eternas preguntas, como si no te fiases de ella! ¿Cómo puedes saber lo que está sufriendo? ¿Crees que está contenta sabiendo que sus cuatro hijos están encerrados en una habitación, jugando en el ático?

Con una persona como nuestra madre, era difícil averiguar lo que pudiera estar pensando y sintiendo en un momento dado. Su expresión era siempre la misma: serena, tranquila, aunque con frecuencia mostraba aspecto fatigado. Su ropa era nueva y cara y era raro que la viéramos dos veces con el mismo vestido, pero igualmente era cierto que nos traía también a nosotros mucha ropa nueva y cara. A nosotros nos daba igual vestir de una forma que de otra, porque nadie nos veía, aparte de la abuela, y la verdad era que habríamos podido ir andrajosos, lo cual, por cierto, a ella le habría hecho sonreír de alegría.

No subíamos al ático cuando llovía o nevaba. Ni siquiera en días buenos, cuando soplaba el viento o gruñía ferozmente, aullando o irrumpiendo por entre las rendijas de la vieja casa.

Una noche, Cory se despertó y me dijo:

—Anda, Cathy, dile al viento que se vaya.

Me bajé de la cama, y Carrie, que estaba profundamente dormida, echada de costado, se deslizó por entre las sábanas para ponerse al lado de Cory, y yo le abracé muy fuerte. ¡Pobre cuerpecito delgado, tan ansioso de ser querido por su verdadera madre... y no teniéndome más que a mí! Parecía muy pequeño, muy frágil, como si aquel viento violento pudiera llevárselo por delante. Metí la cara por entre su pelo rubio y rizado, limpio y oloroso, y lo besé allí, como solía hacer cuando era un bebé y yo empezaba a cambiar mis muñecas por niños vivos.

—No puedo echar el viento, Cory, sólo Dios puede hacer eso.

—Entonces dile a Dios que a mí no me gusta el viento —musitó él, soñoliento—, di a Dios que el viento quiere entrar a cogerme.

Le acerqué más a mí, apretándole mucho contra mí... ¡Nunca, lo que se dice nunca, dejaré al viento que me quite a Cory!, pero me di cuenta de lo que quería decir.

—Cuéntame un cuento, Cathy, y así me olvidaré del viento.

Yo había inventado un cuento que le gustaba mucho a Cory, y era sobre un mundo fantástico donde había niños pequeños que vivían en una casita muy hogareña y agradable, con unos padres que eran mucho, pero mucho más grandes, y lo bastante fuertes como para asustar a las cosas terroríficas. Era una familia de seis personas, con una huerta en la parte trasera de la casa, donde había árboles gigantescos con columpios y en el que crecían flores de verdad, la clase de flores que sabían que no tenían que morirse hasta el otoño y volver a nacer en la primavera. Había un perro que se llamaba *Trébol* y un gato que se llamaba *Percal*, y un pájaro amarillo que cantaba en una jaula de oro el día entero, y todo el mundo allí quería a todo el mundo, y nadie pegaba nunca a nadie, ni le azotaba, ni le gritaba, ni se cerraba con llave puerta alguna, ni se corrían nunca las cortinas.

—Cántame una canción, Cathy, que me gusta mucho que me cantes para que me duerma.

Le cogí en mis brazos, bien abrigadito, y me puse a cantarle canciones escritas por mí con música que había oído tararear a Cory una y otra vez..., la música de su propia mente. Era una canción que trataba de quitarle el miedo que le infundía el viento, y quizá librarme también a mí de mis propios temores. Fue mi primer intento de escribir poesía:

Oigo el viento que sopla por la colina,
me habla cuando la noche está tranquila,
me habla al oído,
palabras que nunca he escuchado,
aunque se encuentre en mi cercanía.

Siento la brisa cuando me llega desde el mar
levantar mi cabello, mi piel acariciar,
nunca me coge la mano
para mostrarme que es mi hermano,
nunca me toca con tierno afán.

Algún día subiré por esta colina,
encontraré otro día,
alguna voz que palabras que he de oír me diga,
si habrá un año más en mi vida...

El pequeño se había quedado dormido en mis brazos, respirando de manera reposada, sintiéndose seguro. Al otro lado de su cabeza, Chris estaba echado con los ojos abiertos cuan grandes eran, fijos en el techo. Cuando terminó mi canción, sus ojos se encontraron con los míos. Su decimoquinto cumpleaños había llegado y pasado, con un pastel comprado en la confitería y helado para indicar que se trataba de un día especial. Obsequios que teníamos todos los días, o casi todos. Y ahora tenía una máquina de fotografiar, y un reloj de pulsera nuevo y mejor. Estupendo, maravilloso, pero, ¿cómo podía contentarse con tan poco?

¿No se daba cuenta de que nuestra madre ya no era la misma? ¿No se daba cuenta de que ya no venía a vernos todos los días? ¿Era tan crédulo que se creía todo lo que decía ella, todas las excusas que nos daba?

Nochebuena. Ya llevábamos cinco meses en Villa Foxworth, y ni una sola vez habíamos bajado a los pisos bajos de aquella enorme casa, y tanto menos salido de ella. Nos ateníamos a las regulaciones: bendecíamos la mesa todas las veces que nos sentábamos a comer, nos arrodillábamos para decir nuestras oraciones junto a la cama todas las noches, nos comportábamos con decencia en el cuarto de baño, nuestros pensamientos eran limpios, puros, inocentes..., y sin embargo, me parecía a mí que, día a día, nuestras comidas iban perdiendo en calidad.

Me convencía a mí misma que no importaba mucho perderse por una vez las compras de Navidad. Ya habría otras Navidades y seríamos ricos, ricos, ricos, y entonces podríamos entrar en las tiendas y comprarnos todo lo que se nos antojara. Sería maravilloso vernos con nuestra magnífica ropa, con nuestros elegantes modales, nuestras voces suaves y elocuentes que indicarían al mundo que éramos personas de calidad..., personas muy especiales..., personas amadas, queridas, necesarias.

Claro es que Chris y yo sabíamos que Santa Claus no existía en realidad, pero sentíamos verdadero interés en que los gemelos creyesen en Santa Claus y no se perdieran la preciosa ilusión de ese sujeto simpático y gordinflón que iba por el mundo entero a toda prisa, entregando a todos los niños exactamente lo que querían, aun cuando no supieran que era precisamente lo que querían hasta que lo tenían en las manos.

¿Qué sería de la niñez sin creer en Santa Claus? ¡Desde luego, no la clase de niñez que quería para nuestros gemelos!

Hasta para los que estaban encerrados, Navidad era una época llena de ocupaciones, hasta para los que empezaban a desesperarse y dudar, incluso a desconfiar. Chris y yo, en secreto, habíamos estado haciendo cosas para regalárselas a mamá, aunque la verdad era que mamá no necesitaba nada, y también para los regalos de los gemelos: animalitos suaves y rellenos que cosíamos cuidadosa y monótonamente a mano, rellenándolos de algodón. Yo hacía los bordados de las cabezas antes de rellenarlos, y luego, en el cuarto de baño, cuando nadie me veía, le hacía a Chris un gorro de punto, de lana color escarlata, que era cada vez más grande; pienso que a mamá se le había olvidado enseñarme a tomar medidas.

Y, de pronto, a Chris se le ocurrió una idea completamente tonta y horrible:

—Vamos a hacerle también un regalo a la abuela. La verdad es que no es justo olvidarla a ella. Después de todo, nos trae comida y leche, y quién sabe si un regalito, por modesto que sea, no será lo que hace falta para conquistar su afecto. Y nuestras vidas serían mucho más agradables si nos tratase mejor.

Fui lo bastante tonta como para pensar que podría dar resultado, y nos pasamos horas y horas haciendo un regalo para una vieja bruja que nos odiaba. Durante todo aquel tiempo no había pronunciado nuestros nombres ni una vez siquiera.

Extendimos una pieza de lino color canela en un marco, a manera de bastidor, le pegamos cuidadosamente piedrecitas de diversos colores y luego cordoncillo dorado y marrón. Cada vez que nos equivocábamos, lo corregíamos con el mayor cuidado, a fin de que no se diese cuenta. La abuela tenía que ser una verdadera perfeccionista, de esas que fruncen el entrecejo al primer defecto que ven. Por eso no podríamos darle nada más ni nada menos que el producto de nuestros esfuerzos más concienzudos.

—Ya ves —repetía Chris—, pienso, de verdad, que vamos a poder ganarnos su afecto. Después de todo, es nuestra abuela, y la gente cambia, nadie sigue igual todo el tiempo. Mientras mamá hace lo posible por ganarse a su padre, nosotros tenemos que hacer cuanto podamos por conquistar a su madre, y aunque la verdad es que a mí evita mirarme, a ti sí que te mira.

A mí, la verdad, no me miraba, se limitaba a ver mi cabello; no sé por qué motivo, pero la verdad era que le atraía mucho mi pelo.

—Acuérdate, Cathy, de que nos dio crisantemos. —Y en esto Chris, desde luego, tenía razón, y era más que nada.

Al atardecer, cuando ya comenzaba a oscurecer, entró mamá en nuestro cuarto con un árbol de Navidad de verdad, en una pequeña tina de madera. Era un abeto balsámico, nada hay que más huela a Navidad. El vestido de lana de mamá era de un color rojo vivo, muy ajustado, que mostraba todas sus curvas, las mismas que yo esperaba llegar a tener algún día. Reía mucho y estaba alegre, haciéndonos a nosotros sentirnos también felices mientras nos ayudaba a colgar del árbol pequeños adornos y lucecitas que también nos había traído. Nos dio cuatro medias, que tendríamos que colgar en los postes de la cama para que Santa Claus las encontrase allí y nos las llenase de regalos.

—El año que viene, en esta misma fecha, estaremos ya viviendo en nuestra propia casa —nos dijo, y yo me lo creí.

—Sí —añadió mamá, sonriendo, causándonos gran alegría—, el año que viene, en esta misma fecha, la vida estará llena de alegría para todos nosotros. Dispondremos de dinero en abundancia para comprar una estupenda casa, que será nuestra, y podréis tener todo lo que se os antoje. Ya veréis cómo enseguida os olvidáis de esta habitación y del ático. Y también olvidaréis todos los días que habéis resistido aquí tan valientemente, será igual que si no hubieran existido nunca.

Nos besó, y nos dijo que nos quería mucho. La vimos marcharse, no nos sentimos abandonados esta vez, como antes. Llenaba por completo nuestras miradas, todas nuestras esperanzas y nuestros sueños.

Mamá entró de noche, mientras dormíamos, y por la mañana, al despertarnos, vimos las medias llenas hasta rebosar. Y había muchos más regalos amontonados debajo de la mesita donde estaba el árbol, y también en todos los lugares de la habitación donde había sitio libre se veían juguetes para los gemelos, que eran demasiado grandes y difíciles de envolver.

Mis ojos y los de Chris se encontraron. Él me guiñó el ojo, sonrió, luego se bajó de un salto de la cama y cogió los cascabeles de plata que estaban fijos a riendas de plástico y los sacudió vigorosamente.

—¡Felices Pascuas! —gritó—. ¡Venga, todo el mundo a despertarse! ¡Venga, tú, Carrie, y tú, Cory, holgazanes dormilones, a abrir los ojos se ha dicho, despertaos y mirad todo esto, venid a ver lo que os ha traído Santa Claus!

Fueron saliendo muy lentamente de sus sueños, frotándose los ojos adormilados y mirando con incredulidad todos aquellos juguetes, todos los paquetes, tan bien envueltos y con sus nombres en etiquetas, las medias llenas de dulces, nueces, pastas, frutas, chicle, palitos de menta, Santas Claus de chocolate...

¡Dulces de verdad, por fin! Dulces duros, de esos de colores que se distribuyen en las fiestas del colegio y la iglesia, los mejores dulces para estropearnos los dientes, pero ¡qué más daba, lo importante era que tenían aspecto y sabor de Navidad!

Cory, sentada en la cama, parecía deslumbrada, y sus pequeños puños se frotaban los ojos, como si estuviera demasiado sorprendido para poder decir nada.

Pero Carrie siempre tenía algo que decir.

—¿Cómo dio Santa Claus con nosotros?

—Es que Santa Claus tiene la vista mágica —explicó Chris, levantando a Carrie en volandas y subiéndosela al hombro; y luego alargó el brazo para hacer lo mismo con Cory.

Estaba haciendo lo mismo que habría hecho papá, y, al verlo, sentí que los ojos se me llenaban de lágrimas.

—Santa Claus nunca deja a un niño sin regalos a propósito —dijo Chris—. Y, además, él sabía que estabais aquí, ya me encargué yo de decírselo, porque le escribí una carta muy larga, dándole nuestra dirección y también una lista de las cosas que queríamos y que era así de larga.

¡Qué gracia, pensé, porque la lista de lo que queríamos los cuatro era muy corta y bien sencilla: queríamos salir de allí, queríamos ser libres!

Me sentía avergonzada y contrita por todas las cosas ruines y feas que había pensado. Esto es lo que pasa cuando se quiere tener todo al mismo tiempo, y cuando no se tiene ni paciencia ni fe.

Chris se volvió hacia mí, interrogante:

—¿Es que no piensas levantarte? ¿Es que vas a estarte ahí el día entero? ¿Ya no te gustan los regalos?

Mientras Cory y Carrie deshacían los paquetes, Chris corrió hacia mí y me alargó la mano.

—Anda, Cathy, ven y pásalo bien en la única Navidad de tu vida en que tendrás doce años. Haz que estas Navidades sean únicas, distintas de todas las que todavía quedan por ver en el futuro.

Llevaba un pijama arrugado, de color rojo con listas blancas, y su pelo rubio se esponjaba locamente. Yo vestía un camisón rojo de lana y tenía el pelo largo más despeinado que el suyo. Puse mi mano en la suya, cálida, y reí. Después de todo, la Navidad, se esté donde se esté, y en cualesquiera circunstancias, es siempre un día en el que hay que pasarlo bien. Abrimos todo lo que estaba empaquetado, y nos probamos la ropa nueva sin dejar de llenarnos la boca de dulces antes de desayunar. Y Santa Claus nos había dejado una nota en la que nos advertía que escondiésemos los dulces, no fuera que los viese quien nosotros sabíamos. Después de todo, los dulces son malos para los dientes, aunque sea Navidad.

Me senté en el suelo, con mi preciosa bata nueva de terciopelo verde. Chris tenía también una bata nueva de franela roja, que hacía juego con su pijama. Yo les puse a los gemelos sendas batas de color azul vivo. No creo que pudiese haber en el mundo cuatro niños más felices que nosotros aquella mañana temprano. Las chocolatinas eran increíblemente buenas, y sabían tanto más buenas precisamente por estar prohibidas. Era divino tener aquel chocolate en la boca y sentirlo deshacerse poco a poco, mientras cerraba los ojos para notar mejor el sabor. Y miré y vi que Chris también había cerrado los suyos. Era curioso ver a los gemelos comer su chocolate con los ojos abiertos de par en par, tan llenos de sorpresa.

¿Es que se les había olvidado que existían los dulces? Se diría que sí, porque parecía que tuviesen el paraíso en la boca. Cuando oímos a alguien hurgar en la cerradura, escondimos los dulces a toda prisa debajo de la cama más cercana.

Era la abuela. Entró sin hacer ruido, con la cesta de la comida. La puso sobre la mesa de juego. No nos deseó «Felices Pascuas», ni dijo siquiera buenos días, ni sonrió o mostró de manera alguna que aquél era un día distinto de los demás. Y no podíamos dirigirle la palabra hasta que ella nos la dirigiera a nosotros.

A desgana y con temor, aunque también con grandes esperanzas, descolgué el paquete largo, envuelto en fino papel metálico rojo que habíamos quitado de uno de los paquetes de regalos de mamá, y que contenía nuestra obra de arte, en la que los cuatro habíamos cooperado para hacer una versión infantil del perfecto jardín. Los viejos baúles del ático nos habían dado materia prima de buena calidad, como, por ejemplo, seda muy fina para hacer mariposas color pastel que se cernían sobre flores brillantes de hilo. ¡Cuánto interés había puesto Carrie en hacer mariposas de púrpura con topos rojos, porque a ella le gustaba el rojo y el púrpura! Y lo cierto era que si había en el mundo una mariposa más bonita, no podría estar viva, sería, sin duda, la que había hecho Cory, amarilla, con manchas verdes y negras y ojillos diminutos de piedrecitas rojas. Nuestros árboles estaban hechos de cordoncillo pardo, junto con diminutas piedrecitas color canela que parecían corteza, y con las ramas graciosamente entrelazadas para que pájaros de colores vivos pudieran subirse a volar entre las hojas. Chris y yo habíamos sacado plumas de almohadas viejas, mojándolas en acuarela y secándolas, y sirviéndonos de un viejo cepillo de dientes para peinar los hilos enredados, de modo que volvieran a estar bonitos otra vez.

Quizá sea vanidad decir que nuestra obra de arte mostraba indicios de verdadero talento artístico y mucha habilidad e imaginación. La composición era equilibrada y, con todo, tenía ritmo y estilo... y un encanto que a nuestra madre, cuando se la mostramos, le llenó los ojos de lágrimas, y tuvo que volvernos la espalda para no hacernos llorar también a nosotros. Sí, ciertamente, aquel jardín era la cosa más artística que habíamos hecho hasta entonces.

Temblorosa, llena de temor, esperé a dárselo hasta que tuviese las manos vacías. Como la abuela nunca miraba a Chris y los gemelos le tenían tanto miedo que se encogían delante de ella, era a mí a quien correspondía darle el regalo..., y la verdad era que no conseguía mover los pies. Chris me dio un golpe brusco con el codo.

—Anda —murmuró—, se va a ir del cuarto dentro de un momento.

Yo tenía los pies clavados en el suelo y el paquete largo y rojo en las manos. La postura misma parecía más bien propia de una ofrenda en sacrificio, y es que no resultaba fácil darle nada, pues ella tampoco nos había dado a nosotros otra cosa que hostilidad, y estaba al acecho del momento en que pudiera causarnos dolor.

Y aquella mañana de Navidad consiguió proporcionarnos verdadero dolor, sin necesidad de látigo o cuerda.

Yo quería saludarla como es debido, diciendo: «Felices Pascuas, abuela, queremos hacerte un regalito. No tienes necesidad de darnos las gracias, no nos costó nada hacerlo, es un pequeño recuerdo para que veas lo que te agradecemos la comida que nos traes a diario y el techo que nos has dado.» Pero no, eso no valía, porque pensaría que era sarcasmo si se lo decía así. Sería mejor decir así: «Felices Pascuas, esperamos que te guste este regalo. Lo hemos hecho entre los cuatro, hasta Cory y Carrie, y podrás tenerlo de recuerdo cuando ya no estemos nosotros aquí, así te acordarás de que lo hicimos para ti.»

El hecho mismo de verme cerca de ella con el regalo en las manos la sorprendió.

Despacio, con los ojos valientemente fijos en los suyos, le tendí nuestro regalo de Navidad. No quería rogar con los ojos. Lo que quería era que lo tomase y le gustase, y nos diese las gracias, aunque fuera con frialdad. Quería que aquella noche se acostase pensando en nosotros, diciéndose que, después de todo, no éramos tan malos. Quería que dirigiese y saborease todo el trabajo que nos había costado su regalo, y quería que se preguntase a sí misma si nos había tratado bien o mal.

Sus ojos, de manera más intimidadoramente fría y desdeñosa, se fijaron en la caja larga que habíamos envuelto en papel rojo. Encima había una ramita de acebo artificial y un gran lazo plateado, con una tarjeta que decía: A la abuela de Chris, Cathy, Cory y Carrie.

Sus ojos color gris piedra se quedaron fijos en la tarjeta el tiempo necesario para leer lo que ponía en ella. Luego se levantaron y miraron fijamente a los míos, llenos de esperanza, suplicantes, que mendigaban ser convencidos de que no éramos, como a veces yo temía, malos. Los ojos volvieron a fijarse en la caja, y luego, deliberadamente, nos volvió la espalda. Sin decir una palabra, salió del cuarto a grandes zancadas, cerrando la puerta de golpe y echando luego la llave. Me quedé en medio de la habitación, con el producto de tantas largas horas de trabajo, en busca de la perfección y la belleza, en la mano.

¡Tontos!, eso es lo que habíamos sido, ¡completamente tontos!

¡Nunca ganaríamos su afecto! Siempre pensaría que éramos progenie del demonio. Para ella, verdaderamente, no existíamos.

Y eso dolía, claro que dolía. Me dolía el cuerpo entero, hasta los pies desnudos, y mi corazón era como una pelota hueca que enviaba sensaciones de dolor por todo el pecho. A mis espaldas, oía la respiración áspera de Chris, y los gemelos empezaron a gimotear.

Era el momento de portarse como una persona mayor, y no perder la serenidad, como mamá, que sabía conservarla tan bien y con tanto efecto. Yo imitaba los movimientos y las experiencias de mamá, hablaba como hablaba ella, sonreía como sonreía ella, de una manera lenta y seductora.

¿Y qué hice en aquel momento para mostrar mi madurez? ¡Pues tirar el paquete al suelo! ¡Ponerme a jurar, diciendo palabras que nunca había dicho en voz alta hasta entonces! ¡Levantar el pie y pisotear el regalo, oyendo la caja de madera crujir!, ¡gritar! Furiosa, salté con ambos pies sobre el regalo, pisoteándolo y saltando hasta oír romperse el bello marco viejo que habíamos encontrado en el ático, volviéndolo a pegar y arreglándolo hasta hacerlo parecer casi nuevo. Sentía que odiaba a Chris por haberme convencido de que podríamos conseguir el afecto de una mujer de piedra, y también a mamá por habernos colocado en aquella situación. Debiera haber conocido mejor a su padre, y haberse puesto a vender zapatos en una tienda, indudablemente tenía que haber podido hacer otra cosa que lo que había hecho.

Ante un ataque tan salvaje y frenético como el mío, el marco seco se hizo astillas, todo nuestro trabajo estaba deshecho, completamente deshecho.

—¡Para! —gritó Chris—. ¡Podemos guardarlo para nosotros!

Y entonces me incliné, llorando, y cogí las mariposas de seda que Cory y Carrie habían hecho con tanto cuidado, con tanto esfuerzo inútil por colorear las alas de manera tan viva. Mariposas color pastel que yo iba a conservar toda mi vida.

Chris me cogió en sus brazos mientras yo sollozaba, y trató de consolarme con palabras paternales:

—No te preocupes, no importa lo que haga. Nosotros teníamos razón y ella no. Nosotros hicimos lo nuestro; ella no hizo nada.

Nos sentamos, silenciosos, en el suelo, rodeados ahora de nuestros regalos. Los gemelos estaban en silencio, con los ojos llenos de dudas, queriendo jugar con sus juguetes, pero sin decidirse, porque eran nuestros espejos y siempre reflejaban nuestras emociones, las que fuesen. La pena que me daba verles así me puso de nuevo dolorida. Tenía doce años, y alguna vez debía empezar a aprender a comportarme de acuerdo con mi edad, y no perder la serenidad ni ser como una carga de dinamita, siempre lista para estallar.

Mamá entró en el cuarto, sonriendo y deseándonos felices Pascuas. Traía más regalos, entre otras cosas, una enorme casa de muñecas que había sido suya en otros tiempos..., y de su odiosa madre.

—Este regalo no es de Santa Claus —dijo, dejando la casa en el suelo con gran cuidado, y ahora, lo juro, no quedaba en todo el cuarto una sola pulgada libre—: Éste es mi regalo para Cory y Carrie.

Los abrazó a los dos, los besó en las mejillas y les dijo que ahora podrían «jugar a las casas» y «jugar a los papás» y «jugar a los amos de casa», igual que jugaba ella cuando tenía cinco años.

Si se dio cuenta de que ninguno de nosotros parecía realmente entusiasmado con aquella estupenda casa de muñecas, la verdad es que no lo aparentó. Riendo y rebosante de alegre simpatía, se arrodilló en el suelo y se apoyó en los talones, para contarnos lo mucho que había querido ella aquella casa de muñecas.

—Y, además, vale mucho dinero —decía, llena de entusiasmo—. Bien vendida, esta casa de muñecas valdría una verdadera fortuna. Solamente las muñecas de porcelana de miniatura con articulaciones móviles no tienen precio, y tienen la cara pintada a mano. Las muñecas están construidas en proporción a la casa, como también los muebles, los cuadros, todo. La casa fue hecha a mano por un artista que vivía en Inglaterra. Cada silla, mesa, cama, lámpara, araña, es una reproducción auténtica de una pieza antigua, y el artesano tardó doce años en terminarla.

»Mirad cómo se abren y se cierran las puertas, están perfectamente montadas, mejor, creo yo, que las de esta casa en que estamos —prosiguió—, y todos los cajones se pueden sacar y meter. Y hay una llavecita para cerrar este escritorio, y fijaos cómo las puertas se corren y se empotran en la pared, se llaman puertas de bolsillo. Ojalá esta casa tuviese también puertas de éstas, y la verdad es que no sé por qué se pasaron de moda. Y, fijaos, las molduras talladas a mano que hay junto al techo, y el friso de madera del comedor y la biblioteca, y los libros diminutos que hay en los estantes, ¡y, aunque no lo creáis, con un microscopio se podrían leer!

Nos mostró, con dedos cuidadosos y diestros, todos los fascinantes atractivos de una casa de muñecas que sólo pueden llegar a tener los hijos de la gente muy rica.

Chris, naturalmente, tuvo que sacar un libro diminuto y acercárselo mucho a los ojos, estrábicos, para ver si podía leer por sí solo unas letras tan pequeñas que sólo con microscopio se distinguían. (Había un tipo muy especial de microscopio que Chris deseaba llegar a poseer algún día... y yo esperaba ser la persona que se lo diese.)

No pude menos de admirar la habilidad y la paciencia que habían sido necesarias para construir muebles tan pequeños. Había un piano de cola en el cuarto de estar de aquella casa de estilo isabelino. El piano aparecía cubierto por un chal de seda de Paisley, bordeado en oro. Había florecitas de seda en la mesa del comedor y pequeñas frutas de cera en un cuenco de plata en el aparador. Del techo colgaban dos arañas de cristal, y tenían velas de verdad. En la cocina había criados con delantal, preparando la comida, y un mayordomo con librea, en la puerta principal, esperaba a los invitados, mientras en el cuarto de estar había damas bellamente ataviadas en pie frente a señores muy serios.

Arriba, en el cuarto de los niños, había tres niños y un bebé en la cuna, con los brazos abiertos, esperando a ser sacado en volandas. En la parte trasera de la casa había una tejavana, ¡y en ella una magnífica carroza! ¡Y en el establo había dos caballos! ¡Santo cielo! ¿Cómo era posible que manos humanas pudieran hacer cosas tan pequeñas? Mis ojos se fijaban en las ventanas, observando las delicadas cortinas blancas y los pesados cortinones, y los platos que había en la mesa del comedor, y la plata, y los cacharros de todo tipo que había en las alacenas de la cocina, y todo ello tan diminuto que no era mayor que guisantes algo grandes.

—Cathy —dijo mamá, rodeándome con sus brazos—, fíjate en esta alfombrita, es persa, hecha de seda pura. La que hay en el comedor es oriental.

Y así continuó, elogiando las virtudes de aquel notable juguete.

—¿Cómo puede parecer tan nuevo, siendo tan viejo? —pregunté.

—Cuando pertenecía a mi madre, se guardaba en una enorme caja de cristal, y ella podía mirarla, pero no tocarla, y cuando me la dieron a mí, mi padre cogió un martillo y rompió la caja de cristal, y me permitió jugar con ella, pero a condición de que jurase, con la mano sobre la Biblia, no romper nada.

—¿Y lo juraste y rompiste algo? —preguntó Chris.

—Sí, lo juré, y, sí, rompí algo. —Bajó la cabeza tanto que ya no le veíamos los ojos—. Había un muñeco más, que era un muchacho muy guapo... y se le cayó el brazo cuando trataba de quitarle el abrigo. Me azotaron, y no sólo por romper el muñeco, sino por haber querido ver lo que tenía debajo de la ropa.

Chris y yo estábamos sentados, en silencio, pero Carrie se animó, mostrando gran interés en las graciosas muñequitas, con sus ropas extrañas y llenas de color. La que más le gustaba era el bebé en la cuna, y, en vista del interés que mostraba su hermana, Cory se acercó también, con intención de investigar a su vez los numerosos tesoros de aquella casa de muñecas.

Fue entonces cuando mamá se fijó en mí:

—Cathy, ¿por qué tenías un aire tan serio cuando entré yo? ¿Es que no te gustan los regalos?

Como no sabía qué contestar, lo hizo Chris por mí.

—Está triste porque la abuela rechazó el regalo que le habíamos hecho. —Mamá me acarició el hombro, evitando mirarme a los ojos, y Chris siguió hablando—. Y gracias por todo, recordaste a Santa Claus todo lo que queríamos que nos trajese; gracias, sobre todo, por la casa de muñecas. Pienso que los gemelos lo van a pasar con ella mejor que con ninguna otra cosa.

Me fijé en los dos triciclos que servían para que los gemelos los montasen en el ático y reforzasen sus débiles piernecitas pedaleando. Había también patines para Chris y para mí, que solamente podríamos usar en la clase del ático. La clase estaba aislada contra el ruido, porque tenía paredes de mortero y suelo de madera, lo que la hacía más hermética, por lo que al ruido se refiere, que el resto del ático.

Mamá se levantó, sonriendo misteriosamente al irse. Al llegar a la puerta, nos dijo que volvería en un minuto, y fue entonces cuando nos trajo el mejor de todos los regalos, ¡un aparato de televisión portátil!

—Mi padre me dio esto para que lo pusiera en mi dormitorio, pero yo en seguida me di cuenta de que a vosotros os gustaría mucho más, de modo que ahora ya tenéis una verdadera ventana para ver el mundo por ella.

Aquéllas eran precisamente las palabras que yo necesitaba para que mis esperanzas salieran volando hasta el cielo.

—¡Mamá! —grité—. ¿Te ha hecho tu padre un regalo caro? ¿Quiere eso decir que ahora ya te quiere? ¿Te ha perdonado por casarte con papá? ¿Podemos ya bajar al piso de abajo?

Sus ojos azules se oscurecieron de nuevo, turbados, y no había en ellos alegría cuando nos dijo que sí, en efecto, su padre ahora la trataba mejor, y la había perdonado por sus pecados contra Dios y la sociedad, pero a continuación dijo algo que me hizo saltar el corazón hasta casi tocar la garganta:

—La semana que viene mi padre va a decir a su abogado que me incluya en su testamento; hasta esta casa será mía cuando muera mi madre, y no piensa dejarle a ella dinero porque ya ha heredado una fortuna de sus propios padres.

El dinero... el dinero a mí me daba igual. ¡Lo que yo quería era salir de allí! Y, de pronto, me sentí muy feliz, tan feliz que rodeé con los brazos el cuello de mamá, le besé la mejilla y la abracé muy fuerte. ¡Santo cielo, aquél era el mejor día que pasaba desde que habíamos llegado a aquella casa..., y, de repente, recordé que mamá no había dicho nada de bajar al piso de abajo todavía, pero ya estábamos camino de la libertad!

Nuestra madre se sentó en la cama y nos sonrió con los labios, pero no con la boca. Reía de algunas cosas tontas que dijimos Chris y yo, pero su risa era frágil y dura, no era en absoluto la clase de risa habitual en ella.

—Sí, Cathy, me he convertido en la hija modosa y obediente que vuestro abuelo siempre quiso tener. Él habla, y yo obedezco, él manda, y yo salto. Por fin he conseguido contentarle. —Se detuvo bruscamente y miró por las ventanas dobles a la luz pálida que lucía más allá—. La verdad es que he conseguido contentarle hasta tal punto que va a dar una fiesta esta noche para volver a presentarme a mis viejos amigos y a la gente bien de esta zona. Va a ser una cosa muy bien hecha, muy elegante, porque mis padres lo hacen todo muy por lo alto cuando dan una fiesta. Ellos no beben, pero no les importa servir copas a los que no temen el infierno. Por tanto, se servirá de todo, y también habrá una pequeña orquesta para bailar.

¡Una fiesta! ¡Una fiesta de Navidad! ¡Con una orquesta para bailar! ¡Y con servicio! Y a mamá la volvían a poner en el testamento. ¿Es que podía pasar algo más maravilloso que aquello?

—¿Podemos verlo? —gritamos Chris y yo, casi al mismo tiempo.

—Tendréis que estaros muy callados.

—Nos esconderemos y nadie nos verá.

Rogamos y rogamos hasta que mamá ya no pudo resistir más nuestros ruegos. Nos llevó aparte a Chris y a mí, a un rincón alejado, para que los gemelos no pudieran oírnos, y murmuró:

—Hay un sitio donde podréis esconderos los dos, y

mirar, pero no puedo arriesgarme a dejar que vayan también los gemelos. Son demasiado pequeños para que nos podamos fiar de ellos, y no pueden estarse quietos más de dos segundos seguidos; Carrie, probablemente, se pondría a dar gritos de alegría y llamaría la atención de todo el mundo, de modo que me tenéis que dar vuestra palabra de honor de que no les vais a decir nada.

Se lo prometimos. No, claro que no les diríamos nada, incluso sin necesidad de prometer silencio. Queríamos demasiado a nuestros pequeños gemelos para herir sus sentimientos contándoles lo que se perdían.

Cantamos villancicos después de marcharse mamá, y el día pasó con bastante alegría, aunque no había en el cesto de la comida nada especial: bocadillos de jamón, que a los gemelos no les gustaban, y rebanadas de pavo frío, que estaban todavía heladas, por haber sido sacadas del frigorífico. Restos del día de Acción de Gracias.

Como el atardecer llegaba enseguida, estuve la mayor parte del tiempo mirando la casa de muñecas, donde Carrie y Cory estaban jugando muy contentos con los muñequitos de porcelana y las inapreciables miniaturas.

Era divertido lo mucho que se podía aprender de objetos inanimados que antes habían sido propiedad de una niña pequeña, que había tenido permiso de mirarlos pero nunca de tocarlos. Y luego llegó otra niña pequeña, y le dieron la casa de muñecas, y rompieron la caja de cristal, para que *pudiera* tocar los objetos que había en su interior y así poder castigarla en cuanto rompiera algo.

Me invadió un pensamiento que me dio escalofríos: me pregunté qué romperían Carrie y Cory, y cuál sería su castigo.

Me introduje un poco de chocolate en la boca, endulzando así el amargor de mis pensamientos malvados y erráticos.

LA FIESTA DE NAVIDAD

Fiel a su palabra y no mucho después de que los gemelos se quedaran profundamente dormidos, mamá entró sin hacer ruido en nuestro dormitorio. Parecía tan guapa que mi corazón se llenó de orgullo y admiración, y también con algo de envidia. Su largo vestido de noche llevaba una falda de gasa verde ondeante; el corpiño era de terciopelo de un verde más oscuro, con un escote muy bajo, que permitía ver buena parte del pecho. Debajo de los paños de la ligera gasa verde había trillas muy finas y relucientes. De sus orejas colgaban largos y centelleantes pendientes de diamantes y esmeraldas. Su perfume me recordaba un jardín perfumado, con olor a almizcle, en una noche iluminada por la luna en algún lugar del Oriente. No es de extrañar que Chris se la quedara mirando como deslumbrado. Yo suspiré, melancólica, ¡Oh, Dios, que sea yo también así algún día... que tenga también esas curvas turgentes que tanto admiran los hombres!

Y cuando se movía, los paños de gasas flotaban en el aire como alas, sacándonos, como si fuesen guías, de aquel lugar semioscuro y confinado por primera vez. Fuimos por los salones oscuros y vastos del ala norte, siguiendo de cerca los talones plateados de mamá, que murmuraba:

—Hay un lugar donde solía esconderme de pequeña, para ver las fiestas de los mayores sin que lo supieran mis padres. Resultará un poco estrecho para los dos, pero es el único sitio donde os podéis esconder y ver bien. Ahora tendréis que prometerme que no haréis ruido, y si os entra sueño, podréis escabulliros de allí y volver a vuestro cuarto sin que os vea nadie; de modo que recordad bien cómo hemos venido.

Nos dijo que no estuviéramos allí mirando más de una hora, porque los gemelos se asustarían si se despertaban y se encontraban solos, y entonces a lo mejor se les ocurría salir solos al vestíbulo a buscarnos, y Dios sabía lo que podría pasar en tal caso.

Nos metió en el interior de una enorme mesa oscura y alargada, con puertecilla debajo. El lugar era incómodo y hacía mucho calor, pero se podía ver bastante bien a través de la rejilla como de malla que había en su parte trasera.

Mamá, sin hacer ruido, se alejó.

Muy debajo de nosotros se veía un vasto salón muy iluminado con velas encajadas en los cinco candeleros de tres gigantescas arañas de cristal y oro pendientes de un techo que se hallaba a tal altura que no conseguíamos distinguirlo desde donde nos encontrábamos. Nunca había visto yo tantas velas encendidas al mismo tiempo, y su aroma, la manera de lucir aquellas llamitas vacilantes y de reflejarse en los refulgentes prismas de cristal, de esparcer y refractar rayos de iridiscencia en todas las joyas que llevaban las mujeres, convertía aquella escena en algo de ensueño, o, más bien en algo propio de un salón de baile claro y bien definido de película, ¡como un salón de baile donde podrían bailar el príncipe y la cenicienta!

Cientos de personas lujosamente ataviadas iban de un lado para otro, riendo, hablando; en un rincón, se levantaba un árbol de Navidad que era realmente indescriptible, pues tendría sin duda más de seis metros de altura, y todo él refulgía con miles de lucecitas que brillaban en todos los deslumbrantes adornos y cegaban la vista.

Docenas de criados, con uniformes rayados negros y rojos, deambulaban por todas partes en la sala de baile, llevando bandejas de plata cargadas de exquisitos canapés, que colocaban en largas mesas, donde una gigantesca fuente de cristal esparcía un líquido de color ámbar pálido sobre un cuenco de plata. Muchas personas se acercaban con vasos de largo tallo a recoger el líquido reluciente. Había otros dos grandes cuencos de plata con pequeñas tacitas que hacían juego, y los dos de tal tamaño que un niño podría bañarse en ellos. Era bello, elegante, emocionante, entusiasmante..., y daba gusto saber que la vida feliz continuaba existiendo todavía al otro lado de nuestra puerta cerrada.

—Cathy —murmuró Chris en mi oído—, ¡vendería mi alma al diablo por poder tomar un solo sorbo de esa fuente de cristal y plata!

Precisamente lo que yo había estado pensando.

Nunca me había sentido tan hambrienta, tan sedienta, tan privada de todo. Y, sin embargo, los dos nos sentíamos encantados, embebecidos y deslumbrados por todo aquel esplendor que la extremada riqueza podía comprar y mostrar. La pista donde se veían parejas bailando, tenía un pavimento dispuesto en diseños como de mosaico, y tan encerado que reflejaba como un espejo. Enormes espejos enmarcados en oro colgaban de las paredes, reflejando a los bailarines de manera que apenas era posible distinguir entre la realidad y su reflejo. La estructura de las numerosas sillas y sofás que había a lo largo de las paredes era de color dorado, y sus asientos y respaldos mullidos de terciopelo rojo o brocado blanco. Sillas francesas, naturalmente, ¡no tenían más remedio que ser Luis XIV o XV! ¡Increíble, increíble de verdad!

Chris y yo nos quedamos mirando a las parejas, que en su mayoría eran gente joven y guapa. Comentábamos sus ropas y peinados, y nos preguntábamos lo que serían entre sí. Pero más que a ninguna otra persona mirábamos a nuestra madre, que era el centro de la atención general y que bailaba sobre todo con un hombre alto y guapo, con el pelo negro y frondoso bigote. Era el que le había llevado vasos de tallo largo y un plato de comida, sentándose luego los dos en un diván de terciopelo a comer canapés y entremeses. Me dio la impresión de que estaban sentados demasiado juntos, y enseguida aparté los ojos de ellos, para mirar a los tres jefes de cocina que había detrás de las largas mesas, preparando algo que a mí me pareció como tortas finas y pequeñas salchichas que luego serían rellenadas. El aroma que emanaba de todo aquello llegaba hasta donde estábamos nosotros, y nos hacía la boca agua.

Nuestras comidas eran monótonas, aburridas: bocadillos, sopa y el eterno pollo frío y la sempiterna ensalada de patatas. Pero allí abajo teníamos un banquete de gourmets, con todo cuanto hay de delicioso. La comida allí abajo estaba caliente, mientras que la nuestra era raro que estuviese siquiera templada. Guardábamos la leche en la escalera del ático para que no se agriase, y, a veces, la encontrábamos cubierta de hielo. Si dejábamos el cesto de la comida en las escaleras del ático, los ratones bajaban furtivamente a roerlo todo.

De vez en cuando, mamá desaparecía con aquel hombre. ¿Adónde irían? ¿Qué irían a hacer? ¿Se besarían? ¿Estarían enamorándose el uno del otro? Hasta desde mi lugar alto y remoto, en aquella especie de armario de rejilla, me daba cuenta de que a aquel hombre le fascinaba mamá. No podía apartar la vista de ella, ni dejar de tocarla con las manos. Y cuando bailaba con una música lenta, la apretaba de tal manera que sus mejillas se tocaban. Cuando dejaban de bailar, él seguía con su brazo en torno a los hombros o la cintura de mamá, y una vez llegó incluso a tocarle el pecho.

Me dije entonces que le daría una bofetada en su bello rostro, ¡eso es lo que haría yo en su lugar!, pero lo que hizo, por el contrario, fue mirarle y reírse, y apartarle de un empujoncito, diciéndole algo que sería sin duda la advertencia de no hacer aquellas cosas en público. Y él sonreía y le cogió la mano, llevándosela luego a los labios, mientras sus ojos se encontraban larga y expresivamente, o así me parecía a mí al menos.

—Chris, ¿ves tú a mamá con ese hombre?

—Claro que los veo; se parece a papá.

—¿Te has fijado en lo que acaba de hacer?

—Están comiendo y bebiendo y riendo y hablando y bailando, como todo el mundo. Cathy, imagínate, cuando mamá herede todo ese dinero, podremos celebrar fiestas como éstas en Navidad, y en nuestros cumpleaños también. Nada, hasta podremos tener algunos de esos mismos invitados que hay aquí ahora. ¡Mandaremos invitaciones a nuestros amigos de Gladstone! ¡Imagínate la sorpresa que se llevarán cuando vean lo que hemos heredado!

Precisamente en aquel momento, mamá y aquel hombre se levantaron del diván y se fueron. Entonces fijamos nuestros ojos embelesados en la mujer más atractiva del grupo después de mamá, y la observamos, sintiendo pena por ella, porque, ¿cómo podía esperar competir con nuestra madre?

Y en aquel momento entró en el salón de baile nuestra abuela, sin mirar ni a derecha ni a izquierda y sin sonreír a nadie. Su vestido no era gris, y con él bastaba para dejarnos de una pieza. Era un vestido de noche, de terciopelo rojo rubí, ceñido por delante, pero amplio por atrás, y llevaba el cabello recogido en la parte superior de la cabeza y rizado de una manera compleja, con rubíes y diamantes esparcidos por el cuello, las orejas, los brazos y los dedos. ¿Quién habría podido pensar que aquella mujer tan impresionante que veíamos allí abajo era la misma y amenazadora abuela que nos visitaba todos los días?

A desgana tuvimos que confesarnos en susurros:

—La verdad, tiene un aspecto imponente.

—Sí. Muy impresionante. Como una amazona. Demasiado grandota.

—Una ruin amazona.

—Sí, una amazona guerrera, lista para luchar sólo con el brillo de sus ojos por arma. —Y la verdad era que no necesitaba ninguna otra.

Y entonces fue cuando vimos ¡a nuestro desconocido abuelo!

Me quitó el aliento el mirar hacia abajo y ver a un hombre que se parecía tantísimo a nuestro padre, si éste hubiese podido vivir el tiempo necesario para volverse viejo y frágil. Estaba sentado en una reluciente silla de ruedas, vestido de esmoquin y llevaba una camisa blanca, con rebordes negros. Su pelo, rubio y ralo, era casi blanco, y brillaba como la plata bajo tantas luces. Tenía la piel sin arrugas, por lo menos desde la altura de nuestro escondrijo. Chris y yo, asustados y al tiempo fascinados, no conseguíamos apartar los ojos de él, siguiéndole a todas partes, una vez que le hubimos visto.

Tenía aspecto frágil, pero aún resultaba sumamente atractivo para ser un hombre de sesenta y siete años y que estaba tan cerca de la muerte. De pronto, de una manera que nos pareció amenazadora, levantó la cabeza y miró hacia arriba, ¡directamente a nuestro escondite! ¡Durante un momento terrible, aterrador, nos dio la impresión de que sabía dónde estábamos, escondidos detrás de la rejilla de alambre! En sus labios afloraba una leve sonrisa. ¡Oh, santo cielo!, ¿qué significaría aquella sonrisa?

A pesar de todo, no parecía tan cruel como la abuela. ¿Sería realmente un tirano tan cruel y arbitrario como se decía? A juzgar por las sonrisas suaves y amables que dispensaba a todos los que se acercaban a saludarle y estrecharle la mano y acariciarle el hombro, se diría que era una persona bondadosa, un anciano como tantos otros, en una silla de ruedas, y que, en realidad, no parecía muy enfermo. Y, sin embargo, era quien había dado la orden de desnudar y azotar a nuestra madre desde el cuello hasta los talones, y mientras él miraba. ¿Y cómo podríamos perdonarle jamás tal cosa?

—No pensé que pudiera parecerse tanto a papá —susurré a Chris.

—¿Y por qué no? Papá era mucho más joven que su hermanastro. El abuelo era ya mayor cuando nació nuestro padre, y estaba ya casado, con dos hijos, antes de que naciese su hermanastro.

Éste era Malcolm Neal Foxworth, y allí abajo lo teníamos, el hombre que había echado de su casa a su madrastra, menor que él, y al hijo pequeño de ésta.

¡Pobre mamá! ¿Cómo censurarla por haberse enamorado de su tío, joven y tan guapo y encantador como papá? Con unos padres como los que ella misma nos había descrito, era natural que necesitase alguien a quien querer, y que necesitara ser amada a su vez, en correspondencia..., y lo mismo cabía decir de él. El amor llegó sin que nadie le llamase.

No se puede elegir a la persona de quien se ha de enamorar uno, las flechas de Cupido iban mal apuntadas. Y éstas eran las cosas que Chris y yo nos murmurábamos al oído.

Y, de pronto, nos hicieron callar los pasos y las voces de dos personas que se acercaban a nuestro escondite.

—Corrine no ha cambiado en absoluto —decía un hombre a quien no veíamos—. Sólo se ha vuelto más bella y mucho más misteriosa, es una mujer muy intrigante.

—Eso lo dices porque siempre te gustó, Al —respondía su acompañante, una mujer—. Lástima que se fijase en Christopher Foxworth y no en ti. Ahí tienes un hombre que era realmente distinto. Pero lo que me sorprende es que esa pareja de fanáticos de mentalidad estrecha hayan podido perdonar a Corrine por haberse casado con su tío.

—Tienen que perdonarla. No les resta más que ella, de tres hijos que tenían, de modo que no les queda más remedio que aceptar a la hija pródiga.

—¿Verdad que es curioso cómo se han arreglado las cosas? —preguntó entonces la mujer, con una voz espesa y gutural, de haber bebido demasiado—. Tres hijos... y sólo la despreciada, la borrada de su mente, queda ahora para heredar todo esto.

El hombre, medio bebido, emitió una risita:

—A Corrine no siempre la despreciaron tanto, ¿te acuerdas de cuánto la veneraba el viejo? Para él, Corrine nunca podía hacer nada malo, hasta que se escapó con Christopher, pero la bruja de su madre nunca soportó mucho a su hija. Quizá fuesen celos. Pero ¡menudo partido y menuda belleza se va a llevar Bartholomew Winslow! ¡Lo que siento es que no haya caído en mis manos! —comentó el invisible Al, con un deje melancólico en la voz.

—¡Por supuesto que lo sientes! —se burló, sarcástica, la mujer, dejando sobre nuestra mesa algo que sonaba como un vaso con hielo dentro—. Una mujer bella, joven y rica, es realmente un partido para cualquier hombre. Es un vino demasiado selecto para un mentecato como tú, Albert Donne. Corrine Foxworth no se fijaría nunca en ti, y, desde luego, no ahora, ni siquiera cuando eras joven. Además, quieras o no, me tienes a mí.

La discutidora pareja se alejó y sus palabras se hicieron inaudibles. Otras voces iban y venían, con el paso de las largas horas. Mi hermano y yo estábamos ya cansados de observar, y teníamos muchas ganas de ir al cuarto de baño, aparte de que nos preocupaban los gemelos, solos en el dormitorio. ¿Qué pasaría si alguno de los invitados entraba, por casualidad, en el cuarto prohibido y encontraba allí a los gemelos dormidos? Entonces, todo el mundo, incluido el abuelo, se enteraría de que nuestra madre tenía cuatro hijos.

Se congregó mucha gente en torno a nuestro escondite para reír, hablar y beber, y tardaron muchísimo en irse de allí y darnos la oportunidad de abrir la puerta de rejilla con grandes precauciones. Al no ver a nadie por allí, salimos a toda prisa y luego nos lanzamos atropelladamente en la misma dirección por donde habíamos venido. Sin aliento y jadeantes, y con la vejiga a punto de reventar, llegamos a nuestro refugio tranquilo y retirado sin haber sido vistos ni oídos.

Y los gemelos estaban igual que los habíamos dejado, profundamente dormidos, cada uno en su cama. Parecían idénticos, débiles de aspecto como muñecos pálidos... como solían parecer los niños hace mucho tiempo en las ilustraciones de los libros de Historia. No eran, en absoluto, niños de los que se ven hoy día, pero antes lo habían sido, ¡y juré que volverían a serlo!

Inmediatamente después, Chris y yo nos pusimos a discutir sobre quién iría el primero al cuarto de baño, y esta disputa se resolvió enseguida, porque me echó de un empujón sobre la cama y salió corriendo, cerrando de golpe la puerta del cuarto de baño y atrancándola, mientras yo pensaba, llena de irritación, que tardaba siglos en vaciarse la vejiga. ¡Por Dios bendito! ¿Cómo podía caberle tanto en ella?

Una vez satisfechas las exigencias naturales y las disputas, nos sentamos juntos para discutir sobre lo que acabábamos de ver y oír.

—¿Crees tú que mamá se va a casar con Bartholomew Winslow? —le pregunté, resumiendo así en pocas palabras todas mis eternas inquietudes.

—¿Y yo qué sé? —respondió Chris como sin detenerse a pensarlo—. Aunque, la verdad, se diría que todos piensan que sí, y, naturalmente, ellos tienen que conocer ese aspecto de mamá mejor que nosotros.

Me pareció raro lo que decía, ¿acaso nosotros, sus hijos, no conocíamos a nuestra madre mejor que nadie?

—Oye, Chris, ¿por qué dices eso?

—¿Qué cosa?

—Lo que acabas de decir, que los demás la conocen mejor que nosotros.

—La gente es muy complicada, Cathy, tiene muchas facetas. Para nosotros, nuestra madre no es más que eso, nuestra madre, pero, para los demás, una joven viuda bella y atractiva, que probablemente va a heredar una gran fortuna, y no es de extrañar que las polillas acudan en enjambres a volar en torno a la brillante llama que ella es.

¡Vaya! Se lo tomaba de manera tan indiferente, como si la cosa no tuviera la menor importancia, cuando yo sabía perfectamente que la tenía. Creía conocer muy bien a mi hermano. En su interior tenía que estar sufriendo, como también sufría yo, porque sabía que no quería que nuestra madre volviera a casarse. Le miré con mi mirada más intuitiva..., desde luego, no se sentía tan indiferente como quería aparentar, y eso me satisfizo.

Suspiré, diciéndome que me gustaría mucho verlo todo con optimismo, como él. En lo más profundo de mi mente pensaba que la vida me pondría siempre entre Escila y Caribdis, presentándome siempre ofertas sin posibilidad de alternativa. Tenía que cambiar, mejorar y volverme como Chris, eternamente optimista. Tenía que aprender a ocultar mis sufrimientos, como hacía él, tenía que aprender a sonreír y no fruncir el ceño, ni ser una verdadera clarividente.

Ya habíamos debatido Chris y yo la posibilidad de que nuestra madre volviera a casarse, y ninguno de los dos lo deseaba. Pensábamos que seguía perteneciendo a nuestro padre y queríamos que fuese fiel a su memoria, siempre constante en su primer amor. Y, si se volvía a casar, ¿qué sería de nosotros cuatro? ¿Querría el Winslow aquel, con su bello rostro y sus grandes bigotes, cuatro niños que no eran suyos?

—Cathy —dijo Chris, como pensando en voz alta—, ¿te das cuenta de que ésta es la mejor oportunidad posible para explorar la casa? La puerta de nuestro cuarto está abierta, los abuelos están abajo, mamá está ocupada; es la mejor oportunidad de averiguar todo lo que podamos sobre esta casa.

—¡No! —grité, asustada—. ¿Y si la abuela se entera? ¡Nos azotará hasta dejarnos sin pellejo a todos nosotros!

—Entonces, quédate tú aquí con los gemelos —replicó él, con sorprendente firmeza—. Si me cogen, que no me cogerán, seré yo quien cargue con toda la culpa y sufra los latigazos. Date cuenta de que algún día puede hacernos falta saber cómo escapar de esta casa —sus labios se curvaron en una sonrisa divertida—; además, me voy a disfrazar, por si me ven.

¿Disfrazarse? ¿Cómo?

Pero había olvidado la cantidad de ropa vieja que había en el ático. Chris estuvo arriba unos pocos minutos y bajó luego con un traje anticuado, de color oscuro, que no le estaba demasiado grande. Chris era alto para su edad. Se había cubierto la rubia cabellera con una vieja peluca oscura que había encontrado en un baúl. Si le veían con muy poca luz cabría la posibilidad de que le confundieran con un hombrecillo ¡con un hombre de aspecto realmente muy ridículo!

Me mostró su atuendo paseando garbosamente por el cuarto delante de mí, y luego se inclinó hacia delante y anduvo a grandes pasos, imitando a Groucho Marx, haciendo como que tenía un puro en la mano. Se detuvo justo frente a mí, sonriendo con timidez, al tiempo que se inclinaba profundamente y se quitaba un sombrero de copa invisible, con un amplio ademán de caballeroso respeto. No tuve más remedio que echarme a reír, y él se rió también, y no sólo con los ojos, irguiéndose luego para decirme:

—Y ahora, dime la verdad, ¿quién sería capaz de reconocer en este hombrecillo oscuro y siniestro a un miembro del gigantesco clan Foxworth?

¡Nadie, desde luego! Nadie había visto nunca a un Foxworth como aquél. Un tipo torpe, delgado y larguirucho, con facciones bien perfiladas y pelo oscuro, y un bigote mal dibujado. Ninguna de las fotografías del ático mostraba a nadie que se pareciese a aquella figura jactanciosa y fanfarrona.

—Bueno, vale, Chris, deja de lucirte. Anda, márchate y averigua lo que puedas, pero no te estés mucho tiempo por ahí, no me gusta estar aquí sin ti.

Se acercó a mí, murmurándome de una manera solapada y conspiratoria:

—Volveré, bella dama, y cuando vuelva traeré conmigo todos los secretos oscuros y misteriosos de esta casa inmensa, inmensa, vieja, vieja.

Y de pronto, cogiéndome por sorpresa, se lanzó sobre mí y me dio un beso en la mejilla.

¿Secretos? ¿Y había dicho él que yo tenía una tendencia a las exageraciones? ¿Qué le pasaba? ¿Es que acaso no sabía que los secretos éramos nosotros?

Yo me había bañado ya, me había lavado el pelo con champú y puesto el camisón para acostarme, como es natural, en una noche de Navidad, pues no podía irme a la cama con el mismo camisón de noches anteriores, sobre todo teniendo los nuevos que me habían traído Santa Claus. Era un camisón precioso, blanco, con las mangas largas y rematadas en las muñecas con volantes, adornado con cintilla de satén azul, y por todo el borde llevaba encaje, y plisado por la parte delantera y trasera del corpiño, con delicadas rositas rosas y hojitas verdes cuidadosamente bordadas. Era un camisón encantador, exquisitamente confeccionado, y me hacía sentirme bella y exquisita cuando lo llevaba puesto.

Chris me examinó de una ojeada desde el pelo hasta los dedos desnudos de los pies, que sobresalían apenas por debajo del largo camisón, y sus ojos me dijeron algo que nunca hasta entonces me habían dicho con la misma elocuencia. Se me quedó mirando a la cara, a mi cabello, que caía, como una cascada, hasta más abajo de la cintura, y que sabía que relucía de lo mucho que lo cepillaba a diario. Parecía impresionado y deslumbrado, como se había quedado mirando el pecho redondo de mamá sobre el corpiño de terciopelo verde.

Y no era de extrañar que me besara voluntariamente, porque la verdad era que yo parecía una princesa.

Se quedó un momento en la puerta, vacilando, mirándome todavía con mi camisón nuevo, y me di cuenta de que se sentía muy feliz haciendo el papel de caballero galante, protector de su bella dama, de los niños pequeños y de todos los que confiasen en su audacia.

—Ten cuidado hasta que yo vuelva —murmuró.

—Christopher —repliqué—, lo único que te falta es un caballo blanco y un escudo.

—No —volvió a murmurar—, un unicornio y una lanza, con la cabeza de un dragón verde en la punta, y entonces volvería al galope con mi reluciente armadura blanca, mientras la ventisca sopla en pleno mes de agosto y el sol está en el medio del cielo, y cuando desmonte tú estarías mirando a un caballero de cuatro metros de altura, de modo que haga usted el favor de dirigirse a mí con respecto, señora Catherine.

—Sí, señor mío, id y matad al dragón, pero no tardéis demasiado tiempo en volver, porque podría ser destruida por todas las cosas que me amenazan tanto a mí como a los míos en este castillo frío como la piedra, donde todos los puentes levadizos están levantados, y los rastrillos bajados.

—Hasta pronto —murmuró—, y no temáis, que pronto volveré a cuidar de vos y de los vuestros.

Estaba riéndome al acostarme junto a Carrie. El sueño era aquella noche un esquivo desconocido, y yo estaba pensando en mamá y en el hombre aquel, en Chris, en todos los muchachos, en todos los hombres, en las aventuras... y en el amor. Y mientras iba deslizándome suavemente en el sueño, acunada por la música que llegaba desde abajo, mi mano se levantó para tocar el pequeño anillo con un granate en forma de corazón que me regalara papá cuando sólo tenía yo siete años. Mi piedra de toque. Mi talismán, que ahora llevaba colgado de una finísima cadena de oro.

«Felices Pascuas, papá.»

LA EXPLORACIÓN DE CHRISTOPHER
Y SUS CONSECUENCIAS

De pronto, unas manos ásperas me cogieron por los hombros, sacudiéndome hasta despertarme. Alarmada, sobresaltada, me quedé mirando a una mujer a quien apenas reconocí como mi madre. Me miraba duramente, preguntándome con voz enfadada:

—¿Dónde está tu hermano?

Desconcertada por la manera en que me estaba hablando y mirando, tan desgobernada, me sentí intimidada ante tal ataque, y volví a un lado la cabeza para mirar la cama que había a tres pasos de distancia de aquella en que me encontraba. Estaba vacía. ¡Santo cielo, se había quedado por ahí demasiado tiempo!

¿Debía mentir? ¿Protegerle, decir que estaba en el ático? No, esta mujer era nuestra madre, que nos amaba; comprendería la situación.

—Chris fue a mirar las habitaciones de este piso.

La sinceridad era siempre lo mejor, ¿verdad?

Y a mamá nunca le contábamos mentiras, como tampoco nos las contábamos entre nosotros. Sólo a la abuela, y aún a ésta únicamente cuando no había más remedio.

—¡Maldito sea, maldito sea, maldito sea! —juró ella, al tiempo que el rostro se le enrojecía con un nuevo ataque de mal humor, dirigido contra mí.

Estaba claro que su precioso hijo mayor, a quien ella prefería a todo el mundo, nunca la traicionaría, de no ser inducido a ello por mi diabólica influencia. Me sacudió hasta que me sentí como una muñeca de trapo, con los ojos como estrábicos y dando vueltas.

—¡Por esto que habéis hecho, no os volveré a permitir nunca más a ti y a Chris salir de nuevo de esta habitación! ¡Los dos me disteis vuestra palabra, y ahora la habéis roto! ¿Cómo queréis que confíe en vosotros a partir de ahora? ¡Y yo que pensaba que podría confiar en vuestra palabra, que me queríais, que nunca me traicionaríais!

Mis ojos se abrieron más aún. ¿Es que la habíamos traicionado? Me sentía también muy asombrada de que pudiera conducirse como estaba haciéndolo, hasta el punto de que se podría decir que era ella quien estaba traicionándonos a nosotros.

—Mamá, no hemos hecho nada malo. Nos estuvimos muy callados en la mesa. La gente iba y venía a nuestro alrededor, pero nadie sospechó que nos encontrábamos allí. Estuvimos en silencio. Nadie sabe que estamos aquí. Y no tienes derecho a decir que no nos dejarás salir más de aquí. ¡Tienes que dejarnos salir de aquí! ¡No puedes tenernos aquí encerrados para siempre!

Se me quedó mirando de una manera extraña y como acosada, sin responder. Pensé que me iba a dar una bofetada, pero lo que hizo, por el contrario, fue soltarme los hombros y dar media vuelta, para irse. Los paños de gasa de los volantes de su vestido de alta costura parecían alas salvajes y agitadas, emanando un aroma dulce y florido, que no se ajustaba nada a su violenta conducta.

Precisamente en el momento en que mamá iba a salir de la habitación, quizá para salir en busca de Chris, se abrió la puerta y mi hermano entró sin hacer ruido. Cerró la puerta suavemente, se volvió y miró a donde yo estaba. Abrió los labios para hablar, pero en aquel mismo momento vio a nuestra madre y en su rostro se reflejó entonces la más extraña de las expresiones.

Por alguna razón que no comprendía, los ojos de

Chris no brillaron de alegría como solía ocurrirles en cuanto veía a nuestra madre.

Con movimientos rápidos, llenos de decisión, mamá se acercó a él. Su mano se levantó ¡y le dio una bofetada dura y cortante en la mejilla!, y luego, antes de que pudiera reponerse de ella, su mano izquierda se levantó ¡y la mejilla izquierda de mi hermano sintió también el peso de su ira!

Y ahora, el rostro sorprendido y pálido de Chris mostraba dos grandes manchas rojas.

—Si vuelves a hacer esto otra vez, Christopher Foxworth, os daré de latigazos yo misma, no sólo a ti, sino también a Cathy.

El color que le quedaba a Chris había desaparecido, y no es de extrañar que así fuera, de su rostro pálido, dejando solamente las manchas rojas de las dos bofetadas en sus mejillas de cera, como huellas dejadas por dos manos manchadas de sangre.

Sentí que la sangre se me bajaba a los pies y que una sensación quemante comenzaba a palpitar detrás de mis orejas, a medida que me iban faltando las fuerzas, mirando a aquella mujer que me parecía ahora una desconocida, como si fuese una mujer a quien no conocíamos ni queríamos tampoco conocer. ¿Era ésta nuestra madre, que solía hablarnos siempre con amor y cariño? ¿Era ésta la madre que siempre se mostraba tan comprensiva con la tristeza de nuestro encierro, tan largo? ¿Acaso esta casa estaba «influyendo» ya en ella, haciéndola distinta? Y entonces fue como una avalancha..., sí, todas aquellas pequeñas cosas se juntaron en una sola cosa grande. No venía a vernos con tanta frecuencia como antes, no venía ya todos los días, y, desde luego, ni hablar de venir dos veces al día, como al principio. Y, además, yo tenía miedo, como si todo lo que me había parecido digno de confianza y fe hubiera sido arrancado violentamente de debajo de mis pies, no quedando en su lugar más que juguetes, juegos, regalos.

Tuvo que ver algo en la expresión desconcertada de Chris, algo que hizo desvanecer su ira. Le cogió con los brazos abiertos y cubrió su rostro pálido, manchado y bigotudo con muchos besos rápidos que trataban de quitar de allí el mal que había hecho. Le besó una y otra vez, y le acarició la mejilla, apretando su cabeza contra sus pechos suaves y redondos, y dejándole sumirse en la sensualidad de sentirse acariciado tan cerca de toda aquella carne suave, que tenía necesariamente que excitar a un muchacho de su edad.

—Lo siento, queridín —murmuró, con los ojos y la voz temblorosos de lágrimas—; perdóname, por favor, perdóname, no pongas esa cara de susto. ¿Cómo puedes tenerme miedo a mí? No dije en serio lo de los latigazos, te quiero, de sobra lo sabes, nunca os azotaría a ti o a Cathy. ¿Es que os he azotado alguna vez? Estoy fuera de mí porque todo me está saliendo bien ahora; bueno, nos está saliendo bien a nosotros, y no tienes derecho a hacer algo que podría estropeárnoslo todo, y ésa es la única razón de que te diese las bofetadas.

Le cogió el rostro con las palmas de las manos y le besó de lleno en los labios, que estaban como fruncidos por la presión de sus manos. Y aquellos diamantes, aquellas esmeraldas que llevaba y que refulgían sin cesar..., como luces de señales que quisieran decir algo. Y yo, allí sentada, les miraba, desconcertada, y sentía..., sentía, ¡oh, no sabía yo misma lo que sentía, aparte de confusión y desconcierto, y la sensación de ser jovencísima, y todos los que me rodeaban eran sensatos, y viejísimos!

Naturalmente que Chris la perdonaba, y claro está que teníamos que saber qué era lo que le estaba saliendo tan bien a ella, y a nosotros.

—Anda, por favor, mamá, dinos lo que es..., por favor.

—Otra vez —dijo, con mucha prisa por volver a la fiesta, antes de que la echasen de menos.

Más besos para los dos, y entonces me tocó a mí el turno, y nunca había sentido mi mejilla contra la suavidad de su pecho.

—En otra ocasión, mañana quizá, os lo contaré todo —dijo, apresurada, dándonos más besos y diciéndonos más palabras tranquilizadoras, para aliviar nuestra angustia. Se inclinó sobre mí para alcanzar a besar a Carrie, y luego le dio a Cory un beso en la mejilla.

—¿Me perdonas, Christopher?

—Sí, mamá, me hago cargo, mamá, debiéramos habernos quedado en esta habitación, no debí haber salido nunca de exploración.

Sonrió y dijo:

—Felices Pascuas, pronto volveré a veros. —Y sin más salió por la puerta, que cerró, echando la llave a continuación.

Había terminado nuestra primera Navidad allí arriba. El reloj de abajo había dado la una. Teníamos una habitación llena de regalos, un televisor, el juego de ajedrez que habíamos pedido, un triciclo rojo y otro azul, ropa nueva de abrigo y gran cantidad de dulces, y Chris y yo habíamos presenciado una magnífica fiesta..., bueno, en cierto modo. Y, a pesar de todo, algo había pasado en nuestras vidas, una faceta del carácter de nuestra madre que nunca hasta entonces habíamos conocido. Durante un breve momento mamá parecía exactamente como nuestra abuela.

En la oscuridad, en una de las camas, con Carrie a mi lado, y Chris al otro, nos acostamos él y yo cogidos de las manos. Él olía distinto que yo. Yo tenía la cabeza apoyada contra su pecho de muchacho y él perdía peso. Oía su corazón, que latía al ritmo de la suave música que nos llegaba a los oídos. Tenía su mano sobre mi pelo, rizando una y otra vez un zarcillo entre los dedos.

—Oye, Chris, esto de crecer es tremendamente complicado, ¿eh?

—Sí, me figuro que sí —contestó.

—Yo siempre pensé que, cuando se es mayor se sabe cómo salir de cualquier problema, que nunca se tienen dudas sobre lo que está mal y lo que está bien, pero nunca creí que los mayores se viesen a veces desconcertados y sin saber qué hacer, como nosotros.

—Si estás pensando en mamá, te aseguro que no fue deliberado lo que hizo y dijo. Pienso, aunque no estoy seguro, que cuando se es mayor y se vuelve a vivir a casa de los padres de uno, entonces, por alguna razón que no sé cuál es, se vuelve a ser un niño, dependiendo de los mayores. Sus padres la acosan por un lado, y nosotros lo hacemos por otro; ahora, encima, tiene a ese hombre del bigote, que estará tirando de ella también por su lado.

—¡Espero que no vuelva a casarse nunca! ¡Nosotros la necesitamos más que ese hombre!

Chris no dijo nada.

—Y fíjate en el televisor que nos ha regalado: esperó a que su padre le regalase uno, cuando ella pudo muy bien habérnoslo comprado hace meses, en lugar de comprarse tanta ropa, ¡y las joyas que tiene! Cada día lleva un anillo nuevo, y pulseras, pendientes y collares nuevos.

Muy lentamente, Chris fue exponiéndome los motivos de nuestra madre:

—Míralo desde este punto de vista, Cathy. Si nos hubiera dado un televisor el primer día que llegamos aquí, nos habríamos sentado delante de él y pasado el día entero mirándolo. Y entonces no habríamos construido un jardín en el ático, donde los gemelos pueden jugar contentos. Y no habríamos hecho más que estarnos sentados mirando la televisión. Y fíjate, además, en lo mucho que hemos aprendido durante estos días tan largos; por ejemplo, a hacer flores y animales, y yo pinto ahora mejor que cuando vinimos, y fíjate en la cantidad de libros que hemos leído, para enriquecernos la mente, y tú, Cathy, también tú has cambiado.

—¿Cómo? ¿Cómo he cambiado? Dímelo.

Movió la cabeza de un lado a otro de la almohada, expresando una especie de importancia llena de apuro.

—Bueno, de acuerdo, no tienes que decirme nada bonito, pero antes de bajarte de esta cama y meterte en la tuya, haz el favor de decirme todo lo que has averiguado, lo que se dice todo. No dejes nada sin contarme, ni siquiera lo que pensaste. Quiero tener la sensación de que estuve allí abajo contigo, a tu lado, viendo y sintiendo lo mismo que tú.

Volvió la cabeza de modo que nuestros ojos se encontraron, y me dijo, con la más extraña de las voces:

—Es que estabas allí junto a mí. Te sentía a mi lado, dándome la mano, murmurándome al oído, y yo miraba tanto más fijamente, para que tú pudieras ver también lo mismo que yo.

Aquella casa gigantesca, dominada por el ogro enfermo que había abajo, le había intimidado, de eso me daba cuenta por el tono de su voz.

—Es una casa enorme, Cathy, como un hotel. Hay habitaciones y más habitaciones, todas con cosas bellas y caras, pero se ve en seguida que no han sido usadas. Conté catorce habitaciones sólo en este piso, y pienso que me perdí otras más pequeñas.

—¡Chris! —le grité, decepcionada—. ¡No me lo cuentes así! Hazme sentir que estaba allí, a tu lado, empieza otra vez y cuéntame lo que pasó desde el momento mismo en que dejé de verte.

—Bueno —dijo él, suspirando, como si hubiera preferido no contármelo—, pues fui sin hacer ruido por un largo pasillo de este ala, y corrí a donde el vestíbulo se comunica con esa gran rotonda donde nos escondimos en la mesa, cerca del balcón. No me preocupé de mirar en ninguna de las habitaciones del ala norte, y en cuanto me vi donde la gente pudiera descubrirme, tuve que extremar las precauciones. La fiesta estaba llegando a su máximo auge y el ruido que hacían todos era mayor incluso, todo el mundo parecía borracho, fíjate que uno de los hombres estaba cantando de una manera la mar de tonta algo sobre que quería que le devolvieran los dos dientes de delante que le faltaban. Tenía mucha gracia aquello. Yo me acerqué sin hacer ruido a la balaustrada y miré a toda aquella gente allá abajo.

»Parecían raros, como pequeños, y me dije que tendría que acordarme de eso cuando pinte a gente desde arriba, porque así, de perfil, parecen naturales, es la perspectiva lo que da naturalidad a la pintura.

—Le da naturalidad a todo, digo yo.

—Claro que era a mamá a quien yo buscaba —continuó, al pedirle que lo hiciera—. Y los únicos a quienes reconocía eran los abuelos. Nuestro abuelo parecía empezar a sentirse cansado, y cuando le estaba mirando, vino una enfermera y se lo llevó, y me fijé bien para poder hacerme una idea de dónde está su cuarto, detrás de la biblioteca.

—¿Iba de blanco la enfermera?

—Claro, ¿cómo iba yo a saber que era una enfermera, si no?

—Vale, sigue, y no te dejes nada.

—Bueno, pues en cuanto el abuelo se fue, la abuela se marchó también, ¡y entonces oí voces de gente que subía por una de las escaleras! Bueno, pues jamás verías tú a nadie correr con más rapidez que yo en aquel momento. No podía esconderme donde antes sin que me vieran, de modo que me metí en un rincón donde había una armadura sobre un plinto. Ya sabes que las armaduras tienen que haber sido de un hombre mayor, y puedes comprender que a mí no me iría bien, aunque sí que me habría gustado probármela. Y resultó que los que subían por la escalera eran mamá y el hombre ese del pelo oscuro y bigote.

—¿Y qué hiciste? ¿Por qué subían?

—No me vieron, escondido como estaba entre las sombras, pienso, porque estaban tan ocupados uno del otro; el hombre aquél quería ver una cama que tiene mamá en su habitación.

—¿Su cama...? ¿Quería ver su cama? ¿Por qué?

—Es una cama muy especial, Cathy. Él se lo decía: «Anda, ya te has resistido bastante», y su voz parecía como si estuviera tomándole el pelo, y luego añadía: «Ya es hora de que me enseñes esa maravillosa cama de cisnes de la que he oído hablar tanto»; se diría que mamá estaba preocupada por si estábamos nosotros, todavía en el aparador, porque miró hacia él, con aire inquieto. Pero accedió, y dijo: «De acuerdo, Bart, pero sólo un momento, porque de sobra sabes que todos sospecharán si nos ausentamos mucho tiempo.» Y él rió y volvió a tomarle el pelo: «No, no sé lo que pensarán; anda, dime tú lo que sospecharán.» A mí me parecía como si estuviese pensando que cada uno pensara lo que quisiera. Me enfadó oírle decir aquello. —Al llegar aquí, Chris hizo una pausa y su respiración se hizo más profunda y rápida.

—Me estás ocultando algo —dije, porque le conocía como se conoce un libro leído cien veces—. ¡Estás defendiéndola! ¡Tú viste algo que no me quieres decir! ¡Y eso no es justo! ¡Sabes de sobra que acordamos el primer día que llegamos aquí que seríamos sinceros y veraces uno con otro, y ahora me tienes que contar lo que viste!

—¡Dios mío! —exclamó él, retorciéndose y volviendo la cabeza y no queriendo mirarme a los ojos—. ¿Qué más darán unos cuantos besos?

—¿Unos cuantos besos? —grité, agitada—. ¿Le has visto besar a mamá más de una vez? ¿Y qué clase de besos eran? ¿En la mano o de los de verdad, de boca a boca?

La vergüenza le acaloraba el pecho, sobre el que descansaba mi mejilla, tanto que quemaba a través de la tela del pijama.

—Eran besos apasionados, ¿verdad? —grité, convencida de ello sin necesidad de oírselo decir—. La besaba, y ella le aceptaba, ¡y a lo mejor hasta le tocaba los pechos y le acariciaba el trasero, como le vi una vez hacer a papá cuando no sabía que estaba yo en la habitación mirando! ¿Es eso lo que viste, Christopher?

—¿Y qué más da? —respondió él con la voz como sofocada—. Hiciera lo que hiciese, ella le dejó, aunque a mí me dieron ganas de vomitar.

Y también a mí me daban ganas de vomitar. Mamá estaba viuda desde hacía ocho meses solamente, pero, a veces, ocho meses parecen ocho años, y, después de todo, ¿qué más da ya el pasado cuando el presente es tan emocionante y agradable...? Porque, como es natural, me di cuenta de sobra de que habían sucedido muchas otras cosas que Chris no iba a contarme.

—Bueno, Cathy, no sé lo que estarás pensando, pero mamá le dijo que se estuviese quieto, y que, si no lo hacía, no le enseñaría su dormitorio.

—¡Santo cielo, tenía que estar haciendo algo realmente malo!

—Nada, besos —replicó Chris, mirando hacia el árbol de Navidad—, sólo besos y unas pocas caricias, pero la verdad es que a mamá le brillaban los ojos, y fue entonces cuando el Bart ese le preguntó si era verdad que la cama de cisnes había pertenecido antes a una cortesana francesa.

—¡Por Dios bendito! ¿Y qué es una cortesana francesa?

Chris carraspeó.

—Ésa es una palabra que consulté un día en el diccionario, y quiere decir una mujer que reserva sus favores solamente para hombres de la aristocracia o de la familia real.

—¿Favores? ¿Qué clase de favores?

—Pues los favores que los hombres ricos pagan —contestó él rápidamente, poniéndome la mano en la boca, para cerrármela—. Y, claro, mamá negó que pudiera haber una cama así en esta casa, y declaró que una cama con tan pecaminosa reputación, por bella que fuese, sería quemada en plena noche, con todos rezando por su redención, y que la cama de cisnes había pertenecido a su abuela, y que, cuando ella era niña, quería el dormitorio de su abuela más que ninguna otra cosa en el mundo, pero que sus padres no querían que durmiera en él, por temor a que la contaminase el fantasma de su abuela, que no había sido precisamente una santa, aunque tampoco una cortesana. Y entonces, mamá se echó a reír, con una risa así como dura y amarga, y le dijo a Bart que sus padres creían que ella ahora estaba ya tan corrompida que nada podría hacerla peor de lo que ya era. Y, te diré, eso me hizo sentirme muy mal, porque mamá no está corrompida; después de todo, papá la quería..., estaban casados..., y lo que hace la gente casada en privado no es asunto de nadie.

Contuve el aliento todo lo que pude. ¡Chris lo sabía siempre todo, lo que se dice todo!

—Bueno, pues mamá dijo: «Lo miramos en un momento, Bart, y volvemos a la fiesta», y desaparecieron por un ala de la casa que estaba poco iluminada, y eso, naturalmente, me indicó la dirección en que estaba su habitación, de modo que, tras escrutar cautelosamente en todas direcciones, antes de abandonar mi escondite, salí corriendo de la armadura, y me metí por la primera puerta cerrada que vi. Entré a toda prisa, pensando que, como estaba a oscuras, estaría vacío, y cerré la puerta a mis espaldas sin hacer ruido; después me estuve completamente quieto, sólo para absorber el aroma y el ambiente de aquel lugar, igual que dices que haces tú. Llevaba conmigo la linterna, y pude haberla encendido, para ver dónde estaba, pero quería aprender a ser intuitivo, como tú, y cauteloso y suspicaz, aunque todo a mi alrededor pareciese completamente normal. Y la verdad es que hice bien en ser así, porque si hubiesen estado encendidas las luces, o si hubiera encendido la linterna, no habría notado el extrañísimo y monstruoso olor que llenaba la habitación aquella, un olor que me hacía sentirme raro y como asustado, y entonces, ¡qué barbaridad, casi me quedé sin habla!

—¿Qué, qué? —pregunté, echando a un lado de un manotazo la mano con que Chris trataba de hacerme callar—: ¿Qué viste? ¿Un monstruo?

—¿Un monstruo, dices? ¡Lo que vi son monstruos! ¡docenas de monstruos!, o, por lo menos, vi sus cabezas, montadas y colgadas de las paredes. A todo mi alrededor había ojos que relucían, ojos de ámbar, verdes, de topacio, color limón... ¡No sabes el miedo que daba! La luz llegaba por las ventanas teñidas de un color como azulado, a causa de la nieve, y se reflejaba en los dientes y en los colmillos relucientes de un león, que tenía la boca abierta y rugía silenciosamente. Tenía una melena pardusca, como una gorguera, que daba a su cabeza un aspecto enorme, y mostraba una expresión muda de angustia, o de ira. Y, no sé por qué razón, me dio pena, decapitado, montado, disecado, convertido en un objeto de decoración, cuando debiera estar libre por la sabana.

Sí, me di cuenta de lo que quería decir. Mi angustia era siempre como una montaña de furia.

—Era el cuarto de los trofeos de caza, Cathy, una habitación muy grande, con muchas cabezas de animales. Había un tigre y un elefante con la trompa levantada. Todos los animales de Asia y África se exhibían allí en un lado de la enorme habitación, y las piezas de caza mayor de América, en la pared de enfrente: un oso gris, otro pardo y negro, un antílope, un puma, y así sucesivamente. No había ni un solo pez ni una sola ave, como si no fuesen lo suficientemente difíciles para el cazador que había matado todo lo que ahora decoraba aquella habitación. Era una habitación fantasmal, y, a pesar de todo, sentí muchas ganas de que la vieras tú también. ¡Tienes que verla!

¡Al diablo! ¿Para qué quería yo ver el cuarto de los trofeos? Yo quería saber cosas de la gente, sus secretos; eso era lo que quería saber.

—Había una chimenea de piedra de seis metros de longitud, por lo menos, en la pared, con ventanas a ambos lados, y, sobre ella, colgaba un retrato al óleo de un joven que se parecía tanto a papá que me entraron ganas de llorar. Pero no era el retrato de papá, y, al acercarme a él, me di cuenta de que era un hombre muy parecido en todo a nuestro padre, excepto en los ojos. Llevaba un traje caqui de caza, con camisa azul. El cazador estaba apoyado en su rifle y tenía un pie sobre un tronco que había en el suelo. Yo sé muy poco de pintura, pero sí lo bastante para darme cuenta de que aquel cuadro es una obra maestra. El pintor supo captar verdaderamente el alma del cazador. Nunca había visto unos ojos azules más duros, fríos, crueles y sin piedad, y eso, por sí solo, me dijo que no podía ser aquel hombre nuestro padre, antes incluso de acercarme lo bastante para leer en una plaquita de metal fijada en la parte inferior del marco sobredorado que aquel retrato era de Malcolm Neal Foxworth, nuestro abuelo. La fecha indicaba que papá tenía cinco años cuando se pintó aquel retrato, y, como sabes tú muy bien, cuando papá tenía tres años, él y su madre, Alicia, fueron echados de Villa Foxworth, y los dos tuvieron que irse entonces a vivir a Richmond.

—Sigue —insistí a mi hermano.

—Bueno, pues tuve la suerte de que no me viera nadie en mis exploraciones, porque la verdad es que me metí en todas las habitaciones, y acabé por dar con las habitaciones de mamá, con puertas dobles, y se sube a ella por dos escalones, ¡y, chica, cuando les eché una ojeada pensé que estaba entrando en un palacio! Las otras habitaciones me habían hecho imaginarme algo magnífico, ¡pero las suyas sobrepasaban todo lo imaginable! Y tenían que ser las habitaciones de mamá, porque la fotografía de papá estaba en su mesita de noche, y las habitaciones olían a su perfume. En el centro del cuarto, sobre un dosel, estaba la fabulosa cama de cisnes, ¡santo cielo, qué cama! ¡Nunca, en toda tu vida, has visto nada parecido! Tiene una cabeza muy lisa, de marfil, y se diría que está a punto de meter la cabeza bajo la parte interior encrespada de un ala levantada, y tiene un ojo rojo y adormilado. Las alas se curvan suavemente para encerrar en su interior la cabecera de una cama casi ovalada. No sé cómo le ponen las sábanas, a menos que estén hechas a la medida. Los que la diseñaron se las arreglaron para que las plumas de las puntas hicieran como de dedos, apartando las colgaduras delicadas y transparentes, que tienen todos los matices del color rosa, y el violeta y el púrpura..., es una señora cama, y esas cortinas... La verdad, la que duerma allí tiene que sentirse como una princesa. La alfombra, de color malva claro, es tan gruesa que te hundes en ella hasta los tobillos; y hay también esteras grandes de piel blanca junto a la cama. Hay lámparas de casi dos metros de altura, de cristal tallado, decoradas con oro y plata, y dos de ellas tienen tulipas negras. Hay un gran sofá de marfil tapizado de terciopelo color rosa, algo que sólo se ve en las orgías romanas, y, a los pies de la cama del cisne, y ya puedes contener el aliento, porque esto que te digo no lo vas a creer: había una camita de cisne más pequeña, ¡imagínate!, puesta a los pies, y de través. Me quedé allí, preguntándome quién necesitaría una gran cama y luego también una pequeña puesta atravesada, al fondo de la grande. Tenía que haber una buena razón para una cosa así, aparte de que alguien, para echar una siestecita, no quisiera deshacer la cama grande, ¡pero Cathy, todo esto que te cuento tienes que verlo para creerlo!

Yo me daba cuenta de que Chris había visto muchas más cosas, pero no me las quería decir. Más de lo que yo misma vería más tarde. Y vi tantas cosas que comprendí por qué me habló a mí tanto de la cama, guardándose todo lo demás.

—¿Es esta casa más bonita que la nuestra de Gladstone? —le pregunté, porque, para mí, nuestra casa ranchera, con sus ocho habitaciones y sus dos cuartos de baño y un retrete, me parecía el no va más.

Chris vaciló. Tardó algo en dar con las palabras adecuadas, porque no era de los que hablan sin pensar lo que van a decir. Y aquella noche sopesaba bien sus palabras, lo cual ya, por sí solo, me parecía a mí bastante elocuente.

—Esta casa no es bonita, es grandiosa, grande, bella, pero yo, la verdad, no diría que es bonita.

Me di perfecta cuenta de lo que quería decir. Lo bonito era más semejante a lo agradable que a lo grandioso, rico, bello, y, encima, enorme.

Y ahora ya no quedaba más que darnos las buenas noches, y cuidado con las chinches. Le besé en la mejilla y le eché de mi cama. Esta vez no se quejó de que los besos son sólo para las criaturas y los mariquitas... y las chicas. Se arrebujó sin más junto a Cory, a solo tres pasos de distancia.

En la oscuridad, el arbolito de Navidad, que parecía vivo, con sus sesenta centímetros de altura, brillaba con sus lucecitas de colores, como las lágrimas que vi en los ojos de mi hermano.

EL LARGO INVIERNO,
LA PRIMAVERA Y EL VERANO

Nunca dijo mamá tanta verdad como cuando afirmó que ahora teníamos una ventana de veras para ver vidas ajenas. Aquel invierno, el televisor dominó nuestras vidas. Como los inválidos, los enfermos, los viejos, comimos, nos bañamos y nos vestimos para poder sentarnos a ver a otra gente viviendo vidas falsas.

Durante enero, febrero y casi todo marzo, el ático resultaba demasiado frío para nosotros. Un vapor gélido colgaba en el aire allá arriba, cubriéndolo todo de una neblina misteriosa, y puedo asegurar que daba miedo. Y tristeza, y hasta Chris tuvo que reconocerlo.

Todo esto nos hacía alegrarnos de poder estar en el dormitorio, donde hacía calor, todos juntos, y con los ojos fijos en el televisor. A los gemelos les encantaba la televisión, de modo que nunca querían apagarla, y hasta de noche, cuando dormíamos, la querían encendida, porque así podían verla en cuanto se despertasen, por la mañana. Hasta los dibujos de puntos y rayas que aparecían en la pantalla, al acabarse el último programa de la noche, les parecía preferible a tenerla desconectada. A Cory, sobre todo, le gustaba despertarse y ver a los locutores, pequeños, sentados a sus mesas, dando las noticias, hablando del tiempo que iba a hacer, y es que, ciertamente, aquellas voces les daban los buenos días más animadamente que las ventanas encortinadas y semioscuras.

La televisión nos formaba, nos guiaba, nos enseñaba a escribir y a pronunciar palabras difíciles. Aprendimos lo importante que era estar limpio, no oler, y no dejar que se ensuciase el suelo de la cocina, o que el viento le despeine a uno, ¡y, sobre todo, no tener caspa!, porque si no la gente nos despreciaría. En abril, yo cumpliría trece años, ¡o sea, que me acercaba a la edad del acné! Y todos los días me miraba la piel para ver qué cosas horribles saldrían de ella en el momento menos pensado. La verdad era que creíamos a pies juntillas en los anuncios, en sus valores como libro de consejos que nos serviría para sortear felizmente los peligros que nos deparaba la vida.

Cada día que pasaba, nos traía algún cambio a Chris y a mí. En nuestros cuerpos estaban pasando cosas extrañas. Nos crecía pelo donde antes no teníamos, un pelo raro, crespo, de color ámbar, más oscuro que el que teníamos en la cabeza. A mí, aquel pelo no me gustaba, y me lo arrancaba con pinzas siempre que aparecía, pero era como con la mala hierba, que cuanto más la quitas, más crece. Chris me sorprendió un día con el brazo levantado, tratando con gran concentración de coger un solo pelito color ámbar y arrancármelo sin piedad.

—¿Pero qué estás haciendo? —me gritó.

—No quiero tener pelo en los sobacos, ni tampoco quiero usar la crema depiladora que usa mamá, ¡apesta!

—¿O sea que te has estado arrancando el pelo del cuerpo por donde te salía?

—Pues claro que sí; a mí, mi cuerpo me gusta liso, aunque a ti no te guste.

—Pues estás librando una batalla perdida de antemano —me dijo, sonriendo picarescamente—. Ese pelo crece donde tiene que crecer, de modo que lo mejor será que lo dejes en paz y no pienses más en tener el cuerpo todo liso como el de una niña pequeña y te des cuenta de que ese pelo es atractivo.

¿Atractivo? Los pechos grandes eran atractivos, pero no el pelo, crespo y fuerte. De esto no dije nada, pero en mi pecho empezaban a moldearse pequeñas manzanas duras, y yo esperaba que Chris no las notase. Estaba contenta de ver que empezaba a curvarme por delante, cuando me veía a solas, en un lugar apartado, pero no quería que se diesen cuenta los demás. Sin embargo, tuve que abandonar tales esperanzas, porque con frecuencia vi a Chris mirarme el pecho, y por sueltas que llevase las blusas o los jerseys, era evidente que aquellas pequeñas colinas traicionaban mi pudor. Estaba cobrando vida, sintiendo cosas que nunca hasta entonces había sentido. Extraños dolores, anhelos, deseos de algo, y sin saber qué, lo cual me hacía despertarme en plena noche, palpitando, latiendo, excitada, y sabiendo que había allí, conmigo, un hombre, que hacía algo que a mí me gustaría que completase, pero que no completaba nunca..., nunca..., siempre me despertaba demasiado pronto, antes de llegar a aquellas alturas de clímax a las que yo sabía que él quería llevarme, con sólo que el despertar prematuro no lo echase todo a perder.

Y había otra cosa desconcertante. Yo hacía las camas todas las mañanas, en cuanto nos levantábamos y nos vestíamos, y siempre antes de que llegase la bruja con el cesto de la comida. Pero ahora veía siempre manchas en la cama, que no eran lo bastante grandes como para ser consecuencia de los sueños que tenía a veces Cory de que iba al cuarto de baño. Y, además, estaban en el lado de la cama donde dormía Chris.

—Por Dios bendito, Chris, espero que no sueñes también tú con que vas al cuarto de baño cuando estás dormido.

¡Y es que no podía creer aquellas cosas fantásticas que me contaba sobre lo que él llamaba «descargas nocturnas»!

—Chris, pienso que debieras contárselo a mamá, para que te lleve a ver a un médico. Lo que tienes a lo mejor es contagioso, y entonces podrías pegárselo a Cory, y la verdad es que el pobre ya es bastante sucio en la cama para que encima tenga él también esto.

Me miró con desdén, sonrojándose mucho.

—No me hace falta ir al médico —replicó con voz muy digna—. He oído a otros chicos hablar en los retretes del colegio y lo que a mí me está pasando ahora es perfectamente normal.

—Pues no puede ser normal, porque es demasiado sucio para ser normal.

—¡Bah! —se burló, y sus ojos relucían a causa de la risa contenida—. Ya se te acerca la época de ensuciar las sábanas.

—¿Qué quieres decir?

—Pregúntale a mamá, ya es hora de que te lo cuente, no creas que no me he dado cuenta de que estás empezando a desarrollarte, y eso es indicio seguro.

No me gustaba nada que estuviese siempre por encima de mí, sabiendo siempre más que yo sobre todo cuanto hacía. ¿Dónde podría haber aprendido tanto? ¿De las conversaciones sucias e inútiles en los retretes de los chicos del colegio? También yo había oído cosas sucias e inútiles en los retretes de las chicas, pero la verdad es que nunca creía una sola palabra de todo ello. ¡Era demasiado indecoroso!

Los gemelos raras veces se sentaban en las sillas, y no podían echarse en la cama, porque la deshacían y la abuela insistía en que debíamos tenerlo todo «como una seda», y aunque les gustaban las películas de la televisión ellos seguían jugando, mirando sólo para ver las escenas más emocionantes. Carrie tenía la casa de muñecas, como todas sus figuritas y sus muchas y pequeñas fascinaciones, que la tenían en constante charloteo, como canturreando, de una manera cadenciosa, que acababa por atacar los nervios. Yo la miraba muchas veces con ojos irritados, para ver si se callaba de una vez, aunque sólo fuese un minuto, pero sin decirle nunca nada, porque eso sería causa de berridos, mucho peores que el murmullo suave de sus conversaciones consigo misma.

Mientras Carrie llevaba y traía sus muñecas y conversaba por todas ellas, Cory se dedicaba a jugar con sus cajas de construcciones, sin hacer nunca caso de las instrucciones que Chris quería hacerle seguir, y haciendo siempre lo que más le gustaba, de modo que lo que construía era siempre algo que luego le servía para hacer música, golpeándolo. Con el televisor, siempre haciendo ruido y siempre dándonos algo distinto, la casa de muñecas, con todos aquellos encantos que tanto le gustaban a Carrie, y los juegos con que Cory pasaba feliz y contento las horas, los gemelos se las arreglaban para pasar lo mejor posible su vida encarcelada. Los niños son muy adaptables, y esto lo sé porque los he observado. Naturalmente que se quejaban de vez en cuando, pero sobre todo por dos cosas: ¿Por qué no venía mamá ahora con tanta frecuencia como solía? Eso dolía, dolía de verdad, pero, ¿qué podía contestarles? Y luego estaba la comida, que no les gustaba, lo que ellos querían era helados como los que veían anunciados en la televisión, y los perros calientes que comían constantemente los niños que salían en la televisión; la verdad era que querían todo lo que despertase el apetito de los niños por las cosas dulces, y juguetes. Los juguetes los tenían, pero los dulces no.

Y mientras los gemelos se arrastraban por el suelo, o bien se sentaban, con las piernas cruzadas, haciendo cada uno su irritante ruido particular, Chris y yo tratábamos de concentrar nuestra mente en las complicadas situaciones que se planteaban a diario ante nuestros ojos. Veíamos a maridos infieles que engañaban a esposas amantes, o bien a esposas gruñonas, o demasiado preocupadas con sus hijos para prestar a sus maridos las atenciones que tan necesarias encontraban éstos. También ocurría, a veces, lo contrario, porque las esposas podían ser igual de infieles a buenos maridos, o a maridos malos. Aprendimos que el amor es como una burbuja de jabón, tan reluciente un día y reventando al siguiente. Y entonces venían las lágrimas, las expresiones de dolor, la angustia en compañía de incontables tazas de café, junto a la mesa de la cocina, con los consuelos de la amiga o el amigo que también tiene sus problemas. Pero en cuanto se acababa un amor, venía en seguida otro para hinchar de nuevo la burbuja de jabón y elevarla en el aire. ¡Oh, qué esfuerzos hacía toda aquella gente tan bella para encontrar el amor perfecto y encerrarlo bien encerrado, para que no se perdiera, sin conseguirlo jamás!

Una tarde, a fines de marzo, entró mamá en nuestro cuarto con una caja grande bajo el brazo. Estábamos habituados a verla entrar en nuestro cuarto con muchos regalos, no con uno solo, y lo más extraño fue que hizo una seña a Chris, quien pareció entenderla, porque dejó lo que estaba estudiando y se levantó y cogió por las manitas a nuestros gemelos y los llevó al ático. Yo no entendía en absoluto lo que estaba pasando, sobre todo porque allí arriba todavía hacía frío. ¿Era algún secreto? ¿Era que traía un regalo sólo para mí?

Nos sentamos juntas en la cama que Carrie y yo compartíamos y antes de que pudiera echar una ojeada al «regalo» que me traía, mamá dijo que ella y yo teníamos que hablar un poco «de mujer a mujer».

La verdad, yo había oído hablar de conversaciones de hombre a hombre viendo las antiguas películas de Andy Hardy, y sabía que esta clase de conversaciones tenía algo que ver con el crecer y el sexo, de modo que me quedé seria y traté de no mostrar demasiado interés, porque eso no sería propio de una señorita, aunque estaba muriéndome por saber de una vez de qué se trataba.

Pero resultó que no me contó lo que yo llevaba muchos años tratando de aprender, ¡qué va! Mientras estaba allí, solemne y seria, sentada y esperando la revelación de todas las cosas malas y obscenas que los chicos sabían desde que nacían, según afirmaba cierta abuela bruja, ¡me quedé de una pieza y llena de incredulidad al oírle decir que cualquier día de aquellos comenzaría a sangrar!

Y no se crea que por una herida o magulladura, sino porque así había decidido Dios que tenía que funcionar el cuerpo de las mujeres. Y, para dejarme más patitiesa, no sólo iba a sangrar una vez al mes a partir de ahora hasta que llegase a ser una vieja de cincuenta años, ¡sino que aquella pesadez iba a durar cinco días!

—¿Hasta que cumpla los cincuenta? —pregunté, con voz débil y suave, asustadísima de que, después de todo, aquello no resultase ser una broma.

Me miró con una suave y tierna sonrisa.

—A veces, cesa antes de los cincuenta, y otras veces sigue hasta unos pocos años más, no hay una regla fija, pero cuando llegues, más o menos, a esa edad, puedes estar segura de que «cambiarás de vida», y eso es lo que se llama menopausia.

—¿Y dolerá? —pregunté, pues eso era lo más importante para mí.

—¿Los períodos mensuales? Puede que te causen un poco de dolor, como de calambre, pero no mucho, y te aseguro, por propia experiencia, y también por la de otras mujeres que conozco, que cuanto más miedo tengas, tanto más te dolerá.

¡Lo sabía! Nunca vi sangre sin sentir dolor, ya fuera mía o de otros. Y toda aquella suciedad, aquel dolor, aquellos calambres, no eran más que para que mi útero pudiese estar listo para recibir un «huevo fertilizado», que acabaría convirtiéndose en un bebé. Y entonces mamá me dio la caja que, me dijo, contenía todo lo que me hacía falta «para ese tiempo del mes».

—¡Para, mamá! —grité, porque había encontrado una manera de evitar todo aquello—. Se te ha olvidado que lo que yo quiero ser es bailarina, y las bailarinas no tienen que tener hijos. La señorita Danielle nos decía constantemente que para nosotras era mejor no tener hijos. Y yo tampoco quiero tenerlos, de modo que ya puedes ir devolviendo todas estas cosas a la tienda, y que te devuelvan el dinero, ¡porque pienso renunciar a todo el lío ése del período!

Ella rió, luego me apretó contra sí y me dio un beso en la mejilla.

—Por lo visto, se me ha olvidado decirte una cosa, y es que no hay ninguna manera de impedir la menstruación, tienes que aceptar todas las maneras de que se sirve la Naturaleza para cambiar tu cuerpo, de ser el de una niña a convertirse en el de una mujer, y estoy segura de que no querrías seguir siendo una niña toda tu vida, ¿no?

Vacilé, porque la verdad era que tenía muchas ganas de ser una mujer mayor, con todas las curvas que tenía mamá, pero, al mismo tiempo, no quería tener que bregar con todas aquellas suciedades, ¡y una vez al mes, además!

—Ah, Cathy, y no te tiene que dar vergüenza, ni apuro, ni tampoco tienes por qué sentir miedo de un poco de incomodidad y molestia, porque tener hijos es algo que vale la pena. Algún día te enamorarás y te casarás y entonces querrás darle hijos a tu marido, si le quieres lo bastante.

—Mamá, hay una cosa que no me cuentas. Si las chicas tienen que pasar por esto para convertirse en mujeres, ¿qué es lo que tiene que pasar Chris para convertirse en un hombre?

Ella sonrió como una niña y apretó su mejilla contra la mía.

—Ellos también sufren cambios, aunque ninguno de ellos les hace sangrar. Chris tendrá que empezar a afeitarse pronto, y a diario. Y luego hay ciertas cosas que tendrá que aprender a hacer, y a dominar, y de las que tú no tienes por qué preocuparte.

—¿Qué cosas? —pregunté, deseosa de saber que también los hombres compartieran algunas de las dificultades del desarrollo, pero, en vista de que no me contestaba, volví a la carga—. Fue Chris quien te dijo que me contaras todo esto, ¿a que sí?

Ella asintió y dijo que sí, aunque llevaba tiempo pensando decírmelo, pero abajo todo parecía conjurarse para impedirle hacer siempre lo que debía.

—Y dime, ¿qué es lo que tiene que pasar Chris que le duela?

Ella rió, al parecer divertida.

—Otro día te lo contaré, Cathy. Ahora guarda todas estas cosas y úsalas cuando las necesites. No te asustes si empieza en plena noche, o cuando estés bailando. A mí me empezó a los nueve años, cuando iba en bicicleta, y seguí en bicicleta por lo menos seis veces, mudándome las bragas, hasta que mi madre acabó dándose cuenta y me explicó lo que me pasaba. Yo me enfadé mucho, porque no me lo había avisado con tiempo. No me había dicho nada. Lo creas o no, lo cierto es que enseguida te acostumbras y no tiene por qué cambiar para nada tu vida diaria.

A pesar de aquellas cajas de cosas antipáticas que hubiera preferido no necesitar, porque no tenía la menor intención de tener un hijo, aquella conversación nuestra fue muy agradable y muy llena de calor.

Y, sin embargo, cuando llamó a Chris y a los gemelos para que bajasen, y besó a Chris y le despeinó los rizos rubios, y le tomó un poco el pelo, sin hacer caso apenas de los gemelos, aquella intimidad que había reinado entre ella y yo comenzó a desvanecerse. Carrie y Cory parecían molestos ahora en su presencia. Acudieron corriendo a donde estaba yo y se me subieron al regazo, y yo les tomé en mis brazos apretándolos mucho, mientras ellos miraban a mamá acariciar, besar y mimar a Chris. Me molestaba tanto esa forma de tratar a los gemelos como si no le gustase mirarlos. Mientras Chris y yo entrábamos en la pubertad y nos hacíamos adultos, los gemelos se estancaban, sin cambiar.

El largo y frío invierno se fue transformando en primavera. Poco a poco, el ático fue haciéndose más habitable. Los cuatro subimos para quitar los copos de nieve de papel y hacerlo florecer de nuevo con nuestras brillantes flores primaverales.

Llegó mi cumpleaños, en abril, y mamá no dejó de traerme regalos, helados y una tarta. Se sentó con nosotros a pasar aquella tarde de domingo, enseñándome a hacer bordados de estambre y también algo de encaje. De esta manera, con las cosas de costura que ella me daba, podía pasar parte del tiempo.

A mi cumpleaños siguió el de los de los gemelos, que era el sexto. Y también esta vez trajo mamá una tarta, helados y muchos regalos, entre ellos instrumentos musicales que hicieron brillar los ojos azules de Cory, que echó una ojeada larga y encantada al acordeón de juguete, y le dio un apretón o dos, pulsando las teclas y ladeando la cabeza para escuchar atentamente los sonidos que salían de él. Y, sin más, ¡en seguida se puso a tocar una melodía en el instrumento! Ninguno de nosotros podía creerlo, pero todavía nos esperaba algo más, porque se volvió al piano de juguete de Carrie y también se puso a tocar en él. «Feliz cumpleaños, feliz cumpleaños, querida Carrie, feliz cumpleaños para nosotros dos.»

—Cory tiene sentido musical —dijo mamá, con aire triste y anhelante, mientras, por fin, miraba a su hijo más pequeño—. Mis dos hermanos eran músicos, y es una pena que mi padre no sintiese interés alguno por las artes o por la gente con temperamento artístico, o sea, no solamente por los músicos, sino también por los pintores, los poetas, y demás. A él le parecían débiles y afeminados. A mi hermano mayor le obligó a trabajar en un Banco, que era suyo, sin comprender que a su hijo aquel trabajo le repelía y no le iba en absoluto. Se llamaba como mi padre, pero nosotros le llamábamos Mal. Era un chico muy guapo; los fines de semana, Mal escapaba de aquella vida que detestaba y se iba en su motocicleta a las montañas, a una cabaña rústica, hecha con troncos de árbol que se había construido él mismo y que constituía un refugio particular; allí tocaba música. Un día, cuando se dirigía allí, tomó una curva con demasiada rapidez, en plena lluvia, se salió de la carretera y se hundió a cientos de metros de profundidad, en un abismo. Tenía veintidós años cuando murió.

»Mi hermano menor se llamaba Joel, y se escapó el día del funeral de su hermano. Él y Mal habían sido muy amigos, se compenetraban, y me imagino que se sentía incapaz de soportar la idea de ocupar el lugar de Mal y ser el heredero de los negocios de su padre. Recibimos una sola tarjeta postal de él, desde París, y en ella nos decía que había encontrado un trabajo en una orquesta que hacía una gira por Europa, y unas semanas más tarde nos enteramos de que Joel había muerto en un accidente de esquí, en Suiza. Tenía diecinueve años cuando murió. Había caído por un precipicio lleno de nieve y hoy es el día en que aún no se ha encontrado su cadáver.

¡Dios mío! Me sentía muy turbada, como aterida por dentro. Tantos accidentes, dos hermanos muertos, y luego, también, papá. Y todos a causa de accidentes. Mi mirada sombría tropezó con la de Chris, que tampoco estaba sonriendo. En cuanto mamá se fue, nos subimos él y yo al ático, a enfrascarnos de nuevo en nuestros libros.

—¡Ya hemos leído todo! —dijo Chris, lleno de honda contrariedad, mirándome con gran irritación, aunque, la verdad, no era culpa mía el que tuviera que pasarse unas pocas horas sin poder leer un libro.

—Podríamos volver a leer esos libros de Shakespeare —sugerí.

—¡No me gusta leer obras de teatro!

Vaya, hombre, pues a mí en cambio, me encantaba Shakespeare y Eugenio O'Neill, y todo lo que fuese dramático, lleno de fantasía y cargado de emociones tempestuosas.

—Podemos enseñar a los gemelos a leer y a escribir —sugerí de nuevo, llena de un frenético deseo de hacer algo distinto, y, de esta manera, brindarles alguna manera nueva de pasar el tiempo—. Ah, Chris, y así les salvaremos de que se les reblandezca el cerebro de tanto mirar la televisión, y también de quedarse ciegos de paso.

Bajamos al cuarto con aire decidido y fuimos derechos a donde estaban los gemelos, con los ojos pegados a una película del Pato Donald, que precisamente estaba terminando.

—Vamos a enseñaros a los dos a leer y escribir —dijo Chris.

Se pusieron a protestar con grandes berridos.

—¡No! —aulló Carrie—. ¡No queremos aprender a

leer y a escribir! ¡Nosotros no escribimos cartas! ¡Lo que queremos es ver la televisión!

Pero Chris la asió y yo hice lo mismo con Cory, y tuvimos, literalmente, que llevarlos a rastras al ático. Era como tratar de dominar un par de serpientes resbaladizas. ¡Cada uno de ellos era capaz de mugir tanto como un toro irritado que embiste!

Nunca se vio a dos aficionados a maestros con alumnos menos dispuestos a aprender. Pero, finalmente, a fuerza de trucos y amenazas y cuentos de hadas, comenzamos a interesarles. A lo mejor, fue por sentir pena de nosotros por lo que no tardaron en ponerse a estudiar cuidadosamente los libros y a aprenderse de memoria y a recitar las letras con gran aburrimiento. Les dimos una cartilla de primer grado para que copiaran palabras.

Como no conocíamos a otros niños de la misma edad que nuestros gemelos, Chris y yo pensábamos que, para tener seis años, estaban progresando muy bien. Y aunque mamá ya no venía todos los días como al principio, ni siquiera un día sí y otro no, por lo menos la veíamos una o dos veces por semana, y nosotros la esperábamos llenos de impaciencia para enseñarle una notita que Carrie y Cory habían escrito con letra de imprenta, haciendo cada uno el mismo número de palabras.

Eran letras grandes, y estaban muy torcidas:

Querida mamá:
Te queremos mucho,
y también nos gustan los dulces.
Adiós.
Carrie y Cory

Un trabajo tan agotador para preparar su propio mensaje, que ni Chris ni yo les habíamos sugerido, un mensaje que ellos esperaban que mamá comprendería. Pero no lo comprendió.

Los dientes, que se estropean, por supuesto.

Y de pronto llegó el verano. Y volvió a hacer calor, un calor agobiante, sofocante, aunque, curiosamente, no tan insoportable como el verano anterior. Chris se decía que nuestra sangre era ya más clara, lo que nos hacía soportar mejor el calor.

Nuestro verano estaba lleno de libros. Al parecer, mamá ahora tomaba cuantos libros quería de las estanterías de abajo sin molestarse en leer siquiera los títulos, ni preguntarse si serían de los que a nosotros nos interesaban, o si serían los más apropiados para nuestras jóvenes inteligencias, tan fácilmente impresionables. Pero no importaba, porque Chris y yo lo leíamos todo.

Uno de nuestros libros favoritos aquel verano era una novela de tema histórico, que hacía la Historia más alegre que como nos la enseñaban en el colegio. Nos sorprendió leer que, en los tiempos antiguos, las mujeres no iban a los hospitales a dar a luz, sino que los niños nacían en las casas, en una cuna pequeña y estrecha, para que así el médico pudiera llegar a ellos más fácilmente que en una cama grande y ancha. Y a veces sólo había «comadronas» en tales casos.

«Una cama de cisne pequeña para dar a luz a un niño», pensó Chris en voz alta, con la cabeza levantada y la mirada perdida en el espacio.

Yo me eché sobre la espalda y le sonreía aviesamente. Estábamos en el ático, tendidos los dos sobre colchones sucios, cerca de las ventanas abiertas por las que entraba una brisa cálida.

—Y los reyes y las reinas tenían su Corte en sus dormitorios, o aposentos, como se llamaban, y tenían la cara dura de estarse sentados en la cama completamente desnudos. ¿Crees que es verdad todo lo que está escrito en los libros?

—¡Pues claro que no! Pero mucho sí. Después de todo, la gente no usaba camisones o pijamas en la cama, sólo se ponían gorros de dormir, para que no se les enfriara la cabeza, y al diablo lo demás.

Nos echamos a reír los dos, imaginándonos a reyes y reinas que no se sentían avergonzados de que les vieran desnudos los nobles y los dignatarios extranjeros.

—La piel desnuda no era pecaminosa entonces, ¿verdad?, quiero decir hace mucho tiempo, en la época medieval.

—Me figuro que no —respondió.

—Lo que lo hace pecaminosa es lo que se hace cuando se está desnudo, ¿verdad?

—Sí, me figuro que sí.

Yo estaba entonces bregando por segunda vez con esa maldición que la Naturaleza me había mandado para hacer de mí una mujer, y me dolía tanto que la primera vez tuve que estarme en la cama todo el día, representando una verdadera comedia y diciendo que me sentía muchos calambres.

—A ti no te parece repugnante lo que me está ocurriendo, ¿verdad? —le pregunté a Chris.

Él puso la cabeza sobre mi cabello.

—Cathy, a mí no me parece repugnante o asqueroso nada de lo que le ocurre al cuerpo de las mujeres ni su manera de funcionar. Supongo que será que empiezo a ser médico ya. Mi idea sobre lo que te pasa es la siguiente..., si te cuesta unos pocos días al mes convertirte en una mujer, como nuestra madre, entonces estoy de acuerdo. Y si duele y no te gusta, pues piensa en la danza, que también duele, según tú misma me has dicho. Y, sin embargo, si te pones a pensar en ello, el dolor vale la pena, en vista de sus compensaciones —le estreché en mis brazos, y él hizo una pausa—. Y a mí también me cuesta lo mío volverme un hombre. No tengo ningún hombre con quien hablar, mientras que tú tienes a mamá. Yo estoy completamente solo en una situación difícil, llena de frustraciones, y a veces no sé qué hacer, ni cómo librarme de las tentaciones, y tengo mucho miedo, no sé si llegaré jamás a ser médico.

—Chris —comencé, luego fue como si estuviera andando sobre arenas movedizas—, ¿nunca tienes dudas sobre ella?

Le vi fruncir el ceño, y seguí hablando sin dejarle responderme con enfado.

266

—¿No te parece... raro que nos tenga aquí encerrados tanto tiempo? Tiene muchísimo dinero, Chris, sé que lo tiene. Todos esos anillos y todas esas pulseras no son falsos como nos dice, ¡sé que no lo son!

Se había apartado de mí cuando la mencioné a «ella». Chris adoraba a su diosa de todas las perfecciones femeninas, pero no tardó en volver a abrazarme, y su mejilla descansó de nuevo sobre mi cabeza, y su voz estaba llena de emoción.

—A veces no me siento tan ciegamente optimista como crees, a veces albergo tantas dudas sobre ella como tú, pero me pongo a pensar en cuando llegamos aquí y me digo que tengo que tener confianza en ella y ser en esto como papá. ¿Te acuerdas de que solía decirnos, «todo lo que pasa, aunque parezca raro, tiene razón, y todo acaba saliendo siempre de la mejor manera posible»? Pues eso me digo también yo, que tiene sus razones para mantenernos aquí encerrados en lugar de sacarnos a hurtadillas para llevarnos a un colegio de internos. Ella sabe lo que está haciendo, Cathy, yo la quiero muchísimo, no lo puedo remediar, haga lo que haga. Y siento que seguiré queriéndola mucho.

La quería más que a mí, me dije, llena de amargura.

Ahora nuestra madre venía a vernos de la manera más irregular. Una vez pasó una semana entera sin hacernos una sola visita. Cuando, por fin, llegó, nos dijo que su padre estaba muy enfermo. Yo me sentí llena de alegría ante tal noticia.

—¿Está empeorando? —pregunté sintiendo un leve remordimiento.

Sabía que estaba mal desear su muerte, pero es que su muerte era para nosotros la salvación.

—Sí —repuso solemnemente—, mucho peor; cualquier día ya, Cathy, cualquier día. No creeríais lo pálido que está, y lo que le duele; y en cuanto muera, seréis libres.

¡Se me hacía raro pensar que era yo tan mala como para desear a un anciano que se muriese en aquel mismo momento! Perdóname, Dios, pero tampoco estaba bien que estuviéramos nosotros encerrados todo el tiempo; necesitábamos salir al aire libre, a la luz cálida del sol, y nos sentíamos muy solos, no viendo a nadie nuevo.

—Podría ocurrir en cualquier momento —dijo mamá, levantándose para irse.

«Baja, baja, carrito, que vienes a llevarme a casa...», ésa era la melodía que canturreé mientras hacía las camas, esperando que llegase la noticia de que el abuelo iba ya camino del cielo, si es que su dinero había servido de algo, y del infierno si resultaba que el demonio era insobornable.

«Si llegas allí antes que yo...»

Y mamá apareció entonces en la puerta, con aire fatigado, y, asomando apenas el rostro anunció:

—Ha pasado esta crisis..., esta vez se va a reponer.

Acto seguido, cerró la puerta y nos vimos de nuevo solos, nuestra esperanza por los suelos.

Arropé bien a los gemelos en la cama aquella noche, porque era raro que mamá viniese a hacerlo. Yo era la que les besaba en las mejillas y oía sus oraciones. Y Chris también hacía lo suyo. Nos querían, era fácil leerlo en sus ojos azules, grandes y sombreados. Cuando se quedaron dormidos, nos acercamos al calendario, a poner una «X» por el día que acababa de pasar. Agosto había vuelto. Ahora llevábamos ya un año entero en aquella cárcel.

SEGUNDA PARTE

Antes de que refresque el día
y huyan las sombras.

CANTAR DE LOS CANTARES, 8-17

CRECIENDO EN ALTURA
Y EN PRUDENCIA

Pasó otro año, más o menos como el primero. Mamá venía a vernos con menos frecuencia, pero siempre con las promesas que mantenía vivas nuestras esperanzas, haciéndonos creer siempre que sólo faltaban unas semanas para el día de nuestra liberación. Y todas las noches, antes de acostarnos, marcábamos el día recién pasado con una gran «X» roja.

Ya teníamos tres calendarios con grandes «X» rojas. El primero sólo estaba lleno a medias, el segundo tenía «X» en todas sus páginas, y el tercero las tenía ya en más de la mitad de ellas. Y el abuelo moribundo, que ya tenía sesenta y ocho años, siempre a punto de exhalar el último suspiro, seguía vivo, más y más tiempo, mientras nosotros esperábamos, en el limbo. Parecía que fuese a llegar a los sesenta y nueve años.

Los jueves, los criados de Villa Foxworth tenían permiso, y era entonces cuando Chris y yo salíamos furtivamente al tejado negro, para echarnos en aquella pendiente empinada, y tomar el aire bajo la luna y las estrellas. Aunque era un lugar alto y peligroso, suponía nuestra única salida al exterior, donde podíamos sentir el aire fresco contra nuestra piel sedienta.

En un lugar donde se juntaban dos alas de la casa, haciendo esquina, podíamos apoyar los pies contra una sólida chimenea y sentirnos completamente seguros. Nuestra situación, en el tejado, nos ponía a cubierto de ser vistos desde el suelo.

Como la ira de nuestra abuela todavía no se había concretado en nada, Chris y yo nos habíamos ido volviendo descuidados. No nos portábamos siempre con decoro en el cuarto de baño, ni andábamos siempre vestidos del todo. Era difícil vivir, día tras día, con las partes íntimas de nuestro cuerpo siempre ocultas al sexo opuesto.

Y, si he de decir la verdad, a ninguno de nosotros nos preocupaba mucho lo que pudiera ver el otro.

Pero debiera habernos preocupado.

Debiéramos haber tenido cuidado.

Debiéramos habernos acordado siempre de la espalda ensangrentada y llena de ronchas de mamá, nunca, nunca debiéramos haberla olvidado. Pero el día en que mamá fue azotada nos parecía ahora muy lejano, lejanísimo, como si hubiera ocurrido hacía una eternidad.

Ya tenía casi quince años y nunca me había visto a mí misma desnuda del todo, porque el espejo que había en la puerta del armario del cuarto de baño estaba demasiado alto para poder verme bien. Nunca había visto una mujer desnuda, ni siquiera en fotografía, y los cuadros y las estatuas de mármol no muestran detalles. Por eso esperé a tener el dormitorio para mí sola, y cuando se me presentó la oportunidad, la aproveché para desnudarme del todo, y entonces me puse a mirarme, a darme vueltas y a admirarme. ¡Eran increíbles los cambios que las hormonas habían realizado en mí desde mi llegada a aquel cuarto! Incluso en mi rostro, el pelo, las piernas, y tanto menos aquel cuerpo lleno de curvas que ahora veían mis ojos. Me di vueltas de un lado y luego del otro, sin perder de vista un instante el reflejo de mí misma mientras ejecutaba posturas de ballet.

Una sensación como de cosquilleo en la nuca me hizo pensar que había alguien cerca, mirándome. Di media vuelta súbitamente y vi a Chris que estaba entre las sombras del cuartito. Había bajado silenciosamente del ático. ¿Cuánto tiempo llevaba allí? ¿Había estado viendo las cosas tontas e indecorosas que acababa yo de hacer? ¡Santo cielo, ojalá no fuese así!

Estaba allí como congelado. Sus ojos azules tenían una extraña expresión, como si no me hubiese visto nunca hasta entonces desnuda, aunque sí que me había visto, y muchas veces. Quizá fuese que, cuando los gemelos estaban también tomando el sol con nosotros, los pensamientos de Chris se mantenían fraternos y puros, y no me miraba entonces de la misma manera.

Sus ojos se bajaron de mi rostro sonrojado hasta mis pechos, y, de allí más y más abajo, hasta llegar a mis pies, de donde volvieron a subir cuerpo arriba, poco a poco.

Yo estaba temblorosa, incierta, preguntándome qué podría hacer que no me hiciese parecer tonta y mojigata a ojos de un hermano que sabía muy bien cómo reírse de mí cuando quería. Me parecía extraño, mayor, como alguien a quien nunca había visto hasta entonces. También me parecía débil, deslumbrado, perplejo y si hacía algún movimiento para cubrirme le privaría de algo que había estado hambriento de ver.

El tiempo parecía haberse paralizado, mientras él seguía en el cuartito y yo vacilaba ante el aparador, que le descubría a Chris también mi lado posterior, porque me fijé en que sus ojos iban raudos al espejo, para ver también lo que éste reflejaba.

—Chris, haz el favor de irte.

No pareció oírme.

Seguía mirándome.

Me sonrojé de pies a cabeza y sentí que sudaba por las axilas, y también que el pulso comenzaba a latirme de manera rara. Me sentía como un niño cogido con las manos en el frasco de los dulces, culpable de algún delito de poca monta, y muy asustado de ser castigado con severidad por no haber hecho prácticamente nada malo, pero su mirada, sus ojos, me hicieron volver a la vida, y el corazón comenzó a latirme de una manera salvaje y enloquecida, lleno de miedo. ¿De qué podría tener miedo? No era más que Chris, después de todo.

Por primera vez me sentí molesta, avergonzada de lo que ahora tenía, y en seguida me incliné para recoger el vestido que me había quitado. Me defendería con él, le diría que se fuera.

—No, no —dijo él, cuando tenía ya el vestido en las manos.

—No debieras... —tartamudeé, temblando más todavía.

—Ya sé que no debiera mirarte, pero es que estás tan guapa, es como si hasta ahora no te hubiese visto nunca. ¿Cómo te has vuelto tan guapa, si estaba yo aquí y no me di cuenta?

¿Cómo era posible responder a una pregunta así? La única manera que se me ocurría era mirarle y rogarle con los ojos que se fuera.

Y justamente en aquel momento, a mis espaldas, se oyó girar la llave en la cerradura de la puerta. Traté de ponerme el vestido a toda prisa, por la cabeza tirando de él para abajo, cuando entró la abuela. ¡Dios santo! No conseguía encontrar las mangas. Tenía la cabeza cubierta por el vestido, mientras que el resto de mi cuerpo estaba desnudo, y ella estaba allí, ¡la abuela! No la veía, ¡pero sentía su presencia!

Finalmente, acabé encontrando los agujeros de las mangas y me puse el vestido de un tirón, pero ella ya me había visto en toda mi desnudez esplendorosa, y se notaba en aquellos ojos relucientes de un color gris piedra. Apartó los ojos de mí y los clavó en Chris, con una mirada que era como una puñalada. Mi hermano continuaba aún presa de un deslumbramiento que le dejaba completamente inerme.

—¡Vaya, vaya! —espetó ella—. ¡De modo que por fin os he sorprendido! ¡Ya sabía que acabaría cogiéndoos tarde o temprano!

Nos había hablado ella la primera. Era como una de mis pesadillas... desnuda ante la abuela y ante Dios.

Chris salió de la niebla en que estaba envuelto y dio un paso hacia adelante para replicar:

—¿Que nos ha cogido? ¿Y qué es lo que ha cogido? ¡Nada!

Nada...

Nada...

Nada...

Aquella palabra retumbaba. ¡Ella pensaba que nos había cogido haciéndolo todo!

—¡Pecadores! —silbó, como una serpiente, volviéndose de nuevo para fijar sus ojos crueles en mí, y eran unos ojos que no tenían piedad alguna—. ¿Piensas que estás bonita así? ¿Piensas que todas esas curvas jóvenes y nuevas son atractivas? ¿Te gusta, quizá, todo ese cabello largo y dorado, que tanto te cepillas y te rizas? —sonrió entonces, pero fue la sonrisa más aterradora que he visto en mi vida.

Las rodillas se me entrechocaron nerviosamente, y tampoco podía tener quietas las manos. Me sentía muy vulnerable sin ropa interior y con la cremallera completamente abierta en la espalda. Eché una ojeada rápida a Chris, que avanzó despacio, mientras sus ojos miraban en torno a sí en busca de algún arma.

—¿Cuántas veces le has permitido a tu hermano que use tu cuerpo? —disparó la abuela, mientras yo seguía allí, incapaz de hablar, sin comprender lo que quería decir.

—¿Usar? ¿Qué quiere decir?

Sus ojos se estrecharon hasta convertirse en meras hendiduras que se volvieron rápidamente para captar la expresión turbada del rostro de Chris, que me revelaba claramente que entendía lo que quería decir la abuela, aunque yo no lo entendiese.

—Lo que quiero decir es —dijo él, poniéndose más rojo todavía— que no hemos hecho nada malo. —Ahora, su voz era de hombre, profunda y fuerte—. Ande, siga mirándome con sus ojos suspicaces y odiosos, crea lo que le venga en gana, ¡pero Cathy y yo no hemos hecho nada que sea malo, pecaminoso o impío!

—Tu hermana estaba desnuda, y te permitía mirar su cuerpo, de modo que habéis hecho mal —diciendo esto, la abuela volvió de nuevo sus ojos a mí y me los hincó llenos de odio, luego dio media vuelta y se fue de la habitación a grandes zancadas, dejándome toda temblorosa. Chris estaba furioso conmigo.

—¡Cathy! ¿Por qué se te ocurrió desnudarte en esta habitación? ¡Sabes de sobra que nos espía, que está siempre tratando de ver si nos coge haciendo algo! —Su rostro tenía una expresión angustiada, que le hacía parecer más viejo y muy violento—. Ahora nos va a castigar, y porque se haya ido sin hacer nada no creas que no tiene pensado volver.

Eso también lo sabía yo..., lo sabía.

Iba a volver, ¡y con el látigo!

Adormilados e irritables, los gemelos bajaron del ático. Carrie se instaló delante de su casa de muñecas, y Cory se sentó en el suelo para ver la televisión. Cogió su guitarra cara, de profesional, y comenzó a tocar. Chris se sentó en su cama, con el rostro fijo en la puerta. Yo estaba al acecho, lista para echar a correr en cuanto volviese. Me metería corriendo en el baño, cerraría la puerta por dentro. Me...

La llave se oyó en la puerta, y el picaporte giró.

Nuestra abuela entró en la habitación, alta e imponente como un árbol, y no traía un látigo, sino unas enormes tijeras, de las que emplean las modistas para cortar vestidos. Eran de color acero reluciente, largas, y parecían estar muy afiladas.

—¡Siéntate, muchacha! —ordenó—. Te voy a cortar el pelo al rape, y así no te sentirás tan orgullosa cuando te mires al espejo.

Desdeñosa, sonrió cruelmente al ver mi sorpresa; era la primera vez que la veía sonreír.

¡Mis peores temores se veían confirmados! ¡Prefería que me azotase! La piel se me curaría, pero tardaría años y años en volver a tener la cabellera larga y bella que tanto admiraba y cuidaba desde que papá me dijo por primera vez que era bonita, y a él le gustaban las niñas pequeñas con el pelo largo. ¡Oh, Dios mío! ¿Cómo era posible que la abuela supiese que yo soñaba casi todas las noches que entraba en la habitación sin hacer ruido y me trasquilaba como a una oveja mientras dormía? ¡Y, a veces, soñaba que no sólo me despertaba por la mañana toda rapada y fea, sino que, encima, me había cortado también los pechos!

Siempre que me miraba fijaba los ojos en alguna parte de mí. No me veía como una persona, de una sola pieza, sino en partes que parecían irritarla..., ¡y quería destruir todo lo que la irritaba!

Traté de refugiarme en el cuarto de baño y cerrar la puerta por dentro, pero, por la razón que fuese, mis piernas de bailarina, tan bien entrenadas, se negaban a obedecerme. Estaba paralizada por la amenaza misma de aquellas tijeras largas y brillantes, y, por encima de ellas, los ojos color cromo de la abuela centelleaban de odio, escarnio y desprecio.

Y fue entonces cuando Chris levantó la voz, una voz fuerte, de hombre.

—¡Abuela, no le vas a cortar el pelo a Cathy! ¡Si das un solo paso en dirección a ella, te machaco la cabeza con esta silla!

Tenía en las manos una de las sillas que usábamos para comer, dispuesto a cumplir su amenaza. Sus ojos despedían fuego, tanto como odio los de ella.

La abuela le miró con ojos muy severos y ardientes, como si aquella amenaza no tuviera la menor importancia, como si la fuerza insignificante de Chris no pudiera nada contra la montaña de acero que ella era.

—De acuerdo. Como queráis. Muchacha, te doy a escoger: o te rapo el pelo o no os traigo ni comida ni leche durante una semana.

—Los gemelos no han hecho nada —imploré—. Chris tampoco ha hecho nada. Él no sabía que yo estaba desnuda cuando bajó del ático. Todo ha sido culpa mía. Yo puedo pasar sin comida y sin leche durante una semana. No me moriré de hambre, y además, mamá no le permitirá que me haga eso. Nos traerá de comer.

Pero no dije esto con mucha seguridad. Mamá llevaba mucho tiempo sin venir a vernos; la verdad era que no venía con mucha frecuencia, y lo más probable era que yo pasara mucha hambre.

—O el pelo, o sin comer una semana —repetía ella, sin tener en cuenta mis palabras ni ceder.

—Hace mal en portarse así, vieja —saltó Chris, acercándose más con la silla levantada—. Cogió a Cathy por sorpresa, pero no estábamos haciendo nada pecaminoso. Nunca lo hemos hecho. Usted juzga solamente por las apariencias.

—O el pelo o ninguno de vosotros comerá en una semana —insistió, haciendo caso omiso de Chris, como siempre—. Y si te encierras con llave en el cuarto de baño o te escondes en el ático, serán dos semanas sin comer, ¡o hasta que bajes con la cabeza rapada! —Luego fijó los ojos, fríos y calculadores, en Chris, durante un momento largo y penosísimo—. Me parece que vas a ser tú quien le corte a tu hermana ese pelo largo que ella tanto quiere —dijo, con una secreta sonrisa. Había dejado las tijeras relucientes sobre el aparador—. Cuando vuelva y vea a tu hermana sin pelo, entonces comeréis los cuatro.

Nos dejó solos, sumidos en la mayor perplejidad, con Chris mirándome y yo mirándole a él.

Chris sonrió.

—¡Va, Cathy, no te preocupes! ¡No lo dice en serio! Mamá vendrá de un momento a otro, y se lo diremos..., no pasará nada. No te cortaré el pelo pase lo que pase. —Se acercó a mí para echarme el brazo en torno de los hombros—. Tenemos suerte, porque hemos escondido en el ático una caja de galletas y una libra de queso, ¿eh? Además, todavía tenemos la comida de hoy, se le olvidó a la vieja.

Casi nunca comíamos mucho. Y aquel día comimos menos aún, por si acaso mamá no venía. Guardamos en reserva la leche y las naranjas. El día terminó sin que mamá viniera a visitarnos. Y nos pasamos la noche inquietos, agitados y sin dormir. Cuando, por fin, conseguí dormirme, tuve terribles pesadillas. Soñé que Chris y yo estábamos en un bosque profundo y oscuro, corriendo, perdidos, buscando a Carrie y a Cory. Gritábamos sus nombres con la voz silenciosa de los sueños, pero los gemelos no nos contestaban, y entonces nos aterrorizábamos y echábamos a correr en plena y completa oscuridad.

¡Y entonces, de pronto, aparecía una casita hecha toda de pan de jengibre, saliendo de la oscuridad! Y estaba hecha también de queso, y el techo era de pastas, y los dulces duros de Navidad servían de pavimento a un caminito pintoresco y serpenteante que conducía a la puerta, cerrada. La cerca de estacas puntiagudas estaba hecha con varas de menta, y los arbustos de helado, de siete sabores.

Transmití rápidamente un pensamiento a Chris: ¡No! ¡Aquello era una añagaza! ¡No podíamos entrar!

Y él me respondió con otro pensamiento: ¡Tenemos que entrar! ¡Tenemos que salvar a los gemelos!

Entramos sin hacer ruido en la casita y vimos cojines que eran panecillos calientes, goteantes de mantequilla fundida, y el sofá de pan blanco recién hecho, y también con mantequilla.

¡Y en la cocina estaba la bruja más bruja de todas las brujas! Tenía la nariz como un pico de ave, la mandíbula prominente, la boca sin dientes, y su cabeza era una escobilla de cuerdas de color gris, que apuntaban en todas las direcciones posibles.

Tenía cogidos a nuestros gemelos por el pelo rubio, ¡y estaba a punto de tirarlos al horno! Ya los había garrapiñado de rosa y azul, y su carne, todavía sin cocinar, comenzaba a volverse del color del pan de jengibre, y sus ojos se estaban convirtiendo en uvas pasas.

¡Me puse a gritar! ¡A gritar una y otra vez!

La bruja se volvió hacia mí y se puso a mirarme con sus ojos grises de pedernal y su boca estrecha, fina como la herida roja de un cuchillo, abierta de par en par para reírse. Y se echó a reír histéricamente, sin parar, mientras

Chris y yo retrocedíamos, asustados y sorprendidos. Ella echó hacia atrás la cabeza, con la boca abierta, cuan grande era, mostrando unas amígdalas que parecían colmillos, y, de una manera desconcertante y aterradora, comenzó a dejar de parecerse a nuestra abuela. ¡Como de una oruga sale una mariposa, mientras nosotros la mirábamos aterrados, sin poder hacer otra cosa que mirar, de todo aquel horror vimos salir a nuestra madre!

¡Mamá! Su cabello rubio flotaba como cintas de seda que se derramasen, retorciéndose hasta el suelo, como si quisiera envolvernos en sus nudos como serpientes. Algunos hilos de su pelo se retorcían en torno a nuestras piernas, subiéndose por ellas para acercarse a nuestras gargantas…, ¡tratando de estrangularnos para hacernos callar…, para que no fuéramos un obstáculo a su herencia!

Os quiero, os quiero, os quiero, murmuraba ella, sin palabras.

Me desperté, pero Chris continuaba durmiendo, igual que los gemelos.

Yo me desesperaba, porque el sueño trataba de volver a apoderarse de mí. Traté de quitarme de encima aquel terrible amodorramiento, como si me estuviese ahogando, y entonces, de nuevo, me vi sumida en sueños, en sueños de pesadilla, y me vi corriendo por la oscuridad, y hundiéndome en un charco de sangre, en el que caí. Era sangre pegajosa como alquitrán, y peces cubiertos de diamantes, con cabeza de cisne y ojos rojos, venían a mordisquearme los brazos y las piernas, que perdían la sensibilidad, y los peces con cabeza de cisne reían, reían, contentos de verme acabada y ensangrentada. ¡Mirad! ¡Mirad!, gritaban con sus voces quejumbrosas, que retumbaban incesantemente. ¡No te puedes escapar!

Llegó la mañana, pálida, tras las pesadas cortinas corridas, que nos privaban de la luz dorada de la esperanza.

Carrie se agitaba en sueños y se me acercaba, muy mimosa.

—Mamá —murmuró—, no me gusta esta casa.

Su pelo de seda era como de plumón contra mi brazo,

y poco a poco, muy poco a poco, las sensaciones volvieron a mis manos y mis brazos, a mis pies y mis piernas.

Yo continuaba echada, quieta, en la cama, mientras Carrie se agitaba incesantemente, queriendo que la apretase con mis brazos, pero me sentía como drogada, hasta el punto de no poder mover los brazos. ¿Qué era lo que me pasaba? Sentía la cabeza tan pesada como si la tuviera toda llena de piedras, de manera que el cráneo estuviese sometido a toda aquella presión interna y a punto de abrírseme en pedazos. Todavía me cosquilleaban los dedos de las manos y los pies, y todo mi cuerpo era como plomo. Las paredes avanzaban sobre mí, luego se retiraban, y nada en torno a mí era vertical.

Traté de ver mi reflejo en el brillante espejo que tenía enfrente, y, sin embargo, cada vez que trataba de volver la cabeza hinchada, ésta se negaba a obedecerme. Siempre que me disponía a dormirme, esparcía el pelo sobre la almohada, para poder volver la cabeza y sentir contra le mejilla la suavidad aromática y sedosa de mi cabello, fuerte, sano, muy mimado y cuidado. Era aquélla una de las cosas sensuales con que más disfrutaba, la sensación de mi pelo contra mi mejilla, para ayudarme a entrar en dulces sueños de amor.

Y sin embargo, hoy no había pelo en la almohada. ¿Qué le había pasado a mi pelo?

Las tijeras continuaban encima del aparador. Apenas las veía. Carraspeando repetidas veces para despejarme la garganta, lancé un débil grito, llamando a Chris, no a mamá, por su nombre. Pedía a Dios que hiciera que mi hermano oyese mi llamada.

—Chris —conseguí, por fin, murmurar, con la más extraña y rasposa de las voces—, me pasa algo.

Mis palabras murmuradas y débiles despertaron a Chris, aunque no sé si me oyó. Se incorporó, frotándose adormilado los ojos.

—¿Qué quieres, Cathy? —preguntó.

Musité algo que le hizo bajarse de la cama, y con su pijama azul arrugado y su pelo convertido en una greña amarilla, vino con pasos torpes hasta mi cama, pero se detuvo en seco, contuvo el aliento y emitió una serie de sonidos entrecortados, de horror y sorpresa aterrada.

—¡Cathy, santo cielo!

Su grito me produjo escalofríos de miedo por la espina dorsal.

—Cathy..., oh, Cathy —gimió.

Mientras él me miraba, me preguntaba qué estaría viendo para que se le desorbitaran los ojos de aquella manera. Traté de levantar los brazos pesados como el plomo y tocarme la cabeza hinchada y pesada. De alguna manera conseguí llevar las manos hasta allí, ¡fue entonces cuando encontré la fuerza para gritar! ¡Y me puse a gritar de verdad! Grité una y otra vez, chillé como una persona que se ha vuelto loca, hasta que Chris se acercó y me apretó en sus brazos.

—¡Cállate, por favor, cállate! —gimió—. Acuérdate de los gemelos... no les asustes más de lo que ya lo están... Por favor, no grites más, Cathy, que ya han pasado bastante, los pobres, y sé muy bien que no quieres darles un susto que recuerden toda su vida, y se lo darás si no te calmas. Todo irá bien, te lo quitaré, hoy mismo, como sea, te quitaré el alquitrán del pelo.

Encontró un puntito rojo en uno de mis brazos, y era allí donde la abuela había hincado la aguja hipodérmica para dormirme con alguna droga. Y, mientras dormía, había derramado alquitrán caliente en mi pelo. Tuvo que haberlo reunido todo en un moño antes de verter el alquitrán, porque no me había dejado un solo pelo libre de aquella plasta.

Chris trataba de impedir que me mirase al espejo, pero yo le aparté a un lado, y cuando me vi, tuve que abrir la boca de sorpresa ante el horrible manchón negro en que se había convertido mi cabeza. Como una masa enorme de chicle negro, mascado y dejado, hecho una verdadera porquería, ¡hasta me caía por la cara, surcándome las mejillas de lágrimas negras!

Miraba, y me decía que nunca conseguiría quitarme aquel alquitrán, ¡jamás!

Cory fue el primero que se despertó, y quería bajarse de la cama y correr a las ventanas y descorrer las cortinas para mirar fuera y ver al sol que se ocultaba de él. Ya estaba en el suelo y preparado para echar a correr a las cortinas cuando me vio.

Sus ojos se abrieron cuan grandes eran. Sus labios se abrieron. Sus manitas inquietas se cerraron y se pusieron a frotarse los ojos, y luego volvió a mirarme con asombro e incredulidad.

—Cathy —consiguió decir por fin—, ¿eres tú?

—Me figuro que sí.

—¿Y por qué tienes el pelo negro?

Antes de que pudiese responder a aquella pregunta, se despertó Carrie.

—¡Aaaaaay! —chilló—. ¡Cathy, tienes una cabeza muy rara!

Sus ojos se llenaron de grandes lágrimas relucientes que resbalaron mejillas abajo, «¡no me gusta cómo tienes la cabeza ahora!», aulló, y luego comenzó a llorar como si aquel alquitrán estuviese en su pelo.

—Anda, cálmate, Carrie —dijo Chris, con el tono de voz más corriente y normal—. No es más que un poco de alquitrán que se le ha caído a Cathy en el pelo, y en cuanto se bañe y se lave con champú, ya verás cómo se le quita y le queda el pelo igual que lo tenía ayer. Mientras ella va a hacerlo, quiero que los dos os comáis las naranjas para desayunar y después miréis la televisión. Luego tomaremos un desayuno de verdad, en cuanto Cathy se limpie el pelo.

Chris no quería mencionar a nuestra abuela por temor a hacerles ver lo horrible de nuestra situación. Y ellos se sentaron en el suelo, muy juntos, apoyándose el uno en el otro, y se dedicaron a pelar las naranjas y a comer los gajos, sumiéndose en la suave inexistencia de los dibujos animados y otras películas tontas propias del sábado por la mañana.

Chris me indicó que metiera la cabeza en la bañera llena de agua caliente, y así lo hice una y otra vez, mientras

Chris me aplicaba champú para suavizar el alquitrán. El alquitrán ciertamente se reblandecía, pero no se caía, dejándome el pelo limpio. Sus dedos se movían en una masa empapada y pegajosa. Yo le escuchaba emitir ruiditos quejumbrosos, pues estaba haciendo todo cuanto podía para quitarme el alquitrán sin arrancarme todo el pelo. Las tijeras que había dejado la abuela seguían sobre el tocador.

Arrodillado junto a la bañera, Chris consiguió por fin meter los dedos por entre la masa de alquitrán, pero cuando los sacó los tenía llenos de pelos negros y pegajosos.

—¡Tendrás que emplear las tijeras! —le grité, cansada de todo aquello, que ya duraba dos horas.

Pero, no, las tijeras eran el último recurso. Chris se decía que tenía que haber alguna solución química que disolviera el alquitrán sin disolverme el pelo. Tenía un juego de química muy profesional que le había dado mamá: En la tapa había un serio aviso: «Esto no es un juguete, la caja contiene productos químicos peligrosos y es solamente para uso de profesionales.»

—Cathy —me dijo, sentado sobre sus talones desnudos—, voy a subir a la clase del ático a mezclar algunos ingredientes químicos para quitarte el alquitrán del pelo.

Me sonrió con picardía diciendo esto. La luz del techo iluminaba el vello suave que le cubría el labio superior, y me dije que también él tenía pelo más oscuro y fuerte en la parte inferior del cuerpo, como yo.

—Tengo que usar el retrete, Cathy, nunca lo he hecho delante de ti y me siento incómodo, puedes volverte de espaldas y taparte las orejas con los dedos, o si te metes en el agua, a lo mejor el amoníaco te despega el pelo.

No pude menos de mirarle, llena de asombro. Aquel día estaba tomando proporciones de verdadera pesadilla. ¿Estar metida en agua hirviendo y usar la del retrete y luego lavarme el pelo con ella? ¿Podría ser verdad que iba a hacer eso mientras Chris orinaba en la cómoda que había a mis espaldas? Me dije para mis adentros que no, que no podía ser verdad, que no era más que un sueño. Carrie y

Cory no usaban nunca tampoco el baño mientras yo estaba en la bañera, mojándome el pelo en agua sucia.

Pero era verdad. Cogidos de la mano, Cory y Carrie se acercaron a la bañera y se me quedaron mirando, porque querían saber por qué tardaba tanto.

—Oye, Cathy, ¿qué tienes en la cabeza?

—Alquitrán.

—¿Y por qué te pusiste alquitran en la cabeza?

—Debí de hacerlo mientras dormía.

—¿Y dónde encontraste el alquitrán?

—En el ático.

—¿Y por qué te pusiste alquitrán en el pelo?

¡No me gusta mentir! Lo que quería era decirles quién me había echado alquitrán en el pelo, pero no acababa de decidirme a contárselo. Carrie y Cory le tenían ya demasiado miedo a la vieja.

—Bueno, márchate a ver la televisión, Carrie —ordené, sintiéndome irritable y nerviosa por tantas preguntas como me hacía Carrie y sin querer mirar su ojos hundidos y sus mejillas finas y sumidas.

—Cathy, ¿es que ya no me quieres nada más?

—Se dice ya no me quieres más.

—¿No?

—Claro que te quiero, Carrie, os quiero mucho a los dos, pero me puse el alquitrán en el pelo por equivocación, y ahora estoy muy enfadada conmigo misma.

Carrie fue a sentarse de nuevo junto a Cory. Se pusieron a charlar muy bajo, en aquel extraño lenguaje que solamente ellos comprendían. A veces me decía que los gemelos eran mucho más perspicaces de lo que suponíamos Chris y yo.

Estuve horas y horas en la bañera, mientras Chris preparaba una docena de potingues para experimentarlos en un mechón de mi pelo. Experimentaba atentamente, haciéndome cambiar el agua con frecuencia, y siempre a una temperatura cada vez más elevada. Yo me encogía convirtiéndome en una ciruela pasa, toda arrugada, mientras él, poco a poco, iba limpiándome el pelo de aquella masa pegajosa. El alquitrán fue despegándose, por fin, junto con gran cantidad de cabello. Pero tenía muchísimo, de modo que podía permitirme el lujo de perder mucho sin que se notase la diferencia. Y cuando terminó, había terminado también el día, y ni Chris ni yo habíamos comido nada. Él había dado galletas y queso a los gemelos, pero no había tenido tiempo de comer él. Envuelta en una toalla, me senté en la cama y me puse a secarme mi pelo, muy reducido ahora. Lo que quedaba de mi cabellera era frágil, se rompía fácilmente, y el color era casi platino.

—Podías haberte ahorrado el esfuerzo —le dije a Chris, que estaba comiendo, con mucha hambre, dos galletas con queso—. No nos ha traído comida, ni nos traerá hasta que me lo cortes todo.

Se me acercó, con un plato lleno de queso y galletas, y un vaso de agua en la otra mano.

—Come y bebe, que vamos a ser más listos que ella. Si para mañana no nos trae algo de comida o si mamá no aparece por aquí, lo que haré será cortarte el pelo por delante, sobre la frente, y entonces te tapas la cabeza con un pañolón, como si te diera vergüenza que te vieran la cabeza calva, y en seguida te volverá a crecer ese pelo.

Fui comiendo poco a poco el queso y las galletas, sin contestar. Regué la única comida de aquel día con agua del grifo del cuarto de baño. Entonces, Chris me cepilló el pelo palidísimo y débil, que tanto había sufrido. Es curioso cómo arregla las cosas el destino: mi cabeza nunca había brillado tanto como entonces, ni había dado tal sensación de finísima seda, y me sentía agradecida de tener todavía algo, por poco que fuese. Me eché en la cama, exhausta, enervada por la emoción y observada por Chris, que, sentado en la cama, estaba simplemente mirándome.

Cuando me quedé dormida, él seguía allí, mirándome, y en las manos tenía una larga guejada de pelo sedoso y como de tela de araña.

Pasé una noche agitada, despertándome y volviéndome a dormir, inquieta, atormentada. Me sentí impotente, irritada, frustrada.

Y entonces vi a Chris.

Estaba todavía vestido, con la misma ropa que había llevado durante todo aquel largo día. Había empujado la silla más pesada del cuarto de modo que quedase apoyada contra la puerta, y se había sentado en ella, dormitando, mientras, en la mano, tenía las tijeras largas y cortantes. Había cerrado la entrada del cuarto para que la abuela no pudiese entrar a hurtadillas y emplear ahora las tijeras. Hasta dormido, estaba defendiéndome de ella.

Cuando estaba mirándole, abrió los ojos, se sobresaltó, como si no hubiera querido seguir durmiendo y dejarme a mí sin protección. En la semioscuridad de la habitación cerrada, siempre sonrosada durante la noche, su mirada se cruzó con la mía y nuestros ojos se encontraron; entonces, muy despacio, me sonrió:

—Hola —saludó.

—Chris —gemí—, anda, acuéstate, no puedes cerrarle el paso eternamente.

—Mientras tú estás dormida, sí que puedo.

—Entonces, déjame a mí hacer de centinela. Nos turnaremos.

—¿Quién es el hombre aquí, tú o yo? Además, yo como más que tú.

—¿Y qué tiene eso que ver?

—Tú estás demasiado delgada ahora, y estar despierta de noche sólo serviría para que adelgazaras más todavía, mientras que no importa si yo pierdo peso.

También su peso estaba por debajo del normal. A todos nos pasaba lo mismo, y su liviano peso no habría bastado para mantener alejada de la puerta a la abuela si quisiera realmente abrirla a la fuerza. Me levanté y fui a sentarme con él en la silla, por mucho que protestase galantemente.

—¡Cállate! —murmuré—. Los dos juntos podemos espantarla mejor, y, además, podemos dormirnos.

Y llegó la mañana... sin abuela... y sin comida.

Los días de hambre pasaron interminables, tristísimos.

Las galletas y el queso acabaron por terminarse demasiado pronto, aunque comíamos muy poco a poco lo que teníamos. Y fue entonces cuando comenzamos a sufrir de verdad. Chris y yo sólo bebíamos agua, y ahorrábamos la leche para los gemelos.

Chris se acercó a mí con las tijeras en la mano, y a la fuerza, con lágrimas en los ojos, me cortó la parte delantera de la cabellera hasta dejarla casi al rape. No quise mirarme en el espejo cuando terminó. La parte larga que quedó sin cortar me la recogí sobre la cabeza y luego la envolví, con un pañolón, como en un turbante.

¡Y entonces lo que pasó, como una ironía, una amarga ironía, fue que la abuela no vino!

No nos trajo ni comida ni leche, ni ropa de cama ni toallas limpias, ni siquiera jabón y pasta de dientes, que se nos había acabado. Ni tampoco papel de retrete. Y ahora nos arrepentíamos de haber tirado todo aquel papel en que estaba envuelta la ropa cara que nos había traído mamá; lo único que podíamos hacer era ir arrancando páginas de los libros más viejos del ático, y usarlas.

Luego el retrete se atascó, y se desbordó, y Cory comenzó a gritar, porque la porquería salía del retrete, llenando el cuarto de baño. No teníamos con qué desatascarlo. Chris y yo, angustiados, no sabíamos qué hacer. Mientras él cogía una percha de alambre para enderezarla y empujar hacia abajo lo que atascaba el retrete, yo subí al ático, a buscar ropas viejas con que limpiar la sucia inundación.

Y ahora teníamos trapos sucios y malolientes en cantidad suficiente para llenar un baúl, y aumentar así los secretos del ático.

Escapamos a todo el horror de aquella situación no hablando apenas de ella. Por las mañanas, nos levantábamos, nos salpicábamos la cara con agua, nos limpiábamos los dientes con agua solamente, bebíamos un poco de agua, dábamos una vuelta por el cuarto, y luego nos sentábamos a ver la televisión o a leer, y al diablo si venía la abuela y nos cogía arrugando las colchas, ¿qué importaba ahora?

Oír a los gemelos llorar pidiendo comida era algo que me desgarraba el alma, dejándome cicatrices para el resto de mi vida. ¡Y cuánto, pero cuánto odiaba yo a aquella vieja, y a mamá, por lo que nos estaban haciendo!

Y cuando llegaban las horas de comer sin tener nada que llevarnos a la boca, nos dormíamos. Dormíamos horas y horas, y dormidos no sentíamos ni dolor ni hambre, ni soledad ni amargura. Dormidos nos podíamos ahogar en una falsa euforia, y al despertar no sentíamos preocupación por nada.

Llegó un día irreal, nebuloso, en el que los cuatro estuvimos todo el tiempo echados, y la única vida en todo el cuarto estaba en la pequeña caja del rincón. Aturdida y fatigada, volví la cabeza, sin ninguna razón para ello, a Chris y a Cory, y estuve así, echada, sin apenas sentir nada, mirando a Chris que sacaba su navaja y se cortaba la muñeca. Acercó la muñeca ensangrentada a la boca de Cory, y le hizo beber su sangre, por mucho que Cory protestaba. Y los dos, que no querían comer nada que fuese demasiado grueso, o aterronado, o granuloso, o demasiado duro, o fibroso, o, simplemente, que «pareciera raro», bebieron ahora la sangre de su hermano, mirándolo con ojos embotados, muy abiertos, aceptadores.

Yo aparté la cabeza de aquel espectáculo, asqueada por lo que tenía que hacer Chris, y llena de admiración porque era capaz de hacerlo. Siempre estaba a la altura de cualquier problema difícil.

Chris se acercó a mi lado de la cama y se sentó en el borde, mirándome durante un momento muy largo, luego bajó los ojos, mirando la herida en su muñeca, que ya no sangraba tanto. Levantó la navaja y se dispuso a hacerse una segunda herida, para que también yo pudiera nutrirme con su sangre, pero le detuve, y, apoderándome de la navaja, la tiré lo más lejos posible. Fue corriendo a cogerla y la limpió de nuevo con alcohol, a pesar de mi promesa de no beber su sangre, privándole así de más fuerza.

—¿Y qué haremos, Chris, si no vuelve nunca más? —pregunté, con voz apagada—. Nos va a dejar morir de hambre.

Me refería, por supuesto a la abuela, a la que llevábamos dos semanas sin ver. Y Chris había exagerado al decir que teníamos en reserva una libra de queso. Lo usábamos para cebo en las ratoneras, y tuvimos incluso que quitarlo de ellas, para comerlo nosotros, cuando ya no nos quedó otro remedio. Y ahora llevábamos tres días enteros con el estómago completamente vacío, cuatro sin otra cosa que un poco de queso y galletas. Y la leche que habíamos guardado para beber los gemelos se había acabado hacía diez días.

—No nos dejará morirnos de hambre —dijo Chris, echándose a mi lado y abrazándome débilmente—. Seríamos idiotas y cobardes si se lo permitiéramos; mañana, si no viene con comida ni aparece tampoco mamá, lo que haremos es bajar al jardín con la escalera.

Yo tenía la cabeza echada sobre el pecho, y me oía latir el corazón.

—¿Y cómo sabes que no lo haría? Nos odia, y querría vernos muertos. ¿No te ha dicho, una y otra vez, que no debiéramos haber nacido nunca?

—Cathy, la vieja no es tonta, nos traerá comida pronto, antes de que mamá vuelva de dondequiera que esté.

Me puse a vendarle la muñeca cortada. Dos semanas antes, Chris y yo habríamos debido escapar de allí, cuando los dos teníamos fuerzas suficientes para hacer la peligrosa bajada. Ahora, si la intentábamos, sin duda nos caeríamos y nos mataríamos todos, y el peso de los gemelos atados a nuestras espaldas dificultaría la operación todavía más.

Pero cuando llegó la mañana y seguimos sin que nos trajeran comida, Chris nos obligó a subir al ático. Él y yo llevábamos en brazos a los gemelos, que estaban demasiado débiles para andar. Allí arriba, el calor era tórrido. Medio dormidos, los gemelos se dejaron caer en el rincón de la clase, donde los habíamos dejado. Chris se puso a hacer unos cabestrillos para atar a los gemelos de manera segura a nuestras espaldas, pero ninguno de los dos mencionó la posibilidad de que una caída sería un suicidio y, al mismo tiempo, un asesinato.

—Lo haremos de otra manera —dijo Chris, pensándolo mejor—. Yo bajaré primero, y, cuando llegue al suelo, tú colocas a Cory en uno de los cabestrillos, lo sujetas bien fuerte para que no pueda desatarse, y me lo bajas. Luego, haces lo mismo con Carrie. Y bajas tú la última. Y, ¡por Dios bendito!, pon mucho cuidado en cómo lo haces. ¡Pide a Dios que te dé fuerzas, pon interés! ¡Llénate de ira, de rabia, piensa en la venganza! ¡He oído decir que la ira da fuerzas sobrehumanas en los momentos de crisis!

—Déjame bajar a mí primero, tú eres más fuerte —repliqué débilmente.

—¡No! Prefiero que estés tú aquí arriba, por si alguno baja demasiado rápidamente, y tus brazos no tienen tanta fuerza como los míos. Yo ataré bien la cuerda a una chimenea, y así no tendrás que aguantar todo el peso. ¡Y fíjate bien, Cathy, en lo que te digo, esto es una crisis!

¡Dios mío, no me imaginaba yo qué más esperaría de mí! Con horror, miré a los cuatro ratones muertos que había en las ratoneras.

—Tendremos que comernos esos ratones para coger fuerzas —me dijo Chris, sombrío—. ¡Y lo que no hay más remedio que hacer, pues se hace!

¿Carne cruda? ¿Ratones crudos?

—No —murmuré, asqueada por el espectáculo de aquellas cosas pequeñas, muertas y rígidas.

Se puso enérgico y enfadado, diciéndome que debía hacer todo lo que fuese necesario para que los gemelos siguieran vivos, y yo con ellos.

—Mira, Cathy, yo primero comeré los dos que me tocan, pero antes bajo por sal y pimienta. Además, me hace falta ese colgador de ropa para apretar bien los nudos; apalancamiento, ya sabes, no me funcionan demasiado bien las manos ahora.

Claro que no le funcionaban. Estábamos todos tan débiles que apenas nos podíamos mover.

Me echó una rápida ojeada, como examinando mis posibilidades.

—La verdad es que, con sal y pimienta, yo diría que esos ratones podrían saber bien.

Saber bien.

Les cortó la cabeza, y luego los despellejó y destripó. Presencié cómo les abría el vientrecito y les sacaba las tripas largas y pegajosas, los corazones diminutos, y otras «interioridades» en miniatura.

Habría vomitado allí mismo, de haber tenido algo en el estómago.

Y no fue corriendo a por sal y pimienta, ni tampoco a por el colgador. Fue al paso, y a paso lento, diciéndome de esta manera que tampoco él se sentía demasiado ansioso por comer ratones crudos.

Mientras estaba Chris ausente, yo tenía los ojos fijos en los ratones despellejados que iban a ser mi próxima comida. Cerré los ojos y traté de forzarme a mí misma a darles el primer mordisco. Tenía hambre, pero no tanta como para disfrutar de tal perspectiva.

Pensé entonces en los gemelos, que estaban caídos en un rincón, con los ojos cerrados, cogidos el uno al otro, las frentes muy juntas y pensé que estarían abrazados así cuando estaban dentro del vientre de mamá, esperando nacer, para acabar encerrados en un cuarto muriéndose de hambre. Nuestras pobres florecitas que habían tenido un padre y una madre que les querían.

Sin embargo, quedaba aún la esperanza de que los ratones nos dieran a Chris y a mí las fuerzas suficientes para llevarlos con seguridad hasta tierra firme, y que allí, algún vecino caritativo que estuviera en casa les diera de comer, nos diera de comer, si es que estábamos vivos todavía una hora más tarde.

Oí los pasos lentos de Chris que volvía. Vaciló en la puerta, sonriendo a medias, y sus ojos azules se encontraron con los míos... brillantes. Transportaba con las dos manos el enorme cesto de comida que tan bien conocíamos. Estaba tan lleno de comida que las tapas de madera que se plegaban hacia atrás estaban levantadas.

Sacamos dos termos: uno con sopa de verduras y otro con leche fría. Me sentía entumecida, confusa, esperanzada. ¿Había vuelto mamá y nos enviaba aquello? Pero, entonces, ¿por qué no nos había llamado para que bajásemos? ¿O por qué no subía ella a buscarnos?

Chris cogió a Carrie y yo a Cory y nos los pusimos en el regazo, y les fuimos dando cucharadas de sopa. Ellos aceptaban la sopa igual que habían aceptado la sangre de Chris, es decir, como un suceso más en sus extrañas vidas. Les fuimos dando pedacitos de bocadillo. Comíamos muy poco a poco, como nos había advertido Chris que hiciéramos, porque, si no, lo vomitaríamos.

Hubiese querido atiborrar de comida a Cory, para poder empezar a comer yo también, con el hambre que tenía, porque ¡comía tan despacio! En mi cerebro despuntaban mil preguntas: ¿Por qué hoy? ¿Por qué traernos comida hoy, y no ayer o anteayer? ¿Qué razones habría? Cuando, por fin, pude ponerme a comer, me sentía demasiado apática para estar contenta y demasiado recelosa para sentir alivio.

Chris, después de comer despacio un poco de sopa y medio bocadillo, abrió un paquete envuelto en papel de plata, ¡y aparecieron cuatro donuts! Ahora, nosotros, a pesar de que nunca nos daban dulces, teníamos todo un postre delante, y regalos de la abuela, por primera vez. ¿Era ésa su manera de pedirnos perdón? Nosotros lo entendimos así, fuera cual fuese el motivo.

Durante nuestra semana de morirnos casi de hambre ocurrió algo curioso entre Chris y yo. Quizá se hizo más intensa nuestra relación aquel día que pasé en la bañera llena de agua caliente que me tapaba, mientras él luchaba tan valientemente por liberar mi pelo del alquitrán. Hasta aquel día terrible, habíamos sido hermanos, haciendo el papel de padres de los gemelos, pero ahora nuestra relación cambió, y ya no representábamos ningún papel, sino que éramos verdaderamente los padres de Carrie y Cory. Los gemelos se convirtieron en nuestra responsabilidad, nuestra obligación, y nos dedicamos a ellos por entero, y también el uno al otro.

La cosa estaba clara ahora: nuestra madre ya no se cuidaba de lo que pudiera pasarnos.

Chris no tuvo necesidad de decirme sus sentimientos ante su evidente indiferencia. Sus ojos entristecidos me lo decían todo. Sus movimientos apáticos decían más todavía. Había guardado su fotografía cerca de la cama hasta ahora, pero ahora la quitó de allí. Siempre había creído en ella más que yo, de modo que era natural que se sintiera más herido que yo. Y si a él le dolía más que a mí, tenía que ser una verdadera agonía.

Me cogió la mano con ternura, indicándome que ya podíamos volver al dormitorio. Bajamos por las escaleras como pálidos y soñolientos fantasmas, en estado subnormal de conmoción, los cuatro nos sentíamos débiles y con ganas de vomitar, sobre todo los gemelos. Dudo mucho que pesaran quince kilogramos cada uno, y yo veía el aspecto que tenían, y el aspecto que tenía Chris, pero no podía verme a mí misma. Miré hacia el espejo alto y ancho del tocador, esperando ver un monstruo de circo, rapada por arriba y con el pelo largo, pálido y lacio por atrás. Pero me llevé una gran sorpresa, porque, cuando miré, no vi allí ningún espejo.

Fui corriendo al cuarto de baño y comprobé que el espejo del armarito estaba roto en pedazos. Volví corriendo al dormitorio, levanté la tapa de la mesita que Chris usaba a veces como escritorio..., ¡también aquel espejo estaba roto!

Podíamos mirarnos en cristales rotos y ver reflejos de nosotros mismos. Sí, podíamos vernos el rostro en pedazos de cristal, a trozos, como veía el suyo una mosca, con un lado de la nariz más alto que el otro. No era nada agradable verse así. Me aparté de la mesa del espejo y dejé en el suelo la cesta de la comida, donde estuviera más fría, y luego fui a echarme. No puse en duda la razón de que estuviesen rotos los espejos, y uno de ellos desaparecido, porque sabía perfectamente por qué lo había hecho. El orgullo es pecaminoso. Y, a ojos de la abuela, Chris y yo éramos pecadores de la peor calaña.

Para castigarnos a nosotros, los gemelos tenían que sufrir también, pero lo que no conseguía comprender era el motivo de que nos hubiese vuelto a traer comida.

Llegaron otras mañanas, con cestos de comida. La abuela se negaba a mirarnos. Mantenía sus ojos apartados de nosotros y se retiraba rápidamente por la puerta. Yo llevaba en la cabeza un turbante hecho con una toalla rosa, que dejaba al descubierto la parte delantera, sobre la frente, pero la verdad es que si se dio cuenta de esto no lo dio a entender en modo alguno. Nosotros la veíamos ir y venir, sin preguntar dónde estaba mamá o cuándo volvería. Los que son castigados con tanta facilidad suelen aprender bien la lección, y no hablan hasta que se les dirige la palabra. Chris y yo la mirábamos, cargando nuestras miradas de hostilidad, ira y odio, esperando que se volviera y viera lo que sentíamos. Pero la abuela no se enfrentó con nuestros ojos. Y entonces me daban ganas de ponerme a gritar, de forzarla a mirar a los gemelos, para que viera con sus propios ojos lo delgados que estaban, lo ensombrecidos que tenían sus grandes ojos. Pero ella no quería ver nada.

Echada en la cama al lado de Carrie, me examinaba hondamente a mí misma, dándome cuenta de que estaba poniendo las cosas mucho peores de lo que realmente eran. Y Chris, que siempre había sido un gran optimista, se estaba volviendo ahora una sombría imitación mía. Yo quería que volviese a ser como antes, siempre sonriente y animado, sacando el mejor partido posible de las cosas.

Chris estaba sentado en la mesa del espejo, con la tapa bajada, con un libro de medicina abierto y los hombros caídos.

—Chris —le dije, sentándome a cepillarme el pelo—, ¿cuántas chicas de mi edad en el mundo crees tú que se han acostado alguna vez con el pelo muy limpio y reluciente y se han levantado convertidas en muñecas de alquitrán?

Dio la vuelta y se me quedó mirando lleno de sorpresa al oírme hablar de aquel día terrible.

—Bueno —dijo, arrastrando las sílabas—, a mi modo de ver, pienso que probablemente no le ha pasado eso más que a ti..., la única.

—No estoy tan segura. ¿Te acuerdas cuando estaban asfaltando nuestra calle? Pues Mary Lou Baker y yo volcamos una tinta llena e hicimos muñecos de asfalto y pusimos camas negras en casas negras y el encargado de los obreros vino y nos gritó mucho.

—Sí —contestó él—, recuerdo que volviste a casa muy sucia, y tenías alquitrán hasta en la boca, mascándolo para ponerte «blancos» los dientes. ¡Dios, Cathy, y lo único que conseguiste fue arrancarte un empaste!

»Lo bueno de este cuarto es que no tenemos que ir al dentista dos veces al año —me miró con una expresión rara—, y que disponemos de tiempo de sobra. Acabaremos nuestro campeonato de Monopoly. Y el que gane tiene que lavar la ropa interior de todos nosotros en el baño.

A él le encantaba la idea. Le fastidiaba tener que arrodillarse sobre los azulejos duros del cuarto de baño, lavando la ropa interior de Cory y la suya.

Nos pusimos a jugar, contando el dinero, y buscando a los gemelos con los ojos, pero habían desaparecido. ¿Y adónde podían haber ido a jugar, sino al ático? Nunca subían al ático sin nosotros, y el cuarto de baño estaba desierto. Y entonces oímos un ruido como de gorjeo detrás del televisor.

Allí estaban, acurrucados en el rincón, detrás del aparato, esperando a ver salir a la gente diminuta que había dentro.

—Pensamos que a lo mejor mamá estaba allí dentro —explicó Carrie.

—Creo que me voy a ir al ático a bailar —dije, levantándome de la cama, donde estaba sentada, y yendo hacia el cuartito.

—¡Cathy! ¿Qué pasa con nuestro campeonato de Monopoly?

Me detuve y di media vuelta.

—Déjalo, ganarías tú, seguramente.

—¡Cobarde! —me retó, igual que en otros tiempos—. ¡Anda, vamos a jugar! —dirigió una mirada larga y dura a los gemelos, que siempre hacían de banqueros en nuestros juegos—. Y esta vez, nada de trampas —advirtió severo—. Si os cojo a alguno de vosotros dando a Cathy dinero a escondidas cuando pensáis que no os miro, ¡me comeré yo solo los cuatro donuts!

¡Qué más quisiera él! Los donuts eran la mejor parte de nuestras comidas y los guardábamos para el postre de la cena. Me tiré al suelo, crucé las piernas y me puse a pensar en maneras hábiles de comprar antes que él las mejores casas, y los ferrocarriles y las empresas públicas, y me quedaría, ante todo, con las casas rojas y luego con los hoteles. Así vería que era capaz de hacer algo mejor que él.

Estuvimos jugando horas y horas; sólo paramos para comer o ir al cuarto de baño. Cuando los gemelos se cansaron de hacer de banqueros, contamos el dinero nosotros, vigilándonos con gran cuidado, para ver si el otro hacía trampas. Y Chris acababa siempre yendo a la cárcel y se perdía pasar el primero y cobrar doscientos dólares, y tuvo que dar al fondo comunitario, y hasta pagar derechos reales... pero, a pesar de todo, ganó.

A finales de agosto, Chris vino a verme una noche y me susurró al oído:

—Los gemelos están muy dormidos, y aquí hace mucho calor, ¿no crees que sería divertido que fuéramos a nadar un poco?

—Anda, vete, déjame en paz, sabes de sobra que no tenemos a dónde ir a nadar.

Lo que me pasaba era que estaba rabiosa de perder siempre al Monopoly.

Ir a nadar, ¡qué tontería! Aun cuando pudiéramos, no me apetecía hacer con él una cosa que hacía tan bien como nadar.

—¿Y adónde se te ocurre que vayamos a nadar? ¿A la bañera? —repliqué.

—No, al lago de que nos habló mamá. No está lejos de aquí —murmuró—. Además, debíamos hacer prácticas de bajar al suelo con la cuerda que hicimos, por si acaso estalla un incendio. Ahora tenemos más fuerzas, y podríamos llegar al suelo con gran facilidad, y no tardaremos en volver.

Y continuó insistiendo, como si nuestra vida dependiera de poder escapar de aquella casa, aunque sólo fuera una vez, sólo para demostrar que se podía.

—Los gemelos podrían despertar y ver que no estamos.

—Pues dejamos una nota en la puerta del cuarto de baño, explicándoles que estamos en el ático, y, además, nunca se despiertan hasta por la mañana, ni siquiera para ir al cuarto de baño.

Insistió hasta que consiguió convencerme. Subimos los dos al ático, y de allí salimos al tejado, donde atamos bien la escalera que habíamos hecho con sábanas a la chimenea que estaba más cerca de la parte trasera de la casa. En el tejado había ocho chimeneas.

Fuimos poniendo a prueba los nudos, uno a uno, y Chris me iba dando instrucciones.

—Sírvete primero de los nudos grandes, como si fueran peldaños de una escala, y siempre con las manos justamente encima del nudo más alto. Baja poco a poco, tanteando bien con los pies el nudo siguiente, y cerciorándote siempre de que tienes la cuerda bien sujeta entre las piernas para que no te resbales y te caigas.

Sonriendo, lleno de aplomo, se cogió bien a la cuerda y fue bajando, centímetro a centímetro hasta el borde mismo del tejado. Estábamos bajando a tierra por primera vez en más de dos años.

UN VISLUMBRE DEL PASADO

Poco a poco, con gran cuidado, con una mano siempre sobre la otra y un pie siempre bajo el otro, Chris fue bajando hasta el suelo, donde yo estaba, tendida de bruces, junto al borde del tejado, viéndole bajar. Había salido la luna y brillaba luminosa mientras él alargaba el brazo y hacía una señal convenida entre nosotros para que yo bajase también. Había observado cómo bajaba, de modo que podía imitar su método. Me dije a mí misma que aquello no era muy distinto de columpiarse en las cuerdas que habíamos atado a las vigas del ático. Los nudos eran gruesos y fuertes, y los habíamos hecho, con muy buen sentido, a una distancia de un metro unos de otros. Chris me había dicho que no mirase abajo una vez que saliera del tejado para poder concentrar mi atención en la tarea de llegar con el otro pie hasta tocar el de más abajo. Y en menos de diez minutos estaba en el suelo junto a Chris.

—¡Vaya! —murmuró, abrazándome fuertemente—. ¡Lo has hecho mejor que yo!

Estábamos en los jardines de atrás de Villa Foxworth, donde todas las habitaciones aparecían oscuras, aunque en la parte reservada al servicio, encima del enorme garaje, todas las ventanas relucían de un amarillo brillante.

—Guíame, MacDuff, al agujero del baño —dije, en voz baja—, si es que sabes el camino.

Y tanto que sabía el camino. Mamá nos había contado cómo solía ella y sus hermanos escapar sin que les vieran para ir a bañarse con sus amigos.

Me cogió de la mano y avanzamos de puntillas, alejándonos de la enorme casa; me sentía muy rara por estar al aire libre, pisando el suelo, en una noche cálida de verano. Dejando a nuestros hermanos pequeños en una habitación cerrada con llave. Al cruzar un pequeño puente para peatones, nos dimos cuenta de que salíamos de la propiedad de los Foxworth, y nos sentimos felices, casi libres. A pesar de todo, teníamos que tener cuidado de que no nos viera nadie. Fuimos corriendo hacia el bosque, y hacia el lago de que nos había hablado mamá.

Eran las diez cuando subimos al tejado, y las diez y media cuando encontramos la pequeña laguna rodeada de árboles. Teníamos miedo de que hubiera allí gente que nos estropease la aventura, forzándonos a volver, insatisfechos, pero el agua del lago era suave, los vientos no la agitaban ni tampoco otros bañistas, o barcos de vela.

A la luz de la luna, bajo el cielo brillante y estrellado, miré aquel lago pensando que nunca había visto agua tan bella, ni una noche que me llenara de tal arrobamiento.

—¿Vamos a tirarnos desnudos? —preguntó Chris, mirándome de una manera rara.

—No, lo háremos en ropa interior.

Lo malo era que no tenía un solo sostén, pero, a pesar de todo, la pudibundez no iba a privarme de disfrutar de aquel agua iluminada por la luna.

—¡El último que se tire es un gallina! —grité.

Y salí corriendo, pero, mientras corría, pensé, no sé por qué, que el agua quizá estaría fría como el hielo, de modo que, con gran cuidado, metí primero uno de los dedos del pie, y, en efecto, ¡estaba fría como el hielo! Eché una ojeada a Chris, que venía detrás de mí, se había quitado el reloj de pulsera, dejándolo a un lado, y ahora se acercaba a la carrera. Venía tan rápidamente que, antes de que consiguiera tirarme al agua, ya estaba él detrás de mí, y me dio una lección. Me tiré, sin más, pero de una sola vez mojándome entera, y no pasito a pasito, como habría preferido.

Estaba tiritando al salir a la superficie y ponerme a chapotear, buscando a Chris. Finalmente, vi que nadaba hacia un montón de rocas, y, por un momento, su silueta se destacó claramente. Levantó los brazos y se zambulló graciosamente en el centro mismo del lago desde las rocas, mientras me preguntaba, alarmada, qué ocurriría si el agua no era lo bastante profunda, ¿qué pasaría si chocaba contra el fondo y se rompía el cuello o la espalda?

Y esperé, y esperé... ¡pero no salía a la superficie!, ¡Oh, cielos... estaba muerto... ahogado!

¡De pronto, me sentí cogida por los pies! Grité y me hundí, empujada hacia abajo por Chris, que pateaba con fuerza y nos sacó a los dos a la superficie, donde reímos, y yo le salpiqué la cara, por haberme hecho tal jugarreta.

—¿Verdad que aquí estamos mejor que en ese maldito cuarto tan caluroso? —preguntó, agitándose en el agua, como loco delirante, salvaje. Era como si aquel poquito de libertad se le hubiera subido a la cabeza como un vino muy fuerte, y trató de volverme a coger por las piernas y tirar de mí hacia abajo, pero esta vez le vi venir y no le dejé. Salió a la superficie y se puso a nadar de espaldas, y también sabía nadar al estilo mariposa, al crawl, y de lado, y cada estilo lo llamaba por su nombre, haciéndomelo ver.

—Éste es el crawl de espaldas —me explicó, haciéndolo, luciendo una técnica que yo nunca le había visto hasta entonces.

Salió a la superficie, después de bucear, y se puso a saltar en el agua, cantando:

—Danza, bailarina, danza... —Me echó agua en la cara, mientras yo le salpicaba a mi vez—: Y haz tu pirueta al ritmo de tu corazón dolorido...

Y esta vez me tenía cogida en un fuerte abrazo, y nos echamos a reír, gritando, y luchamos, como enloquecidos de volver a ser niños.

¡Oh, era maravilloso, en el agua, como una bailarina! Y de pronto me sentí cansada, sumamente cansada, tan cansada que estaba debilísima, y Chris me rodeó con un brazo y me ayudó a salir a la orilla.

Los dos nos dejamos caer sobre la orilla herbosa, y nos tendimos allí a hablar.

—Una zambullida más y volvemos a ver a los gemelos —dijo, tendido boca arriba sobre la suave pendiente, a mi lado.

Los dos estábamos mirando al cielo, lleno de estrellas brillantes y parpadeantes. Ya había salido la luna, en cuarto creciente, de un color entre dorado y plateado, y de pronto se zambulló, escondiéndose, jugando al escondite con las nubes largas, oscuras y extendidas.

—¿Y si no sabemos volver al tejado?

—Sabremos, porque no tenemos más remedio que subir.

Así era Christopher Doll, el eterno optimista, echado a mi lado cuan largo era, con el pelo rubio pegado a la frente. Tenía la nariz igual que la de papá, apuntada ahora al cielo, con los labios gruesos tan bellamente formados que no necesitaba fruncirlos para darles un aire sensual, la barbilla cuadrada, fuerte, hendida, y el pecho que empezaba a ensanchársele..., y allí tenía yo el montículo de su creciente masculinidad, entre sus fuertes muslos, comenzando a hincharse. Había algo en los muslos fuertes y bien formados de los hombres que a mí me excitaba. Aparté la cabeza, incapaz de disfrutar del espectáculo de su belleza sin sentirme culpable y avergonzada.

Anidaban pájaros arriba, en las ramas de los árboles, y ahora se oían sus gorjeos soñolientos, que, sin saber por qué, me recordaban a los gemelos, lo que hizo que me pusiera triste y se me llenaron los ojos de lágrimas.

Había muchas luciérnagas, que mostraban sus luces posteriores intermitentemente, llamándose los machos a las hembras, y a la inversa.

—Oye, Chris, ¿es la luciérnaga hembra o el macho el que enciende las luces?

—No estoy seguro, la verdad —contestó, indiferente—. Me parece que las encienden los dos, pero la hembra se queda en el suelo, haciendo señales, mientras el macho va volando por ahí, en su busca.

—¿Quieres decir que no lo sabes seguro, tú, que lo sabes todo?

—Cathy, déjate de sutilezas. Yo no lo sé todo, ni mucho menos —volvió la cabeza hacia mí y nuestros ojos se encontraron, y estuvimos mirándonos, y ninguno de los dos parecía poder apartar la mirada.

Brisas suaves llegaban del Sur, jugueteando con mi pelo y secándome las guedejas que me caían sobre el rostro. Las sentía, haciéndome cosquillas como pequeños besos, y una y otra vez sentí ganas de llorar, sin razón alguna, como no fuera por lo suave que era la noche, tan agradable, y yo estaba entonces en la edad de los anhelos románticos. Y la brisa me susurraba palabras amorosas al oído..., palabras que me decía a mí misma con temor que nadie me las diría nunca. Pero la noche era tan bella bajo los árboles, junto al agua rielante, iluminada por la luna, y suspiré, sintiendo que ya había estado allí alguna vez, sobre la hierba, junto al lago. Oh, qué extraños pensamientos pasaban por mi mente, mientras los insectos nocturnos susurraban y giraban y los mosquitos zumbaban y en algún lugar lejano ululaba la lechuza, retrotrayéndome de pronto a la noche en que llegamos allí, como fugitivos, escondiéndonos de un mundo que no nos quería.

—Chris, ya tienes casi diecisiete años, la misma edad que tenía papá cuando conoció a mamá.

—Y tú catorce, la misma edad que tenía ella —replicó él, con voz ronca.

—¿Crees en el flechazo a primera vista?

Él vaciló, pensándolo..., era su manera, no la mía.

—No soy autoridad en este tema. Pero recuerdo que, cuando estaba en el colegio, si veía a una chica guapa me enamoraba de ella enseguida, y luego, cuando nos poníamos a hablar y me daba cuenta de que era tonta o algo así, pues entonces dejaba de sentir lo que sentía por ella, pero si su belleza iba apoyada por otras ventajas, pienso que podía enamorarme de ella a primera vista aunque he leído que ese tipo de amor no es más que atracción física.

—¿Crees tú que soy tonta?

Sonrió, y alargó la mano, para tocarme el pelo.

—No, claro que no. Y espero que no pienses tú que lo eres, porque no es verdad; lo que te pasa, Cathy, es que tienes talento para demasiadas cosas, y quieres serlo todo, y eso es imposible.

—¿Cómo sabes que me gustaría ser cantante, además de bailarina?

Rió, con una risa suave y baja.

—So tonta, estás en plan de actriz el noventa por ciento del tiempo, y cantando para ti misma cuando te sientes bien, aunque, por desgracia, eso te ocurre pocas veces.

—Y tú, ¿te sientes contento con frecuencia?

—No —repuso.

Seguimos allí, en silencio, mirando de vez en cuando a algo que nos llamaba la atención, como las luciérnagas que se veían por la hierba, dedicadas a sus amores, y las hojas susurrantes, y las nubes flotantes, y el juego de la luz de la luna sobre el agua. La noche parecía encantada, y me hizo pensar de nuevo en la Naturaleza y sus extraños procedimientos. Aunque no comprendía completamente muchos de tales sistemas, me preguntaba por qué soñaba ahora de noche como soñaba, por qué me despertaba palpitante y anhelando cosas que nunca podría alcanzar.

Me alegraba que Chris me hubiese persuadido para que le acompañara al lago. Era maravilloso estar allí, echada de nuevo sobre la hierba, sintiéndome fresca y, sobre todo, llena de vida de nuevo.

—Chris —empecé, tanteando, temerosa de estropear la suave belleza de la noche de luna, llena de estrellas—, ¿dónde piensas que está mamá?

Él siguió mirando a la Estrella Polar, la luz del Norte.

—No tengo la menor idea de dónde puede estar —respondió al cabo de un rato.

—¿Pero no tienes alguna sospecha?

—Sí, claro que la tengo.

—¿Y cuál es?

—Que está enferma.

—No está enferma, mamá nunca se pone enferma.

—Puede estar en viaje de negocios, por cuenta de su padre.

—Y, entonces, ¿por qué no vino a decirnos que se iba de viaje y cuándo volvería?

—¡Y yo qué sé! —contestó él, con voz irritada, como si estuviera echándole a perder la noche, pues era evidente que no tenía por qué saberlo, ni más ni menos que yo.

—Chris, ¿la quieres y confías en ella ahora tanto como solías hacerlo antes?

—¡No me hagas esas preguntas! Es mi madre, es la única persona que tenemos, y ahora vienes tú y me pides que diga cosas ruines sobre ella ¡pues no pienso hacerlo! Esté donde esté en este momento, estoy seguro de que piensa en nosotros, y que va a volver. Y volverá y nos dará buenos motivos para haberse ausentado tanto tiempo; de eso puedes estar completamente segura.

No podía decirle lo que realmente estaba pensando, que indudablemente podría haber encontrado tiempo suficiente para venir a contarnos sus planes, porque eso era algo que Chris sabía tan bien como yo.

En su voz se notaba un tono ronco que mostraba siempre que sentía algún dolor, y no precisamente físico. Quería quitarle el dolor que le habían producido mis preguntas.

—Chris, en la televisión, los chicos y chicas de tu edad comienzan a salir juntos. ¿Sabrías tú lo que tienes que hacer si sales con una chica?

—Pues claro que sí, he visto mucha televisión.

—Pero ver no es lo mismo que hacer.

—Bueno, pero por lo menos te da una idea general de lo que hay que hacer, y lo que hay que decir, y, además, tú eres todavía demasiado joven para salir con chicos.

—Pudes te voy a decir una cosa, don Sabelotodo: las chicas de mi edad tienen, en realidad, un año más que los chicos de tu edad.

—Eso es una tontería.

—¿Tontería? Pues lo he leído en una revista, en un artículo escrito por una autoridad en esos temas, un doctor en psicología —repliqué, pensando que tendría que sentirse impresionado.

—El autor de ese artículo estaba juzgando a toda la Humanidad por su propia falta de madurez.

—Chris, crees que lo sabes todo, y nadie lo puede saber todo.

Volvió la cabeza hacia mí, me miró a los ojos y frunció el ceño.

—Tienes razón —asintió afablemente—, no sé más que lo que he leído, y lo que siento interiormente me tiene tan perplejo como a cualquier chico de mi edad. Estoy enfadadísimo con mamá por lo que ha hecho, y siento tantas cosas distintas y no tengo un hombre con quien hablar de ellas. —Se incorporó un poco, apoyando la cara en el codo para poder mirarme, desde arriba, a la cara—. Es una pena que tarde tanto en crecerte el pelo, y me arrepiento de habértelo cortado..., aparte de que no sirvió de nada.

Era mejor cuando no me decía nada que me recordarse a Villa Foxworth. Lo único que quería en aquel momento era mirar el cielo y sentir el fresco aire nocturno contra mi piel húmeda. Mi pijama era de batista blanca muy fina, moteado de capullos de rosa y bordeado de encaje; se me pegaba como una segunda piel, igual que los pantalones cortos de Chris.

—Anda, vámonos ya, Chris.

Se levantó, de mala gana, y alargó una mano.

—¿Nos zambullimos otra vez? —propuse.

—No, anda, volvamos a casa.

Nos alejamos del lago en silencio, andando despacio por el bosque, absorbiendo la sensación de estar al aire libre, sobre la tierra firme.

Volvíamos a enfrentarnos con nuestras responsabilidades. Estuvimos mucho tiempo ante la cuerda que habíamos hecho, y que estaba atada a una chimenea, muy alta. No pensaba en cómo subiríamos por ella, sino que me preguntaba lo que habíamos sacado de aquella breve fuga de una cárcel en la que ahora teníamos que volver a entrar.

—¿Te sientes distinto, Chris? —pregunté.

—Sí. No hicimos casi nada, sólo andar y correr y bañarnos un poco, pero me siento como más vivo y más lleno de esperanza.

—Podríamos escaparnos si quisiéramos, esta misma noche, en lugar de esperar a que vuelva mamá. Podríamos subir, hacer cabestrillos para los gemelos y, mientras están dormidos, bajarlos, ¡podríamos escaparnos! ¡Ser libres!

No contestó, y comenzó a subir al tejado, una mano más arriba que la otra, con la escala de sábanas bien sujeta entre las piernas, subiendo poco a poco. En cuanto se vio en el tejado comencé yo el ascenso, porque no creía que la cuerda pudiese aguantar el peso de dos personas. Era mucho más difícil subir que bajar. Mis piernas parecían mucho más fuertes que mis brazos. Tanteé, sobre mi cabeza, en busca del nudo siguiente, y levanté la pierna derecha, pero, de pronto, mi pie izquierdo resbaló de donde estaba apoyado, ¡y entonces me quedé colgando, sostenida solamente por mis débiles manos!

¡Lancé un breve grito! ¡Estaba a más de seis metros de altura!

—¡Aguanta! —gritó Chris, desde arriba—. ¡Tienes la cuerda justamente entre las piernas, y lo único que tienes que hacer es apretarla bien, sin más!

No veía lo que estaba realizando, y lo único que podía hacer era seguir sus instrucciones. Sujeté bien la cuerda con los muslos, temblando todo mi cuerpo. El miedo me hacía sentirme más débil. Y cuanto más tiempo estaba quieta, tanto más temor me atenazaba.

Comencé a jadear, a temblar, y entonces se me llenaron los ojos de lágrimas... ¡de estúpidas lágrimas de niña!

—Ya casi te puedo coger con las manos —me animó Chris—. Unos pocos centímetros más y puedo cogerte. Anda, Cathy, no tengas miedo. ¡Piensa en lo mucho que te necesitan los gemelos! ¡Hala, otro esfuerzo... un esfuerzo más!

Tuve que convencerme a mí misma de la necesidad de coger la cuerda con una mano para poder asir el nudo siguiente. Me lo dije una y otra vez, soy capaz de ello. Tenía los pies resbaladizos a causa de la hierba, pero también estaban resbaladizos los pies de Chris, y se las había arreglado muy bien. De modo que, si él podía hacerlo, también tenía que conseguirlo yo.

Poco a poco, muy penosamente, conseguí subir cuerda arriba hasta donde Chris pudo asirme por las muñecas, y una vez que sus fuertes manos me tuvieron aferrada, sentí cómo una ola de alivio me cosquilleaba la sangre hasta las puntas de los dedos de las manos y de los pies. En unos pocos segundos me subió, y me vi apretada en un fuerte abrazo, riendo los dos al tiempo y luego casi llorando. Luego nos arrastramos por la empinada pendiente, bien cogidos a la cuerda hasta llegar a la chimenea, y allí nos dejamos caer en nuestro lugar habitual, temblando como azogados.

Y lo más irónico de todo es que nos alegrábamos de estar de nuevo en nuestra «cárcel».

Chris estaba echado en su cama, mirándome fijamente.

—Cathy, durante un segundo o dos, cuando estábamos echados a orillas del lago, se diría que aquello era el paraíso. Y luego, cuando vacilaste en la cuerda, pensé que me moriría si te matabas. No podemos repetir la aventura. Tus brazos no tienen tanta fuerza como los míos. Siento mucho que se me olvidara eso.

La lámpara de la mesita de noche lucía con una luz rosa en un rincón. Nuestros ojos se encontraron en la semioscuridad.

—No siento haber ido, me alegro, hacía mucho tiempo que no me sentía vivir.

—¿Fue eso lo que sentiste? —preguntó—. Igual que yo... Lo mismo que si hubiésemos salido de una pesadilla que estaba durando demasiado tiempo.

Me atreví de nuevo, no pude remediarlo.

—Oye, Chris, ¿dónde crees tú que estará mamá? Se está como alejando poco a poco de nosotros, y nunca mira de verdad a los gemelos, es como si ahora la asustasen. Y nunca ha estado ausente tanto tiempo como ahora. Lleva más de un mes sin venir a vernos.

Le oí suspirar, fue un suspiro hondo y triste.

—La verdad, Cathy, no sé, no puedo decirte otra cosa, a mí no me ha dicho ni más ni menos que a ti, pero puedes estar segura de que tendrá un buen motivo.

—Pero ¿qué razón pudo tener para dejarnos así, sin una explicación siquiera? ¿No crees que era lo menos que podía haber hecho?

—No sé que decirte.

—Si yo tuviera hijos, nunca los dejaría como nos ha dejado ella a nosotros. Nunca dejaría abandonados a mis cuatro hijos en una habitación cerrada, olvidándome de ellos.

—¿Pero no decías que no ibas a tener hijos?

—Chris, algún día bailaré en brazos de un marido que me querrá, y si desea de veras tener un hijo, a lo mejor accedo a tener uno.

—Sí, claro, ya sabía yo que cambiarías de idea en cuanto crecieras un poco.

—¿Crees de verdad que soy tan guapa como para que me quiera un hombre?

—Eres guapa de sobra —decía esto como turbado.

—Chris, ¿te acuerdas cuando mamá nos dijo que es el dinero lo que hace girar el mundo? Pues yo creo que se equivoca.

—¿Sí? Pues piénsalo un poco más, ¿por qué no las dos cosas?

Lo pensé. Lo pensé mucho. Permanecí tendida mirando fijamente al techo, que era mi pista de baile, y pensé en la vida y en el amor, una y otra vez. Y de cada libro que había leído en mi vida saqué una cuenta llena de prudente filosofía, y las enhebré todas ellas en un rosario en el que iba a creer todo lo que me quedase de vida.

El amor, cuando llegase y llamara a mi puerta, sería suficiente para mí.

Y ese escritor desconocido que escribió que si se tiene fama no es suficiente, y que si se tiene dinero encima, tampoco es suficiente, y que si se tiene fama, y dinero, y además amor... sigue sin ser suficiente, bueno, pues la verdad es que sentí pena de él.

UNA TARDE DE LLUVIA

Chris estaba junto a la ventana, sujetando con ambas manos las pesadas cortinas, para ver. El cielo tenía color plomizo, y la lluvia caía como grueso telón. Todas las lámparas de nuestra habitación estaban encendidas, el televisor conectado, como de costumbre, y Chris estaba esperando a ver el tren que pasaría hacia las cuatro. Se oía su fúnebre silbido antes del amanecer, hacia las cuatro, y, luego, algo más tarde, si estábamos despiertos. Apenas era posible vislumbrar el tren, que parecía un juguete, tan lejos pasaba.

Él estaba en su mundo, y yo, en el mío. Sentada, con las piernas cruzadas, en la cama que compartía con Carrie, recordaba ilustraciones de revistas de decoración que mamá me había traído para que me entretuviera antes de desaparecer durante tanto tiempo. Recortaba todas las fotografías con gran cuidado, que luego pegaba en un gran álbum de recortes. Estaba planeando mi casa ideal, en la que viviría feliz por los siglos de los siglos, con un marido alto, fuerte, de pelo oscuro, que me querría a mí y no a otras mil chicas a escondidas.

Tenía toda mi vida perfectamente planeada: primero, mi carrera artística; un marido y niños en cuanto estuviese lista para retirarme y dar una oportunidad a las que vinieran detrás de mí. Y en cuanto tuviera mi casa ideal, me mandaría hacer una bañera de cristal color esmeralda, y le pondría un dosel, y me bañaría en toda clase de ungüentos de belleza el día entero si me apetecía, y nadie estaría esperando a la puerta del cuarto de baño, dando golpes y diciéndome que me diese prisa (nunca había podido estarme en el baño todo el tiempo que me apetecía). Me saldría de aquel baño color esmeralda, oliendo muy bien, a perfume de flores, y con la piel suave como el satén, y mis poros estarían siempre limpios de todo mal olor de madera vieja y reseca y polvo de ático, empapado en todos los dolores de la vejez..., y por eso, nosotros, que éramos jóvenes, olíamos a vejez, tanto como la casa misma.

—Chris —dije, volviéndome para mirarle la espalda—, ¿por qué tenemos que continuar aquí tantísimo tiempo, esperando a que vuelva mamá, y encima aguardando a que muera el viejo ese? Ahora que somos fuertes podríamos encontrar alguna manera de escapar.

No dijo una palabra, pero noté que sus manos apretaban más aún la tela de las cortinas.

—Chris... —llamé.

—¡No quiero hablar de esas cosas! —cortó, violentamente.

—¿Y por qué estás ahí, esperando a que pase el tren, si no te pasa por la cabeza la idea de escapar de aquí?

—¡No estoy esperando a que pase el tren, estoy mirando, nada más!

Tenía la frente apretada contra el cristal, retando a algún vecino cercano a asomarse y verle.

—Chris, apártate de la ventana, que te podría ver alguien.

—¡Me tiene sin cuidado que me vean!

Mi primer impulso fue correr a donde estaba, echarle los brazos en torno, y derramar un millón de besos sobre su rostro, para compensarle por lo que estaría echando de menos a mamá. Atraería su cabeza contra mi pecho y le acariciaría allí, como ella solía hacer, entonces él volvería a sentirse animado, el optimista y alegre de siempre, que nunca tenía un día sombrío, como me solía ocurrir a mí. Pero cuando le hiciese todo lo que solía hacerle mamá no sería lo mismo, porque era a ella a quien echaba de menos. Todas sus esperanzas, todos sus sueños y toda su fe estaban concentrados en una sola mujer, y esa mujer era mamá.

¡Lleva ausente más de dos meses! ¿Es que no se daba cuenta de que un día allí encerrados era más de un mes de una vida normal? ¿No se inquietaba por nosotros, preguntándose cómo estaríamos? ¿Pensaba, acaso, que Chris seguiría siendo siempre su más firme defensor después de habernos dejado solos sin una excusa, un motivo, una explicación? ¿Creía de verdad que el amor, una vez conseguido, ya no puede ser desecho por dudas y temores, de manera que nunca, nunca más, sea posible volver a juntarlo en una pieza?

—Cathy —dijo Chris, de pronto—, ¿adónde irías si pudieses elegir cualquier lugar del mundo?

—Al Sur —contesté—. Iría a alguna playa caliente, soleada, donde las olas rompan suaves y bajas..., no quiero enormes coronadas de espumas..., ni tampoco un mar gris que luche contra grandes rocas... Deseo ir a donde haya viento, quiero brisas suaves y cálidas que susurren entre mi cabello y contra mis mejillas, mientras estoy tendida sobre la más pura arena blanca, bebiendo la luz del sol.

—Sí —asintió, con aire pensativo—. Parece agradable tal y como tú lo dices, sólo que a mí no me parecería mal un buen oleaje, porque me gustaría cabalgar en la cresta de las grandes olas en una de esas tablas que flotan sobre ellas, algo así como esquiar.

Dejé las tijeras que tenía en la mano, y las revistas, el frasco y el álbum de recortes, y concentré mi atención únicamente en Chris. Estaba prescindiendo de tantos deportes que le gustaban, encerrado allí, en aquella habitación, envejeciendo y entristeciéndose prematuramente. ¡Oh, cómo deseaba poder reconfortarle, pero no sabía de qué manera hacerlo!

—Anda, apártate de las ventanas, Chris, por favor.

—¡Déjame en paz! ¡Estoy hasta las mismísimas narices

de este lugar! ¡No hagas esto, no hagas lo otro, no hagas lo de más allá! ¡No hables hasta que se te hable! ¡Comer todos los días esas condenadas cosas que nos traen, que nunca están lo bastante calientes, ni saben como debieran! ¡Pienso que lo hace a propósito, para que nunca podamos disfrutar de verdad de nada, ni siquiera de la comida! Y luego pienso en todo este dinero, la mitad del cual debiera ser de mamá, y nuestro. ¡Y me digo a mí mismo que, pase lo que pase, vale la pena, porque ese viejo no puede vivir eternamente!

—¡Todo ese dinero no vale los días de vida que hemos perdido! —repliqué con violencia.

Dio media vuelta, con el rostro rojo.

—¿Cómo que no? ¡A lo mejor tú te puedes arreglar con tu talento, pero a mí me faltan años y años de educación, ya sabes que papá quería que fuese médico, de modo que, contra viento y marea, tengo que sacar mi carrera adelante! ¡Y si nos escapamos de aquí no podré llegar nunca a ser médico, de sobra lo sabes! ¡Anda, dime qué es lo que puedo hacer para daros de comer a todos! ¡Anda, venga, dime las cosas en que puedo trabajar, aparte de lavar platos, recoger fruta en alguna finca, o hacer de pinche en alguna cafetería! Cualquiera de esas cosas bastaría, según tú, para pagarme la universidad y luego la carrera de Medicina, ¿no? ¡Y encima tendría que manteneros a ti y a los gemelos, además de a mí mismo! ¡Vamos, todo un padrecito de familia a los dieciséis años!

Me sentí llena de ira. ¡No me consideraba capaz de aportar nada!

—¡También yo puedo trabajar! —repliqué en tono cortante—. Podríamos arreglarnos entre los dos. Chris, cuando estábamos muriéndonos de hambre, me trajiste cuatro ratones muertos y dijiste que Dios da fuerzas y capacidad extra a la gente en momentos de gran necesidad. Bueno, pues estoy convencida de que es así, y cuando salgamos de aquí y podamos hacer lo que queramos, nos abriremos camino, de la manera que sea, ¡y tú serás médico! ¡Yo haré lo que sea para conseguir que puedas decir a todo el mundo que eres médico!

—¿Y qué puedes hacer tú? —preguntó, de una manera antipática y llena de sarcasmo.

Pero antes de que pudiera contestarle, se abrió la puerta detrás de nosotros y apareció la abuela. Se detuvo, sin llegar a entrar en el cuarto, y se puso a mirar fijamente a Chris. Y él, terco y decidido a no cooperar, al contrario que otras veces, estaba decidido a no dejarse intimidar. No se movió de donde estaba, junto a la ventana, sino que se volvió, para seguir viendo la lluvia.

—¡Muchacho! —gritó la abuela, con voz como un latigazo—. ¡Apártate de esa ventana..., inmediatamente!

—¡No me llamo muchacho, sino Christopher, puede usted llamarme por mi nombre, o no llamarme, pero no quiero volver a oír eso de muchacho!

Ella replicó, como escupiéndole en la espalda:

—¡Ese nombre no me gusta en absoluto, era el de tu padre! Por pura amabilidad le defendí cuando se murió su madre, y él se encontró sin hogar. Mi marido no le quería aquí, pero yo sentí pena de él, porque era un chico joven, sin padres ni medios de vida, y le habían robado muchas cosas, de modo que no hice más que insistir a mi marido para que dejara que su hermanastro menor viniese a vivir con nosotros. Y tu padre acabó viniendo..., inteligente y guapo, abusó de nuestra generosidad, ¡nos engañó! Le enviamos al mejor colegio, le compramos lo mejor de todo, y él correspondió robándonos a nuestra hija, ¡a su propia sobrina! Que era todo lo que nos quedaba entonces..., lo único que nos quedaba... y se fugaron de noche, y volvieron dos semanas después, sonriendo, felices, pidiéndonos que les perdonásemos porque se habían enamorado. Aquella misma noche mi marido sufrió el primer ataque cardíaco. ¿Os ha contado vuestra madre que... que ella y ese hombre fueron la causa de la enfermedad del corazón que padece su padre? La echó de aquí, le dijo que no volviera nunca más, y luego se cayó al suelo.

Calló, jadeando, falta de aliento, llevándose a la garganta una mano fuerte que refulgía de diamantes. Chris se apartó de la ventana y se la quedó mirando, igual que yo.

Esto era más de lo que nos había dicho desde que vinimos a aquella casa, hacía ya una eternidad.

—Nosotros no tenemos la culpa de lo que hicieron nuestros padres —replicó Chris, tajante.

—¡Pero sí que la tenéis de lo que habéis hecho tú y tu hermana!

—¿Y qué hemos hecho que sea tan pecaminoso? —preguntó Chris—. ¿Cree usted que es posible vivir en una sola habitación año tras año, sin tener que vernos uno a otro inevitablemente? Usted participó en encerrarnos aquí. ¡Fue usted quien cerró con llave este ala de la casa para que no puedan entrar los criados en ella, es usted la que quiere cazarnos haciendo algo que le parece pecaminoso, y la que quiere que Cathy y yo confirmemos que tiene razón en condenar el matrimonio de nuestra madre! ¡Fíjese en usted misma, ahí de pie, con su vestido color gris hierro, llena de seguridad en su propia piedad y razón, mientras está matando de hambre a unos niños pequeños!

—¡Calla! —grité aterrada de lo que estaba viendo en el rostro de la abuela—. ¡Chris, haz el favor de no pronunciar una palabra más!

Pero ya había dicho demasiado. La abuela cerró de golpe la puerta y salió de la habitación, mientras sentía que el corazón quería salírseme por la garganta.

—Vamos a subir al ático —dijo Chris, sin perder la calma—. Esa vieja cobarde tiene miedo de la escalera. Allí arriba estaremos seguros, y si intenta de nuevo matarnos de hambre, lo que haremos será colgar la escala de sábanas y bajar a tierra.

Volvió a abrirse la puerta, y entró de nuevo la abuela, a grandes zancadas, con una vara verde de sauce en la mano y en los ojos la más firme determinación. Evidentemente, tenía la vara guardada ahí cerca, para haber vuelto con ella tan rápidamente.

—Corre a esconderte en el ático —dijo con voz que parecía un latigazo, alargando la mano para coger a Chris por el hombro—. ¡Y entonces ninguno de vosotros volverá a comer en una semana entera! ¡Y no sólo te azotaré a ti, sino también a tu hermana, si te resistes, y a los gemelos!

Era octubre. En noviembre, Chris cumpliría diecisiete años. Todavía no era más que un muchacho, y la abuela, a su lado, era enorme, estaba pensando defenderse, pero me miró a mí, y luego miró a los gemelos, que gemían y se cogían el uno al otro. Entonces dejó que la vieja le llevase a rastras al cuarto de baño, donde se encerró. Le ordenó desnudarse y apoyarse contra la bañera.

Los gemelos se acercaron corriendo a mí y hundieron sus rostros en mi regazo.

—¡Dile que pare! —suplicaba Carrie—. ¡No la dejes que azote a Chris!

Pero Chris no hizo el menor ruido, mientras la vara le azotaba la piel desnuda. Oí el ruido repugnante y sordo de la vara verde que cortaba la carne, sintiendo yo misma cada doloroso golpe. Chris y yo nos habíamos unido mucho durante aquel año, y él era ya como parte de mí misma, lo que a mí me habría gustado ser, fuerte y llena de energía, y capaz de soportar aquellos golpes sin llorar ni gritar. La odiaba. Sentada en la cama, reuní a los gemelos, cogiéndolos en mis brazos, y sintiendo que en mi interior pugnaba por salir un odio tan grande que no sabía cómo expulsarlo, si no era gritando. Sentía los golpes, y grité de dolor. «¡Ojalá lo oiga Dios! —me decía—. ¡Ojalá lo oyesen los criados! ¡Ojalá lo oyese el abuelo moribundo!»

La abuela salió del cuarto de baño, con su vara en la mano, y detrás de ella Chris, como a remolque, con la cadera envuelta en una toalla. Estaba pálido como la cera. Yo no podía dejar de gritar.

—¡Cállate! —gritó la abuela, mostrándome bruscamente la vara—. ¡Cállate inmediatamente, si no quieres que te azote a ti también!

Pero no podía dejar de gritar, ni siquiera cuando me hizo bajarme de la cama a la fuerza y apartó a un lado a los gemelos, que trataban de defenderme. Cory trató de darle un mordisco en las piernas, pero ella le echó por tierra de un golpe. También yo tuve que ir, reprimida la histeria, al cuarto de baño, donde también recibí orden de desnudarme. Y allí me vi, mirando su pasador de diamantes, el mismo que llevaba siempre puesto, contando las piedras, diecisiete piedras diminutas. Su vestido de tafetán gris tenía un diseño de finas líneas rojas, y el cuello blanco era de ganchillo, hecho a mano. Se quedó mirando con atención el pelo rapado que se veía en torno al pañolón con que me cubría la cabeza, y su mirada revelaba la más grande satisfacción por el dolor ajeno.

—Desnúdate o yo misma te arranco la ropa —ordenó.

Comencé a desnudarme, desabrochando despacio los botones de la blusa. No usaba entonces sujetador, aunque lo necesitaba. La vi que se fijaba en mis pechos, en mi vientre plano, y apartaba luego los ojos, evidentemente ofendida.

—Un día me las pagará, vieja —le dije—. Llegará un día en que será usted quien esté indefensa, y entonces empuñaré yo el látigo. Y habrá en la cocina comida que no podrá comer, porque, como dice usted misma constantemente, Dios lo ve todo, y tiene su manera de hacer justicia. ¡Ojo por ojo, abuela!

—¡No me vuelvas a hablar en tu vida! —cortó ella.

Sonrió, llena de seguridad en que aquel día no llegaría nunca, y yo jamás tendría su destino en mis manos. Yo había hablado tontamente, en el peor momento posible, y ella se vengó a sus anchas. Mientras la vara me cortaba la carne tierna, los gemelos gritaban en la habitación:

—¡Chris, dile que pare! ¡No la dejes que haga daño a Cathy!

Caí de rodillas junto a la bañera, en cuclillas, hecha una bola, para protegerme la cara, los pechos, las partes más vulnerables. Como una fiera, sin control alguno, me azotó hasta que se rompió la vara. El dolor que sentía era como fuego. Cuando se rompió la vara, pensé que todo había terminado, pero entonces ella cogió un cepillo de mango largo y con él me continuó pegando en la cabeza y en los hombros. Por mucho que tratara de no gritar, imitando el valiente silencio de Chris, no tuve más remedio que hacerlo, y me puse a rugir:

—¡No es usted una mujer! ¡Es un monstruo! ¡Es usted inhumana, ni siquiera es humana! —Y mi recompensa fue un golpe terrible en el lado derecho de la cabeza, y entonces todo se oscureció a mi alrededor.

Volví a la realidad, con todo el cuerpo dolorido, con la cabeza que se me resquebrajaba de dolor. Arriba, en el ático, un disco tocaba el «Adagio de la rosa», del ballet de *La bella durmiente*. Aunque llegara a los cien años, nunca olvidaría aquella música, ni tampoco lo que sentí cuando abrí los ojos y vi a Chris inclinado sobre mí, aplicándome antiséptico y poniéndome esparadrapo, mientras las lágrimas me bañaban el rostro. Chris había ordenado a los gemelos que subieran al ático a jugar, a estudiar, a pintar monigotes, a hacer lo que fuera, con tal de que no presenciaran lo que estaba ocurriendo abajo, en el cuarto. Cuando hubo hecho por mí lo que cabía hacer dados nuestros escasos recursos medicinales, cuidé a mi vez su espalda herida y ensangrentada. Ni él ni yo estábamos vestidos, porque la ropa se nos pegaría a las heridas que aún sangraban. Yo presentaba terribles magulladuras donde tan cruelmente me había pegado con el cepillo, y en la cabeza tenía un chichón muy duro, que Chris temía pudiese ser una contusión.

Terminado el tratamiento médico, nos volvimos de lado, mirándonos el uno al otro bajo la sábana. Nuestros ojos se unieron y se fundieron como si fueran un solo par de ojos. Chris me tocó la mejilla, y su caricia era la más suave y amante que cabe imaginar.

—¿No es verdad que lo pasamos bien, hermano mío, dime, no es verdad? —entoné, parodiando la canción esa sobre Bill Bailey—. Nos dolerá el día entero..., tú harás de médico y yo pagaré el alquiler...

—¡Calla! —gritó, herido e indefenso—. ¡De sobra sé que fue culpa mía! ¡Fui yo quien estaba junto a la ventana, pero no tenía por qué pegarte también a ti!

—No importa, tarde o temprano me habría pegado. Desde el primer día que nos vio quería castigarnos por alguna razón absurda. Lo que me sorprende es que tardara tanto tiempo en darnos los latigazos.

—Cuando me estaba pegando a mí, te oía gritar, y por eso no tuve que gritar yo. Gritabas tú por mí, Cathy, y eso me fue útil, porque no sentía más dolor que el tuyo.

Nos abrazamos con gran cuidado. Nuestros cuerpos desnudos se apretaron; mis pechos se aplanaban contra el pecho de Chris. Él murmuró mi nombre, quitándome poco a poco el envoltorio de la cabeza, dejando libres mis largos cabellos para cogerme la cabeza en sus manos y acercársela suavemente a los labios. Me sentía rara, besada allí, echada desnuda y en sus brazos..., y aquello no me parecía bien.

—Para —murmuré, temerosa, sintiendo que la parte masculina de mi hermano se endurecía contra mí—. Esto es precisamente lo que ella pensaba que estábamos haciendo.

Rió con amargura y se apartó, diciéndome que yo no sabía nada. Hacer el amor era algo más que besarse, y nosotros nunca habíamos hecho otra cosa que besarnos.

—Ni nunca haremos nada —le dije, aunque débilmente.

Aquella noche me dormí después de pensar en su beso, y no en los azotes, o en los golpes con el cepillo. En nuestro interior, se agitaban tormentas de emociones como remolinos. Algo que estaba dormido, muy hondo, en mi interior, se había despertado y reavivado, de la misma manera que Aurora durmió hasta que el príncipe llegó a depositar en sus labios inmóviles un largo beso de amor.

Así era como terminaban todos los cuentos de hadas, con ese beso, y con felicidad para siempre jamás. Tenía que haber también para mí algún príncipe que me trajese un fin feliz.

ENCONTRAR UN AMIGO

Alguien gritaba en las escaleras del ático. Me sobresalté y miré alrededor para ver quién faltaba. ¡Era Cory!

¡Santo cielo! ¿Qué podría haberle pasado ahora?

Salté de la cama y corrí hacia el cuartito, y oí a Carrie despertarse y añadir sus chillidos a los gritos de Cory, sin saber siquiera por qué gritaba. Chris preguntó:

—¿Qué demonios pasa ahora?

Corrí por el cuartito, subí a toda prisa los seis escalones, y me detuve en seco, mirando, sorprendida. Allí estaba Cory, con su pijama blanco, chillando con ganas, y la verdad era que no parecía tener ningún motivo.

—¡Haz algo! ¡Haz algo! —me gritó, señalando por fin el objeto de su angustia.

Ah... en el escalón había una ratonera, en el mismo sitio en que dejábamos una todas las noches, cebada con queso. Pero en esta ocasión el ratón no estaba muerto. Se había pasado de listo, robando el queso con una pata delantera, en vez de con los dientes, y era esta patita la que había quedado cogida bajo el fuerte resorte de alambre. El ratoncito gris estaba mordiendo salvajemente aquel pie cogido en la trampa, para liberarse, a pesar del dolor que tenía que sentir.

—¡Cathy, haz algo, rápido! —gritó, echándose en mis brazos—. ¡Sálvale la vida! ¡No dejes que se arranque la pata! ¡Lo quiero vivo! ¡Quiero un amigo! ¡Nunca he tenido un animalito para mí, y sabes que siempre quise tener un animalito! ¿Por qué tenéis que matar a todos los ratones Chris y tú?

Carrie llegó detrás de mí, pegándome en la espalda con sus puños diminutos.

—¡Eres ruin, Cathy!, ¡ruin, ruin, ruin! ¡Nunca dejas al pobre Cory tener nada!

Por lo que sabía, Cory había tenido siempre todo lo que se puede comprar con dinero, excepto un animal, libertad y aire libre. Y, ciertamente, Carrie habría sido capaz de matarme allí mismo, en la escalera, de no ser porque Chris acudió a defenderme, y consiguió separar sus mandíbulas de mi pierna, que, afortunadamente, estaba bien cubierta por un camisón tan largo que me llegaba hasta los mismos tobillos.

—¡Dejad de hacer tanto ruido! —ordenó, con firmeza.

Luego se inclinó para coger el trapo de lavar que sin duda traía para coger con él un ratón salvaje, evitando así que le mordiera la mano.

—¡Cúralo, Chris! —suplicaba Cory—. ¡Por favor, no lo dejes morir!

—Ya que quieres tanto a este ratón, Cory, haré lo que pueda por salvarle la pata, aunque la verdad es que la tiene muy magullada.

La verdad, cuánto jaleo y ruido y actividad por salvar la vida de un ratón, cuando habíamos matados a cientos de ellos. Primero, Chris tuvo que levantar con gran cuidado el muelle de alambre, y, cuando lo hubo hecho, el animalito, que no entendía lo que pasaba, casi silbaba como una serpiente mientras Cory volvía la espalda gimiendo, y Carrie gritaba. Luego, el ratón pareció medio desmayarse, me figuro que de alivio.

Bajamos corriendo al cuarto de baño, donde Chris y yo lavamos al ratón medio muerto, mientras Cory lo sostenía, bien envuelto en el trapo azul claro, y Chris trataba de no apretarlo mucho.

Puse todas las medicinas de que disponíamos sobre una toalla limpia, en la mesita.

—¡Está muerto! —aulló Carrie, pegando a Chris—. ¡Has matado al único animalito de Cory!

—Este ratón no está muerto —dijo Chris, sereno—. Ahora, haced el favor de callaos todos y no os mováis. A ver, Cathy, sujétalo sin moverlo, que voy a ver lo que puedo hacer para curar la carne desgarrada; luego tendré que entablillarle la pata.

Primero le aplicamos antiséptico, para limpiarle la herida, mientras el ratón yacía como muerto, pero con los ojos abiertos y mirándonos de una manera que daba pena. Luego usamos gasa que hubo de ser cortada longitudinalmente para poder ponerla en una herida tan diminuta, y a modo de tablilla nos servimos de un palillo partido por la mitad y fijado a la pata con cinta adhesiva.

—Le llamaré *Mickey* —dijo Cory, con los ojos brillantes, ante la perspectiva de que un ratón tan pequeño viviera y fuera su animal mimado.

—A lo mejor es niña —insinuó Chris, que estaba intentando averiguarlo.

—¡No, no quiero una ratona, quiero un ratón *Mickey*!

—Es ratón, no te preocupes —le tranquilizó Chris—. *Mickey* sobrevivirá, y se comerá todo el queso que tenemos —dijo el médico, después de haber terminado su intervención quirúrgica y su primer entablillado, y, por cierto, bastante orgulloso de ello.

Se lavó las manos de sangre y Cory y yo nos sentíamos animados, como si hubiera ocurrido algo maravilloso, por fin, en nuestras vidas.

—¡Déjame coger a *Mickey* ahora! —gritó Cory.

—No, Cory, deja a Cathy que lo tenga un rato más. Ten en cuenta que está muy aturdido, y que las manos de Cathy son más grandes y proporcionan a *Mickey* más calor que las tuyas. Y además, tú, sin darte cuenta, podrías apretarlo demasiado.

Me senté en la mecedora del dormitorio y cuidé al ratón gris, que parecía al borde de un infarto, tan violenta-

mente le latía el corazón. Jadeaba y movía mucho los párpados. Mientras lo tenía cogido, sentía su cuerpecito caliente que luchaba vivamente por no morir. Quería vivir y
ser el animalito mimado de Cory.

Se abrió la puerta y entró la abuela.

Ninguno de nosotros estaba vestido del todo; la verdad era que nos encontrábamos en ropa de noche, sin batas que ocultasen lo que podía verse. Además, descalzos,
con el pelo despeinado y las caras sin lavar.

Una regla rota.

Cory se apretó contra mí, asustado, mientras la abuela recorría con su mirada observadora el cuarto desorga-
nizado (y de verdad), realmente sucio. Las camas estaban
sin hacer, nuestra ropa tirada de cualquier manera sobre
las sillas, y también calcetines por todas partes.

Dos reglas rotas.

Y Chris estaba en el cuarto de baño, lavando la cara a
Carrie y ayudándola a vestirse y abrocharse los botones
de su pijama rosa.

Tres reglas rotas. Los dos salieron del cuarto de baño,
y Carrie traía el pelo recogido en una coleta muy bien hecha, atada con una cinta rosa.

En cuanto vio a la abuela, Carrie se quedó como congelada. Sus ojos azules se abrieron cuan grandes eran,
asustados. Se volvió hacia Chris, asiéndose a él en busca
de defensa. Él la tomó en volandas y me la trajo a mí, po-
niéndomela en el regazo, y luego donde estaba el cesto de
la comida, sobre la mesa, dedicándose, sin más, a sacar lo
que había en él.

Al acercarse Chris, la abuela retrocedió unos pasos. Él
hizo caso omiso de ella, vaciando rápidamente el cesto.

—Cory —dijo Chris, dirigiéndose hacia el cuartito—. Voy a subir a ver si encuentro una jaula de pájaros
apropiada; entretanto a ver si os termináis de vestir sin
que tenga que ayudaros Cathy, y también lavaos la cara y
las manos.

La abuela siguió en silencio. Yo continuaba sentada en
la mecedora, cuidando al ratón enfermo, mientras mis ni-

ños pequeños se agolpaban en torno a mí, y los tres teníamos los ojos fijos en ella, hasta que Carrie ya no pudo resistir más y se volvió para ocultar el rostro contra mi hombro, mientras se agitaba todo su cuerpecito.

Me inquietaba que no nos riñese ni hablase de las camas sin hacer, de la habitación desordenada y sucia que siempre trataba de tener en buen orden y limpia, o que no riñese a Chris por haber vestido a Carrie. ¿Por qué permanecía allí mirando y viéndolo todo pero sin decir nada?

Chris bajó del ático con una jaula de pájaros y una rejilla de alambre que dijo que haría más segura a la jaula.

Esas palabras bastaron para atraer la mirada de la abuela hacia donde estábamos. Sus ojos de piedra se fijaron entonces en mí y en el trapo azul claro que tenía en la mano.

—¿Qué tienes en la mano, chica? —preguntó en tono tajante, con voz glacial.

—Un ratón herido —respondí, con voz fría como la de ella.

—¿Tienes intención de guardar ese ratón y ponerlo en la jaula?

—Sí, eso es —seguí mirándola con aire retador, como desafiándola a impedírmelo—. Cory nunca ha tenido un animalito al que poder mimar y ya es hora de que lo tenga.

Frunció los labios y sus ojos fríos como la piedra, se fijaron en Cory, que estaba todo tembloroso y al borde mismo de las lágrimas.

—Podéis guardar el ratón, la verdad es que un animalito así es el que mejor os va.

Y sin más, cerró de golpe la puerta, y se marchó.

Chris se puso a arreglar la jaula y la redecilla de alambre, sin dejar de hablar.

—Los alambres están demasiado separados entre sí para que *Mickey* no se escape, Cory, de modo que tendremos que envolver la jaula en esta red, y así tu animalito no se podrá escapar.

Cory sonrió. Se acercó para ver si *Mickey* seguía vivo.

—Tiene hambre, lo noto por la manera de mover la nariz.

La conquista de *Mickey*, el ratón del ático, fue una verdadera hazaña. Al principio, no se fiaba de nosotros. No le gustaba verse encerrado en la jaula. Daba vueltas por ella, cojeando con el palillo que le habíamos puesto en la pata, buscando la manera de salir de allí. Cory le dejaba queso y migas de pan, metiéndoselo por entre los barrotes, para incitarle a comer y fortalecerse, pero él no hacía caso ni del pan ni del queso, y, finalmente, se alejaba de nosotros todo lo que podía, mientras sus ojitos negros como cuentas de azabache nos miraban llenos de temor y su cuerpo temblaba cuando Cory abría la oxidada puerta de la jaula, para dejarle dentro una sopera en miniatura llena de agua.

Entonces puso la mano en la jaula y empujó un poco de queso más cerca del ratón:

—Buen queso —le dijo, como invitándole a comerlo.

Empujó también un poco de pan más cerca del ratón tembloroso, cuyos bigotes se agitaron:

—Buen pan, te dará fuerzas y te pondrá bien.

Pasaron dos semanas hasta que Cory consiguiera tener un ratón que le adoraba e iba a donde él dijera. Cory llevaba siempre golosinas en los bolsillos de la camisa para tentar a *Mickey* a comerlas. Cuando Cory llevaba una camisa con dos bolsillos delanteros y en el de la derecha tenía guardado un poco de queso y en la izquierda un poco de bocadillo de pasta de cacahuete tostado y jalea de uva, *Mickey* vacilaba entre los dos hombros de Cory, con la nariz agitada y los bigotes moviéndose violentamente. Y resultaba evidente que no era un ratón goloso, sino, más bien glotón, pero un glotón que quería al mismo tiempo el contenido de ambos bolsillos.

Y cuando, finalmente, conseguía decidirse por uno de los dos para empezar, corría al que contenía la pasta de cacahuete tostado, y lo comía boca abajo, y luego, con un movimiento ágil y súbito, corría a toda prisa al hombro de Cory, daba una vuelta por el cuello y bajaba al bolsillo que contenía el queso. Era cómica su manera de no ir nunca directamente, por el pecho de Cory, al otro bolsillo, sino siempre dando la vuelta por el cuello y bajando luego, haciendo cosquillas a Cory en todos sus puntos sensibles.

La patita acabó curándose, pero el ratón nunca volvió a andar perfectamente, ni tampoco pudo volver a correr mucho. Creo que era un ratón lo bastante listo para dejar el queso para el final, porque podía cogerlo e ir comiéndolo tranquilamente, mientras que el bocadillo de pasta de cacahuete era más dificultoso y sucio de comer.

Y, la verdad, nunca vi un ratón más hábil por lo que respecta a husmear comida, por muy escondida que estuviera. *Mickey* abandonó tranquilamente a sus amigos ratones y se asoció con los humanos que le alimentaban tan bien y le mimaban y le acunaban para que se durmiese, aunque, cosa rara, Carrie no tenía la menor paciencia con *Mickey*. Podría ser, quizá, porque al ratón le encantaba la casa de muñecas de Carrie tanto como a la propia Carrie. La pequeña escalera y los saloncitos estaban como hechos a su medida, y una vez que se veía suelto iba derecho a la casa de muñecas. Entraba en ella trepando hasta dar con una ventana, y de allí se dejaba caer al suelo; y la gente de porcelana, tan delicadamente equilibrada caía a derecha e izquierda, y la mesa del comedor se caía patas arriba en cuanto él quería probar algo. Carrie le gritaba a Cory:

—¡Tu *Mickey* está comiéndose toda la comida de la fiesta! ¡Haz el favor de sacarlo de aquí! ¡Llévatelo de mi cuarto de estar!

Cory cogía entonces al ratón cojo, que no podía moverse con mucha rapidez, y apretaba a *Mickey* contra su pecho.

—Tienes que aprender a portarte bien, *Mickey*. En las casas grandes pasan cosas malas. La señora que es dueña de esa casa es capaz de pegarte por cualquier cosa.

Me hacía reír, porque era la primera vez que le oía decir algo ligeramente ofensivo sobre su hermana gemela.

Era buena cosa que Cory tuviese un ratoncito gris, pequeño y simpático, que meter en los bolsillos para que se comiese las golosinas que guardaba en ellos. Era una buena cosa que todos nosotros tuviésemos algo con que pasar el tiempo y ocupar nuestras mentes, mientras esperábamos y esperábamos a que nuestra madre apareciese, cuando empezábamos a pensar que ya nunca volvería a venir a vernos.

MAMÁ, POR FIN

Chris y yo no hablábamos nunca sobre lo que había pasado entre nosotros en la cama el día de los azotes. Con frecuencia, le sorprendía mirándome fijamente, pero en cuanto mis ojos se volvían a él y se posaban en los suyos, los apartaba. Cuando se volvía de pronto y me sorprendía mirándole yo a él, mis ojos eran los que se apartaban a toda prisa.

Chris y yo estábamos creciendo de nuevo, día a día. Mis pechos se redondeaban más, mis caderas se ensanchaban, mi cintura se hacía más fina, y el pelo corto que tenía encima de la frente crecía cada vez más y se iba rizando de manera más y más agradable a la vista. ¿Cómo es que no había sabido antes se me rizaría él solo, sin necesidad de tirar de los rizos para convertirlos en ondas? Por lo que a Chris se refiere, sus hombros se ensanchaban, su pecho se hacía cada vez más masculino, y lo mismo sus brazos. Le sorprendí una vez en el ático, mirándose esa parte de su cuerpo que tanto parecía interesarle, ¡y se la estaba midiendo!

—¿Por qué? —le pregunté, sorprendida de saber que su longitud era importante.

Dio unos pasos, alejándose, y luego me explicó que

329

una vez había visto a papá desnudo, y, en comparación con él, lo suyo le parecía demasiado pequeño, pero, mientras me explicaba esto, se sonrojó hasta la nuca. ¡Vaya, hombre, lo mismo que a mí me preocupaba el tamaño del sostén de mamá!

—No lo vuelvas a hacer —le dije, bajo.

El órgano masculino de Cory es muy pequeño, y ¿qué pasaría si también él se ponía a pensar que el suyo era poca cosa?

De pronto, dejé de limpiar y frotar los pupitres de la clase, y me quedé muy quieta, pensando en Cory. Me volví, para mirarles a él y a Carrie. ¡Oh, Dios mío, demasiada cercanía deforma la perspectiva! Llevábamos ya dos años y cuatro meses allí encerrados, y los gemelos continuaban siendo, más o menos, los mismos que cuando la noche de nuestra llegada. Era verdad que sus cabezas eran más grandes, y que el tamaño de sus ojos había disminuido. Y, sin embargo, sus ojos parecían extraordinariamente grandes. Estaban sentados, inquietos, sobre aquel colchón viejo, manchado y maloliente, que habían colocado bajo las ventanas. Me ponía nerviosa el observarlos objetivamente. Sus cuerpos parecían frágiles tallos de flor, demasiado débiles para soportar las flores de sus cabezas.

Esperé a que cayeran dormidos a la luz débil del sol, y entonces le dije, bajo, a Chris:

—Mira ese par de florecitas, no acaban de crecer; sólo las cabezas son más grandes.

Chris suspiró pesadamente, entrecerró los ojos y se acercó a los gemelos, dominándoles con su altura e inclinándose sobre su piel transparente.

—Si por lo menos pudieran salir al tejado con nosotros, para gozar allí del sol y del aire libre como nosotros. Cathy, por mucho que se resistan y griten tenemos que sacarlos al tejado a la fuerza.

Ingenuamente pensamos que, si les sacábamos en volandas al tejado cuando estaban dormidos, se despertarían en plena luz del sol, bien cogidos en nuestros brazos, y entonces se sentirían seguros. Chris tomó con gran cuidado a Cory, mientras yo me inclinaba a coger a Carry, que era muy liviana. Nos acercamos poco a poco a la ventana abierta del ático. Era un jueves, nuestro día de salir al aire libre, al tejado, mientras los criados pasaban el día de permiso en la ciudad. Estábamos bastante seguros en aquella parte posterior del tejado.

Apenas había conseguido Chris salir del reborde de la ventana con Cory en brazos cuando una cálida brisa del veranillo de san Martín sacó a Cory súbitamente de sus sueños. Echó una ojeada a su alrededor, y, al verme a mí con Carrie en los brazos, dispuesta evidentemente a sacarla también al tejado conmigo, lanzó un grito. Carrie se despertó sobresaltada. Vio a Chris con Cory ya en el tejado empinado, me vio a mí, dándose cuenta de a dónde pensaba llevarla, y soltó a su vez un grito que sin duda se oyó a medio kilómetro de distancia.

Chris me gritó, por encima de tanto ruido:

—Anda, sigue, que si hacemos esto es por su bien únicamente.

Y no sólo gritaban, sino que pateaban y pegaban con sus pequeños puños. Carrie me mordió en el brazo, con lo que también tuve que gritar. Aunque eran pequeños, tenían la fuerza de quien se siente en gran peligro. Carrie me golpeaba en la cara con los puños, de modo que apenas me dejaba ver, y, encima, me estaba gritando en el mismo oído. Me volví presurosa y fui directamente a la ventana de la clase. Temblorosa y débil, dejé a Carrie en pie junto al pupitre del maestro, me apoyé sobre el pupitre, jadeando y sin aliento, y di gracias a Dios por haber podido regresar sana y salva al interior del ático. Chris volvió y dejó a Cory junto a su hermana. Era inútil. Sacarlos al tejado era poner en peligro las vidas de los cuatro.

Ahora estaban los dos enfadados. Se resistieron tercos y resentidos cuando tiramos de ellos para ver si habían crecido, colocándolos bajo las marcas que habíamos hecho en la pared para controlar su altura el primer día que estuvimos en clase, pero Chris los forzó a los dos a ponerse en su sitio cada uno, mientras yo me apartaba un poco para calcular los centímetros que habían crecido.

Me quedé mirando, sorprendida, alarmada e incrédula. ¿Era posible que sólo hubieran crecido cinco centímetros en todo este tiempo? Cinco centímetros mientras Chris y yo habíamos crecido muchos, pero muchos centímetros, entre los cinco y los siete años, aunque también es verdad que los gemelos eran excepcionalmente pequeños al nacer. Cory pesaba sólo dos kilos doscientos cincuenta gramos y Carrie dos kilos cincuenta gramos.

Me quedé tan sorprendida que tuve que cubrirme el rostro con las manos para que no vieran mi expresión horrorizada y desconcertada. Pero no bastaba con esto, de modo que di media vuelta, para que no me vieran más que la espalda mientras los sollozos se me atascaban en la garganta.

—Déjales ya —conseguí decir por fin.

Me volví para verlos salir de estampía como dos ratoncitos rubios, a todo correr escaleras abajo, hacia su amada televisión y el escapismo que les ofrecía, y hacia el ratoncito, que era de verdad y estaba esperándoles para que le animaran su vida encarcelada.

Chris, justamente detrás de mí, estaba esperando.

—Bueno —dijo, mientras yo seguía incapaz de hablar—, ¿cuánto han crecido?

Me sequé rápidamente las lágrimas y me volví hacia él para mirarle a los ojos mientras se lo decía.

—Cinco centímetros —contesté, con voz inexpresiva, pero el dolor era tan patente en mis ojos, y esto es lo que mi hermano vio.

Se me acercó más y me rodeó con los brazos, luego me levantó la cabeza de modo que cayera sobre su pecho, y me eché a llorar, gritando de verdad. ¡Odiaba a mamá por hacernos esto! ¡La odiaba de verdad! De sobra sabía ella que sus hijos eran como plantas, y que necesitaban la luz del sol para poder crecer. Temblaba en los brazos de mi hermano, tratando de convencerme a mí misma de que en cuanto estuviésemos libres los gemelos serían bellos de nuevo. Lo serían, naturalmente que lo serían; recuperarían lo perdido, recuperarían los años perdidos, y en cuanto pudieran gozar otra vez de la luz del sol crecerían como la mala hierba, ¡sí, claro que crecerían! Lo que pasaba era únicamente que los largos días allí encerrados les habían ahuecado las mejillas y hundido los ojos. Y todo esto se podría remediar, ¿verdad que sí?

—En fin —comencé a decir con la voz ronca y sofocada, agarrándome al único que parecía preocuparse ya de aquello—, ¿es el amor o el dinero lo que hace girar el mundo? Si los gemelos hubieran recibido amor suficiente habría leído yo en la pared un crecimiento de quince centímetros o más, o hasta quizá de veinte en lugar de cinco.

Chris y yo bajamos a nuestra cárcel cerrada y semioscura, a comer, y, como siempre, mandé a los gemelos al cuarto de baño a lavarse las manos, porque, ciertamente, no necesitaban microbios de ratón para que su salud corriese más peligro del que ya corría.

Estábamos sentados, en silencio, en torno a la mesa, comiendo nuestros bocadillos y bebiendo la sopa y la leche templada, mientras veíamos a los amantes en la televisión, encontrarse y besarse y hacer planes para escapar de sus respectivas esposas, cuando se abrió la puerta de nuestro cuarto. No quise mirar, porque me perdería lo que pasaba en la pantalla, pero miré.

Nuestra madre entró, alegre y a grandes pasos, en nuestra habitación. Llevaba un vestido ligero, muy bonito, con una piel pardusca y suave en los puños y en torno al cuello de la chaqueta.

—¡Queridines! —exclamó, saludándonos con gran entusiasmo, y luego vaciló, con incertidumbre, en vista de que ninguno de nosotros saltaba a darle la bienvenida—. ¡Aquí me tenéis! ¿No estáis contentos? ¡No sabéis lo contenta que estoy de veros a todos! ¡No sabéis cuánto os he echado de menos, y lo que he pensado en vosotros, y soñado con vosotros! ¡Os traigo muchísimos regalos, que he elegido con el mayor cuidado, esperad a que les echéis la vista encima! ¡Y tuve que comprarlos con tantas precauciones y subterfugios! Porque ¿cómo iba a explicar comprar tantas cosas para niños? Yo quería explicaros lo que me pasó y que me obligó a marcharme; de verdad que quería, pero resultaba muy complicado, y no sabía exactamente cuánto tiempo tendría que esta fuera. Pero, aunque me echasteis de menos, estuvisteis bien cuidados, ¿no es verdad? No sufristeis, ¿verdad que no?

¿Acaso habíamos sufrido? ¿Nos habíamos limitado a echarla de menos? ¿Quién era ella, por otra parte? Estúpidos pensamientos me cruzaban la mente al mirarla y oírla contar las dificultades que cuatro niños escondidos suponían en las vidas de otras personas. Y aunque quería negarla, contenerme para no volver a sentirme parte de ella, vacilé, llena de esperanza, deseando mucho volver a quererla, volver a confiar en ella.

Chris se levantó y fue el primero que habló, con una voz que finalmente se había transformado, de chillona y cortante, a veces, en profunda y masculina.

—Mamá, ¡claro que nos alegramos de que hayas vuelto! ¡Y claro que te hemos echado de menos! Pero hiciste mal en marcharte y estar ausente tanto tiempo, por muy complicadas que hayan sido las razones que te obligaron a ello.

—Christopher —replicó ella, con los ojos muy abiertos de sorpresa—, no pareces el mismo.

Sus ojos se movieron de él a mí, y de mí a los gemelos. Su viveza se apagó un poco.

—Christopher, dime, ¿es que ha pasado algo?

—¿Que si ha pasado algo? —repitió Chris—. Mamá, ¿qué es lo que puede no pasar cuando se vive así, todos en una habitación? Dijiste que no parezco yo, pues, anda, mírame bien, ¿es que sigo siendo un niño pequeño? Y mira a Cathy, ¿sigue siendo una niña? y mira, sobre todo, a los gemelos, fijándote bien en lo mucho que han crecido. Luego vuelve a mirarme a mí, y dime que Cathy y yo seguimos siendo niños, a quienes hay que tratar con condescendencia, y que son incapaces de comprender las cosas de las personas mayores. No nos hemos estado quietos, tocándonos las narices, mientras tú te ibas por ahí, de parranda. Con ayuda de los libros, Cathy y yo hemos vivido innumerables vidas... nuestra manera, con ayuda ajena, de sentirnos vivos.

Mamá quería interrumpirle, pero Chris dominaba su vocecita vacilante.

Echó una mirada despectiva a sus numerosos regalos.

—De modo que vuelves con ofrendas de paz, como siempre que te das cuenta de que has hecho mal. ¿Cómo es que sigues pensando que tus estúpidos regalos pueden compensarnos por lo que hemos perdido y estamos perdiendo constantemente? Sí, claro, en otros tiempos nos encantaban los juegos y los juguetes y la ropa que nos traías a nuestra cárcel, pero ahora ya somos mayores, ¡y los regalos no son suficiente!

—Christopher, por favor —rogó ella, mirando inquieta también a los gemelos y apartando los ojos con la misma rapidez—. Por favor, no hables como si hubieras dejado de quererme, no podría soportarlo.

—Te quiero —fue la respuesta de Chris—. Me he forzado a seguir queriéndote, a pesar de lo que haces. No tengo más remedio que quererte. Todos tenemos que quererte y que creer en tí, y que pensar que tienes siempre presentes nuestros intereses, pero míranos, mamá, y venos de verdad como somos. Cathy siente, y yo siento también, que cierras los ojos a lo que nos estás haciendo. Vienes aquí sonriente y nos pones delante grandes esperanzas para el futuro, pero luego no pasa nada. Hace mucho tiempo, cuando nos hablaste por primera vez de esta casa y de tus padres, nos dijiste que sólo pasaríamos aquí encerrados una noche, y luego resultó que sólo iban a ser unos pocos días, y después que serían unas pocas semanas, más tarde unos cuantos meses..., y así han pasado más de dos años, y nosotros esperando a que se muera un viejo que a lo mejor no se muere nunca gracias a los estupendos médicos que le mantienen alejado de la tumba. Este cuarto no está mejorando precisamente nuestra salud, ¿no te das cuenta? —casi gritó, mientras su rostro de muchacho se sonrojaba y su dominio de sí mismo se alargaba por fin hasta romperse.

Yo pensaba que nunca vería a Chris atacar a nuestra madre, a su querida madre.

El alocado tono de su voz tuvo que sobresaltarle a él incluso, porque lo bajó y siguió hablando con más calma; a pesar de todo, sus palabras causaban el impacto de las balas:

—Mamá, ¡heredes o no la inmensa fortuna de tu padre, nosotros queremos salir de esta habitación!, y no la semana que viene, o mañana, ¡sino hoy!, ¡ahora!, ¡en este mismo momento! Dame esa llave y nos iremos lejos. Y si quieres, pues nos mandas dinero, o no lo mandes, si lo prefieres, y no tienes necesidad de volvernos a ver, si te parece bien, y así se resolverán todos tus problemas, porque desapareceremos de tu vida, y tu padre no tendrá necesidad de saber jamás que existimos, y tú te puedes quedar con todo lo que te deje. Todo para ti.

Mamá se puso pálida al escuchar esto.

Yo estaba sentada en mi silla, con el plato a medio comer. Me daba pena mamá, y sentía que mi misma compasión me traicionaba. Cerré la puerta, la cerré de golpe, pensando en aquellas dos semanas de hambre que pasamos..., cuatro días sin comer nada más que galletas y queso, y tres días sin nada absolutamente que comer, y sin otra cosa que agua que beber. Y luego los azotes, el alquitrán en mi cabeza, y, sobre todo, la manera en que Chris tuvo que abrirse las muñecas para alimentar a los gemelos con su nutritiva sangre.

Y lo que Chris le estaba diciendo a ella, y la manera dura y decidida en que estaba haciéndolo, era casi enteramente por culpa mía.

Pensé que mamá se daba cuenta de esto, porque me dirigió una mirada como una puñalada, llena de resentimiento.

—No me digas nada más, Christopher, es evidente que no eres tú.

Poniéndome en pie de un salto, me situé al lado de Christopher.

—¡Míranos, mamá, fíjate en nuestro color radiante, lleno de salud, exactamente como el tuyo! Fíjate, sobre todo, y con calma, en tus dos hijos menores. No parecen delicados de salud, ¿verdad que no?, sus mejillas bien redondeadas no parecen hundidas, ¿verdad?, y sus ojos, sus ojos no están oscuros y hundidos, ¿verdad que no? Y cuando hayas mirado bien y tomado nota mental de todo, fíjate en lo mucho que han crecido, y lo sanos y pimpantes que están. Si no te damos pena Christopher y yo, por lo menos que te la den ellos.

—¡Calla! —gritó, levantándose de un salto de la cama donde se había sentado, esperando vernos congregados en torno a ella, tan gratamente como solíamos. Dio media vuelta, para no tener que vernos, y, sofocándose entre sollozos, oímos su voz que nos decía—: No tenéis derecho a hablar a vuestra madre de esta manera; si no fuera por mí, estaríais todos muriéndoos de hambre por las calles. —Su voz se entrecortó y se volvió de lado, mirando a Chris de una manera suplicante y desamparada—. ¿Es que no he hecho todo lo que he podido, por vosotros? ¿En qué he procedido mal? ¿Qué es lo que os falta? De sobra sabíais cómo tendrían que ser las cosas hasta que se muriera vuestro abuelo, y aceptasteis quedaros aquí hasta entonces. Y yo he cumplido mi palabra. Vivís en un cuarto caliente y seguro. Yo os traigo lo mejor de todo: libros, juegos, la mejor ropa del mundo. Tenéis buena comida y un televisor. —Se volvió de frente a nosotros, abriendo las manos en ademán de súplica, como a punto de caer de rodillas, mirándonos con ojos suplicantes—: Escuchadme a mí ahora: vuestro abuelo está tan enfermo que se pasa el día entero en la cama, y ni siquiera puede ir en silla de ruedas. Sus médicos dicen que ya no puede durar mucho tiempo, unos pocos días o unas pocas semanas como máximo. El día en que muera subiré y os abriré la puerta y os dejaré bajar las escaleras. Tendré dinero de sobra para mandaros a los cuatro a la universidad, y a Chris a estudiar medicina, y a ti, Cathy, a que tomes lecciones de ballet. Proporcionaré a Cory los mejores profesores de música, y a Carrie lo que ella quiera. ¿Vais a tirar por la borda todos estos años que habréis sufrido y soportado aquí sin ninguna recompensa, y precisamente cuando estáis al borde mismo de conseguir vuestro propósito? ¿Os acordáis de cómo solíais reíros y hablar de lo que haríais cuando tuvierais más dinero del que podríais gastar? Acordaos de los planes que hemos hecho... de nuestra casa, donde podremos vivir todos juntos de nuevo. ¡No lo tiréis todo por la borda perdiendo la paciencia precisamente cuando estamos a punto de ganar! ¡Si me decís que he estado pasándolo bien mientras vosotros sufríais, os diré que sí, que es verdad, pero os compensaré con creces de todo esto!

La verdad, he de confesar que me sentí conmovida, y que sentía grandes deseos de dejar a un lado mi incredulidad. Estaba acercándome, confiando en ella de nuevo, y al mismo tiempo acuciada por el miedo receloso de que estuviese mintiendo. ¿No nos había dicho desde el principio de todo aquello que nuestro abuelo estaba exhalando su último suspiro..., años y años exhalando aquel último suspiro? ¿Debería ponerme a gritar: Mamá, lo que pasa es que ya no te creemos? Quería herirla, hacerle sangrar como nosotros habíamos sangrado con nuestras lágrimas, nuestro aislamiento y nuestra soledad, y, por supuesto, con nuestros castigos.

Pero Chris me miró severamente, haciéndome sentirme avergonzada. ¿Podría ser yo tan caballerosa como él? Lo que deseaba era abrir la boca, hacer caso omiso de él, y gritar todo lo que la abuela nos había hecho para castigarnos por nada, pero, no sé por qué extraña razón, permanecí callada. Quizá fuese para que los gemelos no se enterasen de demasiadas cosas, o acaso estaba esperando a que fuese Chris quien se lo contase todo.

Pero Chris estaba mirándola con suave compasión, olvidando el alquitrán en mi cabello y las semanas sin comida y los ratones muertos que él iba a convertir en sabrosos manjares con sal y pimienta, y los azotes. Estaba a mi lado, su brazo rozaba el mío. Temblaba, lleno de indecisión, y en sus ojos había visiones atormentadas de esperanza y desesperación mientras nuestra madre empezaba a llorar.

Los gemelos se acercaron y se cogieron a mi falda, mientras mamá se dejaba caer como un trapo sobre la cama más cercana, gimiendo y golpeando la almohada con los puños, igual que haría una niña.

—¡Qué niños más ingratos y sin corazón sois! —gimió, lastimosamente—. ¡Que me hagáis esto a mí, a vuestra propia madre, a la única persona en este mundo que os quiere! ¡La única que se interesa por vosotros! Vine tan llena de alegría a veros, tan feliz de estar de nuevo con vosotros, queriendo contaros todas las buenas noticias, para que os alegrarais conmigo! Y, ¿qué es lo que me hacéis? ¡Os metéis conmigo, me atacáis cruel e injustamente! ¡Me hacéis sentirme culpable y avergonzada cuando todo el tiempo he hecho por vosotros cuanto he podido, y, sin embargo, no me creéis!

Ahora estaba a nuestra altura, llorando, con el rostro hundido en la cama, igual que habría hecho yo años antes, y como haría Carrie entonces.

Chris y yo, inmediata y espontáneamente, nos sentimos llenos de pesadumbre y arrepentimiento. Todo lo que nos había dicho era completamente verdad. Ella era la única persona que nos quería, que cuidaba de nosotros, y nuestra única salvación, de quien dependían nuestras vidas, nuestro futuro, nuestros sueños. Chris y yo corrimos hacia ella y la rodeamos con los brazos como mejor pudimos, pidiéndole perdón. Los gemelos no decían nada, sólo miraban.

—¡Mamá, por favor, deja de llorar! ¡No quisimos herir tus sentimientos! ¡Lo sentimos, lo sentimos de verdad! Nos quedaremos aquí, te creemos. El abuelo está casi muerto, y tendrá que morirse algún día, ¿verdad?

Pero ella continuaba llorando, inconsolable.

—¡Háblanos, dinos algo, mamá, por favor! ¡Cuéntanos estas buenas noticias que traes! ¡Queremos oírlas, y ponernos contentos y alegrarnos contigo! Si dijimos todo eso fue solamente porque estábamos enfadados porque te marchaste y no nos dijiste nada. Anda, mamá, por favor, mamá.

Nuestros ruegos, nuestras lágrimas y nuestra angustia consiguieron finalmente ablandarla. Ella se incorporó como pudo, y se secó los ojos con un pañuelo blanco de hilo que tenía varios centímetros de encaje alrededor y llevaba bordada una gran letra C blanca.

Nos echó a un lado a Chris y a mí, y luego apartó de sí nuestras manos, como si quemasen, y se puso en pie. Ahora era ella la que se negaba a mirarnos a los ojos, aunque nuestros ojos suplicaban, rogaban, intentaban halagar.

—Abrid los regalos que elegí con tanto cariño —declaró, con una voz fría, entrecortada por gemidos sofocados—. Y luego decidme si es verdad o no que pensé en vosotros con amor. Decidme luego si no pensé en vuestras necesidades, si no tuve presentes vuestros intereses y traté de satisfacer vuestros menores caprichos. Decidme si soy egoísta y si no me ocupo de vosotros.

El oscuro maquillaje le resbalaba mejillas abajo. El rojo brillante de los labios se le desdibujaba. Su pelo, que solía llevar recogido sobre la cabeza como un elegante sombrero, aparecía ahora en desorden y caído. Al entrar en nuestro cuarto, era la imagen misma de la perfección, pero ahora parecía un maniquí roto.

¿Y por qué tenía que ponerme a pensar que mi madre era como una actriz, representando su papel con todas sus fuerzas?

Miró a Chris, haciendo caso omiso de mí. Y por lo que a los gemelos se refiere, era como si estuviesen en la China, para el interés que mostraba por su bienestar y sus susceptibilidades.

—He encargado una nueva colección de enciclopedias para tu cumpleaños, Christopher —anunció, como sofocándose, todavía secándose el rostro y quitándose los manchones del maquillaje—. Precisamente la serie que te gustó siempre tener, la mejor de las publicadas, encuadernada en auténtico cuero rojo, con marcas de oro de veinticuatro quilates en los cuatro lados, y con relieves en el lomo de un centímetro. Fui yo, personalmente, a la editorial, a encargártela. Llevarán tu nombre, y la fecha, pero no te la enviarán por correo directamente aquí, por si alguien la ve. —Todavía se sofocaba, hablando, y dejó a un lado su pañuelo de lujo—. He pensado mucho en algún regalo que te guste de verdad, porque siempre te he dado lo mejor, para que adquieras cultura y aprendas.

Chris parecía confundido. Las distintas emociones que se reflejaban en su rostro le daban un aire confuso, desconcertado, deslumbrado y como indefenso. ¡Dios santo, tenía que quererla mucho, después de todo lo que había hecho por él!

Mis emociones eran directas, sin indecisión alguna. Yo estaba hirviendo de furia. ¡Ahora nos venía con enciclopedias auténticas, encuadernadas en cuero, con relieve en el lomo y oro de veinticuatro quilates! ¡Libros que tenían que costar más de mil dólares, a lo mejor hasta dos o tres mil! ¿Y por qué no guardaba ese dinero para nuestra fuga de allí? Sentía deseos de ponerme a gritar, como Carrie, y protestar, pero había algo roto en los ojos de Chris que me indujo a contenerme y cerrar la boca. Siempre había querido tener una colección de enciclopedias auténticas, encuadernadas en cuero rojo, y ahora ella se las había encargado, y el dinero ahora no tenía la menor importancia para ella; a lo mejor, quien sabe, el abuelo realmente estaba a punto de morirse hoy o mañana, y entonces ya no tendría necesidad de alquilar un apartamento o comprar una casa.

Mamá se dio cuenta de mis dudas.

Levantó majestuosamente la cabeza y se volvió hacia la puerta. No habíamos abierto nuestros regalos, y ni ella pensaba tampoco quedarse para ver nuestras reacciones. ¿Por qué lloraba yo por dentro y la odiaba? Ahora ya no la quería..., de verdad que no.

Cuando llegó a la puerta y la tenía ya abierta, nos dijo:

—Cuando hayáis pensado en el dolor que me habéis causado hoy y, cuando me tratéis de nuevo con amor y respeto, volveré. No antes.

Así había venido.

Y así se fue.

Había llegado y se había ido dejando a Carrie y a Cory como si no estuvieran allí: no los besó ni les habló, y apenas si les miró. Y yo sabía por qué. No podía resistir mirarlos y ver lo que la fortuna que había conseguido estaba costando a los gemelos.

Éstos se bajaron de un salto de la mesa y corrieron hacia mí, a cogerse de mi falda y mirarme a los ojos. Sus caritas estaban llenas de inquietud, de temores, y estudiaban mi expresión, para ver si yo estaba contenta, para sentirse ellos también contentos. Me arrodillé, para darles todos los besos y todas las caricias que mamá no les había dado, o, mejor dicho, que no podía dar a quienes había hecho tanto daño.

—¿Tenemos un aspecto raro? —preguntó Carrie, preocupada, con sus manitas tirando de las mías.

—No, claro que no. Tú y Cory sólo estáis pálidos, por llevar demasiado tiempo encerrados.

—¿Crecemos mucho?

—Sí, claro que crecéis mucho —sonreí, a pesar de que estaba mintiendo.

Y, con fingida alegría, y sin quitarme de la cara la falsa sonrisa que llevaba puesta, me senté en el suelo, con los gemelos y Chris, y los cuatro comenzamos a abrir los regalos, como si fuera Navidad. Todos estaban preciosamente envueltos en papel caro, o en papel de oro o plata, con grandes lazos de satén de distintos colores.

Había que quitar el papel, tirar de las cintas, de los lazos, arrancar las tapas de las cajas, quitar el papel fino que había dentro... y ver toda la preciosa ropa que había allí, para los cuatro. Mirar los libros nuevos, ¡hurra! Ver los juguetes, los juegos, los rompecabezas, todo nuevo, ¡hurra! ¡Dios mío, y qué caja más grande de dulces de azúcar de arce, en forma de hojas también de arce!

Bueno, pues allí teníamos las pruebas de su interés por nosotros, allí delante. Nos conocía bien, es preciso confesarlo, sabía nuestros gustos y nuestras preferencias, pero no nuestros tamaños. Con aquellos regalos nos compensaba por todos aquellos meses vacíos en que nos había dejado al cuidado de la bruja de nuestra abuela, que nos habría visto con gusto muertos y enterrados.

¡Y bien que sabía ella la clase de madre que tenía, claro que lo sabía!

Esperaba quitarnos, con dulces de azúcar de arce, la hiel amarga de la soledad de nuestras bocas, de nuestros corazones, de nuestras mentes. A su manera de pensar, la cosa estaba clarísima, seguíamos siendo unos niños, a pesar de que Chris necesitaba ya afeitarse y a mí me hacía falta un sujetador..., continuábamos siendo niños... y niños seguiríamos siendo para siempre, como indicaban con toda claridad los títulos de los libros que nos había traído. *Hombrecitos*, que yo había leído ya hacía años. Cuentos de hadas de los hermanos Grimm y de Hans Christian Andersen, que nos sabíamos de memoria. ¿Y otra vez *Cumbres borrascosas* y *Jane Eyre*? ¿Es que no llevaba una lista de lo que ya habíamos leído? ¿De lo que ya teníamos?

Conseguí sonreír, mientras le metía a Carrie por la cabeza un vestido rojo nuevo y le ataba al pelo una cinta de color púrpura. Ahora estaba vestida como a ella le gustaba, de sus colores favoritos. Le puse en los pies calcetines púrpura y nuevos zapatos blancos de suela de goma.

—Estás guapísima, Carrie. —Y, en cierto modo, era verdad, y ella se sentía contentísima con su vestido de persona mayor, de colores de reina.

Luego ayudé a Cory a ponerse los pantalones cortos de un rojo vivo, y una camisa nueva con sus iniciales en rojo en el bolsillo. Chris tuvo que anudarle la corbata porque papá le había enseñado a hacerlo mucho tiempo antes.

—¿Quieres que te vista ahora, Christopher? —le pregunté, sarcástica.

—Si eso es lo que tanto deseas —replicó él, malintencionado—, lo que puedes hacer es desnudarme.

—¡No digas ordinarieces! —repliqué.

Cory tenía ahora otro instrumento musical, ¡un banjo reluciente! ¡Oh, Dios santo, con las ganas que tenía él de tener un banjo! Sus ojos se encandilaron. ¡Oh, Susana, no llores más por mí, porque me voy a Luisiana, con un banjo entre las rodillas...!

Se puso a interpretar la melodía y Carrie a cantar la letra. Era una de sus alegres canciones favoritas, y sabía tocarla en la guitarra, pero no sonaba bien del todo. En el banjo, en cambio, sonaba perfectamente, como tenía que ser. Dios bendiga a Cory, el de los dedos mágicos.

Y Dios me bendiga también a mí, la de los ruines pensamientos que lo echan todo a perder. ¿De qué servía la ropa bonita si nadie podía verla? Lo que yo quería era cosas que no vinieran tan envueltas en papel de fantasía y atadas con cintas de satén, y metidas en cajas con membrete de tiendas de lujo. Lo que quería era cosas que no se compran con dinero. ¿Es que no se había dado cuenta de que tenía el pelo muy corto sobre la frente? ¿Había visto acaso lo delgados que estábamos? ¿Pensaba que teníamos aspecto sano, con nuestra piel tan pálida y fina?

Pensamientos, ciertamente, ruines mientras le ponía a la ansiosa Carrie una hoja de dulce de azúcar de arce en la boca, y luego otra hoja en la de Cory; finalmente, me comí yo otra. Un vestido de terciopelo azul, de esos que se ponen para asistir a una fiesta. Un juego de bata y peinador azul y rosa, con zapatillas que hacían juego. Yo seguía allí sentada, mientras el dulce se me deshacía en la lengua, y sentía el gusto acre de la pena en la garganta. ¡Enciclopedias! ¿Es que íbamos a seguir encerrados allí para siempre?

Y, sin embargo, el dulce de azúcar de arce era el que más me gustaba y siempre había sido así. Había traído la caja de dulces para mí, para mí, y sólo pude comer uno, y aún eso con gran dificultad.

Cory, Carrie y Chris estaban sentados en el suelo, con

la caja de los dulces en el centro. Fueron comiendo los dulces, uno a uno, riendo y contentos.

—Debéis tomarlo poco a poco —les aconsejé con amargura perversa—, porque a lo mejor es la última caja que vais a ver en mucho, pero que mucho tiempo.

Chris me miró, sus ojos azules brillaban de satisfacción. Era bastante fácil ver que toda su confianza y su fe habían vuelto a él después de una breve visita de mamá. ¿Es que no veía que todos aquellos regalos no eran más que una manera de ocultar el hecho de que ya no nos quería? ¿Cómo no se daba cuenta, como me la daba yo, de que nosotros ya no éramos para ella tan reales como antes? No éramos ya más que una de esas cosas incómodas de las que la gente no gusta de hablar, como los ratones del ático.

—Anda, sigue ahí sentada, como una tonta —me dijo Chris, que estaba deslumbrante de felicidad—. Quédate sin dulces, mientras nosotros nos hartamos de una vez, antes de que vengan a comérselos los ratones. Cory, Carrie y yo nos atiborraremos, mientras tú sigues ahí sentada, llorando, y sintiéndote digna de la mayor lástima y diciéndote que con tu abnegación puedes cambiar nuestra situación. ¡Hala, Cathy, llora, hazte la mártir, sufre! ¡Date cabezadas contra la pared! ¡Grita! Pero nosotros seguiremos aquí hasta que se muera el abuelo y ya no quede nada de dulce, nada, nada, nada.

¡Le odiaba por reírse de mí de aquella manera! Me puse en pie de un salto, corrí al otro extremo de la habitación, le volví la espalda y me probé la ropa nueva. Tres preciosos vestidos que me fui poniendo uno tras otro. Eran fáciles de cerrar con cremallera hasta la cintura, y me estaban algo sueltos. Pero, por mucho que me esforzaba, la cremallera no seguía subiendo espalda arriba, al llegar a la altura del pecho. Me quité bruscamente el último vestido, para mirar las sisas en el corpiño, pero no las había, todavía me compraba vestidos de niña pequeña, ¡vestidos tontos, monines, de niña pequeña, que proclamaban a los cuatro vientos que no me veía como era ahora! Tiré al suelo los tres vestidos, pisoteando el terciopelo azul de tal manera que ya no sería posible devolverlo a la tienda.

Y allí estaba Chris, sentado en el suelo con los gemelos, con aire diabólico, y riendo con un encanto muchachil y de alegre vividor, que acabaría pudiendo con mi mal humor, a poco que le dejase.

—Haz la lista de las cosas que quieres comprar —me dijo, en broma—. Ya era hora de que empezaras a comprar sujetadores, dejases de ir por ahí dando saltitos, y, ya que estás en ello, incluye también una faja en la lista.

¡Me daban ganas de abofetear aquella cara tan sonriente! Tenía el vientre como una cueva vaciada, y si mi trasero era redondo y duro, eso se debía al ejercicio que hacía, y no a la grasa.

—¡Cállate! —le grité—. ¿Por qué voy a tener que hacer una lista y contárselo todo a mamá? ¡Sabría de sobra la ropa que tengo y que debiera ponerme si de verdad se fijase en mí! ¿Cómo sé qué tamaño de sujetador he de pedir? ¡Y además, no necesito faja! ¡Lo que a ti te hace falta es un calzoncillo de cuero, para aguantarte bien eso, y algo de sentido común en la cabeza, de ese sentido común que no se aprende en los libros! —le miré airada, contenta de ver la expresión de asombro con que estaba mirándome—. ¡Christopher! —le grité, incapaz de seguir conteniéndome—. ¡A veces odio a mamá! Y no sólo es eso, a veces te odio también a ti! ¡A veces odio a todo el mundo, y a mí más que a nadie! A veces querría estar muerta, porque pienso que estaríamos mejor muertos que enterrados en vida en este cuarto! ¡Sí, enterrados, igual que verduras podridas, verduras que andan y que hablan!

Había puesto al descubierto mis pensamientos secretos, escupiéndolos como basura, para que mis dos hermanos se sobresaltaran y palidecieran. Y mi hermanita se hizo más pequeña incluso de lo que ya era y se puso a temblar. En cuanto hube dicho aquellas crueles palabras, deseé volvérmelas a tragar. Estaba ahogándome de vergüenza, pero me sentía incapaz de pedir excusas y desdecir lo dicho. Di media vuelta y me fui corriendo al cuartito, para abrir la puertecilla alta y angosta que me llevaría, escaleras arriba, al ático. Cuando algo me dolía, y eso era frecuente, iba corriendo en busca de música, de mi vestido y mis zapatillas de ballet, para bailar hasta serenarme. Y en algún lugar de aquella tierra de cuento de hadas, en la que hacía mis piruetas, locamente, esforzándome como una loca y una salvaje por dejarme a mí misma insensible a todo de pura fatiga, vi a aquel hombre, lejano y como en sombras, medio escondido detrás de las altas columnas blancas que se elevaban hasta un cielo de púrpura. En un *pas de deux* lleno de pasión estaba bailando conmigo, separados para siempre, por mucho que tratase de acercarme a él y de caer, de un salto, en sus brazos, y sentirme allí protegida por ellos, sosteniéndome... y con él, por fin, encontraría un lugar seguro donde vivir y amar.

Y entonces, de pronto, cesó la música y me vi en el ático seco y polvoriento, sobre el suelo, con la pierna derecha cogida debajo de mí, ¡me había caído! Cuando conseguí ponerme de nuevo en pie, apenas podía andar. Me dolía tanto la rodilla que me saltaron a los ojos lágrimas de otra especie. Fui cojeando por el ático hacia la clase, sin preocuparme en absoluto de si tendría la rodilla estropeada para siempre. Abrí una ventana de par en par y salí al tejado negro. Penosamente fui bajando por la empinada cuesta y sólo me retuve cuando me vi en el borde mismo del tejado, con las gárgolas atascadas de hojas. Allá abajo estaba la tierra firme. Con las lágrimas de pena por mí misma y dolor en el rostro, que me impedían ver, cerré los ojos y me dejé deslizar. En un minuto todo habría terminado. Estaría caída sobre los arbustos de rosas espinosas.

La abuela y mamá podrían decir que había sido alguna chica extraña e idiota que se había subido al tejado, cayendo de él accidentalmente, y mamá lloraría al verme muerta y roja, metida en un ataúd, con leotardos y lazo. Y cuando se diera cuenta de lo que había hecho, querría volverme a la vida, y abriría por fin la puerta, para dar la libertad a Chris y a los gemelos, y así podrían volver a vivir de nuevo.

Y ésta era la cara dorada de mi moneda de suicida.

Pero era preciso darle la vuelta, y ver la otra cara, enmohecida. ¿Y si no moría? Supongamos que me caía, y que los rosales amortiguaban la caída y terminaba tullida y llena de cicatrices para el resto de mi vida. ¿Entonces, qué?

Y supongamos también que moría de verdad, y que entonces mamá ni lloraba ni sentía pena alguna, y se alegraba, en cambio, de quitarse de encima una pesada como yo. ¿Cómo podrían sobrevivir entonces Chris y los gemelos, si no estaba yo para cuidar de ellos? ¿Quién haría de madre de los gemelos, y les proporcionaría ese cariño que a Chris no le resultaba tan fácil mostrarles como a mí? Y, en cuanto a Chris, a lo mejor él pensaba que en realidad no me necesitaba, que podía llenar el vacío que yo dejase con libros y enciclopedias nuevas de cuero rojo, con marcas en oro y relieves en el lomo, y que, cuando fuera, por fin, todo un médico, tendría bastante con su título para satisfacerle toda su vida. Pero sabía que cuando fuese médico no estaría aún satisfecho, nunca, nunca lo estaría, si no me tenía a su lado. Y este don mío de ver las dos caras de la moneda fue lo que me salvó de la muerte.

Me aparté torpemente del borde del tejado, sintiéndome tonta, infantil, pero continuaba llorando. La rodilla me dolía tanto que tuve que subir tejado arriba a rastras, hasta llegar al lugar cercano de la parte trasera de la chimenea donde se juntaban dos tejados, formando un rincón seguro. Me tendí de espaldas, mirando al cielo que ni me veía ni se ocupaba de mí. Puse en duda entonces que Dios viviera allí arriba de veras, y puse en duda también que hubiera allí un cielo.

¡Dios y el cielo estaban aquí, en la tierra, en los jardines, en los bosques, en los parques, en las orillas, en los lagos, en coche por las autopistas, yendo en alguna dirección!

El infierno estaba aquí mismo, aquí, donde estaba yo, tratando de acabar conmigo, y de transformarme en lo mismo que mi abuela pensaba que yo era: la progenie del diablo.

Seguía tendida sobre aquel tejado duro y frío de pizarra hasta que llegó la oscuridad, y las estrellas me iluminaron con su luz airada, como conociéndome de verdad. No llevaba puesto más que el vestido de ballet, los leotardos, y uno de esos lazos tan tontos y con encajes como escarolas.

Se me puso la carne de gallina en los brazos, y, a pesar de todo, seguí allí, planeando toda mi venganza, mi venganza contra los que me habían transformado en mala, de buena que era, haciéndome lo que iba a ser a partir de aquel día, convenciéndome a mí misma de que llegaría el día en que tanto mi abuela como mi madre estarían a mis órdenes..., y entonces empuñaría yo el látigo, y dispondría de alquitrán y controlaría la comida.

Traté de pensar exactamente lo que les haría entonces. ¿Cuál sería el castigo más adecuado? ¿Las encerraría a las dos y tiraría la llave? ¿Las mataría de hambre, como nos había pasado a nosotros?

Un ruido suave interrumpió el correr oscuro y retorcido de mis pensamientos. En la oscuridad del comienzo de la tarde, oí a Chris pronunciar mi nombre con voz vacilante. Sólo mi nombre, nada más. No contesté, no me hacía falta Chris, no me hacía falta nadie. Me había fallado al no comprenderme, y no le necesitaba, por lo menos ahora.

Sin embargo, se me acercó y se tendió también a mi lado. Me había traído una chaqueta de lana, y la echó sobre mí sin decir una palabra. Se puso a mirar, como yo, el cielo frío y ceñudo. Entre nosotros fue creciendo el silencio más largo y temeroso que cabe imaginar. No había nada en Chris que yo odiase realmente, o siquiera encontrase desagradable, y sentí grandes deseos de volverme de lado y decírselo, y darle las gracias por haberme traído la chaqueta de abrigo, pero no conseguía articular una sola palabra. Quería decirle lo mucho que sentía haberme metido con él de aquella manera, y con los gemelos, cuando sabía Dios que ninguno de nosotros necesitaba más enemigos. Mis brazos, temblorosos bajo el calor que les daba la chaqueta, deseaban apretarse en torno a él y consolarle,

igual que él me había consolado a mí cuando me despertaba presa de otra pesadilla. Pero no conseguí hacer otra
cosa que seguir tendida allí, y esperar que se diera cuenta
de lo confusa que me sentía por dentro.

Pero siempre era él el primero en levantar la bandera
blanca, y por eso le estaré agradecida toda mi vida. Con
voz forzada, ronca, de extraño, que parecía llegar de una
gran distancia, me dijo que los gemelos habían cenado ya,
pero me habían guardado mi parte.

—Y no estábamos comiendo de verdad el dulce, Cathy,
hacíamos como que comíamos, queda mucho todavía.

Dulce. Me estaba hablando de dulce. ¿Es que acaso vivía todavía en un mundo infantil, en el que los dulces eran
siempre suficientes para acabar con las lágrimas? Yo había
crecido, y había perdido entusiasmo por esas delicias in-
fantiles. Anhelaba lo que quiere toda chica de mi edad: libertad para convertirme en una mujer, libertad para poder
vivir mi propia vida. Pero, aunque traté de decirle todo
esto, mi voz se había secado, junto a mis lágrimas.

—Cathy..., lo que dijiste..., no vuelvas a decir cosas
desconsoladoras como aquéllas...

—¿Y por qué no? —repliqué, sofocándome—. Todo
lo que dije es verdad. No hice más que expresar lo que
siento por dentro. Me limité a soltar lo que tú tienes escondido en lo más profundo de tu ser. ¡Bueno, pues sigue
ocultándotelo a ti mismo, y ya verás cómo todas esas ver-
dades se te convierten en un ácido y te corroen por dentro!

—¡Yo nunca he deseado mi propia muerte! —gritó él
con la voz ronca de quien sufre un resfriado eterno—. No
vuelvas a decir tal cosa, o pensar siquiera en la muerte!
Naturalmente que he tenido dudas y recelos escondidos
en mi interior, pero sé sonreír, y reírme, y hacerme creer
a mí mismo lo que sea, porque quiero sobrevivir. Si te
causas la muerte por tu propia mano, me llevarías a mí
contigo, y los gemelos irían detrás, porque entonces no
tendrían a nadie que les hiciese de madre.

Me hizo reír. Una risa dura, frágil, fea, una imitación de
la manera de reír de mi madre cuando se sentía amargada.

—Vaya, Christopher Doll, olvidas que tenemos una madre querida, dulce, una madre amante que piensa antes que nada en lo que necesitamos, y que se encargaría de cuidar de los gemelos.

Chris se volvió hacia mí y me cogió por los hombros.

—No me gusta nada que me hables de esta manera, como sueles hablar a veces. ¿Es que piensas que no me doy cuenta de que tú eres más madre de Cory y Carrie que ella? ¿Crees que no me di cuenta de que los gemelos se limitaron a quedarse mirándola como si fuera una extraña? Mira, Cathy, no soy ni ciego ni tonto. Sé de sobra que mamá cuida primero de sí misma y luego de nosotros.

La luna de siempre había salido ya e iluminaba las lágrimas que se congelaban en sus ojos. Su voz sonaba en mi oído áspera, callada y honda.

Había dicho todo esto sin amargura, sólo con pena, de la manera monótona y sin emoción de un médico que informa a su paciente que está desahuciado.

Y fue entonces cuando me sentí invadida por un impulso cataclísmico. Después de todo, yo quería a Chris, y era mi hermano. Me hacía entera, me daba lo que necesitaba, una sensación de estabilidad cuando me sentía incapaz de contener mis impulsos salvajes y frenéticos, su manera de contraatacar a mamá y a los abuelos era perfecta. Dios no lo vería, había cerrado los ojos a todo el día en que Jesucristo fue crucificado. Pero papá estaba allí arriba, mirándonos, y esto me llenaba de vergüenza.

—No dije en serio nada de todo eso, Chris, créeme, que no lo dije en serio, ya sabes lo que me gusta a mí las escenas dramáticas; quiero vivir tanto como cualquiera, pero tengo mucho miedo de que nos vaya a pasar algo terrible, que sigamos aquí encerrados para siempre, y por eso dije esas cosas terribles, para sacudirte, para abrirte los ojos. Oh, Chris, no sabes lo que deseo verme entre mucha gente, quiero ver rostros nuevos, habitaciones nuevas, siento muchísimo miedo por los gemelos, quiero salir de compras, y montar a caballo, y hacer todas las cosas que aquí no puedo hacer.

En la oscuridad, en el tejado, en pleno frío, nos buscamos los dos intuitivamente. Nos apretamos como si fuésemos uno solo, nuestros corazones latían el uno contra el
otro. No llorábamos, ni tampoco reíamos. ¿No habíamos
llorado ya suficientes lágrimas para llenar un océano? Y
de nada nos había servido. ¿No habíamos dicho ya un millón de oraciones, siempre en espera de una liberación que
no llegaba nunca? Y si las lágrimas no servían de nada y
las oraciones no las oía nadie, ¿cómo íbamos a llegar hasta Dios para obligarle a que hiciera algo?

—Chris, ya te lo dije antes, y te lo vuelvo a decir ahora, tenemos que tomar la iniciativa, ¿no solía decir papá
que Dios ayuda siempre a los que se ayudan a sí mismos?

Su mejilla se apretaba contra la mía, y estuvo así, reflexionando durante mucho rato.

—Pensaré en esto, aunque, como dijo mamá, ahora
podremos ser dueños de esa fortuna cualquier día.

LA SORPRESA DE NUESTRA MADRE

Todos y cada uno de los diez días que pasaron hasta la siguiente visita de nuestra madre, Chris y yo pasábamos horas enteras preguntándonos por qué se habría ido a pasar tanto tiempo en Europa y, sobre todo, ¿cuál era la gran noticia que tenía que darnos?

Aquellos diez días a nosotros nos parecieron otra manera de castigarnos. Porque era un verdadero castigo, y nos dolía saber que estaba en la misma casa, y que, a pesar de todo, era capaz de olvidarse de nosotros, y apartarnos de sí, como si fuéramos ratones que estaban en el ático.

De manera que cuando, por fin, reapareció, estábamos muy contritos y temerosos de que no volviera nunca más si Chris y yo mostrábamos más hostilidad y repetíamos que nos sacara de allí. Nos estuvimos callados, tímidos, aceptando nuestro destino. Porque, ¿qué hacer si no volvía nunca más? No podíamos escapar con la escala de sábanas rotas, sobre todo cuando los gemelos se ponían histéricos perdidos sólo porque queríamos sacarlos al tejado.

En fin, que sonreíamos a mamá y nadie pronunció una sola palabra de queja. No preguntamos por qué nos había castigado dejándonos sin verla diez días, cuando ya había estado ausente meses. Aceptábamos lo que estuviera dispuesta a darnos, y éramos, como ella misma nos había dicho que había acabado aprendiendo a ser para con su padre, niños sumisos, obedientes y pasivos. Y, más todavía, era así como ella nos quería. Volvíamos a ser de nuevo sus «queridines», dulces, amantes, suyos.

Cómo éramos tan buenos, tan dulces, encontrábamos tan bien todo lo que hacía, le teníamos tanto respeto, y, al parecer, mostrábamos también tanta fe en ella, fue éste el momento que escogió para darnos su gran noticia.

—¡Queridines, alegraos conmigo! ¡No sabéis lo feliz que soy! —rompió a reír, y dio una vuelta, apretándose los brazos contra el pecho, amando su propio cuerpo, o tal me pareció a mí—: ¡Adivinad lo que ha pasado, anda, venga, adivinadlo!

Chris y yo nos miramos.

—Ha muerto el abuelo —dijo él, cautamente, mientras a mí el corazón me hacía piruetas, preparándose para dar el salto de verdad si era ésa la gran noticia.

—¡No! —replicó ella, tajante, como si su felicidad hubiera sufrido un pequeño descenso.

—Lo han llevado al hospital —insinué yo entonces, buscando lo mejor que pudiera haber después de aquello.

—No, ahora ya no le odio como antes; de modo que no vendría a veros tan alegre por su muerte.

—Bueno, ¿por qué no nos das entonces la gran noticia? —dije yo, sin gran entusiasmo—. Nosotros no podemos adivinarlo, porque ya no sabemos mucho sobre tu vida.

Ella hizo caso omiso de lo que estaba dando a entender, y siguió, arrebatadamente:

—La razón de que haya estado fuera tanto tiempo y lo que encontré tan difícil de explicaros, es que me he casado con un hombre maravilloso, un abogado que se llama Bart Winslow. Ya veréis lo que os va a gustar, y lo que le gustaréis vosotros a él. Tiene el pelo oscuro, y es guapísimo, alto y atlético. Y le gusta esquiar, como a ti, Christopher, y le gusta jugar al tenis, y es inteligentísimo, como tú, queridín —y al decir esto miraba a Chris, naturalmente—: Es encantador y a todo el mundo le cae bien, hasta a mi padre. Y fuimos a Europa de luna de miel, y los regalos que os traje son todos de Inglaterra, de Francia, de España o de Italia. —Y siguió así, sin detenerse hablándonos con entusiasmo de su nuevo marido, mientras Chris y yo la escuchábamos, sentados y en silencio.

Desde la noche de la fiesta de Navidad, Chris y yo habíamos hablado de nuestras sospechas muchas veces, porque, por pequeños que fuéramos entonces, teníamos el suficiente sentido común para darnos cuenta de que una mujer joven y bella como nuestra madre no era probable que se quedase viuda mucho tiempo. Pero, a pesar de todo, pasaron casi dos años sin boda, y eso nos había hecho pensar que el hombre apuesto y de pelo oscuro y el gran bigote no tenía verdadera importancia para mamá, era un capricho pasajero, un pretendiente como tantos otros. Y en lo hondo de nuestros ingenuos corazones llegamos a convencernos de que mamá iba a ser fiel para siempre, siempre dedicada a la memoria de nuestro padre muerto, nuestro padre rubio y de ojos azules, como un dios griego, a quien ella había tenido que amar locamente para hacer por él lo que había hecho: casarse con un pariente tan cercano.

Cerré los ojos y traté de apartar de mí a la odiosa voz, la voz que estaba hablándonos de otro hombre que iba a ocupar el lugar de nuestro padre. Ahora era la mujer de otro, de un hombre completamente distinto, que había estado ya en su cama, que dormía ahora con ella, y a ella la veíamos ahora menos que nunca. ¡Oh, Dios mío! ¿Cuánto tiempo, pero cuánto tiempo?

La noticia que nos había dado y su voz crearon en la jaula de mis costillas un pajarito pardusco de pánico que se puso a revolotear... ¡queriendo salir de allí, salir, salir de allí!

—Por favor —rogó mamá, mientras sus sonrisas y sus risas, su júbilo y su felicidad, trataban de sobrevivir al aire sombrío y estéril con que habíamos recibido la noticia—, haced lo posible por comprender, sed felices por mí. Yo quise a vuestro padre, eso lo sabéis perfectamente, pero ahora está muerto, y lleva muerto mucho tiempo, y yo necesito alguien a quien querer, y alguien que me quiera a mí.

Vi a Chris que abría la boca para decirle que la quería, que todos la queríamos, pero en seguida volvió a cerrar los labios, dándose cuenta, como me la daba yo, de que el amor de sus hijos, no era exactamente el tipo de amor a que ella se refería. Y yo ya no la quería. No estaba ni siquiera segura de que me gustase ya, pero conseguí sonreír y fingir, y pronunciar palabras que dije de tal manera que mi expresión no asustase a los gemelos.

—Sí, mamá, me alegro por ti; está bien eso de encontrar a alguien que te quiera otra vez.

—Lleva mucho tiempo enamorado de mí, Cathy —prosiguió, como apresurada, animada y sonriéndome con confianza de nuevo—, aunque había decidido seguir soltero. Y tu abuelo no quería que me casara por segunda vez, como un castigo más por el mal que había hecho casándome con vuestro padre, pero le gusta Bart... y cuando empecé a insistir y a rogarle, acabó cediendo, y diciendo que bueno, que podía casarme con Bart y heredarle —hizo una pausa, para morderse el labio inferior, y luego tragó saliva, nerviosamente, mientras sus dedos cubiertos de anillos se cogían apresuradamente a la garganta, para tocarse nerviosamente el collar de perlas auténticas que llevaba puesto; de esta manera mostraba los indicios normales de angustia en una mujer, aunque, a pesar de todo, conseguía sonreír—. Pero ya os podéis suponer que no quiero a Bart tanto como quería a vuestro padre.

¡Ah! —pensé—, ¡de qué manera tan débil decía esto! Sus ojos relucientes y su tez radiante traicionaban un amor que sobrepasaba a todo cuanto había sentido hasta entonces. Y yo suspiré, ¡pobre papá!

—Los regalos que nos trajiste, mamá, no todos son de Europa o de las Islas Británicas. Esa caja de dulces de azúcar de arce es de Vermont, ¿es que fuiste también a Vermont? ¿Es que él es de allí?

Su risa nos llegó llena de vivaz júbilo, sin freno alguno y hasta un poco sensual, como si debiera mucho a Vermont.

—No, no es de Vermont, Cathy, lo que pasa es que tiene una hermana que vive allí, y fuimos a pasar un fin de semana con ella cuando volvimos a Europa, y allí es donde compré la caja de dulces, porque sé lo mucho que te gustan los de azúcar de arce. Tiene otras dos hermanas que viven en el Sur. Él es de una pequeña ciudad de Carolina del Sur que se llama Greenglena, o Grenglenna, o algo por el estilo, pero ha pasado tanto tiempo en Nueva Inglaterra, donde se graduó en la Facultad de Derecho de Harvard, que cuando habla parece un yanqui, y no una persona del Sur. Ah, y no sabéis lo bonito que es Vermont en otoño, a mí me dejó sin habla. Claro que cuando una está en la luna de miel no gusta estar con otra gente, de manera que sólo estuvimos con su hermana y la familia de ella muy poco tiempo; luego pasamos unos días en la costa.

Echó una ojeada inquieta a los gemelos, y volvió a juguetear con sus perlas de tal manera que se diría que iba a romper el collar, pero, probablemente, las perlas auténticas están mejor enhebradas que las de imitación.

—¿No te gustaron los barquitos que te traje, Cory?

—Sí, señora —respondió él, muy cortésmente, mirándola con sus ojos grandes, sombreados, igual que si fuera una desconocida.

—Carrie, queridita..., las muñequitas que te traje te las compré en Inglaterra, para que aumentes tu colección, traté de encontrarte otra cuna, pero parece que ya no hacen cunas de casa de muñecas.

—No te preocupes, mamá —respondió Carrie, sin levantar los ojos del suelo—. Chris y Cathy me hicieron una cuna de cartón, y me gusta mucho.

¡Santo cielo! ¿Pero es que no se daba cuenta?

Ya no la conocían, y ahora se sentían incómodos con ella.

—¿Sabe tu marido que existimos? —pregunté, muy seria.

Chris me lanzó una mirada airada, por preguntar tal cosa, diciéndome en silencio que mamá, por supuesto, no sería tan solapada como para no confesar al hombre con quien se había casado que tenía cuatro hijos escondidos, a quienes, además, algunos consideraban progenie del demonio.

La felicidad de mamá volvió a empañarse de sombras y de dolor. Otra vez le había hecho una pregunta inconveniente.

—No, todavía no, Cathy, pero en cuanto papá muera le hablaré de vosotros cuatro, se lo contaré todo en sus menores detalles, y comprenderá, porque es amable y bueno, ya veréis lo que le vais a querer.

Había repetido aquello más de una vez. Y ya teníamos otra cosa que iba a esperar hasta la muerte del viejo.

—¡Cathy, haz el favor de dejar de mirarme de esa manera! ¡No podía decírselo a Bart antes de nuestra boda! Es el abogado de vuestro abuelo, y no podía hablarle de mis hijos, por lo menos todavía no, hasta que se lea el testamento y tenga yo el dinero a mi nombre.

Me venían a la punta de la lengua palabras para decir que el marido debiera saber que su mujer tenía cuatro hijos de un matrimonio anterior. ¡Cuántas ganas tenía de decírselo! Pero Chris estaba mirándome con una expresión terrible, y los gemelos se habían sentado muy juntos y tenían los ojazos fijos en la pantalla del televisor. Estaba indecisa, entre hablar o seguir callada. Por lo menos, cuando se está callado, no se crea uno enemigos. A lo mejor, después de todo, tenía razón mamá. Dios, que sea verdad que tiene razón, que mi fe en ella renazca, haz que vuelva a creer en ella, haz que crea de nuevo que no sólo es bella por fuera, sino también en su interior.

Pero Dios no alargó su mano cálida y tranquilizadora para ponérmela en el hombro, y yo continué allí sentada, dándome cuenta de que mis recelos estaban estirando la cuerda que me unía a ella hasta ponerla muy, muy tirante.

Amor. Con cuánta frecuencia había visto yo esa palabra en los libros. Una y otra vez. Tener riqueza y salud, y belleza y talento..., es como no tener nada si no se tiene también amor. El amor cambia todas las cosas corrientes en algo vertiginoso, poderoso, embriagador, encantado.

De esta manera transcurrían mis pensamientos un día de invierno temprano, en que la lluvia caía sobre el tejado y los gemelos estaban sentados en el dormitorio, frente a la televisión. Chris y yo estábamos en el ático, echados juntos, sobre el viejo colchón, junto a la ventana de la clase, leyendo los dos uno de los libros antiguos que mamá nos había subido de la gran biblioteca de abajo. El ático no tardaría en volverse ártico a causa del invierno, de modo que ahora pasábamos allí todo el tiempo que podíamos, ya que muy pronto no íbamos a poder. A Chris le gustaba leer a toda prisa la página y pasar enseguida a la otra, mientras yo prefería contemplar sosegadamente las bellas líneas impresas, leyéndolas y releyéndolas dos veces, y en ocasiones hasta tres. Discutíamos constantemente sobre esto.

—¡Lee más aprisa, Cathy! Lo que haces es empaparte en las palabras.

Pero hoy se mostraba paciente. Se echó de espaldas y se puso a contemplar el techo, mientras yo leía a mis anchas, siguiendo atentamente cada línea bellamente escrita y empapándome en la sensación de la época victoriana, cuando la gente llevaba ropa tan extraña y hablaba de manera tan elegante, y sentía tan hondamente el amor. Desde su primer párrafo aquel libro nos había cautivado a los dos con su encanto místico y romántico. Cada lenta página nos narraba una complicada historia de dos amantes hostigados por el destino, que se llamaban Lily y Raymond, y que tenían que vencer tremendos obstáculos para encontrar un mágico prado de hierba purpúrea en el que pudieran ver realizados todos sus sueños. ¡Dios mío, y cómo deseaba que encontraran aquel lugar! Y por fin descubrí la tragedia de sus vidas. Estaban desde el principio entre la hierba purpúrea... ¿verdad que es extraño? ¡Entre aquella hierba tan especial desde el mismo principio, y ni una sola vez habían bajado la vista para verla! ¡No me gustaban nada los finales desgraciados, de manera que cerré de golpe aquel terrible libro y lo tiré contra la pared más cercana!

—¡Éste es el libro más estúpido, tonto y ridículo que conozco! —le dije, rabiosa, a Chris, como si fuese él quien lo había escrito—. ¡Sea quien fuere la persona a quien yo ame, aprenderé a perdonar y olvidar! —y seguí lanzando pestes de la tormenta que había fuera, de modo que el mal tiempo y yo íbamos al mismo ritmo, en crescendo—. ¡Vamos a ver! ¿Cómo es posible que dos personas inteligentes vayan flotando, con la cabeza en las nubes, sin darse cuenta de que la casualidad puede traer mala suerte en cualquier momento? ¡Pues yo no pienso ser como Lily y Raymond, nunca, lo que se dice nunca! ¡Un par de tontos románticos que no saben siquiera mirar a sus pies de vez en cuando!

Mi hermano parecía divertido, al verme tomar tan en serio aquella novela, pero luego recapacitó y se puso a mirar pensativo la lluvia violenta.

—A lo mejor es que los amantes no tienen que mirar al suelo. Este tipo de historia se cuenta con símbolos, y la tierra simboliza la realidad, y la realidad representa frustraciones, enfermedades inesperadas, muerte, asesinato, y todas las demás tragedias. Los amantes lo que tienen que hacer es mirar al cielo, porque allí arriba no se pueden pisotear las bellas ilusiones.

Le miré irritada, frunciendo el ceño malhumoradamente.

—Y cuando me enamore —empecé a decir— levantaré una montaña que toque el cielo, y entonces mi amante y yo tendremos lo mejor de los dos mundos: la realidad, bien firme bajo nuestros pies, y, al tiempo, la cabeza en las nubes, con todas nuestras ilusiones aún intactas. Y la hierba purpúrea creará todo en torno a nosotros, y tan alta que nos llegue a los ojos.

Chris rió, y me abrazó, besándome suave y tiernamente, y sus ojos eran muy dulces y suaves en la semioscuridad sombría y fría del ático.

—Sí, claro que sí, mi Cathy sería capaz de hacer una cosa así, conservar todas sus fantasiosas ilusiones, bailando con la hierba encarnada hasta los ojos, llevando nubes como si fueran finísimas vestiduras, y saltaría, brincaría y haría piruetas hasta que su amante, torpón y poco ágil, se pusiera a bailar también igual de graciosamente que ella.

Viéndome sobre arenas movedizas, salté en seguida a terreno que sabía más firme.

—Sí, bueno, pero es una historia muy bien contada, a su manera. Me da pena que Lily y Raymond tuvieran que matarse cuando todo pudo haberles salido de otra manera muy distinta. ¡Cuando Lily le dijo a Raymond toda la verdad, o sea que había sido prácticamente violada por aquel hombre tan horrible, Raymond no debió haberla acusado de ser ella quien le sedujo! No hay ninguna mujer, como no sea que esté loca de atar, que quiera seducir a un hombre que tiene ocho hijos.

—La verdad, Cathy, es que a veces te pasas.

Su voz era más honda que de costumbre al decirme esto. Su mirada suave se paseó lenta sobre mi rostro, deteniéndose en mis labios, bajando luego a mi pecho, a mis piernas, envainadas en leotardos blancos. Sobre los leotardos llevaba una falda corta de lana y una chaqueta de punto. Y luego, sus ojos, volvieron a ascender, enfrentándose finalmente con mi mirada sorprendida. Se sonrojó al verme que le miraba y apartó la mirada de mí por segunda vez en un día. Yo estaba lo bastante cerca de él para darme cuenta de que su corazón latía con suma rapidez, con más celeridad, apresurándose, y, de pronto, mi propio corazón comenzó a latir al mismo ritmo que el suyo, en el único ritmo a que pueden latir los corazones: pom pom. Me lanzó una mirada rápida. Nuestros ojos se revelaron y sostuvieron la revelación. Él se echó a reír nerviosamente, tratando de ocultarse y fingiendo que nada de todo aquello podía ser en serio.

—Tenías razón la primera vez, Cathy, era una historia estúpida, tonta, ¡ridícula! Sólo gente que está loca moriría por el amor, ¡te apostaría lo que quieras a que fue una mujer quien escribió esta basura romántica!

Unos minutos antes, yo despreciaba al autor de aquel libro por escribir tan lamentable final, pero al oír aquello me lancé a defenderle:

—¡T. M. Ellis podría perfectamente ser un hombre! Por más que yo dudo mucho que una escritora tuviera en el siglo xix muchas oportunidades de publicar sus obras, a menos que usara solamente sus iniciales, o un nombre de hombre. ¿Y por qué piensan siempre los hombres que las mujeres escriben trivialidades o basura? ¿Es que los hombres no sueñan con encontrar el amor perfecto? ¡Y, además, a mí me parece que Raymond era mucho más sentimentalón que Lily!

—¡A mí me preguntas cómo son los hombres! —gritó Chris, con tal amargura que no parecía ser él, y siguió, violentamente—. ¡Aquí arriba, viviendo como vivimos! ¿Cómo voy a saber qué es ser hombre? ¡Aquí arriba no se me permite tener ideas románticas, y todo es no hagas esto y no hagas lo otro, y no mires esto y no veas lo que tienes moviéndose delante de tus ojos, luciéndose, fingiendo que no soy más que su hermano, sin sentimientos, sin otras emociones que las de los niños! ¡Cualquiera diría que hay chicas tontas que creen que un futuro médico no tiene sexo!

Abrí los ojos cuan grandes eran. Tan violenta explosión de parte de alguien que raras veces se agitaba me cogía completamente por sorpresa. Nunca, en toda nuestra vida, me había hablado Chris con tanto fervor y tal rabia. No, yo era el limón amargo, la manzana podrida en la caja de manzanas buenas. Era yo quien le había infectado. Ahora estaba comportándose como cuando mamá estuvo tanto tiempo sin venir a vernos. Oh, hacía yo muy mal en hacerle pasar a él por lo que era culpa mía. Él siempre seguiría siendo quien era, un optimista feliz y animoso. ¿Le había robado yo esta ventaja, que era la principal de las suyas, después de su apostura y su encanto?

Alargué la mano y le toqué el antebrazo.

—Chris —murmuré, casi llorando—, me parece que sé lo que te hace falta para sentirte hombre.

—Sí —escupió—, ¿qué puedes hacer tú?

Pero ahora no quería ni mirarme siquiera. En lugar de ello, lo que hizo fue fijar la mirada en el techo. Yo sentía dolor por él, sabía lo que le tenía oprimido, estaba desahogando su sueño en beneficio mío, para poder ser como yo, sin preocuparse de si heredaríamos o no una fortuna. Y, para ser como yo, tenía que sentirse amargado, odiar a alguien, y llenarse de recelos sobre sus motivos ocultos. Tanteando, le toqué el pelo.

—Un corte de pelo, eso es lo que te hace falta, tienes el pelo demasiado largo y bonito. Para sentirte un hombre, tienes que tener el pelo más corto, y ahora el tuyo está como el mío.

—¿Y quién dice que tu pelo sea bonito? —preguntó él, con voz muy tensa—. Posiblemente, lo tuviste bonito en otro tiempo, antes de que lo alquitranasen.

¿De verdad? Me dije que recordaba muchas veces en que sus ojos me habían dicho que mi pelo era más que bonito a secas. Y recordaba también la cara que puso cuando cogió las tijeras relucientes para cortarme el pelo de delante, tan delicado y frágil. Y lo fue cortando tan a desgana que se diría que estaba cortando dedos, y no simples pelos que no sentían dolor. Y luego, un día le sorprendí sentado a la luz del sol, en el ático, con las largas guedejas de pelo cortado en las manos. Lo olió, luego se lo llevó a la mejilla, y después a los labios, y finalmente lo escondió en una caja, para ponerla bajo su almohada.

No me fue fácil forzarme a mí misma y reírme para engañarle y no hacerle ver que me había dado cuenta.

—Oh, Christopher Doll, tienes unos ojos azules muy expresivos. Cuando salgamos de este lugar y estemos en el mundo, me dan pena las chicas que se van a enamorar de ti, y siento pena sobre todo por tu mujer, con un marido tan guapo, que conquistará a todas sus bellas pacientes y querrán liarse con él, ¡y si yo fuera tu mujer, te mataría si hubieras tenido un solo lío de faldas extramarital! Por lo mucho que te querría y lo celosa que me sentiría... Sería capaz hasta de obligarte a dejar la medicina a los treinta y cinco años.

—Nunca te he dicho que tienes el pelo bonito, ni una vez siquiera —replicó él, cortante, sin hacer caso de lo que acababa yo de decirle.

Le acaricié la mejilla suavísimamente, sintiendo las patillas, que debieran estar afeitadas.

—Anda, continúa sentado donde estás, que voy a por las tijeras. Hace siglos que no te cortas el pelo.

¿Y por qué tenía que molestarme en cortarles el pelo a Chris y a Cory, cuando, en la vida que llevábamos, no importaba el aspecto que tuviese el pelo? Carrie y yo nos habíamos cortado el pelo una sola vez desde que estábamos allí. Sólo a mí había habido que cortarme la parte superior de mi cabellera para indicar así nuestra sumisión a una vieja ruin, de sentimientos de acero.

Y mientras iba por las tijeras pensaba en lo raro que era que no creciera ninguna de nuestras plantas, a pesar de lo cual a nosotros nos seguía creciendo el pelo abundantemente. En todos los cuentos de hadas que había leído, parecía que las damas en apuros tenían siempre el pelo muy largo y rubio. ¿Sería que ninguna morena había estado jamás encerrada en una torre, si es que un ático podía ser considerado como una torre?

Chris seguía sentado en el suelo. Me arrodillé detrás de él, y aunque el pelo le colgaba hasta más abajo de los hombros, no quería que se lo cortase mucho.

—Cuidado con esas tijeras —me advirtió, nervioso—. No me cortes demasiado de una vez, que sentirme un hombre demasiado súbitamente en una tarde de lluvia en el ático a lo mejor podría ser peligroso —bromeó, sonriendo, y luego se echó a reír, mostrando sus dientes blancos y relucientes; había logrado volverle a su ser natural con mi buena gracia.

Oh, cuánto le quería, mientras daba vueltas en torno a él, recortándole con cuidado el pelo. Tenía que ir constantemente hacia delante y hacia atrás, para comprobar que el pelo de Chris colgaba igual, porque, sin el menor género de dudas, no quería dejárselo más largo de un lado que de otro.

Le levantaba el pelo con el peine, como había visto hacer a los barberos, y luego se lo iba tijereteando por debajo del peine sin atreverme a cortarle más de un centímetro con cada tijeretazo. Yo tenía una idea muy clara de cómo quería dejarle, como una persona a quien admiraba mucho.

Y cuando terminé le cepillé el pelo, le quité los relucientes mechones cortados de los hombros, y me eché hacia atrás para ver si había quedado bien.

—¡Vaya! —dije, triunfante, contenta de mi inesperada maestría en lo que parecía difícil arte—. ¡No sólo estás pero que muy guapo, sino también muy masculino! Aunque, naturalmente, masculino lo eras ya, y es una pena que no te dieras cuenta de ello.

Le tiré a las manos el espejo de plata, con mis iniciales. Este espejo representaba un tercio del juego de plata fina que me había regalado mamá con motivo de mi último cumpleaños. Cepillo, peine, espejo: y tenía que esconder los tres para que la abuela no supiera que tenía objetos caros de vanidad y orgullo.

Chris se puso a mirarse en el espejo, sin cansarse de ello, y me sentí inquieta al verle un momento con expresión de desagrado e indecisión. Luego, lentamente, su rostro se fue iluminando con una sonrisa de oreja a oreja.

—¡Dios mío! ¡Me has convertido en un verdadero príncipe de cuentos de hadas! Al principio, no me gustaba, pero ahora me doy cuenta de que has cambiado el estilo un poco, de manera que no quede muy simétrico, curvándolo y recortándolo de modo que me enmarque el rostro como una copa de campeonato. Gracias, Catherine Doll. No tenía idea de que se te diesen tan bien los cortes de pelo.

—Es que tengo muchas habilidades que ni siquiera sospechas.

—Estoy empezando a sospecharlo.

—Y el Príncipe Encantador debiera considerarse afortunado de parecerse a mi apuesto, masculino y rubio hermano —bromeé, sin poder dejar de admirar mi propia obra de arte. Estaba visto que Chris iba a ser un verdadero conquistador de corazones con el tiempo.

Seguía con el espejo en la mano, pero acabó dejándolo a un lado, con indiferencia, y, cuando menos lo esperaba, saltó sobre mí. Forcejeó conmigo, tirándome al suelo y cogiendo las tijeras al mismo tiempo. ¡Y me las quitó de la mano y cogió un mechón de mi pelo!

—¡Y ahora, belleza mía, vamos a ver si te hago yo a ti lo mismo!

¡Grité, aterrorizada!

Le eché a un lado de un empujón, haciéndole caer de espaldas, y me puse en pie de un salto. ¡Nadie iba a cortarme a mí ni siquiera un milímetro de mi pelo! Es posible que lo tuviese ahora demasiado fino y frágil, y a lo mejor no era ya tan esplendoroso como solía, pero no tenía otro; aun así era más bonito que el de la mayoría de las chicas. Salí corriendo de la clase y fui a toda velocidad por la puerta hacia el inmenso ático, sorteando las columnas, dando la vuelta en torno a viejos baúles, saltando sobre mesas bajas y sobre sofás y sillas cubiertas con sábanas. Las flores de papel se agitaban frenéticas a mi raudo paso, y él venía detrás. Las llamas de las velas bajas y gruesas que teníamos encendidas el día entero para animarnos y calentar aquel lugar tan sombrío, vasto y frío, se bajaban con la corriente que desarrollábamos a nuestro paso, y se apagaban.

¡Pero, por mucho que corriese, o por muy hábilmente que le evitase no conseguía quitarme de encima a mi perseguidor! Le miré por encima del hombro, sin dejar de correr, y no reconocí siquiera su cara, lo cual me asustó más todavía. ¡Dando un salto hacia delante, Chris hizo un esfuerzo por cogerme por el pelo largo, que se agitaba detrás de mí, como una bandera, y parecía decidido a cortármelo!

¿Me odiaba ahora? ¿Por qué había pasado un día entero, tratando, con tanto cariño, de salvármelo, si ahora iba a cortarme mi esplendorosa cabellera por divertirse solamente?

Volví corriendo como loca a la clase, tratando de llegar antes que él, y entonces mi idea fue cerrar de golpe la puerta y echar la llave; entonces, Chris acabaría recapacitando y dándose cuenta de lo absurdo que era todo aquello.

Quizá se diera cuenta de mi plan, porque imprimió mayor velocidad a sus piernas, que eran más largas que las mías; dio un salto hacia delante, ¡y me cogió por los rizos largos, ondeantes, haciéndome gritar, al tiempo que tropezaba y caía de bruces!

Y no sólo caí, sino que también él cayó conmigo, ¡y justamente encima de mí! Sentí en un costado un dolor agudo, lancinante, y grité de nuevo, pero esta vez no de terror, sino de angustia.

Se levantó y se inclinó sobre mí, sosteniéndose con las manos, y mirándome al rostro, con el suyo mortalmente pálido y asustado.

—¿Te duele? ¡Dios mío, Cathy!, ¿te encuentras bien?

¿Que si me encontraba bien? Levanté la cabeza y miré al chorro de sangre espesa que manchaba rápidamente mi chaqueta de punto. Sus ojos azules se volvieron duros, helados, inquietos, angustiados. Con dedos temblorosos comenzó a desabotonarme la chaqueta, para poder abrirla y mirarme la herida.

—Dios mío... —murmuró; luego lanzó un suave silbido de alivio—. ¡Vaya, menos mal! Tenía miedo de que fuese una herida, una herida profunda habría sido seria, pero se trata solamente de un corte largo, Cathy. Feo, y estás perdiendo mucha sangre. Bueno, ahora no te muevas, sigue donde estás, que voy corriendo al baño por medicinas y vendas.

Me besó en la mejilla antes de ponerse en pie de un salto y lanzarse como un loco hacia la escalera, mientras me quedaba pensando que hubiera podido ir con él y ahorrar tiempo. Pero los gemelos estaban abajo, y habrían visto la sangre, y en cuanto veían sangre se asustaban muchísimo y empezaban a gritar.

A los pocos minutos, Chris estaba de vuelta con nuestro botiquín de urgencia. Se arrodilló junto a mí, con las manos relucientes aún de habérselas lavado y frotado bien. Tenía demasiada prisa para secárselas debidamente.

Yo estaba fascinada, viendo cómo sabía exactamente lo que había que hacer. Primero dobló una toalla gruesa, y la usó para apretar mucho la larga cortadura. Con aspecto muy serio y dedicado tenía los ojos fijos en ella, comprobando cada pocos minutos si se había cortado la sangre. Cuando cesó la hemorragia, me aplicó antiséptico, que escocía como si fuese fuego, y dolía más que la misma herida.

—Ya sé que escuece, Cathy..., eso no se puede evitar, tengo que ponértelo para evitar la infección, pero es posible que no te deje cicatriz permanente. Espero que no; sería bonito poder pasarse la vida entera sin cortarse nunca el envoltorio perfecto con que nacemos. Y fíjate, tuve que ser el que primero que te cortase la piel. Si hubieras muerto por culpa mía, y hubieses muerto de haber estado las tijeras inclinadas de otra manera, también yo habría querido morir.

Terminó de jugar a los médicos, y se puso a enrollar limpiamente la gasa que quedaba antes de guardarla de nuevo en su envoltorio de papel azul, y luego todo ello en una caja. Guardó también el esparadrapo y cerró el botiquín.

Inclinándose sobre mí, con su rostro fijo en el mío, sus ojos serenos eran penetrantes, preocupados, intensos. Sus ojos azules eran como los de todos nosotros, sin embargo, en aquel día lluvioso, reflejaban los colores de las flores de papel, transformándose en límpidos charcos oscuros de iridiscencia. Sentí que se me obstruía la garganta preguntándome dónde estaba aquel muchacho al que yo solía conocer, dónde estaba aquel hermano mío, y quién era, en cambio, este muchacho de patillas rubias, que me miraba tan largamente a los ojos. Con esa mirada sólo me tenía como aprisionada. Y más fuerte que cualquier dolor que hubiera sentido hasta entonces, era el que me causaba el sufrimiento que veía en el cambiante caleidoscopio, iluminado con los colores del arco iris, que veía en sus ojos atormentados.

—Chris —murmuré, sintiéndome irreal—, no pongas esa cara, no fue culpa tuya —le cogí el rostro con ambas manos, y luego llevé su cabeza contra mi pecho, como había visto hacer a mamá—. No es más que un arañazo (aunque dolía muchísimo), y no lo hiciste a propósito.

Carraspeó, roncamente:

—¿Por qué te echaste a correr? Como echaste a correr, tuve yo que perseguirte, y, además, estaba bromeando, no te hubiese cortado un solo pelo, era por hacer algo, por divertirme. Y te equivocaste cuando dijiste que pienso que tienes el pelo bonito. Es más que bonito. Creo que vas a tener la cabellera más espléndida del mundo.

Un cuchillo se hincó en mi corazón mientras él levantaba la cabeza justamente el tiempo necesario para abrir mi cabellera como un abanico y cubrir con ella mi pecho desnudo. Le oí aspirar hondamente mi aroma. Permanecimos allí, echados, en silencio, escuchando la lluvia invernal que tamborileaba contra el tejado de pizarra, encima de nosotros. Un profundo silencio reinaba alrededor. Siempre silencio. Las voces de la Naturaleza eran las únicas que nos llegaban en el ático, y aun así era poco frecuente que la Naturaleza nos hablase con su voz suave y amistosa.

La lluvia que golpeaba rítmicamente el techo fue reduciéndose gradualmente a simples gotas, y el sol acabó por salir y brillar sobre nosotros, para rodear el pelo de Chris y el mío como de largos hilos brillantes de diamantes sedeños.

—Mira —le dije a Chris—, una de las tablillas de una de las contraventanas del lado oeste se ha caído.

—Vaya, me alegro —repuso él, con voz adormilada y contenta—. Ahora nos dará el sol donde antes no, y fíjate qué rima en asonante. —Luego, en un susurro soñoliento, dijo—: Estoy pensando en Raymond y Lily y su búsqueda de la hierba purpúrea donde se cumplen todos los sueños.

—¿Ah, sí? En cierto modo, también estaba pensando en eso —respondí, también susurrante. Estaba retorciendo una y otra vez en torno al dedo pulgar un largo hilo de su pelo, haciendo como que no me daba cuenta de que una de sus manos estaba acariciándome cautamente el pecho, la mano que no tenía sobre el rostro, y, en vista de que no protestaba, se atrevió a besarme el pezón. Di un respingo, sobresaltada, preguntándome por qué eso producía una sensación tan extraña y tan emocionante; después de todo, ¿qué era un pezón, sino una puntita rojopardusca?—. Me imagino a Raymond besando a Lily donde acabas de besarme tú —seguí diciendo, sin aliento, deseando que parase y, al tiempo, que siguiese—, pero no me lo puedo imaginar haciendo lo que se hace a continuación.

Estas palabras le hicieron levantar la cabeza. Eran precisamente las palabras necesarias para hacer que me mirara de nuevo con gran intensidad, con luces extrañas brillando en sus ojos, que seguían cambiando de color.

—Cathy, ¿sabes lo que se hace a continuación?

Me sonrojé.

—Sí, claro, más o menos. ¿Lo sabes tú?

Él rió, con una de esas risitas que se leen en las novelas.

—Pues claro que lo sé, me lo dijeron en el retrete del colegio el primer día que fui; los chicos mayores no hablaban de otra cosa. Había escritas en las paredes palabras obscenas que yo no comprendía, pero, que en seguida me explicaron con todo detalle. No hablaban más que de chicas, béisbol, chicas, fútbol, chicas, chicas, chicas, sólo de eso, de todo en lo que las chicas son distintas de nosotros. Es un tema fascinante para la mayoría de nosotros. Es un tema fascinante para la mayoría de los chicos, y me imagino que también para los hombres.

—¿Pero no para ti?

—¿Para mí? Yo no pienso en chicas ni en el sexo, ¡aunque preferiría que no fuesen tan guapas! Y también preferiría que no estuvieses tú siempre tan cerca y tan a mano.

—Entonces, ¿piensas en mí? ¿Crees que soy guapa?

Se escapó de sus labios un quejido sofocado, más bien un gemido. Se incorporó de un salto, mirando fijamente lo que revelaba mi chaqueta abierta, porque el abanico de mi pelo se había apartado de allí. Si no me hubiese cortado la parte superior de los leotardos, no habría podido ver tanto, pero me había sido preciso cortar el corpiño, demasiado pequeño.

Con dedos temblorosos y torpones, me abrochó la chaqueta de punto, manteniendo sus ojos apartados de los míos.

—Métete esto bien en la cabeza, Cathy, naturalmente que eres guapa, pero los hermanos no piensan en sus hermanas como si fueran chicas, ni sienten por ellas ninguna otra emoción que la tolerancia y el afecto fraterno, y, a veces, también odio.

—Querría que Dios me dejase en el sitio si me odias, Christopher.

Levantó las manos para taparse el rostro, ocultándolo, y cuando volvió a salir de detrás de aquel escudo sonreía, animoso, carraspeando.

—Anda, vamos a donde están los gemelos antes de que la pantalla de la televisión les coma los ojos.

Me dolía levantarme, aunque él me ayudó. Me tuvo apretada en sus brazos, mientras mi mejilla se apretaba contra su corazón. Y aunque él quería apartame de sí, yo me apretaba más a él.

—Oye, Chris, lo que hicimos hace un momento, ¿era pecaminoso?

—Si piensas que lo era, entonces lo era.

¿Qué clase de contestación era aquélla? Si no se mezclaban con pensamientos de pecado, aquellos momentos en que él y yo estuvimos echados en el suelo, cuando él me tocó tan mágicamente con dedos y labios cosquilleantes, fueron los momentos más dulces de todo el tiempo que llevábamos en aquella casa abominable. Le miré para ver lo que estaba pensando, y vi en sus ojos aquella extraña expresión de antes. Paradójicamente, parecía más contento, más triste, más viejo, más joven, más prudente... ¿o sería que ahora se sentía hombre? Y si era así, yo me alegraba, fuera pecaminoso o no.

Bajamos las escaleras de la mano, para ir a ver a los gemelos. Cory estaba tocando el banjo, sin apartar los ojos de la televisión. Cogió la guitarra y se puso a interpretar una composición suya, mientras Carrie le acompañaba, cantando una letra que también había compuesto él. El banjo era para las melodías alegres, de esas que inducen a bailar. Esta melodía era como la lluvia contra el tejado, larga, sombría, monótona.

> *Voy a ver el sol,*
> *voy a buscar mi casa,*
> *Voy a sentir el viento,*
> *ver el sol de nuevo.*

Me senté en el suelo junto a Cory, le quité la guitarra, porque también yo sabía tocarla, un poco por lo menos. Él me había enseñado. Me puse a cantar la canción especial y melancólica que canta Dorothy en *El mago de Oz*, una película que a los gemelos les había encantado todas las veces que la habían visto. Y cuando terminé de cantar sobre pájaros azules que volaban sobre el arco iris, Cory me preguntó:

—¿Te gusta mi canción, Cathy?

—Y tanto que me gusta tu canción, pero es muy triste. ¿Por qué no escribes unas pocas letras que hablen un poco de esperanza?

Tenía el ratoncito en el bolsillo, y sólo le salía de él la cola, porque estaba husmeando en busca de migas de pan. *Mickey* se dio media vuelta y su cabeza apareció por el bolsillo de la camisa, y tenía entre las patas delanteras un poco de pan, que se puso a roer con mucha delicadeza. Y la expresión del rostro de Cory, mirando al primer animalito manso que había tenido en su vida me conmovió tanto que tuve que apartar la vista para no echarme a llorar.

—Cathy, ¿sabes? Mamá no me ha dicho nada sobre mi ratón.

—Es que no se ha dado cuenta que tienes uno, Cory.

—¿Y por qué no se da cuenta?

Suspiré, porque no sabía ya quién o qué era ya mi madre. Quizá una extraña a quien habíamos querido. La muerte no es lo único que nos priva de personas a quien amamos y necesitamos. Eso yo no lo había aprendido hasta entonces.

—Mamá tiene otro marido —dijo Chris, con voz jovial—. Y cuando se está enamorado no se nota otra felicidad que la propia, pero no te preocupes, que enseguida se dará cuenta de que tienes un amiguito.

Carrie estaba mirándome la chaqueta de punto.

—Cathy, ¿qué es eso que tienes en la chaqueta?

—Pintura —contesté sin la menor vacilación—. Chris estaba tratando de enseñarme a pintar, y se enfandó mucho porque lo que yo pintaba era mejor que todas las pinturas que ha hecho él en su vida, de modo que cogió un cacharrito con pintura roja y me la tiró.

Mi hermano mayor estaba sentado con nosotros, y nos miraba con expresión aviesa.

—Chris, ¿es verdad que Cathy pinta mejor que tú?

—Si ella lo dice, será verdad.

—¿Y dónde está lo que ha pintado?

—En el ático.

—Quiero verlo.

—Pues sube y cógelo. Estoy cansado y quiero mirar la televisión mientras Cathy prepara la cena. —Me lanzó una mirada rápida—: Anda, querida hermana, ¿te importaría, por guardar las conveniencias, ponerte un jersey limpio antes de que nos sentemos a cenar? La pintura roja tiene algo que me hace sentir culpable.

—Pues parece sangre —dijo Cory—. Está duro, como la sangre cuando no se puede quitar.

—Los colores de pintar carteles —explicó Chris, mientras yo me levantaba e iba al cuarto de baño, a ponerme un jersey que me estaba muy grande— se ponen también duros.

Convencido, Cory se puso a contar a Chris que se había perdido ver unos dinosaurios.

—¡Chris, eran más grandes que esta casa! ¡Salían del

agua y se tragaban el bote y los dos hombres que iban en
él! ¡Ya sabía yo que ibas a lamentar perdértelo!

—Sí —dijo Chris, soñador—, desde luego me habría
gustado verlo.

Aquella noche me sentí extrañamente inquieta y desa-
sosegada, y mis pensamientos seguían girando en torno a
la manera que había tenido Chris de mirarme en el ático.

Comprendí entonces el secreto que llevaba tanto
tiempo tratando de penetrar, ese botón secreto que hace
surgir el amor..., el deseo físico sexual. No era simplemente el espectáculo de cuerpos desnudos, porque yo había bañado muchas veces a Cory, y visto a Chris desnudo,
sin sentir nunca ninguna emoción especial sólo porque lo
que tenía él y Cory fuese distinto de lo que teníamos Carrie y yo. No dependía en absoluto de estar desnudos.

Dependía de los ojos. El secreto del amor estaba en los
ojos, en la manera que tenían las personas de mirarse unas
a otras, en la manera en que se comunicaban y se hablaban
los ojos cuando los labios estaban inmóviles. Los ojos de
Chris me habían dicho más que diez mil palabras.

Y no era únicamente su forma de tocarme y acariciar-
me tiernamente; era la forma de tocarme al tiempo que me
miraba de aquella manera, y ése era el motivo de que la
abuela nos hubiese impuesto la regla de no mirar el sexo
opuesto. Oh, saber que aquella vieja bruja conocía el secreto del amor... También ella pudo haber amado, no, ella
no, aquella mujer de corazón de hierro, rígida como el
acero... sus ojos nunca hubieran podido mirar con suavidad.

Y entonces, a medida que ahondaba más y más en
aquel tema, me di cuenta de que había algo más que los
ojos; era lo que había detrás de los ojos, en la mente, un
deseo de gustar, de hacer feliz, de dar goce, de quitar soledad, un no conseguir jamás que otros comprendan lo que
uno quiere hacer comprender.

El pecado, en realidad, no tenía nada que ver con el
amor, con el verdadero amor. Volví la cabeza y vi que
Chris estaba también despierto acurrucado en su lado,

mirándome fijamente. Me sonrió con la más dulce de las sonrisas, y sentí deseos de llorar por él, y por mí.

Mamá no vino a vernos aquel día, ni tampoco nos había visitado el día anterior, pero nosotros habíamos encontrado una manera de entretenernos, tocando los instrumentos musicales de Cory y cantando. A pesar de la ausencia de una madre que se había vuelto muy descuidada, todos nos acostamos esperanzados aquella noche. Después de haber cantado canciones alegres durante varias horas, habíamos llegado a persuadirnos de que el sol, el amor, el hogar y la felicidad estaban a la vuelta de la esquina, y que nuestros largos días de viaje por una selva honda y oscura estaban a punto de terminar.

Algo oscuro y aterrador se deslizó por mis sueños alegres. Todos los días veía en ellos formas que adquirían proporciones monstruosas. Con los ojos cerrados, veía a la abuela que entraba sin hacer ruido en el dormitorio y, pensando que estaba dormida, ¡me cortaba el pelo al cero! Yo gritaba, pero ella no me oía. Sin más, cogía un cuchillo largo y reluciente y me rebanaba los pechos, metiéndoselos a Chris en la boca. Pero había más. Yo me agitaba, me revolvía, me retorcía, y me quejaba en voz baja, acabando por despertar a Chris, aunque los gemelos seguían dormidos como si estuviesen muertos y enterrados. Chris, medio dormido, fue tropezando hacia mi cama, y me preguntó, tanteando en busca de mi mano:

—¿Otra pesadilla?

¡Nooooo! ¡Aquélla no era una pesadilla corriente! Era premonición, era una cosa psíquica. Sentía en la médula de los huesos que estaba a punto de ocurrir algo terrible. Toda débil y temblorosa le dije a Chris lo que había hecho la abuela.

—Y no era eso todo. Era mamá la que venía y me sacaba el corazón ¡y estaba toda ella reluciente de diamantes!

—Cathy, los sueños no quieren decir nada.

—¡Sí, sí que quieren decir!

Otros sueños y otras pesadillas. Yo se los contaba de buena gana a mi hermano y él escuchaba, sonriendo y diciéndome que tenía que ser maravilloso pasarse las noches como en un cine, pero no era así en absoluto. En el cine se sienta uno y mira la gran pantalla, y sabe que está viendo una historia escrita por otro, nada más, pero yo participaba en mis sueños, estaba en mis sueños, sintiendo, sufriendo, con dolores, y, por mucho que me cueste confesarlo, raras veces lo pasaba bien en ellos.

Estando, como estaba, tan acostumbrada a mí y a mis rarezas, ¿por qué se quedó Chris inmóvil como una estatua de mármol, como si aquel sueño le afectase más que ninguno de los otros? ¿Es que lo había estado soñando también él?

—Cathy, palabra de honor, ¡vamos a escaparnos de esta casa! ¡Los cuatro nos vamos a fugar de ella! Me has convencido. Tus sueños tienen que querer decir algo, porque si no no seguirías teniéndolos sin cesar. Las mujeres son más intuitivas que los hombres, eso está demostrado. El subconsciente funciona durante la noche. No esperaremos más tiempo a que mamá herede la fortuna de un abuelo que sigue viviendo y parece que no se va a morir nunca. Juntos, tú y yo, encontraremos alguna manera. A partir de ahora mismo, lo juro por mi vida, dependeremos sólo de nosotros mismos..., y de nuestros sueños.

Por la manera intensa con que dijo esto, me di cuenta de que no estaba hablando en broma, riéndose de mí, ¡lo decía en serio! Sentía ganas de ponerme a gritar, tanto alivio me produjo aquello. Íbamos a escaparnos. ¡Aquella casa no acabaría con nosotros, después de todo!

En la oscuridad y el frío de aquel cuarto grande, sombrío y lleno de cosas, Chris me miró hondamente a los ojos. Es posible que me viera, como yo a él, más grande de lo que realmente era, y más suave que los sueños. Poco a poco fue bajando la cabeza hacia la mía, y me besó de lleno en los labios, como si de esta forma quisiera sellar su promesa de una manera fuerte y significativa. Tan extraño y largo beso me dio la sensación de estar hundiéndome, hundiéndome, hundiéndome, estando, como estaba, tendida.

Lo que más necesitábamos era una llave para la puerta de nuestro dormitorio. Sabíamos que era la llave maestra que abría todas las habitaciones de aquella casa. No podíamos usar la escala de las sábanas a causa de los gemelos, y no nos hacíamos la ilusión de que la abuela fuera a ser tan descuidada como para dejar olvidada la llave. No era así ella. Abría la puerta e inmediatamente se volvía a guardar la llave en el bolsillo. Sus odiosos vestidos grises tenían siempre bolsillos.

Nuestra madre, en cambio, era descuidada, olvidadiza, indiferente. Y no le gustaban los bolsillos en sus vestidos, porque desequilibraban su esbelta figura. Contábamos con ella.

¿Y qué tenía que temer de nosotros, que éramos tan pasivos, suaves, callados, sus pequeños «queridines» particulares, que no íbamos nunca a crecer y convertirnos en un peligro? Ella era feliz, estaba enamorada; esto le llenaba de luz los ojos y le hacía reír con frecuencia. Era tan descuidada que daban ganas de gritar, para forzarla a fijarse en los gemelos, tan callados y de aspecto delicado. ¿Por qué no veía al ratón? Estaba en el hombro de Cory, mordisqueando la oreja de Cory, y, sin embargo, ella nunca decía una palabra, ni siquiera cuando los ojos de Cory se llenaban de lágrimas porque no le felicitaba por haber conseguido ganar el afecto de un ratón muy terco, que se habría escapado si llegamos a dejarle.

Venía, como una gran cosa, dos o tres veces al mes, y siempre nos traía regalos que le proporcionaban *a ella* el alivio que no nos daban a nosotros. Entraba airosamente, se estaba un rato sentada, con sus vestidos bellos y caros, rematados de piel y adornados con joyas.

Permanecía sentada en su trono, como una reina, e iba entregándonos los regalos: a Chris le daba pinturas; a mí, zapatillas de ballet, y a todos ropa sensacional, muy apropiada para ponérnosla en el ático, porque allí arriba daba igual que casi nunca nos estuviera bien, que fuera demasiado grande, o demasiado pequeña, y que nuestros zapatos flexibles de suela de goma fueran cómodos unas veces y otras no, y que yo continuara esperando el sujetador que siempre me prometía y siempre olvidaba.

—Te traeré una docena o así —me decía, con una sonrisa benévola y alegre—; de todos los tamaños y todos los colores, y puedes probártelos y ver cuál te gusta más y cuál te va mejor, y los que no quieras se los daré a las muchachas.

Y así seguía, hablando llena de vida, siempre fiel a su ficción, siempre haciendo como que éramos importantes para ella.

Yo permanecía sentada, con los ojos fijos en ella, esperando que me preguntara cómo estaban los gemelos. ¿Había olvidado acaso que Cory tenía catarro nasal y ocular todos los años, y que a veces tenía las narices tan obstruidas que sólo podía respirar por la boca? Recordaba que había que ponerle inyecciones contra la alergia una vez al mes y hacía años que no le ponían ninguna. ¿No le dolía ver a Cory y Carrie pegados a mí, como si fuera yo quien les había dado a luz? ¿Es que nada le chocaba y le hacía ver que algo iba mal?

Sí, en efecto, lo notaba, nada en ella indicaba que no pensara que todo seguía perfectamente normal, aunque yo me esforzaba por recordarle nuestras pequeñas dolencias: que ahora, por ejemplo, vomitábamos con frecuencia, y que nos dolía la cabeza de vez en cuando, y teníamos calambres en el estómago, y a veces muy poca energía.

—Guardad la comida en el ático, donde se conserva fría —decía sin alterarse.

Tenía la desfachatez de hablarnos de fiestas, de conciertos, del teatro, del cine, de bailes y de viajes que haríamos con ella.

—Bart y yo vamos de compras a Nueva York —nos

decía—. A ver, decid qué queréis que os traiga. Haced una lista.

—Mamá, ¿a dónde vas a ir cuando vuelvas de tus compras en Nueva York? —preguntaba yo, cuidadosa de no mirar la llave que había dejado con tanta indiferencia sobre el tocador.

Ella reía, le gustaba mi pregunta; así que juntó las dos manos finas y blancas, comenzando a contarme sus planes de largos días aburridos después de las vacaciones.

Un viaje al Sur, quizás un crucero, de un mes o así en Florida, y vuestra abuela seguirá aquí, para cuidaros como Dios manda.

Y mientras hablaba de esta manera, Chris se acercó furtivamente y se metió las llaves en los bolsillos del pantalón. Se fue al cuarto de baño con paso normal, pidiendo excusas. No tenía que haber hecho ningún esfuerzo, porque ella no se dio cuenta de que no estaba allí. Estaba cumpliendo con su deber, visitando a sus hijos, y menos mal que tenía una buena silla en qué sentarse. Yo sabía que Christopher estaba apretando la llave contra una pastilla de jabón que teníamos preparada para sacar una impresión clara de ella. Ésta era una de las muchas cosas que habíamos aprendido durante nuestras incontables horas de mirar la televisión.

Una vez se hubo marchado mamá, Chris sacó el pedazo de madera que tenía guardado y se puso inmediatamente a tallar una llave tosca de madera. Aunque teníamos metal de las cerraduras de los viejos baúles, no teníamos nada que fuera lo bastante fuerte como para cortarlo y darle forma. Chris estuvo horas y horas trabajando dura y meticulosamente, en la impresión endurecida que había quedado en la pastilla de jabón. Deliberadamente había elegido una madera muy dura, por temor a que la madera blanca se rompiera dentro de la cerradura, delatando así nuestro plan de fuga. Le costó tres días de trabajo, pero al fin acabamos teniendo una llave que funcionaba.

¡Por fin, qué gran júbilo el nuestro! Nos abrazamos los dos, bailando por la habitación, riendo, besándonos, casi llorando. Los gemelos nos miraban, asombrados de que nos hubiéramos puesto tan contentos sólo por una llave.

Disponíamos de una llave. Podíamos abrir la puerta de nuestra cárcel. Y, sin embargo, por raro que pareciera, no habíamos hecho planes para el futuro más allá de abrir la puerta.

—Dinero, nos hace falta dinero —razonó Chris parándose en pleno frenético baile del triunfo—. Con dinero abundante se abren todas las puertas, y todos los caminos son nuestros.

—Pero ¿de dónde sacamos el dinero? —pregunté, frunciendo el ceño y sintiéndome deprimida. Ya había encontrado otra razón de aplazamiento.

—La única manera de conseguirlo es robárselo a mamá, a su marido, y a la abuela.

Dijo esto con un tono muy especial, exactamente como si el robo fuera una profesión antigua y honorable. Y, la verdad, cuando no hay otra solución, quizá lo haya sido, y lo sea todavía.

—Si nos cogen, nos darán de latigazos a todos, hasta a los gemelos —opuse, mirando su expresión asustada—. Y cuando mamá se vaya de viaje con su marido, *ella* podría volver a matarnos por hambre, y sólo Dios sabe qué otras cosas sería capaz de hacernos.

Chris se dejó caer en la silla que estaba ante el tocador. Se cogió la barbilla con una mano, y permaneció unos minutos pensativo.

—De una cosa estoy seguro, y es que no querría que castigase a los gemelos, de modo que seré yo quien robe, fuera de aquí, y si me cogen, sólo me castigarán a mí. Pero no me van a coger. Es demasiado peligroso robar a esa vieja, porque es observadora hasta límites inconcebibles. Estoy completamente seguro de que sabe con exactitud el dinero que lleva en el portamonedas, hasta el último centavo. Mamá, en cambio, nunca cuenta el dinero. ¿Te acuerdas de que papá solía quejarse de eso? —me sonrió, tranquilizador—. Seré como Robin Hood, robaré a los ricos para dar a los pobres, ¡o sea, a nosotros! Y sólo en las noches en que mamá y su marido nos digan que salen.

—Querrás decir cuando sea ella quien nos lo diga —corregí yo—, y siempre nos queda el recurso de mirar por la ventana cuando no venga a vernos.

Cuando nos atrevíamos a ello, podíamos disfrutar de una buena vista de la calzada de entrada a la casa, para ver quiénes entraban y salían de ella.

Mamá no tardó en decirnos que se iba a una fiesta.

—A Bart no le gusta mucho la vida social, y preferiría quedarse en casa. Pero a mí esta casa me repele, y él entonces me pregunta que por qué no nos vamos a la nuestra, y no sé qué decirle.

¿Qué podría decirle? Pues, querido, tengo un secreto que contarte: tengo cuatro hijos, escondidos en el fondo del ala norte de la casa.

Le resultó bastante fácil a Chris encontrar dinero en el espléndido y vasto cuarto de dormir de mamá. Ésta era descuidada en cosas de dinero. Hasta a él le sorprendió la facilidad con que dejaba billetes de diez y veinte dólares por el tocador. Le hizo fruncir el ceño y concebir sospechas. ¿No estaba acaso mamá ahorrando para el día en que nos sacara a todos de nuestra cárcel... aun cuando ahora tuviera marido? Y había más billetes en sus muchos bolsos y portamonedas. Chris encontró dinero suelto en los bolsillos de los pantalones de su marido. No, él no era descuidado con *su* dinero. Así y todo, buscando bajo los cojines de las sillas, Chris consiguió encontrar una docena o más de monedas. Se sentía como un ladrón, un intruso que entra en el cuarto de su madre, donde nadie le ha llamado. Veía sus bellos vestidos, sus zapatillas de satén, bordeadas de piel, o de plumas de marabú, y esto le hizo sentirse todavía peor.

Chris visitó varias veces aquel dormitorio durante el

invierno, volviéndose cada vez más descuidado, ya que resultaba tan fácil robar. Volvía a donde yo le esperaba, con aspecto alegre o con aire triste. Día tras día nuestro tesoro aumentaba, ¿por qué estaba tan triste?

—Ven conmigo la próxima vez —me dijo, a modo de respuesta—. Y lo verás con tus propios ojos.

Ahora ya podía ir con la conciencia tranquila, porque sabía que los gemelos no se despertarían y se encontrarían solos. Dormían tan honda, tan profundamente, que incluso por las mañanas se despertaban con los ojos llenos de sueño, lentos en sus reacciones, tardos en volver a la realidad. Dos muñequitos, que no crecían, tan sumidos en el olvido que el sueño, para ellos, era más como una pequeña muerte que un reposo nocturno normal.

Escapad, huid, ahora que llegaba la primavera tendría que empezar a pensar en marcharnos, antes de que fuese demasiado tarde. Una voz interior, intuitiva, repetía insistentemente este estribillo. Chris se reía mucho cuando se lo decía.

—¡Cathy, qué ideas tienes! ¡Nos hace falta dinero! Por lo menos quinientos dólares. ¿Por qué tanta prisa? Ahora tenemos comida y nadie nos pega; aun si nos sorprende medio desnudos, la abuela ya no dice una palabra.

¿Por qué no nos castigaba ahora la abuela? No le habíamos hablado a mamá de sus otros castigos, de sus pecados contra nosotros, porque para mí, eran pecados, completamente imposibles de justificar. Y, sin embargo, la vieja ahora se contenía. Nos traía todos los días el cesto con la comida, lleno hasta los bordes de bocadillos, con sopas tibias en termos, con leche, y siempre cuatro donuts espolvoreados en azúcar. ¿Por qué no variaba un poco el menú, y nos traía pastas, o trozos de pastel o tarta?

—Hala ven —me metía prisa Chris, por el pasillo oscuro y siniestro—. Es peligroso quedarse quieto en los sitios; vamos a echar una ojeada rápida al cuarto de los trofeos de caza, y luego iremos a toda prisa al dormitorio de mamá.

Con una mirada al cuarto de los trofeos, me bastó.

Odiaba, pero de verdad, aquel retrato al óleo que había sobre la chimenea de piedra, tan parecido a nuestro padre, y, al mismo tiempo, tan distinto. Un hombre tan cruel y sin corazón como Malcolm Foxworth no tenía derecho a ser guapo, ni siquiera joven. Aquellos fríos ojos azules debieran haber corrompido al resto de su ser, llenándolo de llagas y diviesos. Vi todas aquella cabezas de animales muertos, y las pieles de tigre y de oso por el suelo, y me dije que era muy propio de un hombre como él querer tener una habitación como aquélla.

Si Chris me hubiese dejado me habría gustado mirar todas las habitaciones, pero él insistía en que teníamos que pasar junto a las puertas cerradas, sin permitir mirar más que en unas pocas de ellas.

—¡Curiosona! —me susurró—. No hay nada de interés en ninguno de estos cuartos.

Y tenía razón. La tenía en muchísimas cosas, y aquella noche me di cuenta de que Chris hablaba en serio cuando decía que en aquella casa todo era grandioso y bello, nada bonito o grato. Sin embargo, no podía evitar el sentirme impresionada. Nuestra casa de Gladstone no era nada, comparada con ésta.

Cuando hubimos pasado por varios corredores largos y semioscuros, llegamos, finalmente, a las magníficas habitaciones de nuestra madre. Claro que Chris me había ya hablado con detalle de la cama de cisne y de la camita que había a sus pies, pero oír no es lo mismo que ver, y me quedé sin aliento al verla. ¡Mis sueños salieron volando en alas de la fantasía! ¡Dios mío de mi alma, aquello no era una habitación, sino un aposento digno de una reina o una princesa! ¡Era increíble aquel esplendor lleno de lujo, aquella opulencia! Sobrecogida, iba de un lado a otro del cuarto, con miedo a tocar las paredes, cubiertas de damasco de seda, de un delicioso color rosado fresca, más espeso que el malva pálido de la alfombra de tres centímetros de espesor. Toqué la colcha suave, como de piel, y me eché rondando sobre ella. Toqué las finísimas cortinas de la cama, y los cortinones de terciopelo rojo, Me bajé de la cama de un salto y permanecí de pie, mirando con asombro y admiración aquel maravilloso cisne, que tenía su ojo rojo, observador, pero adormilado, fijo en mí.

Di unos pasos atrás entonces, porque no me gustaba ver una cama en la que mamá dormía con un hombre que no era nuestro padre. Entré luego en su armario, que era enorme, y allí me vi en un sueño de riquezas que sólo en sueños podrían ser mías. Tenía más ropa que un gran almacén. Además de zapatos, sombreros, bolsos. Cuatro abrigos de piel, tres estolas de piel, una esclavina de visón blanco y otra oscura de marta cebellina, y encima sombreros de piel de una docena de estilos distintos, y hechos con las pieles de diversos animales, además de un abrigo de leopardo con lana verde entre el remate de piel. Había también batas, batines, peinadores, con cintas, volantes, con vuelo, fruncidos, con plumas, con piel, hechos de terciopelo, de satén, de gasa, combinaciones, ¡santo cielo, iba a tener que vivir mil años para poder ponerse una sola vez siquiera cada una de todas aquellas prendas que tenía!

Lo que más me llamó la atención lo saqué del armario y lo llevé al dorado cuarto de vestir que Chris me mostró. Eché una ojeada a su baño, con espejos todo alrededor, plantas verdes de verdad, flores de verdad que crecían, dos tazas de lavabo, una de las cuales no tenía tapa, y ahora sé que era un bidé. Tenía también ducha aparte.

—Y todo es nuevo —me explicó Chris—. Cuando estuve aquí por primera vez, la noche de la fiesta de Navidad, no estaba tan..., bueno, tan opulento como está ahora.

Di media vuelta para mirarle, adivinando que había sido así todo el tiempo, pero no me lo había contado. Había estado defendiéndola deliberadamente, no queriendo que yo supiera de la existencia de todas aquellas ropas, y pieles, además de la cantidad fabulosa de joyas que tenía escondidas en un compartimento secreto de su largo tocador. No, no me había mentido, se había limitado a omitir cosas. Sus ojos furtivos y traidores me lo decían, y también su rostro sonrojado, y su manera rápida de apresurarse a eludir mis molestas preguntas, ¡no era de extrañar que mamá no quisiera dormir en nuestro cuarto!

Yo estaba en el cuarto de vestir, probándome ropa del armario, ropero grande de mamá. Por primera vez en mi vida, me puse medias de nilón, y la verdad es que mis piernas estaban divinas, pero divinas de veras. ¡No era de extrañar que a las mujeres les gustasen esas cosas! Luego me puse un sujetador por primera vez, aunque me estaba muy grande, con gran decepción por mi parte. Me lo rellené con servilletas de papel, hasta que me abultó mucho, y luego me puse una zapatillas de plata, que también me estaban grandes. Hecho esto, rematé todo aquel esplendor con un vestido negro muy escotado, para mostrar precisamente lo que entonces no me abundaba.

Y entonces llegó lo divertido, lo que yo solía hacer, siendo pequeña, siempre que se me presentaba la oportunidad. Me senté ante el tocador de mamá y comencé a darme maquillaje en abundancia. Mamá tenía diez cargamentos allí. En la cara me di de todo: base, carmín, sombra de ojos, lápiz de labios. Me recogí el pelo de una manera que me parecía muy atractiva y elegante, sujeto con horquillas, y luego me puse joyas, y, finalmente, perfume en abundancia.

Vacilando y torpe con mis tacones altos, me acerqué a Chris.

—¿Qué tal estoy? —pregunté, coquetamente, sonriendo y agitando mucho las pestañas ennegrecidas.

La verdad es que estaba esperando cumplidos, pues los espejos me habían dicho ya que estaba sensacional.

Chris estaba registrando cuidadosamente un cajón y colocándolo todo de nuevo exactamente como lo había encontrado, pero se volvió para mirarme. El asombro le hizo abrir los ojos de par en par, y luego me miró sombríamente, mientras me balanceaba hacia delante, y hacia atrás, y a los lados, buscando el equilibrio sobre mis tacones de diez centímetros de altura, y agitando las pestañas moviendo mucho los párpados, quizá porque no me había puesto bien las pestañas postizas. Me sentía como si estuviera mirando a través de una cortina de patas de araña.

—¿Qué tal estas? —comenzó, sarcástico—. Pues te lo diré exactamente, ¡pareces una puta de la calle, eso es lo que pareces! —Se volvió, dejando de mirarme, como si no pudiera soportar el espectáculo que yo ofrecía—, ¡una puta adolescente, eso es lo que pareces! Y ahora haz el favor de lavarte la cara y de poner todo eso que llevas encima donde lo encontraste, y de limpiar el tocador.

Regresé, haciendo equilibrios, a donde estaba el espejo de cuerpo entero. Tenía alas a ambos lados, de modo que era fácil ajustarlo, y verse una entera desde todos los puntos de vista posibles, y en los tres reveladores espejos pude verme de nuevo, y realmente era un espejo fascinante, se cerraba como un libro de tres páginas, y entonces mostraba una escena pastoril francesa.

Dándome vueltas y retorciéndome, fui observándome entera. No era éste el aspecto que tenía mi madre con aquel mismo vestido, ¿qué era lo que había hecho yo mal? Ciertamente, ella no llevaba tantas pulseras en los brazos, ni tampoco se ponía tres collares juntos, con pendientes largos y colgantes de diamantes que le rozaban los hombros, y encima una tiara; y tampoco se ponía nunca tres anillos en cada dedo, incluidos los pulgares.

Sí, bueno, pero yo deslumbraba, de eso no cabía duda. Y no se podía negar que mi pecho abultado era verdaderamente magnífico. A decir verdad, era preciso convenir en que me había pasado.

Me quité diecisiete pulseras, veintiséis anillos, los collares, la diadema y el vestido largo de gasa, que en mí no resultaba tan elegante como en mamá, cuando salía a alguna cena con sólo perlas en el cuello. ¡Ah!, pero, ¿y las pieles? ¡Era imposible no sentirse bella con pieles!

—¡Anda, date prisa, Cathy, haz el favor de dejar todo eso y venir a ayudarme a registrar!

—¡Chris, no sabes lo que me gustaría bañarme en su bañera de mármol negro!

Me quité toda aquella ropa, el sujetador de encaje negro de mamá, sus medias de seda y las zapatillas plateadas, y me puse mis cosas. Pero, pensándolo mejor, me quedé con un sujetador blanco y liso que había en un cajón con otros muchos, metiéndomelo por la blusa. Chris no necesitaba mi ayuda. Había estado allí tantas veces que sabía encontrar dinero sin que yo le echara una mano. Yo quería ver lo que había en cada cajón, pero tenía que darme prisa. Abrí un cajoncito que había en su mesita de noche, pensando encontrar allí cremas, pañuelos de papel, pero nada de valor que pudiera tentar a la servidumbre. Y lo que había era, en efecto, crema de noche, y pañuelos de papel, pero también dos libros en rústica, para leer cuando el sueño tardara en llegar (¿acaso tenía ella noches en que se agitaba y se movía en la cama, inquieta por culpa nuestra?). Y debajo de los libros aquellos había otro libro, muy grande y grueso, con sobrecubierta de colores. *Cómo crear tus propios patrones de costura.* Mamá me había enseñado a hacer algo de encaje en el primer cumpleaños que pasé encerrada allí arriba, y pensé que aprender a hacer una misma los patrones podría ser interesante.

Sin apenas fijarme, cogí el libro y lo hojeé a bulto. A mi espalda, Chris estaba haciendo ruidos muy ligeros al abrir y cerrar cajones y al moverse, con sus zapatos flexibles de suela de goma, por el cuarto. Yo pensaba ver en aquel libro diseños de flores, pero lo que vi fue algo muy distinto. Silenciosa, con los ojos abiertos cuan grandes eran, llena de silenciosa fascinación, vi pasar ante mí fotografías a todo color. Escenas increíbles de hombres y mujeres desnudos, haciendo..., ¿pero es que la gente hacía realmente tales cosas? ¿Era esto hacer el amor?

Chris no era el único que había oído historias con acompañamiento de risitas en los grupos de chicos mayores que se reunían en los retretes del colegio. Siempre había pensando que era algo sagrado, digno de reverencia, que se hacía en la más completa intimidad, con las puertas bien cerradas. Pero este libro mostrabas escenas de muchas parejas, todas en la misma habitación, todos desnudos, y todos metiéndose cosas de una u otra manera. Contra mi voluntad, o así quería yo pensar, mi mano fue pasando lentamente página tras página, y sintiéndome más y más incrédula. ¡Cuántas maneras de hacerlo! ¡Cuántas posturas! ¡Dios mío! ¿Era aquello lo que pensaban Raumond y Lily todo a lo largo de las páginas de aquella novela victoriana? Levanté la cabeza y miré, sin expresión, al espacio. ¿Era a esto a lo que íbamos todos, desde el principio de la vida?

Chris me llamó por mi nombre diciéndome que ya había reunidos bastante dinero. No convenía robar demasiado de una vez, por si se notaba la falta. Sólo se llevaba unos pocos billetes de cinco dólares, y muchos de un dólar, y todas las monedas sueltas que había debajo de los cojines.

—Cathy, ¿qué tienes, es que estás sorda? ¡Vámonos!

Pero yo no podía moverme, ni cerrar aquel libro hasta haberlo recorrido entero, de tapa a tapa. Y como estaba tan embelesada, incapaz de responder, se me acercó él por la espalda, para ver qué era lo que me tenía hipnotizada. Oí su aliento, que cesaba de pronto, y, después de un rato que pareció eterno, exhalo un silbido bajo. Pero no pronunció ni una sola palabra hasta que hube llegada a la última página y cerrado el libro. Entonces lo cogió y empezó de nuevo por el principio, mirando cada páginas de las que se había perdido, mientras yo a su lado, miraba también. Había texto, en letra pequeña, frente a cada fotografía de página entera, pero las fotografías no necesitaban explicaciones, por lo menos para mí.

Chris cerró el libro. Le miré un momento a la cara. Parecía anonadado. Volví a poner el libro en el cajón, colocando los libritos en rústica encima, tal y como lo había encontrado. Chris me cogió de la mano y me condujo hacia la puerta. Avanzamos en silencio por los pasillos largos y oscuros, de nuevo hacia el ala norte. Ahora sabía yo perfectamente el motivo de que la abuela bruja quisiera que Chris y yo durmiéramos en camas separadas, ya que la llamada imperiosa de la carne humana era tan fuerte, tan exigente y tan emocionante que inducía a la gente a comportarse más como demonios que como santos. Me incliné sobre Carrie, mirando su rostro dormido, que... en sueños, volvía a adquirir la inocencia y la infantilidad que desaparecía de él cuando estaba despierta. Parecía un pequeño querubín allí echada, de lado, hecha un ovillo, con el rostro sonrosado, el pelo húmedo y rizado en la nuca, y la frente redonda. La besé, y su mejilla estaba caliente, y luego me incliné sobre Cory, para tocarle los rizos suaves y besarle la mejilla sonrojada. Niños como los gemelos se hacían con un poco de lo que acababa yo de ver en aquel libro de ilustraciones eróticas, de modo que no podía ser cosa tan mala, porque entonces Dios no habría hechos a los hombres y las mujeres de aquella manera. Y, sin embargo, me sentía tan turbada, tan incierta, y tan desconcertada en lo más hondo de mi ser y tan escandalizada, y, a pesar de todo...

Cerré los ojos, rezando silenciosamente: Dios, haz que los gemelos continúen sanos y salvos hasta que salgamos de aquí..., que vivan hasta que lleguemos a un lugar luminoso y soleado, donde nunca se cierren las puertas con llave..., por favor.

—Ve tú primero a bañarte —dijo Chris, sentándose en su lado de la cama, volviéndome la espalda. Tenía la cabeza inclinada; era la noche en que le tocaba a él bañarse primero.

Fui al baño como una sonámbula, e hice allí lo que tenía que hacer, y salí por fin envuelta en mi bata más gruesa, de más abrigo, y que más enteramente me cubría. Me había limpiado completamente el rostro de todo maquillaje, y me había lavado el pelo con champú, por lo que estaba todavía un poco húmedo al sentarme en la cama para cepillármelo bien, en forma de ondas relucientes.

Chris se levantó en silencio y entró en el cuarto de baño sin mirar a donde yo estaba, y cuando salió, largo tiempo después, yo continuaba aún sentada, cepillándome el pelo, pero sus ojos tampoco buscaron los míos. Ni tampoco quería yo que me mirase.

Unas de las reglas de la abuela era que teníamos que

arrodillarnos junto a nuestras camas todas las noches para decir nuestras oraciones. Y, sin embargo, aquella noche, ninguno de los dos se arrodilló a rezar oraciones. Con frecuencia me ocurría que me arrodillaba junto a la cama y juntaba las manos bajo la barbilla, y me encontraba sin saber qué rezar, porque ya había rezado muchísimo sin ningún resultado.

Y entonces me quedaba allí arrodillada, con la cabeza vacía y el corazón yerto, pero tanto mi cuerpo como las puntas de mis nervios lo sentían todo y gritaban todo lo que no conseguía forzarme a mí misma a pensar, tanto menos decir.

Me tendí al lado de Carrie, cara arriba, sintiéndome manchada y cambiada por aquel librote que quería volver a ver y del que leería, si me era posible, todo el texto, hasta la última palabra. Quizá lo propio de una señorita habría sido dejar el libro donde lo había encontrado al darme cuenta de cuál era su tema, y, ciertamente, debiera haberlo cerrado en cuanto Chris se me acercó a mirarlo por encima del hombro. Ya sabía que no era ninguna santa, ningún ángel, ninguna puritana, y sentía en mis huesos que algún día, en un futuro próximo, tendría necesidad de saber todo lo que era posible saber sobre la manera de usar el cuerpo para hacer el amor.

Lenta, muy lentamente, volví la cabeza para ver, a través de la semioscuridad rosada, lo que estaba haciendo Chris.

Estaba echado de lado bajo la colcha, mirándome. Sus ojos brillaban contra alguna luz débil, serpenteante, que se filtraba por entre las pesadas cortinas, porque la luz que se veía en sus ojos no era de color rosado.

—¿Te encuentras bien? —preguntó.

—Sí, voy tirando. —Y le deseé las buenas noches con una voz extraña.

—Buenas noches, Cathy —dijo él, con una voz que tampoco era la suya.

MI PADRASTRO

Aquella primavera, Chris cayó enfermo. Parecía como verdusco en torno a la boca, y vomitaba a cada momento, volviendo del cuarto de baño con pasos inciertos para dejarse caer débilmente en la cama. Él quería estudiar el libro de *Anatomía* de Gray, pero lo echó a un lado, irritado consigo mismo.

—Tiene que ser algo que comí y me hizo daño —se quejaba.

—Chris, no quiero dejarte solo —le dije, ya en la puerta, a punto de meter la llave de madera en la cerradura.

—¡Haz el favor, Cathy! —gritó—. ¡Ya es hora de que aprendas a hacer las cosas por ti misma! ¡No tienes necesidad de mí a cada minuto del día! Eso era lo que le pasaba a mamá, que pensaba que siempre tendría un hombre en quien apoyarse. ¡Apóyate en ti misma, Cathy, siempre!

Mi corazón se llenó de terror, y me salía por los ojos. Él se dio cuenta y me habló con más suavidad.

—Me encuentro bien, de veras, puedo cuidarme solo. Pero necesitamos dinero, Cathy, de modo que ve tú sola. Quizá no se nos presenta otra oportunidad.

Corrí a su cama, cayendo junto a ella de rodillas y

apretando la cara contra su pecho, cubierto con el pijama. Él me acarició tiernamente el pelo.

—De verdad, Cathy, saldré de ésta. No es para ponerse así, pero tienes que darte cuenta de una vez de que, le pase lo que le pase a uno de nosotros, el otro tiene que sacar de aquí a los gemelos.

—¡No digas esas cosas! —grité.

Sólo pensar que se estuviera muriendo me hacía sentirme enferma. Y allí, arrodillada, mirándole, me pasó un momento por la mente la idea de lo frecuente que era que uno de los dos cayese enfermo.

—Cathy, quiero que te vayas ahora. Anda, levántate. Haz un esfuerzo. Y allí no cojas más que billetes de cinco y de un dólar. Ninguno de más valor. Pero tráete también todas las monedas que nuestro padrastro ha dejado caer de los bolsillos. Y en la parte de atrás de su armario empotrado tiene una caja grande de latón llena de cambio. Coge un puñado de monedas de veinticinco centavos.

Estaba pálido, y parecía débil, y también más delgado. Le besé rápidamente la mejilla, no quería irme dejándole con tan mal aspecto. Eché una ojeada a los gemelos dormidos y me dirigí hacia la puerta, sin volverme, con la llave de madera bien cogida en la mano.

—Te quiero, Christopher Doll —dije, en broma, antes de abrir la puerta.

—También te quiero, Catherine Doll —dijo él—. Buena caza.

Le arrojé un beso con la mano, luego cerré la puerta y eché la llave. No era peligroso ir a robar al dormitorio de mamá. Aquella misma tarde nos había dicho que ella y su marido se iban a otra fiesta, a casa de un amigo que vivía a poca distancia, carretera abajo, y yo me dije para mis adentros, avanzando sin hacer ruido por los pasillos, pegada a las paredes, siempre buscando la sombra, que iba a llevarme también, por lo menos, un billete de veinte dólares y uno de diez. Iba a correr el riesgo de que alguien los echase en falta. A lo mejor, hasta me llevaba algunas joyas de mamá. Las joyas se pueden empeñar, son tan buenas como el dinero, quizá mejores.

Muy decidida y lanzada al negocio, no perdí el tiempo en mirar en el cuarto de los trofeos de caza, sino que fui directamente al dormitorio de mamá, en el que me introduje sin temor a encontrarme con la abuela, que se acostaba muy temprano, a las nueve. Y ya eran las diez.

Llena de aplomo, determinación y valor, entré sin hacer ruido por las puertas dobles de las habitaciones de mamá y las cerré sin hacer ruido. Se veía una luz tenue. Con frecuencia, mamá dejaba luces encendidas en sus habitaciones, a veces todas ellas, según Chris. ¿Qué le importaba a ella el dinero ahora?

Vacilante e incierta, me situé justo dentro del vano de la puerta y miré a mi alrededor. Y entonces me quedé helada de terror.

¡Allí, en la silla, con sus largas piernas estiradas y cruzadas a la altura de los tobillos, estaba, echado, el nuevo marido de mamá! Y yo estaba justo enfrente de él, con sólo un camisón azul transparente que me estaba muy corto, aunque llevaba debajo unas braguitas que hacían juego con él. El corazón me latía al ritmo enloquecido de una melodía de pánico, esperando que me diese un grito, preguntándome quién era y qué diablos hacía en su dormitorio sin que nadie me hubiese llamado.

Pero no dijo nada.

Llevaba esmoquin negro, y la camisa era rosa, con un reborde de volantes negros a lo largo de la botonadura. No gritó, no preguntó, pues estaba dormido. Casi di media vuelta y eché a correr, por temor a que se despertase y me viera.

Pero la curiosidad pudo con mi terror. De puntillas me acerqué más, para verle bien. Me atreví a acercarme tanto que habría podido alargar la mano y tocarle. Tan cerca que habría podido, de habérmelo propuesto, meterle la mano en el bolsillo y robarle. Pero el robo era lo que menos me pasaba por la mente en aquel momento, mirando su bello rostro dormido. Me asombré de ver lo que saltaba a la vista ahora que estaba tan cerca del amado Bart de mi madre. Le había visto a distancia bastantes veces: la primera, la noche de la fiesta de Navidad, y luego, otra vez, cuando estaba allá abajo, cerca de las escaleras, con un abrigo en la mano para que mamá se lo pusiera. La besó entonces en la nuca, y también detrás de las orejas, murmurándole algo que la hizo sonreír, mientras él, con gran ternura, la apretaba contra su pecho; luego los dos salieron.

Sí, sí. Yo había visto y oído muchas cosas sobre él, sabía dónde vivían sus hermanas, y dónde había nacido, y dónde había ido al colegio, pero nada me había indicado lo que iba a descubrir ahora con mis propios ojos.

Mamá, ¿cómo fuiste capaz? ¡Debiera darte vergüenza! Este hombre es más joven que tú. ¡Algunos años más joven! Eso no nos lo había contado.

Era un secreto. ¡Y qué bien sabía ella guardar los secretos importantes! Y no era de extrañar que le quisiera tanto, que le adorase, porque era ese tipo de hombres que cualquier mujer desea. Bastaba con verle así, tan indiferentemente echado sobre la silla. Me dije que era tan tierno como apasionado haciendo el amor con ella.

Yo quería odiar al hombre a quien veía así, dormido sobre la silla, pero, no sé por qué razón, no me fue posible. Hasta dormido me gustaba, y hacía latir más rápidamente mi corazón.

Bartholomew Winslow, sonrió en sueños, inocentemente, respondiendo de manera inconsciente a mi admiración. Era abogado, uno de esos hombres que lo sabían todo. Como los médicos, como Chris. Ciertamente tenía que estar viendo, y sintiendo, algo excepcionalmente agradable. ¿Qué estaría pasando detrás de aquellos ojos? Me pregunté, también, si sus ojos eran azules o pardos. Su cabeza era larga y fina, su cuerpo esbelto, duro y musculoso. Junto a los labios tenía una honda hendidura, que parecía como un hoyuelo vertical estirado para jugar al escondite, porque se movía con sus sonrisas vagas y soñolientas.

Llevaba un anillo de boda ancho y con relieve, y, naturalmente, reconocí en él el gemelo del que llevaba mi madre. En el dedo índice de su mano derecha llevaba un anillo con un diamante grande y cuadrado que brillaba hasta cuando había poca luz. En un dedo pequeño llevaba un anillo de hermandad. Sus largos dedos tenían uñas cortadas, cuadradas y tan pulidas que relucían tanto como las mías. Me acordé de cuando mamá solía pulir las uñas de papá, al tiempo que los dos se miraban juguetones.

Era alto... Eso ya lo sabía. Y de todo lo que tenía que a mí me gustaba, lo que más me intrigaba eran sus labios sensuales bajo el bigote. Tenía una boca bellamente formada, labios sensuales que, sin duda, besaban a mi madre... en todas partes. Aquel libro de placeres sensuales me había enseñado mucho sobre lo que los mayores daban y tomaban cuando estaban desnudos.

Me acudió repentinamente... el impulso de besarle, aunque no fuese más que para ver si el bigote oscuro cosquilleaba. Y también para saber cómo era un beso dado a un extraño con quien no te une ningún parentesco.

Ese beso no estaba prohibido. No era pecaminoso acercarse a él y rozar muy ligeramente su mejilla tan bien afeitada, provocándole de esta manera, muy suavemente, a despertarse.

Pero él siguió dormido.

Me incliné sobre él y puse mis labios sobre los suyos con suavidad, apartándome luego velozmente, mientras mi corazón latía lleno de un miedo paralizador. Casi deseé que despertara, pero seguía asustada, porque me sentía demasiado joven e insegura de mí misma para creer que saldría en mi defensa cuando tenía una mujer como mi madre que estaba locamente enamorada de él. Si pusiera mis brazos en torno a él, despertándole, ¿se sentaría y escucharía tranquilamente mi historia de cuatro niños confinados en una habitación solitaria y aislada, año tras año, esperando a que muriera su abuelo? ¿Nos comprendería acaso, y sentiría pena de nosotros, y obligaría a mamá a ponernos en libertad, renunciando a sus esperanzas de heredar aquella inmensa fortuna? Me llevé nerviosamente las manos a la garganta, como solía hacer mamá cuando se veía en un dilema y sin saber qué hacer. Mi instinto me decía, a gritos: ¡Despiértale ahora! Mi recelo me susurraba: no digas nada, no le cuentes nada; no os querrá, no querrá a cuatro niños que no son suyos, os odiará por impedir a su mujer que herede todas las riquezas y todos los placeres que se pueden comprar con dinero, fíjate en él, tan joven, tan apuesto. Y aunque nuestra madre era excepcionalmente bella, y llevaba camino de convertirse en una de las mujeres más ricas del mundo, él podía haber tenido a alguien más joven; por ejemplo, a una virgen llena de frescura que nunca hubiera amado a nadie ni dormido jamás con otro hombre.

Y entonces dominé mi indecisión. La respuesta era bien sencilla. ¿Qué eran cuatro niños a quienes nadie quería en comparación con increíbles riquezas?

No eran nada. Ya mamá me había enseñado eso. Y una virgen, a él le aburriría.

¡Oh, era una injusticia! ¡Era horrible! Nuestra madre lo tenía todo. Tenía libertad para ir y venir como quisiera, libertad para gastar dinero como quisiera y comprar en las mejores tiendas del mundo. Tenía incluso dinero para comprar a un hombre mucho más joven que ella a quien amar y con quien dormir, y, en cambio, ¿qué teníamos Chris y yo, sino sueños truncados, promesas rotas y frustraciones interminables?

¿Y qué tenían los gemelos, sino una casa de muñecas, y un ratón, y una salud cada vez peor?

De nuevo tuve que volver a la habitación cerrada y solitaria, con lágrimas en los ojos y una sensación de impotencia y desesperanza, que pesaba como una piedra sobre mi pecho. Encontré a Chris dormido sobre su *Anatomía* de Gray, abierto contra su pecho. Marqué cuidadosamente la página en que estaba leyendo y lo puse a un lado.

Luego me eché a su lado y me pegué a él, mientras lágrimas silenciosas me arrasaban las mejillas, humedeciendo la chaqueta de su pijama.

—Cathy —dijo, despertando y haciéndose cargo soñolientamente de la situación—. ¿Qué te pasa? ¿Por qué lloras? ¿Es que te vio alguien?

No pude afrontar su mirada preocupada con serenidad, y, por alguna razón inexplicable, tampoco conseguí contarle lo que había ocurrido. No conseguía formar palabras con las que decir que había visto al nuevo marido de mamá durmiendo en su habitación, y mucho menos aún contarle que me había sentido tan infantilmente romántica como para darle un beso mientras dormía.

—¿Y no encontraste un solo penique? —me preguntó, bastante incrédulo.

—Ni un solo penique —le susurré, a modo de respuesta, tratando de ocultarle mi rostro.

Pero él me cogió la cara con las manos, forzándome a volver la cabeza de manera que pudiera mirarme, penetrando en mis ojos. ¿Oh, por qué habíamos llegado los dos a conocernos tan bien? Se me quedó mirando, mientras trataba de quitar a mis ojos toda expresión, pero fue inútil. Lo único que me fue posible hacer fue cerrarlos y encerrarme más aún en sus brazos. Él bajó la cabeza y la hundió en mi cabello, mientras sus manos me acariciaban tranquilizadoras la espalda.

—Vamos, no te preocupes, no llores, lo que ocurre es que no sabes buscar tan bien como yo.

Quise apartarme de él, irme corriendo de allí, y, una vez apartada de él, podría llevarme conmigo todo aquello, fuera a donde fuese, y con quien quiera que fuese.

—Ya puedes irte a la cama —me dijo Chris, con su voz ronca—. La abuela podría abrir la puerta y sorprendernos así.

—Chris, vomitaste después de irme yo, ¿verdad?

—No. Ya estoy mejor. Anda, vete, haz el favor, Cathy, vete.

—¿De verdad que te sientes mejor ahora? ¿No lo dices por tranquilizarme?

—¿No te acabo de decir que me siento mejor?

—Buenas noches, Christopher Doll —deseé, dándole un beso en la mejilla antes de bajarme de su cama y subirme a la mía, para hacerme allí un ovillo en compañía de Carrie.

—Buenas noches, Catherine. Eres buena hermana, y buena madre de los gemelos..., ¡pero también eres una condenada embustera, y como ladrona no vales!

Cada una de las incursiones de Chris en el cuarto de mamá aumentaban nuestro tesoro escondido. Pero tardábamos mucho en reunir nuestra meta de quinientos dólares, y ahora el verano se nos echaba de nuevo encima. Yo ya tenía quince años, y los gemelos casi ocho. Agosto no tardaría en marcar el tercer año de nuestro encarcelamiento. Y teníamos que escapar antes de que se nos echase encima otro invierno. Miré a Cory, que estaba escogiendo indiferentemente guisantes con mancha negra porque eran guisantes «de buena suerte». Por primera vez, en año nuevo, había rehusado comerlos, porque no quería que aquellos ojuelos negros le mirasen por dentro. Y ahora los comía porque cada uno de aquellos guisantes daba un día entero de felicidad, o eso le habíamos contado nosotros. Chris y yo teníamos que inventar cuentos de éstos, porque si no Cory no quería comer más que donuts. En cuanto terminó de comer, se sentó en el suelo, cogió su banjo y fijó los ojos en una tonta película de dibujos animados. Carrie, pegada a su lado, tan cerca como le era posible, tenía los ojos fijos en el rostro de su hermano gemelo, y no en la televisión.

—Cathy —me dijo, con su gorjeo como de pájaro—. Cory, no se encuentra bien.

—¿Y cómo lo sabes?

—Sabiéndolo.

—¿Y qué tal te sientes tú?

—Como siempre.

—¿Y cómo es eso?

—No sé —contestó.

¡Vaya si lo sabía! Lo que teníamos que hacer era irnos de allí, ¡y lo antes posible!

Más tarde arropamos bien a los gemelos en la cama; cuando los dos estuvieran dormidos, sacaría a Carrie de allí y la pondría en nuestra cama, pero, por el momento, era mejor que Cory se durmiese con su hermana al lado.

—No me gusta esta sábana rosa —se quejaba Carrie, mirándome con el ceño fruncido—. A nosotros nos gustan las sábanas blancas, ¿dónde están nuestras sábanas blancas?

¡Oh, dichoso el día en que Chris y yo les convencimos de que el blanco era el más seguro de todos los colores! Margaritas blancas dibujadas en el suelo del ático eran siempre las mejores para echar de allí a los demonios malos, y a los monstruos y a todas aquellas cosas que los gemelos temían que se apoderasen de ellos, si no había por allí cerca algo de color blanco en que meterse, o ponerse debajo, o detrás. Las sábanas y las fundas de almohada color lavanda, azul, o rosa, o con flores, no servían..., porque los puntos de color daban a los trasgos un agujero por donde meter el rabo hendido, o por el que mirar con sus ojos aviesos, o incluso por el que meter sus lanzas diminutas y malas. ¡Ritos, fetiches, costumbres, regulaciones, Dios mío, teníamos de todo eso en abundancia, aunque sólo fuera para librarnos de los peligros!

—Cathy, ¿por qué le gustan a mamá tanto los vestidos negros? —preguntó Carrie, mientras quitaba las sábanas rosa y ponía en su lugar otras lisas de color blanco.

—Mamá es rubia, y tiene la tez muy blanca, y el negro le hace parecer más blanca y le da un aspecto mucho más bello.

—¿Y no tiene miedo del negro?

—Pues no.

—¿A qué edad le muerde a uno el color negro con los dientes largos?

—Cuando llega uno a la edad de darse cuenta de que esa pregunta es tonta a más no poder.

—Pero todas las sombras negras que hay en el ático

tienen dientes brillantes y agudos —dijo Cory, dando un respingo para que las sábanas rosa no le tocasen la piel.

—Os lo explicaré —dije dándome cuenta de que Chris me miraba con ojos sonrientes, esperando de mí alguna observación graciosa—; las sombras negras sólo tienen dientes largos y agudos cuando vuestra piel es de color verde esmeralda y vuestros ojos color púrpura, y vuestro pelo rojo, y cuando tenéis tres orejas en lugar de dos, y sólo entonces es peligroso el color negro.

Tranquilizados, los gemelos se metieron bajo las sábanas y las mantas blancas, y no tardaron en quedarse profundamente dormidos. Y entonces tuve tiempo de bañarme y de lavarme el pelo con champú, y de ponerme el pijama fino de muñeca. Corrí al ático a abrir de par en par una ventana, esperando que entrara así una brisa fría que resfrescase el ático, para ver si así me daban ganas de bailar y no de ajarme. ¿Y por qué sería que el viento sólo entraba cuando había vendavales de invierno, y no ahora, cuando más lo necesitábamos?

Chris y yo compartíamos nuestros pensamientos, nuestras aspiraciones, nuestras dudas y nuestros temores. Si yo tenía algún pequeño problema, él era mi médico. Afortunadamente, mis problemas no tenían gran importancia, únicamente mis desarreglos mensuales, y esos trastornos femeninos nunca aparecían a su debido tiempo, lo cual, Chris, mi médico amateur, me decía que era de esperar, ya que, siendo yo quijotesca por naturaleza, toda mi maquinaria interna tendría que serlo también.

Por eso, puedo escribir ahora sobre Chris y sobre lo que nos pasó una noche de setiembre, estando yo en el ático mientras él se iba a robar, exactamente como si lo estuviera viendo en este momento, porque más tarde, cuando el impacto de algo completamente inesperado se desdibujó algo, Chris me contó con todo detalle las incidencias de aquel viaje al impresionante apartamento que contenía las lujosas habitaciones de mamá.

Me contó que aquel libro que tenía en el cajón de la mesita de noche le atraía siempre que iba allí; era como si le hiciese señas de que se acercara, y más tarde le iba a causar un disgusto, y a mí también. En cuando reunía su ración de dinero, suficiente, pero no demasiado, se acercaba a la cama y a aquella mesita de noche como atraído por un imán.

Y yo pensaba, mientras él me contaba esto: ¿por qué tenía que seguir mirando, cuando todas y cada una de aquellas fotografías yo las tenía grabadas para siempre en la memoria?

—Bueno, pues allí estaba yo, leyendo el texto, unas pocas páginas cada vez —me contó Chris—, y pensando en lo que es bueno y lo que es malo, preguntándome sobre la naturaleza de todas aquellas extrañas visitas, y también sobre las circunstancias de nuestras propias vidas, y pensando que tú y yo, que éstos podrían ser años de mucha intensidad para nosotros, y me sentía culpable de estar creciendo y de querer lo que otros chicos de mi edad encuentran en otras chicas dispuestas a ello.

»Y, mientras estaba allí, ojeando aquellas páginas, ardiendo por dentro a causa de tantas frustraciones y deseando en cierto modo que no hubieras encontrado el condenado libro ése, que a mí nunca me había llamado la atención a causa de su título aburrido, cuando oí voces en el vestíbulo. Y ya te puedes figurar quién era, pues nuestra madre, con su marido, que volvían. Metí el libro a toda prisa en el cajón y puse encima los otros dos, que nadie iba a terminar de leer nunca, porque las marcas estaban siempre en la misma página, y luego me escondí corriendo en el armario empotrado de mamá y me refugié en el fondo, cerca de las baldas de los zapatos, agazapándome allí contra el suelo, debajo de sus vestidos largos de noche. Pensé que si entraba no me vería allí, y la verdad es que dudo que me viera. Pero en cuanto me puse a pensar esto, me di cuenta de que se me había olvidado cerrar la puerta.

»Y fue entonces cuando oí la voz de mamá. "La verdad, Bart —dijo entrando en el cuarto y dando la luz—, eres descuidadísimo, siempre te olvidas la cartera."

»Y él contestó: "No me extraña que se me olvide, porque nunca está en el mismo lugar en que la dejo." Le oí mover cosas, abrir y cerrar cajones, y cosas de ésas. Y luego explicó: "Estoy seguro de que la dejé en estos pantalones..., y no tengo la menor intención de ir a ninguna parte sin mi permiso de conducir."

»—Y la verdad es que conduciendo como conduces, no me extraña —dijo nuestra madre—, pero eso quiere decir que vamos a llegar tarde otra vez. Por muy rápido que conduzcas, siempre nos perdemos el primer acto.

»—¡Vaya! —exclamó entonces su marido, y noté cierto tono de sorpresa en su voz, mientras me irritaba de mí mismo, recordando lo que había hecho—. Aquí tienes mi cartera, sobre el tocador, y te aseguro que no recuerdo haberla dejado ahí, juraría que la guardé en esos pantalones.

»La verdad era que la había guardado en la cómoda —me explicó Chris—, escondida bajo las camisas, y cuando la encontré saqué unos pocos billetes y luego la dejé allí, porque quería ir a ver el libro. Y mamá dijo: "¡Anda, Bart, no digas tonterías!", como si estuviese perdiendo la paciencia con él.

»Entonces él contestó: "Corrine, tenemos que irnos de esta casa, estoy convencido de que las muchachas nos roban. A ti te falta dinero constantemente, como a mí. Por ejemplo, sé que tenía cuatro billetes de cinco dólares, y ahora sólo me quedan tres."

»Volví a sentirme irritado. Pensé que tenía tanto que nunca lo contaba, y comprobar que también mamá sabía el dinero que llevaba encima me dejó muy sorprendido.

»"¿Qué más dan cinco dólares de más o de menos?", preguntó nuestra madre, y era justo lo que se le ocurriría decir a ella en un caso así, siempre tan indiferente en cosas de dinero, justamente como cuando estaba con papá. Y se puso a decir que a la servidumbre se le pagaba muy poco, y que no le extrañaba que robasen lo que pudieran cuando se les dejaba el dinero tan oportunamente delante de las narices: "Es como invitarles a robar."

»Y él respondió: "Querida esposa mía, es posible que a ti el dinero te lo regalen, pero yo siempre he tenido que trabajar duro para ganar un dólar, y no me gusta que me roben ni siquiera diez centavos. Además, no se puede decir que sea un plato de gusto comenzar el día siempre con la cara de pocos amigos de tu madre mirándote desde el otro lado de la mesa", y te aseguro que, aunque nunca había pensado en ello, pero es exactamente eso lo que siento sobre esa vieja con cara de plancha.

»Evidentemente, él se siente como nosotros en esto, y mamá, se irritó algo, y dijo: " Bueno, no vamos a comentar ese asunto otra vez", y su voz tenía algo así como un filo, no parecía siquiera su voz, Cathy. A mí nunca se me había ocurrido que nos habla a nosotros de una manera y a la gente de otra. Y entonces fue y dijo: "De modo que, si vamos a ir a ese sitio, lo mejor es que nos vayamos ya, porque es muy tarde."

»Y fue entonces cuando nuestro padrastro dijo que no quería ir si habían perdido ya el primer acto, porque eso le echaba a perder el espectáculo entero, y, además, él pensaba que podrían hacer algo más divertido que estarse sentados en un teatro. Y, naturalmente, me di cuenta de que lo que él quería decir era que podían acostarse y hacer el amor un poco, y si no comprendes que eso me dio bascas entonces es que no me conoces muy bien, porque no tenía ninguna gana de estarme allí mientras pasaban tales cosas.

»Pero, a pesar de todo, nuestra madre tiene una voluntad muy fuerte, y eso me sorprendió. Ha cambiado, Cathy, de como era con papá. Ahora es como si fuera ella el jefe, y ningún hombre le da órdenes ya. Y entonces le dijo: "¿Cómo la vez pasada? ¡Anda, Bart, aquello sí que fue molesto! ¡Volviste por tu cartera, jurando que sólo tardarías unos minutos en regresar y lo que hiciste fue quedarte dormido, y yo permanecí sola en aquella fiesta!"

»Ahora la voz de nuestro padrastro parecía algo irritada, tanto por las palabras como por el tono de ella, si no me equivoco, y se puede sacar mucho de las voces, cuando no se puede ver la cara del que habla. "¡Cuánto tienes que haber sufrido! —replicó, lleno de sarcasmo, pero aquel estado de ánimo no debió de durar mucho, porque debe de ser persona de buen carácter—; pues te aseguro que tuve un sueño de lo más agradable, y volvería a tenerlo con gusto siempre que pudiese si supiera de seguro que una muchachita preciosa, con el pelo dorado y largo entraría de puntillas en la habitación mientras yo dormía; era preciosa y me miraba anhelante, y, sin embargo, cuando abrí los ojos ya no estaba allí, y pensé que tuvo que haber sido un sueño."

»Lo que dijo me dejó sin respiración, Cathy, eras tú, ¿a que sí? ¿Pero cómo pudiste ser tan atrevida, y tan indiscreta? Me sentí irritadísimo contigo, tanto que estuve a punto de explotar, a poco más que les hubiera oído hablar. Te figuras que eres la única persona que está nerviosa y frustrada, ¿verdad? Piensas que eres la única persona que siente dudas, recelos y temores; bueno, pues tranquilízate, porque a mí me pasa lo mismo, y te aseguro que estaba furioso contigo, más furioso que nunca.

»Y entonces mamá dijo a su marido, tajante: "¡Santo cielo, estoy harta de oírte hablar de esa chica y de su beso, cualquiera diría oyéndote decir eso que nunca te ha besado nadie hasta ahora!", y pensé que iban a ponerse a discutir allí mismo, pero mamá cambió de tono de voz y, de pronto, le habló con voz dulce y cariñosa, como solía hablarle a papá, pero continuaba más decidida a salir a pesar de todo lo que decía su amante marido, quien habría preferido meterse en la cama del cisne, porque le dijo: "Anda, Bart, pasaremos la noche en un hotel y así no tendrás que ver la cara de mi madre mañana por la mañana", y esto resolvió mi problema de cómo escapar de aquella habitación antes de que se metieran en la cama del cisne, porque no tenía la menor intención de quedarme allí para escucharles o verles.

Y todo eso había estado ocurriendo mientras yo me hallaba en el ático, sentada en el alféizar de una ventana, esperando la vuelta de Chris. Estaba pensando en la caja de música que me había regalado papá imaginando que me gustaría recobrarla. Y no sabía entonces que aquel incidente en el cuarto de mamá iba a tener repercusiones.

¡Algo crujió a mis espaldas! ¡Un paso suave sobre madera podrida! Di un salto, sobresaltada, y me volví, temiendo ver Dios sabe qué cosa, pero entonces suspiré, aliviada, porque era Chris, de pie, en plena oscuridad, mirándome en silencio. ¿Por qué? ¿Acaso estaba más guapa que de costumbre? ¿O sería la luz de la luna, que brillaba a través de mis vestidos vaporosos?

Pero todas mis posibles dudas se despejaron cuando le oí decirme, con voz baja y algo áspera:

—Estás guapísima, sentada ahí de esa manera —carraspeó, para despejarse la garganta—. La luz de la luna te perfila en un azul plateado, y se te ve la forma del cuerpo a través de la tela.

Y luego, de manera desconcertante, me cogió por el hombro, hundiéndome en él los dedos, duramente, tanto que me dolió.

—¡Por Dios bendito, Cathy, besaste a ese hombre, y podía haberse despertado, y haberte visto, y preguntarte quién eres, en lugar de quedarse convencido de que eras simplemente parte de su sueño!

Me asustaba su forma de actuar, y también me asustaba el temor que sentía sin motivo alguno.

—¿Y cómo sabes lo que hice? Tú no estabas allí, aquella noche estabas enfermo.

Me miró con ojos brillantes, y de nuevo pensé que parecía un desconocido.

—¡Te vio, Cathy, no estaba dormido del todo!

—¿Qué? ¿Que me vio? —grité, incrédula—. ¡No fue posible... no, no me vio!

—¡Sí! —chilló él, y éste era Chris, tan capaz, de ordinario, de dominar sus emociones—. ¡Pensó que eras parte de su sueño! ¿Pero no te das cuenta de que mamá puede darse cuenta de quién era, simplemente con ponerse a pensar y atar cabos, igual que he hecho yo? ¡Al diablo contigo y con tus ideas románticas! ¡Ahora están sobre nuestra pista! ¡No creas que dejan el dinero ahora por ahí, como hacían antes! Ahora lo cuentan, tanto él como ella, ¡y todavía no tenemos suficiente!

Me apartó del alféizar de la ventana de un tirón, y me parecía lo bastante furioso y salvaje como para darme una bofetada en la cara, aunque nunca hasta entonces me había pegado, y eso que yo le di muchos motivos para hacerlo cuando era pequeña.

Pero lo que hizo fue sacudirme, hasta que los ojos me bailaron y me sentí mareada, y me puse a gritar:

—¡Para! ¡Mamá sabe que no podemos salir por una puerta cerrada con llave!

Éste no era Chris..., éste era una persona a quien yo nunca había visto hasta entonces.., primitivo, salvaje.

Se puso a chillar, y lo que dijo fue algo parecido a esto:

—¡Tú eres mía, Cathy! ¡Mía! ¡Y siempre serás mía! ¡Cualquiera que sea el que se cruce contigo en el futuro, siempre me pertenecerás! ¡Y te voy a hacer mía..., esta noche..., ahora mismo!

¡No lo creí, aquél no era Chris!

Y tampoco comprendí del todo lo que estaba pensando, y, si he de decir la verdad, no se me ocurrió que dijera aquello en serio, pero la pasión tiende siempre a dominar las situaciones.

Caímos los dos al suelo; yo trataba de apartarle de mí, con todas mis fuerzas. Forcejeamos, dando vueltas, retorciéndonos, en silencio, una lucha frenética, su fuerza contra la mía.

Pero la verdad es que no fue una gran batalla.

Yo tenía piernas fuertes, de bailarina, pero él tenía los bíceps, y pesaba más y era más fuerte..., y tenía mucha más determinación que yo de utilizar algo caliente, hinchado y exigente, hasta tal punto que toda la capacidad de raciocinio y todo su equilibrio mental habían desaparecido.

Y yo le quería. Le quería y le deseaba, si él quería aquello de tal manera, fuese bueno o malo.

No sé cómo, lo cierto es que acabamos sobre aquel viejo colchón, aquel colchón sucio, maloliente, lleno de manchas, sin duda había conocido amantes mucho antes de aquella noche. Y fue allí donde me poseyó, metiéndome a la fuerza aquella parte sexual suya, hinchada, rígida, que tenía que quedar satisfecha, y la introdujo en mi carne rígida y que se oponía y se desgarró y sangró.

Y ahora ya habíamos hecho lo que los dos habíamos jurado no hacer nunca.

Y ahora estábamos condenados para toda la eternidad, condenados a arder para siempre, a colgar boca abajo y desnudos sobre los fuegos eternos del infierno. Pecadores, precisamente lo que la abuela nos había predicho hacía tanto tiempo.

Y ahora yo tenía todas las respuestas.

Pero podía tener un niño. Un niño que nos haría pagar en vida, sin necesidad de ir a esperar al infierno, cuyos fuegos eternos nos estaban reservados.

Nos separamos y nos quedamos mirándonos, con los rostros entumecidos y pálidos de la impresión, y apenas capaces de hablarnos mientras nos vestíamos.

No dijo que lo sentía... todo él lo denunciaba... su forma de temblar, la manera de agitarse de sus manos y de no saber abrocharse los botones.

Más tarde salimos al tejado.

Largas hileras de nubes corrían sobre el rostro de la luna llena, de modo que a veces parecía esconderse detrás de ellas y volver luego a salir, como mirándonos. Y, en el tejado, en una noche hecha para amantes, nos echamos a llorar, uno en brazos del otro. Él no había querido hacer lo que hizo, y yo no había querido dejarle. El temor del niño que podía ser resultado de un solo beso en labios bigotudos me angustiaba, garganta arriba, vacilando sobre mi lengua. Esto era lo que más temía; más que el infierno o la cólera divina temía el dar a luz a un niño monstruoso, deforme, un aborto de la Naturaleza, un idiota. Pero ¿cómo podía hablar de esto? Ya estaba sufriendo Chris bastante. A pesar de todo, sus pensamientos tenían más base que los míos.

—Las probabilidades son en contra de que tengas un niño —dijo, con fervor—. Una sola vez no suele ser suficiente para concebir, y te juro que no volveremos a hacerlo, ¡pase lo que pase! ¡Estoy dispuesto a castrarme antes de que vuelva a ocurrir! —Y entonces me apretó muy fuerte contra él, de modo que me sentí aplastada contra sus costillas—. No me odies, Cathy, por favor, no me odies, no tuve intención de violarte, te lo juro por Dios. Muchas veces me sentí tentado, pero fui capaz de contenerme. Lo que hacía era salir del cuarto e ir al cuarto de baño o al ático y sumirme en la lectura de un libro y seguir así hasta sentirme normal de nuevo.

Le abracé lo más fuerte que puede.

—No te odio, Chris —le susurré, apretando mi cabeza muy fuerte contra su pecho—. No me has violado, pude haberlo evitado, si de verdad hubiese querido. Me habría bastado con golpear con la rodilla muy fuerte donde tú me dijiste. Fue también culpa mía.

¡Y tanto que fue culpa mía también! Habría debido tener el sentido común suficiente para no besar al joven y apuesto marido de mamá. No debiera haber dado vueltas con ropa tan escasa y transparente en torno a un hermano que tenía todas las fuertes necesidades físicas de un hombre, y además un hermano que estaba siempre tan frustrado por todo, y por todos. Había estado jugando con sus necesidades, sometiendo a prueba mi femenidad, presa yo también de mis propios anhelos de realización.

Fue una extraña noche, como si el destino hubiera planeado aquella noche mucho tiempo atrás, y aquella noche fuera nuestro propio destino. Era oscuridad iluminada por la luna, tan llena y reluciente, y las estrellas parecían enviarse unas a otras mensajes de Dios en morse..., el destino se había cumplido...

El viento crujía en las hojas, con una música fantasmal y melancólica, sin melodías, pero música a pesar de todo. ¿Cómo era posible que una cosa tan humana y llena de amor pudiese ser fea en una bella noche como aquélla?

Probablemente, pasamos demasiado tiempo en el tejado.

La pizarra estaba fría, dura, áspera. Estábamos a comienzos de setiembre, y ya las hojas comenzaban a caer, en cuanto las tocaba la mano fría del invierno. En el ático hacía un calor horrible, pero en el tejado comenzaba ya a hacer mucho, mucho frío.

Yo me apretaba más y más contra Chris, y nos pegábamos el uno al otro en busca de seguridad y calor. Amantes jóvenes y pecaminosos de la peor especie. Habíamos descendido millas en nuestra propia estimación, derrotados por anhelos que habían sido violentados demasiado, hasta casi romperse, por la constante convivencia. Habíamos tentado al destino demasiadas veces, y nuestras propias naturalezas sensuales..., aunque yo ni siquiera me había dado cuenta entonces de ser sensual, mucho menos de que lo fuese él. Pensaba que era solamente bella música lo que daba dolor a mi corazón y deseos a mi carne, sin llegar a pensar nunca que fuera algo mucho más tangible.

Como un corazón compartido entre dos, compusimos a medias una terrible melodía de autocastigo por lo que habíamos hecho.

Una brisa más fría que las anteriores levantó una hoja muerta hasta el tejado, y la envió, corriendo alegremente, a quedar apresada entre mi pelo. Crujía, seca y frágil, y Chris la cogió y la tuvo en la mano, mirando fijamente una hoja muerta de arce, como si su misma vida dependiera de leer su secreto para saber por dónde soplaba el viento. Ni brazos, ni piernas, ni alas... pero, aun muerta, era capaz de volar.

—Cathy... —comenzó, con una voz crujiente y seca—, ahora tenemos exactamente trescientos noventa y seis dólares con cuarenta y cuatro centavos. Y ya falta poco para que empiece a caer la nieve. Y no tenemos ni abrigos de invierno ni botas que nos estén bien, y los gemelos están ya tan débiles que se enfriarán fácilmente, y de los resfriados podrían pasar a la pulmonía. Me despierto en plena noche pensando en ellos, y te he visto también a ti, echada en la cama, mirando a Carrie tan fijamente, que también tenías que estar preocupada. Dudo mucho que encontremos ahora dinero tirado por las habitaciones de mamá. Sospechan que les está robando la doncella, o lo sospechaban por lo menos. A lo mejor, mamá sospecha ahora que quizá seas tú... No sé, espero que no.

»Independientemente de lo que pensemos tú y yo la próxima vez que juguemos a los ladrones no tendré más remedio que robar joyas. Haré una buena redada, lo cogeré todo, y nos fugaremos sin más dilación. Llevaremos a los gemelos a un médico en cuanto estemos lo bastante lejos y tengamos suficiente para pagar la cuenta.

Robar las joyas, ¡precisamente lo que yo llevaba tanto tiempo rogándole que hiciera! Por fin se decidía a hacerlo, accedía a robar los premios que mamá se había esforzado tanto por ganar, y por culpa de los cuales nos iba a perder. Pero ¿le importaría eso a ella? ¿Le importaría?

La vieja lechuza, quizá la misma que nos había saludado en la estación, la noche de nuestra llegada, ululó en la lejanía, y su ulular era fantasmagórico. Mientras mirábamos, nieblas grises, lentas, finas, comenzaron a levantarse del suelo húmedo, refrescadas por el frío súbito de la noche. La niebla espesa y ondulante se hinchaba, hasta llegar al tejado..., ondas rizadas y agitadas, como un mar brumoso, nos envolvía en su sudario.

Y lo único que podíamos ver en las nubes húmedas de un gris sombrío y gélido era el grande y único ojo de Dios brillando allá arriba, en la luna.

Me desperté antes del amanecer. Miré a donde estaban dormidos Cory y Chris. Precisamente cuando abría los ojos adormilados y volvía la cabeza, percibí que Chris también estaba despierto desde hacía rato. Ya estaba mirándome, y en sus ojos azules brillaban lágrimas brillantes, destellantes, manchándoselos. Lágrimas que caían sobre la almohada y que yo definí para mis adentros: vergüenza, culpabilidad, reproche.

—Te quiero, Christopher Doll. No tienes por qué llorar. Porque, si tú consigues olvidar, también olvidaré yo. Y no hay nada que perdonar.

Asintió, sin decir nada. Pero yo le conocía bien, a fondo, hasta la médula misma de sus huesos. Conocía sus pensamientos, sus sentimientos, y las maneras de herir mortalmente a su ego. Sabía que a través de mí se había vengado de la única mujer que había traicionado su confianza, su fe y su amor. Y lo único que tenía yo que hacer era mirarme en el espejo, con las iniciales «C.L.F.» grabadas en el dorso, para ver el rostro de mi propia madre como, sin duda, era cuando tenía mi edad.

Y así había ocurrido, justo lo que predijera la abuela. La progenie del diablo. Creados por mala semilla, sembrada en tierra indebida, plantas nuevas que repetirían los pecados de los padres.

Y de las madres.

MARCA LOS DÍAS EN AZUL,
PERO RESERVA UNO PARA
MARCARLO EN NEGRO

Nos íbamos. Cualquier día ya. En cuanto mamá nos dijese que saldría por la noche, perdería también todas sus posesiones transportables de valor. No volveríamos a Gladstone. Allí el invierno duraba hasta mayo. Iríamos a Sarasota, donde vivía la gente del circo. Era gente conocida por la bondad que sentían y mostraban hacia los que llegaban de ambientes extraños. Y como Chris y yo nos habíamos acostumbrado a vivir en lugares altos, el tejado, las numerosas cuerdas atadas a las vigas del tejado, le dije, llena de optimismo, a Chris:

—Podíamos dedicarnos a trapecistas.

Sonrió, pensando que era una idea ridícula, al principio, pero comentando luego que había sido una inspiración.

—Vaya, Cathy, tú estarás estupenda con un traje de malla negro lleno de lentejuelas. —Y se puso a cantar—: Va volando por el aire, con enorme agilidad, la audaz y bella joven, en trapecio volador...

Cory echó atrás su cabeza rubia, con los ojos azules abiertos de miedo cuan grandes eran.

—¡No!

Carrie, la voz más erudita de su hermano, dijo entonces:

—No nos gustan vuestros planes, no queremos que os caigáis.

—Es que no nos caeremos —replicó Chris—, porque Cathy y yo somos un equipo invencible.

Me lo quedé mirando, recordando la noche, en la clase, y luego en el tejado, cuando me susurró:

—No querré a nadie más que a ti, Cathy, lo sé..., tengo esa sensación..., solo nosotros siempre.

Yo me había echado a reír, como sin dar importancia a aquello.

—No seas tonto, de sobra sabes que no es así realmente como me quieres. Ni tampoco por qué sentirte culpable o avergonzado. Fue también culpa mía. Y podemos hacer como si no hubiera ocurrido, y poner mucho cuidado en que no vuelva a ocurrir..

—Pero, Cathy...

—Si tuviéramos chicos y chicas aquí, no habríamos sentido lo que hemos sentido el uno por el otro.

—Pero es que no quiero sentir así por ti, y ya es demasiado tarde para que quiera o confíe en otra persona.

Me sentía ahora muy vieja mirando a Chris y a los gemelos, haciendo planes para los cuatro y hablando con tanto aplomo de cómo nos abriríamos camino en la vida. Era como una prenda de consuelo para los gemelos, para darles paz, sabiendo, como sabía, que íbamos a tener que hacer cualquier cosa, de todo, para poder ganarnos la vida.

Setiembre había terminado, y ahora ya estábamos en octubre, y pronto comenzaría a caer la nieve.

—Esta noche —dijo Chris, después de que mamá se fuera de nuestro cuarto, diciéndonos adiós a toda prisa, sin detenerse en la puerta para mirarnos.

Ahora apenas soportaba mirarnos. Metimos una funda de almohada en otra para reforzarla, y en aquel saco metería Chris todas las preciosas joyas de mamá. Ya teníamos nuestras dos maletas hechas y escondidas en el ático, a donde mamá no subía nunca ahora.

A medida que el día iba transformándose en noche, Cory comenzó a vomitar, una y otra vez. En el botiquín teníamos medicinas de las que se pueden comprar sin receta, para trastornos abdominales.

Pero ninguna de las que usamos fue capaz de cortar los terribles vómitos que le dejaban pálido, temblando, llorando. Y entonces, con sus brazos en torno a mi cuello, me murmuró al oído:

—Mamá, no me siento nada bien.

—¿Qué podría hacer para que te sintieras mejor, Cory? —le pregunté, sintiéndome joven e inexperta.

—*Mickey* —dijo, débilmente—, quiero que *Mickey* venga a dormir conmigo.

—Pero a lo mejor te das media vuelta y le pillas debajo, y entonces lo matarías; tú no quieres que se muera, ¿verdad?

—No —contestó él, con aire de sobresalto ante tal idea, y luego comenzó de nuevo a tratar de vomitar, y en mis brazos le noté muy frío; tenía el pelo pegado a la frente sudorosa, y sus ojos azules miraban sin ver, fijos en mi rostro, y llamando a su madre una y otra vez: «Mamá, mamá, me duelen los huesos.»

—No te preocupes, no pasa nada —le tranquilicé, cogiéndole en volandas y llevándolo de nuevo a la cama, donde le mudé el pijama manchado. ¿Cómo podría volver a vomitar si ya no le quedaba nada dentro?—: Chris va a ayudarte, no te preocupes.

Me acosté a su lado, cogiendo el cuerpo tembloroso y débil en mis brazos.

Chris estaba en su mesa, consultando libros de medicina, sirviéndose de los síntomas de Cory para localizar la misteriosa enfermedad que nos aquejaba a todos de vez en cuando. Ya tenía casi dieciocho años, pero distaba aún mucho de ser médico.

—No os vayáis a ir dejándonos aquí a Carrie y a mí —rogó Cory, y luego, más y más alto—: ¡Chris!, ¡no os vayáis! ¡Quedaos aquí!

¿Qué quería decir? ¿No quería acaso que nos escapásemos de allí? ¿O era, simplemente, que no deseaba que volviésemos al apartamento de mamá a robar? ¿Por qué creíamos Chris y yo que los gemelos apenas ponían atención a lo que hacíamos nosotros? Carrie y Cory, sin duda alguna, no pensaban ni por un momento que fuéramos a dejarles allí abandonados, antes morir que hacer tal cosa.

Un objeto como una sombra, todo vestido de blanco, se subió a la cama y estuvo allí, con los ojos azules húmedos muy fijos en su hermano gemelo. Apenas tendría noventa centímetros de estatura. Era vieja, y al tiempo joven, era una planta tierna crecida en un invernadero oscuro, muy ajada.

—¿Puedo... —comenzó, con mucha educación (como nosotros la habíamos enseñado, y ella había rehusado siempre usar la gramática que tratábamos de enseñarle, pero en aquella importante noche estaba haciendo un gran esfuerzo)— dormir con Cory? No haremos nada malo o pecaminoso o impío, sólo quiero estar cerca de él.

¡Que venga la abuela y haga lo que quiera! Pusimos a Carrie en la cama con Cory, y entonces Chris y yo nos subimos cada uno a un lado de la cama grande y nos quedamos mirando, llenos de inquietud, a Cory, que se agitaba incesantemente, y respiraba con dificultad, gritando delirante. Quería su ratón, quería a su madre, a su padre, quería a Chris y me quería a mí. Las lágrimas se deslizaban por el cuello del camisón, y miraba a ver si también había lágrimas en las mejillas de Chris.

—Carrie, Carrie..., ¿dónde está Carrie? —preguntaba una y otra vez mucho después de que su hermana se hubiese dormido.

Los rostros pálidos de los dos estaban a pocos centímetros uno de otro, y él estaba mirándola, pero sin verla, a pesar de todo. Y cuando aparté la vista de él para mirar a Carrie, me pareció que ésta apenas se encontraba un poco mejor que él.

Es un castigo, pensé. Dios me estaba castigando, a Chris y a mí, por lo que habíamos hecho. La abuela nos lo había advertido..., todos los días nos había advertido, hasta el día en que nos azotó.

Durante toda la noche, Chris estuvo consultando un libro de medicina tras otro, mientras yo me levantaba de la cama de los gemelos y daba paseos por la habitación.

Finalmente, Chris levantó los ojos inyectados en sangre.

—Es la comida, seguramente la leche. Estaría en malas condiciones.

—Pues a mí no me lo pareció, ni por el olor ni por el sabor —respondí, entre dientes.

Yo ponía siempre mucho cuidado en husmearlo y probarlo todo antes de dárselo a los gemelos o a Chris. Por alguna razón, pensaba que mis papilas eran más sensibles que las de Chris, a quien le gustaba todo y se lo comía todo, hasta la mantequilla rancia.

—Entonces, las hamburguesas, ya decía yo que sabían algo raras.

—Pues a mí me supieron normales. —Y también a él tuvieron que saberle bien, pensé, porque se había comido la mitad de la de Carrie, con pan, y la de Cory entera. Cory no había querido comer nada aquel día.

—Cathy, he observado que tú apenas has comido nada en todo el día, y estás casi tan delgada como los gemelos. La abuela nos trae comida suficiente, aunque no sea demasiado buena, de modo que no tienes por qué privarte tú.

Siempre que me sentía nerviosa o frustrada o preocupada, y en aquel momento me sentía las tres cosas, comenzaba a hacer ejercicios de ballet, cogiéndome los dedos a la cómoda, que me servía de barra. Empecé a ponerme en forma haciendo pliés.

—¿Tienes que hacer eso ahora, Cathy? Ya no eres más que huesos y pellejo, y dime, ¿por qué no has comido hoy? ¿Es que tú también estás enferma?

—No, es que a Cory le gustan muchísimo los donuts, y eso es lo único que me apetece a mí, pero a él le hacen más falta que a mí.

La noche siguió pasando, y Chris volvió a consultar libros de medicina. Le di agua a Cory, y sin más la vomitó. Le lavé la cara con agua caliente una docena de veces y le mudé de pijama tres veces, y Carrie, mientras tanto, seguía durmiendo, como si nada.

Llegó el amanecer.

El sol salió y nosotros continuábamos tratando de averiguar lo que estaba poniendo enfermo a Cory, cuando la abuela entró en el cuarto con el cesto de la comida para el día. Sin decir una palabra, cerró la puerta, dio vueltas a la llave, se la puso en el bolsillo del vestido y fue hacia la mesa de los juegos. Sacó del cesto el termo grande de la leche, y el más pequeño de la sopa, luego los paquetes, envueltos en papel de plata, donde estaban los bocadillos, el pollo frito y los cuencos de ensalada de patata o de col picada, y, lo último de todo, el paquete con los cuatro donuts espolvoreados de azúcar.

Se volvió para marcharse.

—Abuela —dije, incierta; no había mirado a donde estaba Cory, ni le había visto.

—No te he dirigido la palabra —replicó fríamente—. Espera a que te la dirija.

—No puedo esperar —manifesté, sintiéndome irritada, levantándome de donde estaba, al lado de la cama de Cory, y acercándome a ella—: ¡Cory está enfermo! Ha estado vomitando toda la noche, y también ayer, todo el día. Le hace falta un médico, y a su madre.

Ni siquiera me miró, ni a mí ni a Cory. Salió a grandes zancadas, cerrando la puerta, con un ruido metálico, una vez fuera. Ni una sola palabra de consuelo. Ni siquiera me dijo que se lo diría a nuestra madre.

—Voy a abrir la puerta y buscaré a mamá —decidió Chris, que llevaba todavía la ropa del día anterior, ya que no se la había quitado para acostarse.

—Y entonces se darán cuenta de que tenemos llaves.

—Bueno, pues que se la den.

Justamente en aquel momento se abrió la puerta y entró mamá, acompañada de la abuela, que venía tras ella. Se inclinaron las dos sobre Cory y tocaron su rostro pegajoso y frío, mirándose luego a los ojos. Se retiraron a un rincón para hablar en voz baja y ponerse de acuerdo y, mirando de vez en cuando a Cory, que estaba tan quieto como quien está esperando la muerte. Sólo su pecho se agitaba espasmódicamente. De su garganta brotaban ruidos jadeantes, de asfixia. Fui a limpiarle las gotas de sudor de la frente. Era curioso que estuviera tan frío, y, sin embargo, sudaba.

Cory seguía jadeando, roncando, ásperamente, un jadeo regular.

Y allí estaba mamá, sin hacer nada. ¡Incapaz de tomar una decisión! ¡Todavía temerosa que alguien se enterase de que tenía un hijo, cuando no debiera tener ninguno!

—¿Qué hacéis ahí, susurrando? —grité—. ¿Qué se puede hacer, aparte de llevar a Cory a un hospital y conseguirle el mejor médico que haya?

Las dos me miraron hostilmente. Mamá, muy seria, pálida, temblorosa, fijó en mí sus ojos azules, y luego, angustiada, se acercó a Cory. Lo que vio en la cama hizo temblar sus labios, agitarse sus manos y saltar nerviosamente los músculos cercanos a sus labios. Cerró los ojos repetidas veces, como tratando de contener las lágrimas.

Observaba todos los indicios de sus pensamientos calculadores. Estaba sopesando mentalmente los riesgos de que Cory fuera descubierto y entonces perdería su herencia..., porque el viejo que estaba abajo tenía que morir algún día, ¿no? ¡No podía seguir viviendo así eternamente!

Grité:

—¿Pero qué es lo que te pasa, mamá? ¿Es que vas a seguir así pensando en ti y en ese dinero mientras tu hijo menor está muriéndose? ¡Tienes que ayudarle! ¿Es que te da igual lo que le pase? ¿Has olvidado que eres su madre? ¡Si lo olvidaste, compórtate como su madre! ¡Deja de vacilar! ¡Necesita ayuda ahora mismo, no mañana!

El rostro de mamá se puso rojo, y me miró, con ojos afilados.

—¡Tú! —escupió—. ¡Siempre tú! —Levantó la mano llena de anillos y me abofeteó en la cara, con fuerza, y luego, de nuevo, volvió a abofetearme.

Era la primera vez en mi vida que me abofeteaba mi

madre, ¡y por qué razón! ofendida, sin pensar, la abofeteé a mi vez, ¡con igual fuerza!

La abuela estaba quieta, observando. Su boca fea y fina se torció con complaciente satisfacción.

Chris corrió a cogerme las manos, porque iba a abofetear a mamá de nuevo.

—Cathy, comportándote así no vas a curar a Cory. ¡Cálmate! Mamá hará lo que haya que hacer.

Hizo bien en cogerme los brazos, porque quería abofetearla de nuevo, ¡para que se diera cuenta de lo que estaba haciendo!

El rostro de mi padre apareció ante mis ojos. Estaba frunciendo el ceño, diciéndome silenciosamente que debía respetar siempre a la mujer que me había dado la vida. Yo sabía que era así como él pensaba y que no querría que la pegase.

—¡Al diablo contigo, Corrine Foxworth! —grité, todo lo alto que pude—. ¡Maldita seas si no llevas a tu hijo al hospital! ¡Piensas que con nosotros puedes hacer todo lo que te venga en gana, y que nadie se enterará! Pero te aseguro que te equivocas, porque encontraré la forma de vengarme, aunque me cueste el resto de mi vida. Te aseguro que lo vas a pagar caro si no haces algo ahora mismo por salvar la vida de Cory. ¡Anda, mírame con toda la rabia que quieras, y llora y ruega todo lo que quieras, y háblame de dinero y de todo lo que se puede comprar con él! ¡Pero no puedes comprar a un niño que se ha muerto! Y si se muere no pienses que no encontraré la manera de ir a ver a tu marido y contarle que tienes cuatro hijos y que los has tenido aquí, escondidos, con un ático para jugar..., aquí, escondidos, años y años! ¡A ver si te sigue queriendo entonces! ¡Fíjate bien en la cara que pone y espera a ver qué respeto y qué admiración te tiene entonces! —Dio un paso atrás, sus ojos despedían rayos contra mí—. ¡Y más aún, iré a ver al abuelo y se lo contaré también a él! —estaba gritando cada vez más alto—. ¡Y no heredarás lo que se dice ni un solo centavo, y yo me alegraré, me alegraré, me alegraré!

A juzgar por la cara, quería matarme, pero, cosa rara, fue la despreciable vieja quien habló, diciendo en voz baja:

—La niña tiene razón, Corrine, a este niño hay que llevarlo al hospital.

Volvieron por la noche. Las dos. Después de retirarse los criados a dormir a sus habitaciones, encima del enorme garaje. Las dos venían envueltas en gruesos abrigos, porque de pronto el tiempo se había hecho muy frío. El cielo nocturno se había vuelto gris, congelado por un invierno precoz que amenazaba nieve. Las dos me quitaron a Cory de los brazos y lo envolvieron en una sábana verde y fue mamá quien lo cogió en los suyos. Carrie empezó a chillar, angustiada.

—¡No os llevéis a Cory! —gritaba—. ¡No os lo llevéis, no...!

Se echó contra mí, gritándoles que no se llevasen a su hermano gemelo, de quien no se había separado nunca.

Yo miré aquel pequeño rostro pálido, arrasado en lágrimas.

—Cory tiene que irse —le dije, mientras mi mirada y la de mi madre se encontraban—: Porque también me voy yo, estaré con Cory, mientras permanezca en el hospital, y así no tendrá miedo. Cuando las enfermeras estén demasiado ocupadas para hacerle caso, estaré yo a su lado. Así se pondrá bueno más pronto, y Carrie se sentirá bien, sabiendo que estoy yo con él.

Estaba diciendo la pura verdad. Sabía que Cory se pondría bueno más pronto si estaba yo con él. Su madre, ahora, era yo, no ella. Cory ahora no la quería, era a mí a quien necesitaba y a quien quería. Los niños son muy listos, intuitivamente, y saben quién les quiere más y quién se limita a fingir.

—Cathy tiene razón, mamá —dijo Chris, alzando la voz y mirándola cara a cara, a unos ojos sin calor—. Cory no puede pasarse sin Cathy. Por favor, déjala ir con vosotras, porque, como dice ella, su presencia allí le ayudará a ponerse bien antes, y puede decirle al médico todos los síntomas mucho mejor que tú.

La mirada vidriosa y sin expresión de mamá se volvió hacia él, como si estuviera tratando de captar lo que quería decir. Confieso que parecía angustiada, y que sus ojos saltaban de mí a Chris, y de éste a su madre, y luego a Carrie, y de nuevo a Cory.

—Mamá —dijo Chris, con más firmeza—, deja a Cathy que vaya contigo. Yo puedo cuidar de Carrie, si es eso lo que te preocupa.

Como era de esperar, no me dejaron acompañarlas.

Mamá llevó a Cory en brazos al vestíbulo. La cabeza de Cory caía hacia atrás y su mechón se agitaba a cada paso que daba ella, con el pequeño envuelto en una manta verde, el mismo color de la hierba primaveral.

La abuela me dirigió una cruel sonrisa de victoria llena de burla, luego cerró la puerta y echó la llave.

Dejaron a Carrie sola, gritando, con el rostro arrasado en lágrimas. Sus pequeños puños me golpearon, como si todo aquello fuera culpa mía.

—¡Cathy, quiero ir yo también! ¡Oblígales a que me dejen ir! ¡Cory no quiere ir a ningún sitio sin mí, y además se le ha olvidado la guitarra!

Finalmente, desahogada su ira, cayó en mis brazos, sollozando.

—¿Por qué? ¿Por qué?

¿Por qué?

Ésa era la pregunta en nuestras vidas.

Aquel día fue, como mucho, el peor y más largo de nuestra existencia. Habíamos pecado, y Dios fue rápido en castigarnos. Su ojo agudísimo había estado fijo en nosotros, como si él hubiera sabido todo el tiempo que, tarde o temprano, demostraríamos ser indignos, justo como la abuela había predicho.

Era como había sido al principio, antes de que la televisión viniera a dominar la mayor parte de nuestro tiempo. El día entero lo pasamos sentados en silencio, sin encender el televisor, esperando a saber cómo estaba Cory.

Chris estaba sentado en la mecedora, y nos tenía cogidos con los brazos a Carrie y a mí, las dos sentadas en su regazo, mientras él nos mecía despacio, hacia delante, hacia atrás, haciendo crujir las tablas del suelo.

No sé, la verdad, cómo es que no se le entumecieron las piernas a Chris, de tanto tiempo como estuvimos las dos sentadas en él. Finalmente, me levanté, para echar una ojeada a la jaula de *Mickey*, y darle algo de comer y agua que beber, y le tuve un rato en la mano, y le acaricié, y le dije que su amo no tardaría en volver. Pienso que el ratón se daba cuenta de que había algo que iba mal. No se puso a jugar animadamente en su jaula, y aunque le dejé la puerta abierta, no salió a corretear por el cuarto e ir derecho a la casa de muñecas de Carrie, que era lo que más le gustaba.

Preparé las comidas ya hechas, pero apenas si las probamos. Cuando hubo terminado la última comida del día, y los platos fueron retirados, y nos hubimos bañado y estábamos ya listos para acostarnos, nos arrodillamos los tres en fila, junto a la cama de Cory, y rezamos nuestras oraciones.

«Por favor, Dios, que Cory se ponga bueno, y que vuelva con nosotros.»

Si rezamos por alguna otra cosa, lo cierto es que no me acuerdo qué fue.

Dormimos, o tratamos de dormir, los tres en la misma cama, con Carrie entre Chris y yo. Nada indecente iba a ocurrir más entre nosotros..., nunca, nunca más.

Dios por favor, no castigues a Cory para castigarnos a Chris y a mí de modo que nos duela, porque ya nos duele, y no quisimos hacerlo, de verdad que no. Ocurrió de pronto, y sólo una vez..., y no nos causó ningún placer, Dios, de verdad, ninguno.

Amaneció un nuevo día, triste, gris, hosco. Al otro lado de los cortinones corridos, la vida recomenzaba para los que vivían al aire libre, los que nosotros no veíamos. Nos levantamos como pudimos, volviendo a la realidad, y fuimos por el cuarto, tratando de pasar el tiempo, y tratando de comer, y de hacer que *Mickey* se pusiera contento, aunque parecía muy triste, sin el muchachito que le dejaba regueros de migas de pan para que los fuera siguiendo.

Cambié los cubrecolchones, con ayuda de Chris, porque no era nada fácil tirar de un colchón de tamaño normal de aquellos pesados objetos acolchados, y, sin embargo, teníamos que hacerlo con frecuencia, por falta de control de Cory sobre su vejiga. Chris y yo hicimos las camas, con sábanas limpias, y alisamos bien las colchas, y aseamos el cuarto, mientras Carrie estaba sentada, sola, en la mecedora, mirando al espacio.

Hacia las diez, ya no nos quedó nada que hacer, aparte de sentarnos en la cama más cercana a la puerta que daba al vestíbulo, con los ojos fijos en el picaporte, deseando que girase y dejara pasar a mamá, que nos traería noticias.

Poco después, mamá entró con los ojos enrojecidos de llorar. Detrás de ella venía la abuela, con los ojos gris acero, alta, severa, sin lágrimas.

Nuestra madre vaciló junto a la puerta, como si las piernas fueran a fallarle, dejándola caer contra el suelo. Chris y yo nos pusimos en pie de un salto, pero Carrie se limitó a mirar a los ojos inexpresivos de mamá.

—Llevé a Cory en coche a un hospital que está muy lejos, pero que es el más cercano de todos —explicó mamá, con voz ronca y tensa, que se le entrecortaba de vez en cuando— y le ingresé con nombre falso, diciendo que era sobrino mío, bajo mi tutela.

¡Mentiras! ¡Siempre mentiras!

—Mamá, ¿cómo está? —pregunté, llena de impaciencia.

Sus ojos vidriosos se volvieron hacia nosotros. Ojos vacíos, que miraban vacíos; ojos perdidos, que buscaban algo desaparecido para siempre. Me di cuenta de que era su humanidad.

—Cory tenía pulmonía —recitó—. Los médicos hicieron lo que pudieron... pero era... demasiado... demasiado tarde.

¿Que tenía pulmonía?

¿Todo lo que pudieron?

¿Demasiado tarde?

¡Y todo ello en pretérito!

¡Cory había muerto! ¡Nunca le íbamos a volver a ver!

Chris dijo más tarde que la noticia le golpeó violentamente en la ingle, como un puntapié, y lo cierto es que yo misma le vi vacilar hacia atrás, y dar media vuelta para ocultar el rostro, mientras sus hombros se hundían y prorrumpía en sollozos.

Al principio, no creí a mamá. Seguí quieta, en pie, mirando y dudando. Pero la expresión de su rostro me convenció y sentí algo grande y hueco que se hinchaba en mi pecho. Me hundí sobre la cama, inerte, casi paralizada, y sin saber siquiera lo mucho que estaba llorando hasta que me sentí la ropa húmeda de lágrimas.

E incluso allí echada y llorando, continuaba sin querer creer que Cory se había ido de nuestras vidas. Y Carrie, la pobre Carrie, levantó la cabeza, la echó hacia atrás, abrió la boca y se puso a gritar.

Gritó y gritó hasta que le falló la voz, y ya no pudo seguir gritando. Fue hacia el rincón donde Cory guardaba su guitarra y su banjo, y puso en fila con gran cuidado sus pares de zapatos de tenis usados. Y allí es donde decidió sentarse, junto con los zapatos, y los instrumentos musicales, y la jaula de *Mickey* al lado, y, a partir de aquel momento, ya no pronunció una sola palabra más.

—¿Iremos a su funeral? —preguntó Chris, entrecortadamente, aún de espaldas a nosotros.

—Ya ha sido enterrado —contestó mamá—. Hice poner un nombre supuesto en la lápida.

Y, sin más, muy rápidamente, salió de la habitación y escapó a nuestras preguntas, y la abuela la siguió, con la boca contraída en una línea dura y fina.

Justamente delante de mis horrorizados ojos, Carrie se hacía cada vez más pequeña. Yo me decía que Dios debiera haberse llevado también a Carrie, enterrándola junto con Cory en aquella lejana tumba con nombre falso que ni siquiera tenía el consuelo de estar enterrado cerca de su padre.

Ninguno de nosotros podía comer mucho. Nos estábamos volviendo inquietos y cansados, siempre cansados. Nada nos interesaba más que un momento. Lágrimas, Chris y yo lloramos verdaderos océanos de lágrimas. Nos echamos toda la culpa. Debiéramos haber escapado hacía largo tiempo. Debiéramos haber usado la llave de madera y salido en busca de ayuda. ¡Habíamos dejado morir a Cory! Cory era nuestra responsabilidad, nuestro querido muchachito, tan lleno de talento para tantas cosas, y le habíamos dejado morir. Y ahora teníamos una hermanita acurrucada en un rincón, que cada día que pasaba estaba más débil.

Chris dijo en voz baja, para que Carrie no le oyese, por si estaba escuchando, aunque yo lo dudaba (estaba ciega, sorda, muda, aquel arroyo parlanchín, maldito sea):

—Tenemos que escapar, Cathy, y pronto, porque si no acabaremos muriéndonos todos, como Cory. Algo nos pasa a todos nosotros. Llevamos demasiado tiempo encerrados aquí. Hemos llevado vidas anormales, como en una campana de cristal, sin microbios, sin las infecciones con que los niños suelen estar en contacto. Y ahora estamos sin resistencias contra las infecciones.

—No entiendo —dije.

—Lo que quiero decir —murmuró, acurrucados los dos en la misma silla— es que estamos como los marcianos del libro ese: La guerra de los mundos, y podríamos morir todos a causa de un solo microbio del catarro.

Yo estaba horrorizada, y apenas podía mirarle. Chris sabía mucho más que yo. Fijé la mirada en Carrie, que se hallaba en un rincón. Su dulce rostro de criatura, con los ojos demasiado grandes y sombreados en su parte inferior, miraba sin expresión al espacio, a la nada. Sabía que tenía la mirada fija en la eternidad, donde estaba Cory ahora. Y todo el cariño que había dado a Cory lo encontraba ahora en Carrie..., tanto miedo tenía por ella, convertida ahora en un pequeño esqueleto, y su cuello era muy débil, demasiado pequeño para su cabeza. ¿Era así como iban a acabar todos los muñecos de porcelana de Dresde?

—Chris, si vamos a morir, no quiero que sea como ratones en una trampa. Si los microbios pueden acabar con nosotros, por lo menos que sean ellos, de modo que cuando salgas esta noche haz el favor de coger todas las cosas de valor que encuentres y puedas traer contigo; yo, entretanto, prepararé la comida para llevárnosla. Sacando de las maletas la ropa de Cory tendremos más sitio, y así, para antes de la mañana ya nos habremos ido de aquí.

—No —dijo él, sin alzar la voz—, sólo si sabemos que mamá y su marido han salido, sólo entonces podremos coger todo el dinero e irnos, y todas las joyas, de un solo golpe. Y nos llevaremos tan sólo lo que necesitemos verdaderamente, nada de juguetes ni juegos. Y mamá a lo mejor no sale esta noche, Cathy, porque no va a poder asistir a fiestas estando de luto.

Pero, ¿cómo iba a estar de luto si tenía que ocultar todo aquello a su marido? Nadie venía a contarnos lo que pasaba, excepto la abuela, que seguía negándose a hablarnos, o incluso mirarnos. En mi imaginación, era como si ya estuviéramos de camino, la miraba como algo que perteneciera al pasado. Ahora que estaba tan cerca la fecha de nuestra fuga me sentía asustada. Allá fuera todo era grande, y nosotros estaríamos solos. ¿Qué pensaría de nosotros el mundo ahora?

Ya no éramos guapos como solíamos, sólo pálidos y enfermos ratones de ático, con largo cabello rubio como el lino, vestidos con ropa cara, pero que nos estaba grande, y calzados con zapatos flexibles de suela de goma.

Chris y yo nos habíamos autoeducado leyendo toda clase de libros y la televisión nos había enseñado mucho sobre la violencia y la codicia y la imaginación, pero apenas nos había enseñado nada que pudiera sernos práctico y útil para enfrentarnos con la realidad.

La supervivencia. Eso es lo que la televisión debiera

enseñar a los niños inocentes. Cómo vivir en un mundo que no se ocupaba más que de sí mismo, y a veces ni siquiera de sí mismo.

Dinero. Una cosa que habíamos aprendido durante los años de nuestro encarcelamiento era que lo primero de todo es el dinero, y todo lo demás viene después. Con cuánta razón nos había dicho mamá hacía ya tiempo: «No es el amor, sino el dinero, lo que hace girar al mundo.»

Saqué de la maleta las ropitas de Cory, sus zapatos de repuesto, y dos pijamas, y todo el tiempo las lágrimas se agolpaban en mi rostro y me goteaba la nariz. En uno de los compartimentos laterales de la maleta, encontré partituras que sin duda había guardado allí él mismo, y me dolió muchísimo coger aquellas hojas de papel y ver las líneas que había trazado con una regla, y sus notitas negras y las seminotas negras, hechas tan torpemente. Y debajo de la partitura musical (pues había aprendido él solo a escribir música con ayuda de una enciclopedia que le había encontrado Chris), Cory había escrito la letra de una canción a medio terminar:

Querría que la noche acabase,
y que comenzase el día,
querría ver llover o nevar,
o que soplasen los vientos,
o que la hierba creciera,
querría que fuese ayer,
tener juegos que jugar...

¡Dios mío! ¿Podría haber canción más melancólica y triste? Aquélla era, pues, la letra de una melodía que yo le había oído tocar muchas veces seguidas. Deseando, siempre deseando algo que no podía tener. Algo que todos los demás chicos de su edad daban por supuesto, como parte normal y lógica de sus vidas.

Sentí tal angustia que me dieron ganas de gritar.

Me acosté pensando en Cory. Y, como siempre que me sentía muy turbada, soñé. Pero esta vez soñé solamente conmigo. Me encontraba en un camino serpenteante, de tierra apisonada, entre praderas extensas y llanas, en las que crecían flores silvestres de color púrpura y rosadas a la izquierda, y amarillas y blancas a la derecha, las cuales ondeaban suavemente ante el soplo de la brisa suave y cálida de la eterna primavera. Un niñito se agarraba a mi mano. Bajé la vista, esperando ver a Carrie, pero, no, ¡era Cory!

Reía y se sentía feliz, y daba saltitos, siguiéndome, con sus cortas piernecitas, para no quedarse atrás, y tenía en la mano un ramillete de flores silvestres. Me sonreía, levantando la cabeza hacia mí, e iba a hablarme cuando oímos los gorjeos de muchos pájaros multicolores posados en los árboles, semejantes a sombrillas, que teníamos delante.

Un hombre alto y esbelto, con el pelo rubio y la piel muy atezada, vestido con ropa de tenis, avanzó a grandes pasos hacia nosotros, procedente de un espléndido jardín lleno de árboles y flores radiantes, entre las que había flores de todos los colores. Se detuvo a una docena de metros de distancia, tendiendo los brazos a Cory.

Mi corazón, y hasta mi sueño mismo, latía lleno de emoción y júbilo, ¡era papá! Papá, que venía al encuentro de Cory, para que no hiciese solo lo que quedaba de viaje. Y aunque sabía que tenía que soltar la manita caliente de Cory, sentía deseos de tenerle siempre cogido así.

Papá me miró, no con pena, ni tampoco como riñéndome, sino solamente con orgullo y admiración. Y entonces solté la mano de Cory y me quedé allí, mirándole correr lleno de alegría a los brazos de papá. Fue tomado en volandas por aquellos brazos fuertes que en otros tiempos solían abrazarme y darme la sensación de que el mundo era algo maravilloso. Y yo quería continuar también adelante por aquel camino, y sentir aquellos brazos en torno a mí de nuevo, y que papá me llevase a donde quisiera.

—¡Despierta, Cathy! —me dijo Chris, sentado en mi cama y sacudiéndome—. Estás hablando dormida, y riéndote y llorando, y diciendo «hola», y «adiós». ¿Por qué sueñas tanto?

El sueño se desbordó de mí, tan fijamente tenía grabadas las palabras confusas. Chris, sentado a mi lado, me miraba, y también Carrie, que se había despertado al oírme. Vi por última vez a mi padre, cuyo rostro se desvanecía en mi memoria, pero, mirando a Chris, me sentí muy confusa. Se parecía muchísimo a papá, sólo que más joven.

Aquel sueño iba a perseguirme durante mucho tiempo, agradablemente. Me proporcionaba paz. Me daba un conocimiento que hasta entonces no tenía. Las personas no morían realmente, sino que iban a un lugar mejor, donde esperaban algún tiempo a que sus seres amados fuesen a reunirse con ellos. Y entonces volvían de nuevo al mundo, de la misma manera que cuando habían llegado a él la primera vez.

LA FUGA

Diez de noviembre. Iba a ser el último día que pasaríamos en la cárcel. Y no sería Dios quien nos liberase, sino nosotros mismos.

En cuanto dieran las diez, aquella noche, Chris llevaría a cabo el último robo. Mamá había estado de visita en nuestro cuarto unos pocos minutos solamente, como molesta de nuestra compañía ahora, y de manera muy evidente.

—Bart y yo salimos esta noche, yo no quiero, pero es él quien insiste; ya comprenderéis que no comprende el motivo de que esté tan triste.

Y tanto que no comprendería. Chris se echó al hombro las dos fundas de almohada en que metería las pesadas joyas. Permaneció un momento en el vano de la puerta, echándonos a Carrie y a mí una larga mirada antes de cerrarla y usar la llave de madera para encerrarnos a las dos allí, porque no podía dejarla abierta y exponerse de esta manera a que la abuela se diese cuenta de todo si venía a echar una ojeada. No oímos a Chris, que se alejaba sin hacer ruido por el largo pasillo oscuro del ala norte, porque las paredes eran demasiado gruesas, y la alfombra del vestíbulo, muy mullida, amortiguaba bien los ruidos.

Me eché junto a Carrie, con los brazos protectoramente en torno a ella.

De no ser por aquel sueño, que me había dicho que Cory se encontraba en buenas manos, habría llorado de pena al no verme todavía junto a él. No podía menos de sentir dolor por aquel muchachito que me llamaba mamá siempre que estaba seguro de que su hermano mayor no le oiría. Siempre había mostrado mucho temor de que Chris le considerase un mariquita si se daba cuenta de lo mucho que echaba de menos a su madre y la necesitaba, tanto que tenía que recurrir a mí en su lugar. Y aunque yo le había dicho que Chris no se reiría ni se burlaría nunca de él, porque también a él le había hecho mucha falta una madre cuando tenía la misma edad, Cory preferiría conservar aquello como un secreto entre él y yo... y Carrie. Tenía que hacerse el hombre, y convencerse a sí mismo de que no importaba no tener ni madre ni padre, cuando en realidad sí que le importaba, y mucho.

Yo tenía a Carrie muy apretada contra mí, prometiéndome que nunca, si llegaba a tener un hijo, nunca dejaría de percibir y responder a un sentimiento de necesidad hacia mí por parte suya, y que sería la mejor madre del mundo.

Pasaban las horas, largas como años, y Chris no volvía de su última expedición a las lujosas habitaciones de mamá. ¿Por qué tardaba tanto tiempo esta vez? Despierta y deprimida, tenía los ojos llenos de lágrimas y me imaginaba toda clase de calamidades que hubieran podido ser causa de su retraso.

Bart Winslow..., el marido receloso.., ¡habría cogido a Chris! ¡Habría llamado a la policía! ¡Y habrían metido a Chris en la cárcel! Y mamá, entretanto, se estaría quieta y tranquila, expresando suavemente la sorpresa y el asombro que le causaba el que alguien hubiera sido capaz de robarle a ella. Naturalmente que ella no tenía un hijo. Todo el mundo sabía que ella no tenía hijos, por Dios bendito, ¿es que alguien la había visto nunca con un niño? Ella no conocía de nada a aquel niño rubio, de ojos azules, tan parecidos a los suyos. Después de todo, ella tenía muchos primos por todas partes, y un ladrón es un ladrón, aunque sea pariente en quinto o sexto grado.

¡Y aquella abuela! ¡Si le cogía, le infligiría el más duro de los castigos!

Llegó el amanecer en seguida, débil, turbado por el canto chillón del gallo.

El sol ascendía con desgana en el horizonte. Muy pronto, sería demasiado tarde para escapar. El tren de la mañana pasaría junto a la estación, y necesitábamos una ventaja de varias horas para irnos antes de que la abuela abriera la puerta del cuarto y descubriera que habíamos volado. ¿Mandaría gente a buscarnos? ¿Avisaría a la policía? ¿O, lo que era más probable, nos dejaría irnos, contenta, por fin, de verse libre de nosotros?

Llena de desesperación, subí al ático para mirar fuera. Hacía un día terrible de niebla y frío. La nieve de la semana anterior estaba aún, a retazos, aquí y allá. Un día sombrío y misterioso que parecía incapaz de traernos alegría o libertad. Oí de nuevo el canto del gallo, que sonaba amortiguado y lejano, mientras rezaba en silencio porque Chris, estuviera donde estuviese, haciendo lo que fuera, lo oyera también, y le hiciera darse más prisa.

Recuerdo muy bien aquella mañana temprana y fría en que Chris volvió silenciosamente a nuestra habitación. Tendida junto a Carrie, me hallaba al borde mismo de un sueño inquieto y desasosegado, de modo que me sobresalté en cuanto entró, quedándome completamente despierta al abrirse la puerta de nuestra habitación. Había estado echada allí, completamente vestida, lista para irnos, esperando, a pesar de los breves sueños intranquilos que me asaltaban, a que Chris volviera y nos salvara a todos.

Apenas se vio en el dintel de la puerta, Chris vaciló, con los ojos vidriosos mirándome desde allí. Luego avanzó hacia mí, sin darse prisa, contra toda lógica. Entretanto, yo no podía hacer otra cosa que mirar las fundas de almohadas, una dentro de la otra, muy planas, de aspecto muy vacío.

—¿Dónde están las joyas? —grité—. ¿Por qué has tardado tanto? ¡Fíjate en las ventanas, está ya saliendo el sol! ¡No podremos llegar a tiempo a la estación! —decía esto con voz que se iba endureciendo, volviéndose acusadora, airada—: ¿Te has vuelto a sentir caballeroso, verdad? ¿Es por eso por lo que vuelves sin las joyas preciosas de mamá?

Para entonces, ya Chris había llegado a la cama, y se quedó inmóvil allí, con las fundas de almohadas lacias, vacías, colgándole de la mano.

—Desaparecidas —anunció, con voz monótona—: todas las joyas habían desaparecido.

—¿Desaparecidas? —pregunté en tono cortante, convencida de que estaba mintiendo, ocultando algo, reacio todavía a quitar a su madre lo que ésta tanto quería; y le miré a los ojos—: ¿Desaparecidas? Chris, Chris, las joyas siguen allí, y además, ¿qué es lo que te pasa? ¿Por qué tienes ese aspecto tan raro?

Se dejó caer de rodillas junto a la cama, y se había quedado como sin huesos y fláccido, y su cabeza cayó hacia delante, y su rostro se apretó contra mi pecho. ¡Y entonces prorrumpió en gemidos! ¡Dios mío!, ¿qué era lo que había pasado? ¿Por qué estaba llorando? Es terrible oír llorar a un hombre, y yo veía en él a un hombre ahora, no un muchacho.

Le tenía cogido con los brazos, y mis manos le acariciaban el cabello, las mejillas, los brazos, la espalda, y luego le besé, haciendo un esfuerzo por suavizar aquello tan terrible que tenía que haberle ocurrido. Hice lo que había visto hacer a nuestra madre con él en momentos de angustia, sin sentir, intuitivamente, miedo alguno de que sus pasiones se despertasen, pidiendo más que aquello que yo estaba dispuesta a darle.

Finalmente, tuve que forzarle a hablar, a explicarse.

Dominó sus sollozos, sofocándolos y tragándoselos. Se secó las lágrimas y el rostro con el borde de la sábana.

Luego volvió la cabeza, para mirar aquellas terribles pinturas que representaban el infierno y todos sus tormentos. Sus frases salieron, por fin, entrecortadas, rotas, acalladas con frecuencia por los gemidos que tenía que contener.

Así fue como me lo contó, arrodillado junto a mi cama, mientras tenía sujetas sus manos temblorosas y todo el cuerpo le temblaba, y sus ojos azules estaban oscuros y sombríos, advirtiéndome que lo que iba a oír me asustaría. Pero, advertida y todo, lo que me contó me dejó de una pieza.

—Verás —comenzó, respirando hondo—, me di cuenta de que había pasado algo en el momento mismo en que entré en el apartamento. Dirigí la linterna a una lámpara, y, la verdad, ¡no podía creerlo! Era irónico..., la amargura odiosa, despreciable, de haber tomado nuestra decisión demasiado tarde. Todo había desaparecido, Cathy, ¡todo!, mamá y su marido ya no estaban allí. Y no es que se hubieran ido a la fiesta de algún vecino, ¡sino que se habían marchado de verdad, llevándose consigo todas aquellas cosas que daban un tono tan personal a las habitaciones: del aparador habían desaparecido las chucherías, y también del tocador, y las cremas, las lociones, los polvos y los perfumes, todo lo que antes había allí, todo desaparecido! No quedaba absolutamente nada sobre el tocador.

»Me sentí tan irritado que eché a correr por la habitación como loco, recorriéndola velozmente de acá para allá, abriendo cajones y registrándolos, con la esperanza de encontrar algo de valor que pudiéramos empeñar..., ¡pero no encontré nada! Y te aseguro que lo hicieron bien, porque, por no quedar, no quedaba ni siquiera la cajita de píldoras de porcelana, ni siquiera uno de los pisapapeles de cristal de Venecia que valían una fortuna. Fui al vestidor y abrí de golpe todos los cajones. Naturalmente que quedaban algunas cosas, pero eran cosas que no tenían el menor valor ni para nosotros ni para nadie, como lápices de labios, cremas, cosas así. Finalmente, abrí el cajón ese especial del fondo, ya sabes, el que nos dijo hace ya mucho tiempo, sin pensar que fuéramos a tener el valor de robarle. Lo abrí todo lo que pude, como hay que hacer, y lo puse en el suelo, y entonces tanteé la parte de atrás, buscando el botoncito que hay que apretar cierto número de veces, para formar la combinación numérica de la fecha de su nacimiento, porque era la única manera de no olvidar la combinación, ¿te acuerdas de cómo se reía contándonos esto? El compartimento secreto se abrió de pronto, y vi las cajitas de terciopelo donde debiera de haber habido docenas de anillos, metidos en ranuras, pero no había uno solo, ¡ni siquiera uno! y las pulseras, los pendientes, todo había desaparecido, Cathy, hasta la diadema aquella que te probaste. ¡Dios mío, no tienes idea de cómo me sentía, pensando en las veces en que insististe en que cogiera por lo menos un anillo, y yo que no quería, porque tenía fe en ella!

—No llores otra vez, Chris —le rogué, viéndole que volvía a sofocarse y apoyaba de nuevo el rostro contra mi pecho—, no sabías que se iba a ir tan poco tiempo después de la muerte de Cory.

—Sí, la verdad, es que está desconsolada, ¿verdad? —dijo Chris, amargamente, mientras mis dedos se perdían entre su pelo—, la verdad, Cathy —prosiguió— es que perdí el dominio de mí mismo. Corrí de un armario a otro, sacando a tirones toda la ropa de invierno, y vi entonces que las de verano habían desaparecido, junto con dos juegos de maletas nuevas. Vacié las cajas de zapatos y saqué los cajones del armario empotrado, buscando la caja de monedas que guarda el marido, pero también se la habían llevado, o la habrían guardado en un sitio más difícil de encontrar. Busqué por todas partes, lo registré todo, sintiéndome cada vez más frenético. Llegué incluso a pensar en llevarme una de las enormes lámparas, pero traté de levantar una y pesaba una tonelada. Se había dejado los abrigos de visón, y pensé robar uno de ellos, pero ya te los probaste y te estaban demasiado grandes, y alguien, allá fuera, habría sospechado sin duda al ver a una chica de tu edad con uno de esos abrigos tan largos de visón. Las estolas de piel también habían desaparecido. Y, además, si se me llega a ocurrir llevarme uno de esos abrigos tan largos habría llenado él solo una maleta entera, y entonces no nos habría quedado sitio para nuestras cosas. Los cuadros habría podido venderlos, pero necesitamos la ropa que tenemos. La verdad, casi me arranqué el pelo de rabia, ya me sentía desesperado de encontrar nada de valor, porque, ¿cómo nos íbamos a arreglar sin dinero suficiente?

»Ya te lo puedes imaginar, allí, en plena habitación, pensando en nuestra situación, en la mala salud de Carrie, me daba igual llegar o no a ser médico, ¡lo único que quería era que saliésemos de aquí de una vez!

»Y entonces, cuando parecía que no iba a encontrar ya nada que robar, miré en el cajón de más abajo de la mesita de noche, un cajón que nunca hasta entonces había mirado, y allí, Cathy, vi una foto de papá en marco de plata, y su acta matrimonial, y una cajita de terciopelo verde. Cathy, allí, en aquella cajita de terciopelo verde, tenía mamá guardado su anillo de boda y su anillo de pedida, con un diamante, lo que papá le regaló. Me dolió pensar que se lo había llevado todo, dejando, sin embargo, aquella fotografía, por considerarla sin valor, y los dos anillos que le había regalado papá. Y entonces me pasó por la mente un pensamiento extrañísimo, que a lo mejor sabía quién era el que estaba robando el dinero de su habitación y por eso había dejado allí deliberadamente aquellas cosas.

—¡No! —negué con burla, desechando en seguida tan peregrina idea—. Papá ya le tiene sin cuidado, lo único que le preocupa ahora es su Bart.

—A pesar de todo, me sentí agradecido por haber encontrado algo, de modo que por lo menos el saco no está vacío como parece a primera vista. Tenemos la fotografía de papá, y los anillos, y tendríamos que estar en una situación verdaderamente angustiosa y apurada para que me animara a empeñar uno de esos dos anillos.

Percibí la advertencia que sonaba en su voz, y no me pareció sincera en absoluto, aunque debiera haberlo sido. Era como si estuviera representando la comedia de ser todavía el confiado Christopher Doll de antes, que sólo veía el aspecto bueno de las cosas.

—Anda, sigue, ¿qué pasó después? —Y es que había tardado muchísimo en volver, y lo que me había contado hasta ahora no podía haberle llevado toda la noche.

—Pues me dije que, si no podía robar a mi madre, me quedaba por lo menos el recurso de ir al cuarto de la abuela y robarla a ella.

«¡Dios mío! —pensé—, ¡no habrá... no, es imposible! Y, a pesar de todo, ¡qué magnífica venganza habría sido!»

—Ya sabes que también ella tiene joyas, montones de anillos en los dedos, y ese dichoso dije de diamantes que lleva todos los días de su vida, como parte de su uniforme, además de esos diamantes y rubíes que le vimos puestos en la fiesta de Navidad. Y, naturalmente, me figuré que tendría mucho más botín, de modo que fui por los pasillos largos y oscuros, y de puntillas hasta llegar a la puerta de la abuela, que estaba cerrada.

—Ya tuviste valor, yo nunca habría...

—Por debajo de la puerta, se veía una línea luminosa, amarilla, advirtiéndome que estaba todavía despierta. Eso me hizo sentirme más triste todavía, porque ya debería estar dormida. Y en circunstancias menos apremiantes, esa luz habría bastado para contenerme y obrar de manera menos temeraria a como lo hice, o a lo mejor sería más apropiado decir «audaz», ahora que te has propuesto ser mujer de letras después de haber sido mujer de obras.

—¡Chris, no te salgas por la tangente! ¡Continúa! ¡Dime cuál fue la locura que cometiste entonces! Yo, en tu lugar, habría dado media vuelta y regresado rápidamente aquí.

—Bueno, pero es que yo no soy tú, Catherine Doll. Yo soy *yo*... Puse mucho cuidado, y, con grandes precauciones, fui abriendo la puerta, un poquitín solamente, lleno de temor a que crujiese y me denunciase. Pero alguien cuida de tener siempre bien aceitados los goznes, de modo que pude asomar el ojo por la rendija sin temor a que se diese cuenta, y mirar.

—¿Y la viste desnuda? —le interrumpí.

—No —respondió, impaciente, irritado—, no la vi desnuda, y me alegro. Estaba en la cama bien arropada, sentada y con un quimono de mangas largas de una tela gruesa, y con el cuello bien abotonado por delante hasta la cintura. Pero sí la vi desnuda en cierto modo. Ya sabes ese pelo suyo de color azul acero que tanto nos repele, ¿no? Bueno, ¡Pues *no lo tenía* en la cabeza, sino que estaba colgado, torcido, de una cabeza artificial que tenía en la mesita de noche, como si quisiera tranquilizarse teniéndolo cerca por si pasaba algo durante la noche y tenía que levantarse!

—¿Lleva peluca? —pregunté, llena de asombro.

Aunque debiera haberme dado cuenta, porque los que peinan el pelo tan tirante hacia atrás acaban quedándose calvos tarde o temprano.

—Sí, y tanto que la lleva, y el pelo que llevaba en la fiesta de Navidad seguro que era una peluca también. El poco pelo que le queda en la cabeza es muy ralo y de color blanco amarillento, y tiene grandes trozos rosados en la cabeza sin nada de pelo, sino un vello corto, como el de los niños y, además, nunca la habíamos visto con gafas. Tenía los labios fruncidos de una mueca de desaprobación y con los ojos iba siguiendo renglón a renglón las páginas de un libro grande que tenía en la mano, y que era la Biblia, naturalmente. Pues ahí estaba, leyendo eso de las rameras y otras cosas malas, con una expresión sombría en la cara. Y mientras yo estaba allí, mirándola, diciéndome que no iba a poder robarle nada, la vieja dejó a un lado la Biblia después de marcar la página con una tarjeta, y luego la dejó en la mesita de noche, y se bajó de la cama y se arrodilló junto a ella. Bajó la cabeza, colocó los dedos bajo la barbilla, igual que nosotros, y se puso a recitar unas oraciones que no terminaban nunca. Y luego dijo, en voz alta: «Perdóname, Señor, todos mis pecados. Siempre he hecho lo que creí bueno, y si he cometido errores, créeme, te lo ruego, que siempre pensé estar haciendo bien. Ojalá encuentre gracia a tus ojos. Amén», y volvió a meterse en la cama, y alargó la mano, para apagar la lámpara.

»Yo no quería volver con las manos vacías, porque tengo la esperanza de que nunca nos haga falta empeñar los anillos que regaló papá a nuestra madre.

Siguió hablando, y ahora tenía las manos entre mi pelo, cogiéndome con ellas la cabeza.

—Fui a la rotonda principal, donde está la mesa donde nos escondimos, junto a la escalera, y encontré el cuarto de nuestro abuelo. No sabía que tendría valor para abrir *su* puerta y enfrentarme con el hombre que lleva ya tantos años muriéndose.

»Pero ésta era mi última oportunidad, y tenía que aprovecharla. Contra viento y marea, bajé corriendo las escaleras, sin hacer ruido, como un verdadero ladrón, con mi saco hecho de fundas de almohadas, y vi las habitaciones grandes y ricas, tan espléndidas y elegantes, y me pregunté, como te lo has preguntado tú, qué sensación dará crecer en una casa como ésta. Me pregunté cómo será que le sirvan a uno tantos criados, y con todo a disposición de uno. ¡Oh, Cathy, es una casa preciosa! Los muebles tienen que haber sido traídos de palacios, y parecen demasiado frágiles para poder sentarse uno en ellos, y demasiabo bellos para poder sentirse uno a gusto en medio de ellos, y hay cuadros auténticos al óleo, y los conozco de sobra cuando los veo, y esculturas y bustos, la mayor parte de ellos sobre pedestales, y estupendas alfombras persas y alfombras orientales. Y, naturalmente, sabía ir a la biblioteca, porque le he hecho tantas preguntas a mamá, y ¿sabes una cosa Cathy?, pues que me alegro mucho de haberle hecho tantas preguntas porque si no me habría perdido, ya que hay muchos pasillos que parten a derecha y a izquierda del pasillo central.

»Pero fue fácil llegar a la biblioteca: es una habitación larga, oscura, verdaderamente inmensa, y estaba silenciosa como un cementerio. El techo debe de tener por lo menos siete metros de altura, y las estanterías subían hasta arriba, y había una escalerita de hierro que se curva y forma como un segundo piso, y tiene como un balconcito desde el cual se puede llegar a los libros altos, y a un nivel más bajo había dos escaleras de madera que se deslizan a lo largo de raíles puestos allí con ese objeto. Nunca había visto tantos libros en una casa particular, y no me extraña que nadie echara de menos los que mamá nos traía, aunque, mirando con cuidado, se veían los huecos, como dientes, en las hileras de libros encuadernados en cuero y grabados en oro y con relieve en el lomo. Había una mesa de escribir, oscura y maciza, que tiene que pesar una tonelada, y una silla giratoria con asiento de cuero, alta, y me imaginé a nuestro abuelo allí sentado, dando órdenes a derecha e izquierda, y hablando por los teléfonos que había en la mesa, porque vi allí seis teléfonos, Cathy, ¡seis! Aunque, cuando miré, pensando que a lo mejor podría usarlos, estaban todos desconectados. A la izquierda de la mesa había una hilera de ventanas altas y estrechas que daban a un jardín particular, una vista realmente espectacular, incluso de noche. Había un archivo de caoba, que por fuera parecía un mueble bueno, y dos sofás muy largos, de color pardo suave, que estaban a unos noventa centímetros de las paredes, dejando sitio de sobra para pasar por detrás de ellos. Había sillas cerca de la chimenea, y, naturalmente, varias mesas y sillas, y muchas chucherías.

Suspiré, porque me estaba contando muchas de las cosas que tanto había deseado oír, y, sin embargo, seguía esperando aquella cosa tan terrible que me ponía tan nerviosa, esperando a oírla como una puñalada.

—Pensé en el dinero que podría haber escondido en aquella mesa de escribir. Lo miré con ayuda de la linterna y fui abriendo los cajones, uno a uno. Todos estaban abiertos. Y no es de extrañar, porque se hallaban todos vacíos, ¡completamente vacíos! Esto me irritó más aún, porque, ¿para qué sirve una mesa de cajones si no los llenas de cosas? Los papeles importantes se guardan en una caja en el Banco, o en la caja fuerte particular, no se dejan en los cajones de una mesa de escritorio, aunque estén cerrados, porque un ladrón un poco hábil los puede abrir. Y todos esos cajones vacíos, sin gomas, ni clips, ni lápices, ni plumas, ni blocs, ni nada de esas cosas, era absurdo, porque para eso es para lo que son las mesas de escribir. No te puedes imaginar las sospechas que me asaltaron, y fue entonces cuando me decidí. Iría al otro extremo de la larga biblioteca, hasta la puerta del cuarto de nuestro abuelo. Sin pensarlo más, despacio, fui hacia allí, iba a verle, por fin..., cara a cara, al odiado abuelo, que era también nuestro tío...

»Me imaginaba el encuentro. Él estaría en la cama, enfermo, pero, a pesar de todo, ruin y frío como el hielo. Yo abriría la puerta de un puntapié, encendería la luz y él entonces me vería. ¡Se quedaría con la boca abierta!, y me reconocería..., tendría que reconocerme, porque, con una mirada que me echase, la cosa estaría clara. Y entonces le diría: «¡Aquí me tienes, abuelo, soy el nieto que querías que no hubiera nacido! ¡Arriba, encerradas en un dormitorio oscuro del ala norte, tengo dos hermanas. Y tuve también un hermano menor, pero ha muerto, y en parte fuiste tú quien lo mató!» Eso es lo que tenía en la cabeza aunque dudo si hubiese sido capaz de decirlo.

»Pero no tengo la menor duda de que tú se lo habrías soltado tal y como te digo, de la misma manera que Carrie, si supiera las palabras para decirlo, cosa que tú sabes. Pero, a pesar de todo, a lo mejor se lo hubiera dicho, aunque sólo hubiese sido por la alegría de verle estremecerse, o quizá hubiera mostrado dolor, o piedad, o arrepentimiento..., o lo que es más probable, furiosa indignación de que tuviera la osadía de estar vivo. Lo que sí sé es que no podía soportar un minuto más de cárcel, y de que Carrie se muriese como Cory.

Contuve el aliento. ¡Qué valor el suyo, enfrentarse con el detestado abuelo, aunque fuera en el lecho de muerte, y aquel ataúd de cobre macizo seguía esperando a que lo llenase con su cuerpo! Respiraba afanosamente, en espera de lo que vendría a coninuación.

—Hice girar el picaporte con gran cuidado, pensando sorprenderlo, y de pronto me sentí avergonzado de ser tan tímido, y me dije que me conduciría audazmente, ¡y levanté el pie para abrir la puerta de un golpe! Estaba tan oscuro allí dentro, que no se veía nada. Y no quería encender la linterna, de modo que entré y busqué con la mano la llave de la luz, pero no la encontraba. Entonces apunté la linterna y vi una cama de hospital, pintada de blanco. Miré y miré, porque lo que estaba viendo era algo que no había esperado ver: un colchón a rayas, azul y blanco, doblado, una cama vacía, un cuarto vacío. Allí no había ningún abuelo moribundo, exhalando su último suspiro y conectado a toda clase de aparatos que le mantenían vivo. Recibí como un puñetazo en el estómago, Cathy, al no verle allí; yo, que tanto había preparado el encuentro.

»En un rincón, no lejos de la cama, había un bastón, y no lejos del bastón estaba la silla de ruedas relucientes en que le habíamos visto. Seguía pareciendo nueva, o sea que no pudo haberla usado muchas veces. Había sólo otro mueble, además de dos sillas, un tocador..., pero sin nada encima, ni cepillo, ni peine ni nada. La habitación estaba tan limpia como las del dormitorio de mamá, sólo que ésta era una habitación sencilla, con las paredes cubiertas de paneles de madera. Y la habitación de enfermo del abuelo daba la sensación de llevar mucho, mucho tiempo sin haber sido usada. El aire era espeso y rancio. Busqué por el cuarto, a ver si había alguna cosa de valor que más tarde pudiéramos empeñar. Pero nada, ¡no había lo que se dice nada! Me sentí tan lleno de ira y tan frustrado que corrí a la biblioteca en busca de aquel paisaje que, según nos dijo mamá, cubría una caja fuerte.

»Ya sabes cuántas veces he visto a los ladrones abrir cajas fuerte en la televisión, y siempre me pareció bastante fácil, cuando se sabe hacerlo. Lo único que hay que hacer es apretar la oreja contra la cerradura de combinación y luego ir dándole la vuelta poco a poco, poco a poco, y escuchando los clics reveladores..., e ir contándolos. Eso es lo que creía yo. Y entonces, sabiendo los números y marcándolos en la esfera correctamente, *voilà!*, ya estaba abierta la caja.

Le interrumpí:

—¿Y el abuelo? ¿Por qué no estaba en la cama?

Pero él siguió, como si no me hubiese oído:

—Pues allí me verías a mí, escuchando, oyendo los clics, y me decía que, si tenía suerte y la caja fuerte acababa abriéndose, a lo mejor también estaba vacía. ¿Y sabes lo que ocurrió entonces, Cathy? Pues que oí los clics reveladores, que me daban la clave de la combinación, ¡ajá! ¡Me puse a contar a toda prisa! Sin embargo, aproveché la oportunidad de dar la vuelta a la rueda de arriba de la cerradura, pensando que a lo mejor, por casualidad, daba con la combinación adecuada de números, y en el orden justo, pero la puerta de la caja fuerte no se abrió. Oía los clics, y no entendía. Las enciclopedias no facilitan buenas lecciones sobre el arte de llegar a ladrón, eso es cosa que se aprende de manera natural. Entonces, busqué algo fino y fuerte que pudiera introducir en la cerradua, esperando, de esa manera, quizá, poder cortar un resorte y abrir así la puerta. ¡Y, fíjate, Cathy, fue en ese mismo momento cuando escuché ruido de pasos!

—¡Dios mío de mi vida! —juré, sintiéndome completamente frustrada por su causa.

—¡Bueno, pues verás! Me metí corriendo detrás de uno de los sofás y me eché allí cuan largo era, y fue entonces cuando me acordé de que había dejado la linterna en el cuartito del abuelo.

—¡Santo cielo! —exclamé.

—¡Bueno, pues imagínate! Estoy perdido —me dije—, pero me quedé allí, completamente inmóvil y en silencio, y entraron tranquilamente en la biblioteca un hombre y una mujer. Fue ella quien habló primero con voz de chica modosa.

»—John —dijo—, te juro que no son imaginaciones mías, que he oído ruidos en esta habitación.

»—Tú siempre estás oyendo cosas —se quejó el otro, con una voz gruesa y gutural; era John, el mayordomo calvo.

»Y la pareja discutidora hizo una búsqueda sin apenas ganas por la biblioteca, y luego también por el cuartito del abuelo; yo contuve el aliento, esperando a que descubrieran la linterna, pero la verdad es que no la descubrieron, y no sé por qué. Me figuro que fue porque John no tenía ganas de mirar a otra cosa que a la mujer aquélla, y justamente cuando iba a levantarme y ver la forma de escapar, fíjate la mala suerte: se dejaron caer los dos sobre el mismo sofá detrás del cual estaba yo. Así que entonces descansé la cabeza sobre los brazos y me dispuse a echar un sueñecito, pensando que tú aquí estarías nerviosísima, preguntándote por qué no regresaba. Pero como estabas encerrada con llave, no temí que vinieras a buscarme. Y tuve suerte de no dormirme.

—¿Por qué?

—Déjame contártelo a mi manera, Cathy, por favor. «Fíjate —dijo John, mientras volvían de nuevo a la biblioteca y se sentaba en el sofá—, ¿no te dije que no había nadie ni allí ni aquí? —Parecía presumido y satisfecho de sí mismo, po la voz—; estás siempre tan nerviosa que le quitas todo el gusto a esto.» «Pero, John —dijo ella—, te aseguro que *oí* algo.» «Es lo que te dije antes —respondió John—, que oyes mucho de lo que no pasa. Al diablo, chica, esta misma mañana, sin ir más allá, me volviste a hablar de los ratones del ático, y de lo ruidosos que son.» John emitió una risita, una risita baja y suave, y tuvo que hacer algo en aquel momento a aquella chica tan mona para que se echase a reír como una tonta, y si la verdad es que lo que quería era protestar, no le salió muy bien.

»Y entonces John murmuró: «La vieja bruja está matando todos los ratones del ático, les lleva de comer en un cesto de merienda..., comida suficiente para matar a todo un ejército de ratones.»

La verdad es que, al oír a Chris decir esto, no lo relacioné con nada extraño, así era de inocente, ¡qué inocente y confiada era todavía!

Chris carraspeó y prosiguió:

—Sentí una extraña sensación en el estómago y el corazón comenzó a latirme de tal manera que pensé que la pareja del sofá podría oírlo.

»—Sí —dijo Livvy—, es ruin y dura como ella sola la vieja, y, si quieres que te diga la verdad, siempre prefería al viejo, porque, por lo menos, ése sabía sonreír, pero ella, de sonreír no tiene ni idea, y siempre lo mismo, siempre que vengo a este cuarto a limpiar la encuentro en la habitación de *él*... y siempre igual, mirando la cama vacía, y siempre con esa sonrisita tensa que a mí me parece como si se alegrase de que se muriera y de que ella le haya sobrevivido y no tenga ya a nadie que esté diciéndole lo que tiene que hacer. Dios, a veces me pregunto cómo pudo soportarle, y él a ella, pero ahora que por fin se murió se ha quedado con su dinero.

»—Sí, se ha quedado con algo —dijo John—, tiene su propio dinero, el que le ha dejado su familia, pero la hija es la que se ha quedado con todos los millones del viejo Malcolm Neal Foxworth.

»—Bueno —dijo Livvy—, la bruja ésa no necesita más del que tiene, y la verdad es que no me extraña que el viejo le dejara toda su fortuna a su hija, porque la pobre ha tenido que aguantar mucho de él, haciéndola servirle como una esclava, cuando tenía enfermeras que se lo hiciesen todo, pero a pesar de los pesares era como su esclava. Pero ahora también ella está libre, y casada con un marido joven y guapo, y ella todavía es joven y guapa, y tiene dinero a espuertas, debe de ser una sensación rara ser como ella; hay gente a quien todo le sale bien. Yo, la verdad..., nunca tuve suerte.

»—¿Es que yo no existo, Livvy, guapa? Me tienes a mí, por lo menos hasta que encuentre otra más guapa que tú.

»Y allí estaba yo entretanto, oyendo todo aquello y sintiéndome casi paralizado por la sorpresa. Estaba al borde mismo de vomitar, pero seguí allí, muy silencioso, escuchando lo que seguía diciendo la pareja que estaba en el sofá.

»Quería levantarme y salir corriendo para venir aquí, a sacaros a ti y a Carrie de este lugar antes de que sea demasiado tarde.

»Pero estaba cogido. Si me movía, me verían. Y el John, ése era pariente de nuestra abuela..., primo tercero, nos dijo mamá..., y no es que me parezca que esa clase de parentesco tenga la menor importancia, pero, al parecer, el John ése gozaba de toda la confianza de nuestra abuela, porque si no no le habría dejado usar sus coches. Sabes quién es, Cathy, el calvo que viste con librea.

Claro que sabía quién era, pero en aquel momento me sentía incapaz de hacer otra cosa que seguir allí tendida, tan embargada por la sorpresa que no podía articular ni una palabra.

—De manera —continuó contando Chris, con una voz tan monótona que no expresaba la menor inquietud, temor o sorpresa—, mientras yo seguía allí, detrás del sofá, con la cabeza sobre los brazos, cerrando los ojos y tratando de conseguir que el corazón dejase de latirme tan fuerte, John y la doncella comenzaron a ocuparse en serio el uno del otro. Oía sus movimientos, mientras comenzaba a desnudarla, y ella a él.

—¿Se desnudaron el uno al otro? —pregunté—. ¿Y ella le ayudó a él de verdad a desnudarse?

—Eso parecía desde donde yo estaba —contestó Chris, tajante.

—¿Y ella no gritó ni protestó?

—¡Qué va, al contrario, estaba completamente de acuerdo! ¡Y no sabes el tiempo que tardaron! ¡Y los ruidos que hicieron, Cathy, no lo creerías! Ella gemía y gritaba y jadeaba y emitía ruidos entrecortados, y él gruñía como un cerdo a quien están matando, pero me imagino que tiene que ser muy bueno para esas cosas, porque ella al fin chillaba como si se estuviese volviendo loca. Y cuando terminaron, continuaron allí echados, fumando cigarrillos y charlando de lo que pasa en esta casa, y puedes creerme que se lo saben lo que se dice todo, y luego volvieron a hacer el amor.

—¿Dos veces en la misma noche?

—Eso es perfectamente posible.

—Chris, ¿por qué hablas tan raro?

Chris vaciló, se apartó un poco y me miró a la cara, como estudiándome.

—Cathy, ¿es que no me has escuchado lo que te dije? He puesto gran cuidado en contártelo todo tal y como sucedió, ¿es que no me oíste?

¿Que si le había oído? Pues claro que le había oído, lo había oído todo.

Había esperado demasiado para robar a mamá su tesoro de joyas, que tanto le había costado ganar; debiera haberlo ido robando poco a poco, como le aconsejé que hiciera.

Así que mamá y su marido se habían ido otra vez de vacaciones. ¿Qué tipo de noticia era aquélla? Siempre estaba yendo y viniendo, haciendo todo lo posible por escapar de aquella casa, y la verdad era que a mi no me extrañaba. ¿No íbamos nosotros a hacer lo mismo?

Fruncí el entrecejo y dirigí a Chris una larga mirada interrogativa.

Era un extremo evidente que Chris sabía algo que no me quería contar. Estaba todavía protegiéndola; todavía la quería.

—Cathy... —comenzó, con voz cortante y desgarrada.

—De acuerdo, Chris. No te culpo de nada. Lo que estás diciéndome es que nuestra querida, dulce, amable, amante madre y su apuesto y joven marido se han ido de nuevo de vacaciones y se han llevado todas las joyas consigo. Bueno, pues así y todo, nos arreglaremos.

¡Adiós a la seguridad económica en el mundo exterior! ¡Pero nos fugaríamos igual! Trabajaríamos, encontraríamos los medios para ir tirando, y pagaríamos a los médicos para que pusieran de nuevo buena a Carrie. Daba igual lo de las joyas, daba igual la forma tan fría e insensible de actuar de nuestra madre, dejándonos así, sin explicarnos a dónde iba o cuándo pensaba volver. Pero nosotros ya estábamos acostumbrados a la indiferencia fea, dura, insensible. Pero ¿por qué lloras tanto, Chris? ¿Por qué lloras tanto?

—¡Cathy! —se puso furioso, volviendo la cara arrasada en lágrimas de modo que sus ojos quedaron fijos en los míos—. ¿Por qué no te fijas en lo que se te dice? ¿Por qué no te das cuenta de las cosas? ¿Para qué tienes los oídos? ¿Es que no has escuchado lo que te dije? ¡El abuelo está muerto! ¡Lleva muerto casi un año!

A lo mejor era que no había escuchado, o, por lo menos, no con la suficiente atención. A lo mejor era que su angustia me había impedido oírlo todo. Pero fue como si ahora, de pronto, me golpease por primera vez de lleno. Si el abuelo estaba muerto de verdad, ¡qué notición! ¡Ahora mamá heredaría! ¡Seríamos ricos! ¡Nos abriría la puerta, nos pondría en libertad! Ahora ya no teníamos necesidad de escapar de allí.

Otros pensamientos se agolpaban en mi mente, un torrente de preguntas aterradoras: mamá no nos había dicho nada al morir el abuelo, a pesar de que sabía lo largos que habían sido aquellos años para nosotros, ¿por qué nos había tenido a oscuras, esperando siempre? ¿Por qué? Perplejos, confusos, yo, la verdad, no sabía qué sentir, si felicidad, alegría o tristeza. Un temor paralizador se impuso a esta indecisión.

—Cathy —murmuró Chris, aunque la verdad es que ignoro por qué murmuraba. Carrie no nos oiría. Su mundo estaba lejos del nuestro. Carrie estaba suspendida entre la vida y la muerte, acercándose más y más a Cory a cada momento; seguía sin comer y abandonando la voluntad de vivir sin su otra mitad—. Mamá nos engañó deliberadamente, Cathy. Su padre murió, y, unos meses más tarde, se leyó el testamento, y durante todo ese tiempo dejó que nos pudriéramos aquí y esperáramos. ¡Hace nueve meses habríamos estado todos nosotros con nueve meses menos de mala salud! ¡Cory estaría vivo ahora si mamá nos hubiese sacado de aquí el día en que murió su padre, o incluso el día que se leyó el testamento!

Sobrecogida, caí en el profundo pozo de la traición que mamá nos había cavado. Empecé a llorar.

—Deja las lágrimas para más tarde —dijo Chris, que

también había llorado poco antes—, todavía no lo has oído todo, queda más..., mucho más y peor.

—¿Más? —me extrañé.

Pero ¿qué más podía contarme? Nuestra madre había resultado ser una mentirosa, una farsante, una ladrona que nos había robado la juventud y matado a Cory mientras adquiría su fortuna que no quería compartir con sus hijos, a quienes ya no quería ni necesitaba. ¡Oh, qué bien nos lo había explicado la noche en que nos largó la pequeña letanía que teníamos que recitar cuando nos sintiésemos tristes! ¿Sabía ya, o presentía entonces, que iba a convertirse en la *cosa* misma que iba a hacer el abuelo de ella? Me dejé caer en los brazos de Chris, y me apoyé contra su pecho.

—¡No me digas más! ¡He oído suficiente..., no me hagas que la odie más todavía!

—Odiar..., ¡pero si todavía no has comenzado siquiera a saber lo que es el odio, y antes de que te acuestes a descansar fíjate bien en lo que te digo, que nos vamos de este lugar pase lo que pase. Nos vamos a Florida, como habíamos pensado. Viviremos nuestras vidas lo mejor que podamos. No vamos a sentirnos avergonzados de lo que somos ni de lo que hemos hecho, porque lo que hemos hecho es poca cosa en comparación con lo que ha hecho nuestra madre. Incluso si mueres antes que yo, recordaré nuestra vida aquí arriba, y en el ático. Nos veré, bailando bajo las flores de papel, y tú tan grácil y yo tan torpe. Oleré el polvo y la madera podrida, y lo recordaré como si fuera el perfume dulce de las rosas, porque sin ti todo habría sido tan triste y tan vacío... Me has dado la primera revelación de lo que puede ser el amor.

»Y ahora vamos a cambiar. Vamos a arrojar de nosotros todo lo que hay de malo en nuestro ser, quedándonos solamente con lo mejor. Pero, pase lo que pase, los tres vamos a seguir juntos, cada uno para los demás, y todos para cada uno. Vamos a crecer, Cathy, física, mental y emocionalmente. Y no sólo eso, sino que también vamos a conseguir los objetivos que nos propusimos. Yo seré el mejor médico que ha visto el mundo y tú dejarás en ridículo a la Pavlova.

A mí me fatigaba tanto hablar de amor y de lo que nos ofrecía el futuro, quizá, cuando seguíamos todavía encerrados, allí con llave, y con la muerte tendida junto a mí, hecha un ovillo y con las manitas, aún dormidas, juntas, como rezando.

—Bien, Chris, ya estoy preparada para todo. Y gracias por decirme todo eso de que me quieres, porque no creas que yo no te quiero ni te admiro —le besé rápidamente en los labios, y le dije que continuara, que me diese el golpe de gracia—: De verdad, Chris, me doy cuenta de que tienes que tener algo terrible que contarme, de modo que adelante. Tenme en tus brazos mientras me lo dices, y resistiré cualquier cosa que tengas que decirme.

¡Qué joven era yo entonces, y qué poca imaginación tenía, y con qué optimismo lo veía todo!

FINES, PRINCIPIOS

—¿A que no sabes lo que les dijo? —prosiguió Chris—. ¿A que no sabes la razón que les dio para que no limpiaran esta habitación los últimos viernes de cada mes?

¿Y cómo iba yo a saberlo? Para ello habría que tener una mente como la de ella. Moví negativamente la cabeza. Hacía tanto tiempo que los criados habían dejado de venir a esta habitación que se me habían olvidado aquellas terribles primeras semanas.

—¡Ratones, Cathy! —dijo Chris, sus ojos azules eran fríos, duros—. ¡Ratones! Cientos de ratones en el ático, todos inventados por nuestra abuela..., ratoncitos inteligentes, que bajaban por la escalera para robar en el segundo piso, ratoncitos endiablados que la obligaban a tener cerrada la puerta del ático, dejando en esta habitación... comida cubierta de arsénico.

Yo oía aquello, pensando que era una historia ingeniosa, realmente estupenda para ahuyentar a los criados. El ático *estaba* lleno de ratones; y *usaban* las escaleras.

—El arsénico es blanco, Cathy, *blanco*, y cuando lo mezclas con azúcar en polvo no se nota su amargo sabor.

Me daba vueltas la cabeza. ¡Azúcar en polvo sobre los

cuatro donuts diarios! Uno para cada uno de nosotros. ¡Y ahora sólo había tres en el cesto!

—Pero, Chris, lo que cuentas no tiene sentido. ¿Por qué iba a querer la abuela ir envenenándonos poco a poco? ¿Por qué no darnos una cantidad de veneno suficiente para matarnos de un solo golpe y acabar de una vez?

Sus dedos largos me acariciaron el cabello y me cogieron la cabeza entre las palmas. Y se puso a hablarme en voz baja:

—Procura recordar una película antigua que vimos por televisión. Trata de recordar a aquella mujer guapa que llevaba una casa de señores viejos, señores ricos, por supuesto, y que, cuando consiguió captarse su confianza y su afecto, y todos le hubieron dejado algo en su testamento, les daba un poco de arsénico, ¿te acuerdas? Cuando se digiere un poquitín de arsénico al día el organismo lo va absorbiendo poco a poco, y así, día a día, la víctima va sintiéndose cada vez peor, pero muy poco peor. Son pequeños dolores de cabeza, trastornos estomacales, que son fáciles de explicar, de manera que cuando la víctima muere, por ejemplo, en un hospital, ya está delgada, anémica, y tiene una larga enfermedad, resfriados, catarro nasal y ocular, y cosas por el estilo. Y los médicos no sospechan que haya envenenamiento, porque la víctima presenta todos los síntomas de la pulmonía, o de la vejez, pura y simplemente, como en el caso de aquella película.

—¡Cory! —dije, aterrada—. ¿Cory murió envenenado con arsénico? ¡Pero si mamá dijo que había muerto de pulmonía!

—¿Pero es que no puede mamá contarnos lo que quiera? ¿Cómo vamos a saber nosotros si está contándonos la verdad? Es posible que ni siquiera le llevase al hospital, y si le llevó es evidente que los médicos no sospecharon ninguna causa extraña de muerte, porque de lo contrario ya estaría en la cárcel.

—Pero, Chris —objeté—. ¡Mamá no permitiría a la abuela que nos diese a comer veneno! Ya sé que quiere el dinero del abuelo, y que no nos quiere ya como en otros tiempos, ¡pero no llegaría a querer matarnos!

Chris apartó la cabeza.

—De acuerdo, vamos a hacer una prueba. Vamos a dar al ratoncito de Cory un poco de donut con azúcar en polvo.

¡No! ¡A *Mickey* no!, que se fía de nosotros y nos quiere, eso no podíamos hacerlo. Cory adoraba al ratoncito gris.

—Es mejor que empleemos otro ratón. Uno salvaje que no confíe en nosotros.

—Anda, Cathy, *Mickey* es un ratón viejo, y, además, está cojo, y es difícil coger un ratón vivo, de sobra lo sabes. ¿Cuántos siguieron vivos después de comerse el queso? Y cuando nos vayamos de aquí, *Mickey* no sobrevivirá en libertad, es un ratón doméstico ahora, que depende de nosottros.

La verdad era que tenía pensado llevárnoslo.

—Mira la cosa desde este punto de vista, Cathy: Cory está muerto, y ni siquiera había empezado a vivir. Si los donuts no están envenenados, *Mickey* vivirá, y podemos llevárnoslo con nosotros si insistes. Pero una cosa es segura, y es que tenemos que averiguarlo. Por Carrie, aunque no sea por otra cosa. Tenemos que quedar completamente seguros. Mírala. ¿No te das cuenta de que también se está muriendo? Día a día está perdiendo fuerzas, y también tú y yo.

Se nos acercó cojeando, con sus tres patas buenas, el suave ratoncito gris que se puso a roer confiado el dedo de Chris antes de morder el donut. Tomó un pedacito, lleno de confianza y fe en nosotros, sus dioses, sus padres, sus amigos. Daba dolor verlo.

No murió, por lo menos no inmediatamente, pero se fue volviendo apático, lento, indiferente a todo. Luego sufrió pequeños ataques dolorosos que le hacían gemir. A las pocas horas estaba patas arriba, rígido, frío. Sus deditos rosados contraídos como garras. Los ojitos negros como abalorios hundidos y mates. De modo que ahora lo sabíamos..., no cabía la menor duda. No era Dios quien se había llevado a Cory.

—Podíamos meter el ratón en una bolsa de papel junto con dos de los donuts y llevarlo a la policía —dijo Chris, incierto, manteniendo los ojos apartados de los míos...

—Y meterían a la abuela en la cárcel.

—Sí —repuso, volviéndome la espalda.

—Chris, tú me ocultas algo, ¿qué es?

—Más adelante..., cuando nos vayamos de aquí. Hasta ahora te he dicho todo lo que puedo contarte sin vomitar. Nos vamos de aquí mañana por la mañana —añadió, en vista de que yo no decía nada. Me cogió las dos manos y me las apretó mucho—. En cuanto podamos, llevaremos a Carrie a un médico, y que nos vea también a nosotros.

Fue un largo día aquel. Lo teníamos todo preparado y no nos quedaba otra cosa que hacer que contemplar la televisión por última vez. Con Carrie en un rincón y nosotros dos cada uno en una cama, nos pusimos a ver nuestro serial favorito. Cuando hubo terminado dije:

—Oye, Chris, la gente de estos seriales es como nosotros, que raras veces salen al aire libre, y cuando salen es porque se lo oímos decir, nunca lo vemos. Van paseando por cuartos de estar y dormitorios, se sientan en las cocinas y toman café, o están de pie bebiendo martinis, pero nunca, nunca salen al aire libre, que les veamos nosotros, y cuando pasa algo bueno, siempre que piensan que por fin van a ser felices, pues ocurre alguna catástrofe y les estropea todos sus planes.

Sentí entonces como si hubiese alguien más en la habitación, ¡contuve el aliento! Y entonces vi a la abuela. Algo vi en su actitud, en sus ojos duros y crueles, color gris piedra, que mostraban un desprecio desdeñoso y burlón, como informándome de que llevaba ya algún tiempo allí.

Y habló, y su voz era fría:

—La verdad es que os habéis vuelto muy sofisticados los dos, en todo el tiempo que lleváis aquí, apartados del mundo. Piensas que exageraste en broma la vida, pero no la exageraste, ni mucho menos; al contrario, la has definido exactamente, porque nunca salen las cosas como uno piensa que van a salir. Al final siempre se queda uno decepcionado.

Chris y yo nos la quedamos mirando, sobrecogidos los dos. El sol, oculto cayó en picado hacia la noche. La abuela había dicho lo que tenía que decir, de modo que, sin más, se fue, cerrando la puerta con llave a sus espaldas. Nos sentamos, cada uno en su cama, y Carrie se dejó caer cerca del rincón.

—Cathy, no pongas esa cara de derrota. Estaba tratando de intimidarnos, como siempre. A lo mejor es que a ella las cosas no le han salido bien, pero eso no quiere decir que *nosotros* estemos condenados al fracaso. Mañana vamos a salir de aquí sin excesivas esperanzas de dar con la perfección, y, de esta manera, si no esperamos más que una pequeña ración de felicidad, no nos sentiremos decepcionados.

La verdad, si un montículo de felicidad bastaba para satisfacer a Chris, me alegraba por él, pero, después de aquellos años de luchar, esperar, soñar, anhelar, quería una montaña entera. Un montículo no me bastaba. A partir de aquel día, me prometí a mí misma que sería yo quien controlase mi propia vida. No el destino, ni Dios, ni siquiera Chris iba a decirme ya más lo que tenía que hacer, ni a dominarme en modo alguno. A partir de aquel día, yo sería mi propia persona, tomaría lo que me apeteciese, cuando me apeteciese, y sólo sería responsable ante mí misma. Había estado prisionera, en cautiverio a manos de la codicia. Había sido traicionada, engañada, envenenada..., pero todo aquello se había acabado ya.

Apenas tenía doce años cuando mamá nos llevó, por los espesos pinares, una noche estrellada e iluminada por la luna..., justamente cerca de convertirme en una mujer, y, a lo largo de estos tres años y casi cinco meses, había llegado a la madurez. Era más vieja ya que las montañas de allá fuera. Tenía la sabiduría del ático en los huesos, grabada en el cerebro, mezclada con mi carne.

Decía la Biblia, como nos explicó Chris en un día memorable, que había tiempo para todo, y yo me decía que mi tiempo de felicidad estaba a la vuelta de la esquina, esperándome ya.

¿Dónde estaba ahora aquella frágil, dorada muñeca de Dresde que solía ser? Ida. Ida, como porcelana que se ha convertido en acero, convertida en alguien que iba a conseguir siempre lo que quisiera, por muchos obstáculos que se pusieran en su camino. Miré a Carrie con ojos decididos, la vi caída en su rincón, con la cabeza tan baja que el pelo rubio le cubría el rostro. Sólo tenía ocho años y medio, pero estaba tan débil que andaba arrastrando los pies como una anciana, no comía ni tampoco hablaba. No jugaba con su muñequita, que vivía en la casa de muñecas. Cuando la pregunté si quería llevarse unas cuantas muñecas, siguió con la cabeza caída.

Ni siquiera Carrie, con sus maneras retadoras y tercas, iba a interponerse ahora en mi camino. No habría nadie, en ninguna parte del mundo, y tanto menos un monigote de ocho años, que fuera capaz de resistir ahora la fuerza de mi voluntad.

Me acerqué a ella y la cogí en volandas, y, aunque forcejeó débilmente, sus esfuerzos por librarse fueron infructuosos. Me senté a la mesa y la obligué a comer, haciéndole tragar cuando trataba de escupirlo. La puse un vaso de leche en la boca, y aunque trató de juntar los labios, la obligué a separarlos, y tuvo que tragarse también la leche. Gritaba, llamándome ruin, pero la llevé al cuarto de baño y hasta la limpié con papel higiénico cuando ella se negó a hacerlo.

En la bañera le lavé el pelo con champú. Luego la vestí, poniéndole varias capas de ropa de abrigo, exactamente como si estuviera vistiéndome a mí misma. Y cuando se le secó el pelo, se lo cepillé hasta hacerlo brillar, hasta que tuvo de nuevo un aspecto parecido al de tiempos atrás, sólo que mucho menos espeso y no tan maravilloso.

Durante las largas horas de espera, tuve a Carrie cogida en mis brazos, murmurándole al oído los planes que Chris y yo habíamos hecho para nuestro futuro, las vidas felices que viviríamos en medio de la luz solar dorada y líquida de Florida.

Chris estaba en la mecedora, completamente vestido, rasgueando ociosamente las cuerdas de la guitarra de Cory.

—Baila, bailarina, baila —canturreaba suavemente, y su voz, cantando, no tenía nada de mala. A lo mejor podíamos trabajar como músicos, formando un trío, si Carrie llegaba a restablecerse lo suficiente como para querer tener voz de nuevo.

Yo llevaba en la muñeca un reloj de oro de catorce quilates, fabricado en Suiza, que le había costado varios cientos de dólares a mamá, y Chris tenía también su reloj de pulsera, de modo que no estábamos sin dinero. Teníamos la guitarra, el banjo, la máquina fotográfica de Chris y sus muchas acuarelas, que se podían vender, y los anillos que papá había regalado a nuestra madre.

Al día siguiente, por la mañana, nos escaparíamos, pero ¿por qué no hacía yo más que pensar que había olvidado algo?

¡Y, de pronto, me di cuenta de algo! De algo que los dos habíamos olvidado. Si la abuela podía abrir nuestra puerta cerrada con llave y estarse allí tanto tiempo en silencio sin que ninguno de nosotros notásemos su presencia... ¿no podría haberlo hecho también en otras ocasiones? ¡Y si lo había hecho, podía conocer ahora nuestros planes! ¡Y podía haber preparado también los suyos para impedirnos la fuga!

Miré a Chris, preguntándome si debería mencionar aquello. *Esta vez* Chris no podía vacilar y dar con alguna razón de quedarse allí..., de manera que le expuse mis sospechas. Él siguió rasgueando la guitarra, sin parecer inquieto en absoluto.

—En el mismo momento en que la vi aquí, esa misma idea me acudió a la mente —dijo—. Yo sé que se fía mucho del mayordomo ese, John, y es muy posible que lo tenga esperando al fondo de las escaleras para impedirnos que nos vayamos. Bueno, pues que lo intente, lo que te puedo asegurar es que nadie nos va a impedir fugarnos mañana por la mañana.

Pero la idea de que la abuela y su mayordomo pudieran estar al fondo de la escalera no me abandonaba y me quitaba la tranquilidad. Dejé a Carrie dormida en la cama y a Chris en su mecedora, rasgueando la guitarra, subí al ático a despedirme.

Estuve un rato bajo la bombilla vacilante, y miré a mi alrededor. Mis pensamientos volvían al primer día de nuestra llegada allí... Y nos vi a los cuatro, dándonos la mano, mirando a nuestro alrededor, asustados ante la vista de aquel enorme ático y sus muebles fantasmales y su alucinante amontonamiento de cosas viejas y polvorientas. Vi a Chris allí arriba, arriesgando la vida para colgar dos columpios para Cory y Carrie. Fui dando un paseo hasta la clase, y miré los viejos pupitres, donde los gemelos se habían sentado para aprender a leer y escribir. No miré el colchón sucio y maloliente, para recordar nuestros baños de sol, porque aquel colchón guardaba también otros recuerdos para mí. Miré, en cambio, las flores de centros relucientes, y el caracol torcido, el amenazador gusano purpúreo, los signos que Chris y yo habíamos escrito, y también todo aquel laberinto de nuestros jardines y nuestra selva. Me vi, bailando sola, siempre sola, menos cuando Chris me miraba desde las sombras, comunicándome sus inquietudes. Porque cuando bailaba el vals con Chris, le convertía en otra persona.

Me gritó desde abajo:

—Cathy, ya es hora de irnos.

Volví corriendo a la clase. Escribí en la pizarra, con letras muy grandes y con tiza blanca:

Hemos vivido en este ático
Christopher, Cory, Carrie y yo,
Y ahora sólo quedamos tres

Firmé con mi nombre, y puse también debajo la fecha. En el fondo de mi corazón, me daba cuenta de que los fantasmas de nosotros cuatro eliminarían a todos los demás fantasmas de los niños que habían estado encerrados en la clase del ático. Dejé aquel enigma allí, para que alguien, en el futuro, lo resolviese.

Con *Mickey* en una bolsa de papel en compañía de dos donuts envenenados, y todo ello guardado en el bolsillo de Chris, éste abrió la puerta de nuestra prisión por última vez con la llave de madera. Estábamos dispuestos a luchar hasta la muerte si la abuela y el mayordomo estaban abajo. Chris llevaba las dos maletas con nuestra ropa y otras pertenencias, y se había echado al hombro tanto la guitarra como el banjo, tan querido de Cory. Iba delante por los oscuros pasillos, camino de las escaleras de atrás. Yo llevaba en mis brazos a Carrie, que iba medio dormida. Ahora pesaba un poco más que en la noche en que la habíamos transportado por aquellas mismas escaleras, tres años atrás. Las dos maletas que llevaba mi hermano eran las mismas que había tenido que llevar mamá aquella terrible noche de hacía tanto tiempo, cuando éramos jóvenes, tan llenos de amor y de confianza.

Sujetos dentro de nuestra ropa con alfileres había dos paquetitos con los billetes que habíamos robado del cuarto de mamá, divididos en dos cantidades iguales, por si algo imprevisto nos separaba a Chris y a mí, de modo que ninguno de los dos se quedase sin dinero. Y Carrie tendría que seguir con uno de los dos, así que estaría en buenas manos. En las dos maletas estaban las monedas pesadas, también distribuidas en dos paquetitos de igual peso.

Tanto Chris como yo nos dábamos cuenta perfectamente de lo que podía esperarnos en el mundo exterior.

Tanto contemplar la televisión nos había enseñado que los expertos en las cosas del mundo y los carentes de escrúpulos acechan a los ingenuos y los inocentes. Nosotros éramos jóvenes y vulnerables, pero ya no éramos ni ingenuos ni inocentes.

Sentí que se me detenía el corazón mientras esperaba a que Chris abriese la puerta trasera, temerosa de que en cada instante viniese alguien a impedirnos que nos fuésemos. Pero él salió, volviendo la cara hacia mí y sonriéndome.

Hacía frío fuera y había retazos de nieve, fundiéndose en el suelo. La nieve no tardaría en volver a caer. El cielo oscuro, sobre nuestras cabezas, lo anunciaba. A pesar de todo, no hacía más frío que en el ático. La tierra parecía blanda bajo nuestros pies, y era una sensación extraña después de tantos años de andar sobre suelos duros e iguales. Todavía no me sentía segura, porque John podía seguirnos..., y volvernos a nuestro encierro, o intentarlo.

Levanté la cabeza para oler el aire limpio y cortante de la montaña. Era como vino espumoso, capaz de emborracharme. Durante un corto trecho del camino, mantuve a Carrie en los brazos, pero luego la dejé en el suelo. Ella vaciló, incierta, mirando a su alrededor, con aire desorientado y aturdida. Aspiró ruidosamente el aire por las narices, se golpeó la nariz enrojecida, tan pequeña y bien delineada. ¡Dios mío...! ¿es que iba a resfriarse tan pronto?

—Cathy —me llamó Chris—, tenemos que darnos prisa. No nos queda mucho tiempo, y el camino es largo. Toma a Carrie en brazos cuando se canse.

La cogí de la manita y tiré de ella.

—Respira hondo y largo, Carrie, y ya verás cómo sin darte cuenta el aire fresco, la buena comida y el sol te ponen buena y fuerte obra vez.

Su rostro pálido se levantó, para mirarme, ¿era esperanza, por fin, lo que se veía en sus ojos?

—¿Vamos a ver a Cory?

Era la primera pregunta que hacía desde aquel día trágico en que nos habíamos enterado de la muerte de Cory.

La miré, comprendiendo que era a Cory a quien más echaba de menos. No podía decir que no. No podía realmente apagar aquella chispa de esperanza.

—Cory está muy lejos de aquí. ¿No me oíste cuando dije que vi a papá en un jardín precioso? ¿No me oíste cuando dije que papá tomó a Cory en sus brazos y que ahora es papá quien está cuidando de él? Nos están esperando, y algún día volveremos a verle, pero para eso falta todavía mucho, mucho tiempo.

—Pero, Cathy —se quejó ella, frunciendo las cejas, apenas visibles—. A Cory no le gustaría ese jardín si no estoy yo con él, y si vuelve a buscarnos, no va a saber donde estamos.

Aquella actitud tan seria y preocupada me llenaba los ojos de lágrimas. La tomé en brazos y traté de explicárselo, pero ella forcejeó y fue más despacio y se quedó algo atrás, incluso dio media vuelta para mirar a la enorme casa que habíamos abandonado.

—¡Ven, Carrie, más de prisa! ¡Cory nos está mirando y quiere que nos escapemos! ¡Está de rodillas, rezando para que podamos escapar antes de que la abuela mande a alguien que nos atrape y nos vuelva a encerrar!

Caminamos por los senderos serpenteantes que bajaban, siguiendo a Chris, que llevaba un paso muy rápido. Y justo como pensaba que lo haría, nos guió sin equivocarse a la pequeña estación ferroviaria que tenía solamente un tejado de hojalata, sostenido por cuatro postes de madera, con un banco verde muy poco firme.

El borde del sol naciente asomaba sobre la cima de la montaña, arrojando de sí las nieblas de la mañana. El cielo se iba volviendo color lavanda a medida que nos acercábamos a la estación.

—¡Corre, Cathy! —gritó Chris—. ¡Si perdemos el tren, tendremos que esperar hasta las cuatro!

¡Dios mío, no podíamos perder el tren! Si lo perdíamos, la abuela tendría tiempo de volvernos a coger.

Vimos una camioneta de Correos, con un hombre alto larguirucho como una escoba, junto a tres sacas de correspondencia que había en el suelo. Se quitó la gorra, mostrando una pelambrera rojiza, y nos sonrió.

—Mucho madrugáis, amigos —nos dijo, jovialmente—. ¿Vais a Charlottesville?

—¡Sí! Vamos a Charlottesville —respondió Chris, dejando las maletas en el suelo con gran alivio.

El cartero larguirucho miró con pena a Carrie, que se había cogido a mis faldas, con miedo.

—Una chica mona, pero si me perdonáis una observación, yo diría que no anda muy bien.

—Ha estado enferma —aclaró Chris—, pero enseguida se pondrá buena.

El cartero asintió, convencido, al parecer, de aquel pronóstico.

—¿Tenéis ya los billetes?

—Lo que tenemos es dinero. —Y diciendo esto Chris, añadió, sagazmente, a modo de práctica para cuando diéramos con extraños menos de fiar—: Pero lo justo para pagar los billetes.

—Bueno, ya puedes ir sacándalo, muchacho, porque aquí viene el tren de las cinco cuarenta y cinco.

Mientras aquel tren mañanero iba camino de Charlottesville, vimos la casa de los Foxworth encaramada en la colina. Chris y yo no conseguíamos apartar los ojos de ella, no podíamos dejar de mirar a nuestra cárcel desde fuera. Sobre todo, teníamos la mirada fija en las ventanas del ático, con sus contraventanas negras cerradas.

Y entonces me llamó la atención el ala norte, y me quedé mirando a la última habitación del segundo piso. Le di un codazo a Chris al ver que los cortinones se apartaban y la forma lejana y desdibujada de una mujer vieja y grande aparecía entre ellos, mirando hacia fuera, buscándonos... y luego volvía a desaparecer.

Naturalmente que podía ver el tren, pero a nosotros no podía vernos, de eso estábamos seguros, como tampoco nosotros, desde allí, habíamos podido ver nunca a los pasajeros del tren. A pesar de todo, Chris y yo nos inclinamos sobre el asiento.

—¿Qué estará haciendo allí arriba tan temprano? —le murmuré a Chris al oído—. No suele subir a llevarnos la comida hasta las seis y media.

Se echó a reír, y su voz sonaba amarga.

—No sé, me figuro que será otro de sus intentos de sorprendernos haciendo algo pecaminoso y prohibido.

Quizá fuera eso, pero yo quería saber lo que había pensado, lo que había sentido al entrar en aquella habitación y encontrarla vacía, y toda la ropa de los cajones y del cuartito desaparecida. Y ni una sola voz, ni un ruido de pasos arriba, que se acercaran al oírla llamarnos.

En Charlottesville compramos billetes de autobús para Sarasota, y nos dijeron que teníamos que esperar dos horas si queríamos tomar el próximo «galgo» que iba al Sur. ¡Y en esas dos horas, John podía perfectamente coger el coche negro y adelantarse al tren, que era lento!

—No pienses en eso —dijo Chris—. No tiene por qué saber dónde estamos; bien tonta sería de decírselo, aunque él, probablemente, es lo bastante entrometido para averiguarlo por sí solo.

Pensamos que la mejor manera de impedir que nos encontrara, si la abuela lo enviaba a buscarnos sería seguir andando. Dejamos las dos maletas y la guitarra y el banjo en la consigna de la estación, y, cogidos de la mano, con Carrie entre los dos, fuimos por las calles principales de la ciudad, donde sabíamos que la servidumbre de Villa Foxworth iba a visitar a sus parientes en los días libres, y también de compras, y al cine, o a distraerse de otras maneras. Y si aquel día hubiera sido jueves, habríamos tenido, ciertamente, motivos de preocupación. Pero era domingo.

Debíamos tener aspecto de turistas extraterrestres, con nuestra ropa grande y desgarbada, nuestros zapatos flexibles de suela de goma, nuestro pelo mal cortado, y nuestros pálidos rostros. Pero nadie se fijó en nosotros como yo había temido que hicieran. Se nos aceptaba como parte de la especie humana, ni más ni menos raros que tantos otros. Era agradable estar de nuevo entre la gente, cada uno distinto de los demás.

—¿Adónde irá la gente con tanta prisa? —preguntó Chris, justo cuando estaba yo haciéndome la misma pregunta.

Nos detuvimos en una esquina, indecisos. Cory, al parecer, estaba enterrado no lejos de allí. Teníamos muchas ganas de encontrar su tumba y ponerle flores. Volveríamos otro día con rosas amarillas y nos arrodillaríamos y rezaríamos, sin preocuparnos de si le servirían o no de algo. Porque ahora teníamos que seguir adelante, lejos, muy lejos, y no poner más en peligro a Carrie..., teníamos que salir de Virginia antes de que pudiera verla un médico.

Fue entonces cuando Chris sacó el bolso de papel donde estaban el ratón muerto y los donuts espolvoreados de azúcar, que llevaba en el bolsillo de la chaqueta. Sus ojos, solemnes, se encontraron con los míos. Tenía el bolso en la mano, delante de mí, estudiando mi expresión y preguntándome con los ojos: ¿ojo por ojo?

Aquel bolso de papel representaba muchas cosas. Todos nuestros años perdidos, la educación, los amigos y los compañeros de juego que habíamos perdido, y los días en que debíamos haber conocido la risa en lugar de las lágrimas. En aquel bolso estaban todas nuestras frustraciones, humillaciones, tantísima soledad, y los castigos y las decepciones, y, sobre todo, aquel bolso representaba la muerte de Cory.

—Podíamos ir a la Policía y contar lo que nos ha pasado —opinó, con sus ojos apartados de los míos—, y la ciudad se ocuparía de ti y de Carrie, y no tendríais que ir vagabundeando. Os ingresarían en guarderías, o, a lo mejor, en un orfanato. En cuanto a mí, no sé...

Chris sólo me hablaba así, apartando de mí los ojos, cuando tenía algo que ocultarme, aquel algo que tenía que esperar a que saliéramos de Villa Foxworth.

—Bueno, Chris, ya nos hemos escapado, de modo que ahora me lo puedes contar, ¿qué es lo que me has estado ocultando?

Bajó la cabeza, mientras Carrie se me acercaba más y

me cogía de la falda, aunque sus ojos estaban interesadísimos, observando el denso tráfico, y la multitud de gente que corría de un lado a otro, y algunos, al pasar, le sonreían.

—Fue mamá —confesó Chris, en voz baja—. ¿Te acuerdas cuando nos dijo que haría cualquier cosa para reconquistar el cariño de su padre y poder heredarle? No sé qué es lo que le haría prometer, pero oí lo que decían los criados. Cathy, unos días antes de morir, el abuelo añadió un codicilo a su testamento, en el que decía que si se demostraba, cuando fuese, que nuestra madre había tenido hijos de su primer marido, perdería toda la herencia y tendría que devolver todo lo que hubiera comprado con ese dinero, hasta la ropa, las joyas, las inversiones, lo que se dice todo. Y hay algo más: incluso añadió que, si tenía hijos de su *segundo* matrimonio..., lo perdería todo también. Y mamá pensó que su padre la había perdonado, pero de eso nada: ni perdonó ni olvidó. Quiso seguir castigándola hasta después de la tumba.

Abrí los ojos de par en par, horrorizada, mientras iba juntando las piezas del rompecabezas.

—¿Quieres decir que mamá...? ¿Que fue mamá, y no la abuela?

Se encogió de hombros, como si le fuera ya indiferente, aunque sabía perfectamente que no podía ser así.

—Oí a la vieja rezando junto a la cama. Es mala, pero dudo que fuese ella quien puso el veneno en los donuts. Ella lo que hacía era subírnoslos, y sabía que comíamos los dulces, a pesar de que nos estaba advirtiendo constantemente que no los comiéramos.

—Pero Chris, no pudo ser mamá, mamá estaba de viaje de luna de miel cuando comenzaron a traernos donuts todos los días.

Su sonrisa se volvió amarga, retorcida.

—Sí, de acuerdo, pero el testamento se leyó hace nueve meses, y hace nueve meses mamá ya había vuelto. Sólo hereda mamá en el testamento del abuelo, no la abuela, que tiene dinero propio. Ella lo único que hizo fue subirnos el cesto de la comida todos los días.

Yo tenía muchísimas preguntas que hacer, pero allí estaba Carrie, pegada a mí, con los ojos levantados hacia mí. No quería que supiese que Cory había muerto por razones que no fuesen naturales, y fue en aquel momento cuando Chris me puso en las manos el bolso donde estaban las pruebas.

—Decide: tú y tu intuición tuvisteis razón siempre, y si te hubiese hecho caso, Cory estaría vivo ahora.

No hay peor odio que el que surge del amor traicionado, y mi cerebro pedía a gritos venganza. Sí, quería ver a mamá y a la abuela encerradas en la cárcel, entre rejas, declaradas culpables de asesinato premeditado, de cuatro, si es que las intenciones se contaban también. Y entonces serían como ratones grises enjaulados, estarían encerradas como lo habíamos estado nosotros, sólo que con la ventaja de poder disfrutar de la compañía de drogadictos, prostitutas y otros asesinos como ellas. Tendrían que ponerse la ropa de algodón gris de la cárcel. Y mamá no podría ir dos veces a la semana a un salón de belleza, ni tendría maquillaje, ni dispondría de manicuras profesionales. Ni siquiera las partes más íntimas de su cuerpo serían ahora verdaderamente privadas. Oh, sufriría mucho, sin pieles que ponerse, ni joyas, ni cruceros cálidos por aguas del Sur, cuando llegase el invierno. Ni tampoco tendría un marido joven que la adorase y jugueteasе con ella en una gran cama de cisne.

Me quedé mirando el cielo, donde se decía que estaba Dios: ¿podría dejarle a Él, a Su manera, equilibrar la balanza y quitarme a mí la responsabilidad de tomar la decisión?

Pensé que era cruel e injusto que Chris pusiera todo el peso de una decisión sobre mis hombros. ¿Por qué?

¿Sería porque él podía perdonar cualquier cosa a nuestra madre, hasta la muerte de Cory, hasta los esfuerzos que había hecho por matarnos a todos? ¿Razonaría, quizá, que unos padres como los que ella tenía podían forzarla a hacer cualquier cosa, incluso cometer asesinatos? ¿Había dinero bastante en todo el mundo para hacerme *a mí* matar a mis cuatro hijos?

Pasaban imágenes por mi mente, retrotrayéndome a los días anteriores a la muerte de papá. Nos veía a todos en el jardín de atrás, riendo y felices. Nos veía en la playa, en barca, bañándonos, o esquiando en las montañas. Y veía a mamá en la cocina, haciendo lo posible por preparar comidas que nos gustasen a todos.

Sí, indudablemente sus padres sabían métodos para inducirla a matar su amor por nosotros, claro que lo sabía. ¿O estaría Chris pensando, como yo, que si acudíamos a la Policía y contábamos nuestro caso, nuestros rostros aparecerían en la primera página de todos los periódicos del país? ¿Y nos compensaría tanta publicidad por lo que habíamos perdido? ¿Nuestra intimidad, nuestro deseo de seguir juntos? ¿Podríamos llegar hasta a separarnos, perdernos unos a otros, sólo por vengarnos?

Volví a mirar al cielo.

Dios, Él no escribía los guiones a los pobres actorcitos que vivíamos aquí abajo. Teníamos que escribírnoslos nosotros mismos, con cada día que vivíamos, con cada palabra que decíamos, con cada pensamiento que grabamos en nuestro cerebro. Y bien pobre que era.

En otros tiempos, mamá había tenido cuatro hijos a los que consideraba perfectos desde todos los puntos de vista. Y ahora no tenía ninguno. En otros tiempos había tenido cuatro hijos que la querían y la consideraban *a ella* perfecta desde todos los puntos de vista. Y ahora no tenía a nadie que la considerase perfecta. Ni tampoco querría tener ninguno más ahora. Su amor por todo lo que se podía comprar con dinero la mantendría para siempre fiel a aquel cruelísimo codicilo del testamento de su padre.

Mamá envejecería, su marido era mucho más joven que ella. Tendría tiempo de sentirse sola, y de desear haberlo hecho todo de otra manera. Y si sus brazos ya no iban a dolerle más del deseo de tenerme a mí apretada, dolerían por lo menos del deseo de apretar a Chris, y quizá a Carrie..., y, sin duda alguna, querría los niños que algún día tendríamos nosotros.

De esta ciudad iríamos al Sur, en un autobús, a convertirnos en *personas*. Y cuando viéramos de nuevo a mamá, y, sin duda, el destino se encargaría de organizar el encuentro, la miraríamos a los ojos y le volveríamos la espalda.

Tiré el bolso en el primer cubo de la basura que vi, diciendo adiós a *Mickey* y pidiéndole que nos perdonase por lo que habíamos hecho.

—Bueno, Cathy —gritó Chris, alargándome la mano—, lo hecho, hecho está, de modo que di adiós al pasado, y buenos días al futuro. Y estamos perdiendo el tiempo, después de todo el que ya hemos perdido. Lo tenemos todo delante de nosotros, esperándonos.

¡Aquéllas eran exactamente las palabras que yo necesitaba para sentirme verdadera, *viva*, libre! Lo bastante libre como para olvidar toda idea de venganza. Me eché a reír y di la vuelta, para poder poner mi mano en la suya, que estaba esperando, lista para coger la mía. Ahora podía apoyar mi mano en la suya, y Chris se inclinó, para tomar a Carrie en volandas, y la apretó contra él, y besó su pálida mejilla.

—¿Lo has oído todo, Carrie? Vamos a donde florecen las flores durante todo el invierno, a donde florecen las flores todo el año, ¿no te dan ganas de sonreír sólo de escucharlo?

Una pequeñísima sonrisa apareció y desapareció en los labios pálidos de la niña, que parecían haber olvidado cómo se sonríe. Pero con eso bastaba... por el momento.

EPÍLOGO

Termino de contar la historia de nuestros años iniciales, sobre los que se basa el resto de nuestras vidas, y me siento sumamente aliviada.

Después de fugarnos de Villa Foxworth, nos abrimos camino, y conseguimos, de la manera que fuese, continuar siempre adelante, hacia nuestros objetivos.

Nuestras vidas iban a ser tormentosas siempre, pero eso nos enseñó a Chris y a mí que éramos supervivientes. Para Carrie fue distinto. Ante todo, hubo que acostumbrarla a querer vivir sin Cory, aun cuando estuviera rodeada de rosas.

Pero, en cuanto a la historia de cómo logramos sobrevivir, eso es otra cosa.

ÍNDICE

PRIMERA PARTE

SEGUNDA PARTE